U0742079

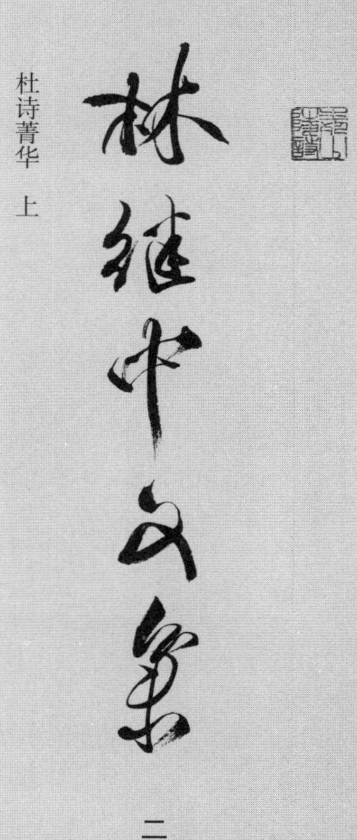

杜诗菁华 上

二

第二册目录

杜诗菁华(上)

杜诗菁华

上

导　读

有人说："一个民族灵魂的最佳文献就是它的文学。"是的，有时你只要读一部《红楼梦》，甚至只读一篇《岳阳楼记》，你就会感到一个民族的心怦然在动。被誉为"集大成"的杜甫诗，便是此类蛰伏着中华民族之魂的大著作。它诞生在一个我民族最强壮、最有朝气，却又忽然陷入痛苦挣扎之逆境的特殊年代。于是，它便获得了热烈奔放与坚忍不拔的双重品格。杜诗，体现的是中华民族最健全的体魄与灵魂；杜甫，则是中国传统文化的托命之人。

一

杜甫（712—770），字子美，阴历正月初一生于河南巩县（今河南巩义）城东的瑶湾。他家祖籍京兆杜陵，故自称"杜陵布衣"。又一度家居少陵，乃自称"少陵野老"。杜甫有一个颇为显赫的家世，其十三世祖杜预是西晋平吴的名将，还注过《左传》。杜家自晋至唐，代有出仕，难怪杜甫会自称："先君恕、预以降，奉儒守官，未坠素业。"（《进雕赋表》）其中值得一提的还有他的祖父杜审言，是武则天时代的名诗人，杜甫引为骄傲，曾夸口说："吾祖诗冠古"（《赠蜀僧闾丘师兄》），"诗是吾家事"（《宗武生日》）。由于中国长期处于宗法加官僚的社会，所以家族对个体的影响不容小觑。杜甫毕生奉儒习文，并将文与儒二者联系起来，称："法自儒家有"(《偶题》)，这些都与其家族传承有直接关系。甚至在个性上，杜甫也有"家族性格"的印记。文献记载表明，杜家有血亲复仇的传统，如杜审言的曾祖杜叔毗、杜甫的叔父杜并，都曾为父兄洗冤而刺杀仇人。杜甫还有个姑姑，为救少年杜甫而牺牲了自己的儿子，乃称"义姑"(《唐故万年县君京兆杜氏墓志》)。无独有偶，杜甫的一位舅姥爷尚未成人就愿为哥哥顶死。这些都强烈表明了杜甫这样的世家，在伦理道德的内化上，有多么地入心入骨！史称杜甫"性褊躁傲诞"，不妨解读为祖传的高傲倔强。这种个性一旦与其悲天悯人的情怀相结合，便成就了杜甫超越众人也超越其家族传统的独异的情感主体。过去讲杜甫的成就，大多是从时代、儒学、社会、历史等外部条件去找原因，取得了不俗的成绩；但细的个体文化心理却不可重复、不可替代。这才是杜甫为什么有别于同时代的李白、王维、高适诸人，而独得"集大成"之誉的主因。

"集大成"，本是孟子用来赞许孔圣人的，说他的人生就好比一首金声而玉振的交响乐章，丰富而和谐。稍后于杜甫的元稹则用它来赞许杜甫的诗歌创作，其《唐故工部员外郎杜君墓系铭并序》云：

> 余读诗至杜子美，而知小大之有所总萃焉。始尧舜时，君臣以庚歌相和……唐兴，官学大振，历世之文，能者互出，而又沈宋之流，研练精切，稳顺声势，谓之为律诗。由是而后文体极焉。然而莫不好古者遗近，务华者去实，效齐梁则不逮于魏晋，工乐府则力屈于五言，律切则骨格不存，闲暇则纤秾莫备。至于子美，盖所谓上薄风骚，下该沈宋，古傍苏李，气夺曹刘，掩颜谢之孤高，杂徐庾之流丽，尽得古今之体势，而兼人人之所独专矣……则诗人以来，未有如子美者……予尝欲条析其文，体别相附，与来者为之准，特病懒未就。

看来，元稹所谓的“集大成”，主要是指各种风格与体式的完备及典范性，其中不无丰富而和谐之意。问题是：这种整合如何成为可能？须知整合不是“拼盘”，如果没有一个强大到足以消化各种风格与体式，使之成为一个新范形的主体性，那么“集大成”又从何谈起？盛唐是一个众多个体活力四射的时代，在盛唐的时空上，李白、王维、王昌龄、孟浩然、高适、岑参、李颀、元结……群星灿烂，每个个体无不具有很强的个性。因此，他们都不同程度地消化了范围不等的多种风格与体式，形成具有个人特色的风格与体式。然而唯有杜甫博大、均衡的个性最为健全，在任何情境下，他都能保持人性的本真，不被异化。真，是杜甫主体性的根基。所以萧涤非先生《杜诗体别·引言》标举杜诗：“其一曰真，诗莫贵乎真，杜诗之不可及，亦正在有真情。”这种人不可及的强大主体性，是杜甫超越众人而能集大成的主因。

个体主体性的内核是情感本体，古人叫“真性情”，是由“才、气、学、习”交互而成的心理结构（《文心雕龙·体性》）。性情的实质就是心理本体、情感本体，而真性情就是能体现人性本真的性情。然而人的禀性各不相同，各有各的真性情。杜甫的真性情又有何特点呢？我认为其特点就在于真与善无间的结合方式。这种结合方式使个性与社会性浑融一体，使其才性最大化，因而有集大成的消纳能力。不妨说杜之真，是以善为内容的；但就其主体性而言，则善只是其本真的表露，善倒成为真的形式。其真与善在生活中介的作用下双向建构为杜甫独特的情感结构，从而完成其扬弃与继承的主体性。

关于真与善的关系，徐复观先生《传统文学思想中诗的个性与社会性问题》一文有精辟的论析。他认为，诗的个性即社会性，是《毛诗正义》所谓“一人心乃是一国之心”。诗人要获得此心，就必须先经历一个把“一国之意”、“天下之心”内化为己心的历程①。问

① 该文收入徐复观《中国文学精神》，上海书店出版社 2004 年版。

题的关键就在这个“历程”上。

首先是这一历程的“起点”。虽然我尚不能认同“人之初,性本善”的先验论,但将它看成是人类经历长期社会化,中华民族历史文明不断发展、提升、积淀的成果,如徐先生所指出,它已经是中国文化的一个“根本信念”;则大体不错。那么善又是什么呢?《辞海》有云:凡具有人格者之负责行为,其自身有绝对价值者曰善。这种出自人格的负责行为,我认为就是人际关怀。孔子仁学的基础就是讲亲子之爱、泛爱众,孟子讲推己及人,墨子讲兼爱,宋道学讲民胞物与,都是围绕关心人、爱护人这一人际关怀的核心问题,它便是中国古代的人道主义、人性自觉。它是个性与社会性之间的脐带。具有这种自觉的人在处理人际关系时就会有同情心与利他的倾向,经过不间断的、长期的心理体验(修养)与实践,就会内化为人格化的情感,即体现其人性本真的真性情。而上述杜甫“奉儒守官”的家世,就是对其情感结构的形成有深刻影响的重要因素。最为突出的一点是:儒学“亲亲”之爱已积淀为一种“家族性格”,杜甫由此出发,将儒家仁学当作实现“致君尧舜上”理想的根本,在长期苦难生活经历的体验中不断地实践着“推己及人”、“己饥己溺”的儒学理念,从而内化为自己稳定的人格情感(其具体情境容下节杜诗分期时述及)。这就是杜甫由“点”运行成“线”的生命历程,同时也是其主体性形成与强化的过程。

生活经历与体验是内在化的催化剂。学问、修养通过亲历亲证,使理性融入感性;而融入了理性的感性所激发出来的情感则驱动个体对外在的情境做出超越个体情绪的“合理”反应,通过践履将仁学融入感性中是杜甫之所以“同行而独见”(王嗣奭语)的根本原因。终杜甫一生,仁学作为外在的理想与内在的人性自觉,是皮骨并存的,也是杜甫行为发生的原动力之所在。正是这一动力推进了把“一国之意”、“天下之心”内化为己心的历程,杜诗所展示的正是其历历的心迹。兹以战争给百姓带来苦难这一中国文学的“原型主题”为例稍事说明：

如果说杜甫早期之作，更多的是写自己的“志”；那么天宝十一、十二载《兵车行》、《丽人行》、《前出塞》等乐府诗的出现，便标志着杜甫已经有意向汉乐府学习，瞄准了社会现实。不过盛唐诗人如李白、高适、王昌龄，乃至陶翰辈都写过类似的乐府诗，杜与诸人尚未拉开距离。创作于天宝十四载“安史之乱”前夕的五古《自京赴奉先县咏怀五百字》，是杜诗深化的一大节点。经过困守长安十年的历练，杜甫的情感由“致君尧舜上”向“穷年忧黎元”倾斜，“仁学”的道德内容已内化为个体独立的情感本体。试读这样的诗句：

> 老妻寄异县，十口隔风雪。谁能久不顾，庶往共饥渴。入门闻号咷，幼子饿已卒……岂知秋禾登，贫窭有仓卒？生常免租税，名不隶征伐。抚迹犹酸辛，平人固骚屑。默思失业徒，因念远戍卒。忧端齐终南，澒洞不可掇！

“庶往共饥渴”，不是同情与怜悯，甚至不只是己饥己溺，是徐复观所说的：“乃系把他整个的生命，投入于对时代无可奈何的责任感里面”（《中国文学精神》第47页）。“无可奈何”却不能自已，从内心的剧烈矛盾中掘发出人性深度如《新婚别》者，这便是上文所提出的“人格的负责行为”，是把“一国之意”、“天下之心”内化为己心，理性与感性、个性与社会性、真与善的合体。尔后深重的灾难更强化了这一情感（只要一读《彭衙行》及“同谷七歌”便能刻骨铭心地感知杜甫所受的苦难有多深重），写出一大批包括“三吏”、“三别”在内的乐府歌行，展示了杜甫人道主义的博大胸怀，标志着“原型主题”已向“情感的原型”内化。也就是说，杜甫的情感本体已生发出一种“新感觉”，汉乐府歌咏民间疾苦的精神已溢出本体裁，无论古体今体而无往不备此种精神，外化为杜甫手眼独具的取材与表达方式。兹举《三绝句》第二首为例，尝海一勺：

二十一家同入蜀，唯残一人出骆谷。自说二女啮臂时，回头却向秦云哭。

这首七绝写的是战争与百姓苦难的原型主题，不妨与建安文人王粲的乐府诗《七哀》作一比较：

西京乱无象，豺虎方遘患。复弃中国去，委身适荆蛮。亲戚对我悲，朋友相追攀。出门无所见，白骨蔽平原。路有饥妇人，抱子弃草间。顾闻号泣声，挥涕独不还。未知身死处，何能两相完。驱马弃之去，不忍听此言。南登霸陵岸，回首望长安。悟彼下泉人，喟然伤心肝。

杜之绝句与王之乐府题材的相似性一望可知。王粲以旁观者口吻写出，已十分感人；杜则以受难者本人口吻写出，诚如《杜臆》所评："今借其口语倒一转，而悲不可堪。"然而这不仅仅是个"借其口语倒一转"的技巧问题，而是杜甫以亲身的经验补写出最感人的细节："二女啮臂时"——只要一读《彭衙行》"痴女饥咬我"便知。这就叫己饥己溺，就叫真性情！叶燮《原诗・内篇下》有云：

千古诗人推杜甫，其诗随所遇之人、之境、之事、之物，无处不发其思君王、忧祸乱、悲时日、念友朋、吊古人、怀远道，凡欢愉、幽愁、离合、今昔之感，一一触类而起；因遇得题，因题达情，因情敷句，皆因甫有其胸襟以为基，如星宿之海，万源从出；如钻燧之火，无处不发……

这"胸襟"就是情感本体。有情感本体就有其个性化的感觉，能"因遇得题，因题达情，因情敷句"，取得艺术创作的自由。我认为这才是杜甫能"集大成"且"开世界"的奥秘所在。

真善一体形成杜甫见人所不见、道人所未道的“新感觉”。新感觉首先表现在对社会成见强有力的挑战。《有感五首》云：

莫取金汤固，长令宇宙新。不过行俭德，盗贼本王臣。

《小雅·北山》：“率土之滨，莫非王臣。”然而杜甫在与底层百姓的亲密接触中，已深深领悟到官逼民反的道理，王臣与盗贼是可以互相转化的，早先《无家别》已喊出“人生无家别，何以为蒸藜”，蒸藜就是百姓、王臣，此诗再进一步不就是汉乐府的《东门行》了吗？杜甫认为要“王臣”不化为“盗贼”，就得釜底抽薪——“行俭德”。约略同时之作《为阆州王使君进论巴蜀安危表》则云：“是重敛之下，免出多门，西南之人，有活望矣！”统治者的“俭德”，就是给老百姓留条活路，这才是“长令宇宙新”的固本之举。杜之“独见”，就在于不是儒家“民本”说的简单复制，而是从己饥己溺中得来，王臣与盗贼可以互相转化，便是新感觉。

对社会成见的挑战更深刻地表现为对历来被鄙视的底层百姓美好人性的发露。《遭田父泥饮美严中丞》云：

步屧随春风，村村自花柳。田翁逼社日，邀我尝春酒。酒酣夸新尹：“畜眼未见有！”回头指大男：“渠是弓弩手。名在飞骑籍，长番岁时久。前日放营农，辛苦救衰朽。差科死则已，誓不举家走！今年大作社，拾遗能住否？”叫妇开大瓶，盆中为吾取。感此气扬扬，须知风化首。语多虽杂乱，说尹终在口。朝来偶然出，自卯将及酉。久客惜人情，如何拒邻叟？高声索果栗，欲起时被肘。指挥过无礼，未觉村野丑。月出遮我留，仍嗔问升斗。

“感此”两句，萧涤非师注云：“这两句是杜甫的评断，也是写此诗的主旨所在。风化首,是说为政的首要任务在于爱民。田父的意气扬扬,不避差科,就是因为他的儿子被放回营农。"[①]此诗不但为至交严武能以爱民为政喜,更为农家安居乐业喜。《唐书》本传称杜在成都"与田父野老相狎荡,无拘检",道出杜此情正出自真性情。此真情与野老之真情交汇,故能一反士大夫的社会成见而"未觉村野丑",写出"朴野气象如画"(《杜臆》语)。像这样的诗在集子里不在少数,我们选译时会尽情展示。事实上,"新感觉"已体现为杜甫独特的审美趣味而无往非新:他能从桃树看到"高秋总馈贫人食"(《题桃树》);从柏树看到"苦心岂免容蝼蚁"、"古来材大难为用"(《古柏行》);与盛唐好丰腴的审美趣味不同,主张"书贵瘦硬方通神"(《李潮八分小篆歌》),批评大画家韩幹画肥马是"忍使骅骝气凋丧"(《丹青引》),偏来写瘦马、枯棕、病橘;连没有生命的石头,他也从"石角皆北向"(《剑门》)中感发割据的忧虑;这就是杜甫感性中的社会性。这种独特的审美趣味催生了杜甫的拗句:"中巴之东巴东山"(《夔州歌十绝句》),"扶藜叹世者谁子"(《白帝城最高楼》),平仄的不和谐正好表达出诗人心中倔强与无奈的张力。情感上的不平衡同时还催生了杜甫式的"反对":"朱门酒肉臭,路有冻死骨","敏捷诗千首,飘零酒一杯","新松恨不高千尺,恶竹应须斩万竿"云云,这就是杜甫创造的与其情感结构相对应的美的形式,是继承,也是创新。

然而杜甫"集大成"最深邃的意义还在于:将人伦日用的感性的生活经验通过其情感本体升华、提炼为具有生命意味的艺术形式,极大地丰富了中国文学中的"社会美"。吃饭,应是最普通、最具动物性的生活经验了吧?但你读一下这样的诗句:"饭抄云子白,瓜嚼水精寒。"(《与鄠县源大少府宴渼陂》)"白露黄粱熟,分张素有期。已应春得细,颇觉寄来迟。味岂同金菊,香宜酌绿葵。老人他

---

① 萧涤非《杜甫诗选注》,人民文学出版社1979年版,第191页。下引只注页码。

日爱,正想滑流匙。”(《佐还山后寄三首》)“长安冬菹酸且绿,金城土酥静如练。”(《病后过王倚饮赠歌》)个中之美,岂是那些面对山珍海味“犀箸厌饫久未下”(《丽人行》)的贵人们所能梦见者!名句“香稻啄余鹦鹉粒”(《秋兴八首》),人们只注意到它奇特而华美的句式,却少有人注意到盛世那“稻米流脂粟米白,公私仓廪俱丰实”(《忆昔》)的往事,对战乱中饥寒交迫的百姓是怎样一种美丽的记忆?关乎生存的稻米的意象于是获得真、善的内容。当感性不只是感性,形式也不仅仅是形式,真与善就能产生一种独异之美。

面对大自然,杜甫对生命的感受更易透出其中哲理。人们熟知的《春夜喜雨》(好雨知时节),连缝罅里都迸透生机,“花重锦官城”之“重”,是生命之重。约略同期所作的《江亭》云:

坦腹江亭暖,长吟野望时。水流心不竞,云在意俱迟。寂寂春将晚,欣欣物自私。故林归未得,排闷强裁诗。

中间二联历来称为有“理趣”,然而这种物我皆忘的“无待之境”,却是末句“排闷强裁诗”所示,只能在诗中淹留。杜甫更重视在人际关系中“活着”。亲子之情、夫妻之情、兄弟之情、朋友之情、邻里之情等,成了杜诗中最活跃的因素。

亲子之情是常情,也是杜诗常见题材。《元日示宗武》云:

汝啼吾手战,吾笑汝身长。处处逢正月,迢迢滞远方。飘零还柏酒,衰病只藜床。训喻青衿子,名惭白首郎。赋诗犹落笔,献寿更称觞。不见江东弟,高歌泪数行。

仇注引《杜臆》曰:“啼手战,见子孝;笑身长,见父慈。”固然,由此可见伦理融入个体之心理,但诗意不在斯。诗意乃在生命的对话与交接,“汝啼吾手战,吾笑汝身长”,一啼一笑间两代人感受着生命一盛一衰的“交接仪式”,悲喜交集。不是“天国”,而是亲亲之爱,成为中国人“活着”的重要“理由”与追求,更是生命得以延续、永恒的安慰。大历三年,诗人生命历程已近尾声,在贫穷潦倒中的大年初一发出这岁月的感慨,其深处却是生命的悲歌,“喜”只是衬“悲”。事实上苦难岁月中相濡以沫的人际感情,往往构成杜诗中的佳篇,如《赠卫八处士》,普通而诚挚的人际友情,千百年来打动过多少人的心!正如上文所说:杜甫“在任何情境下,他都能保持人性的本真,不被异化”。尤其是在困顿之极的逆境中,杜甫不但不去求得个体的解脱,反而是更深地、义无反顾地沉入相濡以沫的人际关怀之中,激发出人性的自觉。试读为人所熟知的《茅屋为秋风所破歌》,或以为其中“南村群童欺我老无力,忍能对面为盗贼。公然抱茅入竹去,唇焦口燥呼不得”数句是“诗人在怨天恨人”。诗人的确是发了脾气,因为从下文可知,少了这几把茅草会造成“布衾多年冷似铁,娇儿恶卧踏里裂。床头屋漏无干处,雨脚如麻未断绝”的恶果,发点脾气是人之常情,尚属“合理的自私”。关键是处于这样的困境之中,诗人却能从“小我”跃入“大我”,发出“安得广厦千万间……吾庐独破受冻死亦足”的呼号!诗人毕竟是有血有肉的人,但他能在个体感性自然里展示出社会的理性,这就叫崇高!这种不顾利害、不留退路、勇往直前的品格,与其说源自儒学(或曰“儒道互补”),毋宁说更逼近屈原。“集大成”的杜甫,虽然没留下骚体诗,但于不似处似之,最得屈骚高扬个体人格之精神。事实上“盛唐气象”的核心正是屈骚高扬个体人格这一基本精神。

然而生命意味毕竟要从形式中沁出,“集大成”也毕竟体现为“尽得古今之体势,而兼人人之所独专”。王安石曾自称:“予之令鄞,客有授予古之诗,世所不传者二百余篇。观之,予知非人所能为而为之实甫者,其文与意之著也。”(《钟山语录》)王之所以能辨杜,就在于杜之文与意有强烈的个性,“非人所能为而为之实甫”。可见文与意及其结合方式的个性化是杜诗之为杜诗的关键。而杜诗文与意结合方式个性化的特点如上文所论，在于由其真善一体的情感结构滋生出新感觉，新感觉逼出新形式的创构，即在集大成的过程中赋予旧形式以新意义、新功能，同时也因为表达新感觉的需要而构建新话语，创造新形式。总之，意味层又回归到形式层。

我们先来看看杜甫是如何在集大成的过程中赋予旧形式以新意义、新功能的。《又呈吴郎》云：

> 堂前扑枣任西邻，无食无儿一妇人。不为困穷宁有此，只缘恐惧转须亲。即防远客虽多事，便插疏篱却甚真。已诉征求穷到骨，正思戎马泪盈巾。

以往七律这种华丽的形式大都被用来唱和，偶一为之耳。杜甫却用极大的精力来改造这一诗体，单他一人所存一百五十一首之数，就超过了初盛唐诗人所存之总和。更重要的是，经他之手，可谓“诗料无所不入”（《唐音癸签》）。这一首便是以诗代书，细诉心曲。诗专为贫妇求情而作，体现杜甫一贯的悲天悯人的情怀。瀼西草堂是杜甫送给后辈亲戚吴郎的，却于题目用“呈”字，不以原主人自居，使对方容易听进劝告。颔联写贫妇的心态，体贴入微；颈联又为吴郎留下地步，诚如涤非师所分析：“他好像是自己在打别人的枣子，希望主人家不要使自己难堪似的。我们只要一读到‘不为困穷宁有此，只缘恐惧转须亲！’这样的两句诗，至今还能仿佛听到诗人杜甫当时心脏怦怦然的跳动。”[①]一支笔写出三人心曲，也沟通了三颗心，末句则推开去，“一人心，乃一国之心”矣！为了达到打动吴郎的效果，诗中用散文常用的“不为”、“只缘”、“已（诉）”、“正（思）”、“即”、“便”、“虽”、“却”等虚字作转接，极尽委婉之能事，是所谓“以文为诗”的创新处，为宋人所乐道。至如五律，是盛唐诗体中最成熟的形

① 萧涤非《杜甫研究》，齐鲁书社 1980 年版，第 83 页。

式之一,杜甫仍能创新。试读《春望》:

国破山河在,城春草木深。感时花溅泪,恨别鸟惊心。烽火连三月,家书抵万金。白头搔更短,浑欲不胜簪。

大凡诗人只能与周遭变化着的语境发生感应,其情绪具有不可重复的“当下”性,杜甫其时因身陷敌占区,目睹叛军的烧杀抢掠,尤其是去冬官军陈陶斜惨败,“群胡归来血洗箭”(《悲陈陶》),使杜甫处于激愤之中,故景随情化,见花溅泪,闻鸟惊心,具有很强烈的主观色彩,是王夫之所谓“情中景”。颈联写烽火中盼家书,原本是平常语,但因道出个个乱离人的心思,遂成名句。杜诗“文与意之著”,就在于形式中有意味,意味沁自形式,而这种意味具感性而又超越感性,有“小我”而又融入“大我”。南宋李纲《重校正杜子美集序》称:“子美之诗凡千四百三十余篇,其忠义气节,羁旅艰难,悲愤无聊,一见于诗……平时读之,未见其工,迨亲更兵火丧乱之后,诵其诗如出乎其时,犁然有当于人心,然后知其语之妙也。”正是从读者的角度道出个中的奥妙。盖人处于相似的遭遇中,心与心之间的距离最小化,最易沟通,取得“人同此心,心同此理”的效应。杜甫以其“一人心,乃一国之心”的情感特征,在时代不同而境遇相似的情状下,勾出人们心中善的种子、悲悯之情怀,在人性的净化过程中与杜诗共鸣,从形式中品出意味,遂“犁然有当于人心,然后知其语之妙也”。可见人的心理结构与形式结构一旦取得感应式的对称,便能产生美感。可以断言,只要人类社会还有战乱,还有困穷,杜诗就仍然会感人至深。

杜甫的“集大成”不但在乎“兼”,而且在乎“通”——打通各种体式与各种风格。如《洗兵马》长句,诚如《杜臆》所评:“此诗四转韵,一韵十二句,句兼排律,自成一体。”古体而兼排律,便如阅兵阵,整肃且有动的气势。诗又多对偶,如:“鹤驾通宵凤辇备,鸡鸣问寝龙楼晓”,在微妙的对应中衬出肃宗“皇帝”兼“太子”的双重身份,表达对皇室大统的隐忧。总之,全诗既得七古之长,又得排律之优,是为“尽得古今之体势,而兼人人之所独专”之新义。反之,杜之排律又往往得古体之秉气,如《释闷》(四海十年不解兵),虽然是七言排律,却写来流转自如,绝无排律常有的太多的并列句式所造成不畅的弊病。故浦注云:“此篇可古可排,为乱极思治之诗。”运古入律、律带古体,是杜诗中常见的形式。还有些尚属“实验”阶段的诗,如《曲江三章,章五句》、《八哀诗》等,其创新处见集中详释。总之,毕杜甫之一生都在探索艺术形式的创造,为的是使自己的情感表达能达到最大限度的自由。不妨说,“集大成”的目的还在于“开世界”。

二

与西方“罪恶感”文化不同,与日本“耻辱感”文化也不尽相同,中华民族的“史官文化”的核心是“忧患意识”。该意识少空想而重实际,尤重经验及其总结。一部《资治通鉴》说尽“史”与“官”结合的“史官文化”的反思致用的性质。史,是反思之产物。从这一角度看,我民族虽然少有荷马史诗那样的叙事长篇,却有着比任何民族都多的带经验性的史的反思特质的诗篇。早在晚唐时,孟启《本事诗》就说过:“杜逢禄山之难,流离陇蜀,毕陈于诗,推见至隐,殆无遗事,故当时号为诗史。”宋人胡宗愈则曰:“先生以诗鸣于唐,凡出处,动息劳逸,悲欢忧乐,忠愤感激,好贤恶恶,一见于诗,读之可以知世。学士大夫谓之诗史。”(《成都草堂诗碑序》)合两说可见杜甫“诗史”的特质:能将自己的经历与情感写入诗中,反映出当时的社会情境。这也就是清代的注家浦起龙所指出的“慨世还是慨身”,以一己的流离与情感波澜,如长江大河般动态地反映出一个时代的气象。“诗史”者,心与迹合一也。“慨”者,不但是感慨,也是“推见至隐”、“好贤恶恶”式的反思与评价。正是因为这一特质,使杜诗因其发自同一情感主体而前后勾连,一索子贯。所以浦氏主张读杜诗“须通首一气读,若一题几首,再连章一片读。还要判成片工夫,全部一齐读。全部诗竟是一索子贯。”(《读杜提纲》)这也是本选译采取编年体的原因。

大略说来,杜诗创作可分三期:一是“安史之乱”前(712—755年),二是“安史之乱”发生后至入蜀前(756—759年),三是入蜀后至死于由长沙往岳阳的途中(760—770年)。

第一期又可分两阶段,即三十五岁以前,是他读书游历时期,“读书破万卷”、“放荡齐赵间”二句可概括。时当开元盛世,通过南游吴越,北放齐赵,携手高(适)、李(白),轻裘快马,杜甫身心浸润着盛唐气象的那份浪漫,从此,“煌煌太宗业”成为他心中永不熄灭的一盏明灯。紧接下来是十载困守长安,是时为天宝年间,盛唐施行的均田制、府兵制等,已濒临瓦解,而“四纪为天子”的玄宗也日见昏庸,政治腐败,危机四伏。此时的杜甫一方面怀抱“致君尧舜上”的理想,另一方面又过着“朝扣富儿门,暮随肥马尘”的屈辱生活。社会下层的生活使他认识了“朱门酒肉臭,路有冻死骨”的现实。他开始发扬汉乐府精神,写下《兵车行》、《丽人行》诸杰作,终于建构了他那真善一体的独特的情感本体,《自京赴奉先县咏怀五百字》是其成熟的标志。

第二期是杜甫生命历程中最为激荡的岁月。其时杜甫身处“安史之乱”的“台风眼”里,先是身陷叛军占据的长安,后又只身逃归唐肃宗的大本营任拾遗。他既看到叛军的残暴,也看到官军将士的苦斗,更看到百姓在战乱中遭受的苦难,且以高度的政治敏感嗅到朝廷内在危机与腐朽;他一方面支持卫国战争,同时又揭露兵役的黑暗。责任感与对现实“无可奈何”的痛感撕裂着他的心灵。内心的激情与惨烈的现实相撞击,使杜甫喷涌出诸如《悲陈陶》、《春望》、《羌村》、《北征》、《洗兵马》、“三吏”、“三别”等等一系列震古烁今的诗篇，他自己晚年还追忆道：“忆在潼关诗兴多。”然而肃宗的刚愎与自私使他忍无可忍：“唐尧真自圣，野老复何知！”他终于弃官远离朝廷，“一年四行役”，自华州西行越陇阪至秦州，再经同谷入蜀。一路写下一组组被誉为“图经”的纪行诗，在同谷县还写下兴会淋漓的《凤凰台》及“有血痕无墨痕”的“同谷七歌”。

第三期是杜甫“漂泊西南天地间”的生命最后十一年，斯时割据已成，外族入侵，中兴无望。按漂泊的地点又可分为三个阶段：一在蜀，二在夔，三在湖南、湖北。虽然在成都草堂老杜有过一段较为安定的日子，写下一些“朴野气象如画”的诗篇，但此后更见穷病潦倒，写诗几乎成为他唯一的慰藉。所留下的大量诗作，于形式创构上更见功力。其中如《茅屋为秋风所破歌》、《闻官军收河南河北》、《又呈吴郎》、《秋兴》、《登岳阳楼》等等，都是堪称从内容到形式臻乎完美的代表作。

如前所论，“诗史”者，心与迹合一也。非“迹”无以寄其情，留其迹而遗其情，则无诗矣！所以浦起龙《读杜提纲》郑重地提醒我们：“史家只载得一时事迹，诗家直显出一时气运。诗之妙，正在史笔不到处。若拈了死句，苦求证佐，再无不错。”极是，极是。苦求“无一字无出处”，或如刘克庄所讥评的：“必欲史与诗无一事不合，至于年月日时，亦下算子”（《再跋陈禹锡杜诗补注》），都不是读杜诗的正确方法。即以“写实”著称的“三吏”、“三别”为例，也脱不了文学虚构的特质。《新婚别》中新娘子的私房话又“谁闻之欤”？钱锺书称“史家追叙真人实事，每须遥体人情，悬想事势，设身局中，潜心腔内，忖之度之，以揣以摩，庶几入情合理”①。史家尚且要据往迹而补阙申隐，更何况诗家叙事抒情！所以萧涤非先生说：“没有大胆的浪漫主义的虚构，杜甫根本不可能创作出这首诗。”②然而这种虚

① 钱锺书《管锥编》，中华书局1979年版，第166页。

② 萧涤非《杜甫研究》，第223页。

构必须是“入情合理”,符合历史的基本事实与生活的逻辑。史载,当时河南、河北有许多妇女如卫州侯四娘、滑州唐四娘等,“请赴行营讨贼”(《旧唐书·肃宗本纪》),新娘子的言行是符合当时许多妇女支持这场卫国战争这一基本事实的。至于新娘子的口吻,更是惟妙惟肖,是为艺术的真实。然而从“三吏”、“三别”中无论男女老少个个都深明大义这一点看来,作者是有选择的,表达的是自己对卫国之战所持的态度与感情。

现在,让我们回到“主体性”的话题上来。无论“集大成”,无论“诗史”,“慨世还是慨身”,各种印象都指向一个方向,归拢成一个完整的形象,由模糊而趋明晰,那就是周祖譔先生所指出:“一部杜诗为读者集中地塑造了一个具有时代特征的、崇高的人物形象,即诗人的自我形象。”[①]是的,我们不但从杜诗中看到海立涛翻的唐代,看到须眉皆动的唐人,看到曲江歌舞,看到夔府秋色,更看到抒情主人公、中国文化托命之人——杜甫本人!诗中林林总总的一切事物都内化为诗人的“动息劳逸,悲欢忧乐,忠愤感激,好贤恶恶”而感动着一代又一代有良心的中国人。浦起龙说:“小年子弟拣取百篇,令熟复,性情自然诚悫,气志自然敦厚,胸襟自然阔绰,精神自然鼓舞!”这就是日新不竭的创造源头、再生原点,也正是本丛书“冥契古今心灵,会通宇宙精神”的不懈追求之所在[②]。于是沟通读者与作者、文本之间的联系便成为本新译的着力处。

然而,众所周知,“媒婆”的作用是很有限的,而且肯定还有副作用。用现代释义学眼光看,文本的意义是作者与读者共构的——作者写进意思,而读者则确定意义。读者也有其主体性。因此我们在必要时,也提醒读者诸君“自作主张”,当然是在充分尊重文本原有含义的基础之上。举个例吧,清代学者钱谦益笺注《洗兵马》,自诩“手洗日月”,却引来聚讼纷纭,便是由于他涉及理解的客观性、历史

---

① 周祖譔《百求一是斋丛稿》,厦门大学出版社2005年版,第19页。

② 指台北三民书局的《古籍今注新译丛书》,本书是其中一种。

性与阐释的有效性诸问题。钱注云：

> 笺曰：《洗兵马》，刺肃宗也。刺其不能尽子道，且不能信任父之贤臣，以致太平也……收京之后，洗兵马以致太平，此贤相之任也。而肃宗以谗猜之故，不能信用其父之贤臣，故曰："安得壮士挽天河，净洗甲兵常不用？"盖至是而太平之望益邈矣。呜呼！伤哉！

然而文本呈现的却是"中兴诸将收山东"后君臣上下一片"喜跃气象"（《杜臆》语），诗人对结束战乱让百姓过上太平日子充满期盼，钱注显然未能捉住该诗主旨。钱氏又将群臣分为房琯、张镐、严武等玄宗"旧臣"，与李辅国、贺兰进明等拥立肃宗的"灵武功臣"二党，而肃宗是挑起党争的幕后黑手，笺曰：

> 请循本而论之：肃宗擅立之后，猜忌其父，因而猜忌其父所遣之臣，而琯其尤也……自汉以来，钩党之事多矣，未有人主自钩党者，未有人主钩其父之臣以为党而文致罪状、榜在朝堂、以明欺天下后世者。六月之诏，岂不大异哉！肃宗之事上皇，视汉宣帝之于昌邑，其心内忌，不啻过之。

何谓"六月之诏"？《旧唐书·房琯传》载乾元元年六月诏曰："崇党近名，实为害政之本……（房琯）又与前国子祭酒刘秩、前京兆少尹严武等潜为交结，轻肆言谈，有朋党不公之名，违臣子奉上之体……朕自临御寰区……深嫉比周之徒，虚伪成俗。今兹所遣，实属其辜……凡百卿士，宜悉朕怀。"肃宗指房琯为朋党明矣，钱氏所言不为无据。问题是历史乃一前后相承相续的发展过程，不容前后倒置；而每一历史阶段都有其特定的情势，不容混淆。肃宗乾元年间固然已露宦官与廷臣结为朋党之端倪，但与中唐以后朋党左右朝政的情势不可同日而语,甚至与肃宗上元以后情势也有所不同。而钱氏所依据的重要文献“六月之诏”是在乾元元年六月,即钱氏该诗所系乾元元年春之后。更何况诗与史,文体不同,表现形式也大异其趣。史家往往是事后对时事作追记与整理,而诗家则往往是对“当下”情事的感言。诗人杜甫的“诗史”特征,并非将诗体当史体,而在乎能将历史发展过程中不同节点上的真实感受准确地记录下来,整部的杜诗连贯、整体、动态地反映出唐帝国这段历史的“气运”。从杜诗对借兵回纥这一事件的感受看,也是从“花门剺面请雪耻”(《哀王孙》)的赞许、期望,到“阴风西北来,惨淡随回纥。其王愿助顺,其俗善驰突……此辈少为贵,四方服勇决”(《北征》)的虽称许而有所保留,再到《留花门》对朝廷“隐忍用此物”,借回纥兵平叛政策得失的忧虑,写出诗人心路历程,也写出历史变数的发展过程。这种与时俱进的动态过程,才是“史”的实质。诗人的“预见性”,只是对事物发展趋势的敏感,并非“未卜先知”。同样,对玄、肃父子矛盾的宫廷内幕,作为“芝麻官”的杜甫,不可能知道得那么清楚,在收二京的“中兴”气氛中,他只能是敏感地提醒最高统治者要处理好这件事,以大局为重。这便是前文提及的“诗人情志”,是阐释者不能弃之不顾的“客观性”。

这里有必要对“鹤驾通宵凤辇备,鸡鸣问寝龙楼晓”一联稍事讨论。钱注认为“鹤驾”、“问寝”都是指肃宗的“太子”身份,“引太子东朝之礼以讽喻也。鹤驾龙楼,不欲其成乎为君也”。“不欲其成乎为君”如上所论,不合杜甫当时的情感实际,而“鹤驾”,指太子居所,的确是暗示肃宗其时既为皇帝又兼太子的双重身份。《通鉴》所载唐玄宗回京不肯居正殿而肃宗再三避位还东宫而玄宗不许一段文字,惟妙惟肖地写出肃宗当时颇尴尬的双重身份。杜诗所写,正是该特殊历史时期的特殊事件。固然,钱注之失在于未能充分尊重文本含义的“客观性”,扣紧诗中意象,逆得其时其地诗人“当下”之情志；然而，如果我们将杜诗放在一个更为广阔的视域关联中去理解，或者说是将眼光越过“忠君”、“温柔敦厚”的定势看杜诗，并将《洗兵马》视为后半部杜诗的一个新起点，与之连成一个整体来读，从“大胆议论君主”的角度重新认识杜诗，则钱注无疑极具启发性。至少有如下两事值得重视：

（一）钱注是将《洗兵马》纳入后半部杜诗整体来发议论的，与其说《洗兵马》钱笺是对该诗主题的揭示，不如说是对钱氏心目中后半部杜诗主旨的发露。钱笺敏锐地捉住“问寝”这一关键词生发其议论，可谓纲举目张，有其历史的合理性与深刻性。“问寝”，也就是“奉晨昏”，向父皇早晚请安，是“家人之礼”，是“天伦”，意味着玄、肃之间正常的封建伦理关系。这是《唐书·肃宗本纪》与《资治通鉴》肃宗至德、乾元年间一再出现的关键词。事实上它关系到肃宗当皇帝的合法性问题，“奉晨昏”事关大局，是唐室激烈的宫廷斗争的烟幕弹。杜甫《洗兵马》于“喜跃之象”中插入“问寝”，绝非偶然。陈寅恪《唐代政治史述论稿》以一半的篇幅专论有唐一代的“政治革命及党派分野”（中篇），指出“唐代皇位之继承常不固定，当新旧君主接续之交往往有宫廷革命”，且“皇位继承既不固定，则朝臣党派之活动必不能止息”①。这是带规律性的东西，杜甫虽然对宫廷斗争之内幕未能如当时的大政治家李泌所知之深，但以其诗人的敏感及其不俗的史识，在喜跃之际不忘忧患地点明“问寝”所隐伏的危机，正是杜甫沉郁顿挫的本色。钱氏以其对唐史的熟悉，及其对明末政治斗争的体验，悟出杜诗文本潜在的意义，自有其合理性与深刻性。至于钱笺“唐史有隐于肃宗，归其狱于辅国，而读书者无异辞……何儒者之易愚也”云云，更是超越前人的史识，达到杜诗因时代与作者个人原因而未及的高度，是我们评价该诗的重要参照。

---

① 陈寅恪《唐代政治史述论稿》，上海古籍出版社1982年版，第50、60页。

(二) 基于以上认识,我们对《洗兵马》在整部杜诗中的作用,似应有一个新的定位。以眼光深刻著称的王安石,编杜诗以该诗压卷,凸显其重要性,颇值得深思。事实上《洗兵马》不但气势磅礴,风雅颂并作,而且它是杜甫对肃宗期望值最高的一个节点。此后杜甫就从这一情感之巅直跌入失望之渊。乾元二年(759)春,杜甫自东京返华州,从沿途所作"三吏"、"三别"中,我们看到诗人"思朝廷"与"忧黎元"之间的矛盾已达到撕肝裂肺的地步。是年秋,杜甫终于决然挈妻携子远离朝廷西去。就在杜甫刚翻越陇阪即写下的声调苍凉的《秦州杂诗》中,诗人道出了远离朝廷的根本原因:"唐尧真自圣,野老复何知!"仇注:"自圣,见谠言不能入;何知,见朝政不忍闻。"还有什么比这一行动更能表白杜甫对肃宗失望乃至近乎绝望之情? 因其期盼之殷,故其失望也深。只有将《洗兵马》对肃宗致太平之期盼与之合读,我们才能体悟何以杜甫在"幼子饿已卒"的困危中还要说"生逢尧舜君(指玄宗),不忍便永诀"(《自京赴奉先县咏怀五百字》);而今因为"关辅饥"就撇下朝廷决然离去。不妨说,是《洗兵马》与"三吏"、"三别"共构了杜诗情感跌宕的分水岭——前者是山之阳,后者是山之阴。此后野老、野人、野客成了杜诗常见词,随处可见野亭、野寺、野水、野航、野径、野趣、野逸。在野身份的认同使杜甫不再老提"稷与契",取而代之的是孔明,而且兴趣所在不是孔明的功业,而是其与刘备"君臣相得"的鱼水关系。他对皇帝的期望值已经从"尧舜"直降到刘备这样能容得下贤臣的君主。"张后不乐上为忙"(《忆昔二首》)这种带调侃意味的诗句,绝不会出现在《洗兵马》之前。而"思朝廷"的重点也更多地体现在对朝廷政策的批评与建议。我之所以花如许笔墨讲这么一首诗,不过是想强调"诗史"反思致用的特质是不排除读者的参与的,我认为这对积极理解杜诗很重要。

三

杜甫诗歌艺术的总体风格是“沉郁顿挫”,已为学人所认同。然而,“沉郁”又不仅仅是杜甫个人独特的艺术风格,它源远流长。要了解富有民族特色的沉郁风格之形成,就有必要上溯我民族先民共同的生活经验。从根本上说,黄河流域那并不裕如的生存环境与“靠天吃饭”的农业活动,决定了我们这个民族是个具有深广的忧患意识的民族。《孟子·告子》的一段话颇有代表性:

> 孟子曰:“舜发于畎亩之中,傅说举于版筑之间,胶鬲举于鱼盐之中,管夷吾举于士,孙叔敖举于海,百里奚举于市。故天将降大任于是人也,必先苦其心志,劳其筋骨,饿其体肤,空乏其身,行拂乱其所为,所以动心忍性,曾益其所不能……人恒过,然后能改;困于心,衡于虑,而后作;征于色,发于声,而后喻。入则无法家拂士,出则无敌国外患者,国恒亡。然后知生于忧患而死于安乐也。”

在这段话里,孟子将人生忧患与社会忧患、个体忧患与群体忧患结合起来思考,从而将忧患意识提升到关系到家国存亡的历史规律这一层面来认识。他认为,治国者无内忧外患的危机感,国家往往败亡,所以做出“生于忧患而死于安乐”的结论。而个体也必须有“困于心,衡于虑”的忧患意识,才能成为“天将降大任于是人”的“法家拂士”。(朱熹《四书章句集注》云:法家,法度之世臣也。拂士,辅弼之贤士也。)忧患意识已被视为士大夫个体必备的修养,由此将忧患意识化为个体人格内在的历史责任感。孟子对忧患的思考,体现了儒家个体皈依于群体的价值观。正是这种价值观的整合作用,使忧患意识成为个体人格内在的东西。其中所含的使命感更多的只是一种意绪,通过作家的酝酿,可外化为审美情趣。屈原便是首位将此意绪外化为个人沉郁风格的大诗人。

后人常借用屈原《九章·惜诵》"发愤以抒情"一语来说明屈原的创作动机。司马迁在《报任安书》中也是以"意有所郁结,不得通其道"解释"发愤著书"说的。这就是说,屈原的创作动机是要宣泄心中的郁结,然而屈子的忧患是深广的,不可排遣的。诚如林云铭《楚辞灯·离骚》所云:

> 屈原全副精神,总在忧国忧民上。如所云"恐皇舆之败绩"、"哀民生之多艰",其关切之意可见。

感情的纠结使之"'骚'而欲'离'不能也。弃置而复依恋,无可忍而又不忍,难留而亦不易去……'骚'终于'离'而愁将焉避"[①]!正是这种"剪不断,理还乱"的情绪,造就了似往已回、悱恻缠绵的风格。屈原为"沉郁"定的调子就是"芳菲悱恻",是怨不是怒。扬雄、阮籍诸人继承的便是这种调子。

经过长期的积淀,沉郁风格至杜甫而有了质的升华,这就是萧涤非先生所指出的:杜之"沉郁"不是悒郁,而是"沉雄勃郁"(前引)。此种风格之形成,既是现实的,也是历史的。说它是现实的,是因为杜甫所处的是一个由极盛跌入大乱的特定历史时期,盛世强烈的印象使之毕生不忘,即使在最困难的环境中仍能有"中兴"的信心。说它是历史的,是因为杜甫从士大夫的集体无意识中汲取了力量。在杜甫情感主体的作用下,个性化的"沉郁"乃于"厚"、"深"之外又拓之使"阔",沉郁风格之"三维"于是乎大备。盖杜诗境界阔大,古人早有定论,如王安石诗云:"吾观少陵诗,谓与元气侔。力能

---

① 钱锺书《管锥编》,第584页。

排天斡九地，壮颜毅色不可求。浩荡八极中，生物岂不稠。丑妍巨细千万殊，竟莫见以何雕锼。”（《杜甫画像》）所谓“阔大”，不但指如“吴楚东南坼，乾坤日夜浮”（《登岳阳楼》）、“锦江春色来天地，玉垒浮云变古今”（《登楼》）之类气象雄浑、俯仰古今的意境，且指“上感九庙焚，下悯万民疮”（《壮游》）的胸襟与视野。也就是说，杜甫的“阔大”，是眼界能溢出“君臣之际”，及乎百姓，这就使文人诗的疆土得到大幅度的开拓，且升华为一种审美意识：“或看翡翠兰苕上，未掣鲸鱼碧海中。”（《戏为六绝句》）杜甫所道出的也正是盛唐以壮阔为美的时代特征，而这种审美特征在杜诗中又得到最典型的印证。它使杜诗的沉郁风格获得了与传统相区别而与时代相呼应的个性。这一特征，读者诸君展卷一读便知。

至于“顿挫”，应指与“沉郁”相应的从节奏、声律，到句式、联对、篇章结构，乃至意象的合成、组合，反讽、用典等语言形式方面的特点。杜诗之伟大，最终还是要落实在其诗歌的语言形式。然而，如果以为应在语言自身只作“新批评”式的封闭研究则否，因为语言的符号化，要求其指向意味而超越语言自身，对真善美一体化的杜诗更是如此。因列其带有典型性的数端以见一般，至于倒叙、对比、双动、反讽、借对、流水对、歧义句、假平行句、名词独立句等技法，在在皆有，则于本选集中随时揭示。

先看意象的合成与组合。意象，盛唐选家殷璠称之为“兴象”。兴者，起也；象者，出意者也。兴象之活力，就来自“兴”与“象”并列，两端确定而二者间关系则不确定，从而留下很大的空间，有很大的容量。或者说，兴象不但指兴与象的静态构成（鲜明生动的形象蕴含兴味神韵），而且指由诗人兴发感动而物我遇合的兴象合成的动态过程。杜诗的语言，便是这种创构情感意象的典型的诗语言。

中国诗与直觉思维有着不解之缘，从来就不想离开这感性世界而去，所以杜甫首先追求的是语言的感觉化。“山豁何时断，江平不肯流”（《陪王使君晦日泛江》），“不肯流”是诗人此时此地对“江平”的特殊感觉。杜甫用词下字总是尽量将词语的指称功能隐去，凸显其表现功能，使之感觉化。“碧瓦初寒外”(《冬日洛城北谒玄元皇帝庙》)，无象无形之“初寒”，如何置诸有形有质的“碧瓦”之“外”？但就感受而言，却是可能的。仰视巍巍玄元寺，觉得碧瓦之高已超然乎充塞于天地人间之寒气，则非“外”字不可。它将作者对高华壮丽的玄元寺的感受，借碧瓦之实体传达给读者，是所谓“呈于象，感于目，会于心”者。又《船下夔州郭宿雨湿不得上岸》有云：“晨钟云外湿”，钟声无形安能湿？钟声又如何辨其湿？又《晚秋陪严郑公摩诃池泛舟》有句云：“高城秋自落”，“秋”如何落？从何而落？叶燮《原诗》赞叹不已：“所谓言语道断，思维路绝。然其中之理，至虚而实，至渺而近，灼然心目之间，殆如鸢飞鱼跃之昭著也。”虚而实，实而虚，这就是杜诗感觉化之妙。为此，杜诗组词还有意将景物与情志紧密结合到“化合”的程度。“影著啼猿树”(《第五弟丰独在江左》)，固然可释为：身羁峡内，每依于峡间之树，而峡间之树多著啼猿；但如此分解，“啼猿树”之意味又何在哉！如果我们将“啼猿树”看成一个合成意象，则味之无穷。“池要山简马，月静庾公楼”(《秋日寄题郑监湖上亭》)，马乃今日之马，楼乃今日之楼，却冠之以古人的名目，以名词作形容词，造成古今时空的交错，于是主如庾公之雅兴，客如山简之风流如见。

与杜诗语言的情感性质相配套的是：以形象直接取代概念、推理、判断。“万事已黄发，残生随白鸥”(《去蜀》)，万事如何？——“已黄发。”读者自能悟出“万事已休”的断语。残生又如何？——“随白鸥。”读者亦可悟出“漂泊无着”的断语。“身世双蓬鬓，乾坤一草亭”(《暮春题瀼西新赁草屋》)，密集的意象间无一动词，只让意象的张力互相支撑，在对称中形成反差，互相补明意义。从这些富有个性的“句法”中，我们感触到杜甫自家的“逻辑”与“秩序”。则杜诗句法，是以情感生命之起伏为起伏的。其诗句极力追摹生命的节奏，让诗的律动与人的内在生命之律动同步合拍，由此焕发出诗美。诗的律动与心理的律动、情感的律动同构,是杜诗独到之处。"青——惜峰峦过,黄——知橘柚来"(《放船》),由第一眼的印象到引起感受的情绪,再到理性的判断,不正是"意识流"所追求的效果?"返照入江翻石壁"(《返照》),似乎是在追踪客观事象的因果过程,却正与"不可久留豺虎乱"那忐忑心绪同一轨迹。总归诗人服从的是强烈的主观感受而不是语法规则。清人徐增《而庵诗话》称:

> 论诗者以为杜甫不成句者多;乃知子美之法失久矣。子美诗有句、有读,一句中有二三读者;其不成句处,正是其极得意之处也。

如果我们不拘于只从句读来理解这段话,那么"不成句处"杜自觉是"极得意处",正是杜甫对诗要有诗自家特有的句法的自觉追求。对于迷恋既成事物的人来说,是不可理解的。杜诗"香稻啄余鹦鹉粒"(《秋兴八首》)一联竟至千古聚讼,甚至有认为"简直不通"、"全无文学价值"者。而为杜甫作辩的人则认为是"倒装句法",是"语序颠倒"以便使读者在弄清其含义时心理上多一层阻力,产生"劲力"云。还是以惯常语法秩序做尺度。然而安知杜甫极得意处不在此?"倒装句"也罢,"以名词作形容词"也罢,"形容短语"也罢,杜甫诗中语序多"以意为之",正是对形象思维的极力追摹。至如"即从巴峡穿巫峡,便下襄阳向洛阳"(《闻官军收河南河北》),并非实事,只是驰想,"双动"用法与流水对使还乡之思迅疾如飞,体现了诗人当时心灵的节奏。

杜诗不可及处,还在于"组合拳"式的意象群的构成,其指向乃在"沉郁",以心理的方式重新编织从个人生活经验中蒸馏出的细节,经诗人主观感情的点化,以自己独特的用词、语句、意象、结构,再造一个全新的感觉世界。试读被胡应麟誉为"古今七言律第一"的杜甫名篇《登高》:

> 风急天高猿啸哀,渚清沙白鸟飞回。无边落木萧萧下,不尽长江滚滚来。万里悲秋常作客,百年多病独登台。艰难苦恨繁霜鬓,潦倒新停浊酒杯。

“万里”一联含八九层意(或云他乡作客一可悲,经常作客二可悲,万里作客三可悲,况当秋风萧瑟四可悲,登台易生悲愁五可悲,亲朋凋零独去登台六可悲,扶病而登七可悲,此病常来八可悲,人生不过百年,在病愁中过却,九可悲),且不觉堆垛,为历来论者所推许。但尤需发明的是,这八九层意思是来自万里、悲秋、作客、百年、多病、独、登台诸多意象的交错组合,各种意象互相映照,你中有我,我中有你,如镜镜相摄的“华严境界”,意味迭出。甚至整首诗中风急、天高、渚清、沙白、猿啸、鸟飞、萧萧落木、滚滚长江……互为斗拱,交织共时;是秋的和弦,是秋的场景,是秋的气息。至此,诗中秋景已非夔州实景,而是“离形得似”的艺术幻境,诗中的悲秋之情也不仅仅是杜甫个人独有的情绪,而是从个人生活经验中提取的具有普遍性的审美经验,也就是经特定方式组合而成的一种感人形式,写现实而超越现实。

节奏、声律、句式等,更是造成顿挫感的重要元素。再以《江汉》为例:

江汉/思归客,乾坤/一腐儒。
片云/天共远,永夜/月同孤。
落日/心犹壮,秋风/病欲苏。
古来存老马,不必取长途。

第二句为全诗首脑,沉郁之情由此感发。前三联都是平行句式,节奏如上所示,是整齐的,而颔联句序颠倒(顺序应为“片云共天远,永夜同月孤”),“片云”句有歧义,意思游移在“一片浮云像天那样遥远"和"天空下,我的心和片云一样万里飘游"之间。且前三联都有大小、强弱的对比,这些都造成一种不顺畅的隔离感,而末句却用流水对,"老马"既是第七句的宾语,又是第八句的主语。"这样,在全诗的四联中,表现了从最不连续到最连续的级差变化;同时节奏频率级差变化也是由句法实现的。"尤其是尾联由上面的意象语言忽然转入推论语言,"不必"二字使推论的力量得到最强烈的表现①。句序、歧义、对比、意象、节奏,同时发力,在抑扬顿挫中造成情感的波澜,无疑强化了诗中因"乾坤一腐儒"所感发的沉郁情感,而且前六句那片断式的意象系列造就了往复悱恻的沉郁,又由尾联否定句式的颠覆而一泻直入勃郁的境界。

用典,也是杜诗造境的一大手段。西方文学也用"典故",但与我国传统的用典相似而不尽相同。《韦氏大学词典》关于"典故"给出的定义是:"一种含蓄的或间接的指称。"而中国诗中"用典"所指范围要狭隘得多。并非提及往事都叫"用典",它讲究"出处":可查证的确定文献。通过历史意象与现实对比,"事异义同",或"理殊趣合",形成张力,追求一种"文已尽而意有余"的文学效果。不妨说,典故是浓缩的历史事件,好比从海水中蒸出盐来,我们只要取些许的盐溶于水,就能恢复原味。如果加上调料,就能制成比盐更有回味的美食。杜甫精于此道,不但用典确切多变,且用得熨贴无痕。如:"杜酒偏劳劝,张梨不外求。"(《题张氏隐居》)杜酒,杜康酒,曹操《短歌行》:"何以解忧,惟有杜康。"张梨,潘岳《闲居赋》:"张公大谷之梨。"酒乃吾家之酒,还要劳你来劝?梨本你家的梨,自然是不必外求。切合宾主双方之姓氏,且说得机智幽默,平添不少趣味。

用典之妙,还在于造成古今的平行对比,以古逗出未曾言说的今,暗示言外之意。如:"昨日玉鱼蒙葬地,早时金碗出人间。"(《诸将五首》)玉鱼、金碗皆汉时帝王墓葬之物,为人盗卖。然而具讽刺

① 参考[美]高友工、梅祖麟《唐诗的魅力》,上海古籍出版社 1989 年版,第 38—40 页。

意味的是：汉陵被掘在西汉亡后，唐陵被掘却在唐军平“安史之乱”后的吐蕃入侵时，奇耻大辱尽显当朝帝王与诸将的无能。典故在这里具有很强烈的反讽意味。再如：“对棋陪谢傅，把剑觅徐君。”（《别房太尉墓》）谢傅即晋太傅谢安，用指唐肃宗时的太尉房琯。谢好弈棋而房好赏琴，但谢安官崇位高受重用，不因好棋艺受责；而房琯却因琴师董某受贿贬官。“对棋陪谢傅”五字不但暗示作者与房关系之亲密，还写出对房之崇敬并为之抱不平的弦外之音。至如《凤凰台》，由台名而联想到“凤鸣岐山”，想到周文王的功业，全诗由此起兴而浮想联翩，将诗人为国为民不惜剖心血的激情和盘托出，诚如浦注所云：“是诗想入非非，要只是凤台本地风光，亦只是杜老平生血性，不惜此身颠沛，但期国运中兴，刳心沥血，兴会淋漓。”一人名、一地名便能勾出如许多的联想，正是用典能再造艺术幻境的特殊功能。故陈寅恪《读哀江南赋》有云：

> 兰成作赋，用古典以述今事。古事今情，虽不同物，若于异中求同，同中见异，融会异同，混合古今，别造一同异俱冥、今古合流之幻觉，斯实文章之绝诣，而作者之能事也。[①]

杜甫更是将庾信的“绝活”发挥到极致，让自然景物与历史意象错综起来，别造一同异俱冥、今古合流之艺术幻境。试读名篇《登楼》：

> 花近高楼伤客心，万方多难此登临。锦江春色来天地，玉垒浮云变古今。北极朝廷终不改，西山寇盗莫相侵。可怜后主还祠庙，日暮聊为《梁甫吟》。

春色浩荡却心事重重，是王夫之所谓“以乐景写哀，以哀景写乐，一

---

① 陈寅恪《金明馆丛稿初编》，上海古籍出版社 1980 年版，第 209 页。

倍增其哀乐”(《薑斋诗话》)。又由自然景色之变幻引出世事的多舛,“北极”一联将对时局变幻不定的担忧从正面道出,说“终不改”,正是忧其改,遂引出尾联的历史意象。后主,就是刘备的不肖子阿斗;《梁甫吟》,孔明在隆中喜吟此曲,用指对大贤孔明的思念。此句感叹国事如此,君王平庸如此,正须诸葛亮那样的大贤来辅政。其中不无诗人报国无门的自嗟。然而此情此景所蕴含的意绪、情感,比上面的概括要丰富、细腻得多。蜀后主还祠庙面对祖宗时,犹懂得怀念孔明,看来还不是“陈叔宝全无心肝”,牵出诗人对唐代宗尚存的一丝希望,其拳拳之心依稀可见。全诗浮云变幻、世事变幻、意绪变幻,交错重叠,真是“混合古今,别造一同异俱冥、今古合流之幻觉”。典故之于杜诗,决非摩登人夸富炫丽之衣,实乃魔术师遮物障眼之布——蔽之偏能彰之。

读经典之作,好比潜海探珊瑚,要自家潜入百度寻觅,方能有得。故黄生《杜诗概说》云:“惟读杜诗,屡进屡得。”注家云云,只是充当导游,读者有得,则登岸舍筏可也。谬误之处,尚乞海内外读者诸君正之。

本书付梓,得益于台北三民书局编辑部诸先生之嘉惠良多,谨此鸣谢。

林继中

壬辰龙年识于面壁斋

凡　例

一、本诗选采用依年编次的形式，于正文题下标明诗体，并大略按时、地兼顾篇幅相对匀称，将所选诗厘为八卷。其系年主要参照《杜诗镜铨》，略作调整。

二、杜集版本繁多，兹以影印《宋本杜工部集》为底本，校以明钞残本《新定杜工部古诗近体诗先后并解》、郭知达《九家集注杜诗》、仇兆鳌《杜诗详注》，并参校他本，择善而从，不出校，必要时于注中说明。

三、本诗选以直注明解为原则，不作繁琐考证，但杜诗用时事、重史实、巧用典，是一大特色，所以凡有助读者解读原诗之史实、典故则加注，力求简明切当。与该诗相关的背景材料与题旨，则于【题解】下作交代。

四、杜诗历千年而评析者不衰，俨然成一门“杜诗学”，此乃极可宝贵的资源，因辟【研析】一栏，择其切当多发明者录入，而历来歧见纷纭者，亦择要介绍，以广见闻，并表明编者意见，以备参考。至如作者情志、写作技巧、艺术特征，亦作点醒。

五、本诗选的白话翻译，只是辅助读者整体、连贯地把握该诗内容，或有臆断处，为译者个人的理解。要欣赏诗美，还得直接涵泳原作，登岸舍筏可也。

六、书后附篇目索引，其他咸循《古籍今注新译丛书》之总体例。

卷　一

望　岳（五古）

【题解】

开元二十四年（736），二十五岁的杜甫始游齐赵。诗作于是时，为现存杜诗最早的一首。岳，古有五岳，《尔雅·释山》："泰山为东岳，华山为西岳，霍山为南岳，恒山为北岳。"全诗从"望"字驰想，造语警拔，已露出诗人惊人的才华。

岱宗夫如何[1]？齐鲁青未了[2]。
造化钟神秀[3]，阴阳割昏晓[4]。
荡胸生曾云[5]，决眦[6]入归鸟。
会当[7]凌绝顶，一览众山小[8]！

【注释】

〔1〕岱宗句：岱宗，泰山的尊称。岱，始也。宗，长也。泰山为五岳之长，在今山东泰安北。夫，指代泰山，用于句中，兼有加强语气的作用，放在此句中则带出一种期待的感情。

〔2〕齐鲁句：写远望泰山，青苍之色连绵，过齐鲁犹未尽。齐、鲁为春秋战国时的诸侯国，齐在泰山北，鲁在泰山南。

〔3〕造化句：大自然仿佛将神奇秀美都汇聚在泰山。造化，天地；大自

然。钟,聚集。

〔4〕　阴阳句:极写泰山之崇高,其向背黑白,判然如割,“割”字是所谓的“炼字”。

〔5〕　荡胸句:荡胸,张衡《南都赋》:“淯水荡其胸。”荡,摇动。曾,即层。

〔6〕　决眦:撑开眼角。形容张目极视。

〔7〕　会当:一定要。会当、会须、会,都是古人口语,含有将要的意思。

〔8〕　一览句:此句化用《孟子·尽心上》“孔子登东山而小鲁,登泰山而小天下”之意。诗人借此表达自己宏大的情志。

【语译】

五岳之长的泰山啊是怎么个样?那青苍的山色连绵,过齐鲁之境犹望不到尽头。仿佛是天地情有独钟,把所有神奇秀美都汇聚在泰山。它矗立天地间,将阴阳分判:山阴为昏,山阳为晓。升腾的层云摇荡在它的胸前,而归飞的鸟儿直扑入我撑开的眼帘。终究有一天我要登上峰巅,俯瞰渺小的群山!

【研析】

杜甫《进雕赋表》:“自七岁所缀诗笔,向四十载矣,约千有余篇。”但早期诗遗存甚少,这首诗萧涤非先生定为最早的一首。从早期这首诗,不难领略到杜诗未来的一些基本特征,首先是那独特的语言风格。杜甫用字稳健准确,坚而难移。如诗题的“望”字,与陶潜“悠然见南山”的“见”字不同,有较强的主观意味,所以发端用设问句引出“青未了”,造成跌宕语气,充满期待,看似平易,其实奇崛。赵秉文《题南麓书后》称:“夫如何三字几不成语,然非三字无以成下句有数百里之气象。”因此诗中泰山不仅是眼前景,更是情中景,神与物游,不必泥定站在何处看山。诗人既可看到“齐鲁青未了”的全境,也可以“看到”那“阴阳割昏晓”的虚景。“割”字化虚为实,将无形的“阴阳”与“昏晓”化为可捉搦分割的实物,给人一种亲切具体的感受。杜甫用典尤其讲究,“割”字与下句“荡胸”都暗用张衡《南都赋》:“割周楚之丰壤”,“淯水荡其胸”。历来注家都以为“荡胸”是指云彩在诗人胸前飘荡,其实正如“淯水荡其胸”的“胸”是指南都,这里的“胸”也是指泰山。我们不应忽略“荡胸生曾云”的“生”字,云是从泰山胸前“生”出的,故《对雨书怀走邀许主簿》又云:“东岳云峰起,溶溶满太虚。”暗用《公羊传》“触石而出,肤寸而合,不崇朝而遍雨乎天下者,唯泰山尔”。所以这句写的是望中泰山半腰上升腾的云。下句则写归鸟扑面而来的奇特感觉,是葛兆光所说:“甚至连视觉与被视物的主被动关系都倒装了”,“仿佛是人把眼眶撑大便把飞鸟摄进来了似的”。刘熙载《艺概·诗概》称:“少陵思精,太白韵高。”从以上分析看,这个“精”字在早期诗中已有深刻的表现,只是出手还有点生涩,多少露出“做”的痕迹来。

登兖州城楼 (五律)

【题解】

这首和前诗《望岳》同是第一次游齐赵时所作。是他现存最早的一首五律。此诗写来格律工稳,结构严谨,且气象开阔,感慨遥深。

东郡趋庭日,南楼纵目初[1]:
浮云连海岱,平野入青徐[2];
孤嶂秦碑在,荒城鲁殿余[3]。
从来多古意,临眺独踌躇[4]。

【注释】

〔1〕　东郡二句：东郡，兖州属秦、汉时之东郡。东郡，有今河北省南部及山东省西北部之地，治濮阳（今河北濮阳南）。趋庭，《论语》："鲤（孔丘的儿子）趋而过庭。"后以子承父教为趋庭。时杜甫之父杜闲做兖州司马，杜甫来省视，故曰"趋庭"。初，初次。

〔2〕　浮云二句：海岱，指东海与泰山之间。青徐，青州与徐州。海岱、青徐，都和兖州接境。入，是"一直伸展到"的意思。

〔3〕　孤嶂二句：秦碑，指秦始皇登峄山所刻石碑。余，残余。鲁殿，指鲁灵光殿，汉景帝子鲁共王所建。殿在曲阜县东二里。

〔4〕　从来二句：临眺，登临眺望，与上"纵目"照应。凭高悲古，故不免踌躇惆怅。

【语译】

我来东郡探望父亲，初次登上南楼极目远望：天上飘浮的云哟直连到东海接泰山，平展展的旷野哟向青州徐州伸展；就在城东南的峄山上，秦碑矗立翠嶂，城东北哟，还残存着荒芜的鲁殿。文物让人怀古，登高叫人惆怅。

【研析】

对称，是各民族、各种艺术共同追求的一种美的形式。然而唯有单音节及其文法疏简有弹性的汉字，才造成从形式到意义都能整齐对称的独特的中国律诗。五言八句的五律于初唐已基本定型，至盛唐诗人手中，更是成为纵横排阖的重要形式。杜甫的祖父杜审言已是一个写五律的高手，所以杜甫很早就重视对这一形式的把握，并已显露出"给一首诗的各个诗行注入了深刻的象征意义与复杂的文化联想"的特色（高友工《律诗的美学》）。从这首杜甫现存最早的五律中，我们也可以领略到这一点。首尾两联互相呼应，扣紧登楼的题意，同时包饺子似地将中间两联抱紧而形成一个自足回环的整体。颔联开阔的视野,颈联深厚的文化意涵,使其登高怀古的感叹有了时代与历史的意味。难怪明代注家张綖要说:“凡诗体欲其宏,而思欲其密。广大精微,此诗兼之矣。”正因其具有典型性,故前人多取以为式。

题张氏隐居二首

【题解】

此诗当是开元二十四年(736)后,与高适、李白同游齐赵时作。杜诗早期多五言,人称法度森严。张氏,或以为即张建封之父张玠。性豪侠,轻财置士,《唐书·张建封传》载其尝客兖州;谓张氏即此公,惜无坚实的依据。

其　一(七律)

春山无伴独相求,伐木丁丁山更幽[1]。
涧道余寒历冰雪,石门斜日到林丘。
不贪夜识金银气[2],远害朝看麋鹿游[3]。
乘兴杳然迷出处[4],对君疑是泛虚舟[5]。

【章旨】

大体说来,此诗上四句言一路之景,下四句言相见之情。不过全诗都贯穿着“乘兴”,是对隐居的远害与无机心的向往。

【注释】

〔1〕　伐木句:此句以动衬静。《诗·小雅·伐木》:“伐木丁丁。”丁丁,

伐木声。山更幽,王籍《入若耶溪》诗云:"鸟鸣山更幽。"

〔2〕 不贪句:此句赞许张氏清廉不贪。《左传·襄公十五年》载子罕曰:"我以不贪为宝。"《史记·天官书》:"下有积钱,金宝之上,皆有气。"

〔3〕 远害句:此句言张氏能远离名利场,无机心,故麋鹿不惊。《关中记》:"辛孟年七十,与麋鹿同群。"

〔4〕 乘兴句:此句隐喻张氏隐居如桃源之幽深。杳然,幽深貌。迷出处,《桃花源记》:"太守即遣人随其往,寻向所志,遂迷不复得路。"

〔5〕 对君句:此言张氏之恬淡无所求,虚己处世,故能远害,与之相对能使人名利不绾系。虚舟,《庄子》:"方舟而济于河,有虚船来触舟,虽有惼心之人不怒。"

【语译】

你在春山无伴,我独自一人来相访。伐木丁丁,空谷回响更显深幽。穿行涧道残雪有余寒,石门斜阳照在林丘上。隐居者,隐居者!你因不贪故能识天地之宝,你因远害无机心故能与麋鹿同游。我乘兴而来,就像进了桃源迷失所在;君能虚己相对,宾主就像那空船相触自然忘怀。

其　二(五律)

之子〔1〕时相见,邀人晚兴留。
霁潭鳣发发〔2〕,春草鹿呦呦〔3〕。
杜酒偏劳劝,张梨不外求〔4〕。
前村山路险,归醉每无愁〔5〕。

【章旨】

上一首是"乘兴"初见,这一首已是后来常见,故能详写大自然的生机勃勃与人际间的亲和无间,写尽田园自足之乐,强化了诗人对隐居的向往。

【注释】

〔1〕 之子：这位先生。

〔2〕 霁潭句：霁潭，雨后的池潭。鳣发发，《诗·硕人》："鳣鲔发发。"形容鱼儿活跃，尾儿泼泼。

〔3〕 鹿呦呦：《诗·鹿鸣》："呦呦鹿鸣，食野之苹。"此亦隐喻设宴招待。

〔4〕 杜酒二句：此联意思是：酒本是我的本家杜康所制，却偏劳您来殷勤相劝；梨乃是你们张家所种，自然无须远求。暗用宾主两姓，语气幽默，用典巧而不纤。杜酒，杜康酒。曹操《短歌行》："何以解忧？惟有杜康。"张梨，潘岳《闲居赋》："张公大谷之梨。"

〔5〕 前村二句：仇注：醉归忘险，极尽主人之兴矣。《庄子·达生》："夫醉者之坠车……彼得全于酒而犹若是。"是说醉酒的人从车上跌下，不受伤害。此处暗用其意，故云：山路虽险而无愁。

【语译】

您现在是时常与我相见，邀我乘着晚兴留在山庄吃饭。春雨后潭中鱼儿活蹦乱跳，芊芊的春草坪上鹿儿哟呦呦鸣叫。咱杜家的酒偏有劳您来相劝，张家自种的梨自然是无须远求。虽然前村回家的山路难走，但醉人能自全我总是不担忧。

【研析】

隐居一直是中国士大夫一个温馨的梦。"儒道互补"，体现在行为上也就是出仕与隐逸的交替。不过杜甫早期求仕之情强烈，这里对隐士的赞许主要还在其清高无名利心。至于形式，其一属七律，仇注引高棅说："唐初始专此体，沈宋辈精巧相尚。开元初，苏张之流盛矣。盛唐作者不多，而声调最远，品格最高，若崔颢、贾至、王维、岑参，当时各极其妙。"此诗平顺工整，章法分明，诚如叶嘉莹《杜甫〈秋兴八首〉集说》所评:“并未能超越前人而别有建树。”但从“不贪夜识金银气,远害朝看麋鹿游”一联中,我们已隐约感受到杜甫七律造句的奇崛。此句“不贪”、“远害”二字一读,上二下五,较好地表达其对隐居的理解:将“不贪”、“远害”安排在句端,突显张氏隐居的不贪心、无机心。然而由于其语序“不按常规出牌”,即不是按语法,而是按诗人对事物的直观感受安排,所以其句读(逗)有多种断法,也就造成了句子的不确定性与多义性。如《而庵说唐诗》就认为:“子美七律,一句中有至二读、三读者,人都不理会,独此句无读。”他的意思是杜甫七律长句往往可以断为二、三个连续的短语,独此句“七字当一气读下去,不可于‘不贪’二字下读断”。因为他认为此句的意思是:“今人拜客,无有在抵暮者,子美到张氏林丘,恰当方夜……便觉不安。识金银气,必须到夜,访张氏在识金银气之时,乃委曲致不安之意曰:我来乃至夜,非贪识金银之气而然也。”事实上他是将此句读为上一下六,“不”字否定了“贪夜识金银气”。对句则仍用上二下五后读法,只是他认为“看,是子美去看,看张氏与麋鹿游”。这样一来,此联的意指也就仅仅是应酬语:“一句是子美自谢其来访之晚,一句是子美致其景慕之忱。”何况在节奏的对仗上也就不工了;不过仍不失为另一种解读,也通。至若金圣叹《杜诗解》,则为之弥缝曰:“说‘远害’句,毕竟未妥。愚谓并不读断为是,‘害’即妨害之害,犹言‘碍’也。盖云我从‘石门斜日’一路行来,到此已夜矣……势必留宿以待来朝,遂使尔清早款待。眼看麋鹿,不获忘情与游,则是我此来害之也。”将“远害”拆解为远来而妨碍,未免是“增字解经”,且将本诗主旨推向“兴之所至,为朝为夜,无所不可”的玩世态度,既不合“全诗”(二首是一个有机的整体),更不合甫之“全人”(从个性到该时段的情志)。虽然此句有其不确定性,但也断然不是任意性。我们还是要从对全诗的氛围与全人的个性详加斟酌来解诗为宜。

房兵曹胡马诗（五律）

【题解】

兵曹，全称为兵曹参军，唐时州府中掌管军防、驿传的小官。此诗约写于唐玄宗开元末年（740—741年之间），公适值而立之年，意气风发。盛唐人尚武，普遍爱马。杜甫也能骑射，也爱马，故集中多咏马诗，颇见盛唐气象。浦注称："此与《画鹰》诗，自是年少气盛时作，都为自己写照。"

胡马大宛名[1]，锋棱瘦骨成。
竹批[2]双耳峻，风入四蹄轻[3]。
所向无空阔，真堪托死生[4]。
骁腾[5]有如此，万里可横行[6]。

【注释】

〔1〕胡马句：胡马，泛指塞北、西域所产之马，这里则专指西域大宛所产之马。大宛，汉时西域国名，今属乌兹别克斯坦共和国。

〔2〕竹批：批，削也。《齐民要术》："马耳欲小而锐，状如斩竹筒。"

〔3〕风入句：虚写，不说四蹄生风，反说风入四蹄，更能托出一个"轻"字来。

〔4〕所向二句：此联一气呵成，是所谓"走马对"，看似率意而成，却上下句气象铢两悉称，"无空阔"见其气质，"托死生"见其品德。无，视之若无，有蔑视之意。无空阔，意为：在这样的神骏面前，什么空阔辽远的距离都不在话下。

〔5〕骁腾：健捷貌。

〔6〕万里句：与上句合赞健儿快马，期许房兵曹立功万里之外。

【语译】

这是一匹著名的大宛胡马,你看那有棱有角铮铮的骨架,尖耳竖立像是劈开的竹筒,轻捷无比四蹄生风;在它面前再辽远的征途都不在话下,真堪把性命托付给它!骑上这样骁勇矫健的马哟,驰骋万里都不怕。

【研析】

咏物诗最忌粘皮着骨,写形不写神。此诗则由形及神,如写血性男儿,"无空阔"、"托死生",直写出骁勇豪纵、才德兼备的气质。在外形上瘦骨崚嶒,也是为了表现出马的清劲神气,开创了一种新的审美趣味。唐人画仕女多"丰颊肥体",画马也好肥大,如韩幹《牧马图》便是。杜甫却说:"幹唯画肉不画骨,忍使骅骝气凋丧!"他独倡"瘦硬通神",此诗正典型地体现了这一审美趣味。李贺《马诗》云:"向前敲瘦骨,犹自带铜声。"无疑是从"锋棱瘦骨成"化出。吉川幸次郎在《杜甫私记》里则以其外国人之敏感,指出"锋棱瘦骨成"一句,写其骨骼嶙峋,用一"成"字表现出了"非常完美"的意思。又认为杜甫将眼睛像钉子一样盯住较小的事物,将事物当成锻炼视力深度的东西,如"竹批双耳峻"就是抓住具体细节,以简洁的语言表现了事物的本质特征。的确,对文艺而言,"上帝在细节中",这些意见都很有启发性。

画　鹰(五律)

【题解】

此诗与上一首诗的创作约略同时,是一首题画之作,句句不脱画字却又句句是写生。仇注称其"每咏一物,必以全副精神入之,故老笔苍劲中,时见灵气飞舞”。

素练风霜起[1],苍鹰画作殊。
掀身[2]思狡兔,侧目似愁胡[3]。
绦镟光堪摘,轩楹势可呼[4]。
何当[5]击凡鸟,毛血洒平芜[6]。

【注释】

〔1〕 素练句:素练,白色的画绢。风霜起,从画中生出肃杀之气,写出猛禽的精神。

〔2〕 掀身:耸起身。

〔3〕 愁胡:孙楚《鹰赋》:“深目蛾眉,状如愁胡。”胡人深目高鼻,加一“愁”字,活脱脱写出鹰侧目若思的神态。

〔4〕 绦镟二句:绦,丝绳。镟,辘轳。光堪摘,谓画中绦镟光彩逼真,似可解去。轩楹,堂前廊柱,此指画中背景。

〔5〕 何当:犹“安得”。

〔6〕 平芜:草原。尾联寄托了诗人的抱负。

【语译】

白绢忽地起霜风,原是苍鹰真气入画中。欲搏狡兔先竦翅,侧目酷似愁胡凹双瞳。绦系足,镟生光,画鹰廊间呼欲出。安得放飞击凡鸟,毛羽血污洒平芜。

【研析】

如果说画是将实物化为视觉平面的表象,那么题画诗则往往是将它从平面中解放出来,置于诗语言所构建的虚幻的三维空间,给人以“真实”的幻觉。该诗首句只用一个“起”字,便完成了这一转换,使人不觉。中间两联由画鹰想象真鹰,写生欲活。虽然“掀身思狡兔,侧目似愁胡"一联化用了孙楚《鹰赋》"深目蛾眉,状如愁胡"的比喻,但是"掀身"与"侧目"却捕捉到鹰特有的神态,更具表现力,已不仅是个比喻。南齐袁嘏自称:"我诗有生气,须人捉着,不尔便飞去。"此诗足以当之。最后两句则拓开去,赵汸云:"末联兼有疾恶意。"的确,杜甫经常以猛禽比喻敢于搏击邪恶的直臣,如《雕赋》便是典型。

【附录】

雕　赋

当九秋之凄清,见一鹗之直上;以雄才为己任,横杀气而独往。梢梢劲翮,肃肃遗响;杳不可追,俊无留赏。彼何乡之性命,碎今日之指掌;伊鸷鸟之累百,敢同年而争长。此雕之大略也。

若乃虞人之所得也,必以气凛玄冥,阴乘甲子;河海荡潏,风云乱起;雪冱山阴,冰缠树死。迷向背于八极,绝飞走于万里。朝无以充肠,夕违其所止;颇愁呼而蹭蹬,信求食而依倚。用此时而椓杙,待尤者而纲纪;表狎羽而潜窥,顺雄姿之所拟。歘捷来于森木,固先系于利觜;解腾攫而竦神,开网罗而有喜。献禽之课,数备而已。及乎闽隶受之也,则择其清质,列在周垣;挥拘挛之掣曳,挫豪梗之飞翻。识畋游之所使,登马上而孤骞。然后缀以珠饰,呈于至尊;抟风枪櫐,用壮旌门。乘舆或幸别馆,猎平原;寒芜空阔,霜仗喧繁。观其夹翠华而上下,卷毛血之崩奔;随意气而电落,引尘沙而昼昏;豁堵墙之荣观,弃功效而不论。斯亦足重也。

至如千年孽狐,三窟狡兔;恃古冢之荆棘,饱荒城之霜露。回惑我往来,趑趄我场圃。虽青骹带角,白鼻如瓠;蹙奔蹄而俯临,飞迅翼以遐寓。而料全于果,见迫宁遽;屡揽之而颖脱,便有若于神助。是以哓哮其音,飒爽其虑;续下鞲而缭绕,尚投迹而容与。奋威逐北，施巧无据；方蹉跎而就擒，亦造次而难去。一奇卒获，百胜昭著；夙昔多端，萧条何处。斯又足称也。

尔其鸽鸹鸠鶂之伦，莫益于物，空生此身。联拳拾穗，长大如人；肉多奚有，味乃不珍。轻鹰隼而自若，托鸿鹄而为邻。彼壮夫之慷慨，假强敌而逡巡；拉先鸣之异者，及将起而遄臻。忽隔天路，终辞水滨，宁掩群而尽取，且快意而心惊。此又一时之俊也。

夫其降精于金，立骨如铁；目通于脑，筋入于节。架轩楹之上，纯漆光芒；掣梁栋之间，寒风凛冽。虽趾蹻千变，林岭万穴；击丛薄之不开，突杈丫而皆折，此又有触邪之义也。

久而服勤，是可吁畏。必使乌攫之党，罢钞盗而潜飞；枭怪之群，想英灵而遽坠。岂比乎虚陈其力，叨窃其位，等摩天而自安，与枪榆而无事者矣。

故不见其用也，则晨飞绝壑，暮起长汀；来虽自负，去若无形。置巢巀嵲，养子青冥。倏尔年岁，茫然阙庭；莫试钩爪，空回斗星。众雏倘割鲜于金殿，此鸟已将老于岩扃。

夜宴左氏庄（五律）

【题解】

庄，庄园。唐时庄园颇为普遍，文人常于此中聚会作乐，故诗题常有“庄”、“山庄”、“山池”、“池馆”、“别墅”之类，都是指庄园。此诗写左氏庄园中的一次夜宴，其中写夜景殊胜。

风林纤月[1]落，衣露净琴张[2]。
暗水流花径，春星带草堂[3]。

检书烧烛短,看剑引杯长[4]。
诗罢闻吴咏,扁舟意不忘[5]。

【注释】

〔1〕 纤月:初生之月,所谓"新月曲如眉"。

〔2〕 衣露句:此句以夜深犹弹琴写出主客兴致之高。衣露,夜深故露湿衣。净琴,琴音清,所以说"净琴"。《杜律启蒙》云:"琴有弦如弓,可张可弛,故得以'张'名。"这里以张弦指代弹琴。

〔3〕 暗水二句:暗水,承上句"月落",无月景色昏暗,所以但闻水声而已。带,襟带;萦绕。班固《西都赋》:"带以洪河泾渭之川。"因月落,故繁星显,如带萦于草堂之上。黄生赏其"就无月时写景,语更精切"。又云:"上句妙在一'暗'字,下句妙在一'带'字,见星光之遥映。"

〔4〕 检书二句:此联写出夜宴气氛:上句写检读主人藏书入神,不觉烛燃殆尽;下句写看剑气旺,自然喝酒痛快,引满而长饮。

〔5〕 诗罢二句:吴咏,夜宴时有人用江南的吴音吟诗。杜甫曾游吴越,今闻吴咏而触耳生情,遂勾起泛舟江湖之思。

【语译】

新月如钩落风林,衣上沾露犹弹琴。暗里水声穿花径,天低草堂萦繁星。检书不觉烛已短,看剑气来酒满斟。忽闻吴音吟诗作,起我泛舟江海情。

【研析】

这首诗写得很有技巧,扣紧诗题"夜宴"二字作文章。浦注称:"此诗意象都从'纤月落'三字涵泳出来,乃春月初三四间天清夜黑时作也。"中间二联极尽渲染衬托之能事,《杜律启蒙》称:"'暗'字好,月落故水暗也;'带'字好,秋天高而春天低,天低故星低,星低故带草堂也。”下接“烛短”、“杯长”，转从情绪上落笔，豪纵萧散，再次重叠渲染主客夜深兴高，而尾联则兴犹未尽，直接混茫。陈贻焮《杜甫评传》称：“描绘琐细而浑然不见痕迹，只觉风韵绝妙，情意深长，艺术上颇为成功。”

赠李白 （五古）

【题解】

天宝三载（744），大诗人李白因得罪杨贵妃与高力士，被唐玄宗赐金放归，道出洛阳，遂与大诗人杜甫相会。这是中国文学史上的一段佳话。杜甫比李白小十一岁，对李白这位杰出的浪漫诗人十分倾慕，平生写下不少赠李的好诗，这是第一首。

二年客东都〔1〕，所历厌机巧〔2〕。
野人对膻腥，蔬食常不饱〔3〕。
岂无青精饭〔4〕，使我颜色好。
苦乏大药资，山林迹如扫〔5〕。
李侯金闺彦，脱身事幽讨〔6〕。
亦有梁宋游，方期拾瑶草〔7〕。

【注释】

〔1〕 二年句：客，客居。东都，洛阳。

〔2〕 所历句：此句言在东都二年所经历者，皆令人厌恶的虚伪奸巧之事物。所历，所经历。机巧，机诈巧伪。

〔3〕 野人二句：此联承首联“厌”字而发，如《杜臆》所云：“东都之游，贫

所驱耳。人苦机巧,食苦腥膻,而蔬食不饱,无救于贫也。”这是其下文表示决然随李白游梁宋的契机。野人,杜甫自己认定的布衣身份。膻,指牛羊之属。腥,指鱼虾之类。蔬食,蔬菜饭食。

〔4〕 青精饭:一种用南烛草特制的青色米饭,据说吃了可益寿延年。

〔5〕 苦乏二句:此联说因为缺乏炼丹的资金,所以没走成仙的道路。大药,即所谓的金丹。唐时道教盛行,服食金丹成风。迹如扫,没有足迹。

〔6〕 李侯二句:此句影射李白曾为玄宗所器重,出入朝廷,却因触犯权贵,自求还山一事。“脱身”二字写得潇洒。侯,尊称。金闺,宫廷中的金马门。彦,有才华的人。事幽讨,在山林中从事采药与访道。

〔7〕 亦有二句:此联言杜与李正相约一起去寻仙问道。是年秋践约,与李白、高适游宋中,或呼鹰逐兔,或登台怀古,或渡河访道。盛唐浪漫的日子对杜甫有深刻的影响,晚年的杜甫还时常回忆起这段往事。梁宋,今河南开封一带。瑶草,传说中的仙草。

【语译】

二年作客在东都,最厌机诈无处无。野夫不惯膻腥味,可怜不饱少菜蔬。我岂不知青精饭,食之可以颜如朱?苦无钱财炼丹药,至今独与山林疏。李侯俊才在金殿,弃如敝屣笑访仙。我亦有意游梁宋,相约采芝入云烟。

【研析】

此诗虽曰赠李白,却于前八句自叙,后四句方及李白。自叙直写“厌机巧”的真性情,正与脱身金闺的李白之真性情合,故尔一见如故,相约同游,其发掘人性之深度,非应酬之作所能及。“厌机巧”三字是全诗的灵魂所在,也是杜甫一生写照,不可轻轻放过。

陪李北海宴历下亭（五古）

【题解】

是诗乃天宝四载(745)夏，在济南历下亭即席所赋。李北海即李邕，时为北海太守，是当时文豪兼书家。李林甫素忌邕，天宝六载正月就郡杖杀之，后来杜甫在《八哀诗》中为其作传。历下亭，因历山得名，风景绝胜，在济南大明湖。

东藩驻皂盖[1]，北渚凌清河[2]。
海右此亭古，济南名士多[3]。
云山已发兴，玉佩仍当歌[4]。
修竹不受暑，交流空涌波[5]。
蕴真[6]惬所遇，落日将如何？
贵贱俱物役，从公难重过[7]！

【注释】

〔1〕 东藩句：东藩，意指李邕。李邕时为北海太守，北海在京师之东，故称“东藩”。藩，屏障。古时封建，王室以诸侯为屏障。皂盖，青色车盖。汉时太守皆用皂盖，借指李太守。

〔2〕 北渚句：渚，水中沙洲。凌，往；经。清河，即古济水。

〔3〕 海右二句：海右，方位以西为右，以东为左，齐地在海之西，故曰海右。名士多，题下自注：“时邑人蹇处士等在座。”联想济南自汉伏生以下，有许多名士，故云。

〔4〕 云山二句：玉佩，歌伎或悬玉佩，此借指侑酒的歌伎。当，萧先生

注:"是当对的当。语本曹操诗:'对酒当歌。'有人解作应当或读作去声,都不对。"

〔5〕　修竹二句:不受暑,竹林荫蔽,能自生凉,故曰"不受暑"。交流,指历水与泺水,二水同入鹊山湖。

〔6〕　蕴真:蕴含自然真趣。

〔7〕　贵贱二句:贵贱,贵指李邕,贱杜甫自谓。俱物役,是说无论公私贵贱,同是为事物所役使。因不得自由,故有下句难重游之叹。

【语译】

东方的太守停下他的车马,从北边的沙洲乘舟沿清河。海西此亭真古老,济南名士实在多。面对云山兴已高,何况劝酒有清歌。暑热不到竹荫处,空劳二水交流涌凉波。自然真趣爽人意,夕阳将下奈若何?身不由己贵贱同,随公再游恐难逢!

【研析】

《老残游记》称:清代著名书家何绍基曾将"海右此亭古"一联,改为"历下此亭古,济南名士多",书为对联,悬在历下亭上(今改为门联),与"四面荷花三面柳,一城山色半城湖"同为大明湖名联,吸引着古往今来的游人。诚如王嗣奭评《大云寺赞公房四首》所说:"古诗自梁陈以来喜作偶语,故古诗与排律往往相混。"所以杜甫此诗虽是古体,却有以律入古的现象,在比较宽松的对仗中别具一种真趣。即以此联为例,平仄合律;而对仗呢,"海右"的"右",是"西"的意思,也是方位词,对"济南"岂不工稳?"此亭古"对"名士多",虽然字面上不算工整,但在意涵上却旗鼓相当,文物对名人,皆属雅事。总体上说,要比天对地、花对柳之类更有韵味呢!

赠李白（七绝）

【题解】

此诗约作于天宝四载(745)秋于兖州与李白重逢时,是现存绝句中最早的一首。

秋来相顾尚飘蓬,未就丹砂愧葛洪[1]。
痛饮狂歌空度日,飞扬跋扈为谁雄[2]。

【注释】

〔1〕 秋来二句:尚飘蓬,天宝三载李白被皇帝放还,遂与杜作齐赵之游,故有此喻。丹砂,即朱砂,道教徒用以炼丹。葛洪,东晋人,闻交趾出丹砂,因求勾漏令,以便炼丹。李白自称"十五游神仙",后从道士高如贵受"道箓",但仍炼丹不成,故曰"愧葛洪"。

〔2〕 飞扬句:飞扬跋扈,这里指任性而行,不肯受约束。钱注:"按太白性倜傥,好纵横术,魏颢称其眸子炯然,哆如饿虎;少任侠,手刃数人。故公以飞扬跋扈目之,犹云'平生飞动意'也。"一些注家认为对李白有讥讽的意思,其实不然。李杜初识于洛阳,杜赠诗云:"李侯金闺彦,脱身事幽讨。"用"脱身"表达其对李白不肯折腰事权贵的赞赏。这里说"为谁雄",有规劝,更有高才难为用的不平,属正话反说。

【语译】

秋来相看如飘蓬,依旧浪迹各西东。丹砂百炼仍未就,愧对师祖葛仙翁。高才无用唯痛饮,狂歌度日谁与同?自是意气飞扬在,我行我素空称雄!

【研析】

寥寥几笔勾勒出一个虎虎有生气的李白,并通过李白异常的生活方式提示其出世与入世矛盾所造成的内在痛苦。《杜诗镜铨》引蒋弱六的话说:“是白一生小像。”是。

郑驸马宅宴洞中（七律）

【题解】

此诗约作于天宝四、五载(745—746)归长安后。郑驸马,即代国长公主之子郑潜曜,尚临晋公主。郑驸马还是杜甫好友郑虔之侄。杜甫可能是通过郑虔结识郑驸马。洞,指莲花洞,《长安志》载洞在神禾原,即郑驸马之居。

主家阴洞细烟雾,留客夏簟清琅玕[1]。
春酒杯浓琥珀薄,冰浆碗碧玛瑙寒[2]。
误疑茅堂过江麓,已入风磴霾云端[3]。
自是秦楼压郑谷[4],时闻杂佩声珊珊。

【注释】

〔1〕留客句:簟,竹席。清,一作“青”。琅玕,一种玉石,诗人常用以形容竹之苍翠。

〔2〕春酒二句:仇注:“琥珀杯、玛瑙碗,言主家器物之瑰丽。若三字连用,易近于俗,将杯碗倒拈在上,而以浓、薄、碧、寒四字互映生姿,得化腐为新之法。”浦注:“‘琥珀’是‘酒’是‘杯’,‘玛瑙’是‘浆’是‘碗’,一色两耀,精丽绝伦。”杜甫正是通过对字词不同于日常用语的创造性组合,来构建诗的意象。

〔3〕　误疑二句：风磴，凌风而上的石阶。赵注："两句言在富贵之家，都城之地，而有幽逸之兴，故误疑其人自己所结之茅堂，过越江麓，已深入风磴霾藏云端之处也。"这种设疑，本是初唐诗常见的句式。

〔4〕　自是句：秦楼，《列仙传》：秦穆公女弄玉与婿萧史，日于楼上吹箫作凤鸣，后仙去。郑谷，汉成帝时人郑子真，耕隐于谷口不应征聘，名震京师。这里反用其意，以见驸马家恍如仙境。

【语译】

公主家清幽的莲花洞缭绕着细细的烟雾，客人被挽留，坐在青碧如琅玕的簟席上参加盛宴。薄薄的琥珀杯共浓郁的春酒一色，碧绿的玛瑙碗与冰浆齐寒。真疑心我家的草堂飞过江来，落在石阶直上凌风透雾之云端。毕竟是公主家的秦楼胜过那郑子真隐居的谷口——你听，不时传来玉佩错错落落的声儿珊珊……

【研析】

此诗多拗句，平仄不依常格，故邵长蘅曰："拗体苍秀。"可见杜甫早期就已经在着手尝试新的艺术表现手法了。陈贻焮《杜甫评传》指出："有意突破格律、探索拗救之法以发展近体诗表现艺术的，却是从杜甫开始。"

临邑舍弟书至，苦雨，黄河泛溢，堤防之患，簿领所忧，因寄此诗用宽其意（五排）

【题解】

萧涤非先生认为："从诗的总的情调来看，应该是困守长安以前，亦即三十五岁以前（按，即746年以前）的作品。"临邑，属齐州，在今山东省。舍弟,杜甫自称其弟,仇注认为指杜颖。

二仪积风雨,百谷漏波涛[1]。
闻道洪河坼[2],遥连沧海高。
职司忧悄悄[3],郡国诉嗷嗷[4]。
舍弟卑栖邑,防川领簿曹[5]。
尺书前日至,版筑不时操[6]。
难假鼋鼍力,空瞻乌鹊毛[7]。
燕南吹畎亩,济上没蓬蒿[8]。
螺蚌满近郭,蛟螭乘九皋[9]。
徐关深水府,碣石小秋毫[10]。
白屋留孤树,青天失万艘[11]。
吾衰同泛梗,利涉想蟠桃[12]。
却倚天涯钓,犹能掣巨鳌[13]。

【注释】

〔1〕 二仪二句:二仪,《易》:"太极生两仪。"此指天地。积风雨,久雨。漏,泄。此处有倾泻义。下句意为因雨而众多的河谷奔泻着波涛。

〔2〕 坼:即决口。

〔3〕 职司句:职司,职掌防河的官吏。《诗经》:"忧心悄悄。"

〔4〕 郡国句:意为各地官府纷纷诉说灾民嗷嗷待哺的惨况。

〔5〕 舍弟二句:卑栖邑,地势低洼的地方。簿曹,官名。

〔6〕 尺书二句:尺书,古人书信长约一尺,故称。版筑,用版夹土而筑。不时操,指无时不在筑堤。

〔7〕 难假二句:鼋鼍力,相传周穆王至九江,叱鼋鼍为桥。乌鹊毛,传说七月七日乌鹊填河成桥以渡织女。

〔8〕 燕南二句：燕南，今河北省南部。济上，今济南兖州一带。甽，田中小沟。吹甽亩，指水漫田野。

〔9〕 螺蚌二句：此言洪水泛滥以致螺蚌蛟螭诸水族横行陆地。郭，外城墙。蛟螭，传说中龙一族的东西，有角曰蛟，无角曰螭。九皋，深曲的沼泽地。

〔10〕 徐关二句：徐关，地名，在今山东省。碣石，山名。《肇域志》："山东海丰县马谷山，即大碣石。"海丰县即今无棣县，临河濒海。秋毫，秋天鸟兽新换的毫毛，极言其细微。

〔11〕 白屋二句：白屋，屋室皆露本材，不施装饰。此泛指百姓住的茅草屋。下句言虽是没有狂风暴雨的天候，还是有许多船只失事沉没。

〔12〕 吾衰二句：衰，微也。当时杜甫还是地位低微的布衣，故曰"吾衰"。梗，桃木偶。泛梗，《战国策・齐策》：土偶谓桃梗曰："今子，东国之桃梗也，刻削子以为人，降雨下，淄水至，流子而去，则子漂漂者将何如耳。"杜甫借以自比。利涉，"利涉大川"是《周易》卦爻辞中常用语，谓利于涉渡大河，喻可克服险阻。蟠桃，《山海经》："东海度山有大桃，屈盘三千里，名曰蟠桃。"

〔13〕 却倚二句：承上二句，是说要用蟠桃为饵，把大鳌钓上来。掣，制服。鳌，海中巨龟。传说巨鳌能致河溢之灾，故杜甫有此想头。杜甫说这种大话，意在宽慰兄弟。四句连读，朱注："言我虽泛梗无成，犹思垂钓东海，以施掣鳌之功，水患岂足忧耶？"

【语译】

天地间积满了下不完的云雨，众多川谷都奔泻着洪水波涛。听说是黄河出现了缺口，连着沧海波遥浪高。职掌防河的官吏忧心悄悄，到处官府都在申诉灾民待哺嗷嗷。我弟此时就处在那片低洼的城邑，担任着掌管簿书的官曹。前天刚刚写信说，近日天天版夹筑堤不辞劳。可惜啊只空看着天上银河鹊为梁，又不能叱水中鼋鼍为桥。忍看燕南水漫农田，济上浪没蓬蒿。外城墙上都附满了螺蚌，蛟螭在大泽上喧嚣。徐关成了深深的水府，波涛浩淼哟碣石山小得像秋毫。洪水淹没了茅屋,只露出孤零零的树梢。大晴天却恶浪汹涌,吞噬了多少船舠!虽然我走衰运形同木偶水中漂,可我还想要不怕险阻涉过大川,摘取天边的蟠桃作饵料,倚天垂大钓,钓起那兴风作浪的巨鳌!

【研析】

此诗黄鹤系于开元二十九年(741)。根据是《新唐书·五行志》载:“开元二十九年秋,河南河北郡二十四,水害稼。”但张綖驳之,认为“黄河水溢,常常有之”,不足为证。这话说得有道理。但他又说:“公是时,年甫三十,而诗中有‘吾衰同泛梗’之句,是岂其少作邪?”其实“衰”不一定指衰老,可以指衰微。《杜诗槊诂》认为:正因其地位不高,所以有同于“泛梗”之漂泊。继二句云:“却倚天涯钓,犹能掣巨鳌”,戏为大言以慰其弟,与其“穷年忧黎元,叹息肠内热”异趣。“盖年方云壮,阅世不多,故有忧川涨而戏为大言以喻人之句”,适为早年之作之证。的确,从风格上看,还谈不上“沉郁顿挫”。不过虽有“大言”,但总体形式上也有其写实的倾向。这是一首五排,除结尾二句属散行外,都讲究对偶。仇注引高棅云:“排律之作,其源自颜、谢诸人,古诗之变,首尾排句,联对精密。梁陈以还,俪句尤切。唐兴始专此体,与古诗差别。贞观初,作者犹未备。永徽以下,王、杨、卢、骆倡之于前,陈、杜、沈、宋继之于后,苏颋、二张又从而申之。其文辞之美,篇什之盛,盖由四海宴安,万几多暇,君臣游豫赓歌而得之者。故其文体精丽,风容色泽,以词气相高而止矣。开元后,作者之盛,声律之备,独王右丞、李翰林,诸家皆不及。诸家得其一概,少陵独得其兼善者。”从这首早期的五排看,虽然尚未臻美,但已经在取材上别开生面,将“由四海宴安,万几多暇,君臣游豫赓歌而得之者”的“精丽”文体,用以写事关平民百姓生存的灾害,变精丽为壮丽奇崛,便是创新之始。

饮中八仙歌（七古）

【题解】

诗中提到天宝五载李适之罢相事，则此诗当作于天宝五载(746)后。浦江清认为："汉、六朝已有八仙一词，所以盛唐有饮中八仙。"又唐人李阳冰说李白："浪迹纵酒，以自昏秽，与贺知章、崔宗之等目为八仙之游。"不过传说中的饮中八仙并未固定是哪八个，也并非同时在长安，他们最大的共同点是纵酒与不受礼俗拘束，而后者正是诗人兴趣之所在。

知章骑马似乘船，眼花落井水底眠[1]。
汝阳[2]三斗始朝天，道逢麹车口流涎，
恨不移封向酒泉[3]。
左相日兴费万钱，饮如长鲸吸百川，
衔杯乐圣称避贤[4]。
宗之潇洒美少年，举觞白眼望青天，
皎如玉树临风前[5]。
苏晋长斋绣佛前，醉中往往爱逃禅[6]。
李白一斗诗百篇，长安市上酒家眠，
天子呼来不上船，自称臣是酒中仙[7]。
张旭[8]三杯草圣传，脱帽露顶王公前，
挥毫落纸如云烟。
焦遂[9]五斗方卓然，高谈雄辩惊四筵。

【注释】

〔1〕 知章二句：知章，贺知章，自号“四明狂客”，官至秘书监，天宝三载(744)辞官，曾一见李白便呼为“谪仙人”，解所佩金龟换酒与之为乐。水底眠，《抱朴子·释滞》：“予从祖仙公每大醉，及夏天盛热，辄入深渊之底，一日许乃出者，正以能闭炁(气)胎息故耳。”所谓闭气胎息，就是婴儿在母胎中能不用口鼻呼吸。《抱朴子》为道教经典，杜甫因贺知章迷信道教，故用此典形容其醉态。

〔2〕 汝阳：汝阳王李琎。唐皇室斗争一向剧烈，李琎父李宪“让位”给玄宗，故处于极敏感的地位，在“三斗始朝天”背后有着谨慎的处世态度。

〔3〕 酒泉：郡名，今属甘肃省。相传有泉味如酒，故名。

〔4〕 左相三句：左相，李适之，天宝元年(742)为左丞相，五载(746)为奸相李林甫所排斥，贬宜春太守，仰药而亡。尝作诗云：“避贤初罢相，乐圣且衔杯。”圣，指清酒。

〔5〕 宗之三句：宗之，崔宗之。白眼，晋阮籍见庸俗之人，便作白眼。玉树，《世说新语·言语》载谢安问诸子侄：“子弟亦何预人事，而正欲使其佳?”谢玄答曰：“譬如芝兰玉树，欲使其生于庭阶耳。”这里用玉树临风形容美少年醉态，同时暗示他是齐国公崔日用的肖子。

〔6〕 苏晋二句：苏晋，少能属文，被誉为“后来王粲”。一方面吃斋，一方面又贪杯逃禅，不守戒律，写出其不受约束的个性。

〔7〕 李白四句：一斗诗百篇，才饮一斗酒，便能写百篇诗，形容李白文思敏捷。范传正《李公新墓碑》称：“他日(玄宗)泛白莲池，公不在宴。皇欢既洽，召公作序。时公已被酒于翰苑中，仍命高将军扶以登舟。”杜甫移“翰苑”为“市上酒家”，更能写出李白桀骜不驯的布衣精神。

〔8〕 张旭：书法家，世称“草圣”。《新唐书》称其嗜酒，每大醉，呼叫狂走乃下笔，或以头濡墨而书，世呼“张颠”。

〔9〕 焦遂：布衣，名迹不见他书。《杜诗镜铨》：“独以一不醉客作结。”

【语译】

贺知章,骑马像坐船,醉眼缭乱摇晃晃,跌入井底居然能睡眠。汝阳王,不喝三斗不上朝。路逢车载麹,口水津津流,恨不移我封地酒泉好!左相发酒癫,每日花钱千又万,痛饮犹如巨鲸一吸百川干,口衔酒杯说是嗜酒能让贤。世家子,崔宗之,好个潇洒美少年!酒杯高举白眼对青天,醉步蹒跚恰似那皎洁的玉树被风牵。苏晋皈依佛祖吃长斋,醉中逃禅真可爱。李白一斗酒,能喷百篇诗。长安市上酒楼醉眠时,天子召唤不在乎,斜睨使者斥道我是谪仙子!草圣张旭三杯气最盛,王公贵人面前脱帽露顶真不敬,且看掷笔驱电满纸起烟云。焦遂五斗下肚见精神,雄辩凌厉满座惊。

【研析】

此诗结构奇特,如连山断岭,似接不接。诚如《唐诗援》所说:“参差历落,不衫不履,各极其致。”许学夷《诗源辨体》则称:“此歌无首无尾,当作八章。然体虽八章,文气只似一篇。”而一气贯穿全篇的便是作者对才俊之士的仰慕与同情,正如《唐诗解》所说:“知章则以辅太子而见疏,适之则以忤权相而被斥,青莲(指李白)则以触力士(指宦官高力士)而放弃,其五人亦皆厌世之浊而托于酒,故子美咏之。”诗人将八位不同社会阶层的饮者集中起来,突出其纵酒与不受礼俗拘束的一面,或两句,或三句,或四句,各赠数言,如《唐宋诗醇》所称:“叙述不涉议论,而身份人人自见。”(如贺知章“骑马似乘船”以切吴人,李琎“移封向酒泉”以切贵胄。)异中见同,同中见异,得趣欲飞。八人中尤为突出才华横溢、最具布衣精神的李白,全诗痛快沉着,与后期沉重的《八哀诗》对读,不难品味出此诗浓郁的盛唐气息。程千帆《一个醒的和八个醉的》一文对诗中八个饮者做了具体分析,认为:“‘饮中八仙’并非生活在无忧无虑心情欢畅之中。这篇诗乃是作者已经从沉湎中开始清醒过来,而以自己独特的艺术手段对在这一特定的时代中产生的一群饮者作出了客观的历史记录。杜甫与‘八仙’之间的关系可以归结为：一个醒的和八个醉的。”录供参考。

春日忆李白（五律）

【题解】

此诗约于天宝六载(747)春,杜甫初至长安时所作。诗中不但表达了对李白深深的思念,同时也表明二人深厚的友谊是建立在志同道合之上。

白也诗无敌,飘然思不群〔1〕。
清新庾开府,俊逸鲍参军〔2〕。
渭北春天树,江东日暮云〔3〕。
何时一樽酒,重与细论文〔4〕?

【注释】

〔1〕 白也二句：白也,李白啊。诗句中夹入散文常用的虚词,口吻亲切,故金圣叹《杜诗解》称:“‘白也’对‘飘然’,妙绝。”思,名词。这里指诗思。

〔2〕 清新二句：庾开府,庾信,在北周为骠骑大将军,开府仪同三司。杜甫曾称赞其诗文“庾信文章老更成”(《戏为六绝句》)。鲍参军,鲍照,刘宋时曾为前军参军,杜甫对鲍照的评价也很高:“才兼鲍照愁绝倒。”(《苏端薛复筵简薛华醉歌》)二人都是六朝的重要作家。

〔3〕 渭北二句：此二句写“忆”。渭北,杜之所在。江东,李之所在。只写两地景色,景化为情。夏力恕《杜诗增注》:“昔为供奉若春天树,而今放废则日暮云也。”颇开新意,录供参考。

〔4〕 细论文：仔细、从容地论文，非“晚节渐于诗律细”（《遣闷戏呈路十九曹长》）之“细”。萧涤非注：“论文，即论诗。六朝以来，通谓诗为文。杜甫最喜欢讨论诗文，集中常常提到。”或谓此句是对李白有所微言，嫌其诗粗放，这是曲解了原意。

【语译】

李白啊！你可真是诗中无敌手，飘然的诗思举世无双。清新就像庾信，俊逸好比鲍照。我俩天各一方：我望着渭北迎来春天的树木，你送走江东暮色里的云霞。何时还能与你喝上一杯，再细细将诗文讨论？

【研析】

迎面第一句“白也诗无敌”，赵次公说：“呼人名为某也，起于《左传》，而回也，赐也，《论语》尤多。”用散文句法呼起，很亲切。颈联“渭北春天树，江东日暮云”，仇注云：“公居渭北，白在江东，春树暮云，即景寓情，不言怀而怀在其中。”杜甫极善于利用律诗对联因音节、情景对应所形成的独立自足的回环句式。这种句式好比两极形成的磁场，具有看不见的内在联系，造成某种导向性的空间，引导读者不尽的遐思。如此句丰富的内涵，傅庚生《杜诗析疑》曾做过如是的演绎：“自从齐州分手，我西向长安，你又浪迹东吴。春天来了，渭北的花木又披拂着春风，欣欣向荣。我迎着东风站在这里，翘企着在东方居止的好友；想象你在江东日暮时，遥望着日没桑榆，云霞结彩，也会要眷念着在西方数千里外的故人吧？”春树暮云，简单的意象竟能蕴藏如许丰富的内容，“不言怀而怀在其中”，的确是诗歌语言魅力之所在。再者，就情志而言，向来文人相轻，杜甫则否。《杜臆》称：“世俗之交，我胜则骄，胜我则妒，即对面无一衷论，有如公之笃友谊者哉？”诗中不但对李白推崇备至，且欲与“细论文”，其性情之真，于斯可见；其海纳百川的大量，也于斯可见。

送孔巢父谢病归游江东兼呈李白（七古）

【题解】

此诗为天宝六载(747)春在长安所作。孔巢父,冀州人,《旧唐书》有传。他早年和李白等六人隐居山东徂徕山(在今山东泰安),号“竹溪六逸”。谢病,指其托病弃官。李白这时正在浙东,诗中又怀念到他,故题用“兼呈”。

巢父掉头[1]不肯住,东将入海随烟雾。
诗卷长留天地间,钓竿欲拂珊瑚树[2]。
深山大泽龙蛇远[3],春寒野阴风景暮。
蓬莱织女回云车,指点虚无是归路[4]。
自是君身有仙骨,世人那得知其故。
惜君只欲苦死留,富贵何如草头露?
蔡侯静者意有余[5],清夜置酒临前除[6]。
罢琴惆怅月照席:“几岁寄我空中书[7]?
南寻禹穴见李白,道甫问讯今何如[8]?”

【注释】

〔1〕掉头:犹摇头。

〔2〕珊瑚树:由海中珊瑚虫结成,其形如小树,故曰“珊瑚树”。

〔3〕深山句:《左传·襄公二十一年》:“深山大泽,实生龙蛇。”言巢父的遁世高蹈,有似于龙蛇在远处深山大泽。

〔4〕蓬莱二句:蓬莱,传说中的三仙山之一,在东海中。织女,星名,神

话中说是天帝的孙女。这里泛指仙子。虚无,即《庄子》所谓"无何有之乡"。归路,犹归宿。

〔5〕 蔡侯句:蔡侯,设饯之人。侯,是对男子的尊称。静者,淡泊名利之人。意有余,情意有余,言其情深意厚。

〔6〕 除:台阶。

〔7〕 罢琴二句:罢琴,弹完了琴。酒阑琴罢,就要分别,故不免"惆怅"。下面三句都是临别时的嘱咐。空中书,萧先生注:"泛指仙人寄来的信。把对方看作神仙,故称为空中书,杜甫是不信神仙的。几岁二字很幽默,意思是说不知你何岁何年才成得个神仙。"

〔8〕 南寻二句:禹穴,在浙江会稽委宛山上,传禹于此得仙书。《读杜心解》云:"呈李白只一点,'今何如'者,前此赠白诗,一则曰'拾瑶草',再则曰'就丹砂',至此其果有得乎否也?"

【语译】

巢父巢父,再三摇头留不往。说要东入海,寻仙随烟雾。且任诗卷长留在人间,我自钓鳌玉竿拂珊瑚。遁世高蹈似龙蛇,远在深山大泽处。送君野阴日又暮,人间苦短春难驻。恰逢织女云车回蓬莱,为指太虚是归宿。君本天生有仙骨,脱身访道谁能悟?只道惜君苦相留,岂知富贵本是草头露?蔡侯向来淡名利,唯独意气足有余。清夜阶前小院为置酒,月如流水琴如诉。忽罢琴声皆惆怅,敢问何年得道空中为传书?此去南下寻仙到禹穴,得见李白就说甫也相问今何如?

【研析】

此诗为杜甫集中最早的一首七言古诗。仇注引胡应麟曰:"李、杜歌行,虽沉郁逸宕不同,然皆才大气雄,非子建、渊明判不相入者比。"他的意思是说,李杜歌行总体风格虽然非常不同,但都一样才大气雄有相通处;不像曹植与陶潜互相之间不发生影响。又曰:"古诗窘于格调,近体束于声律,唯歌行大小短长,错综阖辟,素无定体,故极能发人才思。李、杜之才,不尽于古诗,而尽于歌行。”虽然李、杜歌行双峰并峙,但是杜甫早期七古却颇受李白影响,往往有李白式的某些浪漫情调。此诗写仙界缥缈恍惚,所以《义门读书记》评曰:“似用太白体,虚景作衬。”虽然如此,杜还是杜,他的仙境其实不离实景,孔巢父之仙骨,也还是士子清狂之傲骨耳。《杜臆》剖析最中肯綮:“孔游江东,故‘东海’、‘龙蛇’、‘大泽’、‘蓬莱织女’皆用江东景物,而牛、女乃吴越分野也。‘深山大泽’指江东,而‘龙蛇远’以比巢父之隐。‘野阴’、‘景暮’以比世之乱。须溪云:‘不必有所从来,不必有所指,玄又玄。’此不知其解而故为浑语以欺人往往如此。”意思是说杜甫的仙境,其实是实景的联想,着一些神仙的色彩而已,刘辰翁说什么“玄又玄”,是不懂装懂,用模糊语糊弄人。

高都护骢马行（七古）

【题解】

都护,官名。唐置六大都护府,统辖边疆地区。高都护是高仙芝。高仙芝天宝八载(749)入朝,杜甫此时困守长安,借其骢马来抒发自己的情志,诗或作于是年。

安西都护胡青骢[1],声价歘然[2]来向东。
此马临阵久无敌,与人一心成大功。
功成惠养[3]随所致,飘飘远自流沙[4]至。
雄姿未受伏枥恩,猛气犹思战场利[5]。
腕促蹄高如踣铁,交河几蹴曾冰裂[6]。

五花散作云满身，万里方看汗流血[7]。
长安壮儿不敢骑，走过掣电[8]倾城知。
青丝络头为君老，何由却出横门道[9]？

【注释】

〔1〕 安西句：安西都护，即高仙芝。唐置安西都护府于龟兹。胡青骢，西域的骏马。马青白色曰骢。

〔2〕 歘然：同“忽然”。

〔3〕 惠养：豢养。

〔4〕 流沙：泛指西北沙漠。

〔5〕 雄姿二句：未受，不甘心受。伏枥，指被豢养。枥是马槽。曹操诗：“老骥伏枥，志在千里。”

〔6〕 腕促二句：蹜，踏也。蹜铁，言马蹄之坚，踏地如铁。《齐民要术》：“蹄欲得厚而大，腕欲得细而促。”马腕要促，促则健；蹄要高（厚二三寸），高则耐险峻。曾，同“层”。几蹴，不止一次地踢踏。

〔7〕 五花二句：五花，马毛色作五花纹。对句极写骢马的材力，必须万里，方见流汗。西北有汗血马，汗流如血，故名。

〔8〕 掣电：极言其速如闪电。

〔9〕 青丝二句：络头，马的羁勒。何由却出，即怎样才能再去作战的意思。却，还；再。横门，汉时长安城西北头第一门叫“横门”，是通向西域的大道。

【语译】

高都护，骑青骢。西域天马高声价，不意今日忽至东。临阵所向总无敌，一心助人立大功。功成远涉流沙飘然到，善自豢养随主公。受豢养，岂甘心！雄姿矫健猛气在，犹思战场鼓角侵。蹄腕坚，踩如铁，交河踢踏层冰裂。五花毛色如云锦，飞奔万里方汗，汗流如血。长安壮儿哪敢骑，驰雷夹电满城知。莫作青丝络头为君伏枥死,何时西出横门再出师!

【研析】

陈寅恪《唐代政治史述论稿》曾指出:“关陇集团本融合胡汉文武为一体,故文武不殊途,而将相可兼任。”文武不殊途的观念极大地影响了唐代文人士子,鼓舞不少文士投笔从戎,出塞入幕,升于朝廷。杜甫的好友高适、岑参便是成功的例子。是以唐人尚武、任侠,而马是军人侠客之至宝,所以即使是文人,也多爱马、能骑马。据向达考证,唐时上层社会盛行打马球。不但宫城内有球场,三殿十六王宅也可打球,甚至街里也可打球,不一定要在球场。唐玄宗时诸王驸马皆能打马球,风气所及,乃至进士也热衷此戏。如新进士曲江关宴,月灯阁打马球尤为盛举。《唐摭言》曾记载:乾符四年,新进士刘覃与两军打球将对抗赛,“覃驰骤击拂,风驱电逝,彼皆愕视。俄策得球子,向空礫之,莫知所在。数辈惭沮,俛俛而去。时阁下数千人,因之大呼笑,久而方止”。此例可见士风之一斑。晚唐文士尚且矫健如此,盛唐文士之桀骜可想而知。因此,在唐诗中马一直是与豪气、侠气相联系的,杜甫此诗便是典型。从表象上看,写的是边将的一匹好马,骨子里写的却是渴望战斗、渴望受到重用的士子布衣之才气、侠气、意气。无一句不是写马之貌,无一句不是写己之志,可谓“人马夹写,神采奕然”。难怪王阮亭会说:“此子美少壮时作,无一句不精悍。”

奉赠韦左丞丈二十二韵（五古）

【题解】

韦左丞,指韦济,天宝九载(750)由河南尹迁尚书左丞,诗当作于此后。丈,对年辈较长的人的尊称。实质上这是一首“干谒诗”,也就是专门为进士科举的需要而呈献给达官贵人看,希望得到提携的诗。唐重进士科举,所以这类诗当时非常流行。《杜臆》认为:“此篇非排律,亦非古风,直抒胸臆,如写尺牍;而纵横转折,感愤悲壮,缱绻踌躇,曲尽其妙。”

纨绔不饿死,儒冠多误身[1]。
丈人试静听,贱子请具陈[2]。
甫昔少年日,早充观国宾[3]。
读书破[4]万卷,下笔如有神。
赋料扬雄敌,诗看子建亲[5]。
李邕求识面,王翰愿卜邻[6]。
自谓颇挺出,立登要路津[7]。
致君尧舜上,再使风俗淳[8]。
此意竟萧条,行歌非隐沦[9]。
骑驴三十载[10],旅食京华春。
朝扣富儿门,暮随肥马尘。
残杯与冷炙,到处潜悲辛[11]。
主上顷见征,欻然欲求伸。
青冥却垂翅,蹭蹬无纵鳞[12]。
甚愧丈人厚,甚知丈人真。
每于百僚上,猥诵佳句新[13]。
窃效贡公喜,难甘原宪贫[14]。
焉能心怏怏,只是走踆踆[15]?
今欲东入海,即将西去秦[16]。

尚怜终南山,回首清渭滨[17]。
常拟报一饭,况怀辞大臣[18]。
白鸥没浩荡,万里谁能驯[19]!

【注释】

〔1〕 纨绔二句:纨绔,细绢做成的裤子,泛指富贵子弟。儒冠,同样是以物代人,指儒者,这里是自指。《潜溪诗眼》:"此一篇立意也,故使人静听而具陈之耳。"开门见山,托出主题。

〔2〕 丈人二句:静听,谛听;细听。贱子,杜甫自称。

〔3〕 甫昔句:充,充当,指不及第而言。观国宾,就是"观光",《易》:"观国之光,利用宾于王。"这里指在京都参加进士考试。杜甫开元二十三年(735)由乡贡参加进士考试,不第,时年二十四,故称"早充观国宾"。

〔4〕 破:吃透。《对床夜语》:"读书而至破万卷,则抑扬上下,何施不可;非谓以万卷之书为诗也。"《唐诗援》:"起二句潦倒悲愤,得此振起。"

〔5〕 赋料二句:扬雄,一作"杨雄",西汉大赋家。敌,匹敌。子建,曹植的字,大诗人。亲,接近。

〔6〕 李邕二句:李邕,天宝初为北海太守,人称"李北海",文名满天下。王翰,盛唐著名诗人,豪放不羁,自比王侯,是《凉州词》"葡萄美酒夜光杯"的作者。卜邻,选择邻居。以上连用四位名人来衬托自己的文学成就。

〔7〕 自谓二句:挺出,特出。津,渡口。要路津,喻重要职位。

〔8〕 致君二句:尧舜,古代两位帝王,人们常用"尧天舜日"形容太平盛世。这句表达了杜甫的政治理想:我要辅佐君王,让他达到尧、舜的水准,使民风重归淳朴。

〔9〕 此意二句:萧条,寂寥。形容上述抱负未能实现的失落感。隐沦,隐逸之士。此句言自己虽然失路行歌,但毕竟并非隐逸之人。

〔10〕 骑驴句:此为写实,《示从孙济》:"平明跨驴出,未知适谁门。权门

多噂沓，且复寻诸孙。”写出杜甫困守长安时，骑驴四处奔波、求告无门的实况。三十载，《杜诗阐》认为三十载当作十三载。

〔11〕 朝扣四句：写干谒贵人求荐的屈辱。《杜工部诗说》：“极言困厄之状，略不自讳。”

〔12〕 主上四句：顷，不久前。欻，同“忽”。青冥，指天空。垂翅，鸟垂下翅膀。喻受挫折。蹭蹬，失势的样子。无纵鳞，鱼不得自由，喻不得意。四句暗写天宝六载(747)事：时唐玄宗下诏征天下士人有一艺者，皆得诣京师就选。奸相李林甫怕士人说他的坏话，便使全部应试者落选，还上表称贺“野无遗贤”。因当时李林甫尚在位，故诗中不便明言。

〔13〕 每于二句：猥，谦语，犹“承蒙”。韦济在公众之前吟诵杜诗，是一种推荐手段，故杜甫表示感激。

〔14〕 窃效二句：贡公喜，汉贡禹与王吉为友，闻王贵显，弹冠而喜，自知随之而贵。原宪，孔子的学生，甚穷困。

〔15〕 焉能二句：怏怏，气愤不平貌。踆踆，行步迟重貌。以上四句是说：本期望得韦左丞之荐，摆脱贫困潦倒的处境，不料韦左丞爱而不能荐；我岂能只是心怏怏而走踆踆？故有下句求去之语。

〔16〕 今欲二句：东入海，或谓杜甫说是要到吴越去了；但至少暗含孔子“道不行，乘桴浮于海”(《论语·公冶长》)的牢骚。秦，此指长安。

〔17〕 尚怜二句：终南山，在长安近郊。清渭，长安有渭水、泾水，人称“清渭浊泾”。

〔18〕 常拟二句：报一饭，报答一饭之恩。汉代大将韩信曾报答对他有一饭之恩的漂母(洗衣老妇)。大臣，指韦济。

〔19〕 白鸥二句：没浩荡，灭没于浩荡的烟波之间。《唐宋诗醇》：“一结旷达，收转前半，意在言外，所谓‘篇终接混茫’也。”

【语译】

游手好闲的纨绔子弟偏不饿死，我辈兢兢业业的儒者却大多耽误了自身。老先生您细听小子来说个分明：杜甫我年轻时就来京城观光求前程,读透万卷书,作文有神助。赋敢比扬雄,诗能继曹植。大文豪李邕想和我见面,名诗人王翰愿与我为邻。我也自以为人才出类拔萃,很快取个重要职务没有问题。我立志要辅助君王达成尧天舜日,世风教化归于淳朴,岂料只落得个失路行歌壮志难酬!京城居大不易,十三个春秋骑驴奔走风尘仆仆。鸡叫便到朱门站队,日暮还跟着车马后尘。为求一口残汤剩饭,到处碰壁我咽下多少辛酸。不久前皇上下诏求贤,我霍然奋起:机会来了!谁知又青冥铩羽鱼跌龙门。愧对您老人家的厚爱呵,深感您对我的真诚。在百官面前承蒙您有意吟诵我新创作的佳句,私下里我像贡公一样暗自庆幸,有您的荐举我定会摆脱潦倒贫困。事虽不成,可我总不能老是这样心愤愤而步沉沉。我将远离西秦东去,像孔子一样"道不行,乘桴浮于海"。终南山呵清渭水,令我依恋徘徊,韩信对漂母一饭之恩尚且未忘报答,更何况我有恩未报将辞别的是您这位大臣!但我是一只桀骜不驯的白鸥,我还是要出没在波涛浩淼的江海,一去万里不再回来!

【研析】

此篇前人或取为压卷之作,最见杜甫真性情。言抱负则直云:"致君尧舜上",不故作谦语;言困顿则自称:"朝扣富儿门,暮随肥马尘",不讳言干谒之狼狈。《杜臆》称其"直抒胸臆,如写尺牍"。然而,并不是人人都这么看的。宋人刘克庄就曾尖锐批评杜甫另一首干谒诗云:"张垍虽为词臣,恩泽侯尔(指垍靠其父宰相张说得官),今有'黄麻似六经',未之敢闻。"其实杜甫自己也明白干谒毕竟是违心的,对这段屈辱辛酸的日子,杜甫耿耿于怀,晚年还多次提起,如《狂歌行赠四兄》云:"兄将富贵等浮云,弟窃功名好权势。长安秋雨十日泥,我曹鞴马听晨鸡。公卿朱门未开锁,我曹已到肩相齐。"古往今来又有几人敢于这样直面自己?这种敢于自我批判的反思精神,正是杜甫最为崇高的品格。历史现象必需放在历史语境中评判。当代已有不少研究文章颇为详尽地论述了“干谒”是唐代士子求仕的一种普遍风气。“干谒”而能成为一种风气，说明这一现象不仅仅是与个人“气节”相联系，而且是当时较普遍存在的社会心理的反映。就杜甫而言，他总是念念不忘他那“传之以仁义礼智信，列之以公侯伯子男”的光荣家世，杜预的文治武功，杜审言的文学渊源等等，他概括成一句话，叫做：“奉儒守官，未坠素业。”（《进雕赋表》）这就使杜甫自觉到负有“致君尧舜”与家族中兴的双重使命，无论出身、教养、抱负，都要求他主动、积极地向朝廷靠近。而身处社会下层，生活又使他强烈地感受到现实社会的不平等，愈是靠近上层统治集团就愈分明地嗅到腐败的气息，愈能产生离心力。不妨说，干谒诗表现的正是这种向心力与离心力撕心裂肺的矛盾。这种矛盾还决定了诗中“顿挫”的力度。虽然该诗是直抒胸臆，但直抒并非一泻无余，而是几经转折，振起，极见顿挫功夫。其中“读书破万卷，下笔如有神”的自负，“致君尧舜上，再使风俗淳”的理想，“白鸥没浩荡，万里谁能驯”的自尊，便是振起全篇的骨鲠。要是没有这些傲骨的支撑，恐怕这首干谒诗也难免会成为“扒骨鸡”。我们尤其要看到：“致君尧舜上”是在穷愁潦倒中发出的，杜之所以卓然特立者，乃在于困顿中不弃理想，毕其一生而“此志常觊豁”（《自京赴奉先县咏怀五百字》），体现了士无恒产而有恒心的弘毅精神。他是一位能从泥泞地面看到星光映照的诗人。

兵车行（七古）

【题解】

题下原注：“古乐府云：‘不闻耶娘哭子声，但闻黄河流水声溅溅。’”唐玄宗晚年经常发动战争。《通鉴》卷二一六：“天宝十载四月,鲜于仲通讨南诏,将兵八万,至西洱河,大败,死者六万人。制大募两京(长安、洛阳)及河南、北兵以击南诏……杨国忠遣御史分道捕人,连枷送诣军所。于是行者愁怨,父母妻子送之,所在哭声振野。"此诗所反映正是当时此类相当普遍的事实,不必泥于具体某次战争。这首诗是杜集中乐府首篇,但不沿用旧题,是"即事名篇"的创格。《蔡宽夫诗话》称:"唯老杜《兵车行》、《悲青坂》、《无家别》等数篇,皆因事自出己意,立题略不更蹈前人陈迹,真豪杰也。"

车辚辚,马萧萧[1],行人[2]弓箭各在腰。
耶娘妻子走相送,尘埃不见咸阳桥。
牵衣顿足拦道哭,哭声直上干云霄。
道旁过者[3]问行人,行人但云点行[4]频。
或从十五北防河,便至四十西营田[5]。
去时里正与裹头[6],归来头白还戍边。
边庭流血成海水,武皇[7]开边意未已。
君不闻汉家山东[8]二百州,千村万落生荆杞。
纵有健妇把锄犁,禾生陇亩无东西。
况复秦兵[9]耐苦战,被驱不异犬与鸡。
长者[10]虽有问,役夫敢申恨[11]?
且如今年冬,未休关西卒。
县官急索租,租税从何出?
信[12]知生男恶,反是生女好。
生女犹是嫁比邻,生男埋没随百草。
君不见青海头[13],古来白骨无人收。
新鬼烦冤旧鬼哭,天阴雨湿声啾啾。

【注释】

〔1〕 车辚辚二句：辚辚，形容车行走时的声音。萧萧，马鸣声。

〔2〕 行人：指行役之人。

〔3〕 过者：杜甫自指。

〔4〕 点行：就是按名强征。

〔5〕 或从二句：防河，守卫黄河。此指驻守河西，以抗吐蕃侵扰。营田，古来就有屯田制，屯戍的士兵还要开垦、经营农田。

〔6〕 去时句：里正，《通典·食货》："凡百户为一里，里置正一人。掌按比户口，课植农桑，检察是非，催驱赋役。"裹头，古以头巾裹头。因年纪小，所以得里正给他裹头。

〔7〕 武皇：汉武帝，唐人往往借指唐玄宗。

〔8〕 山东：唐人称华山以东为山东。

〔9〕 秦兵：此指关中之兵。

〔10〕 长者：尊称上文的"道旁过者"。

〔11〕 役夫句：敢申恨，岂敢申说自己的怨恨。《吴礼部诗话》："'虽'字、'敢'字，曲尽事情。"

〔12〕 信：的确。

〔13〕 青海头：即青海边，为唐代与吐蕃经常交战之地。

【语译】

啊，咸阳桥！马嘶声洪，战车轰隆；征人腰上箭配弓，行色急匆匆。爹娘妻子奔走来相送，桥没尘埃中。或扯衣裳不让走，或抱一团跺脚恸。哭声啼声震天响，队伍一时乱且松。过客见状问征人，答道："今年几次来抓丁，有的十五便去守黄河，四十好几西行仍当屯田兵。去时裹头还要村长帮，归来头白又应征！边疆流血已经成海水，皇上开边拓地意犹兴。难道您就没听说：华山以东二百州，千村万落荆棘生？即使有些个健妇能种地，单靠她们田里还会有收成？唉，就为秦兵耐苦能打仗，总被驱鸡赶狗上战场。您老虽有问，我等役夫怎敢来申恨？再说今年冬，秦兵未放还，县官依旧来逼租，您说这租税又打哪儿出？罢罢罢，早知道生男这样糟，还不如生个女儿好。生女尚可嫁邻居，生男眼看坟头长百草！”此话且打住，古往今来多杀戮。君不见青海边，骸骨枝撑悲满目。可怜新魂缠旧鬼，凄风苦雨夜夜哭！

【研析】

题下原注：“古乐府云：‘不闻耶娘哭子声，但闻黄河流水声溅溅。’”可见杜之学乐府是自觉的。杜所学的乐府精神，主要是汉乐府的精神，汉乐府的精神，可以说就是杜诗的灵魂。《汉书·艺文志》指出汉乐府的特点是：“皆感于哀乐，缘事而发。”这一传统至南朝而边缘化，乐府遂成被诸管弦、赏心悦目之具。萧涤非《汉魏六朝乐府文学史》曾感慨言之：“其有歌咏民间疾苦之作如汉乐府者，非惟无入乐之机会，(唐人《新乐府》，实皆未入乐之诗耳。)并其入乐之资格而亦丧失之……凡此，皆乐府变迁之迹，亦吾国诗歌升降之所由。”事关吾国诗歌之升降，杜甫重振汉乐府精神之巨大意义也由此而突显。本篇语似歌谣，采用问答形式，浅切感人。《唐宋诗醇》称：“篇首写得行色匆匆，笔势汹涌，如风涛骤至，不可逼视。以下出点行之频，出开边之非，然后正说时事，末以惨语结之。词意沉郁，音节悲壮。”

关于“边庭流血成海水，武皇开边意未已”一联，无疑是对唐玄宗好大喜功的讽刺，有其正义性与合理性。但郑文《杜诗檠诂》同时认为：“不可讳言，由于作者惟见唐室连年与各族之战争，而不了解或不理解当时朝廷采取抗拒外寇战争之必要；尤其当吐蕃尚在以游牧为主要生产方式之际，甚至有时采取掠夺财物为生之时，又值吐蕃王朝强盛之候，唐朝不但因其侵逼已失若干藩属，且有不少直辖州郡亦常受到骚扰，如不北防河而西营田，动用全国之人力、物力与财力，则西戎外甥之国，早已传箭青海，取道河湟，而直驱京畿矣。”就当时情势而言，唐方是否“防卫过当”尚可讨论，但所言不为无见，它已涉及历史的二律背反问题。李泽厚《探寻语粹》认为:“追求社会正义,这是伦理主义的目标,但是,许多东西在伦理主义的范围内是合理的,在历史主义的范围内并不合理。”对外战争一方面使百姓家破人亡,另一方面又起着保家卫国的作用,“历史总是在这种矛盾中忍受痛苦”。写出这一悖论带来痛苦的最成功之作,当属后来的“三吏”、“三别”。

病后遇王倚饮赠歌(七古)

【题解】

杜甫于天宝十载(751)作《秋述》称:“秋,杜子卧病长安旅次。”文中所叙情境,与本篇颇相呼应,可供参照,此诗或当作于病后。仇注称其“就世俗常谈,发出恳至真情”。

麟角凤觜世莫识,煎胶续弦奇自见[1]。
尚看王生抱此怀,在于甫也何由羡[2]。
且遇王生慰畴昔,素知贱子甘贫贱。
酷见冻馁不足耻[3],多病沉年苦无健。
王生怪我颜色恶,答云伏枕艰难遍,
疟疠三秋孰可忍,寒热百日相交战。
头白眼暗坐有胝,肉黄皮皱命如线。
惟生哀我未平复,为我力致美肴膳。
遣人向市赊香粳,唤妇出房亲自馔。
长安冬菹[4]酸且绿,金城土酥净如练[5]。
兼求畜豪[6]且割鲜,密沽[7]斗酒谐终宴。

故人情义晚谁似,令我手脚轻欲漩[8]。
老马为驹信不虚,当时得意况深眷。
但使残年饱吃饭,只愿无事长相见[9]。

【注释】

〔1〕 麟角二句:意为:世人莫知麟角凤觜之妙用,煮作续弦胶而其奇自见。暗喻王倚有特异情怀,危难时始验其奇。麟角凤觜,传说煮凤觜麟角作胶,能连断弦,故名"集弦胶"。

〔2〕 何由羡:言不能及其高怀。

〔3〕 酷见句:酷见,犹甚知。与上句"素知"相应,则王倚素知杜甫甘于贫贱,甚知杜甫不以冻馁为耻,写出王生知己之深。

〔4〕 冬菹:酸菜。

〔5〕 金城句:仇注引《唐书》云,金城县属京兆府,后改名兴平。《长安志》云,京兆府岁贡兴平酥。因为是本地所产,故称土酥。赊来的粳米,土产的食品,这一切表明王倚自己也并不富裕,而能慷慨如此,尤其感人。如练,形容土酥其色白净如练。

〔6〕 畜豪:畜之肥大者。王维诗:"草屐牧豪豨",豪豨,即大猪。

〔7〕 密沽:不断地买酒来。

〔8〕 漩:一作"旋"。水中回流,此为旋转的意思。

〔9〕 老马四句:马为驹,旧解纷纭。《读杜札记》引许蒿庐云:"似只承上句'手足轻欲旋'言之,俗所谓返老还童也。"此说有一定道理。《诗·角弓》:"老马反为驹,不顾其后。如食宜饫,如酌孔取。"言老马反而像小马驹,竟不顾后果,譬如吃也要吃到饱,喝也要喝个够。所以杜甫自嘲说:"老马为驹"这话真不假呵!与下三句连读,直见杜甫的真率,与王倚相濡以沫之情深。《读杜诗说》云:"疑老马为驹,第言久病衰惫,忽遇欢宴,不觉手足轻旋如少年时,犹老马之反为驹也。"成善楷《杜诗笺记》进一步解释:杜甫虽用《角弓》句,但截去"反"字,跟上肯定的语言——"信不虚",乃文出于《诗》而意不同于《诗》。故应与上文合读,即自称疲惫的"老马"经王生关怀,

居然像一头小马驹，手脚“轻欲漩”了。

【语译】

世人哪知凤觜麟角妙？煮胶接弦便知晓。要说王生此怀抱，杜甫我是羡其高。王生素来知我甘贫贱，且去相访了夙愿。过惯冻馁不在意，怎耐长年病恹恹。王生一见惊衰颜，答道辗转卧病不堪言。三秋百日害疟疾，难忍忽冷忽热相交替。头白眼暗坐出茧，肉黄皮皱剩口气。只你王生怜我未康复，勉力为我管顿好菜好饭吃。让人市上赊香粳，叫妻出房亲主厨。长安腌菜酸又绿，金城白细是土酥，还要大肉取新鲜，酒不断来终席欢。老友情义谁能比？使我手足轻快想旋转！“老马为驹”性情真，一时得意只因眷顾深。但愿余生常能吃饱饭，王生王生无事常来往！

【研析】

这首与下文《投简咸华两县诸子》都是写穷困时的心境，一是得饱饭而高兴到“手足轻欲漩”，一是饥饿时悲伤到“无声泪垂血”。然而得一饭竟然会欢快如此，更令人为之喟然心酸。其中所发露的底层百姓之间相濡以沫的真情，更是令人感动。读这首诗有助于我们明白：杜甫的“己饥己溺”不是从道德教条中得来，而是从亲历亲证中得来。

【附录】

秋　述

朱注：《年谱》：天宝十载，公年四十，此云四十无位，当作于其时。

秋，杜子卧病长安旅次，多雨生鱼，青苔及榻。常时车马之客，旧雨来，今雨不来。昔襄阳庞德公，至老不入州府，而扬子云草《玄》

寂寞,多为后辈所亵,近似之矣。呜呼!冠冕之窟,名利卒卒,虽朱门之涂泥,士子不见其泥,矧抱疾穷巷之多泥乎?子魏子独踽踽然来,汗漫其仆夫,夫又不假盖,不见我病色,适与我神会。我,弃物也,四十无位,子不以官遇我,知我处顺故也。子,挺生者也,无矜色,无邪气,必见用,则风后、力牧是已。于文章,则子游、子夏是已,无邪气故也,得正始故也。噫!所不至于道者,时或赋诗如曹刘,谈话及卫霍,岂少年壮志,未息俊迈之机乎?子魏子,今年以进士调选,名隶东天官,告余将行。既缝裳,既聚粮,东人怵惕,笔札无敌,谦谦君子,若不得已。知禄仕此始,吾党恶乎无述而止。

曲江三章,章五句（七古）

【题解】

曲江,也叫曲江池,在长安东南角。汉武帝所造,其水曲折,故名。后经唐玄宗疏凿扩建,南有芙蓉苑,西有杏园、慈恩寺,烟水明媚,为长安游赏胜地,也是唐代进士经常聚会游乐的地方。杜甫天宝十载(751)献《三大礼赋》,次年春召试文章,仍未被任用。杜甫凭文学才能受重用的幻想破灭,心灵受到极大的刺激,写下不少抒愤懑的诗,此诗即作于是年秋。即景吟诗,随意写怀,七言五句为一章,三章成篇,此为杜甫创体。

其　一

曲江萧条秋气高,菱荷枯折随风涛。
游子空嗟垂二毛〔1〕。
白石素沙亦相荡,哀鸿独叫求其曹〔2〕。

【章旨】

第一首写曲江秋景萧索，自伤不遇与孤独。

【注释】

〔1〕 二毛：头发夹杂黑、白二色。

〔2〕 其曹：其同类。

【语译】

秋来曲江何凋伤，枯菱折荷随波荡。游子空叹鬓毛斑！池中白石、白沙相摩漾，孤雁哀鸣也求伴。

其　二

即事非今亦非古，长歌激越捎林莽[1]。
比屋[2]豪华固难数。
吾人甘作心似灰，弟侄何伤泪如雨。

【章旨】

第二首放歌自遣，劝弟侄语似旷达而实含郁愤。

【注释】

〔1〕 长歌句：意为长歌当哭，其激越可摧林莽。捎即摧折，木曰林，草曰莽。

〔2〕 比屋：连屋，多的意思。

【语译】

不今不古即事吟，长歌当哭摧丛林。豪宅连排数不清。我心如灰可奈何，弟侄为我泪涔涔。

其　三

自断[1]此生休问天，杜曲幸有桑麻田[2]。
故将移住南山[3]边。
短衣匹马随李广，看射猛虎终残年[4]！

【章旨】

第三首以欲归隐作结，却以李广射虎为喻，寄感慨于豪纵。

【注释】

〔1〕 自断：自了；自己处理。

〔2〕 杜曲句：杜曲，地名，在长安南，又称“下杜”。杜甫远祖杜预是京兆杜陵人，故杜甫自称“杜陵野老”。困守长安时，杜甫曾住在杜陵，下杜的桑麻田大概是祖业。

〔3〕 南山：指终南山。杜陵近终南山。

〔4〕 短衣二句：李广，汉代名将，尝在南山射虎。随李广，追随、效法李广。李广虽善战，但一生不得意。汉文帝尝叹曰：“惜乎，子不遇时！如令子当高帝时，万户侯岂足道哉！”杜甫借喻自己之负才不得意，但旗鼓不倒，豪气犹在焉。浦注：“设无后两句，则真心如死灰，意索然矣！”

【语译】

此生自了何必问天公，杜曲好在有田可务农。移家且去南山中。愿随李广短衣匹马展雄风，残生看他射虎终！

【研析】

此诗结构奇特，五句成章，中间一句有意将上下联间离开来，造成陌生化效果。如第一首“游子空嗟垂二毛”，《杜诗镜铨》称：“前后四句写景,将自己一句插在中间,章法错落。”下二句“白石素沙亦相荡,哀鸿独叫求其曹”似乎与上句脱节,却突出了孤寂的意象。故浦注称:“妙在下二句悬空挂脚,而落魄孤另之况可想。”如果考虑到曲江本是进士及第后欢乐聚会的场所,如今寥落如此,则这种孤寂意象透出强烈的信息:对仕途的失望与厌倦。

夏日李公见访 (五古)

【题解】

诗题一作“李家令见访”。或系此诗于天宝十三载(754)。待考。李公,疑即宗室李炎,时为太子家令(掌管太子谷仓与饮食的官)。《唐诗快》称此诗“真朴语,人不能到”。

远林暑气薄,公子过我游。
贫居类村坞[1],僻近城南楼。
傍舍颇淳朴,所须亦易求。
隔屋唤西家,借问有酒不?
墙头过浊醪[2],展席俯长流。
清风左右至,客意已惊秋。
巢多众鸟斗,叶密鸣蝉稠。
苦遭此物聒,孰谓吾庐幽?
水花晚色净,庶足充淹留[3]。
预恐樽中尽,更起为君谋。

【注释】

〔1〕　村坞：村庄。村外筑土为堡叫做坞。

〔2〕　墙头句：萧涤非先生注云："这句很有意思。一来显得是贫居，墙低，故酒可以打墙头递过来；二来也显得邻家的淳朴，为了顾全主人家的面子，不让贵客知道酒是借来的，所以不打从大门而打从墙头偷偷地送过来。"浊醪，浊酒。

〔3〕　水花二句：水花，指荷花。庶足，差足；勉强够。淹留，久留。

【语译】

林子离城远，荫浓暑气收。赤日正炎炎，公子寻我游。敝庐简陋似村社，偏僻却近南城楼。邻居挺淳朴，所须也易求。隔壁叫西家，笑问有酒否？墙头递过来，铺席瞰溪流。四面来风多爽气，客人忽惊已凉秋。巢多鸟儿常争斗，叶密蝉稠叫不休。蝉噪鸟斗闹吾庐，谁说"鸟鸣山更幽"？荷花明净晚来好，唯此差可将客留。只怕瓶中酒将尽，容我起身再筹谋。

【研析】

诗人学者林庚在其《唐诗的语言》一文中说："唐诗语言的特点，正在于不仅仅是浅出，而乃是'深入浅出'。这中间的相互关系，其实正因其'深入'，所以才有得可'浅出'，因此不仅是晓畅而且是丰富，不仅是易懂而且是意味深长，这里的丰富与深入也仍然指的是艺术的精湛。"杜甫此诗的语言正是这样的语言。就以"墙头过浊醪"一句为例，明白得像平常生活中的话语，却又像注〔2〕引萧先生所分析的那样，有其多层丰富的内涵与意味。诗中透出的不仅是诗人对民间口语的熟悉，更是诗人对淳真简朴的平民生活深入的了解与体验，尤其是对底层百姓之间那种慷慨厚道关系的热爱，乃至引以为傲的真挚感情。正因其这种内在的深入，才有那"质而实腴"的"浅出"。从形式上看，此诗好处还在整首诗都很质朴浑成，像陶渊明的诗一样不可以句摘。《读杜心解》云："诗似拟陶，非杜老本色。"这话半对半不对。此诗风格的确有学陶诗的痕迹，但仍有杜的本色。本色就在写实，是从自家生活体验中提炼得来。关于这一特点，我在本书卷二《羌村三首》研析中有详论，敬请参看。

乐游园歌（七古）

【题解】

题下自注："晦日贺兰杨长史筵醉中作。"晦日，阴历每月之最后一日。唐时以正月晦日、三月三日、九月九日为三令节。德宗时废正月晦日之节，以二月朔为中和节。乐游园，即乐游原，汉宣帝乐游苑故址，在长安东南郊，为郊游胜地。此诗当作于天宝十载(751)献《三大礼赋》后。

乐游古园崒[1]森爽，烟绵[2]碧草萋萋长。
公子华筵势最高，秦川[3]对酒平如掌。
长生木瓢示真率[4]，更调鞍马[5]狂欢赏。
青春波浪芙蓉园，白日雷霆夹城仗[6]。
阊阖晴开詄荡荡，曲江翠幕排银榜[7]。
拂水低徊舞袖翻，缘云清切歌声上。
却忆年年人醉时，只今未醉已先悲[8]。
数茎白发那抛得，百罚深杯[9]亦不辞。
圣朝亦知贱士丑，一物自荷皇天慈[10]。
此身饮罢无归处，独立苍茫自咏诗[11]。

【注释】

〔1〕　崒:高貌。

〔2〕　烟绵:绵延不断。

〔3〕　秦川:一名“樊川”,此指长安一带的平原。《长安志》:乐游原居京城之最高,四望宽敞。

〔4〕　长生句:《艺文类聚》引《邺中记》:“世人谓之西王母长生树。”传说用长生木瓢酌酒,饮之可延年。示真率,一作“乐真率”,成善楷《杜诗笺记》认为,长生木瓢不是一般饮器。不说玉罍金樽,而说“长生木瓢乐真率”,避免了富贵气。

〔5〕　调鞍马:唐人调马有二义:一为驯马,一为戏马。此处取后义,即酒后戏马取乐,故接云“狂欢赏”。

〔6〕　青春二句:此联为“集锦格”。青春/波浪/芙蓉园,句中无动词,却自然泅为一片境,浑然写出芙蓉园中春光水色。下句:白日/雷霆/夹城仗,同样句式,与上句刚柔相济。芙蓉园,在乐游园西南,中有芙蓉城。夹城,由重墙组成的大明宫通往芙蓉园和曲江的夹道。仗,仪仗。此写皇帝出游的声势。

〔7〕　阊阖二句:阊阖,天门,此指皇城的正门。或云阊阖指代天空。诛荡荡,广远貌。一作“映荡荡”,误。汉乐府《天门歌》:“天门开,诛荡荡。”曲江,在乐游园南,亦名曲江池。皇帝节日赐宴,进士及第游园,使此地成为长安重要的公共场所。翠幕,游宴时搭成的华丽帐幕。银榜,银饰之匾额。仇注引《北史》:“姚苌张翠幕绣帘,挂金篆银榜。”此言翠幕罗列,上挂银榜,排列有序;这应是从乐游园俯瞰曲江的观感。

〔8〕　只今句:只今,如今。以下引出“未醉先悲”的原因。

〔9〕　深杯:大杯,形容其杯深能容。

〔10〕　圣朝二句:贱士丑,陆机诗:“玄冕无丑士。”玄冕,一作“冠冕”。当官的“无丑士”,则“丑士”当在布衣。一物,杜甫《回棹》诗:“劳生系一物。”钱注:“言此生犹一物耳。”又,杜甫《秋述》:“我,弃物也,四十无位。”邓绍基《杜诗别解》说:“联系起来看,诗人自谓‘一

物’，是不得志、不称心的语言。”

〔11〕 此身二句：苍茫，《百家注》引赵次公注：“荒寂之貌。”暗示散宴时已是暮色苍茫，剩下的只是孤寂。此联《唐诗别裁》评云：“极欢宴时不胜身世之感。”

【语译】

古老的乐游园萧疏阴爽乔木参天，碧草萋萋如烟连绵。公子设宴选在高冈上，举杯属酒正对着那掌面般平舒的秦川。不用金樽玉斗，长生木瓢沽酒更显主人真率，观赏戏马将宴会推向狂欢。春色随波漾入芙蓉园，晴空雷响夹城里涌出皇上的仪仗。宫门大开坦坦荡荡，翠幕悬银榜有序地排在曲江畔。舞袖翻飞轻拂水面，歌声清亮缘着云霞直上。回想此日是年年醉，如今却未醉已先悲！几根白发宣示了岁月不饶人，还管它百次罚酒用深杯！连圣明的朝廷也知道有这么个丑士布衣，渺小的我也算是领受了浩荡的皇恩。曲终筵散我仍在彷徨，荒寂中独自吟唱面对黄昏……

【研析】

此诗给出的情绪相当复杂。一般说来，良辰美景总是使人心情舒畅，可是一个人如果心中有某种情结，忽然被触发，则悲从中来，乐景反增悲情。前六联写宴乐，至“却忆”一联，情势忽然一转——“只今未醉已先悲。”如果系年不错的话，关键就在“今”字上。天宝十载发生了什么事？是年，值唐玄宗行郊庙之礼，杜甫献《三大礼赋》，玄宗命待制集贤院。这事让他十分激动：“昭代将垂白，途穷乃叫阍。气冲星象表，词感帝王尊。”（《奉留赠集贤院崔于二学士》）对古代士子而言，它将带来多大的荣耀与希望呵！但从经验中他又预感到希望可能破灭（天宝六载他也曾应诏赴试，奸相李林甫悉令刊落，却表贺“野无遗贤”），而惴惴不安。“圣朝亦知贱士丑，一物自荷皇天慈”写的正是这种疑是之间的杂糅情感。不幸的是，诗人的预感太准确了——后来召试文章,只落得一个“送隶有司,参列选序”,便泥牛入海无消息。能断盘根错节,方为利器。杜诗表达错综复杂的心结竟如是利索,的确是人所难及。

还有个问题,乐游园具体在长安城的什么位置?据此诗中描写:“阊阖晴开昳荡荡,曲江翠幕排银榜。拂水低徊舞袖翻,缘云清切歌声上。”金篆银榜、拂水舞袖,皆历历在目。那么,乐游园应在曲江之近处。旧注或引《唐两京城坊考》等,认为当在升平坊高地。然则此高地距曲江一二公里,且视线为曲江北之修政坊高地所遮,如何可能?今人简锦松《唐诗现地研究》对实地作了仔细的丈量与考察,得出的结论是乐游园当在修政坊高地。“当诗人站在原顶向南眺望时,直接下瞰池北诸亭子,只有一百余米距离,杏园从北到南的岸区也只在五百米至八百米的范围内。他一边纵饮、走马,一边由相对高度二三十米的高处欣赏曲江,前无阻隔,周览可遍,望见人物如画,(听见)歌钟似沸,这才是杜诗的意境吧!”言之成理,录供参考。

投简咸华两县诸子（七古）

【题解】

此诗约作于天宝十载(751)冬。其时,杜甫已陷入困境,过着“日籴太仓五升米”、“卖药都市,寄食友朋”的穷日子。投简,投赠书信。咸华,咸阳与华原二县。诸子,对两县友人的尊称。杜诗名句“朱门酒肉臭,路有冻死骨”,是杜甫自己切身的体会,在这首诗中已见端倪。

赤县[1]官曹拥材杰,软裘快马当冰雪[2]。

长安苦寒谁独悲,杜陵[3]野老骨欲折。
南山豆苗早荒秽,青门瓜地新冻裂[4]。
乡里儿童项领成[5],朝廷故旧礼数绝。
自然弃掷与时异,况乃疏顽临事拙[6]。
饥卧动即向一旬,敝裘何啻联百结[7]。
君不见空墙日色晚,此老[8]无声泪垂血。

【注释】

〔1〕 赤县:指长安。《元和郡县志》:"唐县,有赤、畿、望、紧,上、中、下六等之差,京都所治为赤县,京之旁邑为畿县。"

〔2〕 软裘句:此言诸官骑快马衣轻裘,自可抵御冰雪带来的寒气。

〔3〕 杜陵:在长安南。杜甫曾居杜陵,每自称"杜陵野老"、"杜陵布衣"。

〔4〕 南山二句:南山豆苗,陶潜诗:"种豆南山下,草盛豆苗稀。"青门,长安东门。秦东陵侯召平尝种瓜青门,二句写苦于饥寒。

〔5〕 乡里句:里,古代县以下的基层行政单位,五家为邻,五邻为里。乡里儿童,此指恃势横行乡里的小人,陶潜骂督邮为"乡里小儿"可证。项领成,脖子挺硬,指有恃无恐。《后汉书·吕强传》:"群邪项领。"注:"项领,自恣也。"此句意为乡里恶势力已成气候。

〔6〕 自然二句:是说:因为自己不合时宜,自然要被朝廷所抛弃;更何况我生性疏放顽强,遇事也就拙于应付。

〔7〕 饥卧二句:一旬,十日为一旬。何啻,何止。

〔8〕 此老:诗人自指。

【语译】

长安朝中自然是人才济济,他们轻裘快马又何惧风雪。长安城内又是谁在抱寒独自伤悲?是我杜陵野老呵骨头都快冻折!南山豆苗早就荒芜,东门瓜地近来又已冻裂。乡里是小吏横行,朝中是故旧断绝。我不合时宜自然被朝廷抛弃,生性疏顽更是事事碰壁。贫病卧床动不动就十天半月,破衣烂裳何止千穿百结。诸公啊你看我家徒四壁日色昏昏,欲哭无泪泣下的是两行血!

【研析】

吴乔《围炉诗话》说:学杜诗"须是范希文专志于诗,又是一生困穷乃得"。范仲淹是北宋改革派大政治家,有大抱负,但未能专志于诗;杜甫有"致君尧舜上"的大抱负,又专志于诗,且一生困穷,读透了社会这本大书,这才成就了大诗人。杜甫是如何困穷?读此诗然后知之。这是杜甫创作成功必要的前提。然而深陷在生活的痛苦中不能自拔,也是写不出好作品的。王国维曾说过:"诗人对宇宙人生,须入乎其内,又须出乎其外。入乎其内,故能写之。出乎其外,故能观之。"杜甫以其敏锐的感性与健全的理性,所以敢于咀嚼自己的痛苦,使之对象化、审美化,故能感之,亦能写之,不但从中抉发出社会不公的一些带本质性的现象,而且创造出心理情感的意象。尾联"君不见空墙日色晚,此老无声泪垂血",空墙日色与无声泣血相互映照是如此融一,就好比"蚌病成珠",是一种痛苦凝结成的美的兴象。

奉留赠集贤院崔于二学士（五排）

【题解】

天宝十载(751)杜甫投延恩匦献《三大礼赋》,唐明皇奇之,命待制集贤院,召试文章,送隶有司,参列选序。诗或作于天宝十一载(752)四月前。崔、于二学士,宋本《杜工部集》题下注:"国辅、休烈。"则二学士为崔国辅与于休烈。二学士应是"召试文章"时的试官。因杜甫见“参列选序”无望，欲暂回洛阳，特作诗留赠崔、于二人，故曰“奉留赠”。

昭代将垂白[1]，途穷乃叫阍[2]。
气冲星象表，词感帝王尊[3]。
天老书题目，春官验讨论[4]。
倚风遗鶂路，随水到龙门[5]。
竟与蛟螭杂，宁无燕雀喧[6]？
青冥犹契阔，陵厉不飞翻[7]。
儒术诚难起，家声庶已存[8]。
故山多药物，胜概忆桃源[9]。
欲整还乡旆，长怀禁掖垣[10]。
谬称三赋在，难述二公恩[11]。

【注释】

〔1〕 昭代句：昭代，犹言明时。垂白，白发下垂。

〔2〕 途穷句：途穷，末路。阍，指宫门。叫阍，指向朝廷申诉。仇注：“公献《三大礼赋》，进《雕赋》、《封西岳赋》，皆投延恩匭，故曰‘叫阍’、曰‘词感帝王’也。”

〔3〕 气冲二句：星象，谓天空中星体明暗、位置变动等现象。古人往往以此附会人事之变化。此句系杜甫对自己献赋行为的极高评价。

〔4〕 天老二句：天老，谓宰相。春官，谓礼部，盖武则天曾改礼部为春官，世因称礼部官为“春官”。验讨论，仇注引《杜臆》：“验讨论，谓考验其文词所自出，故赴试者语必典雅，唐诗可为后世羽仪者以此。”

〔5〕 倚风二句：鶂，同“鹢”。《左传·僖公十六年》：“六鶂退飞过宋都，风也。”以逆风退飞喻办事不顺利。遗鶂路，期免退飞也。下句，仇

注引《三秦记》:“龙门,在河东界,每暮春,有黄黑鲤鱼自海及诸州争来赴之,得上者便化为龙,否则曝腮点额而退。”二句谓诗人献赋,本意在腾跃。

〔6〕 竞与二句:上句自谦语,谓待制集贤院,厕身学士间如鱼龙混杂(即后来《奉赠鲜于京兆二十韵》“且随诸彦集”的意思);下句谓这次应试遭小人妄议。蛟螭,类似龙者。燕雀,《史记》载陈涉曰:“燕雀安知鸿鹄之志哉!”

〔7〕 青冥二句:言青天虽辽阔却不得任情陵厉翻飞。青冥,青天。契阔,此处为阔绝、辽阔的意思。陵厉,一作“凌厉”,此言其飞之迅猛。合上二句,则与《奉赠韦左丞丈二十二韵》“主上顷见征,欻然欲求伸。青冥却垂翅,蹭蹬无纵鳞”四句同意。

〔8〕 儒术二句:上句言自己所学的儒学本领使不上,下句言因献赋受重视,总算是保留了家族的文学声誉。

〔9〕 故山二句:二句言老家风景好,又有养生的药物,暗示将回老家去。故山,当指洛阳老家。多药物,杜甫《进三大礼赋表》自称:“顷者,卖药都市,寄食友朋。”大概是懂一点医药,欲以此讨点生活。胜概,胜景。桃源,桃花源,此指隐居生活。

〔10〕 欲整二句:上句夸张地说准备打着旗号返乡,下句说还会长久地怀念朝廷。旆,末端燕尾状的旗子。禁掖垣,宫禁中有东西两掖垣,此以禁墙指代朝廷。

〔11〕 谬称二句:诗后原注云:“甫献《三大礼赋》出身,二公常谬称述。”

【语译】

恭逢盛世却白发将垂,穷途末路便向朝廷告急。英气上冲星表,文词感动皇帝。宰相为我出题,礼部考查严密。鶂遇顺风何必退飞?直抵龙门金鲤随水。没想到还能与蛟螭为伍,对此岂无燕雀诋毁?青天依然阔大,惜哉不能冲天一举!儒术诚然已使不上,好在保住了家族的声誉。幸有家园多产药物,那桃源般的胜景时时想起。走吧走吧,我的车马将插上回乡的旗。别了别了,我梦魂牵绕的宫墙丹墀。《三大礼赋》承谬奖,二位恩公的恩情难再述!

【研析】

《新唐书》本传称杜甫献《三大礼赋》,“帝奇之,使待制集贤院,命宰相试文章”。这在古代是非常大的荣耀。尤其是对特重“传之以仁义礼智信,列之以公侯伯子男”家族传承,自诩“诗是吾家事”、“吾祖诗冠古”的杜甫来说,它不仅成了一生念念不忘的荣耀,而且成为支撑着他的一根精神上的支柱。就在流落西蜀为轻薄少年所侮时,他写下《莫相疑行》,十分感慨地重提此事:“忆献三赋蓬莱宫,自怪一日声烜赫。集贤学士如堵墙,观我落笔中书堂。往时文采动人主,此日饥寒趋路旁!”晚年在夔州身心交疲,“缓步仍须竹杖扶”,“牙齿半落左耳聋”,他仍在《秋兴八首》中声情摇曳地写道:“彩笔昔曾干气象,白头吟望苦低垂!”对这样一位“穷年忧黎元”,一生正直却潦倒的老人,我们还忍心责备他一说起“召试文章”这件事就眼睛发亮吗?

【附录】

进三大礼赋表

臣甫言:臣生长陛下淳朴之俗,行四十载矣。与麋鹿同群而处,浪迹于陛下丰草长林,实自弱冠之年矣。岂九州牧伯不岁贡豪俊于外?岂陛下明诏不仄席思贤于中哉?臣之愚顽,静无所取,以此知分,沉埋盛时,不敢依违,不敢激讦,默以渔樵之乐自遣而已。顷者,卖药都市,寄食友朋,窃慕尧翁击壤之讴,适遇国家郊庙之礼,不觉手足蹈舞,形于篇章。漱吮甘液,游泳和气,声韵寖广,卷轴斯存,抑亦古诗之流,希乎述者之意。然词理野质,终不足以拂天听之崇高,配史籍以永久,恐倏先狗马,遗恨九原。臣谨稽首,投延恩匦,献纳上表,进明主《朝献太清宫》、《朝享太庙》、《有事于南郊》等三赋以闻。臣甫诚惶诚恐,顿首顿首,谨言。

敬赠郑谏议十韵（五排）

【题解】

此诗当是天宝十载(751)杜甫投献《三大礼赋》后作,旧编在天宝十一载(752),与上一篇《奉留赠集贤院崔于二学士》应为前后之作。谏议大夫,掌谏谕得失,也充理匭使。杜甫献《三大礼赋》,其门路就是投延恩匭,郑谏议或即分管此事者也。

谏官非不达,诗义早知名[1]。
破的[2]由来事,先锋孰敢争[3]。
思飘云物外,律中鬼神惊[4]。
毫发无遗憾,波澜独老成[5]。
野人宁得所[6],天意薄浮生[7]。
多病休儒服,冥搜信客旌[8]。
筑居仙缥缈,旅食岁峥嵘[9]。
使者求颜阖,诸公厌祢衡[10]。
将期一诺[11]重,欻使寸心倾。
君见途穷哭,宜忧阮步兵[12]。

【注释】

〔1〕 谏官二句:此联言谏官虽显达,但郑某实际上是以其诗能合乎诗义的要求而早就知名了。诗义,古人称《诗》有“六义”:风、雅、颂、

赋、比、兴。孔颖达解释说:“六义者,赋、比、兴是《诗》之用,风、雅、颂是《诗》之所成,用彼三事,成此三事,故同称为‘义’。”

〔2〕 破的:射箭中靶。此应上句之“诗义”,喻郑谏议的诗能切合六义的要求。

〔3〕 先锋句:此形容郑谏议之诗能引领风气,如先锋之勇。

〔4〕 思飘二句:云物,风云日月星辰之类。外,一作“动”。此句言思穷高远。律中,符合诗的各种格律要求。与《桥陵诗三十韵》“遣词必中律”同意。鬼神惊,言巧夺化工。《诗序》:“动天地,感鬼神,莫近于诗。”

〔5〕 毫发二句:毫发无憾,谓字斟句酌,务使贴切稳妥。波澜老成,与上句相对,认为细密之外还要讲究整体上的波澜壮阔,富有变化,且须成熟老练,趋于自然。仇注引王洙曰:“曲尽物理,故无遗憾;才气浩瀚,故有波澜。”

〔6〕 野人句:野人,不仕之人,作者自称。宁,岂。得所,得到合适的地位。《汉书·主父偃传》:“彼人人喜得所。”

〔7〕 天意句:薄,轻视;鄙薄。浮生,即人生。《庄子》:“其生也若浮。”

〔8〕 冥搜句:冥搜,谓搜寻幽胜。信,任由。客旌,古时旅店招客之帘。此谓纵意客游。

〔9〕 筑居二句:筑居,即定居,与下句之“旅食”相对。此句言“长安居大不易”,想在长安定居难如求仙;故有下句:旅食京华,岁月坎坷。峥嵘,不平凡,此形容日子过得不平顺,多波折。或云:峥嵘,谓年齿日高。《舞鹤赋》:“峥嵘而愁暮。”似通,却与“仙缥缈”难对。

〔10〕 使者二句:颜阖,有道之士。《庄子》载,鲁君使人寻访之,颜阖对曰:“恐听误,而遗使者罪,不若审之。”使者还审,复求之,则已不知去向;所以有“空招贤”、“口惠实不至”的意思。诗以此典故隐喻玄宗天宝间下诏求贤,而奸相李林甫皆使落选,还表贺“野无遗贤”一事。祢衡,字正平,矫时慢物。曹操怀忿,以才名不欲杀之,送刘表。表不能容,以江夏太守黄祖性卞急,送衡与之,为所杀。诗人以此自喻。二句合写召试不遇。

〔11〕 诺:应允。《史记·季布栾布列传》:“楚人谚曰:‘得黄金百斤,不

如季布一诺。’”

〔12〕 君见二句：晋代阮籍曾为步兵校尉，世称阮步兵。史传载其率意命驾，不由径路，车迹所穷，辄恸哭而返。此亦杜甫自喻。

【语译】

虽说谏议居官显要，但你早就以诗知名。你的诗从来就像箭中靶心，切合六义的要求；勇如先锋破阵，引领风气谁敢与你争先？超然象外诗思高远，巧夺化工格律精严；贴切稳妥无遗憾，成熟老练有波澜。而我呢，只是个布衣岂敢有非分之想，老天有意让我把命看贱。像我这般病恹恹的人还充什么儒生？倒不如纵意客游去寻幽访胜！想在长安定居真是比升仙还难，旅食京华的岁月更是坎坷难言。使者访颜阖倒是有心求贤，无奈祢衡刚正不阿叫大人们讨厌。只为你一诺千金，忽使我的期待心存一线。君见阮步兵作途穷之哭，自会伸手为援。

【研析】

这位郑谏议不知何许人也，也找不到当时能与所称诗名相应的郑姓诗人。但从所称述种种看，倒不如说是杜甫夫子自道。重视“诗义”，正是“法自儒家有”的老杜家数。最能道出杜甫自家诗法的是这四句：“思飘云物外，律中鬼神惊。毫发无遗憾，波澜独老成。”其中包含两组矛盾的辩证统一：一是诗思要高远放得开，舒卷风云之色，同时在创作实践上又要符合诗自身的法则，“遣词必中律”（《桥陵诗三十韵》），“晚节渐于诗律细”（《遣闷戏呈路十九曹长》）；一是用字造句、篇章安排务必做到稳妥，尽善尽美毫无遗憾，同时还要整体上浑然一体如波澜之壮阔多变化，达到老练天成的境界。这两组四句诗论，无疑完美地涵盖了整个创作过程，其中对各种关系的辩证统一之深刻描述令人惊叹！日人吉川幸次郎很欣赏杜诗艺术中宏观与微观的结合，认为其诗歌特征是“视野广阔，感情充沛”，“与此同时，杜甫的眼光也看到了世界最为微小的部分，所以他也努力描写一个真实的微观世界”。他还进一步认为:“杜甫毕竟是一个真实的杜甫,他的诗歌最为显著的特征,与前者相比其重点还在于后者。如果前者是朝着分散方向发展的话,那么李白的能力也不比杜甫少多少。而后者是朝着凝聚能力的方向发展,这完全是杜甫独立来完成的。”(《杜甫私记》)这是从比较上、原创上立论的,是富有感性的评论。然而必须补充说明的是:这种“毫发无遗憾”、“律中鬼神惊”的“细”,是在上述四句形成的张力磁场中的“细”,偏离这一整体,就会失去生命力。

总之,这是杜甫为自己制定的一个非常高的美学追求。美学家宗白华曾以“高、深、大”概括李、杜诗的境界,此四句正是这三者在杜诗创作方法上的体现。以此反观杜诗,其中不乏达此境界者。我认同莫砺锋《杜甫评传》所作如是描述:“沈德潜说:‘少陵歌行,如建章之宫,千门万户,如钜鹿之战,诸侯皆从壁上观,膝行而前,不敢仰视。如大海之水,长风鼓浪,扬泥沙而舞怪物,灵蠢毕集。’这一风格描述的主要对象就是杜诗那种严整细密又波澜起伏,法度森然又变化莫测的结构,这种结构在杜诗的七古中体现得最为淋漓尽致,但在其他诗体(如五古、五排)以及组诗中也有所体现。”文论家多注重杜之《戏为六绝句》、《偶题》诸篇,却往往漏选此篇,应当说多少是个失误,所以就多说几句,以提请注意。

同诸公登慈恩寺塔(五古)

【题解】

题下自注:“时高适、薛据先有此作。”同游同作其实是五人,即杜甫、高适、薛据、岑参、储光羲。薛诗失传,其他诗尚存。同,就是和。则此诗为和诗。《长安志》:慈恩寺在万年县东南八里。诗写于天宝十一载(752)秋。此时唐帝国内部矛盾已趋尖锐,但统治集团仍浑然不觉,杜甫忧心如焚。萧涤非先生指出:此诗用比兴手法,“把对社会现实的讽刺融化在景物的描写和故事的感叹里,所以需要我们细心领会”。

高标跨苍天[1],烈风无时休。
自非旷士怀,登兹翻百忧[2]。
方知象教力[3],足可追冥搜[4]。
仰穿龙蛇窟,始出枝撑幽[5]。
七星[6]在北户,河汉[7]声西流。
羲和[8]鞭白日,少昊[9]行清秋。
秦山忽破碎,泾渭不可求[10]。
俯视但一气,焉能辨皇州[11]。
回首叫虞舜,苍梧云正愁[12]。
惜哉瑶池饮,日晏昆仑丘[13]。
黄鹄[14]去不息,哀鸣何所投。
君看随阳雁,各有稻粱谋[15]。

【注释】

〔1〕 高标句:标,指塔顶,立木为表记,最顶部为“标”。苍天,一作“苍穹”,指天空。

〔2〕 自非二句:自非,若非。旷士,超世之士。杜甫认定自己是入世之士,忧患意识使之登高反而易开沉郁之绪,所以说是“翻百忧”。《唐诗归》钟惺云:“登望诗不独雄旷,有一段精理冥悟,所谓令人发深省也,浮浅人不知。”

〔3〕 象教力:佛教假形象以教人,故又称“象教”。因慈恩寺塔(即大雁

塔)为名僧玄奘所立,所以说是"象教力"。

〔4〕 冥搜:暗中寻索。此言借助佛塔之高,足以让我们探赜寻幽,作深入的思考。

〔5〕 仰穿二句:仰穿龙蛇窟,形容塔内屈曲的蹬道。枝撑,塔中斜柱,《山谷别集》:"慈恩塔下数级,皆枝撑洞黑,出上级乃明。"

〔6〕 七星:北斗星。

〔7〕 河汉:银河。

〔8〕 羲和:驾日车之神。

〔9〕 少昊:白帝,秋天之神。

〔10〕 秦山二句:此二句浑茫的景色与当时诗人对前程的茫然并由此产生的忧患是对应的。秦山,指终南诸山。忽破碎,凭高一望,诸山错杂,"破碎"是其强烈的主观印象,与诗人当时"翻百忧"的心绪有关。下句意为:泾水、渭水在暮色中清浊不分。

〔11〕 皇州:指长安。

〔12〕 回首二句:自此以下八句写登塔所感。虞舜,古代贤君,借指唐太宗,是追想国初政治修明的意思。苍梧,九疑山,传说舜葬此。杜甫欲"致君尧舜上",不意玄宗却越来越昏庸。回首一叫,将胸中郁硉吐出,是诗中着力点。

〔13〕 惜哉二句:瑶池饮,《列子·周穆王》:周穆王升昆仑之丘,遂宾于西王母,觞于瑶池之上。日晏,日晚。此句暗喻玄宗与贵妃游宴骊山,荒淫无度。"惜哉"二字已露讽谏之意。

〔14〕 黄鹄:传说中的大鸟,一举千里。喻贤才君子,兼诗人自比。

〔15〕 君看二句:随阳雁,比喻趋炎附势者。稻粱谋,个人打算。

【语译】

塔顶直插云霄,烈风从未休止。如果不是超然出世的旷达之士,登上高塔反而让人百感交集。借此高高的佛塔,激发我探赜寻幽的思力。沿着屈曲的蹬道向上攀登,穿过龙蛇窟洞般的幽暗,这才透过错综的斜柱见到光明。北斗七星就在窗外,银河西去仿佛哗哗作响。羲和鞭策着太阳,少昊将清秋布向人间。眼前忽见破碎的秦山,泾渭也一派茫茫。下界俯视是浑沌一气,长安又怎能分辨?回首一声长叫:虞舜啊吾皇——但见黯黯的愁云飘浮在苍梧方向。遗憾的是有人还在仿效周穆王的瑶池痛饮,直到日下昆仑。可怜一举千里的黄鹄,哀鸣着不知所之;倒是那些平庸的大雁,你看它随阳逐暖各自有各自谋利的打算。

【研析】

俗话说,"不怕不识货,只怕货比货"。诗写得怎样,在同一组和诗中最易见高下。此诗五人同作于同时同地,都用同一体式,但从现存杜、高、岑、储四人的作品看,虽然其中高、岑、杜三人写景状物各具特色,旗鼓相当,但就思想深度而言,却不在同一水准上。诚如《杜诗详注》所说:"三家(高、岑、储)结语,未免拘束,致鲜后劲。杜于末幅,另开眼界,独辟思议,力量百倍于人。"在天宝十一载举世尚歌舞升平之际,杜甫却"回首叫虞舜,苍梧云正愁",这一叫可谓石破天惊,举世皆醉而我独醒!是全诗发力处,也是他人未到处。这一"独辟思议",正来自杜甫深沉的忧患意识,是其"致君尧舜上"情志的发露。《孟子》曾将个体的忧患意识与群体的忧患意识结合起来,提升到关系国家存亡的历史规律这一高度上来认识:"入则无法家拂士,出则无敌国外患者,国恒亡。"而杜甫正是将这一意识内化为个体的"胸襟",即主体性,所以只眼独具,能随时随地随事随题发人之所未发,同行而独见;此诗即其例。

【附录】

与高适薛据登慈恩寺浮图　岑参

塔势如涌出,孤高耸天宫。
登临出世界,蹬道盘虚空。

突兀压神州，峥嵘如鬼工。
四角碍白日，七层摩苍穹。
下窥指高鸟，俯听闻惊风。
连山若波涛，奔凑如朝东。
青槐夹驰道，宫馆何玲珑。
秋色从西来，苍然满关中。
五陵北原上，万古青蒙蒙。
净理了可悟，胜因夙所宗。
誓将挂冠去，觉道资无穷。

同诸公登慈恩寺塔　高适

香界泯群有，浮图岂诸相。
登临骇孤高，披拂欣大壮。
言是羽翼生，迥出虚空上。
顿疑身世别，乃觉形神王。
宫阙皆户前，山河尽檐向。
秋风昨夜至，秦塞多清旷。
千里何苍苍，五陵郁相望。
盛时惭阮步，末宦知周防。
输效独无因，斯焉可游放。

同诸公登慈恩寺塔　储光羲

金祠起真宇，直上青云垂。
地静我亦闻，登之秋清时。
苍芜宜春苑，片碧昆明池。
谁道天汉高，逍遥方在兹。
虚形宾太极，携手行翠微。
雷雨傍杳冥，鬼神中躨跜。

灵变在倏忽，莫能穷天涯。
冠上阊阖开，履下鸿雁飞。
宫室低逦迤，群山小参差。
俯仰宇宙空，庶几了义归。
崱屴非大厦，久居亦以危。

送高三十五书记十五韵（五古）

【题解】

高三十五，即诗人高适，字达夫，排行三十五。《唐书·高适传》："适少濩落，不事生业，家贫，客于梁宋，以求丐取给。"时为河西节度使哥舒翰掌书记，天宝十一载（752）尝随哥舒翰入朝，诗大概即作于是年。

崆峒小麦熟，且愿休王师！
请公问主将：焉用穷荒为[1]？
饥鹰[2]未饱肉，侧翅随人飞。
高生跨鞍马，有似幽并儿[3]。
脱身簿尉中，始与捶楚辞[4]。
借问"今何官？触热向武威[5]？"
答云"一书记，所愧国士知[6]。"
人实不易知，更须慎其仪[7]。
十年出幕府，自可持旌麾[8]。
此行既特达[9]，足以慰所思。

男儿功名遂，亦在老大时[10]。
常恨结欢浅[11]，各在天一涯；
又如参与商[12]，惨惨肠中悲。
惊风吹鸿鹄，不得相追随。
黄尘翳[13]沙漠，念子何当归。
边城有余力，早寄从军诗！

【注释】

〔1〕 崆峒四句：四句为送别的本旨。崆峒，山名，在临洮，隶属河西。《唐书·哥舒翰传》："吐蕃每至麦熟时，即率部众至积石军获取之，共呼为吐蕃麦庄。前后无敢拒之者。至是，翰设伏以待之，杀之略尽，吐蕃屏迹，不敢近青海。"此为天宝六载十月事，今又当麦熟，但吐蕃天宝六载后已不再入掠，而天宝八载，翰攻吐蕃石堡城，士卒死者数万，应引为教训；所以诗人建议休兵息民，毋开边衅。公，指适。主将，指翰。穷荒，贫瘠边远之地。

〔2〕 饥鹰：比喻高适。

〔3〕 幽并儿：幽，河北之地。并，山西之地。俗善骑射，多健儿。

〔4〕 脱身二句：适初为封丘县尉，《唐书》本传："解褐汴州封丘尉，非其好也，乃去位。"有诗云："只言小邑无所为，公门百事皆有期。拜迎官长心欲碎，鞭挞黎庶令人悲。"今为书记，可不再鞭挞百姓，故曰"脱身"。

〔5〕 触热句：触热，冒着暑热。武威，郡名，属河西道，今之甘肃武威。

〔6〕 所愧句：国士知，意为以国之贤者相待。高适客游河西，哥舒翰见而异之，表为掌书记，故适《登垄》诗云："浅才登一命，孤剑通万里。岂不思故乡，从来感知己。"

〔7〕 人实二句：这两句是针对"国士知"而发的规诫，虽遇知己，毕竟事人不易，关照他要加倍小心谨慎。

〔8〕 旌麾：指挥用的军旗，代表主将。

〔9〕　特达：犹特出,前途远大。

〔10〕　老大时：高适这一年已五十五岁,故曰。

〔11〕　结欢浅：方聚复散,未及深游,故曰结欢浅。

〔12〕　参与商：参商二星,一出一没永不相见,此喻分手后难得见面。

〔13〕　翳：蔽也。

【语译】

崆峒小麦今又熟,吐蕃不来无烽火,但愿王师把兵收。借公之口问主将：夺此穷荒之地有用否？饥鹰求食且依人,士于困顿把笔投。高生尚气据鞍马,一似幽并射雕手。脱身不做封丘尉,鞭挞百姓令人羞！借问如今任何职,还要冒此酷热赴武威？答云"节度幕府掌书记,却以国士待我心感愧"！人逢知己真不易,更须谨慎守礼仪。但愿十年苦辛出幕府,自建军旗为指挥。此去前途大,亲友亦心慰。男儿能立功,年纪大何辞。只恨欢聚少,天涯常分离。又如参与商,不见多惨悲。君去急急风吹鹘,不得如鸿紧追随！黄尘蒙蒙蔽大漠,思君何时才能归。若在边城精力足,早早寄来边塞诗！

【研析】

杨伦《杜诗镜铨》评此诗有云："观诗,直有家人骨肉之爱,公于同时诸诗人,无不惓惓如此。"的确,杜甫对朋友一向真诚,视同骨肉友于。然而他对挚友还有一个高标准："文章有神交有道。"(《苏端薛复筵简薛华醉歌》)高适不但是杜甫的文章友,也是政治上的同道人,所以这首诗写得特别披肝露胆,用情特至。首四句："崆峒小麦熟,且愿休王师！请公问主将：焉用穷荒为?"先公后私,由幕客而及主将,以讽穷兵黩武之失。就哥舒翰此前石堡之战而言,这一批评是颇有针对性的。范文澜《中国通史简编》是这样评价这一战事的："唐玄宗令哥舒翰率兵六万三千人攻石堡城,唐兵战死数万人才攻下石堡,俘获吐蕃守军四百人……唐玄宗为夺取一个无关战局的小城,把士卒的生命看作蚁命,除了极度的骄侈心和发狂的好战心驱使他这样做,再不能有任何其他理由。”显然,战与不战,不是一个军区主将所能决定的,事实上前任指挥官王忠嗣就因为主战不力被判死刑,还是哥舒翰入朝力保不死的。诗不是史论或政论,不必深辩,重要的还在“文章有神交有道”,我们从诗中读出诗人拳拳之心——为友人,更为国人。而诗情豪迈,正与高适为人相称,且悃款周至,情理兼融,肝胆相照,是少陵特色。诚如浦注所云:“通首看来,时事忧危之情,朋友规切之谊,临岐颂祷、赠处执别之忱,蔼然具见于此诗。”

白丝行（七古）

【题解】

此诗或在天宝十一、十二载间(752—753),客居京师而作。仇注云:“此见缲丝而托兴,正意在篇末。”又云:“诗咏白丝,即墨子悲素丝意也。‘已悲素质随时染’,当其渲染之初,便是沾污之渐,及其见置时,欲保素质得乎?唯士守贞白,则不随人荣辱矣。此风人有取于素丝欤?”

缲丝须长不须白,越罗蜀锦金粟尺[1]。
象床玉手乱殷红,万草千花动凝碧[2]。
已悲素质随时染[3],裂下鸣机色相射。
美人细意熨贴平,裁缝灭尽针线迹[4]。
春天衣着为君舞,蛱蝶飞来黄鹂语。
落絮游丝亦有情,随风照日宜轻举。

香汗轻尘污颜色，开新合故[5]置何许。
君不见才士汲引难，恐惧弃捐忍羁旅[6]。

【注释】

〔1〕 缫丝二句：缫，同"缲"。把蚕茧抽为丝。仇注："欲成罗锦，用尺量丝，故须长；所织花草，色兼红碧，故不须白。"罗、锦，丝织品。金粟，尺子上表示分寸的星。

〔2〕 象床二句：象床，指机床。玉手，指织女。乱殷红，谓经纬错综。动凝碧，谓光彩闪烁。

〔3〕 已悲句：此句意谓丝本是白色，却可以随意染上各种颜色，暗喻人的德行也是容易受感染，所以要谨慎。《墨子·所染》："子墨子言，见染丝者而叹曰：'染于苍则苍，染于黄则黄，所入者变，其色亦变。五入必(毕)，则已为五色矣。故染不可以不慎也。'"

〔4〕 美人二句：谓染后之丝被精心制作成舞衣。

〔5〕 开新合故：启用新的舞衣，收拾旧的舞衣。

〔6〕 君不见二句：仇注："下段有厌故喜新之感。蝶趁舞容，鹂应歌声，落絮游丝乘风日而缀衣前，比人情趋附者多。一经尘汗污颜，弃置何所，见繁华忽然零落矣。士故有鉴于此，不轻受汲引而甘忍羁旅，诚恐一旦弃捐，等于敝衣耳。玩末二语，公之不屑随时俯仰可知。"

【语译】

缫丝呀缫丝，不求其白求其长。越之罗，蜀之锦，金粟尺子量一量。象牙机床白玉手，黑红相间经纬穿。千种花来万种草，流光溢彩凝锦缎。悲白丝，任意染，扯下机床颜色乱。美人精心熨贴平，裁缝针脚入混茫。春着罗衣为君舞，蛱蝶绕来黄鹂唱。落絮飘，游丝荡，随风映日舞有情，凌波微步轻轻漾。尘埃如烟污颜色，舞罢衣上渍香汗。新的来，旧的换，多少罗裳一边放。君不见才士荐拔难，为怕弃捐宁忍流落且深藏。

【研析】

钱笺:"公诗谓白丝素质,随时染裂,有香汗清尘之污,有开新合故之置,所以深思汲引之难,恐惧弃捐而忍于羁旅也。"或以为钱笺牵强附会,《杜诗槃诂》驳之:"窃以钱氏就诗证诗,既合子美当时之处境,亦合子美潜藏之深衷,不得以勉强牵附斥之也。"同时也提出一个颇有意思的问题:"然子美在长安,骑驴三十载,朝扣富门,暮随马尘,残羹冷炙,到处悲辛……其于鲜于仲通除陈已之万事辛酸之外,更言其'交合丹青地,恩顷雨露辰',甚至言及'有儒愁饿死,早晚报平津',而不识杨家之势之如冰山也。为何此诗突又自命守负,欲保素质,不随人之荣辱耶?"此问题我们在下文所选《奉赠鲜于京兆二十韵》的研析中所引闻一多云云,已对这个问题做了回答,则"审其意所在,殆有悔心之萌乎"。两诗合读,的确活画出杜甫内心的矛盾斗争。如果我们再从仇注提示的角度看:"诗咏白丝,即墨子悲素丝意也。'已悲素质随时染',当其渲染之初,便是沾污之渐,及其见置时,欲保素质得乎?唯士守贞白,则不随人荣辱矣。此风人有取于素丝欤?"则该诗是对中国古代士人中长期普遍存在的一个重要问题的思考。"已悲素质随时染",也是古往今来各民族的知识阶层所关切的"自我批判"(修身养性?)的重要问题。杜甫将这个复杂问题以最贴切的比喻、最新鲜的语言表达出来,本身就是哲理,就有诗意。

前出塞九首（五古）

【题解】

《出塞曲》为乐府旧题,杜甫写有此题多首,先写的九首称《前出塞》，后写的五首称《后出塞》。将多首乐府诗贯通起来叙事，九首如一首，是杜甫的创格。诗当创作于天宝后期。

其　一

戚戚去故里，悠悠赴交河[1]。
公家有程期，亡命婴祸罗[2]。
君已富土境，开边一何多[3]。
弃绝父母恩，吞声行负戈。

【章旨】

这一首写被迫辞别家人应征的心情，其中对皇帝穷兵黩武政策做出批评。

【注释】

〔1〕 交河：在今新疆吐鲁番，是个天然要塞，明代诗人有云："沙河二水自交流，天设危城水上头。"唐太宗时，侯君集灭高昌国，设西州，置安西都护府，其后都护府移龟兹，西州改交河郡，为西北军事重镇。

〔2〕 亡命句：意为：想逃命，又怕触犯法网，祸及家庭。婴，触犯。

〔3〕 君已二句：言皇帝扩大领土贪得无厌。《杜诗镜铨》引邵云："二句是《前出塞》诗旨。"富土境，拥有足够大的领土。开边，开拓疆土。

【语译】

悲戚戚离开家乡，路漫漫去交河守边。官家行程有期限，逃亡家人要受牵连。我们的国土已够辽阔，君王啊你何必贪得无厌！父母的恩情还没来得及报，就要忍气吞声扛上刀枪。

其　二

出门日已远，不受徒旅欺[1]。

骨肉恩岂断？男儿死无时。
走马脱辔头，手中挑青丝[2]。
捷下万仞冈，俯身试搴[3]旗。

【章旨】

此首写练兵。由于生死无时，故轻生自奋。仇注云：“上四意决，下截气猛。”

【注释】

〔1〕 出门二句：意为：离家久，默习军旅生活，也就不再受伙伴们的戏弄了。徒，士兵，指军旅中的伙伴。

〔2〕 走马二句：写骑马老练。脱辔头，去掉马的络头不用。挑青丝，信手挑起马缰。

〔3〕 搴：拔取。

【语译】

出得门来渐行渐远，不再受同袍欺负是有了经验。虽然说男儿此去生死未卜，骨肉之恩岂能不相连？脱下辔头让马儿疾驰，轻挑缰绳更自在悠然。万丈高冈放马下，轻舒猿臂把旗搴。

其 三

磨刀呜咽水[1]，水赤刃伤手。
欲轻[2]肠断声，心绪乱已久。
丈夫誓许国，愤惋复何有[3]。
功名图骐驎[4]，战骨当速朽。

【章旨】

此写士兵一路上心烦意乱,乃以功业自勉。

【注释】

〔1〕 呜咽水:《三秦记》:“陇山顶有泉,清水四注,俗歌:‘陇头流水,呜声呜咽。遥望秦川,肝肠断绝。’”诗首句即化用陇头歌。

〔2〕 轻:轻忽。写心不在焉的神情,故有上句看到“水赤”才发觉“刃伤手”之举。

〔3〕 丈夫二句:意为:男子汉既以身许国,又有什么好愤恨留恋的呢?是为自解之辞,似壮而悲。

〔4〕 图骐驎:汉宣帝曾将功臣的形象画在骐驎阁上,以示表彰。

【语译】

磨刀陇水声呜咽,水红才知被刀割出了血。你不睬它偏来的水声断人肠,剪不断理还乱的心事久难绝。大丈夫既以身许国,又何必怨愤激烈?战死虽然尸骨便朽,青史留名毕竟立功业!

其　四

送徒既有长,远戍亦有身[1]。
生死向前去,不劳吏怒嗔。
路逢相识人,附书与六亲[2]。
哀哉两决绝,不复同苦辛[3]。

【章旨】

此写被驱赶途中所受的欺压。萧先生云:“此章用倒叙法,因附书,故行迟,因行迟,故吏怒。若照此顺序,便索然无味。”后四句亦可看作“生死向前去”一句的深化。

【注释】

〔1〕 送徒二句：送徒有长，送征夫有负责人。亦有身，（征夫）也是一条命，是愤恨语。

〔2〕 六亲：父母兄弟妻子，是为六亲。

〔3〕 哀哉二句：决绝，永别。这一句是说：连苦都不能苦在一起。吴瞻泰云："并苦辛亦不能同，怨之甚也。"

【语译】

押送征夫你是个官，远戍守边我也是个人！是死是生我们都在前行，凭什么你还来怪罪使性？不就是为了路上碰到熟人，给我的六亲寄了封信？爹呀娘呀！妻呀儿呀！从此永别连一起受苦都不再可能。

其　五

迢迢万余里，领我赴三军。
军中异苦乐，主将宁尽闻〔1〕。
隔河见胡骑，倏忽数百群。
我始为奴仆〔2〕，几时树〔3〕功勋。

【章旨】

此首写前线之现实，是组诗的分水岭。以下专写军中战事。

【注释】

〔1〕 军中二句：意为：军中苦乐悬殊，主将你难道都知道？异苦乐，苦乐不均。宁，岂。

〔2〕 奴仆：《通鉴》："戍边者多为边将苦使，利其死而没其财。"将士兵当奴仆是写实。

〔3〕 树：立也。

【语译】

路迢迢,万余里,总算领我到驻地。军中苦乐不平等,主将哪会来管你。隔着交河看敌骑,刹那出没几百队。当兵先要当仆隶,建功谈来何容易!

其　六

挽弓当挽强,用箭当用长。
射人先射马,擒贼先擒王[1]。
杀人亦有限,列国自有疆。
苟能制侵陵,岂在多杀伤。

【章旨】

此首借戍卒之口说出诗人的战略思想。

【注释】

〔1〕 挽弓四句:以谣谚形式写对战争的看法。《杜诗会粹》:"大经济语,借戍卒口中说出。"

【语译】

挽弓要挽硬弓,用箭要用长箭;射人首先射马,擒贼首先擒王。打仗杀人得有个节制,立国也总要有个边。能否制止敌人入侵,并不在于多行杀伤。

其　七

驱马天雨雪,军行入高山。
径危抱寒石,指落曾冰间[1]。
已去汉月[2]远,何时筑城还?
浮云暮南征,可望不可攀[3]。

【章旨】

此首写寒天筑城思家。

【注释】

〔1〕 径危二句：写山险路危，筑城只能抱石而上，手指遂被冻落。

〔2〕 汉月：指汉人聚居的内地。

〔3〕 浮云二句：因家自在南方，看浮云南飞而叹不可攀随而去。

【语译】

驱马冒雪雪如雨，部队进入高山里。险路贴着冰山转，冻断的手指掉进冰层底。离开汉地更遥远，何时筑城完工回家去？暮云悠悠往南飞，恨不攀上白云归！

其 八

单于[1]寇我垒，百里风尘昏。
雄剑四五动[2]，彼军为我奔[3]。
虏其名王归，系颈授辕门[4]。
潜身备行列，一胜何足论[5]。

【章旨】

此首写立功过程与不居功的品格。

【注释】

〔1〕 单于：指少数民族酋长。

〔2〕 四五动：是说没费多大力气。

〔3〕 奔：败走。

〔4〕 虏其二句：名王，此泛指敌方要人。辕门，军行以车为阵，相向为门，即军门。

〔5〕　潜身二句：写战士有功不居。

【语译】

犯境敌酋汹汹来，百里蒙蒙蔽尘埃。几回雄剑向敌阵，敌军溃逃比风快。名王马到便擒来，一绳拴在辕门外。不动声色归队站，一次功劳不足怪。

其　九

从军十年余，能无[1]分寸功？
众人贵苟得[2]，欲语羞雷同。
中原有斗争，况在狄与戎[3]。
丈夫四方志，安可辞固穷。

【章旨】

此首以不争功作结，表现此士兵高尚的品格，同时也揭露了部队的腐败现象。

【注释】

〔1〕　能无：岂无；哪无。

〔2〕　苟得：不该得而得之。

〔3〕　中原二句：此句字面上的意思是：中原尚且有斗争，何况边疆地区？与上二句联系起来看，应指邀功贪赏一事，意为：为了争功而引起斗争这种事，在中原已属司空见惯，更何况是在与狄、戎战争的边疆，这种事就更不足怪了。所以才有下联“君子固穷”不与人争功的高姿态。《杜诗镜铨》认为：“后半言穷兵不已，非特边疆多故，并恐衅起萧墙。”又云：“以‘苟得’二字发边将冒功邀恩之弊，以中原乱警人主开边黩武之心，托讽尤为深婉。”所言不无道理，只是与上下联不衔接，有拔高之嫌。录供参考。

【语译】

十多年辛苦在军中，哪能没有一点半点功？如今能拿就拿已成风，我羞开口与众同。即便礼仪之邦钩心斗角也常见，何况边远化外在狄戎？男儿自有四方志，君子乐道甘贫穷。

【研析】

古代民族之间的战争是个很复杂的问题，尤其是汉唐之际游牧民族与农业为本的汉族之间的战争，更带有争夺生存空间与民族大融合的双重性质。它是历史的悲喜剧。盛唐名相张说就曾指出："弃招蹙国之讥，取有疲人之患。"（丢弃边疆会招来缩小国土的讥评，开拓边陲又会招来劳民伤财的祸患。）杜甫《前出塞》既有"虏其名王归，系颈授辕门"的颂，又有"弃绝父母恩，吞声行负戈"的怨，表现的正是这种历史的悖论。兴许是由于边塞题材中蕴涵的这种丰富的杂糅情感，遂使盛唐边塞诗成为表达唐人意气的强力形式，有其相对的独立性，不应当以政治斗争的附属品视之。周祖譔先生《百求一是斋丛稿》指出："文学作品自有其自身的美学价值，自有其感人的力量，读者读诗往往只从诗的本身获得直接的感受，并不需要一一考查以战争为题材的诗篇写的是哪一次战争，性质正义与否，然后才能对作品作出评价。"这实在是不刊之论。以此观之，则这组《前出塞》塑造了一位有血有肉、感情丰富且身手敏捷、有雄才大略而不邀功的士兵形象，极大地丰富了乐府诗的表现力，它就是史诗，它就是本诗的价值所在。

陪郑广文游何将军山林十首（五律）

【题解】

郑广文即广文馆博士郑虔，《唐会要》载："天宝九载七月，置广文馆,以郑虔为博士。”何将军不知何人,其园林在杜城之东,韦曲之西。《杜臆》称:“山林与园亭不同,依山临水,连村落,包原隰,涸樵渔,王右丞辋川似之,非止一壑一丘之胜而已。此十诗明是一篇游记,有首有尾。中间或赋景,或写情,经纬错综,曲折变幻,用正出奇,不可方物。”黄鹤定此组诗作于天宝十一、十二载(752—753)之间。

其　一

不识南塘路,今知第五桥〔1〕。
名园依绿水,野竹上青霄。
谷口旧相得,濠梁同见招〔2〕。
平生为幽兴,未惜马蹄遥。

【章旨】

交代事由,点明“幽兴”,引出以下种种咏叹。杜甫困守长安,身心交病,得此探幽机会自然高兴。杜甫山林宴游之作往往与对官场的厌恶有关。

【注释】

〔1〕 今知句:第五,复姓。张礼《游城南记》:“第五桥在韦曲西,桥以姓名。”

〔2〕 谷口二句:此联的意思是:郑虔和我是老交情了,今日又得何将军邀请同游山水。谷口,扬雄《法言》:“谷口郑子真耕于岩下,名震京师。”此处以郑子真喻郑虔。濠梁,《庄子》:“庄子与惠子游于濠梁之上。”

【语译】

从未路过南塘,今天才知道这里有这么个第五桥。名园就在绿水边上,野地里丛竹高上云霄。广文先生是耕隐时的故人,承蒙何将军相邀，有幸同游山林。顾不得骑马路途遥遥，我平生探幽寻胜兴致最高。

其 二

百顷风潭上，千重[1]夏木清。
卑枝[2]低结子，接叶暗巢莺。
鲜鲫银丝鲙，香芹碧涧羹[3]。
翻疑柂楼底，晚饭越中行[4]。

【章旨】

直写山林景物，自风潭到碧涧再至越中，其胜在水。

【注释】

〔1〕 千重：一作“千章”，大木曰章。皆言树木之多。

〔2〕 卑枝：低下之枝。

〔3〕 香芹句：赵次公注：言所煮之羹，乃碧涧之香芹也。

〔4〕 翻疑二句：意为：昔年南游曾在柂楼底进晚餐，今于清凉处游宴，遂触景生情，恍疑此身犹在越中。柂楼，即“舵楼”，大船尾有舵楼。越中，指今江苏、浙江一带。杜甫青年时代曾南游吴越。

【语译】

风波浩渺，有潭百顷。千重树木，夏有清阴。低垂的枝上挂着果子，密叶里藏巢闻莺。鲜鲫鲙成银丝，羹用碧涧之香芹。此情此景令我恍惚生疑：难道我这一餐晚饭是在舵楼底层，船儿在吴越水面穿行？

其 三

万里戎王子，何年别月支[1]？

异花开绝域，滋蔓匝清池。
汉使徒空到，神农竟不知[2]。
露翻兼雨打，开拆渐离披[3]。

【章旨】

《杜诗言志》："因池边瞥见绝域异花，为雨露所离披，即触着古今多少怀才抱德之士，沉落不偶以没世者，不禁为之叹惜。"此诗正是组诗"兴"之所在，下一首诗便将沉落不偶之意挑明了。

【注释】

〔1〕 万里二句：戎王子，花草名。月支，即"月氏"，古族名，曾于西域建国。

〔2〕 汉使二句：此联意为戎王子不为人所知。汉使，指张骞，曾奉使月支。神农，传说神农尝百草。

〔3〕 开拆句：意为：戎王子风吹雨打之下已渐零落。拆，疑当作"坼"，裂开。指花瓣舒张开来。离披，散乱。

【语译】

戎王子，哪一年你离开了故乡西域？来自遥远异邦的花啊，花名竟是如此奇异。尝遍百草的神农，对你竟也一无所记。汉使算是白走了一趟，没能从西域带回你。如今你在池边蔓延，又有谁知道你的名贵？可怜任从风吹雨打，花也凋零叶也破碎！

其　四

旁舍连高竹，疏篱带晚花。
碾涡[1]深没马，藤蔓曲藏蛇。
词赋工无益，山林迹未赊[2]。
尽拈书籍卖，来问尔东家[3]。

【章旨】

何氏园与腐朽官场相比，令人有“适我无非新”之感，所以有卖书归隐的感慨。贯穿组诗的情感线索正是这一感慨。

【注释】

〔1〕　碾涡：碾硙（水磨）间旋涡。

〔2〕　词赋二句：此联意为：既然能文没有什么用，那么我来山林与主人为邻隐居的日子不会太遥远了。赊，遥远。

〔3〕　尽拈二句：此联言欲卖书买宅，来山林与何氏为邻。杨伦曰：“言以读书无益，故欲结避世之邻也。”拈，一作“捻”，取也。问，“求田问舍”之“问”，买宅厝也。

【语译】

邻家的房舍与高竹连片，疏斜的篱笆上爬着迟开的野花。水磨激起的旋涡深能没马，藤蔓扭曲缠绕好似藏蛇。擅长写辞赋又有什么用处？我归隐山林的日子也许并不遥远，还不如把那些书都卖了，来买此旁舍与将军卜为邻家。

其　五

剩水沧江破，残山碣石开[1]。

绿垂风折笋，红绽雨肥梅[2]。

银甲弹筝用，金鱼换酒来[3]。

兴移无洒扫，随意坐莓苔。

【章旨】

陈贻焮《杜甫评传》称：“写山林景物和何将军待客的豪情，意境、兴会俱佳。”

【注释】

〔1〕 剩水二句：此联意为：何氏园林中的水是从沧江分流来的，垒山之石是从碣石开采来的。着一"破"字、"开"字，使剩水残山与大自然连为一体。仇注：言此间穿池垒石，特大地中剩水残山耳。破，剖；分。碣石，山名，在今河北昌黎北。

〔2〕 绿垂二句：此联一般都说是倒装句式，捋直了就是：风折笋垂绿，雨肥梅绽红；只是如此一来就无甚意味了。诗作为一种特殊话语，总是力求感觉化，如此联就是突出抢眼的色调——红！绿！这是强烈感觉的第一印象，随即才意识到绿是折笋之绿，红是熟梅子绽开。

〔3〕 银甲二句：此联意为：银甲是用来弹琴的，金鱼可拿去换酒，既见何将军待客之热诚，又显示何氏视官符轻于友情。银甲，银制之假指甲，用以弹琴。金鱼，佩饰，是当官品位的一种标志。

【语译】

塘，从沧江剖渠引水；石，自碣石断脉开采。绿，是风折笋垂；红，是雨足梅熟绽开。且留银甲弹琴，沽酒金鱼可卖。乘兴移席何需洒扫，随意而坐哪管莓苔。

其　六

风磴吹阴雪，云门吼瀑泉[1]。
酒醒思卧簟，衣冷得装绵。
野老来看客，河鱼不取钱。
只疑淳朴处，自有一山川。

【章旨】

王维的田园山水之作，往往不见人迹。而杜甫则善借人情见山水，别是一番身手：山野之人用河中的鱼待客而不取钱，是对桃源式的风土淳朴的赞颂，也是杜甫向往何氏山林的内在原因。

【注释】

〔1〕 风磴二句：磴，石阶。阴雪，飞瀑喷溅，似夏日飞雪。仇注云："以下句解上句。"

【语译】

拾级上山冈，阴风凛冽，却原来是山口的飞瀑溅霜喷雪。一醉醒来本想找张凉席歇歇，遭冷风反觉得衣薄绵缺。又有当地老者送来溪鱼塘藕，笑道是送给客人一钱不收。民风淳朴如此，这里可真是自成世界、别一仙洲。

其　七

棘树寒云色，茵蔯[1]春藕香。
脆添生菜美，阴益食单凉[2]。
野鹤清晨出，山精白日藏。
石林蟠水府，百里独苍苍。

【章旨】

记山林物产之美，叹其景幽。

【注释】

〔1〕 茵蔯：蒿类，气味芳烈，可作菜蔬。

〔2〕 脆添二句：四句连义：鲜菜中因为添了茵蔯、春藕更觉脆美；布单铺地于树荫下更觉凉爽。生菜，新鲜蔬菜。食单，铺在地上供野宴之布单。

【语译】

婆娑的酸枣丛色如寒云,浓荫下铺上食单凉而又凉。新鲜的菜蔬瓜果杂陈,添加上茵蔯春藕更觉得又脆又香。清晨有鹤噗噗飞出,白昼里山精深深隐藏。水底石林蟠屈,百里但见一片苍苍。

其　八

忆过杨柳渚,走马定昆池[1]。
醉把青荷叶,狂遗白接䍦[2]。
刺船思郢客,解水乞吴儿[3]。
坐对秦山晚,江湖兴颇随[4]。

【章旨】

回忆与想象并行,向往脱巾放逸无拘无束的生活。

【注释】

〔1〕 忆过二句:杨柳渚,地名,在韦曲旁。定昆池,在韦曲北。

〔2〕 接䍦:头巾。《晋书·山简传》:山简常至高阳池,置酒辄醉。儿歌曰:"山公出何许,往至高阳池。日夕倒载归,茗艼无所知。时时能骑马,倒着白接䍦。"

〔3〕 刺船二句:刺船,撑船。郢,楚国古都,在今湖北。乞,与;给。此谓懂水性当让吴儿。吴儿,泛指江南一带男子。

〔4〕 坐对二句:秦山,此指终南山。江湖,泛指江河湖海。浦注:今对此汪洋水势,忽动"刺船"、"解水"之想。身居秦地,兴若江湖。与向之持杯、脱帽,逸趣同飞矣。

【语译】

想当初,也曾驰马从杨柳渚、定昆池走过;今日里清狂又作,乱发丢头巾醉持一柄青荷。看眼前山光水色,不禁向往楚人能撑船吴儿善操舟。虽是坐对秦山夕阳,这里的山清水秀也叫人江湖兴多。

其 九

床上书连屋,阶前树拂云。
将军不好武,稚子总能文。
醒酒微风入,听诗静夜分[1]。
绨衣挂萝薜[2],凉月白纷纷。

【章旨】

写主人儒雅,夜景清幽。

【注释】

〔1〕 夜分:夜中分,即夜半。
〔2〕 萝薜:萝,女萝。薜,薜荔。皆植物名。

【语译】

床上书堆到屋梁,阶前树耸入云霄。将军儒雅不爱武事,孩儿能文是株好苗。微风吹来酒醒何处?烛影诗声夜已中宵。布衣何时挂在薜萝上?月光零乱色正皎。

其 十

幽意忽不惬,归期无奈何。
出门流水住,回首白云多。
自笑灯前舞,谁怜醉后歌。
只应与朋好,风雨亦来过[1]。

【章旨】

写依依不舍,并期再游。

【注释】

〔1〕 过:过访。

【语译】

幽兴忽地不见,归期叫人怅然！出门溪水为我不流,回头山林已被白云遮掩。灯前舞,醉后歌,自赏自怜。山林呵,任凭刮风下雨路远,我和郑虔老友还要再来了心愿！

【研析】

该组诗反映了杜甫天宝末情志的一个侧面,是徘徊于廊庙与山林之间的一串足迹。是时,杜已困守长安多年,身心交病。固然,他"致君尧舜"之志犹在,但对朝廷的用人政策已深感失望,乃至多次表示将要"归去来"。《去矣行》说得明白:"君不见鞲上鹰,一饱即飞掣！焉能作堂上燕,衔泥附炎热？野人旷荡无靦颜,岂可久在王侯间？"然而此组诗表现的不仅是对朝廷不能用人才的不满,更要紧的是表现了他"厌机巧"的真性情。这一点从诗中民风淳朴、将军无贵官气、山林有太古风的描写中,自可感受到。

该组诗于句式的创构上也值得注意。杜甫晚年有句云:"香稻啄余鹦鹉粒,碧梧栖老凤凰枝",曾引起许多争议;其实类似的句式在杜甫早期就开始实验了,如本组诗中即有:"鲜鲫银丝鲙,香芹碧涧羹";"绿垂风折笋,红绽雨肥梅"。当然,都没有香稻碧梧句漂亮,可见形式创构非一日之功。陈贻焮《杜甫评传》对此有深度解读,录之以飨读者:"'绿垂'、'红绽'是偶然见到的,'风折笋'、'雨肥梅'是随即意识到的,二者虽连接闪现于瞬息之间,却有先后之分、有意无心之别。因此,敏锐地体察这些细微的感知差异,为了尽可能多保留一些生活实感而巧妙地加以表现;不简单地陈述'这是风吹折的笋子'、'那是雨中黄熟的梅子',而说'绿垂——风折笋','红绽——雨肥梅',这就会使读者耳目一新,仿佛也随着进入何氏山林,亲身感受到那夏天里风雨的多变、那笋折梅熟的生趣和季节感,甚至连诗人当时处在这幽美境地中快意的神情也似乎现在眼前了。王维《山居秋暝》中的'竹喧——归浣女,莲动——下渔舟',也是具有同样艺术魅力的一对倒装句。竹林里传出愉快的喧笑,浣纱姑娘们回来了。莲叶莲花纷纷摆动,原来是渔舟归来从那里经过。——就这样,诗人挥动了他神奇的彩笔,竟像今天的电影似的,在动中,巧妙地、有声有色地再现了山村秋日傍晚生活和景物中的美,同时也烘托出了自己怡然自得的风姿。所谓'倒装',只是跟日常平铺直叙的表达方式相对而言。严格地说,若从艺术的感受、构思和表现的角度来看,根本无所谓'正装'、'倒装'。像以上讲的那些倒装句,能说它们在思路上是前后倒置的吗?我这么说,并不是要否认语法、句式上有所谓'倒装句',只是想表明,对于诗人来说,首先需要关心的是生活实感和由此而来的醇厚诗意。"

奉赠鲜于京兆二十韵（五排）

【题解】

据陈贻焮考订,李林甫死于天宝十一载十一月,十二载十二月坐与阿布思谋反罪剖棺,政治上被彻底搞臭。这首诗当作于天宝十二载(753)二月李林甫狱成之后不久。鲜于,复姓,指鲜于仲通,蜀地富豪。鲜于仲通名向,以字行。曾周济杨国忠,走杨家后门起家,任剑南节度副大使,天宝十一载十一月杨国忠为相后迁京兆尹。京兆尹为京师的行政长官。这是一首干谒诗。

王国称多士[1],贤良复几人?
异才应间出,爽气必殊伦[2]。
始见张京兆,宜居汉近臣[3]。
骅骝开道路,雕鹗离风尘[4]。
侯伯知何算,文章实致身[5]。
奋飞超等级,容易失沉沦。
脱略磻溪钓,操持郢匠斤[6]。
云霄今已逼,台衮更谁亲[7]?
凤穴雏皆好[8],龙门[9]客又新。
义声纷感激,败绩自逡巡[10]。

【章旨】

称鲜于仲通才气杰出,慷慨能文,晚年始遇。又称其义声好客,引出下文自荐。

【注释】

〔1〕 王国句:言天子之国向称人才济济。此化用《诗·文王》:"思皇多士,生此王国。"

〔2〕 异才二句:间出,隔世而出,不常出现。爽气,豪迈之气概。殊伦,与众不同。

〔3〕 始见二句:张京兆,指张敞。《汉书·张敞传》:张敞治京兆,"市无偷盗,天子嘉之"。此以张敞喻鲜于仲通。近臣,亲近之臣。《汉书》又称:"元帝即位,待诏郑明荐敞先帝名臣,宜傅辅皇太子。"此又吹捧鲜于仲通宜如张敞那样成为皇帝的亲信。

〔4〕 骅骝二句:骅骝,赤色骏马,喻人才。雕鹗,鸷鸟,喻搏击之臣。风尘,指世间。杜甫常用此二物称赞人,如:"雕鹗乘时去,骅骝顾主鸣"(《奉送郭中丞》),"皂雕寒始急,天马老能行"(《赠陈二补

阙》),“蛟龙得云雨,雕鹗在秋天”(《奉赠严八阁老》)等。

〔5〕侯伯二句:侯伯,爵位分五等:公侯伯子男,此泛指官僚。下句言鲜于仲通是靠文章出仕的。颜真卿《鲜于公神道碑铭》云:鲜于仲通凿石构室,励精为学,工文而不好为之。年近四十,举乡贡进士高第。

〔6〕脱略二句:脱略,脱离。磻溪,姜太公垂钓之所。磻溪钓,姜太公钓于磻溪,后为周文王辅臣。后人借言遇合之迟。颜真卿《鲜于公神道碑铭》云:仲通年近四十,举乡贡进士,五十始擢一第。从宦十年而后超登四岳。可见其晚年始遇。郢匠斤,斤,斧也。《庄子》:“郢人垩墁其鼻端若蝉翼,使匠石斫之。匠石运斤成风,听而斫之,尽垩而鼻不伤。”此喻鲜于仲通才艺超凡。

〔7〕云霄二句:云霄,喻朝廷。台衮,指宰相三公。此暗示鲜于氏与杨国忠有特殊亲近的关系。

〔8〕凤穴句:凤穴,喻书香门第。凤雏,《晋书》:陆云幼时,吴尚书闵鸿见而奇之,曰:“此儿若非龙驹,定是凤雏。”据颜真卿《鲜于公神道碑铭》,鲜于仲通六子皆有美名,故以“凤穴雏”称之。

〔9〕龙门:《后汉书·李膺传》:“膺独持风裁,以声名自高。士有被容接者,名为登龙门。”

〔10〕义声二句:义声,美誉。颜真卿《鲜于公神道碑铭》又云:仲通“轻财尚气,果于然诺”,故以“义声”称之。败绩,本指兵败,此喻作者事业不成,应指献赋求仕未果一事。逡巡,徘徊不前。

【语译】

天子之国向来称道人才济济,但真正的贤良又有几个?英特之才本不世出,其豪爽的气概自然与众不同。我初次见到京兆尹您,便觉得是可与汉代张敞并肩的皇上亲信。就像骅骝踏出一条康庄大道,又像雕鹗冲出滚滚风尘。朝中的公卿算也算不清,又有几个像您是靠文章出身?一举冲天超越等级,自然是很容易就摆脱困顿。您好比姜太公离开磻溪,风云际会是大器晚成。又似艺高胆大的郢匠,自如地挥动斧斤。现在您离朝廷最近,和三公宰相谁能比您更亲?您的孩子是凤穴里的雏鸟,个个都有美名。您独持风裁声名高,求荐举的宾客不断如云。您的美誉士子纷纷感激,我只因多次干谒失败徘徊不敢上门。

途远欲何向,天高难重陈[1]。
学诗犹孺子,乡赋忝嘉宾[2]。
不得同晁错,吁嗟后郄诜[3]。
计疏疑翰墨,时过忆松筠[4]。
献纳纡皇眷,中间谒紫宸。
且随诸彦集,方觊薄才伸[5]。
破胆遭前政,阴谋独秉钧[6]。
微生沾忌刻,万事益酸辛。
交合丹青地,恩倾雨露辰[7]。
有儒愁饿死,早晚报平津[8]。

【章旨】

后半段追叙应举下第事,因鲜于仲通与国忠辈交合,则施恩正易为力,故托以穷愁之状,报于平津。

【注释】

〔1〕 途远二句:承上"败绩"句,言献赋失败,前途迷茫,难再找一个向朝廷自荐的机会。言外之意是因此有求于鲜于氏。

〔2〕 学诗二句:孺子,小孩子。杜甫自称:"七龄思即壮,开口咏凤凰。"乡赋,乡试,州县举行的考试。杜甫开元二十三年(735)参加进士考试,时二十四岁。二句与"甫昔少年日,早充观国宾"同一意思。

〔3〕 不得二句：追述开元二十三年应试下第事，自叹运气不如二人。晁错，《汉书·晁错传》：文帝诏有司举贤良文学，错在选中。时对策者百余人，惟错为高第，由是选中大夫。郄诜，《晋书·郄诜传》：泰始中，举贤良直言之士，郄诜以对策上第，拜议郎。

〔4〕 计疏二句：与"儒术诚难起，家声庶已存。故山多药物，胜概忆桃源"、"尽拈书籍卖，来问尔东家"同意：对以文学求进深感失望，遂称欲回乡隐居。计疏，没多少办法，指不善干谒。翰墨，指代文章。松筠，松竹，借指隐居。

〔5〕 献纳四句：指献《三大礼赋》明皇奇之，命待制集贤院一事。进言供采纳。纡皇眷，得皇帝垂爱。紫宸，殿名，在大明宫。诸彦，众才士，指集贤院学士们。

〔6〕 破胆二句：前政、秉钧，咸指前任宰相李林甫。天宝六载(747)诏天下通一艺者诣京师，李林甫忌刻文士，皆使落第，还表贺野无遗贤，杜甫在选人中，故曰"破胆"。后献赋亦遭暗算，故曰"阴谋"。

〔7〕 交合二句：谓鲜于仲通官场得意，与杨国忠辈交好，也正是你施恩荣如下雨露之最好时机。交合，交好。丹青地，桓宽《盐铁论》："公卿者神化之丹青。"则丹青指代公卿，丹青地指代官场。

〔8〕 有儒二句：谓我一儒者耳，潦倒至极，望你能向宰相杨国忠推荐。望汲引，乃赠诗本意。平津，汉代公孙弘为宰相，封平津侯，此喻指杨国忠。

【语译】

前途迷茫不知要向何方，皇天高远我难再自荐。从小学诗开口咏凤凰，乡试也早已厕身。可惜命运乖舛，不能像晁错郄诜一举成名。不善经营难免怀疑文章无用，时机已失就想退隐。我也曾献赋得到皇上垂青，其间还应试在正殿紫宸。集贤院里与群贤相聚，看我落笔文才稍伸。不料又遇善搞阴谋的前任宰相，大权在握让人胆破心惊！薄命偏遭忌刻，万事更令人感到酸辛。您在朝中如鱼得水,也是施恩如下雨露的最好时机。请您早晚向丞相提一提,就说有个儒生穷愁将死矣!

【研析】

说实在的,选译此诗颇费踌躇。干谒虽说是时代风气,但"病笃乱投医"投到臭名昭著的杨国忠头上(《进封西岳赋表》更以"维岳,授陛下元弼,克生司空"直接颂扬杨国忠),毕竟是个令人痛心的事实。但是考虑到该诗与《丽人行》作于同年,对杨国忠的态度判若两人,其中深刻的矛盾性岂不正好深度地发露了人性的复杂?闻一多如是说:"夫李林甫之阴谋,不待言。若国忠之奸,不殊林甫,公岂不知?且二人素不协,秉政以来,私相倾轧者久矣。今林甫死后,将有求于国忠,则以见忌于林甫为言,公之求进,毋乃过疾乎?"接着又原谅了他:"虽然,《白丝行》曰:'已悲素质随时染',又曰:'君不见才士汲引难,恐惧弃捐忍羁旅',审其意所在,殆有悔心之萌乎!故知公于出处大节,非果无定见,与时辈之苟且偷合、执迷不悟者,不可同日语也。钱谦益曰:'少陵之投诗京兆,邻于饿死(按赠鲜于诗有"有儒愁饿死"之句),昌黎之上书宰相,迫于饥寒。当时不得已而姑为权宜之计,后世宜谅其苦心,不可以宋儒出处,深责唐人也。'此言虽出之蒙叟,然不失为平情之论。《投简华咸两县诸子》曰:'饥卧动即向一旬,敝衣何啻联百结。'比来公生计之艰若是!"(《少陵先生年谱会笺》)如果与唐代著名的正直人士颜真卿所写《鲜于公神道碑铭》相比较,正如钱谦益所说:"鲁公碑记节度剑南,拔吐蕃摩弥城,而不载南诏之役;公诗美其文章义激,而不及其武略。古人不轻谈人若此。"天宝十载鲜于仲通讨南诏大败,杨国忠为其掩饰且遣御史分道捕人押送军前,以谋再战,这是著名的穷兵黩武之一例,颜公也为之掩盖过去,可见"金无足赤"。陈贻焮又补充说:"杜甫处在'贫富常交战'的剧烈思想矛盾中,并不像陶渊明歌咏的那些高尚的贫士那样,总是'道胜无戚颜',而往往会讲一些违心的话,做一些违心的事。不过,即使这样,每当他扪心自问时还是有所悔恨,有时他的正义感、是非心甚至会战胜种种卑微的自私打算,居然使得他不顾身家性命,将讽刺的笔锋指向那‘炙手可热势绝伦’的丞相,指向那骄奢淫荡的‘云幕椒房亲’——这就是杜甫难能可贵的地方。”承认杜甫是个有血有肉的现实中人,这也就是对古人理解之同情了。的确,天宝末年是杜甫思想行为处于“常交战”的阶段,所以干谒诗、“田园诗”,与揭露现实黑暗的杰作《兵车行》、《丽人行》等交错出现。“安史之乱”的现实可以说是“临门一脚”,将杜甫踹进苦难的深渊,却也促成他走出徘徊于廊庙与山林之间的怪圈,最终成就了一个中国文学史上伟大的诗人——这就是现实生活的力量!我们也因此特别欣赏七百三十年前方回以下一段评论的深刻眼光:“明皇、妃子之酣淫,林甫、国忠之狡贼,养成渔阳之变,史思明继之,回纥掎之,四方藩镇不臣,盗贼蜂起……(杜甫)流离凡十六年。唐中叶衰矣,却只成就得老杜一部诗也。不知终始不乱,老杜得时行道如姚宋,此一部杜诗不过如其祖审言,能雅歌咏治象耳!”(《瀛奎律髓》卷二九)

【附录】

进封西岳赋表

臣甫言:臣本杜陵诸生,年过四十,经术浅陋,进无补于明时,退尝困于衣食,盖长安一匹夫耳。顷岁,国家有事于郊庙,幸得奏赋,待制于集贤,委学官试文章,再降恩泽,仍猥以臣名实相副,送隶有司,参列选序。然臣之本分,甘弃置永休,望不及此。岂意头白之后,竟以短篇只字,遂曾闻彻宸极,一动人主,是臣无负于少小多病贫穷好学者已。在臣光荣,虽死万足,至于仕进,非敢望也。日夜忧迫,复未知何以上答圣慈,明臣子之效。况臣常有肺气之疾,恐忽复先草露、涂粪土,而所怀冥寞,孤负皇恩。敢摅竭愤懑,领略丕则,作

《封西岳赋》一首以劝,所觊明主览而留意焉。先是御制西岳碑文之卒章曰:"待余安人治国,然后徐思其事。"此盖陛下之至谦也。今兹人安是已,今兹国富是已,况符瑞翕集,福应交至,何翠华之脉脉乎?维岳,固陛下本命,以永嗣业;维岳,授陛下元弼,克生司空。斯又不可以寝已,伏惟天子霈然留意焉。春将披图视典,冬乃展采错事,日尚浩阔,人匪劳止,庶可试哉。微臣不任区区恳到之极,谨诣延恩匦献纳,奉表进赋以闻。臣甫诚惶诚恐,顿首顿首,谨言。

丽人行（七古）

【题解】

王绩《三月三日赋》云:"倾两京之贵族,聚三都之丽人。"诗题本此。诗讽杨国忠兄妹荒淫奢侈。杨国忠天宝十一载(752)十二月做右丞相,诗或作于十二载(753)春。《岘佣说诗》称:"《丽人行》前半竭力形容杨氏姐妹之游冶淫佚,后半叙国忠之气焰逼人,绝不作一断语,使人于意外得之。此诗之善讽也。"

三月三日[1]天气新,长安水边多丽人。
态浓意远淑且真,肌理细腻骨肉匀[2]。
绣罗衣裳照暮春,蹙金[3]孔雀银麒麟。
头上何所有?翠为匐叶垂鬓唇[4]。
背后何所见?珠压腰衱[5]稳称身。
就中云幕椒房亲,赐名大国虢与秦[6]。
紫驼之峰出翠釜,水精之盘行素鳞[7]。
犀箸厌饫久未下,鸾刀缕切空纷纶[8]。

黄门飞鞚不动尘，御厨络绎送八珍[9]。
箫管哀吟感鬼神，宾从杂遝实要津[10]。
后来鞍马何逡巡，当轩下马入锦茵[11]。
杨花雪落覆白蘋，青鸟飞去衔红巾[12]。
炙手可热势绝伦，慎莫近前丞相嗔[13]。

【注释】

〔1〕 三月三日：上巳节，开元时长安仕女于是日踏青游赏曲江。

〔2〕 态浓二句：上句状其丰神，下句状其体貌。

〔3〕 蹙金：古代刺绣的一种手法，用金丝银线绣成绉纹状织品。

〔4〕 翠为句：㔩叶，用翡翠做的妇人首饰。鬓唇，鬓边。

〔5〕 衱：衣服的后襟。腰衱指裙带。

〔6〕 就中二句：就中，犹"其中"。云幕，指帐幕。椒房亲，此指杨贵妃三姊虢国夫人、八姊秦国夫人。椒房，汉代皇后居室以椒和泥涂壁，故世称皇后为椒房。大国，古代皇帝将食邑分封给臣下，称国或邦，大国就是大的邦。《旧唐书·杨贵妃传》："太真有姊三人，皆有才貌，并封国夫人，大姨封韩国，三姨封虢国，八姨封秦国，并承恩泽，出入宫掖，势倾天下。"

〔7〕 紫驼二句：驼峰，唐人有名食驼峰炙。水精，即水晶。紫、翠、素（白）、水精（透明），以明丽的色彩衬出肴馔之精美。

〔8〕 犀箸二句：犀箸，犀牛角做的筷子。厌饫，吃腻了。空纷纶，谓大师傅们白忙了一阵。

〔9〕 黄门二句：此言内廷不断飞马送来食品，却路不动尘，规矩肃穆，写出皇家气派，也写出君臣的骄贵暴殄。黄门，即宦官。鞚，马的勒头。飞鞚，即"飞马"。

〔10〕 宾从句：此句言杨氏的众多宾客占据了朝廷的重要职务。杂遝，众多而纷乱。实，充满。津，渡口。要津，此指重要职位。

〔11〕 后来二句：逡巡，徐行貌。这里有大模大样、旁若无人的意味。锦

茵,锦作的地毯。后来者为杨国忠,但“丞相”二字留待末句才点出,更有意味。

〔12〕 杨花二句:上句妙用眼前景作隐语。民间说法,杨花入水化为浮萍。而萍之大者为蘋,与杨花出于一体,则暗喻杨国忠与从妹虢国夫人有不正常关系。北魏胡太后欲与杨白花私通,曾作《杨白花歌》:“秋去君来双燕子,愿衔杨花入窠里。”乐史《杨太真外传》:“虢国又与国忠乱焉,略无仪检。”青鸟,传说西王母以青鸟传消息。红巾,妇人用品。此言眼前事已透露出杨家某些隐私。

〔13〕 炙手二句:尾联以劝诫人回避的语气,反衬出杨家的不可一世。《杜诗镜铨》引蒋弱六云:“美人相、富贵相、妖淫相,后乃现出罗刹相。”嗔,怪罪。

【语译】

三月三日是上巳节,天朗气清,长安仕女们都来曲水池旁踏青。她们一个个是那么丰肌秀骨玉立婷婷,意态高远顾盼生情,一副淑女模样还透出几分天真。垂罗曳锦金丝绣出麒麟,流芳动裾嫵婉照暮春。头上戴的啥?鸣瑶动翠是首饰垂到云鬓;背后看到啥?明珠璀璨缀满腰带贴紧罗裙。绿房翠幕如烟似云,群星捧月走出杨贵妃的姊妹们。她们齐承恩宠赐夫人,一封虢国一封秦。春水绿波且开宴:那刚出锅的紫色驼峰切成片,水晶盘上的清蒸鱼儿还在摆尾弄鲜。御厨费尽心思烹调,太监们飞马络绎送来八珍,奔驰在绿茵上没有惊起半点沙尘。任凭你如何精雕细切,怎奈再好的美食也打不动饱饫者的心——美人们举起的犀箸竟半空叫停,大师傅们算是白忙乎了一阵。箫管呜呜如慕如怨感动鬼神,宾客杂遝挤满当朝尽是公卿。最后款款缓辔而来是哪位?直抵轩廊才下马,鹅行鸭步踏过锦绣的地毯好贵矜!看光景,是本家国忠杨大人。杨花似雪纷纷下,人道是:杨花入水化为萍,杨花浮萍本是同根生——忽刺刺传情的青鸟衔出杨家姊妹一红巾。小心小心,烫手的山芋莫靠近,赫赫丞相一怒够你折腾!

【研析】

这首讽刺诗的最大特点是不动声色地将自己的评判倾向由所描绘的场景与情节透露出来,结论则由读者自己得出。所以《读杜心解》称:"无一刺讥语,描摹处语语刺讥;无一慨叹声,点逗处声声慨叹。"诗人一脸严肃地描述鲜丽的衣锦、精美的饮馔,"绝不作一断语",读者却不难从中自作断语。此为"寓主意于客位"的高明手法。批判对象是以杨贵妃为中心的杨氏家族(当然,背后撑腰的是唐玄宗),这一家子称得上是盛唐这个金苹果里的一窝蛀虫!录一段史料供诸君参考。《旧唐书·杨贵妃传》:"姊妹昆仲五家,甲第洞开,僭拟宫掖,车马仆御,照耀京邑,递相夸尚。每构一堂,费逾千万计,见制度宏壮于己者,即撤而复造,土木之工,不舍昼夜。玄宗颁赐及四方献遗,五家如一,中使不绝。开元已来,豪贵雄盛,无如杨氏之比也。玄宗凡有游幸,贵妃无不随侍,乘马则高力士执辔授鞭。宫中供贵妃院织锦刺绣之工,凡七百人,其雕刻熔造,又数百人。扬、益、岭表刺史,必求良工造作奇器异服,以奉贵妃献贺,因致擢居显位。玄宗每年十月幸华清宫,国忠姊妹五家扈从,每家为一队,着一色衣,五家合队,照映如百花之焕发,而遗钿坠舄,瑟瑟珠翠,灿烂芳馥于路。而国忠私于虢国而不避雄狐之刺,每入朝或联镳方驾,不施帷幔。"与史料相比,诗要鲜活得多。陈贻焮《杜甫评传》认为,"态浓意远"以下八句回环反复,咏叹生情,是从《陌上桑》、《焦仲卿妻》等乐府民歌表现手法中变化出来的。甚是。不过,"态浓意远淑且真,肌理细腻骨肉匀"一联描写到位,形神兼备,典雅丰韵,更得贵妇人之神态,难怪《杜臆》会说是"一片清明之气行乎其中"。至如"黄门飞鞚不动尘"、"慎莫近前丞相嗔"诸句,也都能在白描中传神阿堵,是所谓"真境逼而神境生"者也。

重过何氏五首（五律，选二）

【题解】

何氏，指何将军，见前《陪郑广文游何将军山林十首》。这一组诗当作于初游后的第二年春天，情调相通，可作一片读。

其　二

山雨樽仍在，沙沉榻未移[1]。
犬迎曾宿客，鸦护落巢儿[2]。
云薄翠微寺，天清皇子陂[3]。
向来幽兴极，步屧[4]过东篱。

【章旨】

写轻车熟路，重游之兴不减。

【注释】

〔1〕山雨二句：此联言虽然有山雨、沙沉之变，但前游之酒樽在而榻不移，以见事过景不迁。与下句合写“重过”之兴。

〔2〕鸦护句：言老鸦见有人来，乃警觉地保护雏鸦。赵次公注：“皆道实事之句。”落巢儿，指初生雏鸦，落巢不是巢落。

〔3〕云薄二句：翠微寺，《长安志》：翠微宫在万年县外终南山上。皇子陂，《水经注》：潏水上承皇子陂于真川，其此即杜之樊乡也。

〔4〕屧：无跟的小履。

【语译】

虽经山雨的冲刷,前游的酒樽仍在原处;沙地虽然有些塌陷,坐床倒也没有挪移。摇着尾巴的狗还认得旧客,老鸦护着雏鸦未免过虑。云淡天清,可远眺翠微寺、皇子陂。我游兴不减,信步走过东篱。

其 三

落日平台上,春风啜茗[1]时。
石阑斜点笔[2],桐叶坐题诗。
翡翠鸣衣桁[3],蜻蜓立钓丝。
自今幽兴熟,来往亦无期[4]。

【章旨】

写品茶题诗,雅兴正浓。

【注释】

〔1〕 啜茗:品茶。

〔2〕 斜点笔:横斜着笔蘸墨。

〔3〕 衣桁:晒衣的竹竿。

〔4〕 自今二句:《杜律启蒙》:“自今以后,幽兴既熟,人之来往无期,则物之来往亦无期也。此正万物静观皆自得意。”

【语译】

夕阳的余晖落在平台上,细品香茗在春风里。石栏置砚斜蘸笔,拾片桐叶坐题诗。钓丝不动蜻蜓悄悄立,晒衣竿上羽雀自在啼。我对山林幽兴已是如此痴迷,自今而后常来常往岂有尽期!

【研析】

日本杜甫研究名家吉川幸次郎《杜甫私记》(或译为《读杜札记》)认为,杜诗有两个特征:一是朝辐射发展,视野广阔,形式自由;一是朝聚焦发展,描写微观世界,用词准确,表现细腻。不错。杜甫曾夫子自道:“精微穿溟涬,飞动摧霹雳。”(《夜听许十一诵诗爱而有作》)所选二首表明早期杜诗观察入微的特征已相当成熟,其中如“鸦护落巢儿”、“蜻蜓立钓丝”诸句,尤见功夫,宋人颇能继承这一路数。

渼陂行（七古）

【题解】

黄鹤注:此天宝十三载(754)未授官时作。陂,池也。渼陂,因水味美,故配水以为名,在鄠县西五里,出终南山诸谷。《杜臆》引胡松《游记》:“渼陂上为紫阁峰,峰下陂水澄湛,环抱山麓,方广可数里,中有芙蕖凫雁之属。”浦注:“纪一游耳,忽从始而风波,既而天霁,顷刻变迁上,生出一片奇情。”

岑参兄弟皆好奇[1],携我远来游渼陂。
天地黤惨[2]忽异色,波涛万顷堆瑠璃[3]。
瑠璃汗漫泛舟入,事殊兴极忧思集[4]。
鼍[5]作鲸吞不复知,恶风白浪何嗟及。
主人锦帆相为开,舟子喜甚无氛埃。
凫鹥散乱棹讴发,丝管啁啾空翠来[6]。
沉竿续蔓[7]深莫测,菱叶荷花净如拭。

宛在中流渤澥清，下归无极终南黑[8]。
半陂已南纯浸山，动影袅窕冲融间。
船舷暝戛云际寺，水面月出蓝田关[9]。
此时骊龙[10]亦吐珠，冯夷[11]击鼓群龙趋。
湘妃汉女出歌舞，金支翠旗光有无[12]。
咫尺但愁雷雨至，苍茫不晓神灵意。
少壮几时奈老何，向来哀乐何其多[13]。

【注释】

〔1〕岑参句：岑参，天宝三载（744）进士，善于描绘边塞奇异景色，是盛唐最富浪漫情调的著名的边塞诗人。其兄弟五人，二哥岑况有文名，“兄弟”或指参、况二人。参，据陈贻焮考证，似当读“餐”。殷璠《河岳英灵集》称岑参诗“语奇体峻，意亦造奇”。杜甫此诗也有意以“奇”制胜。

〔2〕黤惨：天色昏黑。

〔3〕瑠璃：即“琉璃”，一种矽酸化合物烧成的釉料，常见有绿色和金黄色，这里专指绿色以形容碧波清澈。

〔4〕瑠璃二句：汗漫，水势浩瀚。事殊兴极，指风雨欲来偏要乘船出游且兴致很高。忧思集，《读杜诗说》：“虽游兴已剧，然晴雨事殊，尚不可定，故觉忧思也。”

〔5〕鼍：即“扬子鳄”，俗称猪婆龙。

〔6〕凫鹥二句：凫鹥，野鸭和水鸥。棹讴，渔歌。上句谓舟人唱歌而野鸟惊飞，倒装句。丝管啁啾，指弦管奏乐之声。空翠，指山光水色。

〔7〕沉竿续蔓：以竹竿系上绳子，用来测水的深浅。

〔8〕宛在二句：渤澥，海湾，形容渼陂之广大。终南黑，终南山的倒影呈深色。

〔9〕半陂四句：细写终南山的倒影。渼陂南边的水面都是终南山的倒影，随波荡漾，山光水色交融，如梦似幻。袅窕，形容水中山影摇

动。褭,通“袅”。冲融,水波平定貌。船舷句,施鸿保《读杜诗说》云:“注:舷,船边也;戛,轹也,谓船舷经过之声。今按,船在陂中,寺在岸上,如何经过且有声?注引《长安志》:云际山大定寺在鄠县东南六十里,渼陂在鄠县西五里。不但相去甚远,一在县东南,一在县西,则尤不能经过。此句犹下‘水面’句,皆指水中倒影而言,云际之寺,远影落波,船舷经过,如与相戛。”擦过水影里的云际山大定寺,似乎也戛然有声;而月亮正从倒影中的蓝田关升出水面。陈贻焮《杜甫评传》称:“船舷是实,山寺倒影是虚,虚实相戛,匪夷所思,足见构思之奇。”

〔10〕 骊龙:《庄子》:“夫千金之珠,必生九重之渊而骊龙颔下”。

〔11〕 冯夷:河神。

〔12〕 湘妃二句:湘妃,舜之妃子娥皇、女英。相传舜死,二妃亦死于湘水,为其女神。汉女,汉水之神。金支,即金枝,饰物。翠旗,以翡翠鸟的羽毛饰旗。此极言湘妃汉女仪仗之美。仇注:“此写月下见闻之状:灯火遥映,如骊龙吐珠;音乐远闻,如冯夷击鼓;晚舟移棹,如群龙争趋;美人在舟,依稀湘妃汉女;服饰鲜丽,仿佛金支翠旗。”

〔13〕 咫尺四句:此写天气忽变,由此引发诗人对人生哀乐无常的感慨。结句暗用汉武帝《秋风辞》:“欢乐极兮哀情多,少壮几时兮奈老何!”仇注引卢世㴶曰:“此歌变眩百怪,乍阴乍阳,读至收卷数语,肃肃恍恍,萧萧悠悠,屈大夫《九歌》耶?汉武帝《秋风》耶?”

【语译】

岑况、岑参是一对爱寻幽探胜的兄弟,他们带我一起走出远郊来到鄠县西的渼陂。夏天总是阴晴变幻莫测,刚到目的地就天昏地暗,清澈的水面波涛汹涌好似堆起万顷的琉璃。这叫好奇的岑氏兄弟高兴极了,连声叫着要泛舟到湖里;而我呢,提心吊胆的,只怕黑风白浪打翻船,被巨鳄一口吞下悔之晚矣!可等到主人升帆开船,却风吹云散水净天空,让船工好不欢喜。他们高唱渔歌把一片野鸭水鸥扑楞楞惊散,船上弦管齐奏叫人心旷神怡,顿觉天地皆绿。竹管系绳放进湖里，一测竟然探不见底——原来是明净如拭的菱叶荷花与山光云影交融互映，明镜也似的湖面上终南山倒插直下千丈，黑黝黝的仿佛深得出奇，船就像行驶在沧海之中空碧无际。

日色将暝，舟移近岸。微波动摇，远影落陂。终南山浸满半个湖，如梦似幻——月从蓝田关倒影中升出水面，船舷擦过水影里的云际寺，似乎也戛然有声。灯火遥映，如骊龙吐珠。音乐远闻，如冯夷击鼓。晚舟移棹，如群龙争趋。美人在舟，依稀是湘妃汉女。仪仗鲜丽，仿佛有金枝翠旗。天色又变得漆黑，一场雷雨就在头顶。天意高难问，惟歌一曲《秋风辞》："欢乐极兮哀情多，少壮几时兮奈老何！"

【研析】

这首诗有意模仿岑参的风格而突出其"好奇"的特点。但诚如美国学者宇文所安《盛唐诗》所分析：杜甫"从根本上改造了他所触及的一切"。岑参总是"小心翼翼地遵守情调一致的要求"，杜甫却在描写天气变化中暗地多次改变情调，繁富变化是其特色。是。不过杜甫与岑参还有共同的一面，即"句句从体验中来，从阅历里出"(郑振铎评岑参语)。这种"托假象以写真景"、化实为虚的功夫颇得力于《楚辞》。《杜诗镜铨》称："只平叙一日游景，而滉漾飘忽，千态并集，极山岫海潮之奇，全得屈骚神境。"渼陂浪漫之旅给杜甫留下深刻的印象，晚年《秋兴八首》的意象与此一脉相通，请参照该组诗之研析。读此诗有助于我们对杜甫"集大成"风格的理解，"集"中有创新也。

投赠哥舒开府二十韵（五排）

【题解】

哥舒开府，即哥舒翰。史传载：其先为突骑施酋长哥舒部之裔,蕃人多以部落为氏。《旧唐书》:翰好读《左氏春秋传》及《汉书》,通大义。天宝十一载(752)翰自陇右节度副大使加开府仪同三司,次年进封西平郡王。此诗当作于天宝十三载(754)。

今代麒麟阁[1],何人第一功?
君王自神武,驾驭必英雄。
开府当朝杰,论兵迈古风。
先锋百胜在,略地两隅空[2]。
青海无传箭[3],天山早挂弓[4]。
廉颇仍走敌,魏绛已和戎[5]。
每惜河湟弃,新兼节制通[6]。
智谋垂睿想[7],出入冠诸公。
日月低秦树,乾坤绕汉宫。
胡人愁逐北,宛马又从东[8]。
受命边沙远,归来御席同。
轩墀曾宠鹤,畋猎旧非熊[9]。
茅土加名数,山河誓始终[10]。
策行遗战伐,契合动昭融[11]。
勋业青冥上,交亲气概中。
未为珠履客[12],已见白头翁[13]。
壮节初题柱[14],生涯独转蓬。
几年春草歇,今日暮途穷。
军事留孙楚[15],行间识吕蒙[16]。
防身一长剑,将欲倚崆峒[17]。

【注释】

〔1〕 麒麟阁：汉武帝获麟，作麟阁以画功臣。汉宣帝甘露三年，乃图画大将军霍光等十二人于麒麟阁。

〔2〕 略地句：略地，攻取边境之地。两隅，指青海与天山两地区。

〔3〕 青海句：无传箭，赵次公注："外寇起兵，则传箭为号，无传箭，息兵也。"《旧唐书·哥舒翰传》云：翰初事河西节度使王倕，倕攻新城，使翰经略，三军无不震慑。后节度使王忠嗣补为衙将，吐蕃寇边，翰拒之于苦拔海，其众三行，后山差池而下。翰持半段枪，当其锋，击之，三行皆败，无不披靡，由是知名。天宝六载，翰代王忠嗣为陇右节度使，筑神威军于青海上，吐蕃至，攻破之。又筑城于青海中龙驹岛，吐蕃屏迹。

〔4〕 天山句：天山，即祁连山，在今甘肃境内。挂弓，战事平息。

〔5〕 廉颇二句：廉颇，赵良将，破齐攻魏，封为信平君。魏绛，春秋时晋国大夫，又称魏庄子。晋悼公时魏绛说晋侯和戎有五利。公悦，赐之女乐歌钟。钱笺：翰年已老，素有风疾，故以廉颇为比。《新书》：十二载，赐翰音乐田园。与魏绛赐乐事相类。

〔6〕 每惜二句：此联言哥舒翰兼河西节度使以后，始收复失地，边境通畅无阻。史载：睿宗时，杨矩为鄯州都督，奏请九曲地为公主汤沐。九曲水甘草良，宜畜牧，近与唐接，自是易入寇。天宝十二载（753），翰进封凉国公，加河西节度使，攻破吐蕃洪济、大漠门等城，悉收九曲地，自此边境可自由来往。每，经常。河湟，黄河、湟水两流域，用指西戎地界。钱注引《郡国志》：湟水，出青海东乱山中，东南流至兰州，西南入黄河。

〔7〕 垂睿想：垂，留下。这里指贯彻、执行。睿想，明智的思想，用指皇帝的意见。

〔8〕 胡人二句：逐北，战败被驱赶。宛马，汉武帝征西域得大宛汗血马，又称天马。

〔9〕 轩墀二句：二句言玄宗宠遇哥舒翰，回朝将大用，故有下联。轩墀，《左传》：卫懿公好鹤，鹤有乘轩者。轩，指轩车而言。墀，台阶。或

以“轩墀”为疑,朱注云:檐宇之末曰轩,取车象也。借用无害。《史记》:文王将猎,卜曰:“所获非龙、非彲、非虎、非罴,乃霸王之辅。”果遇太公于渭阳,载与俱归。

〔10〕 茅土二句:指哥舒翰封西平郡王事。《旧唐书》:天宝十二载九月,陇右节度使凉国公哥舒翰,进封西平郡王,食实封五百户。茅土,古时王者建诸侯,各割其方色土以茅包与之,使立社,称“茅土”。名数,指户籍。山河誓,高祖封功臣,誓曰:“使黄河如带,泰山若砺,国以永存,爰及苗裔。”

〔11〕 策行二句:上句言哥舒翰安边之策既行,则战争可放弃。下句言合乎天意,则天将给予你永久的光明。遗,放弃。动,仇注:发动之动。此句旧注纷纭。《诗·既醉》有云:“君子万年,介尔昭明。昭明有融,高朗令终。”是对有德君子的赞颂,说老天会赐给你永久的光明,有好结局。事实上这只是杜甫的劝诱,希望他们打仗要有节制,见好就收,这并非玄宗与哥舒翰所“契合”的原意,二人其实是黩武的。

〔12〕 珠履客:《史记》:春申君客三千余人,其上客皆蹑珠履。

〔13〕 白头翁:诗人自指。

〔14〕 题柱:《成都记》:司马相如初西去,题升仙桥柱曰:“不乘驷马车,不复过此桥。”

〔15〕 军事句:孙楚,《晋书》载:孙楚太原人,参石苞骠骑军事,负其才气,长揖曰:“天子命我参卿军事。”此喻哥舒翰能容才士,钱注:翰奏严挺之子武为节度判官,河东吕諲为度支判官,前封丘尉高适为掌书记。又,萧昕亦为翰掌书记,皆委之军事。

〔16〕 行间句:行间,军旅之间。《三国志·吕蒙传》:吴使都尉赵咨使魏,对曰:“纳鲁肃于凡品,是其聪也。拔吕蒙于行阵,是其明也。”钱注:翰为其部将论功,陇右十将皆加封,若王思礼为翰押衙,鲁灵为别将,郭英乂亦策名河陇间。又是年奏安邑曲环为别将,皆拔之行间。

〔17〕 防身二句:长剑,宋玉《大言赋》:“长剑耿耿倚天外。”崆峒,陇右道

肃州有崆峒山。此句喻诗人欲参翰军谋。

【语译】

当今谁人能及公？麒麟阁上摆头功。君王神明又威武，所驭必是盖世大英雄！满朝武将从头数，哥舒开府最杰出，论兵古人也要避其锋。百胜将军在，西北边地一扫空。青海从此无战事，天山太平不用弓。既有如此上将能破敌，朝廷见好就收该和戎。常惜前朝放弃河湟太大意，赖有将军新兼节度豪气冲，收复失地西域通。善体天子意，化为不世功，将军才智远胜朝廷内外衮衮诸公。日月普照大唐地，巍巍宫阙屹立天地中！胡人从此被驱逐，西域名马也来贡。远从边塞受命归，天子赐宴共恩荣。昔曾受宠如卫鹤，今似太公将大用。裂土实封三百户，山盟海誓子孙接其踵。安边之策能止战，动合天意光明有令终。将军勋业高，将军情义重。惜我不能早日从军为上客，如今已成两鬓斑白一衰翁。壮志曾似相如初题柱，谁知遭际飘零蓬随风。几度春草生又灭，几回哀哀叹途穷。将军大量能因军事留孙楚，将军慧眼能从行伍之中识吕蒙。我有长剑耿耿倚天外，欲随将军转战气如虹！

【研析】

我们曾在《兵车行》研析中讨论过盛唐边塞战争的复杂性，这里也出现类似现象。从伦理的角度看，哥舒翰曾以数万唐兵生命换取吐蕃边陲一石堡，可谓“一将功成万骨枯”。尤其是潼关战败投降安禄山，更为后人所诟病。但是从历史的角度看，哥舒翰收复河湟、屡挫吐蕃，于大唐安定是有功的。天宝年间西部边陲土著人歌曰：“北斗七星高，哥舒夜带刀。至今窥牧马，不敢过临洮。”这是边地百姓的公论。哥舒翰还曾经以身家性命力保大将王忠嗣不死，又重用过严武、高适等一批英才，《旧唐书》称其“疏财重气，士多归之”。杜甫于儒术无用，献赋不成，情急之下想投靠他，投笔从戎，这完全是可以理解的。但更要紧的是,这首诗写得很有气势,很能表达杜甫豪迈激扬的意气。盛唐是一个浓于生命色彩的时代。田园诗与边塞诗是盛唐诗的左膀右臂:士子往往以田园诗表达其自在的志趣,以边塞诗表达其激昂的意气。这首诗应属后者。尤其是在形式上,排律能写得如此英词壮采、一气如虹,值得称道。胡应麟《诗薮》评曰:“杜排律五十百韵者,极意铺陈,颇伤芜碎。盖大篇冗长,不得不尔。惟赠汝阳、哥舒、李白、见素诸作,格调精严,体骨匀称。每读一篇,无论其人履历,咸若指掌,且形神意气,踊跃毫楮,如周昉写生,太史序传,逼夺化工。而杜从容声律间,尤为难事,真古今绝诣也。”的确,此诗虽极意铺陈,却不伤于芜碎,实在是得力于文气的贯通。开篇二句不用偶对,陡然有势,而转换承接甚是圆健,如《读杜心解》所称:“其‘策行’一联,流水下;言帝心默契,不在迹而在神也。又恰好绾合篇首。”《杜诗镜铨》于“勋业”二句下则引王阮亭云:“入自叙,一句一转,脱手如弹丸。”“一句一转”的叙述方式值得注意:由对方的“勋业”一转至“交亲”的态度,再转至己方入幕之意愿,急转至岁月已逝,终转至壮志犹在。场景、情境、意念的快速转换形成“一句一转,脱手如弹丸”的跳脱式叙述,是杜甫将古体精神运于排律以打破板滞结构的有力手段。

顺便提一下,此诗通押东韵,而全诗出句末字则上去入递用,这些都有助于该诗读起来响亮、通畅而又顿挫、抑扬。

天育骠骑歌（七古）

【题解】

天育,马厩名。骠骑,犹飞骑。骠,骏马的一种,黄白色。唐人好马,唐政府设有太仆专司养马。《新唐书·兵志》载自贞观至麟德四十年间,皇帝的马厩里有七十万六千匹马。马不但用来打仗,还用来击球、杂耍、跳舞,这些都是唐人爱好的生活内容。杜甫自己也善骑马,尤爱神骏,现存马诗多首,每首不同,各具精彩。诗作于天宝十三载(754)。

吾闻天子之马[1]走千里,今之画图无乃是。
是何意态雄且杰,骏尾萧梢朔风起。
毛为绿缥两耳黄,眼有紫焰双瞳方[2]。
矫矫龙性合变化,卓立天骨森开张[3]。
伊昔太仆张景顺,监牧攻驹阅清峻[4]。
遂令大奴[5]守天育,别养骥子怜神俊。
当时四十万匹马,张公[6]叹其材尽下。
故独写真传世人,见之座右久更新。
年多物化空形影,呜呼健步无由骋[7]。
如今岂无騕褭与骅骝?时无王良伯乐死即休[8]。

【注释】

〔1〕 天子之马:《穆天子传》:"天子之马走千里。"《诗法易简录》:"以九字长句起,便有奔放之势。"

〔2〕 是何四句:写马外形与意态之雄杰。萧梢,摆尾的样子。缥,淡绿色。《太平御览·兽部》引《相马经》:"眼欲得高巨,眼睛欲如悬铃紫艳光。"双瞳方,双瞳仁呈方形。

〔3〕 卓立句:天骨,非凡的骨骼。森开张,耸立展开。《杜臆》:"此篇妙在'卓立天骨森开张',分明画出豪杰模样。"

〔4〕 伊昔二句:伊,发语词。张景顺,开元年间为太仆少卿兼秦州都督监牧都副使,唐玄宗称赞他说:"吾马蕃息,卿之力也。"监牧,《新唐书·兵志》:监牧,所以蕃马也。监牧之制,其官领以太仆。攻,此

意为训练。

〔5〕 大奴：马奴的头目。

〔6〕 张公：即太仆张景顺。

〔7〕 年多二句：物化，化为异物。此句意为：真马已死，空留画马。画马再好，也不能驰骋，故曰“无由骋”。《诗法易简录》：“先用‘呜呼’二字顿宕其气以引起之，赶出末两长句，乃愈觉酣畅漓淋，极情尽致矣。”

〔8〕 如今二句：骤裹与骅骝，古代的千里马。王良，春秋时善御马者。伯乐，春秋时善相马者。《石洲诗话》：“无限感慨，一句尽之。”

【语译】

我曾听说穆天子的八骏一日走千里，如今所画不就是其中的一匹？这是怎样一种矫健的雄姿与神态啊：尾巴电扫北风起，淡青的毛色双耳黄，方形的瞳仁射出紫焰光。桀骜矫捷有龙善变的本性，昂然而立骨架高张势不凡。想当初，太仆卿张景顺，任监牧，驯马驹，相中的是它的清峻。便命马奴头专人饲养在天育厩，爱的是这点儿天分。当时虽说有马四十万，张公却叹道：尽是凡才不必问。只为此马画像传世人，常见常新日亲近。日久马死剩图形，哀哉画像再好难驰骋！如今难道没有快马骤裹与骅骝？就少王良伯乐能相马，死去有谁知！

【研析】

天宝十三载是杜甫心中充满矛盾、彷徨的一年。长期求仕不遂，四面碰壁，加上连年灾害，靠领救济粮度日，使他焦躁不安。他时而想归隐，时而想从戎，还继续献赋求知。此诗正是借叹马而自叹。诗中还不无对“开元盛世”的怀念，也是对天宝末用人“无问贤不肖，选深者留之，依资据阙注官”(《通鉴》)政策的抨击。在写法上诚如萧涤非先生所指出：“句句说真马，即句句是画马。”

醉时歌（七古）

【题解】

题下旧注:“赠广文馆博士郑虔。”郑虔善诗、书、画,唐玄宗称之为“三绝”。《新唐书·郑虔传》:“玄宗爱虔才,更为置广文馆,以虔为博士。”史载,天宝十三载(754)秋,霖雨积六十余日,京城垣屋颓坏殆尽,人多乏贫,令出太仓米一百万石济之。是年春,杜甫已自东都携眷移家至长安,不久则遇此水涝之灾,故需日籴五升米。此诗或作于此年秋。《杜臆》云:“此篇总是不平之鸣,无可奈何之词,非真谓垂名无用,非真薄儒术,非真齐孔、跖,亦非真以酒为乐也。杜诗‘沉醉聊自遣,放歌破愁绝’,即此诗之解,而他诗可以旁通。”

诸公衮衮登台省,广文先生官独冷[1]。
甲第纷纷厌粱肉,广文先生饭不足。
先生有道出羲皇,先生有才过屈宋[2]。
德尊一代常坎轲[3],名垂万古知何用。
杜陵野客人更嗤,被褐短窄鬓如丝[4]。
日籴太仓五升米,时赴郑老同襟期[5]。
得钱即相觅,沽酒不复疑。
忘形到尔汝[6],痛饮真吾师。
清夜沉沉动春酌[7],灯前细雨檐花落[8]。
但觉高歌有鬼神[9],焉知饿死填沟壑。

相如逸才亲涤器，子云识字终投阁[10]。
先生早赋《归去来》，石田茅屋荒苍苔[11]。
儒术于我何有哉，孔丘盗跖[12]俱尘埃。
不须闻此意惨怆，生前相遇且衔杯。

【注释】

〔1〕诸公二句：衮衮，连续不断；众多貌。台，御史台。省，中书省、尚书省、门下省，都是政府的重要部门。广文先生，指广文馆博士郑虔。该馆与台省相比自然属“冷门”，后因雨馆塌，竟无人来修，其“冷”可见。《杜诗镜铨》引张云：“开手以富贵形贫贱，起得排宕。”

〔2〕先生二句：羲皇，指远古的伏羲氏。出，超出，即陶潜所谓“羲皇上人”，以此赞郑虔与世无争的高尚品格。屈宋，即屈原、宋玉，以此赞郑虔的文才。

〔3〕德尊句：此句为郑虔抱不平，说你是一代道德模范，却仕途不顺，老坐冷板凳。坎轲，即“坎坷”，路途不平坦。

〔4〕杜陵二句：嗤，取笑。被褐，穿着粗布衣服。野客、被褐都是表明自己普通百姓的身份。唐人进士及第则称为“释褐”，表明从此脱下布衣步入仕途。

〔5〕日籴二句：籴，买进米谷。太仓，京师的大仓库。此句言杜甫家无宿粮，所以要天天去籴米。或云：因救灾粮是限购的，所以要每天买五升度日。亦通。同襟，犹“同志”，能同气相求者。曹慕樊《杜诗杂说》谓此句言赴同气相求的郑老之约。“赴……期”为一短语。江淹《伤友人赋》：“固齐求而共径，岂异袖而同襟。”

〔6〕忘形句：此句言二人不拘礼数，直呼你我，亲密无间。尔汝，《文士传》：“祢衡有逸才，与孔融为尔汝交，时衡年二十，融年已四十。”

〔7〕清夜句：写秋夜喝春酒，时节正与天宝十三载秋籴太仓米事合。清夜，即“秋夜”，是古人约定俗成的用法，杜诗中用清夜也大都作于秋天。动春酌，邓绍基《杜诗别解》认为，“动春酌”是指喝冬酿或春

酿的“春酒”。事实上唐人也往往将酒命名为某春,《唐国史补》卷下称“酒则有……荥阳之土窟春、富平之石冻春、剑南之烧春”云云。杜甫写于冬天的《野望》诗云:“射洪春酒寒仍绿。”

〔8〕 灯前句:檐花,檐前之花。黑夜屋内灯前是看不见外面的细雨与花落的,只是想当然耳,用衬“清夜沉沉”。又,《杜臆》称:“檐水落而灯光映之如银花,余亲见之,始知其妙。今注者谓近檐之花,有何意味?”虽然未必合杜甫原意,然而与文本不离不即,激发读者之想象,是所谓“作者未必然,而读者未必不然”者,因其的确有意味,录供参考。

〔9〕 有鬼神:即“诗成若有神”的意思。

〔10〕 相如二句:相如,司马相如,汉代大文学家,曾经开酒店亲自动手做杂务。子云,也是汉代文学家的扬雄,字子云。扬雄曾经教人作奇字,后受株连,从天禄阁跳下,几死。

〔11〕 先生二句:归去来,陶潜有《归去来兮辞》,此意在劝郑虔弃官回乡。石田,指瘦瘠的山田。

〔12〕 盗跖:即“柳下跖”,春秋末年的“大盗”。这里将圣人与大盗并举,是用《庄子·盗跖》语,也是自家的激愤语。

【语译】

诸位先生们,你们凭什么一个个都接连晋升到御史台、中书省、门下省什么的,就郑老前辈却孤零零冷清清一人坐冷板凳?你们住豪宅吃鱼肉,他却连饭也吃不饱有上顿没下顿。广文先生可是个有道之士,堪称“羲皇上人”;他才高八斗超过屈原、宋玉。德高望重的人却遭遇困顿,就是名垂万古你说又有什么用处?更不必提像我这样的野老布衣,不衫不履又老又卑是个被人取笑的小人物。每天到太仓去籴些救济粮,可我还是时不时地和郑老相约喝一杯,只要同气相求还管什么礼数。有道是:朋友有通财之义,袋子里只要还有几个钱,不是你寻我来便是我请你。郑老啊!你痛饮忘怀真是我的老师。夜色沉沉,秋寒喝春酒真叫惬意;灯影迷离,屋檐下落花兼着细雨。我们酒酣耳热引吭高歌如有神助,谁还去理会明天或冻死或饿死埋在哪里!天才司马相如难免开店亲自洗碗刷酒器,扬雄还不是教人奇字受株连跳楼差点没死去?想开点吧郑老,赋一篇《归去来》,家乡好歹还有几亩薄田几间破屋在等着你。天哪!饱经术通儒道于我何加焉?孔圣人与盗跖死后骨灰还能两样?听罢我歌休惆怅,相逢即时酒一杯!

【研析】

《十八家诗抄》引张云:“满纸郁律纵宕之气。”的确,此醉歌不同于李白的醉歌,一出于激愤,一出于豪放。酒后狂歌最无顾忌,真性情一泻而出。仇注曾经认为“孔丘盗跖俱尘埃”一语是醉后牢骚不足为训,后之注家也大多数强调这只是反语,未免挫钝了杜诗锋芒。杜甫正因其能激愤而有别于嗫嚅诸生——老杜毕竟不是“纯儒”。激愤,正是该诗的内在动力,掀起情感的波浪:不平、反讽、通达、激愤、自尊、惺惺相惜,一波未平一波又起。细读此诗,有助于我们理解杜甫内涵丰富的沉郁顿挫的总体风格。

郑广文是杜甫困守长安时的同道挚友,杜甫为他写下多首好诗,如《戏简郑广文兼呈苏司业》:“广文到官舍,系马堂阶下。醉则骑马归,颇遭官长骂。”《送郑十八虔贬台州司户,伤其临老陷贼之故,阙为面别,情见于诗》:“郑公樗散鬓成丝,酒后常称‘老画师’。万里伤心严谴日,百年垂死中兴时。”《题郑十八著作丈故居》:“乱后故人双别泪,春深逐客一浮萍……穷巷悄然车马绝,案头干死读书萤。”《八哀诗·故著作郎贬台州司户荥阳郑公虔》更是怀旧长篇(见本书卷六所选)。其诗不但见两人生死不渝之交情,而且刻画生动,展示出郑氏的音容笑貌及其不幸遭遇,令人望风怀想;同时也发露了诗人在困顿中与友人相濡以沫的深沉的人际感情。

秋雨叹三首（七古）

【题解】

史载天宝十三载（754）秋，霖雨六十余日，京师庐舍垣墙，颓毁殆尽。权相杨国忠却取禾之善者献玄宗，说是“雨虽多，不害稼也”，玄宗以为然。扶风太守房琯言所部水灾，使御史追究之，天下无敢言灾者。政治如此，诗人焉得不感慨？诗即作于是年。

其 一

雨中百草秋烂死，阶下决明颜色鲜[1]。
着叶满枝翠羽盖[2]，开花无数黄金钱。
凉风萧萧吹汝急，恐汝后时难独立[3]。
堂上书生空白头，临风三嗅馨香泣[4]。

【章旨】

第一首假物寓意，叹自己的老大无成；其中决明“颜色鲜”与百草之“秋烂死”，对比强烈，决明之形象坚强饱满。

【注释】

〔1〕 阶下句：决明，决明草，豆科，七月开黄花。作药材可以明目，故叫决明。一说，甘菊亦名石决，入药与决明子同功。宋人史铸认为决明叶极稀疏，不得称“翠羽盖”，杜之所指当即甘菊。杜集中有《咏庭前甘菊花》，可为佐证。录供参考。

〔2〕 翠羽盖：用翠绿色的鸟羽装饰的车盖。

〔3〕　凉风二句：汝，指决明。后时，谓日后岁暮天寒。

〔4〕　堂上二句：堂上书生，诗人自指。杜甫身世，与决明有类似之处，故不禁为之伤心掉泪。"临风三嗅"从假物寓意转入以情注物，是写景也是比兴。

【语译】

秋之淫雨百草烂，唯有决明草哟阶下颜色鲜。茂密的枝叶像那翠羽饰成的车盖，星星点点的花朵哟就像叠叠的黄金钱。萧萧的秋风兼秋雨，不断地吹打在你身上，只怕你哟挺立难久长！白发无成的书生在堂上，寒风送来你阵阵的馨香，无端惹得我泪涟涟。

其　二

阑风伏雨〔1〕秋纷纷，四海八荒同一云〔2〕。
去马来牛不复辨，浊泾清渭何当分〔3〕？
禾头生耳黍穗黑，农夫田父无消息〔4〕。
城中斗米换衾裯，相许宁论两相值〔5〕。

【章旨】

第二首实写久雨收成无望，既写个人感受，亦叹城乡百姓之苦。

【注释】

〔1〕　阑风伏雨：阑，横斜貌。伏，面朝下；覆也。伏雨即"倾盆大雨"。成善楷《杜诗笺记》对"阑"的字义曾作详释，认为："不按风向，一会儿东，一会儿西，一会儿南，一会儿北，这就是'阑风'，也就是乱了方向的风。"而"伏，覆也"，又有反复义，故"伏雨就是落落停停，反复无常的雨"。录供参考。

〔2〕　四海句：吴见思云："四海八荒，同云一色，则无处不雨，无日不雨矣。"

〔3〕　去马二句：因久雨水涨，致牛马难辨，泾渭莫分。《庄子·秋水》：

“秋水时至,百川灌河,两涘渚涯之间,不辨牛马。”

〔4〕 禾头二句:禾,谷子。《朝野佥载》:“俚谚曰:秋雨甲子,禾头生耳。”这一句是说谷子有的已发芽卷曲如耳,黍穗则经久雨浸泡而霉黑。无消息,指农夫收成无望。

〔5〕 相许句:此句言:为了活命,也就不计较衾裯和斗米的价值是否相等了。写出当时百姓的无奈。相许,相互同意。宁论,岂论。

【语译】

风乱横,雨倾盆;一朵乌云罩四海,没完没了秋雨来。雨浪浪,天昏昏;牛来马去谁能辨?渭清泾浊难区分。谷子发芽如耳状,黍穗浸泡霉黑绽,农夫田父无指望。城中粮食贵,衾裯换斗米。只求不饿死,谁还计较价值是否两相抵?

其　三

长安布衣谁比数[1]?反锁衡门守环堵[2]。
老夫不出长蓬蒿,稚子无忧走风雨。
雨声飕飕催早寒,胡雁翅湿高飞难。
秋来未曾见白日,泥污后土[3]何时干?

【章旨】

萧涤非先生称:“第三首自伤穷困潦倒,兼叹民困难苏,有‘长夜漫漫何时旦’之感。”

【注释】

〔1〕 长安句:长安布衣,杜甫自谓。比数,瞧得起。司马迁《报任安书》:“刑余之人,无所比数。”

〔2〕 反锁句:衡门,以横木作门,贫者之居。环堵,家徒四壁。

〔3〕 后土:大地。

【语译】

长安城里最势利,布衣有谁瞧得起?且锁柴门守四壁。老夫愁坐庭长草,小儿戏穿风雨无忧虑。雨飕飕,催早寒。南归的大雁双翅湿哟,想要高飞难上难!秋雨不放白日出,泥泞大地何时干?

【研析】

这一组诗的结构具有很强的整体性:第一首以决明的鲜明形象发兴,与"堂上书生"两镜互摄,二而一;第二首写久雨成灾,百姓同病;第三首又拉回写个人与百姓同困。三首都在淫雨中浑然一片,个体与百姓之利害关系也同样是"不复辨"、"何当分",真所谓"慨世也是慨身"者也。

还有个小问题也辨析一下。"临风三嗅馨香泣",三嗅典出《论语·乡党》:"色斯举矣,翔而后集。曰:'山梁雌雉,时哉时哉!'子路共之,三嗅而作。"此章素来无确解。其中"嗅"据唐石经,《五经文字》作"臭",汉石经作"戛",《正义》则认为当作"具",解为惊顾之意。是写雌雉多次回头惊顾,又飞了。显然与杜诗原意无关,我们只管按"嗅"的字面义解读就行了。这就涉及杜诗用典的多样性问题。赵次公序其杜诗注有云:"事则或专用,或借用,或直用,或翻用,或用其意,不在字语中。或专用之外,又有展用,有倒用,有抽摘渗合而用,则李善所谓'文虽出彼而意殊,不以文害'也。"杜诗中的用事手法极其丰富,所以要活参。

九日寄岑参（五古）

【题解】

与《秋雨叹》当是同时之作。九日,指九月九日重阳节。岑参,杜甫诗友之一,与高适齐名。

出门复入门,雨脚但仍旧。
所向泥活活[1],思君令人瘦。
沉吟坐西轩,饭食错昏昼[2]。
寸步曲江头,难为一相就。
吁嗟乎苍生,稼穑不可救!
安得诛云师?畴能补天漏[3]?
大明韬日月[4],旷野号禽兽。
君子强逶迤[5],小人困驰骤。
维南有崇山,恐与川浸溜[6]。
是节东篱菊,纷披为谁秀[7]?
岑生多新语,性亦嗜醇酎[8]。
采采黄金花[9],何由满衣袖?

【注释】

〔1〕 泥活活:走在泥泞中发出的声音。

〔2〕 沉吟二句:沉吟,迟疑不决。西轩,西窗。下句言因阴雨而晨昏错乱。

〔3〕 安得二句:云师,云神。畴,谁。天漏,雨不断,仿佛天漏洞。

〔4〕 大明句:大明,指日月之光辉。韬,隐匿。

〔5〕 强逶迤:勉强缓行。

〔6〕 维南二句:维,句首助词。崇山,高山,此指终南山。浸溜,随水漂流。

〔7〕 是节二句:是节,指重阳节。东篱菊,用陶渊明“采菊东篱下,悠然见南山”诗意。纷披,盛开。

〔8〕 醇酎:美酒。《西京杂记》:“正月旦造酒,八月成,名曰九酝,一名

醇酎。”

〔9〕　黄金花：菊花。古人多用菊花酿酒。

【语译】

出门看天又入门，雨下连绵还依旧。到处都是酱呱唧，想君不见腰围瘦。思进思退坐西窗，饭顿错乱倒昏昼。曲江几步到，就是难聚首。苍生更可叹，庄稼泡汤唯束手！云神失责真该杀，有谁能为老天修补此缺漏？日月忙韬晦，禽兽野外吼。达官有车勉强还能行，小老百姓道路泥泞只困守。咦呀终南山，恐怕要被大水漂流走。重阳本是菊花节，如今盛开谁还有心来伺候？岑生岑生诗句新且多，性也嗜酒爱喝够。采来菊花空满袖，如此灾情怎酿酒？

【研析】

叶燮《原诗》称杜诗“随所遇之人、之境、之事、之物，无处不发其思君王、忧祸乱、悲时日、念友朋、吊古人、怀远道，凡欢愉、幽愁、离合、今昔之感，一一触类而起。”说得好。像这首诗，极写雨中对岑参的怀念，却插入“吁嗟乎苍生，稼穑不可救！安得诛云师？畴能补天漏？大明韬日月，旷野号禽兽。君子强逶迤，小人困驰骤”。仇注马上将它与史料联系起来，说：“今按《通鉴》：天宝十二载，秋八月，关中大饥，上忧雨伤稼，国忠取禾之善者献之，曰：‘雨虽多，不害稼也。’扶风太守房琯言所部水灾，国忠使御史推之。是岁，天下无敢言灾者。高力士侍侧，上曰：‘淫雨不已，卿可尽言。’对曰：‘自陛下以权假宰相，赏罚无章，阴阳失度，臣何敢言？’诗中苍生稼穑一段，确有所指。云师，恶宰相之失职。天漏，讥人君之阙德。韬日月，国忠蒙蔽也。号禽兽，禄山恣横也。君子小人，贵贱俱不得所也。”这对我们了解当时天灾与人祸之间的关系无疑是有帮助的，尤其是对“安得诛云师？畴能补天漏”的解读，更具参考价值。杜甫后来在梓州写《喜雨》：“安得鞭雷公，滂沱洗吴越！”一要止雨，一要催雨，目的相反，手法却是一样的，都有暗喻。二句印证了叶氏所说的“无处不发”其思君仁民的情志。然而这种情志是与“当下”不同情境相感发而生的，是“这一个”，有其不可取代性。在整首诗中，雨脚、泥泞、菊花与酒，都渗透对友人的思念，从头到尾都有岑生的影子在。末四句“岑生多新语，性亦嗜醇酎。采采黄金花，何由满衣袖?”我们不但看到能诗嗜酒的岑参，同时还看到手捧菊花落寞惆怅的诗人自己，而其中的情感已融入对天灾民病的忧虑，可谓“三位一体”。

奉先刘少府新画山水障歌（七古）

【题解】

天宝十三载(754)，秋雨成灾，杜甫携家投奉先县令杨某，杨为杜甫夫人宗亲。此诗当在奉先所作。少府，唐人对县尉的尊称(县令称明府)。《文苑英华》本有注:“奉先尉刘单宅作。”知刘少府即刘单。奉先，今陕西蒲城。障，上面有题字画的整幅绸布，用作屏障，又称障子。《说诗晬语》:“唐以前未见题画诗，开此体者老杜也。”

堂上不合[1]生枫树，怪底[2]江山起烟雾。
闻君扫却赤县图，乘兴遣画沧洲趣[3]。
画师亦无数，好手不可遇。
对此融心神，知君重毫素[4]。
岂但祁岳与郑虔，笔迹远过杨契丹[5]。
得非玄圃裂？无乃潇湘翻[6]？
悄然坐我天姥[7]下，耳边已似闻清猿。
反思前夜风雨急，乃是蒲城鬼神入[8]。

元气淋漓障犹湿，真宰上诉天应泣[9]。
野亭春还杂花远，渔翁暝[10]踏孤舟立。
沧浪水深青溟阔，攲岸侧岛秋毫末[11]。
不见湘妃鼓瑟时，至今斑竹临江活[12]。
刘侯天机精[13]，爱画入骨髓。
自有两儿郎，挥洒亦莫比。
大儿聪明到，能添老树巅崖里。
小儿心孔开，貌[14]得山僧及童子。
若耶溪，云门寺[15]，
吾独胡为在泥滓，青鞋布袜从此始[16]。

【注释】

〔1〕 不合：不应该。

〔2〕 怪底：疑怪语。"底"是六朝以来方言，相当于"什么"。

〔3〕 闻君二句：扫却，一挥而就。杜诗："戏拈秃笔扫骅骝。"赤县，唐人或称京师畿县为赤县，蒲城县因葬唐睿宗于桥陵，改称奉先，《桥陵诗三十韵》即称："居然赤县立。"赤县图当指奉先县形势(山)，与下句"沧州趣"(水)合读，则先画山后画水，是一幅完整的奉先山水图。注家或以为先画一幅地图，再画一幅山水；地图是细活，需精绘者，如何"扫却"？误。

〔4〕 毫素：毛笔与白绢。此指代画事。

〔5〕 岂但二句：祁岳、郑虔，皆与杜甫同时的画家。杨契丹，隋代画家。

〔6〕 得非二句：此联遥接起句，又用"得非"、"无乃"等若疑若讶之词，以画作真，山裂水翻，化静为动。玄圃，传说在昆仑山巅，仙人所居。

〔7〕 天姥：山名，在浙江。

〔8〕 乃是句：蒲城，即奉先县。赵次公注：此诗篇中使字，云"不合"，云"怪底"，云"得非"，云"无乃"，云"似闻"，云"乃是"，皆以形容其所

画景物之逼真也。云“玄圃”,云“潇湘”,云“天姥”,乃取仙山及人间奇境称比之也。

〔9〕 元气二句: 元气,天地自然之气。元气淋漓,形容笔墨的饱满酣畅。真宰,造物主。此句形容此画有夺天地造化之妙,暗用仓颉造字,天雨粟,鬼夜哭之意。李贺“笔补造化天无功”、“天若有情天亦老”、“石破天惊逗秋雨”的奇想咸从此中化出。

〔10〕 暝: 黄昏。

〔11〕 沧浪二句: 沧浪,形容水色清澈。青溟,大海。攲,俗作“欹”,斜也。秋毫末,动物之毫毛,至秋而细锐难察见。以此形容画之工细,远处之岸岛,或攲或侧,仅一痕耳。

〔12〕 不见二句: 湘妃,舜的两个妃子。传说舜死,其二妃以泪洒竹,竹尽斑。《楚辞・远游》:“使湘灵鼓瑟兮。”

〔13〕 刘侯句: 刘侯,即主人刘单,侯是敬称。天机精,天性聪明。

〔14〕 貌: 描绘。唐人俗语。

〔15〕 若耶溪二句:《大清一统志》云: 若耶溪在浙江会稽县南若耶山下,北入镜湖。云门寺在县北。两处皆尽泉石之好。

〔16〕 吾独二句: 泥滓,泥浊。喻浑浊的社会。结句言画能动人归隐之遐想。

【语译】

怪哉! 厅堂之上居然长枫树,画障开处江山起烟雾。好个刘少府: 挥毫先成山,遣兴再为水,扫出一幅赤县沧洲山水图。画师有无数,妙手真难求。君将心神融笔墨,一心只作丹青游。休道祁岳与郑虔,前朝杨契丹也叹不如。山,莫非昆仑崩一角? 水,岂从潇湘剪一段? 不觉移我坐天姥,耳闻啼猿续还断。忽忆前夜风声雨声急,应是蒲城鬼神聚。至今画障湿,元气正淋漓,巧夺天工天亦泣。春归野亭外,杂花向远开。黄昏渔翁踏浪立孤舟,水苍苍,深似海,天际岸岛一丝猜。湘灵鼓瑟今不见,空见临江斑竹泪痕在。刘侯天分高,爱画入骨牢。还有两儿郎,也都善挥毫。大儿使聪明,巧添崖树老。小儿亦开窍，画得山僧童子妙。若耶溪，云门寺，此地泉石好。我又何苦独自陷浊世，从今而后三山五岳青鞋布袜且游遨！

【研析】

宋人吴龙翰云："画难画之景，以诗凑成；吟难吟之诗，以画补足。"这是大白话，将诗画互补关系一滚子说尽。诗是时间艺术，不能以目直击，故倡"兴象"，极力追求"如画"的视觉效果；画是空间艺术，停于一瞬，故重笔墨之"气韵"，求其生动而"逼真"。好画题上好诗，自然是互动兼美的捷径。杜甫之所以能得风气之先，就在乎深明诗画互补之道理，其题诗能接画中固有之气韵，且化画意为诗情，再造艺术幻境。此诗首句便凭空喝起，直认画境作真景，使画中笔笔皆活。"对此融心神，知君重毫素"一句，点明"外师造化，中得心源"是画者能化景物为笔墨情趣之所在。"元气淋漓障犹湿"一句，写尽"气韵生动"，风雨、天泣皆从"湿"字生出，真境逼而神境生矣！无画处皆成妙境矣！然则，中国山水画讲究的是自然的人化，是陶冶性情，是宋人郭熙所谓"可行可望，不如可居可游之为得"，故杜甫意不在天姥湘妃，而在乎野亭渔翁。以诗画陶冶性情，是其能事。天宝十三载杜甫身心俱疲，携家投奉先令，赏此山水画能不喟然叹曰："吾独胡为在泥滓，青鞋布袜从此始！"

送蔡希鲁都尉还陇右因寄高三十五书记（五排）

【题解】

题下旧注："时哥舒入奏，勒蔡子先归。"《通鉴》：天宝十四载(755)春，哥舒翰入朝，道得风疾，遂留京师。诗当作于此时。都尉，

《唐书》：诸府折冲都尉各一人，左右果毅都尉各一人。每岁季冬，折冲都尉率五校之属，以教其军阵战斗之法。高三十五，指高适。三十五是排行，唐人喜以家族中的排行称人。书记，哥舒翰曾表荐高适为元帅府掌书记，故称。

蔡子[1]勇成癖，弯弓西射胡。
健儿宁斗死，壮士耻为儒。
官是先锋得，材缘挑战须[2]。
身轻一鸟过，枪急万人呼。
云幕随开府，春城赴上都[3]。
马头金匼匝，驼背锦模糊[4]。
咫尺雪山路，归飞青海隅[5]。
上公犹宠锡，突将且前驱[6]。
汉使黄河远，凉州白麦枯[7]。
因君问消息，好在阮元瑜[8]？

【注释】

〔1〕　子：对男子的尊称。

〔2〕　官是二句：此句是说蔡希鲁是靠自己的才能得官的，是称职的。蔡希鲁官衔是“都尉”，干的是“突将”的活，所以要符合善驰突，能“挑战”的条件。

〔3〕　云幕二句：云幕，帐幕如云，极言其多。开府，唐制，开府仪同三司，从一品。此指哥舒翰，天宝十一载（752）加开府仪同三司。上都，国都，此指长安。

〔4〕　马头二句：匼匝，周绕貌。此言以金络马头。锦模糊，以锦蒙背。史载哥舒翰在陇右，每遣使入奏，常乘白骆驼，日驰五百里。四句写哥舒赴京队伍的壮观与豪华。赵次公曰：“匼匝”、“模糊”，皆

方言。

〔5〕 咫尺二句：此联赵次公注："此谓希鲁先勒还陇右，视雪山咫尺，不以为远，故归飞西海隅也。"

〔6〕 上公二句：上公，太师、太傅、太保，古称上公。哥舒翰天宝十三载拜太子太保，故称之。突将，能驰突之骁将。

〔7〕 汉使二句：汉使，唐人往往以汉喻唐，此喻指蔡希鲁。凉州，治所在今甘肃武威。白麦，史载凉州曾贡白小麦。

〔8〕 好在句：好在，问候语，你好。阮元瑜，建安七子之一的阮瑀，字元瑜。曹操辟为管记室，草拟军国书檄，喻指高适。

【语译】

蔡兄好勇已成癖，弯弓射敌到河西。健儿宁可战斗死，耻为腐儒守刀笔。冲锋在前得官来，军中能少挑战材？枪如骤雨敌阵开，身轻如燕一穿过，万人惊呼真壮哉！马头金络匝，驼峰锦绣覆。得胜将军入奏初，从者如云千帐幕，京都春色迎开府。皇上恩宠留上公，突将受命先遣归。迢迢雪山似咫尺，蹄疾青海返如飞。遥指黄河送汉使，凉州白麦谅已熟。托君为我问故人，高适书记安好不？

【研析】

首八句铺写健儿快马，明白如话的语言、跃动的句式皆与之相称。中八句如浦注所称："四叙入朝，四叙归陇。瞥然而来，瞥然而去。"时而在边塞，时而"赴上都"；方在"黄河远"，忽归"青海隅"。这里是用画面的急剧切换来实现地理上大跨度的飞跃，时空跌宕与主人公轻捷身手拍合。对偶句于是恰恰成为一种优势：画面的对应造成时空的快速切换。至如"身轻一鸟过，枪急万人呼"，更是充分利用对应关系，以紧密的视觉意象形成张力，摆脱日常语法，造就中国诗歌特有的意象语言。

总的说来，此首写边将，虎虎有生气，不让善写人物著称的李颀。其名篇《送陈章甫》云："四月南风大麦黄，枣花未落桐叶长。青山朝别暮还见，嘶马出门思旧乡。陈侯立身何坦荡，虬须虎眉仍大颡。腹中贮书一万卷，不肯低头在草莽。东门酤酒饮我曹，心轻万事如鸿毛。醉卧不知白日暮，有时空望孤云高。长河浪头连天黑，津吏停舟渡不得。郑国游人未及家，洛阳行子空叹息。闻道故林相识多，罢客昨日今如何。"此诗王夫之《唐诗评选》叹为"颀集绝技"。与上引杜诗相类，都是送侠客式人物，也都写得痛快沉着。但李诗似写意画，逸笔浮纸，提出精神；杜诗则铁线白描，入木三分，摄入精神。欧阳修《六一诗话》录一则广为流传的杜诗佳话：

> 陈公(从易)时偶得杜集旧本，文多脱误，至《送蔡都尉》诗云"身轻一鸟"，其下脱一字。陈公因与数客各用一字补之。或云"疾"，或云"落"，或云"起"，或云"下"，莫能定。其后得一善本，乃是"身轻一鸟过"。陈公叹服，以为虽一字，诸君亦不能到也。

此例极见杜诗用字之准确稳妥，盖蔡某为先锋、为突骑，破阵、挑战是其长。在敌阵如墙、枪骤如雨的敌军中出入，或云"疾"，或云"落"，或云"起"，或云"下"，都难表现其神勇。"身轻一鸟过"之"过"，犹李太白"两岸猿声啼不住，轻舟已过万重山"之"过"。其从容敌阵之状可掬，故为"诸君亦不能到也"，虽高手李颀亦不能夺也。元稹誉杜"兼人人之所独专"，果然。

官定后戏赠（五律）

【题解】

原注："时免河西尉，为右卫率府兵曹。"天宝十四载(755)十

月,杜甫被委派为河西县尉,但他不肯就任,乃改任右卫率府胄曹参军(正八品下)。这是看守兵器、管门禁锁钥的小官,与杜甫"致君尧舜"的抱负相去甚远。杜甫有点啼笑皆非,便写此自嘲诗"戏赠"自己。一说"赠"乃"题"之误。

不作河西尉,凄凉为折腰[1]。
老夫怕趋走,率府且逍遥。
耽酒须微禄,狂歌托圣朝[2]。
故山归兴尽,回首向风飙[3]。

【注释】

〔1〕 不作二句:尉,县尉。高适为封丘县尉有诗云:"拜迎官长心欲碎,鞭挞黎庶令人悲!"这正是杜甫"不作河西尉"的原因。故《杜臆》云:"若论得钱,则为尉颇不凄凉,其云'凄凉'者,为折腰且怕趋走,不如率府兵曹且得逍遥。"而"鞭挞黎庶"更是杜甫所不能接受。

〔2〕 耽酒二句:"须"字,"托"字,表明自己为贫而仕的不得已。《唐诗归》谭元春云:"二语是穷人、狂人至言,'托'字尤深。"

〔3〕 故山二句:意为:一官羁绊,归家不得,但临风回首而已。

【语译】

河西县尉当不得:鞭挞黎民心碎,折腰趋走可悲,我辈岂能为!率府兵曹官微,且得逍遥无累。些少俸禄供杯酒,托迹圣朝狂歌沸。故山迷,归兴废,临风回首心事违。

【研析】

《杜诗言志》云:"少陵栖栖皇皇,试考功,试尚书,上《三大礼赋》,急欲求进,而河西不拜,则前此之不定也。及改右卫府曹参军乃就职者,亦为贫而仕耳,岂立朝行道之志哉!"算是"蹋着杜氏鼻孔”。“官定”而心不定，本以为可以“率府且逍遥”，但很快他就明白：“野人旷荡无靦颜，岂可久在王侯间？”（《去矣行》）率府也不易待。不管怎么说，中国士子总是断不了奶，绕定朝廷转，“皮之不存，毛将焉附”？这大概是知识分子缺乏独立精神的历史病根，虽伟大如杜甫，不能免也。不过杜甫毕竟伟大，他一生总是与朝廷形成张力，不即不离。在“弱植不足扶”的情况下，他还是会毅然离去的，此是后话。

自京赴奉先县咏怀五百字（五古）

【题解】

题下旧注：“天宝十四载（755）十一月初作。”安禄山作乱于是月，消息尚未传至长安，玄宗君臣还在骊山作乐。杜甫由长安往奉先县探亲，见此情景，有感而作。此诗在杜甫创作上具有划时代的意义，堪称一代史诗。《唐宋诗醇》云：“此与《北征》为集中巨篇。摅郁结，写胸臆，苍苍莽莽，一气流转。其大段中有千里一曲之势而笔笔顿挫，一曲之中又有无数波折也……前述平日之衷曲，后写当前之酸楚；至于中幅，以所经为纲，所见为目，言言深切，字字沉痛。”

杜陵有布衣，老大意转拙。
许身一何愚，窃比稷与契[1]。
居然成濩落[2]，白首甘契阔[3]。
盖棺事则已，此志常觊豁[4]。
穷年忧黎元，叹息肠内热[5]。

取笑同学翁,浩歌弥激烈[6]。
非无江海志,萧洒送日月。
生逢尧舜君,不忍便永诀[7]。
当今廊庙具[8],构厦岂云缺?
葵藿[9]倾太阳,物性固莫夺。
顾惟蝼蚁辈,但自求其穴。
胡为慕大鲸,辄拟偃溟渤[10]?
以兹悟生理,独耻事干谒。
兀兀遂至今,忍为尘埃没[11]。
终愧巢与由,未能易其节[12]。
沉饮聊自遣,放歌破愁绝[13]。

【章旨】

首段叙述自己一贯忧国忧民的志向:“窃比稷与契”是其情志的内核,“穷年忧黎元”是贯穿全诗的情感线索。其中充满“思朝廷”与“忧黎元”之间的内心矛盾。《杜诗镜铨》云:“首从咏怀叙起,每四句一转,层层跌出。”

【注释】

〔1〕 杜陵四句:起四句当作一气读。布衣,指无官职的平民。此时杜甫已获小官,属追述口吻。或云杜甫以布衣自居,如林庚《诗人李白》云:“杜甫当时已初任右卫率府胄曹参军,却仍无妨自称布衣,而杜甫之所骄傲于布衣的,则正是在那‘窃比稷与契’的政治抱负上。”录供参考。拙,迂拙,与第三句的“愚”相应。《杜诗阐》:“凡人老大,则工于世故,杜陵布衣独不然,至老弥拙。盖由许身愚,动以稷、契自命耳。”许身,犹自许。稷,周的祖先,教民耕种。契,殷的祖先,推行文化教育。三、四句为全诗总纲。胡晓明《唐诗与中国

文化精神》评道："中国文化中，人皆可以成尧舜，布衣也可以为圣贤事业，这是高度的道德自主的。要做知识人，就要多少有点圣贤气象。"

〔2〕 濩落：即廓落，大而无用。

〔3〕 契阔：犹辛苦。

〔4〕 此志句：言常希望稷契之志能有开展之日，至死方休。觊，希企。豁，开展意。

〔5〕 穷年二句：穷年，一年到头。黎元，民众。肠内热，意为忧心如焚。

〔6〕 取笑二句：此联云：旁人越是笑我，我就愈加坚决、慷慨！弥，更加。

〔7〕 非无四句：表达诗人对朝廷欲去不忍的矛盾心理。

〔8〕 廊庙具：喻朝廷之栋梁。

〔9〕 葵藿句：葵花向日，藿是豆叶，不向日；但诗文多葵藿连文，是"复词偏义"。《淮南子·说林》："圣人之于道，犹葵之与日也。虽不能与终始哉，其向之诚也。"

〔10〕 顾惟四句：顾，回视，此处有反思义。蝼蚁，此喻小老百姓。杜诗："愿分竹实及蝼蚁。"四句应作一气读：念我辈"蚁民"本该安分自求其穴，怎么搞得会去羡慕巨鲸排海（也想参与国事）？溟渤，茫茫的渤海，此泛指大海。当时诗人心情矛盾，朝廷昏庸，仕途蹭蹬，使诗人想退隐江湖，而"穷年忧黎元"、"葵藿倾太阳"的热肠又使之不忍永诀，进退维谷。诗人想从哲理上的参悟求解脱。"蝼蚁求穴"与《庄子》所谓"鹪鹩巢林"、"偃鼠饮河"在哲理上有相通之处。杜甫多次将自己的在野比作"鹪鹩在一枝"、"飞栖假一枝"。所以接下说："以兹悟生理。"士大夫失意则以道家思想自解是常有的事。或以为"蝼蚁辈"喻目光短浅的朝臣，只知营谋眼前利益，亦通，但与下文"终愧巢与由"句难衔接，录供参考。

〔11〕 以兹四句：以兹，以此，即上注所说的思考。生理，人生的道理、准则。独，特。干谒，拜见显贵。此句紧接上四句，意为：由此我悟出了人生的道理，深以干谒为耻。这是杜甫对长安生活沉痛的总结

与反思,为其间“朝扣暮随”的干谒生活深感悔恨。杜甫的内省是深刻而痛苦的,可以说是一种觉醒。敢于正视自己,是其人格伟大之处。历来注家以“诗圣”解读杜甫,似未必能得杜诗心,故多写几句供参考。兀兀,辛苦貌。忍,岂忍。此句意为:由于“事干谒”,所以不得不过着“朝扣富儿门,暮随肥马尘”的辛苦日子,但我又岂忍长此以往,为庸庸碌碌的生活所埋没?

〔12〕 终愧二句:巢与由,巢是巢父,由是许由。嵇康《高士传》:“尧之让许由也,由以告巢父。父曰:‘汝何不隐汝形?非吾友也!’许由怅然不自得。”二人不肯涉足仕途,故阮籍诗云:“巢由抗高节。”此句与“非无江海志,萧洒送日月”相应。杜甫多次表示要“归山买薄田”,但老是“不忍便永诀”,所以这里说是“终愧巢与由”,不像他们那样“抗高节”,与“苦被微官缚,低头愧野人”意近。

〔13〕 沉饮二句:一面是“窃比稷契”,一面是“终愧巢由”,强烈的矛盾毕杜甫之一生不能解决。痛饮放歌是杜甫常有的无可奈何之举。以上一大段往复矛盾,一放一收,最能体现杜甫沉郁顿挫的风格。

【语译】

杜陵出了我这么个布衣,越活是越拙迂。你说我什么不能比,偏要以大贤稷、契自许!这不,最后只落得大而无当,白首困顿为人讥。除非断了这口气,实现理想志不移。一年到头穷叹气,为百姓心忧如焚,满腔热血有谁理?只引来同辈士子的嘲笑,可我的歌唱得愈加激昂清脆。我何尝没有归隐江湖的打算,一日复一日,萧洒无为。只是生逢圣明的君主,我怎忍心掉头离他而去。话说回来,朝廷栋梁之材有的是,就缺你这个小人物?只不过葵花向日,生性如此。念我等蚁民,只该安分守己找个安身处,怎么搞的竟敢仰慕巨鲸,也想要山吞海吐?以此细思量,人生的道理终于有所悟:悔不该从事干谒,辛辛苦苦庸庸碌碌,到底是愧对抗节不仕的许由与巢父!痛饮聊自消遣,放歌一破愁苦!

岁暮百草零[1]，疾风高冈裂。
天衢阴峥嵘，客子中夜发[2]。
霜严衣带断，指直不得结。
凌晨过骊山，御榻在嵽嵲[3]。
蚩尤塞寒空，蹴蹋崖谷滑[4]。
瑶池气郁律，羽林相摩戛[5]。
君臣留欢娱，乐动殷胶葛[6]。
赐浴皆长缨，与宴非短褐[7]。
彤庭所分帛[8]，本自寒女出。
鞭挞其夫家，聚敛贡城阙。
圣人筐篚恩，实欲邦国活。
臣如忽至理，君岂弃此物[9]？
多士盈朝廷，仁者宜战栗[10]。
况闻内金盘，尽在卫霍室[11]。
中堂舞神仙，烟雾散玉质[12]。
暖客貂鼠裘，悲管逐清瑟。
劝客驼蹄羹，霜橙压香橘。
朱门酒肉臭，路有冻死骨[13]。
荣枯咫尺异，惆怅难再述[14]。

【章旨】

第二段叙述途中所见所闻，夹叙夹议，“朱门酒肉臭，路有冻死骨”一联，最为警策，感慨成文，字字沉痛。

【注释】

〔1〕　岁暮句：以下三十八句写过骊山所见所闻所感，是所谓“史笔”，深刻地揭露了社会矛盾。

〔2〕　天衢二句：天衢，天空。阴峥嵘，形容寒气阴森。客子，行人，杜甫自指。

〔3〕　凌晨二句：骊山，距长安六十里。《雍录》：“温泉在骊山。秦汉隋唐常游幸，惟玄宗特侈。盖即山建立百司，庶府皆行，各有寓止。自十月往，至岁尽乃还官。又缘杨妃之故，其奢荡益著。”嵽嵲，山高貌。此句言适逢玄宗皇帝下榻骊山。

〔4〕　蚩尤二句：蚩尤，黄帝时诸侯。传说黄帝与蚩尤战，蚩尤作大雾。此以蚩尤指大雾。塞，充满。下句言因雾大，故路滑。

〔5〕　瑶池二句：瑶池，传说西王母与周穆王会于瑶池。此借指玄宗与杨贵妃游幸骊山温泉。郁律，热气蒸腾貌。羽林，皇帝的卫队。相摩戛，言其众多。

〔6〕　君臣二句：殷，震动。胶葛，旷远深大貌。

〔7〕　赐浴二句：长缨，贵人服饰，借指贵人。短褐，粗布短衣，借指平民。

〔8〕　彤庭句：彤庭，指朝廷，古代宫殿用朱漆涂饰。《通鉴》载天宝八载二月，引百官观左藏，赐帛有差。是时州县殷富，仓库积粟帛，动以万计。杨钊(国忠)奏请所在粜变为轻货，及征丁租地税皆变布帛输京师。屡奏帑藏充，古今罕俦，故上(玄宗)帅群臣观之。上以国用丰衍，故视金帛如粪壤，赏贵宠之家，无有限极。这正是以下几句所反映的历史事实。

〔9〕　圣人四句：意为：皇帝的赏赐，无非是要臣子们把国家搞活，如果做臣子的连这个道理也不懂，皇帝岂不是白丢了这些财物？此句是对皇帝的回护。圣人，唐人称皇帝通曰“圣人”。筐篚，盛东西的竹器。筐篚恩，指皇帝赐物之恩。忽，忽视。至理，即上句“实欲邦国活”。吉川幸次郎以为“理”当作“治”，唐人避高宗李治讳，故写作“理”。是。

〔10〕　多士二句：此联意为，朝廷里有这么多的官，其中有良心者对上述

现象应感到震惊惶恐！多士，指百官，语出《诗·文王》："济济多士。"

〔11〕 况闻二句：内，大内，指宫禁。卫霍，卫青、霍去病，指外戚。此影射杨国忠一伙，大胆的指斥，距明皇只隔一层薄纸。

〔12〕 中堂二句：烟雾，形容衣裳的轻飘。玉质，形容美人肌肤洁美。

〔13〕 朱门二句：《孟子·梁惠王》："庖有肥肉，厩有肥马，民有饥色，野有饿莩(饿死的人)，此率兽而食人也。"杜甫"朱门"一联诚如《瓯北诗话》所说："此皆古人久已说过，而一入少陵手，便觉惊心动魄，似从古未经人道者。"其原因大约有二：一是此为杜甫亲身所历、所感，下文"入门闻号咷，幼子饥已卒"可证，所以有极强烈的情感力量；二是句式凝炼警策，在十字之间，形成极其强烈的对比、碰撞，揭示社会普遍矛盾之深，可谓震烁古今。历史与现实、内容与形式的高度统一，使其虽用古人意而能如《杜诗镜铨》所称："拍到路上无痕。"

〔14〕 荣枯二句：荣，指富裕豪华。枯，指穷愁饥困。咫，周代八寸为咫，比喻近距离。这一大段通过路上见闻，情感上已从个人遭遇的纠葛中摆脱出来，开始从更高角度观察社会现象，并反映其本质性的问题。

【语译】

百草凋零，又到了岁暮。高冈风急能裂石，寒空乌云密布。我这个游子半夜动身，留两行霜迹赶路。严寒冻断了衣带，想打个结无奈手指僵直。凌晨经过骊山，皇上正云卧在此山高处。寒空充塞着浓雾，路滑小心跌入崖谷。温泉蒸气正氛氲，羽林禁卫密密层层严保护。忽有乐声彻云霄，君臣欢娱时光驻。华清池上，赐浴莫非衣朱着紫；皇家宴席，岂容褐衫粗布！朝廷赐帛颁锦，哪一寸不是贫女织成？不惜对其夫家鞭打刑逼，处处暴敛横征，这才一车一车输往京城。天子盈箱满筐地赐给尔等，无非是要你们尽心尽力使国家昌盛。群臣如果玩忽至治这个大道理，天子这些赏赐岂不是白扔？

济济满朝文武,有良心的就该惶恐、震惊。更不可思议的是,皇宫大内的金银器,都成了外戚杨家的用具。中堂轻歌曼舞的女子赛神仙,烟雾般的绡绮罩着玉体。让宾客穿上暖和的貂裘,吹起激越的箫笛追和那悠扬的琴瑟;殷勤地劝客尝一尝驼蹄羹,玉盘上还堆压着霜橙与香橘。朱门内吃不完的肉山酒海已发臭,可朱门外多少冻饿而死的人尸骨无人收! 咫尺之间一荣一枯别如天渊,哽咽气噎我难再往下说……

北辕就泾渭,官渡又改辙[1]。
群冰从西下,极目高崒兀[2]。
疑是崆峒来,恐触天柱折[3]。
河梁幸未拆,枝撑声窸窣[4]。
行旅相攀援,川广不可越。
老妻寄异县[5],十口隔风雪。
谁能久不顾? 庶往共饥渴[6]。
入门闻号咷,幼子饥已卒。
吾宁舍一哀,里巷亦呜咽。
所愧为人父,无食致夭折。
岂知秋禾登,贫窭有仓卒[7]。
生常免租税,名不隶征伐[8]。
抚迹犹酸辛,平人固骚屑。
默思失业徒,因念远戍卒[9]。
忧端齐终南,澒洞不可掇[10]。

【章旨】

第三段叙述家人处境的悲惨,又推己及人,忧愤深广。《杜诗镜铨》引张上若云："此五百字真恳切至，淋漓沉痛，俱是精神，何处见有语言？岂有唐诸家所能及！"

【注释】

〔1〕 北辕二句：北辕，向北走。官渡，泾水与渭水合流处的渡口，赵次公注："泾渭二河，官所置渡也。"即因为政府所设，故称"官渡"，并非曹操与袁绍决战之官渡。改辙，是说过了官渡又改道。以下三十句由己及人，歌斯哭斯，叙事、抒情、议论浑然一体，密不可分。

〔2〕 群冰二句：此联写河流挟冰块而下，势如山崩。崒兀，高峻貌。

〔3〕 疑是二句：崆峒，山名，在甘肃岷县，其北则渭水之源。天柱折，《淮南子・天文》："昔者共工与颛顼争为帝，怒而触不周之山，天柱折，地维绝。"此写冰河汹汹，使人有天崩地塌之感，与当时帝国危机大厦将倾的形势相应。

〔4〕 枝撑句：枝撑，桥的支柱。窸窣，动摇声。

〔5〕 寄异县：异县，指奉先。天宝十三载(754)冬，杜甫因京师乏食，把家小送奉先寄寓，故云"寄异县"。见前《奉先刘少府新画山水障歌》题解。

〔6〕 庶往句：庶，庶几。希冀之词。萧先生云："'庶'字深厚，有求之不得的意思。是说自己这番去探望妻子，即使不能解决全家生活问题，但能一道过苦日子也是好的。"

〔7〕 岂知二句：登，禾稻收割叫做登。窭，穷。仓卒，急变。卒，同"猝"。这里指陡然发生的事故——"幼子饥已卒。"

〔8〕 生常二句：唐制，凡官僚家庭，都享有免租税和免兵役的特权。

〔9〕 抚迹四句：此四句是说自己是享受特权的人，尚且遭遇如此惨境，一般百姓的痛苦更是可想而知了。这里最能体现杜甫推己及人的伟大人格。《杜诗镜铨》引张曰："只此家常事，曲折如话，亦非人所能及。"杨伦云："穷困如此，而惓惓于国计民生，非希踪稷契者，讵克有此。"抚迹，犹抚事，指幼子饿死事。平人，即平民。唐人避唐太宗李世民讳，改民为人。骚屑，动摇不安之意。

〔10〕 忧端二句:澒洞,即"澒蒙鸿洞",相连无际貌。言忧思之深广,如终南山之高,且浩渺无际,不可收拾。陈贻焮《杜甫评传》云:"诗戛然而止于此,犹如洪流顿遭闸阻,波涛骤涌,高与天齐,势不可当。如此长篇巨制不费此大力气不能结束得住。"

【语译】

车子向北奔泾渭,到了官渡要改道。二水合流西来挟冰澌,远眺天际银浪比山高。疑是崆峒顺流下,只怕一头撞上天柱地裂天也塌!幸好桥梁尚未拆,撑柱倾斜吱嘎嘎。河广桥长冒死过,相搀相挽别打滑!想到老妻寄异地,一家十口风雪里,但求共饥寒,好歹要回去。入门扑面号啕哭,小儿饿死雷轰顶!五内俱焚能不悲,邻居探望也呜咽。愧哉为人父,生不能养心打结。谁知丰年有意外,贫困之户粮仍缺。亏我还是仕宦家,免服差役免租税。回想此事尚辛酸,平民更是三灾六难不待言。静思更有赤贫无产业,还有远戍边疆的将士长离别……忧思高涨齐终南,汗漫无边不断绝!

【研析】

此为杜诗中大制作,波澜迭起,如闻夜潮。诗中的波澜不但是所叙事件本身的波澜,更是诗人内心矛盾的波澜。天宝年间唐王朝积累下来的各种社会矛盾已到总爆发的节点,而诗人天宝年间困守长安所积累下来的"出"与"处"的矛盾也到了要有个分断的时候。这一矛盾的内核就是忠君与爱民的矛盾。忠君与爱民的矛盾,一直是正直的士大夫心中解不开的死结,也是今人研究杜甫难以理清的难点。萧涤非先生《杜甫研究》再版前言曾就这一问题做过深入的探讨,他认为:在"家天下"的封建社会里,忠君是封建道德的核心,所有士大夫几乎无一不打上"忠君"的烙印。下面这段话最为辩证:

忠君与爱国爱民总是交织在一起。如杜诗"时危思报主"

之与“济时肯杀身”,“日夕思朝廷”之与“穷年忧黎元”,便都是明显的例证。“报主”之中有“济时”,“济时”之中也有“报主”;“思朝廷”是为了“忧黎元”,“忧黎元”所以就得“思朝廷”,因为在那个时代老百姓的命就是捏在那个“朝廷”上。

杜甫本人也曾用精警的诗句表达了上面这层意思:“上感九庙焚,下悯万民疮。”尤其是在国家处于分裂的边缘,朝廷具有统一的号召力,“忠君”于时有其特殊的意义。然而,即使在这样的时刻,朝廷与百姓的利益也存在着不一致的一面,尤其是在民族矛盾尚未全面展开的当时。“朱门酒肉臭,路有冻死骨”反映的就是矛盾的这一面。这让诗人感到彷徨与痛苦,本诗开篇反复地表达了这种痛苦,“生逢尧舜君,不忍便永诀”一联更是该诗情结之所在。在大厦将倾国家危难的前夕,玄宗君臣犹在骊山作乐,如此“尧舜君”,真该像《东门行》主人公那样说:“吾去为迟!”(俞平伯就曾指出:“说‘君臣留欢娱’,轻轻点过,却把唐明皇一起拉到浑水里去。”可见杜甫对唐明皇不是没有微词的。)然而“致君尧舜上”的承诺又使之“不忍便永诀”。事实是:毕杜一生,无论是在位还是在野,不管君主爱听还是不爱听,杜甫总以谏官自居,出于“无可奈何的责任感”,不断纠正君主的缺失。杜之“忠君”,指归在“爱民”,这才是“不忍便永诀”的前提,也就是萧先生所说:“‘思朝廷’是为了‘忧黎元’”。

是的,在对君与对民的情感上,杜甫还是有所分别的。问题的关键在“己饥己溺”上。王嗣奭《杜臆》释“许身一何愚,窃比稷与契”云:“人多疑自许稷契之语,不知稷契元(原)无他奇,只是己溺己饥之念而已。”己溺己饥乃是“小欲”通往“一国之心”的桥梁。《孟子·离娄上》云:“禹思天下有溺者,由己溺之也。”将同情心上升为一种对“天下”的责任感,便是“一国之心”。然而同情心仍可分为两个层次:一是出自理性的思考,一是出自亲身的体验。前者如白居易,后者如杜甫。白居易《新乐府》、《秦中吟》诸多作品,关心民病,为民请命,已属难能可贵,但他主要是出自儒家“己饥己溺”的“理念”;而杜甫在“入门闻号咷,幼子饥已卒”的处境下,尚能“默思失业徒,因念远戍卒”,二者相比较,杜甫与底层百姓相濡以沫,更觉“十指连心”,而“庶往共饥渴”一语尤觉平实、深厚、真诚。

去矣行（七古）

【题解】

萧涤非先生说:“这大概是为右率府胄曹参军以后不久所作。杜甫最初还以为‘率府且逍遥’,现在方感到在许多王侯中间做这个小八品官实在不是味,所以想走之大吉。”则诗当作于天宝十四载(755)十月后。

君不见鞲上鹰,一饱即飞掣[1]!
焉能作堂上燕,衔泥附炎热?
野人旷荡无䩄颜[2],岂可久在王侯间?
未试囊中餐玉法,明朝且入蓝田山[3]。

【注释】

〔1〕君不见二句:鞲,放鹰人所缚的臂衣。飞掣,犹飞去。

〔2〕野人句:野人,在野之人,犹布衣,作者自称。旷荡,洒脱不拘。䩄颜,犹厚颜。

〔3〕未试二句:餐玉法,道教一种吞食玉屑以求“长生不老”的方法。《魏书·李预传》:“(李预)居长安,每羡古人餐玉之法,乃采访蓝田,躬往攻掘,得若环璧杂器形者大小百余……预乃椎七十枚为屑,日服食之。”蓝田,在长安东南三十里,其山出玉,又名玉山。现

实中理想不能实现,便以求仙取而代之,表达一种无奈的情绪,不是真实的想法。

【语译】

君不见臂上的猎鹰,一旦吃饱就飞去。怎肯像堂上的燕子,衔泥筑巢依附人气?在野之人心胸宽广无愧天地,岂可长久折腰事权贵?我还有餐玉之法没试过呢,明天我就进那蓝田山去采玉。

【研析】

如果我们注意到这首诗是在杜甫长期困守长安,忍辱负重求仕,好不容易得一官的情况下写的,就会对萧先生所说杜甫"'思朝廷'是为了'忧黎元'"表示首肯。一旦当官不能实现这个理想,他就会决然辞去。

后出塞五首（五古）

【题解】

此组诗当作于天宝十四载(755)冬,安禄山初叛时。或以为事后的追叙,待考。诗通过主人公从自动应募到认识真相逃离叛军的具体过程的描写,深刻地总结了唐明皇的好大喜功,过宠边将,终于养虎贻患的历史教训。钱注:"《前出塞》为征秦陇之兵赴交河而作,《后出塞》为征东都之兵赴蓟门而作也。"事实上与《前出塞》相似,它仍是据实构虚的文学创作,不必坐实。

其 一

男儿生世间,及壮当封侯。

战伐有功业，焉能守旧丘[1]。
召募赴蓟门[2]，军动不可留。
千金买马鞭，百金装刀头[3]。
闾里[4]送我行，亲戚拥道周。
斑白居上列，酒酣进庶羞[5]。
少年别有赠，含笑看吴钩[6]。

【章旨】

从军者自叙应募动机及辞家盛况。浦起龙说："首章便作高兴语，往从骄帅者，赏易邀，功易就也。"

【注释】

〔1〕旧丘：故园。

〔2〕召募句：召募，这时府兵制废弛，开始实行募兵制的"彍骑"。蓟门，在今北京一带，当时属渔阳节度使安禄山管辖。

〔3〕千金二句：这两句模仿《木兰诗》的"东市买骏马，西市买鞍鞯"的句法。

〔4〕闾里：古以五家为比，五比为闾；又五家为邻，五邻为里。此泛指邻居。

〔5〕斑白二句：斑白，发半白。泛指老人。酒酣，酒喝到正高兴的时候。庶羞，即菜肴。

〔6〕含笑句：此句写出主人公投军时充满自信的神态，"含笑"两字尤可玩味。吴钩，春秋时吴王阖闾所作之刀，后通用为宝刀名。

【语译】

男儿生在世上，自当趁年轻力壮时求功名争封侯，岂能老死家园默默无闻！应募投军急赴蓟门，军令如山不可逗留。不惜千金买马鞭，百金饰刀头。亲戚站满路边，乡邻都来送我。老人坐在上头，又敬酒又送菜，气氛融和。年轻朋友别有所赠，一柄宝刀合我心意含笑托。

其　二

朝进东门营[1]，暮上河阳桥[2]。
落日照大旗，马鸣风萧萧[3]。
平沙[4]列万幕，部伍各见招。
中天悬明月，令严夜寂寥。
悲笳数声动，壮士惨不骄[5]。
借问大将谁？恐是霍嫖姚[6]。

【章旨】

写大军宿营，通过情景的渲染，显出森肃气象。《唐诗归折衷》引吴曰："于诸作中，气最高，调最响。"

【注释】

〔1〕东门营：洛阳东门的营地。

〔2〕河阳桥：在今河南孟州。

〔3〕马鸣句：此句旧注均以《诗经》"萧萧马鸣"为出处，钟惺更评曰："'萧萧马鸣'，经语也，加一'风'字，便有飒然边塞之气矣。"但《诗·车攻》"萧萧"是马叫声，杜诗此处则为风声。《薑斋诗话》云："'落日照大旗，马鸣风萧萧'，岂以'萧萧马鸣，悠悠旆旌'为出处邪？用意别，则悲愉之景原不相贷，出语时偶然凑合耳。"王夫之说得在理，二者只是字面相似，情景不相贷，是李善所谓"文虽出彼而意殊，不以文害"者也。

〔4〕平沙：犹平野。

〔5〕　悲笳二句：此联言军中肃杀的气氛，使骁勇的将士们此时亦凄然不再骄纵，情感也由求"封侯"的浮躁转向临战的感奋、紧张。

〔6〕　借问二句：此联有疑虑意，《载酒园诗话又编》云："殊带怵惕意，妙在一'恐'字，语意甚圆。"霍嫖姚，汉嫖姚校尉霍去病，借指勇悍的统军主将。

【语译】

军情紧急，早晨刚到东门营报到，黄昏部队已上了河阳桥。落日映红大旗，风萧萧兮烈马嘶叫。旷漠上万帐林立，部伍各归各排列有序。月上中天，号令森严，万幕无声。几声悲笳凄厉，将士心中惨然不复有骄意。请问统军大将是谁？恐怕是悍将堪比汉代的嫖姚校尉。

其　三

古人重守边，今人重高勋。
岂知英雄主[1]，出师亘[2]长云。
六合已一家，四夷且孤军[3]。
遂使貔虎士，奋身勇所闻[4]。
拔剑击大荒[5]，日收胡马群。
誓开玄冥北，持以奉吾君[6]。

【章旨】

黄生曰："此章满口夸大，寓讽实深。"主人公已意识到"封侯"的骗局。

【注释】

〔1〕　英雄主：带有讽刺的意味，边将贪功正是皇帝好大喜功的结果。

〔2〕　亘：绵亘不断。

〔3〕　六合二句：此联意为：全国既已统一，无出师必要，却仍然要孤军深入。六合，天地四方。四夷，古时称中国四周的外族。且，尚也。

〔4〕　遂使二句：此联意为：由于皇帝的鼓励，便使得将士们为了满足其欲望而勇于战斗。貔，貔貅，猛兽。这里以貔虎比喻战士。所闻，萧先生注：《汉书·张骞传》："天子（武帝）既闻大宛之属多奇物，乃发间使，数道并出。汉使言大宛有善马，天子既好宛马，闻之甘心，使壮士车令等持千金以请宛王善马。"即此"所闻"二字的本意。

〔5〕　大荒：荒远之地。

〔6〕　誓开二句：玄冥，传说是北方水神，这里代表极北的地方。玄冥北，即北方幽远偏僻之地。荒远不毛之地要他何用？故此联暗讽玄宗的黩武。

【语译】

古之边将重在守疆土，今之边将一心图富贵。偏遇英雄主，接连出师无休止。全国一统还拓边，边帅孤军还深入。皇上有所欲，虎士奋进不顾身。拔剑攻向不毛地，时能抢来胡马一群群。边将发大愿，誓夺北极之地奉吾君！

其　四

献凯日继踵，两蕃静无虞[1]。
渔阳豪侠地[2]，击鼓吹笙竽。
云帆转辽海[3]，粳稻来东吴。
越罗与楚练，照耀舆台[4]躯。
主将位益崇，气骄凌上都[5]。
边人不敢议，议者死路衢[6]。

【章旨】

集中写主将的骄横，讽玄宗养虎贻患。

【注释】

〔1〕 献凯二句：献凯，献俘报捷。踵，脚后跟。继踵，前后接续。《通鉴》载天宝十三载四月安禄山奏击奚破之，虏其王。十四载四月又奏破奚、契丹。两蕃，指奚与契丹。静无虞，平安无事。两蕃既无寇警，何来献凯日继？此联微讽安禄山生事邀功。

〔2〕 渔阳句：渔阳，治所在今天津蓟州，其地尚武，古属燕赵，多豪士侠客，故曰"豪侠地"。

〔3〕 辽海：即渤海。

〔4〕 舆台：周代封建社会把人分成十等：王、公、大夫、士、皂、舆、隶、僚、仆、台。这里泛指安禄山豢养的爪牙和家僮。以上几句，写禄山滥赏以结人心。《通鉴》载天宝十三载二月，禄山奏所部将士勋效甚多，乞超资加赏，于是除将军者五百余人，中郎将者二千余人。禄山欲反，故先以此收众心也。

〔5〕 主将二句：凌，凌犯。上都，指京师。此句言主将目无朝廷。

〔6〕 边人二句：此联言主将(暗指安禄山)之淫威。史载玄宗宠信安禄山，有言禄山反者，皆缚送之，由是无敢言者。

【语译】

西边北边无寇警，凯旋捷报却传频。渔阳自古豪侠地，击鼓耀武又吹笙。云帆转运经渤海，粳米远从东吴来。越地的绫罗楚地的练，奴才们穿上焕光彩。更不必说主将地位更崇高，鼻息如虹冲京师。边地臣民谁敢讲？议论之人死在大路上。

其　五

我本良家子〔1〕，出师亦多门〔2〕。
将骄益愁思，身贵不足论。
跃马〔3〕二十年，恐辜明主恩。
坐见〔4〕幽州骑，长驱河洛昏。
中夜间道归，故里但空村。

恶名幸脱免,穷老无儿孙。

【章旨】

诉说从叛军脱身经过。《杜臆》:“末章与首章相关,前之冀封侯者,志在立功,此之脱恶名者,志在立节。”

【注释】

〔1〕 良家子:古代多以罪人、商贾入军籍,平民入军籍则称良家子。

〔2〕 多门:多种门路。此指曾在多个不同的部队里当兵。

〔3〕 跃马:指身贵,兼含从军意,刘孝标《自序》:“敬通(冯衍)当更始之世,手握兵符,跃马食肉。”

〔4〕 坐见:空见。张相《诗词曲语辞汇释》引此联释“坐见”云:“此则不为设法意。”也就是说,面对主将叛乱,只能眼睁睁看着,无可奈何。

【语译】

我是良家子弟来从军,历经边塞多军镇。眼看边将骄横增忧虑,自身富贵何必论?跃马横枪二十年,唯恐辜负明主恩。眼睁睁看那叛军起,铁骑直下洛阳天地昏。半夜小路逃跑归,故园遭劫已空村!叛逆恶名虽说幸而能脱去,怎奈穷老无儿孙。

【研析】

《唐诗品汇》引范德机云:“前后《出塞》皆杰作,有古乐府之声而理胜。”所谓“理胜”,就是逻辑力量,通过场景的转换加深认识,终于彻悟,整个过程一气转折到底,合情合理,使主人公有血有肉,有很强的艺术感染力。以组诗写人物故事,塑造典型人物,在古代中国诗歌中并不多见。其中“落日照大旗,马鸣风萧萧”一联,对边塞情景的描绘十分成功,与李白“明月出天山,苍茫云海间”、王维“大漠孤烟直,长河落日圆”诸联,堪称千古边塞名联。

避　地(五律)

【题解】

此集外诗,见赵次公本,题下注云:“至德二载丁酉作。”题注有误。史载,天宝十五载(756)六月叛军入长安,唐玄宗奔蜀。七月十三日唐肃宗即位灵武,改元至德。此诗云“行在仅闻信”,即是时也,故诗当系于至德元载丙申(756)杜甫闻肃宗即位灵武,欲赴行在(皇帝临时驻地)而尚未成行之际。写此诗后,诗人则将家属安置于鄜州西北之羌村,只身投奔灵武,中途被叛军擒送长安,此是后话。

避地岁时晚[1],窜身筋骨劳。
诗书遂墙壁,奴仆且旌旄[2]。
行在[3]仅闻信,此生随所遭。
神尧[4]旧天下,会见出腥臊[5]。

【注释】

〔1〕　避地句:避地,因避难而迁到异地。杜诗《南征》:“偷生长避地,适远更沾巾。”岁时晚,陈贻焮云:犹如《得舍弟消息二首》所云“忧端且岁时”,是说一年已过大半,不一定是指冬天岁暮。

〔2〕　诗书二句:上句言战乱中只好将诗书藏于墙壁暗龛之中。孔安国《尚书序》:“及秦灭典籍,我先人用藏其家书于屋壁。”下句言出身低贱的叛党,如今也各拥旌旗,俨然成了将军。《后出塞》有云:“越罗与楚练,照耀舆台躯。”舆台便是奴仆,正与此同义。《杜诗详注》引卢云:“当是指贱党,如田乾真、蔡希德、崔乾佑之徒,各拥旌旄

耳。”这里值得重视的是“遂”(于是;就)与“且”(尚且)的用法。本联无动词,以连词充动词用。“遂”有不得已之意,“且”有不平与轻蔑之意。杜甫往往利用意象间的张力形成对联的拱力结构,创造杜诗特有的句法,此联颇为典型。

〔3〕 行在:皇帝自谓所居为行在所。

〔4〕 神尧:唐高祖称神尧皇帝。

〔5〕 会见句:是说:总会摆脱安禄山这群胡人的腥臭。会,可能;一定会。出,离开。腥臊,犬曰腥,羊曰臊,用指叛将安禄山。

【语译】

仓皇避乱,一年已过半,东躲西逃筋骨散。战时诗书只好壁里藏,奴才明目张胆居然竖旗杆!朝廷何在凭传闻,身不由己随波荡。慢!大唐天下坚如磐,岂容犬羊猖狂。

【研析】

杜甫总是将情感的表达放在第一位,由此形成极具个性的诗性句法。所以王安石《杜工部后集序》称:杜诗“每一篇出,自然人知,非人所能为而为之者,惟其甫也,辄能辨之”。该诗首见于赵次公注本,之所以被接受,当与此有关。如“诗书遂墙壁”一联,借孔氏于秦火中藏经典于屋壁的故事,用一“遂”字,表达了文儒被废弃的无奈之情;对句又借一“且”字,表达了对叛军的轻蔑。尾联与之相应,以毋庸置疑的口气表达坚定不移的信心。南宋陈亮《水调歌头》下半阕云:“尧之都,舜之壤,禹之封。于中应有一个半个耻臣戎。万里腥膻如许,千古英灵安在,磅礴几时通?胡运何须问?赫日自当中!”虽然说得更淋漓痛快,但讲的也是同一个意思。浦注云此联“世乱情事,古今同状”,正见其高度的概括能力。文字的极简,使情感比重大增,凝聚一点之上,便有千钧之力。

卷　二

月　夜（五律）

【题解】

至德元载(756)八月,杜甫为安史叛军所俘,陷长安时所作。

今夜鄜州月,闺中只独看[1]。
遥怜小儿女,未解忆长安。
香雾云鬟湿,清辉玉臂寒。
何时倚虚幌[2],双照泪痕干?

【注释】

〔1〕 今夜二句:鄜州,今陕西富县,时杜甫妻儿在鄜州。闺中,女子居所,借指妻子。

〔2〕 虚幌:指薄帷。

【语译】

今夜月在中天,那边,鄜州的妻子独自仰望,凄凉。遥想可爱的儿女,还小,怎懂思念我在长安?那人,立久夜雾湿云鬟,冷月如霜,玉臂寒。何当双双倚薄帷,面对面,泪痕干。

【研析】

此诗技巧值得借鉴。《瀛奎律髓汇评》引纪昀曰:“入手便摆落现境,纯从对面着笔……后四句又纯为预拟之词,通首无一笔正面。”浦注亦云:“心已驰神到彼,诗从对面飞来。”皆道出个中奥妙。这种易位而思的手法,便是白居易所说:“以我今朝意,想君此夜心。”此写法首见于《诗·陟岵》,至杜少陵而臻其妙。金圣叹评《西厢记》引斫山云:“他日读杜子美诗,有句云:‘遥怜小儿女,未解忆长安。’却将自己肠肚,置儿女分中,此真是自忆自。又他日读王摩诘诗,有句云:‘遥知远林际,不见此檐端。’亦是将自己眼光,置移远林分中,此真是自望自。盖二先生皆用倩女离魂法作诗也。”元杂剧《倩女离魂》中的倩女能灵魂与躯体一分为二,各干各的事;而杜、王二诗借用一“遥”字,便拉开距离,心行往而复,如钱锺书所说:“分身以自省,推己以忖他。”许印芳对此讲得颇为完整,《瀛奎律髓汇评》引其语曰:“三百篇为诗祖,少陵此等诗从《陟岵》篇化出。对面着笔,不言我思家人,却言家人思我。又不直言思我,反言小儿女不解思我,而思我者之苦衷已在言外。五、六紧承‘遥怜’,按切‘月夜’。写闺中人,语要情悲。结语‘何时’与起句‘今夜’相应,‘双照’与起句‘独看’相应。首尾一气贯注,用笔精而运法密,宜细玩之。”也就是说,这不是一句一联,而是通篇整体的写法。

今人有以“香雾云鬟湿,清辉玉臂寒”一联为写广寒宫中之嫦娥者,引宋人张元幹《南歌子》为证云:“香雾云鬟湿,清辉玉臂寒,休教凝伫向更阑,飘下桂华闻早,大家看。”按:“倾国须通体,谁来独赏眉?”此联岂可从上下文中剥离,独写嫦娥来着?诚如纪昀所说:“言儿女不解忆,正言闺人相忆耳,故下文直接‘香雾云鬟湿’一联。”张元幹以杜句写嫦娥是后人借用,属断章取义可也,岂能直认作杜诗原意?幸勿强杜以从我。

哀王孙（七古）

【题解】

至德元载(756)八月,杜甫得知唐肃宗在灵武即位,便只身由鄜州投奔灵武。途中被叛军俘获,押送长安。天宝十五载(756)六月九日,潼关失守,十三日黎明,玄宗仓皇出逃,许多皇亲国戚来不及随从。叛军入长安,搜捕百官杀戮宗室,乃至刳心击脑,皇孙、公主、驸马以下百余人遭难,惨不忍睹。诗人时陷长安,目击其事,作是诗。诗从一个特殊的角度反映了战乱给人们带来的痛苦,同时流露了杜甫对唐王室的深厚感情。

长安城头头白乌,夜飞延秋门上呼[1]。
又向人家啄大屋,屋底达官走避胡。
金鞭断折九马死,骨肉不待同驰驱[2]。
腰下宝玦青珊瑚,可怜王孙泣路隅。
问之不肯道姓名,但道困苦乞为奴。
已经百日窜荆棘,身上无有完肌肤。
高帝子孙尽隆准,龙种自与常人殊[3]。
豺狼在邑龙在野,王孙善保千金躯。
不敢长语临交衢,且为王孙立斯须[4]。
昨夜东风吹血腥,东来橐驼满旧都[5]。
朔方健儿好身手,昔何勇锐今何愚[6]。
窃闻天子已传位,圣德北服南单于[7]。

花门剺面[8]请雪耻，慎勿出口他人狙[9]。
哀哉王孙慎勿疏，五陵佳气无时无[10]。

【注释】

〔1〕 长安二句：起句用比兴，得民歌口吻。头白乌，仇注引杨慎曰：侯景篡位，令饰朱雀门。其日有白头乌万计集于门楼。童谣曰："白头乌，拂朱雀，还与吴。"此盖用其事，以侯景比禄山也。延秋门，长安西门，玄宗由此门西逃。

〔2〕 金鞭二句：此联言玄宗仓皇逃命，不再顾及骨肉血亲。《唐鉴》：甲午既夕，玄宗命陈玄礼及亲近宦官宫人，出延秋门。妃、主、王孙之在外者，皆委之而去。九马，指皇帝乘坐的马车。

〔3〕 高帝二句：高帝，汉高祖刘邦。隆准，高鼻梁。《汉书·高帝纪》：帝隆准龙颜。

〔4〕 不敢二句：交衢，交通要道。斯须，一会儿。

〔5〕 昨夜二句：《旧唐书·史思明传》：禄山陷两京，常以骆驼运两京御府珍宝于范阳，不知纪极。

〔6〕 朔方二句：朔方健儿，指哥舒翰统领的朔方军。《肃宗实录》：以翰为元帅，领河、陇、朔方募兵十万，并高仙芝旧卒，号二十万，拒战于潼关。后哥舒翰大败于潼关，故曰"今何愚"。历史学家陈寅恪《书杜少陵哀王孙诗后》则认为："朔方健儿"指安禄山统领的同罗部落，号"曳落河"者。同罗部落昔为朔方军劲旅，今叛变自取败亡，故称其"愚"。两歧皆通，录供选择。

〔7〕 窃闻二句：传位，天宝十五载(756)七月，肃宗即位，改元至德元载。南单于，汉代匈奴王，借指回纥。《通鉴》载玄宗谕太子曰："西北诸胡，吾抚之素厚，汝必得其用。"

〔8〕 花门剺面：花门，花门山堡在居延海北，为回纥骑兵驻地，借称回纥军。剺面，古代突厥、回纥等民族的风俗，遇大忧大丧，则割面流血以示哀痛、忠诚。

〔9〕 慎勿句：狙，猴子。猴子常伺伏攫取，借指暗中侦视。

〔10〕　五陵句：五陵，指唐高祖献陵、太宗昭陵、高宗乾陵、中宗定陵、睿宗桥陵。佳气，看风水的据说能“望气”，此言唐王朝气数未尽，复兴有日。

【语译】

长安城上盘翔着不祥的白头老鸦，夜里又在延秋门上叫呱呱。它们落在大屋顶上啄屋瓦，屋顶下的大官为避胡人早走啦。皇上快马加鞭九马死，为逃命顾不得骨肉之亲被拉下。是谁腰悬珊瑚宝玦路边泣？可怜是位王孙茕茕立。问他他却不肯道姓名，只说困苦乞求为奴急。已经多日逃窜在荆棘，体无完肤命岌岌。但我还是一眼认出来：据说汉高祖的子孙尽是高鼻梁，龙种当然和普通人是不一样。可叹如今是豺狼在城龙在野，王孙呀你可要善自保重慎提防。大街人杂不敢与你多说话，长话短说只和你说几句：昨夜东风吹来血腥味，京城抢劫的财宝胡人用骆驼全拉去。当年何等英勇的朔方军，今日何以从叛行不义？告诉你一个好消息：听说天子已传位，口谕太子回纥可借力。他们割面流血发誓要雪耻，这话到你为止慎防被侦知。哀哉，王孙你可要慎之又慎耐心等待莫疏忽，你看我大唐祖陵王气冉冉出！

【研析】

杜诗往往不以逻辑为秩序，而是以情感的起伏为线索，贯穿全篇，所以梁启超《情圣杜甫》称此诗一句一意，“他的情感，像一堆乱石，突兀在胸中，断断续续地吐出，从无条理中见条理，真极文章之能事”。《原诗》亦称：“终篇一韵，变化波澜，层层掉换，竟似逐段转韵者。七古能事，至斯已极。”

此诗颇见杜甫博爱的胸怀。太平时他对皇亲国戚的纨绔子弟并无好感，一旦在战乱中看到他们无辜受戮，便充满同情心。事实上杜甫这种感情，是出自其高尚的人格，随时随地迸发出来的仁心。

当然,“高帝子孙尽隆准,龙种自与常人殊”一联,未免带有忠君迷信的色彩,今人厌见,但在那个时代却是颇为普遍的情感,何况在国难当头的时候,皇室是那个时代民族与国家的凝聚力之所在。

悲陈陶（七古）

【题解】

此篇为至德元载(756)十月所作。《唐书·房琯传》:至德元载十月,琯自请将兵,收复京都,肃宗许之。琯分为三军,自将中军。辛丑(二十一日),中军与北军先遇贼于咸阳县之陈陶斜,接战,官军败绩。陈陶,又名陈陶斜、陈陶泽,在咸阳(今陕西咸阳)东。

孟冬十郡良家子,血作陈陶泽中水[1]。
野旷天清无战声,四万义军同日死[2]。
群胡归来血洗箭,仍唱胡歌饮都市[3]。
都人回面向北啼[4],日夜更望官军至。

【注释】

〔1〕孟冬二句:此联写唐军陈陶斜之惨败。孟冬,冬季的第一个月,即十月。十郡,泛指西北各郡。

〔2〕野旷二句:无战声,犹“杀人如草不闻声”,形容败得惨,死得冤。岑参诗:“昨闻咸阳败,杀戮净如扫。”《唐书·房琯传》:琯用春秋车战之法,以车二千乘,马步夹之。既战,贼顺风扬鼓噪,牛皆震骇,因缚刍纵火焚之,人畜挠败,为(叛军)所伤杀者四万余人。

〔3〕群胡二句:血洗箭,箭上沾满了血,像是用血洗过。不言箭沾血,却

道"血洗箭","血洗"二字更具视觉的冲击力,以见"群胡"之残忍。下句写叛军之骄横。

〔4〕 都人句: 都人,京都百姓。向北啼,肃宗在灵武,灵武在长安北,故向北啼。浦注云:"结语兜转一笔好,写出人心不去。"

【语译】

初冬气肃杀,野旷天清。四万义军同日死,战地已无声。可怜十郡人家子,陈陶泽水血流成! 群胡战胜归,刀箭血淋漓,一路踏歌市里饮酒去。京都百姓不忍看,回头面北泪如雨,日夜更盼王师至。

【研析】

此诗写实: 写官军之草草,叛军之骄狠,人心之思唐,历历在目。此次唐军惨败的主要责任人房琯,是杜甫的好友,但杜仍直笔写其惨败,不作回护之辞,故《后村诗话》云:"至叙陈陶、潼关之败,直笔不恕,所以为诗史也。"但全诗重点还在揭示敌人的凶残,托出民心向背,"血洗"二字惨不可言,"更望"二字重如九鼎!

悲青坂(七古)

【题解】

此诗与《悲陈陶》约同时作于至德元载(756)。《旧唐书·房琯传》载,房琯既以北军、中军败于陈陶,存者只数千人,十月癸卯(二十三日)又率南军作战,复败。此仗唐军主力大伤。青坂,地名,确切地点不详,当离陈陶斜不远。

我军青坂[1]在东门，天寒饮马太白窟[2]。
黄头奚儿[3]日向西，数骑弯弓敢驰突。
山雪河冰野萧瑟，青是烽烟白人骨。
焉得附书与我军：忍待明年莫仓卒[4]！

【注释】

〔1〕 青坂：是当时唐军驻军之地。

〔2〕 天寒句：太白，山名，在武功县，离长安二百里，山顶长年积雪，故称“太白”。窟，指泉水、水坑。此以太白之泉形容水之冷。

〔3〕 黄头奚儿：黄头，指黄头室韦，《新唐书·北狄传》：“室韦，契丹别种。分部凡二十余：曰岭西部、山北部、黄头部，强部也。”奚儿，犹胡儿。《新唐书·北狄传》：“奚，亦东胡种。元魏时，自号库真奚。至隋，始去库真，但曰奚。”又，《安禄山事迹》：“禄山反，发同罗、奚、契丹、室韦、曳落河（胡言壮士）之众，号父子军。”此则以黄头奚儿指代叛军。

〔4〕 仓卒：匆匆忙忙。

【语译】

我军驻扎在青坂，就是咸阳东门外。天寒地又冻，饮马窟里水冷似太白。胡儿天天猖狂向西进，几个骑兵就敢弯弓搭箭放马来。山河冰，野萧瑟；青的是烽烟，白的是人骨！哪得寄信告我军：千万忍耐且等待，明年再战别仓卒！

【研析】

叶嘉莹称杜甫“是一位感性与知性兼长并美的诗人”，“独能以其健全之才性，表现为面对悲苦的正视与担荷”。《悲陈陶》、《悲青坂》二诗体现的正是这种极为难得的健全才性。官军连连败绩，而且是败在自己仰慕的房琯之手，这对身陷敌营而日夜盼官军的杜子美来说,情何以堪！但在痛心之同时,他仍能面对叛军善战的事实,理性地分析失败之原因。“仓卒”二字,的确捉住要害。朱注:“陈陶之败,与潼关之败,其失皆以中人促战。”证诸《旧唐书・房琯传》:“及与贼对垒,琯欲持重以伺之,为中使邢延恩等督战,苍黄失据,遂及于败。”且明年唐军做了充分准备,果然于香积寺一仗获捷,杜之料事,岂偶然哉!

对　雪（五律）

【题解】

此篇为至德元载(756)冬唐军陈陶、青坂败后所作,时诗人仍困长安,穷愁潦倒。

战哭多新鬼[1],愁吟独老翁。
乱云低薄暮,急雪舞回风。
瓢弃樽无绿,炉存火似红[2]。
数州消息断,愁坐正书空[3]。

【注释】

〔1〕多新鬼:即陈陶、青坂惨败事。

〔2〕瓢弃二句:无绿,即无酒。酒色绿,故以绿代酒。火似红,是说没生火。但由于习惯,还是不自觉地伸手向炉取暖,苦况如画。《唐诗归》钟惺曰:“一‘似’字写得荒凉在目。”

〔3〕书空:《世说新语》:“殷浩坐废,终日书空,作‘咄咄怪事’四字。”

【语译】

战场鬼哭尽新魂，老翁闻之独愁吟。已是乱云压暮色，风搅急雪更纷纷。酒瓢废弃杯无酒，火炉虽在火不存。新近战场断消息，空中划字与谁论？

【研析】

黄生《杜诗说》引吴东岩曰："题有正面、侧面。贪发正面，一语道尽；若极力旁写，又涉散漫。此诗三、四正面写雪，五、六侧面旁衬，一与七又侧中之侧，然面意却是正面。"此诗题之正面是写雪，但就意指而言，却是写忧患之思。所以第一句与第七句就写雪而言是"侧中之侧"，而就忧患的意指而言，"却是正面"。也就是说，此诗用烘云托月的手法，写雪（三、四两句）与雪中之寒意（五、六两句），营造一种压抑的氛围，衬出心中对时局的忧虑。大凡个体特殊的情绪是作为普遍性的概念语言所难以表达的，所以唐人的语言策略是以"兴象"来超越语言的局限；或者说，是以具体的客观存在的"象"，来使读者"感觉"到个体的某种特殊的情绪。比如杜甫此时对时局的忧思，"贪发正面，一语道尽"的只能是一般的情感，只有摆脱常规，以象的组合营造氛围，在此情景中圈出它的存在，启发读者悟入，才能表达个体特殊的不可表达的情绪。所以"三、四正面写雪"，先营造出实的氛围；"五、六侧面旁衬"，进一步用虚的"情中景"引出读者类似的情绪，如风行水上让人感觉到风的存在。"炉存火似红"一句尤其出色，诚如艺术史家王朝闻所指出："诗人利用不肯定的'似'字，把两个对立的不调和的现象结合在一起，把火红和没有火这两个不可能在同一时间同一空间出现的现象并列在一起；利用不肯定的'似'字，给读者造成火红的幻象，同时又打破这一幻象。"在疑是之间给出心理幻象，与下面"愁坐正书空"相呼应，"模拟"出作者对时局的孤愤且纷然无绪的情思，促成读者有效的联想。

遣　兴(五古)

【题解】

此亦至德年间(756—757)在长安陷叛军时所作。

骥子[1]好男儿,前年学语时。
问知人客[2]姓,诵得老夫诗。
世乱怜渠小,家贫仰母慈[3]。
鹿门携不遂,雁足系难期[4]。
天地军麾[5]满,山河战角悲。
傥归免相失,见日敢辞迟[6]。

【注释】

〔1〕骥子:杜甫幼子宗武,小名骥子。

〔2〕人客:客人。

〔3〕世乱二句:此联意为:可怜他年龄尚幼小就逢战乱,贫穷的家境幸赖有慈母关爱。虽是忆幼子,却更感怀战乱中持家的妻子,可谓爱隔情深。渠,他。指骥子。

〔4〕鹿门二句:鹿门,鹿门山,在襄阳。传说东汉时庞德公携妻子登鹿门山隐居。雁足,《汉书·苏武传》载汉使者言天子射上林中,得雁,足有系帛书,知苏武所在。后以雁足指称书信。此联意为身陷贼中,未能携家避难,至今全无音信。

〔5〕军麾:军旗。

〔6〕傥归二句:意为:只要有相见之日,岂敢嫌它来得太迟!《杜臆》称其"语宽心急"。

【语译】

骥子真是个好孩子，去年牙牙学语时，就会和客人称姓打招呼，还会吟诵老夫的诗。可怜他年纪尚幼逢乱世，幸好贫寒持家仗母慈。愧我不能像庞德公携妻隐居登鹿门，又不曾适逢雁足系书消息无。君不见军旗天下乱纷纷，山河鼓角悲处处。只求相见免相失，哪敢嫌它来得迟！

【研析】

俗话说，父母疼幼子，杜甫也最常提起他的小儿子。不过透过此诗，我们感受到他有一颗博爱的心：他爱国，也爱家；爱妻儿，也爱众人。这是他的真性情，故《唐诗归》钟惺云："极婉极细，只是一真。"

哀江头（七古）

【题解】

此诗写于至德二载（757）春，于长安沦陷区。江，指曲江。曲江原是唐代游赏胜地，权贵云集，有说不尽的繁华（详见《丽人行》的描写）。抚今追昔，悲从中来。其中不无对统治集团骄奢招祸的历史反思。

少陵野老吞声哭，春日潜行曲江曲。
江头宫殿锁千门，细柳新蒲为谁绿[1]。
忆昔霓旌下南苑[2]，苑中万物生颜色。
昭阳殿[3]里第一人，同辇[4]随君侍君侧。

辇前才人带弓箭，白马嚼啮黄金勒[5]。
翻身向天仰射云，一笑[6]正坠双飞翼。
明眸皓齿今何在？血污游魂归不得[7]。
清渭东流剑阁深，去住彼此无消息[8]。
人生有情泪沾臆，江水江花岂终极[9]。
黄昏胡骑尘满城，欲往城南望城北[10]。

【注释】

〔1〕 江头二句：《剧谈录》："曲江池花草周环，烟水明媚，江侧菰蒲葱翠，柳阴四合，碧波红蕖，湛然可爱。""为谁绿"是人代物惜，是所谓"无情有恨"，以不变之风物衬易变之人事，兴《黍离》之悲。则此句感国家兴亡，谓今细柳新蒲，风景依旧，国事已非。宋词人姜夔名句"淮南皓月冷千山，冥冥归去无人管"与此同一情境。

〔2〕 忆昔句：霓旌，彩旗。指天子之旗。南苑，指芙蓉苑，在曲江东南。

〔3〕 昭阳殿：汉成帝宠幸赵飞燕女弟，居昭阳殿。唐人多以赵飞燕比杨贵妃。

〔4〕 辇：天子之车。

〔5〕 辇前二句：才人，宫中的女官，正四品。唐代宫廷有娴习武艺的宫女，称"射生宫女"，句中才人，当即指此。黄金勒，黄金做成的马嚼口。《明皇杂录》："贵妃姐妹……竞购名马，以黄金为衔勒，组绣为障泥。"

〔6〕 一笑：指杨贵妃。才人射中飞鸟，贵妃为之一笑。

〔7〕 明眸二句：此联承上陡落，从回忆中猛省。明眸皓齿正是杨贵妃"一笑"的形象。血污游魂，指贵妃缢死马嵬驿一事(详见《北征》注)。前联与此联对比强烈。

〔8〕 清渭二句：清渭，即渭水，经长安。剑阁，长安入蜀必经之地，在今四川剑阁北。去住，一去一住，指玄宗入蜀避难，而贵妃却缢死葬渭水之滨。无消息，犹白居易《长恨歌》："一别音容两渺茫！"与上

文“同辇随君”、“双飞翼”形成对比。《岘佣说诗》:“《丽人行》何等繁华,《哀江头》何等悲惨! 两两相比,诗可以兴。”

〔9〕 人生二句: 此言花草年年依旧,蒲柳自绿,唯有人情不能自已,更觉缠绵悱恻。臆,胸膛。终极,穷尽。水,一作“草”。

〔10〕 欲往句: 望城北,一作“忘南北”。冯衍《显志赋》:“夫何九州之博大兮,迷不知路之南北。”胡震亨《唐音癸签》驳云:“灵武行在,正在长安之北,公自言往城南潜行曲江者,欲望城北,冀王师之至耳。若用‘忘’字,第作迷所之解,有何意义?”今从胡氏之说。时唐肃宗军驻灵武,地当城北,故望之,眷眷之情,可与《悲陈陶》“都人回面向北啼,日夜更望官军至”参看。

【语译】

少陵野老暗自徘徊曲江滨,吞声之哭有孤愤。人去殿空锁千门,柳眉蒲芽为谁春? 往昔天子彩旗如虹下南苑,苑中万物尽欣欣。谁与天子同车侍天子? 贵妃本是昭阳殿里第一人! 骑白马,勒黄金,车前才人弯弓射云坠双翼,妃子为之一笑百媚生。牙齿白,眸子明,如此丽人今安在? 马嵬坡上血污魂! 东渭水,西剑阁,死者已矣活者呻。人生有情涕泪湿胸襟,无情江水江花长无恨! 欲走城南还北望,心祈王师扫胡尘。

【研析】

此诗叙事带情以行,是所谓“唱叹”,不是实叙。其中尤令人惊叹的是时空错位式的剪接,让“明眸皓齿”的杨贵妃从“一笑”直接“血污游魂”,间不容发,却是已隔人鬼。苏辙《诗病五事》称其“如连山断岭,虽相去绝远,而气象连络”,甚是。

关于末句,还有一段公案值得一提。王安石集句诗作“欲往城南望城北”,《九家注》、《杜诗详注》因之;《宋本杜工部集》作“欲往城南忘南北”,钱注因之,并笺曰:“此诗兴哀于马嵬之事,专为贵妃而作也……‘人生有情泪沾臆,江水江花岂终极’,即所谓‘天长地久有时尽,此恨绵绵无绝期’也。兴哀于无情之地,沉吟感叹,瞀乱迷惑,虽胡骑满城,至不知地之南北,昔人所谓‘有情痴’也。”钱锺书《管锥编》驳之:“‘忘南北’意固可通,而无‘城南’与‘城北’之对照映带,词气削弱。”(按,城南城北与篇中曲江曲、随君侍君、江水江花的重字句式更协调。)又进而认为“望”,向之而往也,已包含“忘南北”的意思;但“忘南北”却只道出辨不清方向的犹豫,尚未见行动,而“漏却尘昏日暮,心乱路失之状”。更重要的是它关系到对主题的理解。钱注将主题归结为“专为贵妃而作”,视诗人为“情痴”,实在是误导。钱锺书认为:“破国心伤与避死情急,初无乖倍,自可衷怀交错。”杜甫因杨贵妃生死皇遽之变,遂兴破国心伤之情,是为“衷怀交错”,与“情痴”实在是风马牛。至于钱锺书认为此句是自己逃难“孤危皇遽之况”的再现,与注〔10〕所引《唐音癸签》云云互歧,则文学文本的多义性是合理的存在,读者可作参考。

最后还有一个问题:本篇对杨贵妃持同情的态度,为之一恸,与《丽人行》、《北征》显然有别。其实这并不奇怪,情因境生,在破国心伤、叛军凶焰正张之际,连皇家尚且不免,此时岂是追究其责任之时?待到《北征》之作,已是朝廷面临大反攻的关键时刻,加强皇家之凝聚力,事关大局。言“中自诛褒妲”,事出有因,非“忠君”二字可了得。详参该诗研析。

春　望(五律)

【题解】

作于至德二载(757)三月,仍陷叛军中。

国破山河在，城春草木深[1]。
感时[2]花溅泪，恨别鸟惊心。
烽火连三月，家书抵万金[3]。
白头搔更短，浑欲不胜簪[4]。

【注释】

〔1〕 国破二句：山河在，河山如故，暗寓河山虽在而国家残破，京城易主。草木深，草木丛生，暗寓人烟稀少——胡人入长安多烧杀。

〔2〕 时：指时局。

〔3〕 烽火二句：上联，写季春三月战事连绵。杜诗“三月师逾整，群凶势就烹”，正其时形势。下联，写盼得家书心情。此本平常语，但因道得个个乱离人心思，遂成名句。

〔4〕 白头二句：此联意为：搔一下头上白发，发现更稀薄了，几乎连簪也不能插了——诗人忡忡的忧心可见。浑欲，几乎要。

【语译】

国虽残破山河在，草木深深古都春。见花洒泪感时局，闻鸟惊心离别人。战火三月今依旧，家书一封等万金。百般无奈常搔首，头白发短难插簪。

【研析】

梁启超《情圣杜甫》曾认为，杜甫有一种特别技能，“几乎可以说别人学不到：他最能用极简的语句，包括无限情绪，写得极深刻”。这真是说到点子上，此首可为范例。极简，不是简单化，而是以最少的文字传递最多的信息。《春望》用的是五律的形式，这是一种短句、短篇的极简形式。律诗，虽比古诗多了些规矩，但天才诗人反而能因难见巧，借助律诗讲究对仗的特点，摆脱常用语言的束缚，创生出诗歌特有的意象话语。首联“国破山河在，城春草木深”，由于“破”与“在”的矛盾性,发人深思,使“在”字超越原有明确的意义,染上“破”的悲情,暗寓了河山虽在而国已残破的意义;反过来,“破”也染上“在”的信念:国虽破而山河在——人心亦在!对句“城”与“草木深”也有矛盾:城里原不是草木丛生之地,如今却草木丛生——这是对“在”的补充说明,强化“破”后之“在”的悲情。故吴见思《杜诗论文》云:“‘在’字则兴废可悲,‘深’字则荟蔚满目。起联极沉痛,笔力千钧。”颔联“感时花溅泪,恨别鸟惊心”,是情感上的悖论句。正常情况下,人们看到春天花开鸟啼总是感到愉悦的,诗人却因有感于时局而大放悲声。故《温公续诗话》云:“花鸟,平时可娱之物,见之而泣,闻之而悲,则时可知矣。”是所谓“景随情化”,“愁思看春不当春”。接下来“烽火连三月,家书抵万金。白头搔更短,浑欲不胜簪”四句,时空跨度很大,场景快速转换似“蒙太奇”,难怪一个德国学者称:“杜甫喜欢把画面切碎”,重组为一个新的整体。“花鸟”忽转而“烽火”,“烽火”急转为“家书”,再转至“白头”,跳跃形成空白,空白预设下读者的联想空间。这就使“极简的语句”能“包括无限情绪,写得极深刻。”葛兆光解释尾联“白头搔更短,浑欲不胜簪”云:“这十字分三层暗示‘愁’,白头即愁白了头,这是一层;搔即搔头,心情焦急无可奈何才搔头,这又是一层;白发易落,越搔越短,以至于无法插上发簪,这又是一层。”事实上这个“愁”,早就潜伏在全篇的各个意象之间。

塞芦子（五古）

【题解】

塞,堵塞;阻断。芦子,芦子关,在唐延州境内,在今陕西安塞西北。诗当作于至德二载(757)春,时官军东征安禄山,因此诗人虑史思明、高秀岩乘机挟怀、卫、山西之兵，西指朔方，动摇根本。所以主张扼守芦子关，以防不虞。后人多称其灼见情势，有谋略。

五城[1]何迢迢，迢迢隔河水。
边兵尽东征，城内空荆杞。
思明割怀卫，秀岩西未已[2]。
回略大荒来，崤函盖虚尔[3]。
延州秦北户[4]，关防犹可倚。
焉得一万人，疾驱塞芦子？
岐有薛大夫，旁制山贼起[5]。
近闻昆戎[6]徒，为退三百里。
芦关扼两寇[7]，深意实在此。
谁能叫帝阍？胡行速如鬼[8]。

【注释】

〔1〕 五城：定远、丰安和三个受降城。都在黄河北。

〔2〕 思明二句：思明，即史思明，安禄山旧将，本名窣干，突厥杂种胡人。割怀卫，怀卫，二州名。割，放弃。指当时史思明放弃怀、卫而攻太原。秀岩，即高秀岩，哥舒翰旧将，降禄山。《通鉴》：至德二载史思明自博陵，蔡希德自太行，高秀岩自大同，引兵寇太原。此指其事。

〔3〕 回略二句：回略，迂回包抄。大荒，指西北地方。崤函，崤是崤山，西连函谷，故函谷亦称崤函。地极险要。《杜臆》云："西北最高，羌虏据之，故关中视中原，其势俯；视羌虏，其势仰。故崤函之险，对中原言耳。若贼从芦关来，则崤函不足恃，故云'回略大荒来，崤函盖虚尔'。"

〔4〕 延州句：延州，即延安。秦北户，秦地的北门。浦注："延州四句乃是扼要本旨。"

〔5〕 岐有二句：岐，即扶风郡。薛大夫，指扶风太守薛景仙。马嵬之变，时薛为陈仓令，虢国夫人及杨国忠家属为其所捕获；后来扶风失陷，也为其所克复。是时薛兼防御使，遏止叛军西进，《通鉴》称："江淮奏请贡献之蜀、之灵武者，皆自襄阳取上津路抵扶风，道路无壅，皆薛景仙之功也。"旁制山贼，指薛景仙除抗击安史胡兵外，还要提防吐蕃来袭。因其时主要敌人是安史叛军，而吐蕃是时亦已蚕食陇右，务须提高警惕，故称"旁制"。

〔6〕 昆戎：即"昆夷"，古西戎国名，此指属西羌的吐蕃，亦即上句所谓"山贼"。

〔7〕 两寇：指史思明、高秀岩。

〔8〕 谁能二句：叫帝阍，《离骚》："吾令帝阍开关兮，倚阊阖而望予。"此帝阍是天帝的门子；《甘泉赋》："选巫咸兮叫帝阍。"叫帝阍已是叫门了。这里则是提醒朝廷的意思，因为叛军行动迅速，所以塞断芦子关要快，表达诗人一种万分焦虑的心情。

【语译】

朔方五城迢迢远，远在黄河之北边。守兵全都去东征，空城成了荆棘苑。史思明、高秀岩，割舍怀卫攻太原。叛军迂回西北来，崤函之险又何在？延州本是秦北门，扼守关防便无害。何处调遣官军一万人，急驰芦子据要塞？扶风有我薛将军，偏师能制贼。近日听说西戎辈，为之后退三百里。若用将军守芦关，制约史、高两寇是长计。谁能为我火急诉朝廷？须知胡人行动速如鬼！

【研析】

这首诗的特点很明显，就是以议论为诗。《杜臆》："明是条陈边事，岂可以诗论？"不把诗当诗，太过分了。《杜诗镜铨》："以韵语代奏议，洞悉时势，见此老硕画苦心。学者熟读此等诗，那得以诗为无用，作诗为闲事？"这还差不多。从扩大诗的功能这一点上说，杜诗的确几于无所不能，此论是针对宋道学以诗文为“闲言语”而发。然而诗还是诗，议论须带情韵以行，所以说能“见此老硕画苦心”。以议论为诗的关键就在于能否像美学家克罗齐所说：“他的判断和围绕判断的激情一起被表现出来。”杜甫对时局的判断是：朔方军东征，西北空虚，须防叛军从西北迂回南下，直逼唐之大本营，因此急请“焉得一万人，疾驱塞芦子”。然而这一判断是伴随着一种焦虑的激情表现出来的。萧涤非先生注末联曰：“帝阍，天子之门，叫帝阍，就是赶快提醒朝廷。因为胡兵行动，迅速‘如鬼’，迟了就怕来不及了。和《悲青坂》的最后两句：‘焉得附书与我军，忍待明年莫仓卒！’是同样的一种万分焦虑的心情。无怪他曾对唐肃宗说：‘臣以陷身贼庭，愤惋成疾。’（《奉谢口敕放三司推问状》）”浦注：“末四句表明本意，复为危词以惕之。‘速如鬼’者，稍迟则彼乘之矣。”二注说的都是议论中饱含的万分焦虑之情。至如敌军“速如鬼”，不但写其速，还写其邪恶纵暴，形象奇特却贴切。杜甫“语不惊人死不休”的艺术追求，正是议论之所以能成为真正的诗的原因。

喜达行在所三首（五律）

【题解】

原注：“自京窜至凤翔。”至德二载（757）四月，杜甫由长安冒死逃归凤翔，肃宗拜为左拾遗。行在所，蔡邕《独断》：“天子以四海为家，谓所居为行在所。”《唐诗广选》引赵子常曰：“题曰《喜达行在所》，而诗多追说脱身归顺、间关跋涉之情状，所谓痛定思痛，愈于在痛时也。”

其　一

西忆岐阳信,无人遂却回[1]。
眼穿当落日,心死著寒灰。
雾树行相引,莲峰望忽开[2]。
所亲惊老瘦,辛苦贼中来。

【章旨】

从倒叙入手,暗写在沦陷区的心境。中间四句一气下,写"自京窜至凤翔"一路颠沛的心情。结句又从旁人眼中看出艰辛,浦注称:"'喜'字反迸而出。"

【注释】

〔1〕 西忆二句:岐阳,即凤翔,在岐山南,故称。却回,唐人习惯语,"却"字加重语气。此联意为:盼望西边的凤翔有官军的消息,竟不见踪影,于是决意从长安逃回去。

〔2〕 眼穿四句:似叙事,实抒情。《杜臆》:"'眼穿当落日',望之切也,应'西'字。'心死著寒灰',则绝望矣,应'忆'字。于是拼死向前,望树而往,指山而行,见莲峰或开或合,俱实历语。"莲峰,一作"连山"。

【语译】

回想在长安的日子,天天企盼凤翔方面有人带来消息。盼呀盼,始终不见踪影,我便决心从长安逃回。向西走,向西望,眼看夕阳下了山,心如死灰却提在嗓口上。迷蒙的远树招引着我,走着走着,忽然连绵不绝的群山出现通道!我回来了,亲友们又怜又问:怎么弄成这般憔悴的模样?哎,真说不尽从贼中逃出的一路艰难。

其 二

愁思胡笳夕，凄凉汉苑春[1]。
生还今日事，间道[2]暂时人。
司隶章初睹，南阳气已新[3]。
喜心翻倒极，呜咽泪沾巾。

【章旨】

此首写初达行在之喜，却从忆在长安之苦写起，中心落在以光武中兴比肃宗。此为“喜”之所在。

【注释】

〔1〕 愁思二句：忆陷叛军中时事。

〔2〕 间道：小道，指从偏僻的小路逃窜。

〔3〕 司隶二句：此联借汉光武喻唐肃宗，写朝廷新气象。《后汉书·光武帝纪》：更始（刘玄）以光武行司隶校尉，恢复汉朝旧制，洛阳人皆欢喜不自胜曰：“不图今复见汉官威仪！”又，望气术士苏伯阿为王莽使，至南阳，遥望见春陵郭，叹曰：“气佳哉，郁郁葱葱然。”汉光武帝是南阳人。

【语译】

在长安每晚听那胡笳令人愁绪万端，春天里看着皇家园林更觉身世凄凉。不敢想还有回到凤翔的今天，逃窜路上脑袋只是寄在身上。现在，终于又见到我汉家旧制，中兴的新气象使我振奋不已。喜极反而令人呜咽，不觉间，泪水已湿透衣裳！

其 三

死去凭谁报？归来始自怜[1]。

犹瞻太白雪,喜遇武功天[2]。
影静千官里,心苏七校前[3]。
今朝汉社稷,新数中兴年[4]。

【章旨】

脱险回思,更觉惊危;忽睹中兴,其喜倍加。《唐诗别裁》:"前章喜脱贼中,次章喜见人主,三章喜睹中兴之业,章法井然不乱。"

【注释】

〔1〕 死去二句:凭谁报,靠谁人来报消息?黄生云:"起语自伤名位卑微,生死不为时所轻重,故其归也,悲喜交集,亦止自知之而已。"梁启超《情圣杜甫》称:"仅仅十个字,把十个月内虎口余生的甜酸苦辣都写出来。"

〔2〕 犹瞻二句:犹言"得见天日"。太白、武功,皆山名,在凤翔附近。

〔3〕 影静二句:此联写拜左拾遗后平静的心情。影静心苏,与第一首眼穿心死的高度紧张形成对比。《杜诗镜铨》引张曰:"脱险回思,情景逼真,只'影静'、'心苏'字,以前种种奔窜惊危之状,俱可想见。"苏,苏醒;苏活。七校,指武卫,汉武帝曾置七校尉。

〔4〕 今朝二句:此联言现在的肃宗朝是又一个中兴之年。国家中兴有望,是"喜"字的真命脉。汉社稷,汉朝江山,用比唐王朝。新数,新添。

【语译】

当初要是途中遇难,又有谁人会知道?回来一想转觉可怜。太白山永恒的雪呀,武功山去天三尺三。能活着看到这一切,我是多么欢畅。我的身影静静地侧身百官,我的一颗心也苏醒了,不再是一堆死灰。今天的大唐,中兴有希望!

【研析】

《读杜心解》:“文章有对面敲击之法,如此三诗写‘喜’字,反详言危苦情状是也。”浦注接触到一个心理诗学的问题:人的情感表现是复杂而奇妙的,譬如喜极而泣,怒极而笑,爱极而恨,绝望反而平静等等,或称之“情感表现的对立原理”。著名的例子如林黛玉焚稿前“微笑一笑,也不答言”,弘一法师临终前写下“悲欣交集”四个字,都是彻悟后的杂糅情感的表现。杜甫此篇好处就在于将两种对立情感的互涵互动表现得交流电也似地既对立又统一,浑然无痕。以“影静千官里,心苏七校前”为例,形式上的和谐蕴含着情感上的矛盾。《杜诗镜铨》引张云:“脱险回思,情景逼真,只‘影静’、‘心苏’字,以前种种奔窜惊危之状,俱可想见。”又王夫之《唐诗评选》卷三:“‘影静千官里’,写出避难仓皇之余,收拾仍入衣冠队里,一段生涩情景,妙甚。非此,则千官之静亦不足道也。”二注互相发明,只有经历过九死一生奔赴朝廷的人,眼中才有此特殊感受,其背后有多少沦陷区“眼穿当落日,心死著寒灰”的日日夜夜!没有当年的惊危,便没有当前这份平静,当前这份平静更显出当年的惊危。三首诗连贯一气,形成情感起伏的波涛,时过险滩,时泛江渚,时避港湾,使读者如乘小舟,忽惊、忽乍、忽喜,随之浮沉。

述怀一首（五古）

【题解】

旧注:“此已下自贼中窜归凤翔作。”至德元载(756)潼关为叛军所破,此诗作于次年至德二载(757)诗人自长安逃归朝廷,授左拾遗后的五、六月间。时初授官,故未便探亲,心中忐忑。至七、八月即得家书。

去年潼关破,妻子隔绝久。
今夏草木长,脱身得西走。
麻鞋见天子,衣袖露两肘。
朝廷慜生还,亲故伤老丑。
涕泪授拾遗[1],流离主恩厚。
柴门虽得去,未忍即开口。
寄书问三川[2],不知家在否?
比闻同罹祸[3],杀戮到鸡狗。
山中漏茅屋,谁复依户牖?
摧颓苍松根,地冷骨未朽[4]。
几人全性命,尽室岂相偶[5]?
嵚岑猛虎场[6],郁结回我首。
自寄一封书,今已十月后[7]。
反畏消息来,寸心亦何有[8]!
汉运初中兴,生平老耽酒。
沉思欢会处,恐作穷独叟[9]。

【注释】

〔1〕 拾遗:从八品,因是谏官,常在皇帝左右。杜甫于至德二载(757)五月十六日任左拾遗。

〔2〕 三川:县名,在今陕西富县南。

〔3〕 比闻句:比闻,近来听说。罹祸,遭难。

〔4〕 摧颓二句:言摧败的松根旁有尚未腐朽的白骨,此系揣测想象之词,承上"杀戮到鸡狗"。

〔5〕 尽室句:此句言阖家团聚岂非梦想?偶,合也。

〔6〕 嵚岑句:嵚岑,山势高峻貌。猛虎场,喻叛军所到之处无不纵暴,成

为“屠宰场”。

〔7〕　十月后：十个月之后。赵次公注：“十月后，非冬之十月也。何以明之？公往问家屋〔室〕乃在闰八月初吉耳。（按，《北征》有云：‘皇帝二载秋，闰八月初吉；杜子将北征，苍茫问家室。’）”

〔8〕　反畏二句：因以上揣测，凶多吉少，反而害怕消息来，使希望成为绝望。矛盾心理的刻画极为深刻。“畏”字是笼罩全诗的情绪。

〔9〕　沉思二句：此联意为：就在我苦苦想着全家欢聚之时，恐怕家人早就罹难，我已是个孤独老人了！欢会处，犹言欢会时。

【语译】

自去年潼关被叛军攻破，我久困长安不能与妻儿相聚。乘着今年夏天草木茂盛，我才得以脱身往西走。脚着草鞋拜见皇上，身上破衣还露出两肘。朝廷怜悯我冒死来归，亲友也感伤我的憔悴。流离中授左拾遗，深感君王的恩德我涕泪沾衣。虽然说这时有机会回家省亲，可刚刚上班就要请假，怎么说也开不了这个口。只好先寄封信儿到三川县去，探问一下全家还在否？近来听说许多人都惨遭叛军毒手，他们可是杀人杀鸡还杀狗！山中那座破茅屋，是不是还有人倚门等着我？废圩败树旁有多少尸骨未收，能有几人幸免于难脱虎口？就我全家侥幸能团圆？高危之地不异屠宰场，愁肠百结我频回首。自从寄去那封信，至今已有十个月了。凶多吉少反倒害怕消息来，整日心里空荡荡一无所有。大唐国运刚复兴，本当开怀畅饮——何况我平日就爱酒？只怕就在欢会时，家人罹难我已成个孤老头子穷愁叟！

【研析】

《杜诗详注》引申涵光曰：“‘麻鞋见天子，衣袖露两肘’，一时君臣草草，狼藉在目。‘反畏消息来，寸心亦何有’，非身经丧乱，不知此语之真。此等诗，无一语空闲，只平平说去，有声有泪，真三百篇嫡派,人疑杜古铺叙太实,不知其淋漓慷慨耳。”说得也对,也不对。此诗的确语言较质朴,真情真景,有声有泪,但并非“只平平说去”,更不会“铺叙太实”。此诗好处就在实中有虚,在铺叙过程中插入大段心理活动的描写——这在古典诗中也是少有的。前十四句可以说是“只平平说去”,但自“比闻同罹祸”以下十四句都是出自“比闻”后的种种揣测,多想象之辞。结尾四句则是写因揣测而产生的恐惧与反常。“反畏消息来,寸心亦何有”两句写反常心理尤为出色,故《说诗晬语》云:“若云‘不见消息来’,平平语耳,今云‘反畏消息来,寸心亦何有’,斗觉惊心动魄矣。”其中波澜,是心理波澜。然而这又是身经战乱者所道出的实情,并非什么“反接法”的纯技巧。少陵“语不惊人死不休”岂止是在诗法上下功夫者!

送从弟亚赴河西判官（五古）

【题解】

至德二载(757)夏作于凤翔。从弟,即堂弟。河西判官,河西节度使僚佐。《旧唐书·杜亚传》:杜亚“少颇涉学,善言物理及历代成败之事,至德初,于灵武献封章,言政事,授校书郎。其年,杜鸿渐为河西节度,辟为从事,累授评事、御史”。诗中描写颇符合传中基本事实,且写来有声有色,而其中摹拟的皇帝口吻,最具文学“设身局中,潜心腔内,忖之度之,以揣以摩”(钱锺书语)的虚拟特征,是唐人特有的大胆创造,宋以后已成绝响矣。

南风作秋声,杀气薄炎炽[1]。
盛夏鹰隼击,时危异人至。
令弟[2]草中来,苍然[3]请论事。

诏书引上殿，奋舌动天意。
兵法五十家[4]，尔腹为箧笥。
应对如转丸，疏通[5]略文字。
经纶[6]皆新语，足以正神器[7]。
宗庙尚为灰[8]，君臣俱下泪。
崆峒地无轴，青海天轩轾[9]。
西极最疮痍，连山暗烽燧[10]。
帝曰大布衣[11]，藉卿佐元帅。
坐看清流沙[12]，所以子奉使。
归当再前席，适远非历试[13]。
须存武威郡，为画长久利[14]。
孤峰石戴驿[15]，快马金缠辔。
黄羊饫不膻，芦酒[16]多还醉。
踊跃常人情，惨淡苦士志[17]。
安边敌何有，反正计始遂[18]。
吾闻驾鼓车，不合用骐骥[19]。
龙吟回其头，夹辅待所致[20]。

【注释】

〔1〕南风二句：此联意为：夏风转为秋风，秋天肃杀之气逼走夏天的炎热。南风，夏天的风。薄，逼近。

〔2〕令弟：好弟弟，此指诗人之堂弟杜亚。

〔3〕苍然：草色，引申为青黑色。承上句“草中来”，形容杜亚历尽艰辛，面色憔悴，与《喜达行在所三首》“所亲惊老瘦，辛苦贼中来”意近。

〔4〕兵法句：《汉书·艺文志》：兵权谋十三家，兵形势十一家，阴阳十

六家,兵技巧十三家,凡兵书五十三家。

〔5〕　疏通:通达。

〔6〕　经纶:此指筹划治国大事。理出丝绪叫经,编丝成绳称纶。

〔7〕　神器:此指国家政令。

〔8〕　宗庙句:宗庙,皇帝的家庙。《新唐书》:安禄山之乱,宗庙为贼所焚。

〔9〕　崆峒二句:此联言河西形势在当前因"安史之乱"而出现反复、失控。崆峒,山名。唐有三崆峒,此指河西之崆峒,在今甘肃酒泉东南方向。青海,湖名,在今青海省。轩轾,车前高曰轩,后低曰轾,引申为抑扬轻重。

〔10〕　西极二句:西极,指西部边疆。疮痍,创伤。暗烽燧,白天烽火台放烟叫烽,夜间举火叫燧,是古代报警的方式;今曰"暗烽燧",意为隐伏战争之危机,盖此时吐蕃已开始侵袭唐土。

〔11〕　布衣:粗布衣,指平民身份。

〔12〕　坐看句:坐,因;为了。流沙,指沙漠,沙随风移,故称。浦注:"今沙州外曰大流沙。"此暗喻西部发生的动乱,故欲"清流沙"。

〔13〕　归当二句:二句意为:让你到边远的地方去,不是为了让你遍试艰辛,而是将来有大用,回朝还要倾听你的意见呢!前席,移坐而前。《史记·屈原贾生列传》载汉文帝与贾谊对话,听得入神,"至夜半,文帝前席"。历试,《书序》:"历试诸艰。"遍尝也。

〔14〕　须存二句:武威郡,即凉州。朱注:"武威郡地势西北斜出,隔断羌戎,乃控扼要地。河西有事,则陇右、朔方皆扰。是时有九姓商胡之叛,故曰'须存武威郡,为画长久利'。"画,谋划。以上八句模拟皇帝口吻。仇注:"帝曰数句,述天语丁宁,如古诏诰体。"

〔15〕　石戴驿:驿路在石岩之上,《尔雅》:"石戴土,谓之崔嵬;土戴石,谓之阻。"

〔16〕　芦酒:以芦管吸酒。

〔17〕　踊跃二句:二句谓踊跃只是常情,苦心经营才是志士进一层的追求。踊跃,奋起状。惨淡,苦心经营。

〔18〕 安边二句：二句意为：边境安定，只是使敌人捡不到便宜；而使之归顺才是根本目的。反正，由乱而治，或改邪归正。

〔19〕 吾闻二句：谓以骏马驾鼓车是大材小用。《后汉书》：建武十三年异国献名马，诏以马驾鼓车。

〔20〕 龙吟二句：夹辅，左右辅佐。《左传》："夹辅周室。"仇注："龙马长吟，回首京阙，思成夹辅之功，喻（杜）亚虽在河西，乃心不忘朝廷也。"正与上文"归当再前席"相呼应。

【语译】

夏风已化秋风，送来满耳的秋声，肃杀的秋气逼走了炎热。盛夏是鹰隼出击的时候，乱世则是高人出来救世的时机。我的好弟弟，你从草野来，脸上带着沧桑之色。你匆匆地要见皇上论事，一道诏书将你召进宫殿。奋然鼓动三寸之舌，你打动了皇帝。凭满腹的学问，论兵广涉五十家；凭超人的口才，你应答如流。通达不泥于书本，经天纬地都是新见解。你的才华出众，足以治国安民。如今连宗庙都被叛军焚毁，提起此事君臣都流下伤心泪。让人忧心的还有那大西北，崆峒摇晃好比失去地轴，青海震荡似大地倾斜。被侵袭的西疆伤痕累累，祁连山隐伏着杀气。皇帝说："大布衣！我借你的才智去河西辅佐元帅，因为我要看到一个安定的西疆。所以我要派你出塞，这不仅是对你的考验，凯旋还要倾听你的意见。"依我看先要厄守那武威，再作长远的考虑。你即将走上征程，高原耸立孤峰，金辔骏马快跑在巉岩驿道上。迎接你的是不膻不腻的黄羊宴，小心芦管吸酒也会使人醉。切记切记，踊跃前行还只是普通人的志向，只有惨淡经营才是志士的苦心。而安定边境仅使敌人无机可乘，使之归顺才是国防根本。我听说千里马不宜让它去驾鼓车，龙马回首长嘶总望着宫阙，还有更重要的辅国大任在等着你呢！

【研析】

《杜诗镜铨》引蒋弱六曰："极意鼓舞，极意感动，使其竟日汗流,经夜胆战,自不能不努力竭心。以为夸祝之词,失之千里。”蒋氏只说出一半:对从弟的勉励;没说出另一半:诗人借此表达自己的政见。诗人对西北形势忧心忡忡(这一点在《塞芦子》“近闻昆戎徒,为退三百里”中已露端倪),“崆峒地无轴”以下四句表达充分。所以他提出自己的策略:“须存武威郡,为画长久利”;“安边敌何有,反正计始遂”。就是要先扼守武威进而安边,再使他族归顺,从根本上解决西北之患。历史事实证明,杜甫的忧虑并非空穴来风,吐蕃很快就成为唐王朝之大敌、腹心之患!再进一层,诗人借题发挥,提出“时危异人至”,要破格用人,将“草中来”的杜亚这个小小的判官放在“佐元帅”、“清流沙”、“存武威”,乃至“正神器”的位置上,甚至借皇帝之口呼为“大布衣”。我认为这才是诗人所要说的“重中之重”。

盛唐,无疑是中国历史上非常独特的篇章。就人才环境而言,是让士子充满幻想的时代。由于六朝士族制瓦解,科举取代“九品中正”用人制,仕出多门,士庶都有机会在竞奔中“浮出水面”。如马周、姚崇、郭元振、张九龄一大批士子被委以重任,说明“布衣干政,平步青云”时代的到来,“布衣”成了士族与庶族兴衰交替期的一个特殊符号。与杜甫同时的李泌、张镐(我们在《洗兵马》中很快就要遇见这位“一生江海客”的“异人”了)更是当时“正神器”的“大布衣”。被杜甫视为同道的房琯早已在《上张燕公书》中说道:“尝闻既往布衣之士,亦贱者也,而一人之下,三公崇之,将欲分其贤愚而系其理乱。”将布衣放在“系其理乱”的关键位置上。然而,杜甫借皇帝之口喊出“大布衣”,不但是秉承儒家文治与德治的思想,而且具有浓烈的“救时”意义。他借此反对当时朝廷用人唯亲与偏重骄兵悍将的用人政策,力倡文治,重用儒臣、布衣,这是贯穿“安史之乱”后杜诗的一个主题思想,我们将在以后相关篇章的研析中继续点醒。

月（五律）

【题解】

此诗仇注编在至德二载（757）七月。是时官军尚在扶风，至闰八月二十三日，始命郭子仪收长安。扶风，在长安西北。

天上秋期近[1]，人间月影清。
入河蟾不没，捣药兔长生[2]。
只益丹心苦，能添白发明[3]。
干戈知满地，休照国西营[4]。

【注释】

〔1〕 天上句：意谓大自然的节气已将运行到秋天。秋期，《杜诗说》认为指牛郎织女相会之期，即秋之七月七日。

〔2〕 入河二句：河，指银河。蟾，蟾蜍；虾蟆。《后汉书·天文志》刘昭注引张衡《灵宪》："姮娥遂托身于月，是为蟾蜍。"后人以蟾指代月亮。上句言月入银河而其光不没。兔，仇注引傅玄《拟天问》："月中何有？白兔捣药。"《杜诗说》："月诗入蟾兔最俗，出公手则无不妙，以其别有命意，特借二物为点染耳。"

〔3〕 只益二句：谓看月只会增添爱国爱民的忧心，使头发更白。益，增加。

〔4〕 休照句：国西营，指扶风军士。朱注："时官军营于长安西。旧注：休照，为征人见月而悲也。"

【语译】

天上已近牛郎织女相会的日子,人间只能仰视那月中的清影。玉蟾在银河里浮沉,月光却不受遮蔽。玉兔虽说捣药不止颇辛苦,它却能永远长生。月啊月,你永恒的清光只会添加我心中的愁苦,使我白发增生。现在是干戈满地战事吃紧,你千万可别照到驻扎在长安西北的军营;征人见月怕要再动思乡之情,乱我军心!

【研析】

古人讲究比兴,有时也会疑神疑鬼走火入魔。仇注引王嗣奭曰:"杜诗凡单咏一物,必有所比,此诗为肃宗而作。天运初回,新君登极,将有太平之望,秋期近而月影清也。然嬖幸已为荧惑,贵妃方败,复有良娣,入河而蟾不没也。国忠既亡,又有辅国,捣药之兔长生也。所以心愈苦,而发增白耳。"又引张綖曰:"蟾兔以比近习小人。入河不没,不离君侧也。捣药长生,潜窃国柄也。丹心益苦,无路以告也。白发添明,忧思致老也。故结言休照军营,恐愈触其忧耳。当时寇势侵逼如此,而近习犹然用事,何时得见清平耶。"另外如《杜诗言志》,则以为"'捣药兔长生'者,言月中之兔如中兴佐治之臣,调和宣力而精勤不倦也"云云,如此类说是"比兴"实属比附者尚多,引不胜引。以影射、比附、穿凿解诗,是古已有之的老毛病,严重地歪曲了诗意,使诗变味。闻一多曾感叹说:"明明一部歌谣集(按,指《诗经》),为什么没人认真的把它当文艺看呢!"读杜诗也存在这一问题,应当引起我们的警惕。首先,要认真地把杜诗当诗来读。这首诗中有所寄托,有所比兴,但那是"物比情合",是"触物起情"。月光清虚沉静易引人遐思,所以诗人特别钟爱月色。杜甫于战乱中饱受流离之苦,所以从"月影"中想见嫦娥玉兔,羡其平静而永存,对比人间干戈满地之动乱,难免添白发而增忧心;进而联想到"国西营"枕戈待旦的将士,恐征人见月而悲,影响士气,遂发"休照"之奇想。其意脉是水到渠成,所以黄生《杜诗说》乃云:"全首作对月嗔怪之词,实与《百五日夜对月作》同一奇恣。"所谓"奇恣",黄生举"入河蟾不没,捣药兔长生"为例说"如此二句,只谓月长在天,怪渠如何不死;下照人间,只能益我丹心之苦"云云。就诗中意象来发掘其潜在意蕴,而不是无中生有,这才是正道。

独酌成诗（五律）

【题解】

此诗当写于至德二载(757)还鄜州探亲途中。

灯花[1]何太喜,酒绿正相亲。
醉里从为客,诗成觉有神。
兵戈犹在眼,儒术岂谋身。
苦被微官缚,低头愧野人[2]。

【注释】

〔1〕 灯花:灯蕊余烬所爆的火花。古人以灯花为吉。《西京杂记》:"目瞤得酒食,灯火花得钱财。"这里是以灯花表现旅夜得酒之喜悦,反衬出孤寂的心情。

〔2〕 苦被二句:仇注:"陶(潜)叹折腰,杜(甫)愧低头,皆不甘屈节于仕途者。"降清的大书法家王铎,书此诗笔意奇崛,遂成名帖。我想,他感触最深的恐怕正是末尾二句。

【语译】

是何喜讯让灯火爆出灯花?却原来难得有酒慰我孤寂。醉里哪管它旅途客寓,乘兴作诗自惊入神妙笔。吟罢不觉万感交集,儒术无用战乱未去。当官不能济世只成累赘,隐士高人我真要低头愧对。

【研析】

《杜诗镜铨》引蒋弱六云:“前半是初酌时,不觉一切放下;后半是酒后,又不觉万感都集,心事如画。”是。以灯花兆喜发端,独酌独吟独开怀,但独酌中国事家事齐上心头,尤其是乱局中儒术既不被朝廷重视,那么当官也就只成束缚,遂萌退意,心路历历,故曰“心事如画”。而“醉里从为客,诗成觉有神”一联表明:诗是杜甫生活中不可或缺的一部分。

玉华宫（五古）

【题解】

《旧唐书》:贞观二十一年七月,作玉华宫,诏玉华宫制度,务从菲薄,更令卑陋。二十二年诏曰:“即涧疏隍,凭岩建宇,土无文绘,木不雕镂,矫铺首以荆扉,变绮窗于甕牖。”至德二载(757)杜甫自凤翔往鄜州探亲,经玉华宫作此诗。

溪回松风长,苍鼠窜古瓦。
不知何王殿,遗构绝壁下。
阴房鬼火青,坏道哀湍泻[1]。
万籁[2]真笙竽,秋色正萧洒。
美人为黄土,况乃粉黛假[3]。
当时侍金舆[4],故物独石马。

忧来藉草坐，浩歌泪盈把。
冉冉[5]征途间，谁是长年者？

【注释】

〔1〕　阴房二句：阴房，背阴的房子。鬼火，磷火，古人迷信谓之鬼火。坏道，已损毁的道路。

〔2〕　万籁：大自然发出的各种音响。

〔3〕　美人二句：粉黛，妇女之化妆品。《杜臆》："美人借粉黛而美，美人已为黄土，况粉黛原是假饰，今安在乎？"

〔4〕　金舆：皇帝坐车，指代皇帝。

〔5〕　冉冉：迟缓貌。

【语译】

松风长，溪回环；古瓦上，苍鼠窜。此殿不知何王殿，留此杰构绝壁间。鬼火荧荧入幽房，急流毁路声如怨。万籁有声吹笙竽，秋色无拘彩翠变。美人已是化黄土，粉黛假饰更免谈。当时多少美人侍皇帝，如今只残石马蹇。忧从中来且凭草地坐，长歌当哭泪如霰。走在漫漫道路间，谁能长年身永健？

【研析】

"不知何王殿"一句曾引发朱鹤龄的猜想："玉华宫作于贞观年间，去公时仅百载，而云'不知何王殿'者，何也？按《高僧传》载，玄奘尝于此译经，意久废为寺，与九成之置官居守者不同，故人皆不知为何王之殿耳，非公真昧其迹也。"说得也在理，太宗遗殿，虽然曾改为寺院，但诗题分明是玉华宫，又说是"当时侍金舆"，杜甫显然不是不知。细节总是为主题服务，所以《杜诗镜铨》评此二句云："只极言荒凉之意，他解深求反失之。"《说诗晬语》亦云："杜少陵《玉华宫》云：'不知何王殿，遗构绝壁下'，伤唐乱也。"《唐诗别裁》云："唐初所建,而曰'不知何王殿',妙于语言。"都将此句看得活了。的确,横插此语不仅是增浓萧瑟气氛,而且将当下苍鼠古瓦、鬼火哀湍的景色转换为历史的迷思、生命的追问与沧桑之感,更具哲理的诗意。

前贤对此篇写法的典型性也颇感兴趣。《麓堂诗话》称:"五、七言古诗仄韵者,上句末字类用平声,惟杜子美多用仄,如《玉华宫》、《哀江头》诸作,概亦可见。其音调起伏顿挫,独为趫健,似别出一格;回视纯用平字者,便觉萎弱无生气。自后则韩退之、苏子瞻有之,故亦健于诸作。"这是从声律看。更有从唐宋诗风格转换的大格局着眼者,如仇注云:"洪迈《容斋随笔》云:张文潜暮年在宛丘,何大圭方弱冠,往谒之。凡三日,见其吟哦老杜《玉华宫》诗不绝口。大圭请其故。曰:'此章乃风雅鼓吹,未易为子言。'大圭曰:'先生所赋,何必减此。'曰:'平生极力摹写,仅有一篇稍似之,然未可同日语也。'遂诵其《离黄州》诗曰:'扁舟发孤城,挥手谢送者。山回地势卷,天豁江面写。中流望赤壁,石脚插水下。昏昏烟雾岭,历历渔樵舍。居夷实三载,邻里通假借。别之岂无情,老泪为一洒。篙工起鸣舷,轻橹健于马。聊为过江宿,寂寂樊山夜。'此其音响节奏,固似之矣。"唐宋诗风格之转换自杜始,这已是学界之共识。宋诗的几个主要特点,如描写工细、夹叙夹议、正反面参杂着写,都承袭老杜。今人遂有以此诗为范本,据说参透此诗,则思过半矣。谨录此意见,供读者诸君参考。

羌村三首（五古）

【题解】

此诗与《北征》同为至德二载(757)秋,诗人自凤翔归至鄜州省亲所作。羌村,在鄜州城北,杜甫家属在此避乱。是年五月,因房琯罢相，杜甫为之辩护，触怒了肃宗，诏三司推问，宰相张镐救之。杜甫对此固然诚惶诚恐，但在《奉谢口敕放三司推问状》中，对房琯被诬仍有所申辩（见附文）。八月，遂放归探亲。这是杜甫人生历程的又一个拐点，影响深巨。此组诗与《北征》合看，有助于加深我们对杜甫"一人心，乃一国之心"的思想特质，及其对家与国之间关系的复杂情感的理解。《古唐诗合解》评云："三首哀思苦语，凄恻动人，总之，身虽到家，而心实忧国也。实境实情，一语足抵人数语。"

其 一

峥嵘赤云西，日脚下平地[1]。
柴门鸟雀噪，归客千里至[2]。
妻孥怪我在，惊定还拭泪[3]。
世乱遭飘荡，生还偶然遂[4]。
邻人满墙头，感叹亦歔欷[5]。
夜阑更秉烛，相对如梦寐[6]。

【章旨】

陈式《杜意》："此归省到家之作。以年余陷贼之人，生还事属可怪，通篇只摹一'怪'字出。"

【注释】

〔1〕 峥嵘二句：峥嵘，山高峻貌，这里形容云层迭出。日脚，与"雨脚"同样，属拟人写法。陈贻焮说："脚就是脚，有人觉得别扭，说'雨脚'就是雨滴，'日脚'就是日光，那当然是不错的，只是头脑过于科学，不足以言诗。"话虽幽默，却须参悟之。

〔2〕 柴门二句：鸟雀噪，仇注认为"雀"当作"鹊"。《西京杂记》卷三引陆贾曰："乾鹊噪而行人至。"明写羌村景色，暗写初到家之心情。

〔3〕 妻孥二句：妻孥，即妻子。怪我在，乱世死不足怪，生还反而可怪，“怪”字的确摹写出“九死一生”后的复杂心理反应。《增订杜诗摘抄》：“不曰喜，而曰怪，情事又深一层。”对句写喜极而悲，浦注云：“公凡写喜，必带泪写，其情弥挚。”

〔4〕 生还句：遂，如愿。此句与“怪我在”相呼应，是乱世特有的反常感觉。《唐诗归》云：“此三诗似咏生还之乐耳，以为‘偶然’，以为意外……流离死亡，反是寻常事也。”

〔5〕 邻人二句：此联写出农村风情，盖农村客人少，一家有客，都来围观；又因墙头低矮，露出半身，故曰“满墙头”。歔欷，抽泣声。

〔6〕 夜阑二句：夜阑，夜深。秉烛，本意为持烛，后来通用为燃烛。更秉烛，因前烛已尽，乃更换新烛，且虽相对，犹疑在梦中，极写惊喜之情，反衬相见不易。与李商隐“何当共剪西窗烛”意近，都是写与妻久坐不即就寝情景。如梦寐，写恍惚的心理状态。《唐诗别裁》：“不再添一语，高绝。”

【语译】

西天的火烧云翻滚出高峻的云峰，夕阳穿透云层在地平线上落下它的长脚。柴门外鸟雀喳喳乱叫，千里外的游子回来了！乱世生还让妻子惊怪，刚定下心泪水又扑扑往下掉。这也难怪：在战火中穿梭，死是寻常，活着回来反倒是偶然。左邻右舍都来围观探出短墙，又是感叹又是抽泣。夜已深，孩子们已睡，换上一支蜡烛，两人相对像在梦里。

其　二

晚岁迫偷生，还家少欢趣[1]。
娇儿不离膝，畏我复却去[2]。
忆昔好追凉，故绕池边树。

萧萧北风劲，抚事煎百虑。
赖知禾黍收，已觉糟床注[3]。
如今足斟酌，且用慰迟暮[4]。

【章旨】

陈式《杜意》："此有感于娇儿之作。还家欢趣之少，出于娇儿之'畏'。"

【注释】

〔1〕 晚岁二句：偷生，杜甫心在国家，这次放还，自视为偷生苟活，深以为耻。少欢趣，"少"字有分寸，不是没有。

〔2〕 娇儿二句：意为：孩子们怕我又要走了。《杜诗解》："娇儿心孔千灵，眼光百利，早见此归，不是本意，于是绕膝慰留，畏爷复去。"却去，萧涤非先生认为，"却"这里作"即"字讲，也就是"就"的意思。却去，犹便去、即去。对句是上一下四句法，在"畏"字读断。

〔3〕 赖知二句：赖知，幸而知道。承上句"煎百虑"，要是再没有酒，简直就得愁死！糟床，即酒醡。醡，通"榨"。听禾黍收而觉糟床注酒，是所谓"示现"手法。苏东坡诗："桑畴雨过罗纨腻，麦陇风来饼饵香。"亦同一手法。

〔4〕 迟暮：衰老之年。

【语译】

人到老年还要偷生苟活，虽然回到家中也乐趣不多。娇儿在膝前依偎着我，生怕为父刚回家匆匆又走。回想去年夏天，为了乘凉特地种些树木绕在池边。到如今秋风萧瑟落叶纷飞，反倒勾起我百虑千愁。好在得知禾黍已收，似乎听得糟床汩汩酒在流。只要春酒足，衰年暂解忧。

其　三

群鸡正乱叫，客至鸡斗争。
驱鸡上树木，始闻叩柴荆[1]。
父老四五人，问[2]我久远行。
手中各有携，倾榼浊复清[3]。
苦辞[4]酒味薄，黍地无人耕。
兵革既未息，儿童[5]尽东征。
请为父老歌，艰难愧深情。
歌罢仰天叹，四座泪纵横。

【章旨】

陈式《杜意》:"此有感于客至之作。摹写客至与闻客之至。继摹写客至携酒，与客至之各有携酒，酒薄由于黍少，黍少由于从征，则父老谦让之言；从谦让味出艰难，从艰难味出深情，则公自道感激之意。在此时忧乱思治，宾主相向哽咽，固有如此。"

【注释】

〔1〕群鸡四句：苏仲翔《李杜诗选》:"起四句妙在二十字一气写出，活现乡村客到情形。"邓魁英等《杜甫选集》:"现代的鸡绝少上树，但古代鸡栖于树却是惯常现象。如汉乐府《鸡鸣》:'鸡鸣高树颠，犬吠深巷中。'"

〔2〕问：慰问。

〔3〕倾榼句：榼，盛酒器。浊复清，浊酒与清酒。傅庚生《杜诗析疑》:"'倾榼'，一面写往外倒酒的动作，一面也有罄其所有，尽其余沥之意，有如倾囊相赠一辞的含意。""'复'字与上句的'各'字有关，父老四五人各有所携，有的是旧酿较清，有的是新酿较浊，总之是尽

可能地把家里的仅蓄的一点儿酒都分送一些给杜甫了。”

〔4〕 苦辞：再三地说。苦，一作“莫”。

〔5〕 儿童：犹言孩子们。

【语译】

院子里群鸡一阵打闹，兴许是客人来了引起喧嚣。将它们统统赶上树去，这才听见有人把门敲。父老四五个，怜我久行乍归来慰劳。手中各自带东西，罄其余沥清酒与浊醪。再三说是酒味儿薄——只因天荒地乱战不休，孩子们都去打仗地自种不好。让我长歌谢父老，艰难时节见情高！歌才罢，仰天叹，四座失声泪齐抛。

【研析】

《读杜心解》称：“三诗俱脱胎于陶（渊明）。”的确，此诗风格与陶渊明《饮酒》其九有相似之处：“清晨闻叩门，倒裳往自开。问子为谁与，田父有好怀。壶浆远见候，疑我与时乖。‘褴缕茅檐下，未足为高栖。一世皆尚同，愿君汨其泥。’‘深感父老言，禀气寡所谐。纡辔诚可学，违己讵非迷！且共欢此饮，吾驾不可回。’”然而二者的出发点却有着根本的区别。陶诗中的父老，只是类似楚辞《渔父》中“渔父”的角色，借以表达诗人自己的情志，未必与现实有关；杜诗中的父老，却是活生生的现实中人的艺术再现。杜甫这组诗最大特点就在于写实，反映的是民病时艰，有很强烈的时代现实气息，与“脱胎”二字不相干（至于文学素养与技巧借鉴中有陶的成分，自当别论）。“晚岁迫偷生，还家少欢愉”是本组诗的情感支点，不可轻忽放过。《杜臆》指出：“久客以归家为欢，今当晚岁，无尺寸树立，而匆迫偷生，虽归有何欢趣？此句含有许多不平在。”杜甫爱家，爱国，更是“穷年忧黎元”，理解了这一点，全诗才会通透。以“娇儿不离膝，畏我复却去”一联为例，仇注云：“不离膝，乍见而喜；复却去，久视而畏：此写幼子情状最肖。”似也讲得通，但同时所作《北征》有云：“生还对童稚,似欲忘饥渴。问事竞挽须,谁能即嗔喝。翻思在贼愁,甘受杂乱聒。新归且慰意,生理焉得说。”“竞挽须”尚且不肯“嗔喝”,娇儿又何“畏”之有?徐增《而庵说唐诗》云:“娇儿见父亲还家,却大欢喜,依依不暂离膝。人家儿女,无不尽然。何知其畏我复出门去?此是以己之心推娇儿腹中语。虽然,先生有官在身,奉诏以归,家中岂得久住?娇儿知之,故一则以喜,一则以畏也。”此分析顾及两头,颇中肯綮。不但父知儿,儿亦知父。上回(去年八月)杜甫携家来羌村避难,不久即只身奔行在所被俘,儿辈记忆犹新,深畏父亲又匆匆“却去”(故曰“复”),杜甫“身虽到家,而心实忧国”之情思已从幼儿眼中写出矣!

【附录】

奉谢口敕放三司推问状

右臣甫,智识浅昧,向所论事,涉近激讦,违忤圣旨,既下有司,具已举劾,甘从自弃,就戮为幸。今日巳时,中书侍郎平章事张镐,奉宣口敕,宜放推问。知臣愚戆,赦臣万死,曲成恩造,再赐骸骨。臣甫诚顽诚蔽,死罪死罪。臣以陷身贼庭,愤惋成疾,实从间道,获谒龙颜。猾逆未除,愁痛难遏,猥厕衮职,愿少裨补。窃见房琯,以宰相子,少自树立,晚为醇儒,有大臣体。时论许琯,必位至公辅,康济元元。陛下果委以枢密,众望甚允。观琯之深念主忧,义形于色,况画一保泰,其素所蓄积者已。而琯性失于简,酷嗜鼓琴。董庭兰今之琴工,游琯门下有日,贫病之老,依倚为非,琯之爱惜人情,一至于玷污。臣不自度量,叹其功名未垂,而志气挫衄,觊望陛下弃细录大,所以冒死称述,何思虑未竟,阙于再三。陛下贷以仁慈,怜其恳到,不书狂狷之罪,复解网罗之急,是古之深容直臣、劝勉来者之意。天下幸甚!天下幸甚!岂小臣独蒙全躯、就列待罪而已。无任先惧后喜之至,谨诣阁门,进状奉谢以闻。至德二载六月一日,宣议郎行在左拾遗臣杜甫状进。

北 征（五古）

【题解】

题下原注：“归至凤翔，墨制放往鄜州作。”唐肃宗至德二载(757)四月，诗人自长安奔赴当时皇帝所在地凤翔，五月授左拾遗，是月因疏救房琯触怒肃宗。八月放还鄜州探亲，九月唐军收京前乃作是诗。因鄜州在凤翔东北，故曰“北征”。仇注：“班彪作《北征赋》，用以为题。”全诗七百字，铺陈终始，夹叙夹议，气势磅礴，是杜诗代表作。《唐宋诗醇》引李因笃云：“其才则海涵地负，其力则排山倒岳，有极尊严处，有极琐细处，繁则如千门万户之象，简则有急弦促柱之悲。”杜甫以诗的形式，达到散文灵变自如无所不包的艺术效果，的确是一次成功的尝试。

皇帝二载秋，闰八月初吉[1]。
杜子将北征，苍茫[2]问家室。
维时[3]遭艰虞，朝野少暇日。
顾惭恩私被，诏许归蓬荜[4]。
拜辞诣阙下，怵惕[5]久未出。
虽乏谏诤姿，恐君有遗失。
君诚中兴主，经纬固密勿[6]。
东胡反未已，臣甫[7]愤所切。
挥涕恋行在[8]，道途犹恍惚。
乾坤含疮痍[9]，忧虞何时毕？

【章旨】

以上二十句为一段,写忧国恋阙之情,欲去不忍,既行犹思。

【注释】

〔1〕 皇帝二句:皇帝二载,即肃宗皇帝至德二载。因写国家大事,故郑重纪年。初吉,朔日;农历初一。后来泛指月初。

〔2〕 苍茫:犹渺茫。《杜诗解》:"只插'苍茫'二字,便将一时胸中为在为亡,无数狐疑,一并写出。"参看《述怀》。莫砺锋《杜甫评传》:"'苍茫'二字极妙,不但意指家人存亡未知,前途茫茫,而且也意味着自己蒿目时艰而心情迷惘。"

〔3〕 维时:是时。维,发语词。

〔4〕 顾惭二句:顾惭,自思怀惭。恩私被,受皇帝特殊恩惠,指被放还一事,是门面话。蓬荜,蓬门荜户;穷人家。

〔5〕 怵惕:恐惧不安。

〔6〕 虽乏四句:这四句讲得很委婉,意为:我虽然缺乏谏官的才具,仍担心陛下虑事有所不周;陛下诚然是中兴明主,但处理国事还是要周密谨慎才是啊!经纬,纺织的纵线为经,横线为纬。此喻经国方略。密勿,犹勤谨。

〔7〕 臣甫:小臣杜甫。《杜臆》引钟惺云:"'臣甫',章奏字面,诗中如对君。"此诗格式有意依照奏议。

〔8〕 行在:皇帝临时住处。

〔9〕 乾坤句:意为到处都是战争的创伤。

【语译】

大唐皇帝至德二载八月初一,我正准备北行探亲,音讯渺茫心情迷惘。时遭国家危难,官民哪有闲情?自顾怀惭竟奉诏恩准回家看望。面对宫阙我拜辞皇上,诚惶诚恐徘徊再三。虽然臣当谏官还很不得体,冒死进言近乎狂狷,为的是怕圣上偶失周密。君是中兴明主,经天纬地勤谨无比,但东胡尚在叛乱,令臣日夜激愤悲切!留恋朝廷我挥泪洒别，一路心神恍惚心悬宫阙。海内遍地哀鸿处处流血，让人忧心忡忡何时休歇？

靡靡逾阡陌[1]，人烟眇萧瑟。
所遇多被伤，呻吟更流血。
回首凤翔县，旌旗晚明灭。
前登寒山重，屡得饮马窟[2]。
邠郊入地底，泾水中荡潏[3]。
猛虎立我前，苍崖吼时裂[4]。
菊垂今秋花，石戴古车辙。
青云动高兴，幽事亦可悦。
山果多琐细，罗生杂橡栗。
或红如丹砂，或黑如点漆。
雨露之所濡，甘苦齐结实。
缅思桃源内，益叹身世拙[5]。
坡陀望鄜畤[6]，岩谷互出没。
我行已水滨，我仆犹木末[7]。
鸱鸟鸣黄桑，野鼠拱乱穴。
夜深经战场，寒月照白骨。
潼关百万师，往者散何卒[8]。
遂令半秦民，残害为异物[9]。

【章旨】

以上三十六句为第二段，写途中所见。《杜诗言志》："此第二节，则述途中之所见。参差历落，总从'恍惚'二字中来……不整写，却杂写;不顺写,却乱写。真得在路人一片苍茫恍惚神理。”

【注释】

〔1〕　靡靡句:靡靡,犹迟迟。《诗·黍离》:“行迈靡靡,中心摇摇。”据说是写周大夫过故宗庙宫室,彷徨不忍去;后人称之“黍离之悲”。杜甫此句亦含此意。阡陌,田间道路,南北曰阡,东西曰陌。

〔2〕　饮马窟:古时行军,遇水洼饮马,称饮马窟。一路是饮马窟,正战时景象。

〔3〕　邠郊二句:邠州郊原,即今陕西彬县,是个盆地,自山上俯视,如在地底。《飞仙阁》:“歇鞍在地底,始觉所历高。”同此意。荡潏,水涌貌。

〔4〕　猛虎二句:猛虎,状苍崖之蹲踞。吼,形容怒号之山风。

〔5〕　缅思二句:缅思,遥想。拙,不顺。“菊垂今秋花”至此十二句,写山中幽景。《杜诗镜铨》引张上若称其“凡作极紧要、极忙文字,偏向极不要紧、极闲处传神”,是。

〔6〕　坡陀句:坡陀,冈陵起伏貌。鄜畤,本为秦文公所筑祭天的坛场,此指鄜州。

〔7〕　我行二句:木末,树梢。这里将图景平面化了:我已行至水滨,而仆人还在山腰,望过去就好像在树梢上。平面化是中国画特有的空间意识,也常见于诗中写景,乃祖杜审言已有类似写法:“树杪玉堂悬”。

〔8〕　散何卒:溃败得何其快。卒,仓促。

〔9〕　遂令二句:半秦民,一半的秦地百姓。为异物,人死称为异物。

【语译】

脚步沉重走过萧瑟的田野,人烟稀少顿起黍离之悲。一路上遇到的人多带伤残,血流不止呻吟不绝。回看凤翔夕照,旌旗在残烟中明灭。努力向前寒山重叠,坑坑洼洼到处是军队留下饮马的窟穴。大壑直探地底那是邠州郊野,泾水就在其中蜿蜒穿越。峰回路转蓦见猛虎就蹲立在我面前——却原来是青黑的崖石风吼欲裂。野菊开着今秋的新花，岩石上的驿路还留着古时候的车辙。云峰幽景引发人的兴致，郁闷暂消心情也转向愉悦。你看那山果虽小却是满树累累，栎实栗子杂陈罗列。有的红如丹砂，有的黑如点漆。老天无私雨露均沾，甘甜苦辣各色果子一样能结。此景此情让人遥想隐士在桃源，此时此刻乱世遭际更叫人悲噎！冈峦起伏何处见鄜州？但见高崖深谷此起又彼迭。我已走到水边且彳亍，仆人还悬在林端路曲折。夜猫子开始在枯黄的桑枝上啼叫，野鼠也拱足探出乱穴。冰冷的月色照着战场，白骨支撑让人毛骨悚然。回想潼关一仗，百万官兵顿作鸟兽散。可怜秦地百姓半为鬼，家破人亡被摧残。

况我堕胡尘，及归尽华发。
经年至茅屋，妻子衣百结。
恸哭松声回，悲泉共幽咽。
平生所娇儿，颜色白胜雪。
见耶[1]背面啼，垢腻脚不袜。
床前两小女，补绽才过膝。
海图坼波涛，旧绣移曲折。
天吴及紫凤，颠倒在裋褐[2]。
老夫情怀恶，呕泄卧数日。
那[3]无囊中帛，救汝寒凛栗？
粉黛亦解苞，衾裯稍罗列。
瘦妻面复光，痴女头自栉。
学母无不为，晓妆随手抹。
移时施朱铅，狼藉画眉阔。
生还对童稚，似欲忘饥渴。

问事竞挽须，谁能即嗔喝。
翻思在贼愁，甘受杂乱聒[4]。
新归且慰意，生理[5]焉得说。

【章旨】

第三段三十六句，写团聚。此段最见杜甫的人情味与白描功夫。浦注："节末'翻思'四句，忽然借径搭入国事，是下半转关处。"

【注释】

〔1〕耶：即爷的俗称。

〔2〕海图四句：海图，绣着海景的图障。天吴，水神，与紫凤同为障上所绣。裋褐，毛布短衣。"曲折"、"颠倒"，形容补丁之杂，绣纹错乱。贫困之境却以幽默口吻出之，读者倍觉伤神。

〔3〕那：同"哪"。疑问代词。

〔4〕聒：吵闹。

〔5〕生理：即生计。

【语译】

那时正值我被俘困长安，一朝归来头尽白。辗转一年才到家，妻儿已是鹑衣悬百结。抱头恸哭风入松，泉水呜咽声淙淙。我儿平生最娇惯，细皮嫩肉白胜雪。今日却将身子背着爹，满怀委屈放声哭，脏脚丫没穿袜子，只套着鞋。衣如百纳才到膝，床前两个小女儿是更狼狈。东拉西扯各色布，旧绣海图波涛错位接。八足海怪颠倒配紫凤，缀在短褐真一绝！老夫心情孬，连日吐又泻。强作欢颜起解囊，哪能不带些许布帛回？至少饥寒暂时能缓解。脂粉墨黛也有些，或布或绸稍排列。瘦妻一时脸上又光鲜，痴女忙着对镜梳篦。娘亲晓妆样样学，又是抹粉涂朱又画眉。一阵忙后亮洋相：满脸狼藉不像样！捡回一命能与孩子面对面，饥渴辛劳都不见。七嘴八舌争问事，来扯胡须哪能怨。转念当初只身陷贼营，今日胡缠打闹也甘愿。刚回到家心放宽，明日生计放一边。

至尊[1]尚蒙尘，几日休练卒？
仰观天色改，坐觉祆气豁[2]。
阴风西北来，惨淡随回纥[3]。
其王愿助顺[4]，其俗善驰突。
送兵五千人，驱马一万匹。
此辈少为贵，四方服勇决。
所用皆鹰腾，破敌过箭疾[5]。
圣心颇虚伫，时议气欲夺[6]。
伊洛指掌收[7]，西京不足拔。
官军请深入，蓄锐可俱发[8]。
此举开青徐，旋瞻略恒碣[9]。
昊天积霜露，正气有肃杀[10]。
祸转[11]亡胡岁，势成擒胡月。
胡命其[12]能久？皇纲[13]未宜绝。

【章旨】

第四段二十八句，对借兵回纥，如何消灭安史叛军提出看法，议论时事意气风发。《说诗晬语》称“议论须带情韵以行”，举此诗为例。

【注释】

〔1〕　至尊：指皇帝。
〔2〕　仰观二句：此联借天气言形势，暗示形势开始好转，叛军气焰消退。

祅,同“妖”。豁,开朗;澄清。

〔3〕 阴风二句:此联承上联借秋风喻回纥军气势。回纥以骠悍著称,故以“阴风”、“惨淡”形容其杀气。

〔4〕 其王句:《通鉴》:至德二载九月郭子仪以回纥兵精,请益征其兵击叛军,怀仁可汗乃遣其子叶护将精兵四千余人来凤翔助战。对句言其一人两马,能作长途奔袭。

〔5〕 送兵六句:当与“其王愿助顺,其俗善驰突”一气读。少,少壮。《史记·匈奴列传》载其风俗“贵壮健,贱老弱”。回纥与匈奴同族。游牧民族尚武,以下三句皆写其“勇决”。或云:少,上声。言杜甫预见到回纥骄悍,多则难制。但从上下文的文气看,此节先写国难当头何时方休?接写回纥随秋风而来,“其王愿助顺,其俗善驰突”。“送兵”二句承“助顺”,“此辈”二句承“其俗”,而“少为贵”正是匈奴“贵壮健”之俗。“所用”二句又承“服勇决”。

〔6〕 圣心二句:虚伫,虚心期待。气欲夺,曹慕樊《杜诗杂说》:“夺”借为“脱”,舒也。所以“此句盖谓,皇上既然倾心希望借回纥兵力,收复两京,时议亦极为乐观,以为喘息将舒也”。与上八句合读,则文从字顺,上下团结一致,鼓舞人心,与下文的乐观情绪相拍合。

〔7〕 伊洛句:伊洛,伊水、洛水,借指洛阳。指掌,意为容易办到。

〔8〕 官军二句:可俱发,言官军士气高,已成蓄势,至此精锐可尽出矣!朱鹤龄注:“公意收复两京,便当乘胜长驱幽蓟,故云‘此举开青徐,旋瞻略恒碣’。当时李泌之议,欲命建宁并塞北出,与光弼犄角以取范阳(按,安禄山老巢),所见与公同也。”则“可俱发”指多路并进。

〔9〕 此举二句:青徐,青州、徐州,今山东、苏北一带。恒碣,恒山、碣石,指河北一带。旋,马上。略,攻取。

〔10〕 昊天二句:昊天,秋天。古人认为秋天肃杀,宜征伐,故曰“正气”。

〔11〕 祸转:厄运转向(叛军)。

〔12〕 其:岂。

〔13〕 皇纲:王朝正统。

【语译】

如今皇帝尚落难，几时拨乱反正甭打仗？仰观天色气象新，但觉正气上、妖氛散。肃杀秋风西北来，回纥铁骑随风闯。听说怀仁可汗肯相帮，游牧民族风俗本剽悍。五千兵配万匹马，健儿快马速如电。须知此族尊少年，敢打敢拼四方羡。如鹰如隼个个强，搴旗破敌一似离弦箭。圣上处之以虚怀，舆论忽振阴霾开。东京反掌收，西京光复指日待。官军鼓气请深入，犁庭扫穴一起来！先取青州与徐州，便向恒山碣山至渤海。霜露降后天气清，秋乃属金宜用兵。活该叛军交厄运，活捉敌酋在如今。胡命岂能久？大唐正统要复兴！

忆昨狼狈初[1]，事与古先别。
奸臣竟菹醢，同恶随荡析[2]。
不闻夏殷衰，中自诛褒妲[3]。
周汉获再兴，宣光[4]果明哲。
桓桓陈将军，仗钺奋忠烈。
微尔人尽非，于今国犹活[5]。
凄凉大同殿，寂寞白兽闼[6]。
都人望翠华[7]，佳气向金阙。
园陵固有神，扫洒数不缺。
煌煌太宗业，树立甚宏达[8]。

【章旨】

以上二十句为第五段，以回顾历史作结。由于善于选择历史意象，所以充满阳刚之气，鼓舞人心，将激情推至高潮。《唐诗别裁集》称：“‘皇帝’起，‘太宗’结，收得正大。”

【注释】

〔1〕 忆昨句：以下十二句写马嵬兵变。《旧唐书》：上（玄宗）至马嵬驿，左龙武大将军陈玄礼，整比六军以从。玄礼以祸由杨国忠，欲诛之。命吐蕃使者遮国忠马，诉以无食。国忠未及对，军士呼曰："国忠谋反。"遂杀之，以枪揭其首。上出驿门，慰劳军士，令收队。军士不应，使高力士问之。玄礼对曰："国忠谋反，贵妃不宜供奉，愿陛下割恩正法。"上令力士引贵妃于佛堂，缢杀之。

〔2〕 奸臣二句：菹醢，剁为肉酱。荡析，清除。

〔3〕 不闻二句：夏殷，指夏桀王与殷纣王。褒妲，夏桀嬖妹喜，殷纣嬖妲己。褒姒，周幽王女宠。或以为上文应作"周殷"，才与褒妲对得上号，但《日知录》云："不言周，不言妹喜，此古人互文之妙。"所谓互文，指上句举夏殷以包括周，下句举褒妲以包括妹喜。中自诛褒妲，言唐玄宗赐杨贵妃死是出于主动，故"事与古先别"。但史载，玄宗杀杨贵妃是被逼迫的，诗人只从侧面点破："桓桓陈将军，仗钺奋忠烈。"杜甫除了为皇帝讳以外，用心可能在于：当时国家危难，不宜将皇帝说成昏君，故称其"圣心独断"，以收同仇敌忾之效。

〔4〕 宣光：周宣王与汉光武，比唐肃宗。

〔5〕 桓桓四句：写龙武大将军陈玄礼。桓桓，武勇貌。微尔，没有你。此句化用《论语・宪问》："微管仲，吾其被发左衽矣！"意为：没有你陈将军，我们都将沦为异族了！这是对陈玄礼逼杀杨氏的肯定。

〔6〕 凄凉二句：此联形容长安宫殿沦陷后的荒凉。大同殿，在义庆宫勤政楼北，玄宗于此朝见群臣。白兽闼，即白兽门，白兽即白虎，唐人避唐高祖李渊祖父李虎讳，称虎为兽。在凌烟阁之北。

〔7〕 都人句：此句言百姓盼唐帝平叛归京。翠华，天子之旗。

〔8〕 煌煌二句：煌煌，光明宏大貌。甚宏达，甚宏伟广阔。

【语译】

回首往事够狼狈，马嵬坡上惊六军。当机立断止乱象，毕竟不同古时情：奸臣尽追杀，同恶涤荡净。不曾听说衰败夏商周，肯将褒姒妲己付罚刑。唯我大唐皇帝真圣明，一似周宣汉光获中兴！伟哉陈将军，奋起除奸自有忠烈名。要是没有你，国家百姓难安宁！凄凉大同殿，寂寞白虎门，京师百姓都盼御驾随霓旌，金阙宝殿彩云生。先帝陵园礼数到，得佑江山在天灵。彪炳事业太宗开，无疆社稷千秋盛！

【研析】

胡小石《杜甫〈北征〉小笺》："《北征》为杜诗中大篇之一。盛唐诗人力破齐梁以来宫体之桎梏，扩大诗之领域，或写山水，或状田园，或咏边塞，较前此之幽闭宫闱低回思怨者，有如出永巷而骋康庄。至杜甫兹篇，则结合时事，加入议论，撤去旧来藩篱，通诗与散文而一之，波澜壮阔，前所未见，亦当时诸家所不及，为后来古文运动以'笔'代'文'者开其先声。"将杜甫是篇放在中国诗史的大格局看，的确是开疆辟域之作。历来对"以文为诗"评价不一，但重要的不是能否"以文为诗"，而在乎"以文为诗"是否还能保留诗味？回答是肯定的。第二段写途中所见，画面丰富，剪接生动，自然是上乘的山水纪行诗；第三段写家庭琐事，梁启超《中国韵文里头所表现的情感》中说是"不写自己情感，专写别人情感。写别人情感，专从极琐末的实境表出"。他形容这种含蓄蕴藉的表情法是"情感正在很强的时候，他却用很有节制的样子去表现它；不是用电气来震，却是用温泉来浸；令人在极平淡之中，慢慢的领略出极渊永的情趣"。其中"床前两小女，补绽才过膝。海图坼波涛，旧绣移曲折。天吴及紫凤，颠倒在裋褐"数句，更是以幽默的口吻写贫穷家境，令人倍觉伤神，其诗味自不必讲。至如末尾二段，虽是议论，但"带情以行"，文气如山洪直下，也是中国诗中浑雄一格。整篇散文式布局错落有致，或含蓄蕴藉，或痛快淋漓，或赋、或比、或兴，但总是以道性情为要。至于其间用史家手法、奏议口吻,并不妨此诗之为诗也。这也是其成功之秘,非韩愈辈之“以文为诗”可及。

还有一事要议一议。我在《哀江头》的研析中提到,是诗对杨贵妃的态度与此诗有别。是的,《哀江头》对杨氏是持同情态度的,此诗则似乎持严酷的批判态度。当杨妃与明皇一起作为盛唐之象征时,杜甫总是持同情态度,如《哀江头》;当杨妃作为杨氏家族代表时,杜甫总是持批判的态度,如《丽人行》。不过细读此诗尚有微妙。对“不闻夏殷衰,中自诛褒妲”一句,浦起龙按:“玄礼为亲军主帅,纵凶锋于上前,无人臣礼。老杜既以‘诛褒妲’归权人主,复赘‘桓桓’四语,反觉拖带。不如并隐其文为快。”浦氏的嗅觉是灵敏的,他觉察到对陈玄礼“活国”的评价事实上是对玄宗的微词。玄宗在兵变的形势下,怯懦地牺牲杨妃保自己是明摆着的事,当时人也都心知肚明,杜甫虽然还不能做到王安石那样,在《明妃曲》中明说:“意态由来画不成,当时枉杀毛延寿”,“君不见咫尺长门闭阿娇,人生失意无南北”。直指汉元帝为责任人;但王安石毕竟是在讲古史,而直陈时事且对唐玄宗感情颇深的杜甫说来,有微词已属难能。所以鲁迅在《花边文学·女人未必多说谎》一文中会说:“譬如说罢,关于杨妃,禄山之乱以后的文人就都撒着大谎,玄宗逍遥事外,倒说是许多坏事情都由她,敢说‘不闻夏殷衰,中自诛褒妲’的有几个?”这就是对古人理解之同情了。难怪陈贻焮会语带幽默地说:“有民主思想的今人嫌老杜对玄宗不敢揭露而故为讳饰之词,有忠君思想的古人却嫌他不该赞扬那个‘纵凶锋于上前,无人臣礼’的‘亲军主帅’陈玄礼,这真是高不成低不就,教老杜左右为难、进退维谷。不过容我讲句公道话,八世纪的老杜思想虽不如二十世纪的我们进步,总比十八世纪的浦起龙(一六七九—?)高明得多。”

行次昭陵（五排）

【题解】

昭陵，在京师之北。《唐书》：京兆府醴泉县有九嵕山，太宗昭陵在西北六十里。《草堂诗笺》系于至德二载（757）《北征》诗后，良是。盖杜甫是年十月授左拾遗，放归鄜州省亲，特意经往昭陵。杨伦曰："前半颂昭陵，裔皇典重；后半慨时事，沉郁悲凉。当是以正雅之体裁，写变雅之情绪。"

旧俗疲庸主，群雄问独夫[1]。
谶归龙凤质，威定虎狼都[2]。
天属尊《尧典》，神功协《禹谟》[3]。
风云随绝足，日月继高衢[4]。
文物[5]多师古，朝廷半老儒。
直词宁戮辱[6]，贤路不崎岖。

【章旨】

以上六韵颂太宗，记贞观之盛还在文治。许顗曰："'文物多师古'四句，见太宗智勇英特，武定天下，而能如此，最盛德也。"

【注释】

〔1〕 旧俗二句：旧俗，指长期的积习。疲，使动用法，使之疲惫。群雄，指隋末起义军领袖李密、窦建德诸人。问，问罪。独夫，众叛亲离之人。庸主、独夫，皆指隋炀帝。《隋书》：杨玄感谓游元曰："独夫

肆虐,陷身绝域,此天亡之时也。"

〔2〕 谶归二句:谶,谶语,古时预示吉凶的隐语,往往带有迷信的性质。龙凤质,《旧唐书》:太宗方四岁,有书生见之曰:"龙凤之姿,天日之表,年将二十,必能济世安民。"虎狼都,《史记·苏秦传》:"秦,虎狼之国也。"唐太宗得天下根本,在先据关中;关中,即秦旧地,故称"虎狼都"。

〔3〕 天属二句:言唐太宗得大位虽是"禅让",但来自父子相承,且其开创之功可追配大禹,强调其合情合理。天属,指唐太祖李渊与太宗李世民是父子关系,天然之属性。《庄子》:"彼以利合,此以天属。"尧典,《尚书》篇名。唐高祖李渊谥号"神尧",禅位其子李世民,如尧之禅位舜,故曰"尊尧典"。禹谟,即《大禹谟》,《尚书》篇名,喻太宗李世民功追夏禹,故曰"协禹谟"。

〔4〕 风云二句:绝足,骏马。此指辅佐太宗的大臣李靖、房玄龄、杜如晦诸人,乘风云之会,建不世之功。高衢,大道。此指王道。下句以日月喻太宗,言其能继承大道,如日月行天。

〔5〕 文物:此指典章制度。

〔6〕 直词句:此句言敢于直言者也不会被侮辱杀害。宁,岂;难道。

【语译】

六朝以来的坏风俗,使昏庸的隋炀帝愈加萎靡,群雄并起剑指这个独夫。当时舆论众望所归——是有龙凤之姿的太宗皇帝。他手提三尺剑,扬威平定那秦旧都。高祖禅位父传子,既属天伦又遵从《尧典》制度;何况他功高盖世,配得上那《大禹谟》。风云际会群贤紧随着英主,如日月行天吾皇在王道上驰骋。参古定法制成许多典章制度,朝廷重臣也大半是老成的鸿儒。直谏敢言哪里会被杀被侮辱?坦坦荡荡大开贤路!

往者灾犹降，苍生喘未苏。
指麾安率土，荡涤抚洪炉[1]。
壮士悲陵邑，幽人拜鼎湖[2]。
玉衣晨自举，石马汗常趋[3]。
松柏瞻虚殿，尘沙立瞑途。
寂寥开国日，流恨满山隅[4]。

【章旨】

以上六韵转入伤今思昔，玉衣石马，冀得先帝英灵之佑。

【注释】

〔1〕　往者四句：率土，指全国范围内。《诗·北山》："率土之滨，莫非王臣。"洪炉，即大炉。抚洪炉，喻太宗治理天下之大才。仇注：陈琳曰："此犹鼓洪炉燎毛发耳。"《杜诗镜铨》引张云："二句以昔日勘乱之易，慨今日平贼之难，所以'流恨满山隅'也。"

〔2〕　壮士二句：壮士，指守陵者。幽人，谒陵者，杜甫自谓。鼎湖，指昭陵。《汉书·郊祀志》："黄帝铸鼎荆山下。鼎成，有龙垂胡髯下迎。帝骑龙上天，后人名其地为鼎湖。"

〔3〕　玉衣二句：玉衣，金缕玉衣，指太宗之殓服。晨自举，用怪异现象表明太宗神灵犹存。《汉武故事》：高皇庙中，御衣自箧中出，舞于殿上。石马，即著名的昭陵六骏。《唐会要》："高宗欲阐扬先帝徽烈，乃刻石为常所乘破敌马六匹于昭陵阙下。"钱注引《安禄山事迹》：潼关之战，我军既败，贼将崔乾祐领白旗，引左右驰突。又见黄旗军数百队，官军潜谓是贼，不敢逼。须臾，见与乾祐斗，黄旗军不胜，退而又战者不一，俄不知所在。后昭陵奏，是日灵宫前石人马汗流。李义山《复京》诗："天教李令心如日，可要昭陵石马来。"杨伦评曰："二句只是言神灵如在意。"也就是说，"祭如在，祭神如神在"。杜甫用玉衣石马只是要写出对昭陵的神秘感、敬畏感，并非

迷信,不应看死。

〔4〕　寂寥二句:言开国盛事概往矣,此地唯留怅恨耳。

【语译】

想当初,也有天灾人祸降临,苍生百姓也曾喘不过气。然而先帝指挥若定,很快就使全国百姓乐业安居,除祸乱一似大炉火将几根毛发烧去。看如今,思往昔,烽火连绵何时息? 守陵壮士也悲噎;我虽然只是个闲人,情急能不拜陵邑! 祭神如神在,玉衣白天能自立,陵前石马也汗滴。看松柏森森殿空虚,日昏昏,尘沙迷,瘦影如竿立路歧。开国盛典寂寞谁能继? 悲歌流恨满山隅。

【研析】

此诗可视为《北征》结尾四句"园陵固有神,扫洒数不缺。煌煌太宗业,树立甚宏达"的补注。中国人重祖宗崇拜,虽儒家不能免,故曰:"祭如在,祭神如神在。"杜甫之于太宗,所崇拜者不但在颂其武功,更重其文治——"文物多师古,朝廷半老儒。直词宁戮辱,贤路不崎岖。"四句与其说是对"贞观之治"的总结,毋宁说是杜甫对当前朝政所寄的希望。不久后所作《重经昭陵》又云:"风尘三尺剑,社稷一戎衣。翼亮贞文德,丕承戢武威。"贞文德,正文德也;戢武威,止武修文也,这才是致治之道。杜甫的文治思想,远的说上承儒学"王道",近接"二张"(张说、张九龄)的"文学"(详参《汪篯隋唐史论稿·唐玄宗时期吏治与文学之争》),更主要还在于乱世中对现实深刻的体会。不但叛军多是残暴好战的武人,官军中也不乏将悍卒暴者,"诗书遂墙壁,奴仆且旌旄"、"攀龙附凤势莫当,天下尽化为侯王"、"上将盈边鄙,元勋溢鼎铭",此类句卷中举不胜举,直至入蜀后还要感慨万千地说:"王室比多难,高官皆武臣!"文治思想是连贯后半部杜诗的一条颇重要的线索,下文我们所选《有感五首》之研析,还会回到这一问题上来,敬请参看。

重经昭陵（五排）

【题解】

此为至德二载(757)鄜州省家之后,复至长安时作。

草昧英雄起[1],讴歌历数归[2]。
风尘三尺剑,社稷一戎衣[3]。
翼亮贞文德[4],丕承戢武威[5]。
圣图[6]天广大,宗祀[7]日光辉。
陵寝盘空曲,熊罴守翠微[8]。
再窥松柏路,还有五云飞[9]。

【注释】

〔1〕 草昧句:草昧,《易》:“天造草昧。”注:“草而不齐,昧而不明。”此句言隋末乱世,义军蜂起。

〔2〕 讴歌句:历数,天道;天命。历数归,《书·大禹谟》:“天之历数在汝躬。”刘琨表:“天命未改,历数有归。”古人舆论以末世各路起义军只是“为王前驱”,只有“真命天子”出,这才“历数有归”。杜甫亦不能免俗。

〔3〕 风尘二句:三尺剑,《史记·高祖本纪》:“吾以布衣,提三尺剑取天下。”社稷,社土与粮食,古代统治者封土立社,立稷为谷神而祭之。后人遂以社稷指代国家。戎衣,战袍。《书·武成》:“一戎衣天下大定”。

〔4〕 翼亮句:翼亮,辅佐光大。贞,正。贞文德,以文德为正。此句言太宗以武功始,而以文治为正。

〔5〕 丕承句:丕,大。丕承,继承伟大事业。戢,收。《国语》:“夫兵戢

而时动,动则威。”

〔6〕 圣图:皇帝的筹划。

〔7〕 宗祀:宗庙祭祀,指皇家的基业。

〔8〕 陵寝二句:陵寝,陵,山陵。寝,陵庙正殿。指皇帝墓地。盘空曲,写其形势高峻盘曲。仇注引《唐会要》:“昭陵因九嵕层峰,凿山南面,深七十五丈为玄宫,傍岩架梁为栈道,悬绝百仞,绕回二百三十步,始达玄宫门,顶上亦起游殿。”《梁书·陶弘景传》:“句容之句曲山,中周回一百五十里,空曲寥旷。”熊罴,猛兽。指代军队。翠微,指山。山色青缥,故曰。

〔9〕 还有句:五云,五色祥云。此句即《哀王孙》“五陵佳气无时无”之意。

【语译】

当年乱世群雄起,终歌大唐天命归。三尺宝剑风尘里,大定天下全凭一戎衣。辅佐太祖正文德,继承大业敛武威。圣上宏图天广大,皇家基业日光辉。昭陵盘空形势峻,守卫青山有熊罴。此番再谒松柏路,陵上依然五色彩云飞!

【研析】

杜甫鄜州探家后返朝,其时长安已经收复,所以再拜谒昭陵,心情与上回大不相同,由伊郁一改为振奋。对文治是更为期盼,更有信心。诗中多用经典语而能壮丽生色,显得典重简严,故《唐诗广选》引蒋春甫称:“用经语入诗,拙者便腐。”此法毕竟慎用为好。

喜闻官军已临贼境二十韵（五排）

【题解】

至德二载(757)八月,广平王俶为天下兵马元帅,郭子仪副之,官军进逼长安,收京在即。此诗当作于是年九月。

胡骑潜京县,官军拥贼壕[1]。
鼎鱼[2]犹假息,穴蚁[3]欲何逃?
帐殿罗玄冕[4],辕门照白袍[5]。
秦山当警跸[6],汉苑入旌旄。
路失羊肠险,云横雉尾[7]高。
五原[8]空壁垒,八水[9]散风涛。
今日看天意,游魂贷尔曹。
乞降那更得,尚诈莫徒劳[10]。

【章旨】

此言兵临城下,君臣车驾将还京,贼众如鼎鱼穴蚁,难逃覆灭,乃警告乞降叛军不要使诈。

【注释】

〔1〕胡骑二句:《唐书》:至德二载闰八月,贼寇凤翔。崔光远行军司马王伯伦等,率众捍贼,乘胜攻中渭桥,追击至苑门,贼大军屯武功,烧营而去。九月丁亥,广平王将朔方等军,及回纥西域之众十五万,发凤翔。壬寅,至长安城西,与贼将安守忠等战于香积寺之北、沣水之东,贼大败,斩首六万。贼帅张通儒弃京城,走陕郡。癸卯,大军入京师。甲辰,捷书至凤翔。

〔2〕鼎鱼:形容叛军灭亡在即。丘迟《与陈伯之书》:"将军鱼游于沸鼎之中。"

〔3〕穴蚁:形容贼巢也面临灭顶之灾。《异苑》:晋太元中,桓谦见有人皆长寸余,悉持槊乘马,从穴中出。道士令作沸汤,浇所入处,因掘之,有斛许大蚁,死在穴中。

〔4〕　玄冕：公卿服。《旧唐书》：武德令侍臣服有衮冕、毳冕、绣冕、玄冕。

〔5〕　辕门句：辕门，军营之门。《周礼》："以车辕为门。"白袍，《梁书·陈庆之传》载陈庆之所统之兵，悉着白袍，所向披靡。此取其所向披靡之意。《留花门》诗云"百里见积雪"，知回纥军皆白衣也。

〔6〕　警跸：皇帝的警卫。《汉书·文三王传》："出称警，入言跸。"

〔7〕　雉尾：天子仪仗之一。《唐书》：天子举动必以扇，大驾卤簿，有雉尾障扇、小团雉尾扇、方雉尾扇、小雉尾扇之属。

〔8〕　五原：《长安志》：长安、万年二县之上，有毕原、白鹿原、少陵原、高阳原、细柳原，谓之五原。

〔9〕　八水：《关中记》：泾、渭、浐、灞、涝、滈、沣、潏，为关内八水。

〔10〕　乞降二句：《通鉴》载至德二载(757)十二月，史思明奉表以所部十三郡及兵八万乞降，高秀岩亦以所部来降。次年乾元元年(758)，史思明复叛。杜甫虽未能未卜先知此事，但审度事势预作警示，不幸而言中，正表明杜甫对叛将乃至昏君本质的深刻认知。

【语译】

胡虏虽然还潜据在京县，但官军已兵临城下。叛军如鱼游于沸水，又何逃于蚁穴！帐殿中肃立着公卿，军门被白色铠甲映照。秦山权当侍卫，汉苑暂驻旌旄。大军踏平小道，仪仗与云比高。扫荡五原营壁，平息八水风涛。现在要看天意，是否能宽恕你们这些行尸走肉！甭想乞降使诈，那只能是徒劳。

元帅归龙种，司空握《豹韬》[1]。
前军苏武节，左将吕虔刀[2]。
兵气回飞鸟，威声没[3]巨鳌。
戈鋋开雪色，弓矢向秋毫[4]。
天步艰方尽，时和运更遭[5]。
谁云遗毒螫，已是沃腥臊[6]。

【章旨】

此赞诸将齐心协力征讨，还嘱应斩草除根。

【注释】

〔1〕 元帅二句：龙种，指广平王李俶。《唐书》：至德二载九月以广平王俶为天下兵马元帅，郭子仪副之。司空，指郭子仪，先是子仪进位司空。豹韬，古兵书有《六韬》，豹韬即六韬之一，此指郭子仪掌用兵韬略，是实际上的总指挥。

〔2〕 前军二句：苏武，指李嗣业，李所将皆蕃夷四镇兵，故以苏武之典属国为比。左将句，《晋书》：徐州刺史吕虔有佩刀，工相之，以为必三公可服。此以朔方左厢兵马使仆固怀恩可佩吕虔刀，示其位高功大。本传载仆固怀恩于至德二载九月之役，领回纥与官兵击叛军，“贼乃大溃”。

〔3〕 没：吞没。

〔4〕 戈铤二句：二句言兵精器利。铤，小矛也。向秋毫，言虽微必中。

〔5〕 天步二句：天步，国运。《诗经》：“天步艰难。”遭，遇到。《文选》：“遭遇嘉运。”二句言时来运转。

〔6〕 谁云二句：毒螫，毒虫，喻叛军。沃，浇洗；荡涤。腥臊，本指犬羊气味，此指叛军。

【语译】

元帅原是皇室龙种，郭子仪司空胸有《六韬》。前军李嗣业，率四镇蕃夷兵到。更有左厢兵马使仆固怀恩，前途看好。我军气势能回飞鸟，威声可吞巨鳌。兵刃已磨得雪亮，弓箭一发中秋毫。最艰难的日子已经过去，时来便把好运交。谁说还会留下孽种，这回定把妖氛全扫！

睿想丹墀近,神行羽卫牢[1]。
花门腾绝漠,拓羯渡临洮[2]。
此辈感恩至,羸俘何足操[3]。
锋先衣染血,骑突剑吹毛[4]。
喜觉都城动,悲怜子女号。
家家卖钗钏,只待献香醪[5]。

【章旨】

最后归功皇帝,而外族援军起着先锋作用,并预想会得到京都百姓欢迎。

【注释】

〔1〕 睿想二句:睿想,深远之思。丹墀,宫殿上以丹漆涂过的台阶,此指朝廷。羽卫,羽林军,皇帝卫队。上句颂扬皇帝想得远,走得近(时在凤翔,离长安不远);下句言羽林军行动神速,护卫严密。

〔2〕 花门二句:花门,指回纥军。拓羯,当作"柘羯"。《新唐书·西域传下》:西域安国"募勇士健者为柘羯。柘羯,犹中国言战士也"。此泛指西域来援之少数民族军队。临洮,临洮郡属陇右道,有洮水经过。

〔3〕 羸俘句:羸,瘦弱。羸俘,对叛军的蔑称,"这些残匪"的意思。操,执;擒。

〔4〕 锋先二句:锋先,勇往直前,如剑锋之先指。骑突,骑兵突进。剑吹毛,向剑刃吹毛发即断,形容其锋利。

〔5〕 家家二句:浦注:献香醪,用壶浆迎师意。《三国志·董卓传》载吕布杀董卓,长安士女,卖珠玉衣装,市酒肉相庆。

【语译】

皇上就近指挥谋略高,羽林军行动快守卫牢。回纥健儿远从沙漠驰来,西域勇士也渡过临洮。他们都为报恩而至,残匪不足一扫!勇往直前不惜衣染血,骑兵突进好比剑吹毛。已经感到喜气在京城发动,可怜妇女儿童还在铁蹄下哀号。城中家家卖珠卖宝,为的是壶浆迎我官军到!

【研析】

仇注引王嗣奭曰:“此诗二十韵,字字犀利,句句雄壮,真是笔扫千军者。中间如‘今日看天意’、‘此辈感恩至’两联,排律中不用骈耦,更觉精神顿起。而锋先骑突,句法倒装,尤为警露。”今本王嗣奭之《杜臆》还有两句:“至末‘悲’、‘喜’兼用,却是真景,然人不及此。”这真是说到骨子里去了!“喜觉都城动”云云,虽是预想之辞,却也是老杜当初身陷贼中的真切体会:“都人回面向北啼,日夜更望官军至”、“黄昏胡骑尘满城,欲往城南望城北”、“喜心翻倒极,呜咽泪沾巾”云云,哪一句不是亲经亲历?哪一句不是当年都城百姓的心声?正是这种由内心发出的真情真景,驱动了这首排律的文气,免于平板。“绘事后素”,篇中“句法倒装”、“排律中不用骈耦”等技巧在这一情感基础上便觉生色。

还有一事值得一提。诗中强调了以皇室为核心的本国军队的主体性,而不抹杀友军的有力支援,有很强的分寸感。这也是杜甫对这场战争的基本立场,以下诗篇还会反复出现,读者诸公细读自得,笔者不再啰嗦。

收京三首 (五律)

【题解】

至德二载(757)九月官军收复西京长安,此诗当是杜甫十月在鄜州时所作。

其　一

仙仗离丹极，妖星带玉除[1]。
须为下殿走，不可好楼居[2]。
暂屈汾阳驾，聊飞燕将书[3]。
依然七庙略，更与万方初[4]。

【章旨】

首章追叙往事，从陷京说至收京，后四句言形势倒转，河北易定，喜更新气象。

【注释】

〔1〕 仙仗二句：二句意为：玄宗离开宫殿逃亡，而象征安禄山的妖星正垂照着宫廷。仙仗，皇帝的仪仗，此指唐明皇。妖星，指安禄山。《安禄山事迹》：禄山生夜，赤光旁照，群兽四鸣，望气者见妖星芒炽，落其穹庐。丹极、玉除，皆指宫廷。

〔2〕 须为二句：婉言玄宗出走，不直指为逃亡，而说成是为了禳除灾星，不宜居楼殿也。语带幽默。朱注按："玄宗晚节怠荒，深居九重，政由妃子，以致播迁之祸。公不忍显言，而寓意于仙人之楼居，因贵妃尝为女道士，故举此况之。"下殿走，《梁书·武帝纪》："以谚云：'荧惑入南斗，天子下殿走。'乃跣足下殿以禳之。"好楼居，好，爱好。《汉书·武帝纪》：公孙卿曰："仙人好楼居。"

〔3〕 暂屈二句：用典故表示玄宗出走是暂时的，而河北叛将面临覆灭已惶惶然，飞书可定。杜甫后来在梓州写下《渔阳》诗，有云："系书请问燕耆旧，今日何须十万兵。"还对此时形势下唐军未能直捣贼巢悻悻不已。汾阳驾，《庄子》："尧往见四子藐姑射之山，汾水之阳，

窅然丧其天下焉。"《杜臆》:"汾阳句,暗藏'丧天下'在内。"燕将书,《史记》:燕将攻下聊城,聊城人或谗之,燕将惧诛,不敢归。齐之田单攻之,岁余不下。鲁仲连乃为书遗燕将。燕将见书,泣而自杀。朱注按:"时严庄来降,史思明亦叛,庆绪纳土,河北折简可定,故以鲁连射书言之。"

〔4〕 依然二句:意为:还是朝廷的谋略,将与万方有一个新的开始。七庙,《礼·王制》:"天子七庙,三昭三穆,与太祖之庙而七。"庙略,赵次公注:"兵谋谓之庙略,盖谋之于庙也。"更,更始;更新。初,开始。

【语译】

想当初,明皇匆匆西狩;妖星芒角正锐,照在宫殿上头。据说禳灾只得下殿走,当然不宜住高楼。只是暂时丧天下,且看今日飞书能让燕将俯首。本自朝廷谋略,万象更新重来过!

其　二

生意〔1〕甘衰白,天涯正寂寥。
忽闻哀痛诏〔2〕,又下〔3〕圣明朝。
羽翼怀商老〔4〕,文思忆帝尧〔5〕。
叨逢罪己日,沾洒望青霄〔6〕。

【章旨】

在鄜本已自甘衰白,而忽闻诏书再下,喜何如之。又恐罪己之日,却增阙失,"羽翼怀商老,文思忆帝尧"二句是忧思之所在。

【注释】

〔1〕 生意:生机。

〔2〕 哀痛诏:皇帝悔罪自责的诏书。

〔3〕　又下：天宝十五载八月，玄宗入蜀宣诏罪己，大赦天下；肃宗于至德二载十月还京。十一月御丹凤楼，下制。前后两次闻诏，故云“又下”。

〔4〕　羽翼句：此句言有思于为太子作调护的李泌。仇注引《汉书·张良传》：四人者隐商雒山，从太子。上召戚夫人指示曰：“彼羽翼已成，难动矣。”又引朱注曰：“羽翼，指广平王而言。肃宗前以良娣、辅国之谮，赐建宁王死。至是广平初立大功，又为良娣所忌，潜构流言，虽李泌力为调护，而时已还山。公恐复有建宁之祸，故不能无思于商老也。”

〔5〕　文思句：言当思忆曾是盛世之君的玄宗，与第一首“仙仗离丹极”呼应。《尚书·尧典》：“文思安安。”《释文》引马融曰：“经纬天地谓之文，道德纯备谓之思。”帝尧，指玄宗，其禅位肃宗似尧之传舜。

〔6〕　叨逢二句：写闻诏时且喜且忧虑的心情。沾洒，一作“洒涕”。叨，忝，谦辞。罪己，此指皇帝自责。

【语译】

白头衰颓任枯槁，身处边区正寂寥。忽闻又下哀痛诏，天朝圣明当再造！谁扶太子思高人，经天纬地忆帝尧。恭逢皇帝罪己日，不禁洒泪对天祷。

其　三

汗马收宫阙，春城铲贼壕。
赏应歌《杕杜》，归及荐樱桃[1]。
杂虏横戈数[2]，功臣甲第[3]高。
万方频送喜，无乃圣躬劳[4]。

【章旨】

前四句是设想回京后的情景，宫阙已收，贼壕可铲，赏功荐庙，即在来春时;后四句写忧虑之事,恐回纥恃功邀赏,诸将僭奢无度,故为之忧虑:万方送喜之时,无乃皇帝焦劳之始。

【注释】

〔1〕 赏应二句:歌杕杜,《诗序》:"《杕杜》,劳远役也。"上句言应唱《杕杜》庆祝胜利。荐樱桃,《礼记·月令》:"仲夏之月,天子乃羞(馐)以含桃,先荐寝庙。"注:"含桃,樱桃。"刘须溪云:"不言宗庙,而颠覆之感、收复之幸俱见,非虚点缀者。"

〔2〕 杂虏句:杂虏,指回纥等外族来援的军队。横戈数,或谓指多次出兵来援,但与下句"功臣甲第高"不相属,应是指外兵在京城耀武扬威,其恃功乃与诸将之僭奢相对应。后来所作《留花门》云:"胡为倾国至,出入暗金阙。"反映的便是回纥军在京城的骄纵,这种情状的存在恐怕已非一时。

〔3〕 甲第:第一等之厝宅。《长安志》:安史之后,大臣宿将,竞崇栋宇,无有界限,人谓之木妖。

〔4〕 万方二句:言四方报喜,只怕是皇帝更辛劳的开始。浦注:"晋羊祜既请伐吴,乃曰:'正恐平吴之后,方劳圣虑耳。'意与此同,非'无使君劳'之谓也。"又曰:"此乃是'跂予望之'之词。"意谓此联对国君更始中兴寄予很高的期待。圣躬,皇帝身体,指代皇帝。无乃,岂不;只怕。

【语译】

诸将千辛万苦收复宫阙,到春来定能削平残贼剩妖。赏功高歌唱《杕杜》,还京赶上祭庙用樱桃。外兵跃马扬威多骄横,功臣竞修豪宅栋宇高。四面八方频报喜,恐怕皇上从此更辛劳。

【研析】

由于对时局的认识深刻,对国君无时不在的担忧(诚心加不放心),且失望中总带着期盼,所以喜中带忧,忧中又有所批评、有所期待,乃是杜诗的一个特色。而此首表达此种杂糅感情的方式,与《喜达行在所三首》、《羌村三首》的白描式写实有所不同,往往是借巧用典故来表达。

首章"仙仗离丹极,妖星带玉除。须为下殿走,不可好楼居"四句连用四个典故,有意用"隔"来委婉地表述明皇逃跑一事。"下殿走"虽是用梁武帝跣足下殿以禳灾的典故掩饰了明皇仓猝西逃的狼狈相,但同时让人记起史载:"乙未黎明,上(指玄宗)独与贵妃姊妹、皇子……陈玄礼及亲近宦官、宫人出延秋门,妃、主、皇孙之在外者,皆委之而去……门既启,则宫人乱出,中外扰攘,不知上所之。"(《通鉴》卷二一八)"下殿走"不也很传神地写出这番情景?将不得不抛弃宫殿楼阁说成是"不可好楼居",不也颇具幽默?汉武帝的好神仙与唐明皇、杨太真的好道教,不能说没有相似之处,解嘲中也不能说就没有一点讽喻。同样,"暂屈汾阳驾"虽然用神尧故事,堂而皇之为其失政解嘲,却也如《杜臆》所指出:"妙在藏一'窅然丧其天下'语。"对唐明皇这种既怜之且责之的情感,也是杂糅情感。至如"羽翼怀商老,文思忆帝尧"二句,亦用二典故。上句用汉高祖时"商山四皓"辅助太子,使之免于难的故事,朱注云:"羽翼,指广平王而言。肃宗前以良娣、辅国之谮,赐建宁王死。至是广平初立大功,又为良娣所忌,潜构流言,虽李泌力为调护,而时已还山。公恐复有建宁之祸,故不能无思于商老也。"我看也切合当时广平王的处境。下句虽然不必如钱笺、朱注求之过深,将后来发生的玄、肃冲突移来说事,但期盼肃宗能思及上皇,按礼教伦理行事,却也是当时的舆情,史载甚明,杜甫只是说出这种期盼耳。总之,杜甫总是殷殷期盼皇帝能觉悟、自律,所以对"罪己诏"特别感动。然而他总是失望、期盼,再失望、再期盼,此甫之为甫也。

彭衙行（五古）

【题解】

彭衙在陕西白水县东北六十里，今之彭衙堡。至德二载(757)杜甫回鄜探亲，路经彭衙之西，忆及去年六月间逃难至同家洼，承孙宰招待，结下深厚友谊，因作此诗以志感。《唐宋诗醇》："通篇追叙，琐屑尽致，神似汉魏。"

忆昔避贼初，北走经险艰。
夜深彭衙道，月照白水山[1]。
尽室久徒步，逢人多厚颜[2]。
参差谷鸟吟[3]，不见游子还。
痴女饥咬我，啼畏虎狼闻。
怀中掩其口，反侧声愈嗔[4]。
小儿强解事[5]，故索苦李餐。
一旬[6]半雷雨，泥泞相牵攀。
既无御雨备[7]，径滑衣又寒。
有时经契阔[8]，竟日数里间。
野果充糇粮[9]，卑枝[10]成屋椽。
早行石上水，暮宿天边烟。
少留同家洼，欲出芦子关[11]。
故人有孙宰，高义薄曾云[12]。
延客已曛黑，张灯启重门。

暖汤濯我足,翦纸招我魂[13]。
从此出妻孥,相视涕阑干[14]。
众雏烂熳睡[15],唤起沾盘餐。
誓将与夫子,永结为弟昆[16]。
遂空所坐堂,安居奉我欢。
谁肯艰难际,豁达[17]露心肝。
别来岁月周,胡羯仍构患[18]。
何当有翅翎,飞去堕尔前。

【注释】

〔1〕 白水山:白水县的山。杜甫于至德元载六月自白水逃难鄜州。

〔2〕 尽室二句:尽室,全家。多厚颜,因无车马,全家徒步,所以觉得很不好意思。

〔3〕 参差句:山鸟啼声错杂。

〔4〕 痴女四句:极写饥饿之状:小女儿太饿了,所以咬我;由于怕虎狼寻声而来,故掩其口使不出声。但小孩因感到不舒服,哭得更凶。反侧,挣扎。声愈嗔,因生气而更大声哭。

〔5〕 强解事:强作解事,以不知为知。

〔6〕 旬:十日为一旬。

〔7〕 御雨备:防备下雨的工具。

〔8〕 经契阔:契阔,劳苦。经契阔,则意为经过特别难走的地方。

〔9〕 糇粮:干粮。

〔10〕 卑枝:低枝。

〔11〕 少留二句:同家洼,即孙宰的家。少留是短期的逗留。杜甫初意拟挈家直达灵武行在,故欲北出芦子关。芦子关在今陕西志丹北。

〔12〕 故人二句:宰,县令。薄,迫近。曾云,层云。

〔13〕 翦纸句:古代习俗,患病或受惊恐则剪纸作旐,以招人魂。此言孙宰关怀备至。

〔14〕　从此二句：孙宰接着唤出妻儿与杜甫家相见，并洒下同情之泪。阑干，横斜貌，是形容涕泪之多。

〔15〕　众雏句：众雏，指小儿女们。烂熳睡，形容睡得十分香甜。《杜诗镜铨》引申云："'烂熳'二字，写稚子睡态入神。"

〔16〕　誓将二句：代述孙宰语。夫子，指杜甫。弟昆，兄弟。

〔17〕　豁达：宽宏大度。

〔18〕　别来二句：岁月周，满一年。胡羯，指安史叛军。

【语译】

想去年避贼始逃难，向北一路历艰险。白水月色照荒山，趁夜赶路彭衙远。全家拖儿带女久徒步，一路狼狈逢人也靦覥。山谷中鸟儿长短啼，逃难人有家也难还。稚女饿急边啼边咬我，怕引虎狼捂其口。搂在怀中声更高，辗转挣扎不肯收。小儿自作懂事瞎嚷嚷，硬要路旁苦李尝。十日有五日是雷加雨，道路泥泞相拽牵。既无遮雨具，路滑衣又单。有时历险阻，数里要走一整天。野果采来当干粮，低枝便是我屋椽。早起踩石蹚水走，暮宿天边寻人烟。同家洼里且小住，前行还出芦子关。幸有老友孙县令，此人高义高入云。天已曛黑迎客入，门都打开还张灯。烧汤让我烫烫脚，剪纸招魂为压惊。接着唤出眷属来相见，两家洒泪心比心。孩子们早已横七竖八甜甜睡，赶紧叫醒吃点饭菜疗长饥。急难有相知，主人发盟誓："誓将与先生，永结为兄弟。"即时腾出厅堂让我住，尽心侍奉得欢娱。谁肯艰危时，肝胆来相照！不觉别后已周年，四海依旧战火烧。何当生双翼，飞去落在你跟前！

【研析】

《读杜心解》："'尽室'以下，乃追叙初起身至'彭衙'一句以内所历之苦，正以反蹴下文'延客''奉欢'一段深情也。"危难见高情，所历愈苦，情谊愈深。对杜甫来说感恩与同情是一个银币的两面。

从中我们体会到杜甫的“忧黎元”与“己饥己溺”是从所历中来，其人性建构正是在危难时与人互相关心的交际中完成的。《唐诗归》钟惺云：“自家奔走穷困之状，往往从儿女妻孥情事写出，便不必说向自家身上矣。”老杜总是将心放在对方。

送郑十八虔贬台州司户，伤其临老陷贼之故，阙为面别，情见于诗（七律）

【题解】

此诗作于至德二载（757）冬。时肃宗由凤翔回京，杜甫亦于十一月自鄜州回朝，仍任左拾遗。郑虔，即郑广文，其排行十八。禄山之乱，虔陷叛军中，安禄山授虔水部郎中，虔称病未就。至德二载十二月，贬台州司户参军。台州，今浙江临海。阙为面别，未能亲自送别。

郑公樗散鬓成丝，酒后常称老画师〔1〕。
万里伤心严谴日，百年垂死中兴时〔2〕。
苍惶已就长途往，邂逅无端出饯迟〔3〕。
便与先生应永诀，九重泉路尽交期〔4〕。

【注释】

〔1〕　郑公二句：樗，落叶乔木，俗称“臭椿”，质松，无所可用，故称“散木”。《庄子·逍遥游》：“吾有大树，人谓之樗。”又《人间世》：“匠石之齐，见栎社树，其大蔽牛，谓弟子曰：散木也，无所可用。”喻郑虔有才而不合世用。老画师，郑虔诗、书、画俱佳，世称“三绝”。这

句是酒后发牢骚，认为朝廷未能用其济世之才，也算是对“樗散”的自嘲。

〔2〕万里二句：上句言远贬台州；下句言人生百年，至晚年却遭贬斥，何况是在国家多难好不容易才盼到中兴之时，更见其不幸。

〔3〕邂逅句：此句言碰上意外事故，未能赶上饯别。邂逅，不期而遇。无端，无缘无故。

〔4〕便与二句：此联言生恐不得再见，但友谊则至死不渝也。九重泉，犹九泉或黄泉，谓死后葬于地下。

【语译】

散木般的郑公哟鬓发白如丝，酒后常称自己哟老画师。今日伤心贬万里，怎堪此生垂死在这中兴时！你仓促踏上贬窜漫漫路，我却碰上事故饯别来得迟。呜呼！此别恐怕今生是难再见，那就黄泉路上再续前缘死不渝！

【研析】

仇注引卢曰：“虔之贬，既伤其垂老陷贼，又阙于临行面别，故篇中彷徨特至。如中二联，清空一气，万转千回，纯是泪点，都无墨痕。诗至此，直可使暑日霜飞，午时鬼泣，在七言律中尤难。末径作永诀之词，诗到真处，不嫌其直，不妨于尽也。”因其真，故不嫌其直。内容影响形式，从而一改七律历来用以应酬的华丽形式，使之具有了质直却深情的新面目。值得注意的是化质直情深为一气盘旋的写法，颈联与尾联尤见情感的顿挫回肠，避免了质直易无韵味的毛病。叶嘉莹教授评云：“试想郑虔这一位‘有道出羲皇’、‘有才过屈宋’的‘老画师’，是何等人物；而其与杜甫之间的‘但觉高歌有鬼神，焉知饿死填沟壑’的‘忘形到尔汝’的友情，又是何等交谊；而‘垂老陷贼’、‘万里严谴’的遭遇，更是何等惨事。以如此之人物，如此之交谊，而遇如此之惨事，乃杜甫竟尔邂逅无端阙为一面之别，则更该是

如何可憾恨之情意。像这种尽人间之极的作品,又何可以常度来衡量。”(《论杜甫七律之演进及其承先启后之成就》)

奉和贾至舍人早朝大明宫（七律）

【题解】

题下原注:“舍人先世尝掌丝纶。”意为贾至的父亲贾曾当过中书舍人,为皇帝草拟文书,而贾至当时也任此职。此诗作于乾元元年(758)左拾遗任上。唱和是旧体诗颇常见的形式,一人首唱,他人或同咏或依韵而和。此诗是贾至首唱,杜甫、王维、岑参奉和之(见附录)。七律比五律定型较后,这一回名诗人的唱和,可以说是一次七律形式重大的切磋,后人于四首唱和诗颇多比较与批评,从中获取宝贵的经验。

五夜漏声催晓箭[1],九重春色醉仙桃[2]。
旌旂日暖龙蛇动,宫殿风微燕雀高[3]。
朝罢香烟携满袖,诗成珠玉[4]在挥毫。
欲知世掌丝纶美[5],池上于今有凤毛[6]。

【注释】

〔1〕 五夜句:五夜,即五更,又称甲夜、乙夜、丙夜、丁夜、戊夜。这里指五更初。箭,指漏箭,古人计时的更筹。

〔2〕 九重句:九重,古人谓天有九重。此喻皇帝的深宫,连及宫中之桃,亦称仙桃。“醉仙桃”之“醉”,是“春色醉人”之“醉”。《兰丛诗话》称下联:“又捶琢,又混成。‘醉仙桃’不可解,亦正不必求解。”

〔3〕 旌旂二句:旂,同“旗”。龙蛇动,形容旗帜飞舞之状。风微而燕雀

高，则燕雀身轻可见。燕雀实景，龙蛇虚象，以实衬虚。

〔4〕　珠玉：比喻文彩，如“字字珠玑”。

〔5〕　欲知句：丝纶，《礼记》：“王言如丝，其出如纶。”意为帝王哪怕一句极细微的话也有大影响。后称帝王诏书为丝纶。《新唐书》载唐玄宗传位，贾至当选册，帝曰：“昔先天诰命，乃父为之辞，今兹命册，又尔为之，两朝盛典，出卿家父子手，可谓继美矣。”

〔6〕　池上句：池，凤池。魏晋南北朝时，中书省设在禁苑，掌机要，人称凤凰池。凤毛，《宋书》：谢凤子超宗，作《殷淑妃诔》，帝大嗟赏，谓谢庄曰：“超宗殊有凤毛。”又，《世说新语》载王劭风姿似父（王导），桓公望之曰：“大奴（王劭小名）固自有凤毛。”杜甫合凤池、凤毛二典称美贾至继美其父贾曾，先后为中书舍人。

【语译】

五更晓色动，巍峨宫殿在九重。仙桃红，醉春风；日融融，宫殿风。旗作龙蛇游，燕雀飞高空。下朝熏炉烟香犹在袖，诗成珠圆玉润一挥中。要想领略两代中书舍人文辞美，请看凤凰池上今日新彩凤！

【研析】

杜甫律诗对联不但写得壮丽，而且对仗精切工整，后人称为“杜样”。《东坡志林》有云：“七言之伟丽者，杜子美云：‘旌旆日暖龙蛇动，宫殿风微燕雀高’，‘五更鼓角声悲壮，三峡星河影动摇’；尔后寂寥无闻焉。”《瀛奎律髓》则云：“四人早朝之作，俱伟丽可喜，不但东坡所赏子美‘龙蛇’、‘燕雀’一联也。”的确，此诗不但“旌旆”一联好，“朝罢”一联也好。《薑斋诗话》云：“情、景名为二，而实不可离。神于诗者，妙合无垠。情中景尤难曲写，如‘诗成珠玉在挥毫’，写出才人翰墨淋漓、自心欣赏之景。”“朝罢香烟携满袖”，按《新唐书·仪卫志》：“朝日，殿上设黼扆、蹑席、熏炉、香案。”当属实写，但香烟如何"携"？却又实中有虚;"诗成珠玉在挥毫",则将挥毫后自得的心象化为"珠玉"这一实象,故曰"情中景"。《瀛奎律髓》又云:"然京师喋血之后,疮痍未复,四人虽夸美朝仪,不已泰乎!"就是说,当时正是国家危难,不该写这样的颂诗。后人颇接受这种说法。纪晓岚则不以为然,他一方面指出:"此说似是而迂,文章各有体裁,即丧乱之余,亦无不论是何题目,首首皆新亭对泣之理。"另一方面也认为"然此种题目无性情风旨之可言,仍是初唐应制之体。但色较鲜明,气较生动,各能不失本质耳。后人扯为公案,评议纷纷,殊可不必。"这话说得比较近人情,总算为"为艺术而艺术"留下一点空间。

【附录】

早朝大明宫呈两省僚友　贾至

银烛朝天紫陌长,禁城春色晓苍苍。
千条弱柳垂青琐,百啭流莺绕建章。
剑佩声随玉墀步,衣冠身惹御炉香。
共沐恩波凤池里,朝朝染翰侍君王。

和　前　王维

绛帻鸡人报晓筹,尚衣方进翠云裘。
九天阊阖开宫殿,万国衣冠拜冕旒。
日色才临仙掌动,香烟欲傍衮龙浮。
朝罢须裁五色诏,佩声归向凤池头。

和　前　岑参

鸡鸣紫陌曙光寒,莺啭皇州春色阑。
金阙晓钟开万户,玉阶仙仗拥千官。
花迎剑佩星初落,柳拂旌旂露未干。

独有凤凰池上客，阳春一曲和皆难。

春宿左省（五律）

【题解】

作于乾元元年（758）春，左拾遗任上。宫殿坐北面南，左拾遗属门下省，在东，故称左省。宿，夜宿，值夜班。

花隐掖垣[1]暮，啾啾栖鸟过。
星临万户动，月傍九霄[2]多。
不寝听金钥，因风想玉珂[3]。
明朝有封事，数问夜如何[4]。

【注释】

〔1〕　掖垣：宫殿两侧的宫墙。掖是形象的说法，《汉书·高后纪》："入未央宫掖门。"颜注："（掖门）在两旁，若人之臂掖。"

〔2〕　九霄：天的最高处。形容宫殿之巍峨。

〔3〕　不寝二句：写失眠状态：夜静，听到钥匙开锁的声音，便想到早朝，进而想象听到百官骑马上朝时其马络头饰物发出的清响。玉珂，马络头上玉制之饰物，代指马。

〔4〕　明朝二句：封事，密奏。夜如何，夜多深了？《晋书·傅玄传》："每有奏劾，竦踊不寐，坐而待旦，于是贵游慑伏，台阁生风。"

【语译】

暮色中花影迷离宫墙隐约，归宿的鸟儿啾啾飞过。宫中千门万户依傍着星光闪烁，月光如水泻向碧瓦的波涛大殿巍峨。夜静不寐听得见金钥开锁,该不是百官将到,远处马络头响着玉珂?几次三番我问夜剩几何?今朝我有密件要奏。

【研析】

李苦禅序《八大山人画集》,称其“既不杜撰非目所知的‘抽象’,也不甘写极目所知的‘具象’,他只倾心于以意为之的‘意象’。”此语可移来评此诗。诗中句句写的是宫中夜色,确切传神而不可移易。至如“星临万户动,月傍九霄多”,写宫中千门万户灯光明灭与夜空星光闪烁互相映衬,而月色广披在巍巍矗立的高楼大殿之上,更觉其“多”。这些都是所谓“呈于象、感于目、会于心”的意象。叶燮《原诗》有一段妙语可解颐:“从来言月者,只有言圆缺、言明暗、言升沉、言高下,未有言多少者……今曰多,不知月本来多乎?抑傍九霄而始多乎?”又曰:“可言之理,人人能言之,又安在诗人之言之!可征之事,人人能述之,又安在诗人之述之!必有不可言之理,不可述之事,遇之于默会意象之表,而理与事无不灿然于前者也。”诗自有诗之“理”。关键还在于杜甫善于将情志与景物结合,创造出心理意象,使“至虚而实,至渺而近”,再现复杂的内心世界。《瀛奎律髓汇评》引查慎行云:“灵武即位以后,缺事多矣。岑嘉州(参)云:‘圣朝无阙事’,不如老杜‘明朝有封事’为纪实也。”读此诗,一个忠公勤勉的谏官形象抹之不去矣。

题省中壁（七律）

【题解】

省,指门下省。仇注:“公年四十六始拜拾遗,时已晚矣,乃迟回一官,未尽言责,徒违素心耳。职无补而身有愧,乃题于院壁以自警。”此诗为七律拗体。

掖垣竹埤梧十寻[1],洞门对雪常阴阴[2]。
落花游丝白日静,鸣鸠乳燕青春深[3]。
腐儒衰晚谬通籍,退食迟回违寸心[4]。
衮职曾无一字补,许身愧比双南金[5]。

【注释】

〔1〕 掖垣句:掖,旁边。垣、埤皆墙,高曰垣,低曰埤。竹埤,竹篱;竹屏。寻,古代八尺为一寻。

〔2〕 洞门句:洞门,《汉书·董贤传》:“重殿洞门。”颜注:“洞门,谓门门相当。”对雪,一作“对溜”。黄生驳之曰:“次句与‘风磴吹阴雪’、‘翛然欲下阴山雪’同意。此言梧树与洞门相对,凉气袭人,却径下‘对雪’字,奇崛之至。”

〔3〕 落花二句:乳燕,初生的燕子。落花游丝,鸣鸠乳燕,都是春天里常见事物,在“白日静”的衬托下,更显出“青春深”,是省中雍容的气象。仇注引张綖注:“白日静,慨素餐也。青春深,惜时迈也。二句景中有情,故下接云‘谬通籍’、‘违寸心’。”这是说,“白日静”表明该是繁忙单位的门下省却无事干,尸位素餐者众;“青春深”,见时光流逝,生命空度。由此引出下面“谬通籍”、“违寸心”的感慨。

〔4〕 腐儒二句:通籍,宫门管理的花名册。仇注引应劭曰:“籍者,为二尺竹牒,记其年纪名字物色,悬之宫门,案省相应,然后乃得入也。”谬通籍,忝列朝班。迟回,徘徊。

〔5〕 衮职二句:二句谓身为拾遗,自愧不能尽职起到补衮的作用,与自我期许有很大差距。衮职,天子的职事。《诗·烝民》:“衮职有阙,唯仲山甫补之。”为天子进谏则称“补衮”。许身,犹立志。南金,《韩非子·内储说上》:“荆南之地、丽水之中生金。”双南金,张载《拟四愁》诗:“美人赠我绿绮琴,何以报之双南金。”自比双南金,言

高自期许。

【语译】

宫墙竹篱旁,梧桐十寻高。门对梧桐如对雪,桐荫森森寒气绕。蛛丝自罥花自落,省院白昼静悄悄。鸠啼雏燕飞,时不我待春色老。书生老去忝朝班,尸位素餐心如捣。身为谏官无一字,致君尧舜空自臊!

【研析】

岑参《寄左省杜拾遗》云:"联步趋丹陛,分曹限紫微。晓随天仗入,暮惹御香归。白发悲花落,青云羡鸟飞。圣朝无阙事,自觉谏书稀。"杜甫为拾遗,岑参任补阙,职责差不多;杜在左省(门下省),岑在右省(中书省),环境也差不多;"落花游丝白日静,鸣鸠乳燕青春深"与"白发悲花落,青云羡鸟飞",所描写的情景也差不多。然而,感发出来的情志却差得多!岑参所悲者在岁月流逝,青云难上;杜甫所悲者在不能尽职,理想不能实现。同为宫廷诗,毕竟也有高低之分。

这首诗是拗格七律。所谓拗格律诗,是指在平仄组合上有意打破固定格式的一种创新,杜甫往往以此形式来表达他那突兀不平的拗倔情绪。故仇注云:"杜公夔州七律有间用拗体者,王右仲谓皆失意遣怀之作,今观《题壁》一章,亦用此体,在将去谏院之前,知王说良是。"拗体虽然不合常见固定的平仄组合,但仍讲究声调之美,故《瀛奎律髓》云:"此篇八句俱拗,而律吕铿锵。"

洗兵马（七古）

【题解】

题下旧注:"收京后作。"此诗大概作于唐肃宗乾元元年

(758)春。史载,至德二载(757)九月唐军收复西京长安,十月收复东京洛阳,十一月张镐帅鲁炅等五节度使徇河南、河东郡县,皆下之。史思明、高秀岩以所部降,十二月沧、瀛等州降,河北率为唐有。乾元元年,唐军继续向敌占区挺进,形势喜人。杜甫不但在诗中表达了这种强烈的乐观情绪,同时也不忘点醒时弊,并将关注点落在百姓的安定上。诗题"洗兵马",虽然出自左思《魏都赋》"洗兵海岛,刷马江州",但要表达的还是自己的关注点——"净洗甲兵长不用",尽早结束战争,还百姓以太平!《杜臆》称此诗:"一篇四转韵,一韵十二句,句似排律,自成一体;而笔力矫健,词气老苍,喜跃之象浮动笔墨间。"且喜中隐忧,颂中寓谏,见沉郁之本色。王安石选杜诗,以是篇为压卷。

中兴诸将收山东〔1〕,捷书夕报清昼同〔2〕。
河广传闻一苇〔3〕过,胡危命在破竹中〔4〕。
只残邺城不日得,独任朔方无限功〔5〕。
京师皆骑汗血马,回纥喂肉葡萄宫〔6〕。
已喜皇威清海岱〔7〕,常思仙仗过崆峒〔8〕。
三年笛里《关山月》,万国兵前草木风〔9〕。

【章旨】

以上为第一段,写胜利喜跃之象,但不忘提醒必须居安思危,特别要信任本国军队与将帅。

【注释】

〔1〕 中兴句:赵次公注:"山东者,今之河北也。盖谓之山东山西,以太行山分之也。"又曰:"安禄山反,先陷河北诸郡,至二京已复,安庆绪奔于河北之后,史思明降,严庄降,能元皓降,而河北诸郡暂复

矣，故曰'中兴诸将收山东'。"

〔2〕 捷书句：赵次公注："夕晚之报，与日昼同，言其好消息之真也。"

〔3〕 一苇：一束芦苇。《诗·河广》："谁谓河广，一苇航之。"形容渡河之易。

〔4〕 胡危句：胡，指安、史叛军。破竹，《旧唐书·肃宗本纪》：至德二载十一月，下制曰："灵武聚一旅之众，至凤翔合百万之师。亲总元戎，扫清群孽……势若摧枯，易同破竹。"

〔5〕 只残二句：此句有深意，指出要依靠本国兵力和对将帅的信任才能取胜，特别是要专任郭子仪率领的朔方军。邺城，即相州，今河南安阳。《通鉴》至德二载十二月："虽相州未下，河北率为唐有矣。"朔方，指朔方军。其节度使为郭子仪。独任，专任；信任。

〔6〕 京师二句：汗血马，即西域大宛马，借指回纥兵。《北征》称回纥军"所用皆鹰腾"，如猛禽，故用"喂"，即《留花门》所谓"饱肉气勇绝"，既写其俗，又见其勇。或谓此微言大义，暗示此辈只是为我所用，朔方军才是依靠的根本。葡萄宫，汉上林宛宫殿名。汉元帝曾于此安置来朝的匈奴单于，借喻至德二载十月肃宗宴回纥叶护于宣政殿。

〔7〕 清海岱：清，平定。海岱，今山东一带。

〔8〕 崆峒：隋唐有三崆峒，一在肃州，一在岷州，又有原州平凉之笄头山，一名崆峒山。而此"崆峒"当属用典。《史记·五帝本纪》云：黄帝"西至空桐，登鸡头"。注称黄帝于此问道于广成子，此"空桐"即"崆峒"。《收京三首》："仙仗离丹极"，指玄宗由长安出走奔蜀。将"仙仗"配黄帝西去之典，用指玄宗西入蜀之事，自然切合。《收京》又云"文思忆帝尧"，指思念玄宗。史载至德二载九月捷书至凤翔，肃宗即遣中使入蜀奏上皇，并表请东归；则此句只是写时事，并无旧注所云讽谏之意。

〔9〕 三年二句：自天宝十四载（755）十一月安禄山反，至乾元元年（758）三月，计两年四个月，但其横跨的年度可称三年。关山月，乐府横吹曲之一。《乐府题解》："关山月，伤别离也。"万国，《周易正

义·比》象曰:“先王以建万国,亲诸侯。”万国,指诸侯,此处泛指各地。草木风,淝水之战,苻坚登城望见八公山草木皆类人形,风声鹤唳,疑以为兵。此写到处人心惶惶,饱受战祸。

【语译】

中兴诸将一举收复河北,捷报连夜传来,就如同大白天一般真切!听说宽广的黄河一渡而过,我军势如破竹,残匪逃不了覆灭的命运,只剩下邺城不日可得。这就是专任朔方军的无限功劳啊!京城到处是骑西域良马的兵将,天子就在宫中犒劳回纥勇士。可喜呵,现在朝廷权威直达海疆;毋忘啊,西走未归的太上皇。三年来笛声只是传送着伤离别的《关山月》,遍地烽火让人草木皆兵提心吊胆。

成王功大心转小,郭相谋深古来少。
司徒清鉴悬明镜,尚书气与秋天杳[1]。
二三豪俊为时出,整顿乾坤济时了。
东走无复忆鲈鱼[2],南飞觉有安巢鸟[3]。
青春复随冠冕入,紫禁正耐烟花绕[4]。
鹤驾通宵凤辇备,鸡鸣问寝龙楼晓[5]。
攀龙附凤势莫当,天下尽化为侯王[6]。
汝等岂知蒙帝力,时来不得夸身强[7]。
关中既留萧丞相,幕下复用张子房[8]。
张公一生江海客,身长九尺须眉苍。
征起适遇风云会,扶颠始知筹策良[9]。
青袍白马[10]更何有?后汉今周喜再昌[11]。

【章旨】

第二段歌颂文武贤臣再造之功,中间微讽皇家应保持伦常,帝修子职,亲贤远小。

【注释】

〔1〕　成王四句:成王,指肃宗长子李俶,乾元元年三月徙为成王,四月立为皇太子,更名豫,即后来的代宗。郭相,指郭子仪,时为中书令。司徒,指李光弼。尚书,指王思礼,时为兵部尚书。秋天杳,言其为人爽朗,像秋天一样清远。即《八哀诗》所称:"胸襟日沉静,肃肃自有适。"

〔2〕　东走句:《世说新语·识鉴》:张翰见秋风起,因思吴中菇菜蓴羹鲈鱼脍,遂命驾东归。此句翻用其意,言天下既定,则可安心仕宦,不必再避乱思归了。

〔3〕　南飞句:曹操《短歌行》:"月明星稀,乌鹊南飞。绕树三匝,何枝可依?"此翻用其意,即《送李校书二十六韵》所云:"乾元元年春,万姓始安宅。"

〔4〕　青春二句:当与上联四句一气读,写出拨乱反正气象。乾元元年春,杜甫在左拾遗任上写下的一些"宫廷诗",多有"青春"的意象,如"天门日射黄金榜,春殿晴熏赤羽旗","香飘合殿春风转,花复千官淑景移",透露当时君臣上下"喜跃之象"。紫禁,皇宫。正耐,适合;相称。

〔5〕　鹤驾二句:鹤驾,太子的车驾。凤辇,皇帝的车驾。龙楼,皇帝居所。杨伦注:"言鹤驾通宵,备凤辇以迎上皇;鸡鸣报晓,趋龙楼以伸问寝也。"意为:肃宗当时以太子的身份连夜准备接驾的车辆,在破晓时分就赶到龙楼去,向父亲玄宗请安。《资治通鉴》至德二载条,载"上皇至咸阳,上备法驾迎于望贤宫。上皇在宫南楼,上释黄袍,着紫袍,望楼下马,趋进,拜舞于楼下"。可见玄宗返京师时,肃宗是自以太子的身份迎驾的。《旧唐书·肃宗本纪》至德二载条,十一月下制曰:"今复宗庙于函洛,迎上皇于巴蜀,导鸾舆而反正,

朝寝门而问安。”二句正用其意。

〔6〕　攀龙二句：攀龙附凤指宦官李辅国等攀附张淑妃，得到肃宗重用，势倾朝野。史载，收京后，肃宗大奖功臣，蜀郡、灵武扈从之臣皆晋爵加食邑有差。“天下尽化为侯王”讽其滥赏。

〔7〕　汝等二句：即《收京三首》所云：“杂虏横戈数，功臣甲第高。万方频送喜，无乃圣躬劳。”斥责那些攀龙附凤的“功臣”，贪天之功为己有。汝等，你们这伙人。

〔8〕　关中二句：汉高祖刘邦以萧何为相，留守关中，功居第一，以比房琯。房自蜀奉使至关中册立肃宗，留为相，故云。张子房，当指李泌。张子房即刘邦的主要谋士张良，多智谋，好神仙。而李泌亦多智谋，于收京前为肃宗重要谋士，肃宗置元帅府于禁中，以李泌为侍谋军国、元帅府行军长史，亦喜纵谈神仙，故以比张子房。或云张子房以下五句并指张镐。

〔9〕　张公四句：史载，张镐风仪伟岸，廓落有大志，好谈王霸大略，自布衣拜左拾遗，后来代房琯为相。江海客，浪迹江湖的人。这里不但指张镐由布衣起家，而且含有一直保持布衣品格的意思。

〔10〕　青袍白马：《梁书·侯景传》载侯景作乱，骑白马，以青丝为辔。杜甫往往以“青袍白马”指叛军。

〔11〕　后汉句：以中兴之主后汉光武帝与东周宣王比肃宗。

【语译】

成王李俶功大更为谦恭，相国郭子仪深谋远虑前无古人。还有司徒李光弼明镜高悬能察秋毫，尚书王思礼意气如那秋天一般高远。就凭这几个应时而出的豪杰，整顿了我大唐乾坤朗朗。再不必像张翰那样为避乱托辞思归，百姓们也好比乌鹊终于找到了窝巢。春光又随着百官上朝的步履归来，宫殿楼阁，烟花缭绕，适好现出一派新气象。宵夜备驾，凌晨请安，皇家又恢复了人伦忠孝。那班攀龙附凤势倾朝野的小子们！你们只不过是贪天之功因时得利，有什么能耐值得夸耀？想当初，关中既留堪比萧何的丞相，幕府又用媲美张良的谋士。如今张镐公身长九尺须眉苍苍，平生浪迹江海，恰逢风云际会，自布衣被征召，扶危济难这才知道他策良谋高。那些叛乱者又能怎样？大唐就好比东周后汉，再现辉煌！

寸地尺天皆入贡，奇祥异瑞争来送。
不知何国致白环，复道诸山得银瓮。
隐士休歌《紫芝曲》[1]，词人解撰《河清颂》[2]。
田家望望惜雨干，布谷处处催春种[3]。
淇上健儿归莫懒[4]，城南思妇愁多梦。
安得壮士挽天河，净洗甲兵长不用[5]。

【章旨】

末段托出题旨：一鼓作气平叛，及时收功，让百姓安居乐业。

【注释】

〔1〕 隐士句：《高士传》载汉初商山四皓隐居，常歌《紫芝曲》。

〔2〕 词人句：《南史·鲍照传》：宋元嘉中，河、济俱清，当时以为瑞，鲍照作《河清颂》。此言当时文人多写颂词。

〔3〕 田家二句：望望，眼巴巴地看着。此句言农家眼巴巴地看着宝贵的春雨干掉，却不能及时播种。

〔4〕 淇上句：淇水在卫州，与邺城邻。淇上健儿，指攻邺唐军。农家之所以不能及时春种，正由于子弟战于淇上。归莫懒，则鼓励士兵一鼓作气平叛，早日还乡。

〔5〕 安得二句：此全诗旨意，盼天下太平，永无征战。《鲁通甫读书记》称：少陵新乐府皆随事撰成，空所依傍。“至《洗兵马》一篇，题更奇特，点在篇终，尤见点睛飞去之妙。”

【语译】

普天下都将再来入贡，争着呈送异瑞奇祥。不知何方送来白玉环，又说是诸山都挖到贮银瓮。隐士们不必老唱着那《紫芝曲》，词人们也都懂得来写《河清颂》。只可惜田家眼巴巴地看着春雨流失，布谷鸟还在处处催人下种。淇水畔苦战的儿郎们！快一鼓作气结束战斗归来吧——家中妻子正苦思梦想。天哪！怎样才能请来壮士横挽天河，净洗甲兵永不再用！

【研析】

浦起龙称："此篇是初唐四家体（按，即所谓初唐四杰王、杨、卢、骆的风格），貌同而骨自异。"王嗣奭则指出："一篇四转韵，一韵十二句，句似排律，自成一体。"综合起来看，诚如施补华所说："《洗兵马》队仗既整，音节亦谐，几近初唐四家体，然苍劲之气，时流楮墨，非少陵不能作也。"（《岘佣说诗》）关键就在于杜甫是以乐府"即事名篇"的精神来整合前人的艺术经验的，这才自成一体：整齐中透出沉雄，沉雄中透出悲壮，丽词伟义，别是一番气象。意义形式是情志的具象化。那么，这首诗又体现了诗人怎样的情志？或者说，文本的意指是什么？这就不能不提到一起注杜的公案。

注杜名家钱谦益认为："《洗兵马》刺肃宗也。刺其不能尽子道，且不能信任父之贤臣，以致太平也。""问寝"句注又说："肃宗即位，下制曰：复宗庙于函洛，迎上皇于巴蜀，道鸾舆而反正，朝寝门而问安。朕愿毕矣……此诗援据寝门之诏，引太子东朝之礼以讽喻也。鹤驾龙楼，不欲其成乎为君也。"意思是：杜甫质疑肃宗皇帝的合法性，引其诏书反讽其虚伪。由此，他将诗的笺释引向党争，认为是肃宗亲自"钩党"，将他在灵武即位的功臣与玄宗的"旧臣"视同水火不相容的两党，极力排斥房琯为首的"旧臣"，以至于"太平之望亦邈矣"，而杜甫诗正是为此而发。

此论一出，引来注评诸家群起而攻之，认为有失诗人忠厚之本，是深文刻论,乃至坏心术、堕诗教。然而论者又不能不承认该诗颂中寓讽。平心而论,钱笺所论,都有文献的依据,尤其是两年后的上元元年(760)所发生的“移仗”事件,肃宗借宦官李辅国之手将玄宗软禁于西内,的确充分暴露了肃宗对其父的猜忌之心。然而,历史乃一前后相承相续的发展过程,不容前后倒置,以末为本。何况诗与史的文体不同,表现形式也大异其趣。史家往往是事后对时事作追忆,而诗家却是对“当下”情事的感言。《洗兵马》之妙,就在于能将时事与即时的情感熔为一炉,表现当时唐王朝臣民上下对天下太平充满期盼的“喜跃之象”,而篇末点题更是“一人心,乃一国之心”,充分发露了全篇主旨所在。从这一点上说,钱氏所论有悖文本的基本意指。然而文本的含义与其潜在的意义还是有区别的:作者写进含义,读者则圈定意义。也就是说,读者与作者的对话,可发掘文本的各种潜在意义。凡是优秀作品,在具有历史性的同时,也具有开放性,能与时俱进,释放出新意味。所以,不同历史文化情景下的读者可能、也可以从文本中看到某些前人未曾看到的意义,是所谓“作者未必然,读者未必不然”。钱氏以其深陷明末党争的经验,体会到“旧臣”与“灵武功臣”之间的斗争,揭发肃宗深藏不露的内心猜忌,从而敏感地领会文本颂中寓讽的含义,应当说是深刻的。如果我们不是就一时一事而议,则《洗兵马》在整部杜诗中有其特殊的意义:它处于诗人对肃宗中兴的期望值最高的时刻,紧接下来发生的一系列现实,使他迅速跌入失望之渊,终于导致远离朝廷西去的结果。紧接下来的“三吏”、“三别”正是思想剧烈矛盾的产物,终于,他毅然决然离开朝廷西去,在《秦州杂诗》中道出决裂的原因:“唐尧真自圣,野老复何知!”此后一直以“野老”的身份批评时政。不妨说,《洗兵马》与“三吏”、“三别”共构了杜诗情感跌宕的分水岭:前者是诗人对朝廷期望值的最高点,后者则是幻觉破灭,自觉转向“在野”角色的起点,可以看成是后半部杜诗的前奏曲。从这一点上看,钱注是富有启发性的。

曲江二首（七律）

【题解】

这两首诗作于乾元元年（758）春。张綖注："二诗以仕不得志，有感于暮春而作。"

其　一

一片花飞减却春，风飘万点正愁人[1]。
且看欲尽花经眼，莫厌伤多酒入唇[2]。
江上小堂巢翡翠，苑边高冢卧麒麟[3]。
细推物理须行乐[4]，何用浮名[5]绊此身。

【章旨】

前四句写曲江景事，后四句写曲江感怀。及时行乐的外表下，深藏着仕不得志的慨叹。

【注释】

〔1〕一片二句：《而庵说唐诗》："'一片花飞减却春'，妙绝语，然有所本：古诗有'飞此一片花，减却青春色'之句。"此句与"一叶知秋"同样具有哲理味，且衬出对句"风飘万点"之愁。《瀛奎律髓》："'一片花飞'且不可，况于'万点'乎？"

〔2〕且看二句：经眼，过眼。"经"字下得细，因为写的是飞花。对句意为：不要因为酒喝多了会伤身体就不喝酒。

〔3〕江上二句：苑，指芙蓉苑，在曲江西南。《唐宋诗举要》引吴曰："衬笔更发奇想惊人，盛衰兴亡之感，故应尔尔。""安史之乱"，曲江建

筑多被毁,公卿多被杀,小堂无主,故翡翠来巢;高冢绝后,故石兽扑卧而无人修复。杜甫往往以丽句写荒凉,此其一例。

〔4〕 细推句:此句承上句而来。物理,指事物盛衰变化之理。《围炉诗话》:"因落花而知万物有必尽之理。'细推'者,自一片、万点、落尽、饮酒、冢墓,皆在其中,以引末句失官不足介怀之意。"

〔5〕 浮名:《杜臆》云:"浮名非名誉之名,乃名器之名,故用'绊'字有味。如官名'拾遗',必能补衮职之缺才称,否则浮名耳,何用将此官绊其身乎?"

【语译】

落花才见一片,春色已觉顿减;何况飞红万点,叫人怎不愁怨?眼看春深花欲尽,明知多喝伤身酒仍劝。小堂荒芜巢翡翠,高冢石像麒麟倒花边。推寻物理盛衰变,及时行乐何须浮名违我愿!

其　二

朝回日日典[1]春衣,每日江头尽醉归。
酒债寻常[2]行处有,人生七十古来稀。
穿花蛱蝶深深见,点水蜻蜓款款飞[3]。
传语风光共流转,暂时相赏莫相违[4]。

【章旨】

上四句写曲江酒兴,下四句写曲江春景。"传语风光",从无情中看出有情,自见生趣。

【注释】

〔1〕 典:典当。典衣买醉,与前章"行乐"呼应,见仕不得志。

〔2〕 寻常:原指随处,但古人以八尺为寻,两寻为常,寻常则成量词;故

又以此与对句“七十”借对。

〔3〕 穿花二句：《石林诗话》：“‘深深’字若无‘穿’字，‘款款’字若无‘点’字，皆无以见其精微如此。然读之浑然，全似未尝用力，此所以不碍其气格超胜。”

〔4〕 传语二句：二句用拟人手法。《杜诗镜铨》云：二诗以送春起，以留春住。传语，犹传告。共流转，犹共盘桓。

【语译】

天天下朝便去典春衣，日日得钱曲江买醉归。所到之处有酒债，人生苦短七十稀。蛱蝶穿过花丛深处去，蜻蜓点水缓缓停空飞。寄个话儿给春光，请再暂时与我共流连。

【研析】

《而庵说唐诗》曾说过：“大率看公（指杜）诗，另要一副心肝、一双眼睛待他才是。”比如此诗言及时行乐，其实是“忧愤而托之行乐者”（《杜臆》）。叶嘉莹说得好：“这‘朝回’跟‘尽醉’是很强烈的对比。以杜甫那‘致君尧舜’和‘窃比稷契’的理想，以杜甫那‘许身’的执着，如果他不是非常失望，如果他不是无可奈何，他为什要天天这样做？”这叫别具只眼，而宋代道学家程颐将“穿花蛱蝶深深见”视为“闲言语”，则属少了一双看杜诗的眼睛。正因为杜甫强烈感到自己在浪费宝贵的生命，所以反而对眼前的春光更加珍惜，观察自然入微。《杜臆》所评较近情理：“余初不满此诗，国方多事，身为谏官，岂行乐之时？后读其‘沉醉聊自遣，放歌破愁绝’二语（按，见《自京赴奉先县咏怀五百字》），自状最真，而恍然悟此二诗，乃以赋兼比兴，以忧愤而托之行乐者也。”

奉赠王中允维（五律）

【题解】

此诗作于乾元元年(758)。王维,盛唐名诗人。中允,太子中允,东宫官属,正五品下。

中允声名久,如今契阔[1]深。
共传收庾信[2],不得比陈琳[3]。
一病缘明主,三年独此心[4]。
穷愁应有作,试诵《白头吟》[5]。

【注释】

〔1〕　契阔:此言离合聚散。契,合也。阔,离也。

〔2〕　收庾信:《周书·庾信传》载梁元帝命庾信为御史中丞。此喻唐肃宗迁王维为太子中允。

〔3〕　陈琳:《三国志·魏书》载袁绍使陈琳典文章,袁败归魏武帝曹操。操谓曰:"卿昔为本初移书,可罪状孤而已,何乃上及祖父耶?"琳谢罪,操爱其才,不之责。

〔4〕　一病二句:《旧唐书·王维传》载禄山陷两都,维为其所得。维服药取痢,伪称瘖病。拘于洛阳普施寺,作诗"万户伤心生野烟,百官何日再朝天"云云,此指其事。三年,指天宝十五载陷贼至乾元元年责授太子中允,计三年。

〔5〕　白头吟:卓文君《白头吟》:"愿得一人心,白头不相离。"以比王维事君无二心。此联仇注云:"维经患难,必多悲愤之作,故复索诗以见其苦情。"

【语译】

王中允的才艺早就大有名声，只是久不相见至今别意深深。都传说朝廷对您既往不咎，就像梁元帝收用了庾信；这怎能与陈琳降曹相比，那是改换门庭。当年拒受伪职一病称瘖，囚禁中还作诗怀念唐室；又有谁知这三年来是一片耿耿忠心？想必心中郁结不能不吐，真想一读您近来所写的那些《白头吟》。

【研析】

仇注引《杜臆》云："此诗直是王维辩冤疏。"玄宗奔蜀，百官多有扈从不及被俘而受伪职者。收京后分六等定罪，王维因为曾称瘖并作怀念唐室的诗，所以责授太子中允，算是从宽发落。杜甫曾身陷长安，对当时的具体情况是了解的，所以理解其苦衷，并表示同情，表现了一个仁者应有的胸怀。但不管怎么说，这总是件尴尬事，要说也必须有个分寸。此诗的技巧就在此：巧用典故，以古典述今事，达难达之情。

讲究用典是律诗尤为看重的一种手法。所谓用典，就是用浓缩在一个片语乃至一个词当中的历史故事，隐喻当前的事情。只要一提这个片语或词，整个历史事件就会随之出现，再现其复杂的语境，与当前发生的事态形成对比，所以又叫"用事"。高友工《律诗美学》说得对："他（指杜甫）有意通过用典来建造一个意象世界，因为事典可以引入简单意象无法表达的复杂的意义维度。"如"共传收庾信，不得比陈琳"便是。里面有两个外表相似、实质却不同的历史故事。庾信，南朝大作家。史载庾信曾为萧梁皇太子侍臣，侯景作乱，简文帝命其率军驻扎于朱雀航北，侯景至，弃军走。后来梁元帝不究，任命他为御史中丞，之后又出仕魏、周，忍垢含耻，有名作《哀江南赋》表达内心痛苦。而王维安史乱中被俘送洛阳，强加伪职，肃宗也责授太子中允，有《谢除太子中允表》，自责"臣进不得从行，退不能自杀，情虽可察，罪不容诛"，深表悔恨。庾、王的遭际有内在的相似性。陈琳情况则不同，他本是袁绍阵营的人，作檄文痛诋曹操，被俘后谢罪授官，此后忠于曹营。杜甫特意指出：王维似前者值得同情，而与后者情况绝异，故云“不得比陈琳”。通过两个历史名人，便将两种复杂的情况提出来加以区分，化繁为简，疏而不漏，将颇难分说的事委婉道出，可谓举重若轻。

义　鹘（五古）

【题解】

当是乾元元年(758)在长安作。这是一首难得一见的寓言诗。《杜臆》云：“是太史公一篇义侠客传，笔力相敌，而叙鸟尤难。”鹘，猛禽，又名隼。

阴崖有苍鹰，养子黑柏颠。
白蛇登其巢，吞噬恣朝餐。
雄飞远求食，雌者鸣辛酸。
力强不可制，黄口[1]无半存。
其父从西归，翻身入长烟。
斯须领健鹘，痛愤寄所宣。
斗上捩孤影[2]，嗷哮[3]来九天。
修鳞脱远枝，巨颡拆老拳[4]。
高空得蹭蹬，短草辞蜿蜒[5]。
折尾能[6]一掉，饱肠皆已穿。
生虽灭众雏，死亦垂千年[7]。

物情[8]有报复，快意贵目前。
兹实鸷鸟最，急难心炯然[9]。
功成失所往，用舍[10]何其贤。
近经潏水[11]湄，此事樵夫传。
飘萧觉素发，凛欲冲儒冠[12]。
人生许与分，只在顾盼间[13]。
聊为义鹘行，用激壮士肝。

【注释】

〔1〕 黄口：指雏鹰。

〔2〕 斗上句：斗上，猝然急上。捩，扭转，此指鹘在空中翻转。

〔3〕 嗷哮：号呼声。《杜诗镜铨》："写出猛势，刻画处，十分痛快淋漓，如有杀气英风，闪动纸上。"

〔4〕 修鳞二句：巨颡，指蛇首。拆老拳，拳，喻鹘之爪，这里只是用典。《晋书·载记》：石勒引李阳臂笑曰："孤往日厌卿老拳，卿亦饱孤毒手。"《刘宾客嘉话录》以此为例称："为诗用僻字，须有来处。"后人也往往以"无一字无来处"称杜诗，不足为训。

〔5〕 高空二句：二句写蛇被鹘从高空掷下，在草丛中再也不能自如游走了。蹭蹬，挫折。此借写由上坠下貌。

〔6〕 能：犹恁，如此这般。唐人口语。

〔7〕 垂千年：永为鉴戒。浦注："犹所谓'遗臭万年'也。"

〔8〕 物情：事物之常情常理。

〔9〕 兹实二句：鸷鸟，猛禽。最，杰出者。急难，急人所难。心炯然，心地磊落。

〔10〕 用舍：进退。

〔11〕 潏水：在长安杜陵附近，自皇子陂流入渭水。

〔12〕 飘萧二句：此联意为：听了鹘的义举，只觉白发直欲冲冠。飘萧，稀疏貌。

〔13〕 人生二句：此联意为：对一个人的评价(在大是大非面前)，有时一下子就能判定。

【语译】

背着阳光的悬崖上，老柏树的树梢有一窝子苍鹰。一条大白蟒盘到它的巢里，吞食掉所有的雏鹰当作早餐。那时雄鹰已到远处寻找食物，母鹰只好无助地苦苦哀叫。白蛇是那么粗壮难以制服，黄口小鹰被吞噬是一只也没剩。小鹰的父亲终于从西方回来了，看到这样的惨状翻身又冲向云霄。只过一会儿，便领来一只矫健的雄鹘，苍鹰满怀悲愤地向它诉说着冤情。雄鹘一听义愤填膺，一飞冲天又在空中翻转身。它呼啸着从九天俯冲而下，身影好似一道闪电。顿时长蛇已被擒离了树枝，硕大的蛇头被利爪撕抓，从高空一掷而下，刚吃饱的蛇肚子被摔破淌出肠子，虽然尾巴还这么摆了一摆，可是从此别想在草丛中爬。蛇呀蛇，你活时虽然残灭了一群小鹰，但你死后只留下千秋的骂名！常言道："恶有恶报，时候未到"，可哪有这现时就报来得痛快！这义鹘啊，真是猛禽中的佼佼者，那急人所难的忠心义胆多么光明磊落。功成不居翻然远去，其进其退又何其贤也！我最近从潏水之滨走过，听樵夫将这个故事告诉我，听得我稀疏的白发也要冲冠而起！有时候人生的大是大非，在刹那间便可判定。为此，我写下这首义鹘行，希望它能激起男子汉们的良心。

【研析】

《杜诗镜铨》："记异之作，愤世之篇，便是聂政、荆轲诸传一样笔墨，故足与太史公争雄千古。得之韵言，尤为空前绝后。"即使不从旧道德去作评价，这个见义勇为的故事也是有益于世道人心的，何况写得如此生动。《杜臆》称赞说："'斗上捩孤影'八句，模神写照，千载犹生。"

至德二载，甫自京金光门出，间道归凤翔；乾元初，从左拾遗移华州掾，与亲故别，因出此门，有悲往事（五律）

【题解】

乾元元年(758)六月，杜甫因疏救房琯事，被贺兰进明弹劾，贬为华州司功参军。诗作于是时，这是杜甫政治与创作的一个转捩点。金光门，长安外郭城之中门。间道，小路。移，贬官的婉辞。掾，属官之通称，此指华州司功参军。

此道昔归顺[1]，西郊胡正繁。
至今残破胆，应有未招魂[2]。
近得归京邑[3]，移官岂至尊[4]。
无才[5]日衰老，驻马望千门[6]。

【注释】

〔1〕 归顺：指脱贼归唐。
〔2〕 至今二句：言当时情形，至今回想起来还胆战心惊。
〔3〕 京邑：华州离京城不远，故称京邑。
〔4〕 移官句：暗寓皇帝听信贺兰进明等人的谮言。
〔5〕 无才：不言被谮，反自称无才，是反语。
〔6〕 驻马句：此句言依依不忍离去。千门，指宫殿。

【语译】

我曾此门出，脱贼直向灵武奔。西门郊野外，无处不胡尘。当年魂飞魄又散,至今恐怕还没召回所有魂。最近移官到京畿,又要过此门。也许皇上无此意,忮刻自有人。是该走了,无才如我老且昏。驻马回头望,千门宫殿深。

【研析】

这首诗历代都说是“怨而不怒”的典型。如《义门读书记》称:“不无少望(怨望),然淡淡直叙,怨而不怒,讽刺体之圣也。”“怨而不怒”的确是中国士大夫的铁门槛。毋庸讳言,“诗圣”杜甫也过不了这个槛。诚如顾宸所指出:“移官岂至尊”与王维“执政方持法,明君无此心”有相似处。然而同中有异:王维是授伪职之人,自己没底气,只有解脱之辞,不敢有所怨望。杜甫呢,却是发牢骚。杜甫这个牢骚并非“淡淡直叙”,而是绵里藏针。他自己就说过“向所论事,涉近激讦,违忤圣旨,既下有司”(《奉谢口敕放三司推问状》),是“至尊”亲自降罪的,所以话中有话。这次的牢骚对他来讲是深刻的,影响了他此后的言行。这是他转向的一个枢纽,使他很不情愿却又是坚定不移地一步一步走向民间而离朝廷愈来愈远。就在出金光门后不久,他写下了彪炳中国诗史的“三吏”、“三别”。“驻马望千门”是他向皇室最后的一瞥,写下“三吏”、“三别”后不久,他终于摆脱长期以来“生逢尧舜君,不忍便永诀”、“挥涕恋行在,道途犹恍惚”的情结,拂袖西行,走上“漂泊西南天地间”的征途,此是后话。

望　岳(七律)

【题解】

乾元元年(758)杜甫抵华州时作。岳,指西岳华山,在今陕西华阴南。此诗亦为拗律。《杜诗镜铨》引邵子湘曰:“语语是望岳,笔力苍老浑劲,此种气候极难到。”

西岳崚嶒竦处尊[1],诸峰罗立如儿孙。
安得仙人九节杖,拄到玉女洗头盆[2]?
车箱入谷无归路,箭栝通天有一门[3]。
稍待西风凉冷后,高寻白帝问真源[4]。

【注释】

〔1〕 西岳句:崚嶒,高峻貌。竦处,最高处。

〔2〕 安得二句:九节杖,《列仙传》:“王烈授赤城老人九节苍藤竹杖,行地马不能追。”玉女洗头盆,《集仙录》:“明星玉女居华山祠,前有五石臼,号曰玉女洗头盆。”

〔3〕 车箱二句:《太平寰宇记》载,华阴县西南二十五里有车箱谷,又名车水涡,深不可测。箭栝,即箭筈,箭之末端。岐山有箭筈岭,此或借用其字面形容山路狭长,一线通天。

〔4〕 高寻句:白帝,西方之神,名少昊,治华山。真源,群仙所居之地。《而庵说唐诗》:“乾元戊戌,公为房琯事,出为华州司功,作是诗应在是时。薄宦不得遂意,托于遐举,其殆有去志乎?明年去官入蜀。”

【语译】

西岳突兀在最高处称尊,众山环绕膝下好比诸儿孙。要从哪儿弄来仙人的九节杖,一拄便到玉女的洗头盆?车箱谷深去无回,一径指天似箭尖。稍等秋风飒飒起,登高我欲寻神仙。

【研析】

杜甫写过三首《望岳》,一写东岳泰山,一写西岳华山,一写南岳衡山,而各具面目。《唐诗快》称:“同一望岳也,‘齐鲁青未了’,何其雄浑;‘诸峰罗立如儿孙’,何其奇峭！此老方寸间,固隐然有五岳。”是的,同是一望,望泰山是横幅取景,平面展开,不但“齐鲁青未了”浩淼广阔,天际混茫,“荡胸生曾云,决眦入归鸟”也是平视之境;望华山则是条幅取景,层叠而上,不但“西岳崚嶒竦处尊”突兀奇竦,顶天立地,“车箱入谷无归路,箭栝通天有一门”也是由深处上指,直逼天门。而此诗奇妙处还在颔联:“安得仙人九节杖,拄到玉女洗头盆?”张谦宜《絸斋诗谈》看得细:“‘西岳崚嶒竦处尊,诸峰罗立如儿孙’,笔势自上压下,‘安得仙人九节杖,拄到玉女洗头盆’,自下腾上,才敌得住;不对,所以有力。若移五、六在此,便软。此是拗格,不是句拗,唐人多有之。”外在景观与内在气势相侔,这才造成苍老浑劲之总体效果。这就是《唐诗归》钟惺云:“真雄、真浑、真朴,不得不说他好!”

早秋苦热堆案相仍（七古）

【题解】

题下旧注:“时任华州司功。”则此诗为乾元元年初秋在华州时作。

七月六日苦炎蒸,对食暂餐还不能。
每愁夜中自足蝎[1],况乃秋后转多蝇。
束带[2]发狂欲大叫,簿书何急来相仍[3]。
南望青松架[4]短壑,安得赤脚踏层冰?

【注释】

〔1〕 自足蝎:蝎子已够多了。

〔2〕 束带：穿衣束带，表示着装整齐。《晋书·陶潜传》："郡遣督邮至县，吏白应束带见之。潜叹曰：'吾不能为五斗米折腰，拳拳事乡里小人邪！'"束带于此有受官场拘束的特殊内涵。

〔3〕 簿书句：簿书，官方各种文书册簿。相仍，这里有相逼的意思。仍，重复。此指簿书重叠堆放。

〔4〕 架：横生。

【语译】

七月六日真是热得够呛，对着菜饭怎能下咽。夜里的蝎子已够讨厌，怎受得了秋后更有苍蝇扑面。上班整冠束带本来就让人大叫发狂，那些没紧没要的档案报表还堆积如山。支颐南望青松横生沟壑之上，哦，打赤脚踩在层冰上那才叫爽！

【研析】

这首诗有的说是"吴体"拗格，有的说是古诗，还有的说"作律诗读尤老"——没明说到底算不算律诗。纪晓岚干脆不客气说："此杜极粗鄙之作。"仇注则引朱瀚推开一步说："此必赝作也。命题既蠢，而全诗亦无一句可取，纵云发狂大叫时戏作俳谐，恐万不至此，风雅果安在乎？"说到底是嫌这诗不登大雅。《读杜心解》讲得比较实在："借苦热泄傲吏之愤，即嵇康'七不堪'意。老杜每有此粗糙语。"杜甫为人有狂狷的一面，文字有粗豪一路，这是事实。此诗正是二者相匹配的例子。嵇康《与山巨源绝交书》有这样的文字："性复疏懒，筋驽肉缓，头面常一月十五日不洗；不大闷痒，不能沐也。每常小便而忍不起，令胞中略转，乃起耳。"又曰："此犹禽鹿，少见驯育，则服从教制；长而见羁，则狂顾顿缨，赴蹈汤火。"又曰："危坐一时，痹不得摇，性复多虱，把搔不已，而当裹以章服，揖拜上官，三不堪也。"这样的文字你说是雅还是不雅？内容与形式融洽无间，辞善达意，便是化俗为雅。"每愁夜中自足蝎，况乃秋后转多蝇。束带发狂欲大叫,簿书何急来相仍”,虽然粗糙,但写得很有现实感,很传神。粗糙并不是粗鄙。杜甫这首诗通过厌苦热而表达一种对官场吏事的不耐烦,十分率真生动,体现其狂狷的一面,何粗鄙之有!终究还是王嗣奭说得深入,仇注乃引《杜臆》云:“公以天子侍臣,因直言左迁,且负重名,长官自宜破格相视。公以六月到州,至七月六日而急以簿书,是以常掾畜之,殊失大体,故借早秋之热,蝇蝎之苦,以发郁伊愁闷之怀,于簿书何急,微露意焉。”读此诗可知此人,因此乃选人所不选,以为诸君隅反之资。

观安西兵过赴关中待命二首（五律）

【题解】

《通鉴》:乾元元年(758)六月,李嗣业为怀州刺史,充镇西北庭行营节度使。九月,命郭子仪、鲁炅、李嗣业七节度使及平卢兵马使董秦等将步骑二十万讨安庆绪。此前,李嗣业率部自怀州(今河南沁阳)赴阙待命,经华州,则此诗是乾元元年秋在华州时作。长安谓之关中,西以陇西关为限,东以函谷关为界。

其　一

四镇[1]富精锐,摧锋皆绝伦。
还闻献[2]士卒,足以静风尘。
老马夜知道,苍鹰饥著人[3]。
临危经久战,用急始如神[4]。

【章旨】

首章观安西兵过,而归美李嗣业。前四句述前功以鼓舞其立新功;后四句言惯战以表达对其信任。

【注释】

〔1〕　四镇:《旧唐书》:龟兹、畋沙、疏勒、焉耆四镇都督府,皆安西都护所统。至德后,河西、陇右戍兵皆征集,收复西京。

〔2〕　献:仇注:"曰献,志在报国也。"则"为国献身"之"献"。又,《新唐书》本传云:"嗣业忠毅忧国,不计居产,有宛马十匹,前后赏赐,皆上于官以助军云。"此亦"献"之义也。王嗣奭曾疑此"献"字误,否。

〔3〕　老马二句:老马,《韩非子》:齐桓公伐孤竹还,迷失道,管仲曰:"老马之智可用也。"乃放老马而随之。苍鹰,《晋书·载记》:"慕容垂犹鹰也,饥则附人,饱则高飞。"老马,喻主将李嗣业之惯战。苍鹰,喻军士之听命勇往。

〔4〕　临危二句:四镇之兵,皆李嗣业所统,此二句称赞其勇敢善战。史载:李嗣业讨小勃律,执一旗,引陌刀,缘险先登,力战,大破之。及收西京时,官军几败,嗣业肉袒、执长刀,立于阵前,当其刀者人马俱碎。乃帅前军各执长刀如墙而进,所向披靡,贼遂溃。故以临危久战、用急如神称之。

【语译】

安西四镇兵多精,冲锋陷阵皆绝伦。听说此次无私献部队,有此部队可以定乾坤。将如老马惯征战,士如饥鹰附主人。曾经危难历久战,愈到关键愈如神。

其　二

奇兵不在众,万马救中原。
谈笑无河北,心肝奉至尊[1]。
孤云随杀气,飞鸟避辕门。
竟日留欢乐,城池未觉喧[2]。

【章旨】

次章称李嗣业忠勇，并志其纪律严明，故能预期无敌。

【注释】

〔1〕 谈笑二句：无，目中无人之无，蔑视之也，与“所向无空阔”、“意无流沙碛”同意。葛立方《韵语阳秋》：“杜甫《观安西兵过》诗云：‘谈笑无河北，心肝奉至尊。’故东坡亦云：‘初闻指挥筑上郡，已觉谈笑无西戎。’盖用左太冲《咏史》诗‘长啸激清风，志若无东吴’也。王维云‘虏骑千重只似无’句，则拙矣。”河北，指安史叛军，时安庆绪犹据河北七郡六十余城。下句言其忠于唐室。

〔2〕 竟日二句：言师行有纪，民情安堵。《旧唐书》本传载：“嗣业自安西统众万里，威令肃然，所过郡县，秋毫不犯。”

【语译】

出奇制胜不在人马多，救中原安西有铁骑万匹。看他们忠心赤胆效力唐室，谈笑自若河北叛军哪堪一击。阵云带着杀气，飞鸟见军门忙着回避。但兵过整天只给人留下欢乐，号令严明过市井一派肃穆静寂。

【研析】

诗人从外在的军容、气势，到内在的赤胆忠心、纪律严明，写出观感，而衬以老马苍鹰、孤云飞鸟诸饱满贴切的意象，使人印象深刻，如目击安西兵过而充满期待。再细读之，便会发现诗人其实是在塑造一位心目中平叛将领的英雄形象。杜甫一年前(至德二载)曾写下《徒步归行》送李特进(即李嗣业)，对李有很高的期许：“明公壮年值时危，经济实藉英雄姿。国之社稷今若是，武定祸乱非公谁。”这并不是瞎吹捧，《旧唐书·李嗣业传》载：“及禄山反，两京陷，上在灵武，诏嗣业赴行在……至凤翔谒见，上曰：‘今日得卿，胜数万众，事之济否，实在卿也。'"嗣业之忠勇善战，史载历历在目，自不必言。"心肝奉至尊"一句，可谓不幸而言中。过华州后不久，即次年（乾元二年）二月，李嗣业攻邺城时为流矢所中，疮欲愈，忽闻战鼓声，大叫，血出注地而卒。这不是"心肝奉至尊"又是什么？而其治军纪律严明，不扰百姓，也是有史可查（见本题其二注〔2〕所引）。诗如史之实且史成诗之美，诗史合读，可歌可泣，一位全面杰出的平叛将领之形象，跃然纸上矣！

留花门（五古）

【题解】

题为"留花门"，其实是对留花门这件事的评议，故《杜臆》曰："题曰《留花门》，病在'留'字。"史载，至德二载（757）十月，回纥叶护奏以"军中马少，请留其兵于沙苑"云云，此指其事。花门，即花门堡，在居延海以北。天宝年间回纥常驻军于此，故唐人以花门称之。此诗当作于乾元元年（758）秋，时杜甫在华州。

北门天骄子，饱肉气勇决〔1〕。
高秋马肥健，挟矢射汉月。
自古以为患，诗人厌薄伐〔2〕。
修德使其来，羁縻〔3〕固不绝。
胡为倾国至，出入暗金阙〔4〕？
中原有驱除，隐忍用此物〔5〕。
公主歌黄鹄，君王指白日〔6〕。
连云屯左辅，百里见积雪〔7〕。

长戟鸟休飞,哀笳曙幽咽。
田家最恐惧,麦倒桑枝折。
沙苑临清渭,泉香草丰洁。
渡河不用船,千骑常撇烈[8]。
胡尘踰太行,杂种[9]抵京室。
花门既须留,原野转萧瑟。

【注释】

〔1〕 北门二句:天骄子,指回纥为畜牧民族,善骑射,得天独厚。《汉书》:"南有大汉,北有强胡。胡者,天之骄子也。"饱肉,指回纥以肉为主食。

〔2〕 诗人句:诗人,指《诗・六月》的作者。诗云:"薄伐猃狁,至于太原。"薄伐,征伐。薄,发语词。

〔3〕 羁縻:联系并加以约束。

〔4〕 暗金阙:使宫殿为之失色,意指回纥兵骄横,随便出入宫殿。与《北征》"阴风西北来,惨淡随回纥"同参。

〔5〕 中原二句:有驱除,指安禄山之乱,这时史思明还存在。此物,指回纥兵,这个词带有传统的"华夷之见"。

〔6〕 公主二句:上句用汉乌孙公主故事,武帝以公主嫁乌孙王,公主悲秋作歌,有云:"愿为黄鹄兮归故乡",以喻时事:乾元元年七月,肃宗把幼女宁国公主嫁给回纥可汗,亲自送至咸阳磁门驿,公主泣辞说:"国家事重,死且无恨。"肃宗洒涕而还。次年,回纥怀仁可汗死,公主拒绝按其俗殉葬,但也为之剺面而哭,因无子归唐。这是一出悲剧,杜甫有《即事》诗纪事,参阅本书卷三选译。指白日,即指天发誓。《诗・大车》:"谓予不信,有如皎日。"肃宗曾指天发誓,求回纥援救。

〔7〕 连云二句:左辅,即下之"沙苑",在冯翊县南。回纥之俗,衣冠皆白,旗帜亦白,故曰"见积雪"。

〔8〕　撇烈：摇摆跳跃之状。

〔9〕　杂种：指史思明。史思明为突厥杂种胡人。史载，史思明陷洛阳，故下称“抵京室”。

【语译】

回纥军驻扎在我大唐北边门户，牛羊肉吃到饱，生性凶悍好斗，自古以来他们就是祸源。秋高马肥，他们总是挟着弓箭来汉地掠夺，周诗中就已对与其征战感到厌倦。经长期实行怀柔政策，终于使之接受大唐的册封与约束。这次出兵帮助平叛是好事，可是谁让你倾国而至，在京城耀武扬威？话说回来，我中原平叛须要帮助，只好对这些家伙予以容忍再三克制。我们的君王为此指天发誓，还将宁国公主下嫁回纥可汗——就像那远行未归的黄鹄。现在他们就屯兵在京城左边的沙苑，白旗白衣白帽子，好似百里积了雪。长戟如林鸟儿难飞越，哀笳破晓声音悲凉凄切。最感到恐惧的还是种田人家，他们所到之处无不桑树断折麦田被践踏。沙苑呵沙苑，面临着清清的渭水，泉水香，草丰美。可现在成了兵营，看回纥兵渡河不用船，千骑万骑下水多踊跃。想想吧，叛军正越过太行山，史思明直抵洛阳城！花门不得不留呵，只是老百姓又要遭殃，原野上将只剩一片荒芜。

【研析】

对回纥援唐的评价是一个颇为复杂的问题。将它放在唐史的大平台上观照，范文澜《中国通史简编》认为：“回纥与唐的关系，是一种历史上罕见的和好关系。”它不但在“安史之乱”中帮助肃宗收复两京，“此后，即使回纥很强，唐较衰弱，但可汗继位总要唐加册封，从不大举侵唐边境和夺取唐土地。”在唐代边境各游牧民族尚处于“以杀戮为耕作”的原始阶段，是极为难得一见的民族关系。这是历史的客观评价。从伦理上看，回纥兵的抢掠成性、对唐朝百姓造成的损害则是不可接受的。杜甫一千多年前在这两方面已有颇为均衡的认识。在情感上,他对回纥颇反感,主要是对其抢掠成性的厌恶;在理智上,则清醒地看到当时用回纥的必要性,他强调“羁縻”——控制使用。这才是问题的症结所在。唐肃宗出于一己之私,不但对功臣郭子仪、李光弼猜忌、抑制,而且出卖了百姓。史载,肃宗欲速得京师,与回纥约定:“克城之日,土地、士庶归唐,金帛子女皆归回纥。”回纥造成的危害,相当重要的原因是肃宗的主动出卖。肃宗其实不但害了自己,也害了回纥。《通鉴》有云:“初,回纥风俗朴厚,君臣之等不甚异,故众志专一,劲健无敌。及有功于唐,唐赐遗甚厚,登里可汗始自尊大,筑宫殿以居妇人,有粉黛文绣之饰,中国为之虚耗,而虏俗亦坏。”这就是历史的辩证。杜甫可贵之处就在于,他是站在百姓的立场上来评判得失的。在《喜闻官军已临贼境二十韵》中,他强调以本国军队为主导:“元帅归龙种,司空握豹韬。”不排拒外援:“花门腾绝漠,拓羯渡临洮。此辈感恩至,羸俘何足操。”在《观安西兵过赴关中待命》诗中则对守纪律的安西四镇兵进行歌颂:“孤云随杀气,飞鸟避辕门。竟日留欢乐,城池未觉喧。”对严格控制的外援他是欢迎的。至于本诗,《唐诗归》钟惺云:“说尽客兵之害,千古永戒。然此外还有隐忧。”隐忧何在? 不但在史思明,还在昏君。当然,杜甫只能是点到辄止:“花门既须留,原野转萧瑟。”他痛苦地意识到,最终付出代价的还是百姓。

九日蓝田崔氏庄（七律）

【题解】

约作于乾元元年(758)为华州司功时。九日,指农历九月九日重阳节。蓝田,长安蓝田县,距华州八十里。崔氏庄,崔季重的别业。唐代士大夫多在蓝田置别业，如诗人王维有著名的辋川庄。

老去悲秋强自宽，兴来今日尽君欢。
羞将短发还吹帽，笑倩旁人为正冠[1]。
蓝水远从千涧落，玉山高并两峰寒[2]。
明年此会知谁健，醉把茱萸[3]子细看。

【注释】

〔1〕　羞将二句：吹帽，《晋书·孟嘉传》："（嘉）后为征西桓温参军，温甚重之。九月九日，温燕（宴）龙山，僚佐毕集。时佐吏并着戎服。有风至，吹嘉帽堕落，嘉不之觉。温使左右勿言，欲观其举止。嘉久如厕，温令取还之。命孙盛作文嘲嘉，著嘉坐处。嘉还见，即答之，其文甚美。"后人用此典表示游兴酣畅。倩，请。请旁人正冠与"落"帽相左，杨万里引林谦之云："嘉以落帽为风流，少陵以不落为风流，翻尽古人公案，最为妙法。"

〔2〕　蓝水二句：蓝水，《三秦记》载蓝田有川，方三十里，其水北流，出玉石，会溪谷之水，为蓝水。玉山，《太平寰宇记》载蓝田山在蓝田县西三十里，一名玉山，一名覆车山，灞水之源出此。两峰，《华山志》载岳东北有云台山，两峰峥嵘。朱注以为两峰即此云台山。

〔3〕　茱萸：植物名。《续齐谐记》载费长房对桓景说："九月九日，汝家有灾，急令家人各作绛囊盛茱萸系臂，登高，饮菊花酒。"后来于重阳插茱萸成为风俗。

【语译】

老来逢秋易悲，只能强自宽慰。今日鼓兴到山庄，自然要与君等尽欢。发短羞比孟嘉风流落帽，笑请旁人为我正冠。千涧奔汇蓝水，远眺半空飞湍；玉山并峙双峰，高处不胜其寒。明年重阳再会，健在知是谁还？避邪的茱萸在手，醉里看再三。

【研析】

这是一首七律的典范之作。全诗严格遵守诗律，顿挫起伏，感情悲喜变化，形成一个流动的整体。首联表白当时特殊的情感：乾元元年张镐罢相，房琯贬为邠州刺史，贾至、严武出为刺史，这些都是与杜甫志同道合的人；六月，老杜自己也被视为房琯同党而贬为华州司功参军。这样的情势叫人怎么高兴得起来？所以说是“老去悲秋强自宽”。“兴来”一句补足“强自宽”，为下联留下地步。浦起龙以“老去”“兴来”为一篇之纲领，是。“羞将”一联为“流水对”(一句话分两句说)，用古典写今情，借孟嘉之风流活现今日宴会之风神。“短发”二字暗藏“老去”，而有别于孟嘉，也还是“强自宽”之意；不仅典雅，且自然切合自己的现状。“蓝水”一联工整有力，唤起一篇精神。所谓工整，就是上下句同一位置上词与词之间从声律到意义严格对等，整合成一个相对独立的自足的意境。此联上句写水，下句写山，随着“镜头”的移动，我们看到蓝田最具特色的清丽景色。四句又相互映衬写出游兴，其中仍含“老去悲秋”淡淡的情愫。许印芳称“结句收拾全题，词气和缓有力，而且有味”；陈贻焮《杜甫评传》则以王维名句“遥知兄弟登高处，遍插茱萸少一人”与本诗作比较，称：“两诗俱佳，但一在念亲人，一在伤迟暮，思想感情有少年和老年之别。”两说皆是。这一联也就与首联“悲秋”相呼应，整首诗以情感起伏为起伏，圆满自足。

崔氏东山草堂（七律）

【题解】

与上一首诗同作于乾元元年(758)。崔氏，即上诗之崔氏山庄主人崔季重；东山草堂即上诗所云之“崔氏庄”。《唐风定》引邢昉曰:“轻清婀娜,吴体中变调也。”即此诗为拗格。

爱汝玉山草堂静,高秋爽气相鲜新[1]。
有时自发钟磬响,落日更见渔樵人。
盘剥白鸦谷口栗,饭煮青泥坊底芹[2]。
何为西庄王给事[3],柴门空闭锁松筠?

【注释】

〔1〕 相鲜新:言秋色与秋气竞先给人予新鲜的感觉。仇注引张綖曰:“杜牧诗‘南山与秋色,气势两相高’,即秋气相鲜之意。”

〔2〕 盘剥二句:白鸦谷,《长安志》:“在蓝田县东南二十里,其地宜栗。”青泥坊,即青泥城。《长安志》:“青泥城在蓝田县南七里。”

〔3〕 何为句:王维晚年,得宋之问蓝田别墅,即辋川庄。王给事,肃宗还京,维为太子中允,复拜给事中。王维辋川庄在蓝田,与崔庄东西相近。崔氏草堂在东山,可称东庄,则辋川可称为西庄。

【语译】

最爱玉山草堂静,静察秋色秋气竞鲜新。有时钟磬自鸣响,日之夕矣渐见渔樵归来人。盘中剥得白鸦谷口所产栗,饭菜煮有青泥坊下新采芹。借问西庄王给事,如此山居何以锁柴门?——闲了一院青松与绿筠。

【研析】

杜甫贬华州司功参军,平时的心情不可能好,难得在山庄一舒抑郁。人与环境的互动往往是“情往似赠,兴来如答”。面对蓝田秀色,王维与杜甫有相似的感受。王维辋川诗有云:“谷口疏钟动,渔樵稍欲稀”;杜甫则云:“有时自发钟磬响,落日更见渔樵人”。王维云:“积雨空林烟火迟,蒸藜炊黍饷东菑”;杜甫则云:“盘剥白鸦谷口栗,饭煮青泥坊底芹”。难怪浦二田会说是:“崔堂之野趣即是西庄之野趣,手写此而神注彼。”睹景思人,老杜难免想起不久前同朝赋诗唱和的王维了,其中不无由王维的遭遇触起对自己仕途多舛的厌倦之情。然而这些复杂的情绪都只是淡淡地从字里行间散发出来。仇注引王嗣奭曰:“蓝田诗悲壮,东山诗则浑成,不烦绳削,自有萧散之致,各见其妙。然前诗人犹可学,此诗人不能到。”我想,《崔氏东山草堂》之所以比《九日蓝田崔氏庄》难学而不能到,或在于所表达的意绪更微妙,“自有萧散之致”,好比一缕轻烟散入高秋爽气之中,如何把握?

阌乡姜七少府设鲙戏赠长歌（七古）

【题解】

此乾元元年(758)冬自华州至东都作。阌乡县,唐属虢州,今并入河南灵宝。少府,县尉,专主水火盗贼之事。钱注引赵次公曰:“公背冬涉春,行渡潼关,东至洛阳。阌乡,初出潼关道也。”鲙,细切的鱼肉。

姜侯设鲙当严冬,昨日今日皆天风。
河冻味鱼[1]不易得,凿冰恐侵河伯宫[2]。
饔人受鱼鲛人手,洗鱼磨刀鱼眼红[3]。
无声细下飞碎雪,有骨已剁觜春葱[4]。
落砧何曾白纸湿,放箸未觉金盘空[5]。
偏劝腹腴[6]愧年少,软炊香饭缘老翁。
新欢便饱姜侯德[7],清觞异味情屡极。

东归贪路自觉难，欲别上马身无力[8]。
可怜为人好心事，于我见子真颜色[9]。
不恨我衰子贵时，怅望且为今相忆。

【注释】

〔1〕 味鱼：钱注引潘淳《诗话》："韩玉汝云：河中府三面是黄河，惟有味鱼，似鲫而肥短，味亦美。杜诗味鱼谓此。"又朱注引《本草》：有鮇鱼，出黄河口。

〔2〕 凿冰句：谓欲凿冰捕鱼，又恐侵扰河伯（黄河神）的水下宫殿。

〔3〕 饔人二句：饔人，此指厨师。鲛人，此指捕鱼者。鱼眼红，或云冬日鱼鲜，其眼多红。

〔4〕 无声二句：飞碎雪，状鲙之色白。下句言鱼骨已剁碎，口感如食春葱之脆。

〔5〕 落砧二句：言鲙之作法。《齐民要术》载，切鲙不得洗，洗则湿。仇注引邵云："凡作鲙，以灰去血水，用纸以隔之。"放箸，拿筷子放开了吃。

〔6〕 腹腴：鱼腹部的肉，据称最肥美。

〔7〕 新欢句：此言姜七让我吃饱的是鲙，但我深受感动的是他的德行。新欢，新结识的朋友。饱德，《诗·既醉》："既醉以酒，既饱以德。"意为已醉的是酒，但已饱的却是德。

〔8〕 东归二句：贪路，急着赶路。仇注引《杜臆》："贪路本宜急往，今反觉难行，而上马无力者，以不忍相别故也。"

〔9〕 可怜二句：意为：你的好心善行，从善待我这件事上已表露出本真。浦注："少府设鲙，曲尽敬老之诚，赠此志感也。与《病后过王倚饮赠歌》一类。"

【语译】

姜侯设鲙宴，正当严寒冬。昨日到今日，整天刮北风。味鱼难获黄河冻，凿冰取之又怕惊扰河神宫。厨师手接渔父鱼，洗鱼磨刀尾扑通。刀下无声雪片飞,剁骨做成脆如葱。干净利落无血水,放手夹菜不觉盘已空。年少知礼吾愧对,腹腴再三劝老翁。更有米饭为我煮,喷香洁白软且松。既醉以酒饱以德,与君初会兴冲冲。清酒与异味,情意更醇浓。只因东归赶路难为别,欲别跨马体龙钟。好心美行今已见,乃知你之待我是性情中。我衰你贵我不恨,只是惆怅今日之会难再逢!

【研析】

《读杜心解》曰:"少府设鲙,曲尽敬老之诚,赠此志感也。与《病后过王倚饮赠歌》一类。"杜甫对困境中帮助过他的人,无论是管一餐饭还是借一次马,他总是铭记在心,赠以诗歌。这种感恩心与其怜悯心,是其人性中"社会性"的两个重要的方面,也是传统文化中有价值的基因。而一条普通的鱼,一碗常见的米饭,在他笔下竟成罕见的美食,厨师也成了艺术家。这就叫"既醉以酒,既饱以德"。在其感性形式中,反射出杜甫对"善"的衷心赞美。"新欢便饱姜侯德,清觞异味情屡极。"理性溶入感性之中,感性中又透出鲜活之情。这就是杜诗讲道德而毫无"头巾气"的原因。

瘦马行（七古）

【题解】

乾元元年(758)冬贬官华州司功后所作,借写马以寄身世之感。

东郊瘦马使我伤,骨骼硉兀[1]如堵墙。
绊之欲动转欹侧,此岂有意仍腾骧[2]?

细看六印[3]带官字，众道三军遗路旁。
皮干剥落杂泥滓，毛暗萧条连雪霜。
去岁奔波逐余寇，骅骝不惯不得将[4]。
士卒多骑内厩马，惆怅恐是病乘黄[5]。
当时历块误一蹶[6]，委弃非汝能周防。
见人惨淡若哀诉，失主错莫[7]无晶光。
天寒远放雁为伴，日暮不收乌啄疮。
谁家且养愿终惠，更试明年春草长[8]。

【注释】

〔1〕 硉兀：崖石突兀之状。这里形容马的瘦骨耸起。

〔2〕 腾骧：飞跃。

〔3〕 六印：《唐六典》："诸牧监（宫马坊），凡在牧之马，皆印印。右髆以小官字，右髀以年辰，尾侧以监名。皆依左右厢……二岁始春，则量其力，又以'飞'字印印其左髀、髆。细马次马以龙形印印其项左。送尚乘者，尾侧依左右闲（马厩）印以三花。其余杂马进尚乘者，以'风'字印印左髆，以'飞'字印印左髀。"

〔4〕 骅骝句：此言非惯战的骅骝不得参与逐寇。骅骝，古良马名。将，参与。

〔5〕 士卒二句：内厩，皇家马厩。乘黄，古良马名。因为三军多骑内厩的马，所以推测此瘦马本来恐怕也是内厩的好马。

〔6〕 当时句：历块，王褒《圣主得贤臣颂》："过都越国，蹶如历块。"形容马行之速。误一蹶，暗示诗人当时疏救房琯，触怒肃宗，一跌不起，有似此马。

〔7〕 错莫：犹落寞、惆怅。

〔8〕 谁家二句：意为：哪户人家能施恩惠暂且豢养，明春草长便能一试骏材。颜延年《赭白马赋》："愿终惠养。"

【语译】

看到东郊那匹瘦马真叫我伤心：那副瘦骨高耸的样子就像一块丑石、一堵断墙。你只要绊它一下，恐怕都会摇摇晃晃东歪西倒，这哪里还有一点纵横腾跃的骏马模样？细看那脏兮兮的身上，居然还带着内厩马的官印呢。众人都说，这是三军遗弃在路旁的。干巴巴的皮毛有的已剥落，印花似地涂着泥巴。毛色是那么灰暗，像是被严霜打蔫了的枯草。回想去年，官军东征西战逐败扫残，凡是不惯征战的骅骝也不得参与此役。将士们骑的可都是皇家内厩里的良马呵，那么这匹失意惆怅的瘦马，恐怕也就是当年参战的骏马。只为在飞腾中偶失前蹄，防不胜防竟然因此被遗弃！可怜的瘦马见人便惨凄，好似在哀诉那失去主人的落寞惆怅，灰头土脑神情萎靡。远被流放唯有雁儿为伴，日暮天寒没人管，只有乌鸦啄病疮。呜呼！谁家肯将这匹瘦马好心收留豢养？明年莺飞草长，一试便知此马有多骠悍！

【研析】

仇注：“公疏救房琯，至于一跌不起，故曰‘历块误一蹶’、‘非汝能周防’。落职之后，从此不复见君，故曰‘见人若哀诉’、‘失主无晶光’。身经废弃，欲展后效而不可得，故曰‘谁家愿终惠’、‘更试春草长’。寓意显然。”仇注虽然将该诗的寓意说清楚了，但一一对应杜甫事迹，难免给人只是影射的感觉。其实咏物诗就是要“体物”，写出物之形与神来，既不粘皮着骨，又不流于影射，贵在不即不离、亦真亦幻，引发读者的相关联想。还是张上若说得好：“虽是借题写意，而写病马寂寞狼狈光景亦尽。”

得舍弟消息（五律）

【题解】

此与前二首大约先后之作。

乱后谁归得？他乡胜故乡。
直为心厄苦，久念与存亡。
汝书犹在壁〔1〕，汝妾已辞房。
旧犬知愁恨，垂头傍我床〔2〕。

【注释】

〔1〕 汝书句：犹在壁，潘岳诗："遗挂犹在壁。"此用典，只取"汝书犹在"之意。

〔2〕 旧犬二句：陆机有骏犬，名曰黄耳。机在洛，久无家问，笑语犬曰："汝能赍书取消息否？"犬寻路至家，得报还洛。这里因书而连及犬，只取旧犬恋主之意。

【语译】

"安史之乱"以来，还有谁能回家安居？他乡稍安，就比老家好。痛入内心更觉悲伤，只想和你同存共亡！你的书信还在，可你的侍妾却已人去房空。只有那旧家犬，想主人呵趴在我床下耷拉着头。

【研析】

杜甫一生写了不少忆弟妹的诗，而这一首则抓住两点来深度刻画：一是未得消息，直欲同与存亡；二是既得消息，又恨己情莫达。

前者有三个层次：先讲天下大乱，人人无家可归；进言“他乡胜故乡”，他乡乱，故乡更乱，无奈中乃至以他乡为胜；再进而入内心之厄苦：“久念与存亡”，这就是《自京赴奉先县咏怀五百字》“庶往共饥渴”的再现，而这正是最具杜甫个人特质的“己饥己溺”——我虽无法改变现状，但我愿与你共渡难关。后者写虽得弟之消息，但现状使之更觉厄苦：你的妾已离你而去，只有旧犬还在，仿佛因你不在而垂头丧气——厄苦的现状还是改变不了，苦日子还长着呢！

赠卫八处士（五古）

【题解】

约作于乾元二年(759)春，华州司功任上。处士，没当过官的读书人。八，是卫处士排行。萧涤非先生说：“由于这首诗表现了乱离时代一般人所共有的‘沧海桑田’和‘别易会难’之感，同时又写得非常生动自然，所以向来为人们所爱读。”

人生不相见，动如参与商[1]。
今夕复何夕，共此灯烛光。
少壮能几时，鬓发各已苍。
访旧半为鬼，惊呼热中肠。
焉知二十载，重上君子堂。
昔别君未婚，儿女忽成行。
怡然敬父执[2]，问我来何方。
问答乃未已，儿女罗[3]酒浆。
夜雨翦春韭，新炊间[4]黄粱。

主称会面难，一举累十觞。
十觞亦不醉，感子故意长。
明日隔山岳，世事两茫茫[5]。

【注释】

〔1〕 参与商：参商，二星名，一出一没，永不相见。

〔2〕 父执：父亲的好友。

〔3〕 罗：罗列；摆出。

〔4〕 间：掺和的意思。

〔5〕 明日二句：《杜诗详注》引周甸云："前曰'人生'，后曰'世事'，前曰'如参商'，后曰'隔山岳'，总见人生聚散不常，别易会难耳。"

【语译】

人生好比海上逐波浪，要想相聚也真难；又像天上星座参与商，永远是天各一方。今晚呵是怎样的一个夜晚，我们居然能相对一灯旁。少壮能有几多时光？各自鬓发已苍苍。一打听熟人故友，大半已不在人间，令人惊呼悲满腔！怎知道二十年后的今天，还能重新登上你家厅堂？当年惜别时你还没结婚，不觉间你已是儿女成行。孩子们诚心悦意地礼敬父亲的好友，轻声细语地问我来自何方？话还没等说完，桌上已摆出菜肴和酒浆：有那夜雨中剪下的春韭，还有新蒸的饭里掺和些喷香的黄粱。主人殷勤劝，说是乱世会面实在难，咱俩要一举喝十觞！十觞也不会醉呵，深感老友你的情意长。明天我又要奔波在旅途上，世事难料，音信茫茫，从此相隔何止万重山！

【研析】

"道始于情。"情是中国文化血脉中的血，人心与人心靠它沟通。杜甫这首诗体现了这种人性精神。胡晓明《唐诗与中国文化精神》

对此有深透的分析:“我每次读这首诗,都觉得这里头的感情,就像好酒一样,味长而美。古人评这首诗:‘语语从肺腑流出。’用我们今天的话来说,真是写得掏心掏肺的。第一句‘人生不相见’五个字,朴素得不得了,像聊天拉家常,又厚实得不得了。在茫茫宇宙背景中,生命与生命之间的聚散,太不容易了。‘今夕’两句,如歌如叹,又随意又深情。‘少壮’四句,全是老友重逢的普通人情。‘惊呼’两字,写得神情活现,一片童真,一点都没有主客的隔阂。‘昔别’四句,场面气氛非常真切,我们今天读来,就像我们的老同学的子女,在叫我们一声伯伯叔叔的时候,我们忽然就感觉到了生命的流逝,人生的短暂。‘怡然’这两个字,何等的真诚,何等的古道!老辈与小辈之间,再也没有客气。接下来就是酒浆、春韭、黄粱饭,就是比十觞还要浓、穿过万水千山的情义。”

新安吏（五古）

【题解】

题下原注:“收京后作,虽收两京,贼犹充斥。”萧涤非先生认为:这以下六首诗,历来称为“三吏”、“三别”。是杜甫有计划、有安排而写成的组诗。从文学源流来说,它们是《诗经》、汉乐府的苗裔,是白居易诸人的新乐府的祖师,从杜甫本人创作过程来说,则是他的现实主义的一个光辉的顶点。这六首诗的写作年代是乾元二年(759)的三月间。是月初三,郭子仪、李光弼、王思礼等九个节度使的兵六十万大败于邺城,“战马万匹,惟存三千,甲仗十万,遗弃殆尽。”结果“诸节度各溃归本镇”,“子仪以朔方军断河阳桥保东京(洛阳)”。为了迅速补充兵力,统治者便实行了漫无限制、毫无章法、惨无人道的公开的拉夫政策。《通鉴》说,邺城败后,“东京士民惊骇,散奔山谷”,杜甫大概就是在这时由洛阳赶回华州,所以有机会亲眼看到这些可歌可泣可悲可恨的现象,从而创作了这六首杰作。

客行新安[1]道,喧呼闻点兵。
借问新安吏,“县小更无丁[2]?”
“府帖[3]昨夜下,次选中男[4]行。”
中男绝短小,何以守王城[5]?
肥男有母送,瘦男独伶俜[6]。
白水暮东流,青山犹哭声[7]。
“莫自使眼枯,收汝泪纵横。
眼枯即见骨,天地终无情。
我军取相州[8],日夕望其平。
岂意贼难料,归军星散营[9]。
就粮近故垒,练卒依旧京。
掘壕不到水,牧马役亦轻。
况乃王师顺,抚养甚分明[10]。
送行勿泣血,仆射如父兄[11]。”

【注释】

〔1〕 新安:今河南新安。

〔2〕 借问二句:更,此处通“岂”。难道。丁,成年男子。

〔3〕 府帖:唐实行府兵制,其征兵名单叫府帖。

〔4〕 中男:《旧唐书·食货志》:“天宝三年……制以十八为中男,二十二为丁。”则“中男”是犹未成年的男子。

〔5〕 王城:唐之东都洛阳,即周之王城。

〔6〕　肥男二句：有母送，暗示已经无父。伶俜，孤单貌。暗示系孤儿。

〔7〕　白水二句：《杜臆》："此时瘦男哭，肥男亦哭，肥男之母哭，同行同送者哭；哭者众，宛若声从山水出。而山哭，水亦哭矣！至暮，则哭别者已分手去矣，白水亦东流，独青山在，而犹带哭声，盖气青色惨，若有余哀也。"

〔8〕　相州：即邺城，今河北临漳。

〔9〕　岂意二句：《通鉴》：郭子仪等九节度使围邺城，久不下，上下解体。史思明自魏州引兵趣邺。三月壬申，官军步骑六十万陈于安阳河北，思明自将引精兵五万敌之。大风忽起，吹沙拔木，天地晦，咫尺不相辨。两军大惊，官军溃而南，贼溃而北，弃甲仗辎重委积于路。此两句写该战役。

〔10〕　况乃二句：王师顺，官军名正言顺，合乎正义。抚养，体恤。

〔11〕　仆射句：仆射，官名，相当平宰相，此指郭子仪。史载郭子仪爱护士卒，有云："朔方将士思郭子仪，如子弟之思父兄。"

【语译】

过客途经新安道，听得点兵喧且闹。为何新兵尽少年？忙向差官来请教："怎没成丁？是不是县太小？"回我："昨夜州府文件到，成丁不足补年少！"唉，十八男子还没长高，这些孩子又怎能守城壕？你看胖些的男孩还有慈母送，可怜那瘦骨嶙峋的孩子孤零零。白水无情东流去，青山如哭色惨青。听我无奈一声劝："莫哭莫哭泪如渑，任尔眼枯直见骨，呼天天不应，叫地地不灵！我军日夜攻邺城，就是盼望早平定。不料叛贼狡且狠，一触两溃不成军。王师就近依粮仓，背靠洛阳再练兵。虽挖战壕不必深，牧马差役也算轻。何况我师属正义，赏罚体恤也分明。此番送行休泣血，爱兵如子是郭将军。"

【研析】

李白爱写乐府，杜甫也喜欢写乐府。不过李用旧题，而杜多自创新题,“三吏”、“三别”六首即是杜甫自创的新题乐府。杜之新,不但题新,写法也新。邓魁英、聂石樵《杜甫选集·前言》道:“乐府歌辞本来是以叙事为主,是一种叙事诗。但杜甫这类新体乐府,在叙事中却有强烈的抒情性。他不把自己的思想观点明白地说出,而是融化在客观的具体描写中,通过强烈的抒情表露出来。”又说:“《新安吏》在叙述抓兵的过程之后,把握住征人和母亲生离死别的一刹那情景,发出‘白水暮东流,青山犹哭声’的申诉,表现了对被抓士兵的深切同情。至于《新婚别》、《垂老别》、《无家别》、《前出塞》和《后出塞》等诗,作者都是以故事中主人公的身份出现的,因此其叙事和抒情结合得更紧密。在叙事中就包蕴着炽烈的感情、鲜明的态度,使全诗凝成滚动着热情的完整形象,增强了震撼人心的艺术力量。这是杜甫的创造,也是以后其他写新乐府的诗人所不能企及的。”

潼关吏（五古）

【题解】

潼关,在今陕西临潼东北三十九里,古为桃林塞,是洛阳通向长安的咽喉。史载天宝十四载(755)十二月,河西、陇右节度使哥舒翰召拜兵马副元帅,大军号二十万,拒安禄山叛军于潼关。次年六月,在玄宗屡遣中使的催促下引兵出关,大败,残众入关者才八千余人。乾元二年(759),九节度使败于邺城下,朝廷恐洛阳失守,叛军复入潼关,故再修建此关以备守御。诗用与关吏对话的形式,写目击之事实。

士卒何草草[1],筑城潼关道。
大城铁不如,小城万丈余。

借问潼关吏,——修关还备胡[2]。
要[3]我下马行,为我指山隅。
“连云列战格[4],飞鸟不能逾。
胡来但自守,岂复忧西都。
丈人视要处,窄狭容单车。
艰难奋长戟,万古用一夫[5]。
哀哉桃林战,百万化为鱼[6]。
请嘱防关将,慎勿学哥舒[7]。”

【注释】

〔1〕 草草:忙忙碌碌。《诗·巷伯》:“骄人好好,劳人草草。”这里形容士卒的疲苦不堪。

〔2〕 借问二句:备胡本是修关应有之义,偏用以问吏,意在强调一“还”字,强调前次失关的惨痛教训:哥舒翰失潼关,关键就在不据险拒胡,为末句嘱防关将云云伏笔。

〔3〕 要:同“邀”。

〔4〕 战格:防御用的战栅。

〔5〕 艰难二句:此谓潼关险要,在艰危时刻能发挥“一夫当关,万夫莫开”的作用。艰难,指战事到艰危时刻。

〔6〕 哀哉二句:桃林战,桃林乃潼关古名。《元和郡县志》:“河南道陕州灵宝县:桃林塞自县以西至潼关,皆是也。”桃林战指天宝十五载哥舒翰大败事。化为鱼,《后汉书·光武帝纪》:“故赵缪王子林说光武曰:‘赤眉今在河东,但决水灌之,百万之众,可使为鱼。’”此指唐军溃兵溺死黄河者无数。

〔7〕 请嘱二句:这两句是关吏由于自己身份低下,故请“丈人”转告守将的话。《杜诗阐》:“我为吏者,但知筑城,至于防关,自有大将,请丈人属防关者以哥舒为鉴,此则我所云‘胡来但自守’意也。”

【语译】

嗨哟嗨哟！士兵为啥这般忙碌？嗨哟嗨哟！潼关要塞需修筑。小城万丈高，大城比铁固。借问关吏为哪般？答我"修关为御胡"。邀我下马走几步，为我指示关防处："战栅高入云，飞鸟不得渡。胡兵来时只自守，还用担心西京失守护？您老再看看这山旮旯，只容单车羊肠路。危难之时奋起舞长戟，万古以来守此只要一武夫。可悲当年桃林那一仗，轻率出关大败溺水死无数。还请您老转嘱防关将，千万千万不可学哥舒！"

【研析】

在"三吏"、"三别"中，此篇似较平直，《读杜札记》称："其实《潼关吏》一首专论形势，无关民隐，别是一意。"固然，是篇写的是一个低级官吏的思想情感，与他篇所写平民遭遇的视角不同，但其对形势之忧虑与爱国心则一也，仍是组诗中重要的和声。诗采用乐府常用的对话形式，让主人公说话，不着诗人自己的议论，反映民意更具客观感，故《唐宋诗举要》引李子德曰："以叙述为议论，自见手笔。"

石壕吏（五古）

【题解】

石壕村，在今河南陕县东南。吏，古时地方政府的小官，此指抓丁的官差。此篇为"三吏"中最精彩的一篇。不着议论，靠叙事本身感动人，呜咽悲凉。仇注称："诗云三男戍，二男死，孙方乳，媳无裙，翁逾墙，妇夜在，一家之中，父子、兄弟、祖孙、姑媳，惨酷至此，民不聊生极矣。"

暮投[1]石壕村，有吏夜捉人。
老翁逾墙走，老妇出门看。
吏呼一何怒，妇啼一何苦[2]。
听妇前致词，三男邺城戍。
一男附书[3]至，二男新战死。
存者且偷生，死者长已矣。
室中更无人，惟有乳下孙。
有孙母未去，出入无完裙。
老妪力虽衰，请从吏夜归。
急应河阳役[4]，犹得备晨炊。
夜久语声绝，如闻泣幽咽。
天明登前途，独与老翁别[5]。

【注释】

〔1〕 投：投宿。

〔2〕 吏呼二句：一何，何其，"一"是加强语气。《唐诗镜》评曰："其事何长，其言何简。'吏呼'二语，便当数十言。"诗中虽然没有将恶吏如何"呼"一一写出，但从老妇所"啼"的内容可想见：先索男丁，再索年轻人，最后索性将老妪带走。读者细思自得。

〔3〕 附书：捎信。

〔4〕 河阳役：时唐军败于邺城，郭子仪退守河阳。河阳，黄河北岸，即今河南孟津。

〔5〕 夜久四句：《唐诗选脉会通评林》："'夜久语声绝'二句泣鬼神语；结句尤难为情。"独与，暗示老妪已被捉去。

【语译】

行色匆匆，暮色沉沉。我投宿赶往石壕村，碰上差役夜捉人。

这家老翁翻墙跑，是位老妇去应门。差役大呼小叫何其凶，老妇哭哭啼啼何其苦！听她上前哭且诉："三个孩儿都入伍，一个新近寄信来，说是邺城之战哥俩死！死的已死无话说，活的也只是偷生能几时？家里如今再没个像样人，只有一个还在哺乳的小孙孙。为有孙在媳妇没离开，可怜衣不蔽体难见人。别嫌老妪年迈力又衰，还能跟差爷连夜赶路回。急急赶到河阳去，为队伍煮个早饭还来得及。"夜如死水静，似有低泣声。破晓登程别主人——白发萧萧孤单身。

【研析】

这首诗很写实，应是作者亲历亲见的事。通过精心地取舍、结构安排、突出某些细节，便取得感人至深的艺术效果。诚如周祖譔先生《隋唐五代文学史》所论析："例如《石壕吏》一诗，其主题在揭露统治阶级强抓壮丁的残酷。由于诗人对这一本质认识得非常深刻，所以他能选择一个最典型的事件，予以突出的表现。在这首诗里，诗人把被抓的对象放置在这样一个环境，即她是一个三子都已从军而其中二子又已牺牲的烈军属，这样的家庭，依情理来说，是没有任何理由再抓他家里的壮丁的，但是官吏竟到这样的人家来抓丁，这首先揭露了统治阶级以这种人家作为抓壮丁的对象的毫无人性。但诗人还不停滞于此，并进一步指出这被抓走的对象又是一个老妪，因为如果是一个年强力壮的男人，在当时种族危机如此深重的时候，被抓去了，还可能得到原谅的。但现在所抓的是个老妪，其残酷也就更明白了。通过这一事件，必然会使读者进一步想到这一烈军属家庭的老妪竟被抓走了，那么其他人家的遭遇就可想而知了。"其中细节描写极其感人，如："室中更无人，惟有乳下孙。有孙母未去，出入无完裙。"寥寥数语，不但掩护了老翁（"更无人"），也力拒恶吏的搜查（"无完裙"则吏不应入室），同时诉说了三子参军后家境的悲惨，并为以下自己挺身而出作了铺垫。我们感受到的是一位伟大女性的自我牺牲精神。对于结构，周先生也作了如下分析:“在这首诗里,结构的严谨正是达到了天衣无缝的程度。最明显的一点,即前后的照应,第一句‘暮投石壕村’,与最后两句:‘天明登前途,独与老翁别。’这是一看即知的。更主要的是作者通过老妪的答语而刻画了一句话都没有说的‘吏’的形象。这我们只要把老妪的话分成三段来理解就很清楚:在‘听妇前致词’前,我们可以知道一定有一段‘吏’的话,话的内容大概不外是‘叫男人赶快出来,跟我走’之类;在‘死者长已矣’后,一定又有‘吏’要进去搜查的话;在‘老妪力虽衰’前面一定又有‘吏’要坚持进去搜查的话,但是作者都没有写出来。只要把老妪的话分成三段来理解,依他的生活经验来补充老妪每一段话前官吏所说的话,那么,官吏这一个形象就很清楚了。这就是依照了这特定事件特定环境之下人与人之间的互相作用而进行描绘的,这样的结构确是到了很高的境界。”这种写法,虽然诗人似乎只是“旁观者”,但只要不带偏见,我们并不难从中感受到诗人强烈的情感倾向。

新婚别（五古）

【题解】

与“三吏”有所不同,“三别”通篇作本人语气,是另一种写法。此篇尤得乐府民歌之精髓,不但口吻酷肖,且所表达之情绪是如此之矛盾复杂,几于前无古人。

兔丝附蓬麻,引蔓故不长。
嫁女与征夫,不如弃路旁[1]。
结发为妻子,席不暖君床。
暮婚晨告别,无乃[2]太匆忙。

君行虽不远，守边赴河阳[3]。
妾身未分明，何以拜姑嫜[4]。
父母养我时，日夜令我藏。
生女有所归，鸡狗亦得将[5]。
君今往死地，沉痛迫中肠。
誓欲随君去，形势反苍黄[6]。
勿为新婚念，努力事戎行。
妇人在军中，兵气恐不扬[7]。
自嗟贫家女，久致罗襦裳[8]。
罗襦不复施，对君洗红妆[9]。
仰视百鸟飞，大小必双翔。
人事多错迕[10]，与君永相望。

【注释】

〔1〕兔丝四句：四句以菟丝子缠绕蓬麻为比兴，叹女嫁征夫之不可靠，难以白头偕老。兔丝，即菟丝子，蔓生植物。蓬、麻，均属短小植物，菟丝附其上，自然难以延伸。

〔2〕无乃：犹今语“不是……吗”。写出新妇无奈口吻。

〔3〕君行二句：此二句有深意。萧先生认为：第一，它点明了造成新婚别的根由；第二，它说明了当时进行的战争是一次守边卫国的正义战争；第三，从诗的结构上来看，它也是下文“君今往死地”和“努力事戎行”的张本；第四，这两句还含有一种言外之意，是一种带刺儿的话。即守边竟守到河阳，守到自己家里来了，这岂不可叹？

〔4〕妾身二句：未分明，古礼：妇人嫁三日，告庙上坟，谓之成婚。今暮婚晨别，婚事未完整，所以说是媳妇的身份尚未明确，如何去拜见公婆？姑嫜，丈夫之母曰姑，丈夫之父曰嫜。

〔5〕鸡狗句：即俗语：“嫁鸡随鸡，嫁狗随狗。”将，随也。

〔6〕 誓欲二句：此联意为：本想和你同往，但又怕事情反而弄得更糟糕。写出新娘子进退两难、心乱如麻的心态。《唐诗归》钟惺云："五字吞吐难言，羞恨俱在其中。"苍黄，同"仓皇"。

〔7〕 兵气句：古人认为妇女随军不吉利。《汉书·李陵传》："陵曰：吾士气少衰而鼓不起者，何也！军中岂有女子乎？"

〔8〕 自嗟二句：致，筹办。襦，短衣。裳，裙子。此句言嫁衣来之不易。

〔9〕 罗襦二句：不复打扮，表示专一，如怨如诉。《鹤林玉露》："《国风》：'岂无膏沐，谁适为容？'杜诗：'罗襦不复施，对君洗红妆。'尤为悲矣。《国风》之后，唯杜陵为不可及者，此类是也。"

〔10〕 错迕：错杂交迕。

【语译】

菟丝子缠在短小的蓬麻上，藤蔓呀又怎能牵得长？女孩子嫁给当兵的，还不如一出生就将她遗弃在路旁。我们说是结发为夫妻，可连床儿我都还没来得及坐暖；傍晚结婚天明就告别，岂不是太过匆忙？你要去的地方虽说不太远——如今守边竟守在家门口的河阳县！可是身份不明婚礼尚未全，叫我怎样与公婆相见？当初父母将我娇养，就像是珠玉一般深藏。女大当嫁，嫁鸡随鸡嫁狗也只得随狗。你如今无疑去送死，扯断愁肠又如何是好？我决心要随你去，却又怕把事情弄得更糟。唼，你还是走吧，当好你的兵不必把新婚人牵挂。听说妇女在军中，影响士气容易出差。自叹贫家女，一袭嫁衣费我几多年华。对着夫君洗尽红妆，打叠起罗襦从此不再穿它。仰天看那百鸟飞翔，不论大小都是成双成对。就我们人事呀，偏与自然相违！从今而后只能心相随，泪眼儿呵望断秋水！

【研析】

此诗显系虚构，或者说是将耳闻的事再加创作。它塑造了一位贤淑深情且深明大义的新娘子形象。由于细节的真实、身份的准确把握，以及严格地按照生活的逻辑运思、合乎情理，使这首诗富有艺术的真实感。萧涤非先生尤其赞赏此篇人物语言的个性化：“在《垂老别》里，杜甫化身为老汉，说着老头子的话；在《无家别》里，杜甫又化为单身汉，说着另一套话。但这都还不算难，因为类似的生活经验，杜甫还是有的。只有在《新婚别》里，他得化身为新娘子，说着新娘子式的话，这才真有些难。”杜甫成功之处就在于人心的沟通，从心灵的最深处发露了新娘子情结不可解而强为之解的痛楚，犹莎士比亚《泰特斯·安德洛尼斯》所形容：“像堵塞的鲈膛，把心灵烧成灰烬！”情与理于此一片血肉模糊。

垂老别（五古）

【题解】

此篇写子孙亡尽，老者从戎，使读者遂下千古之泪。然而老者投杖而起，并非有人说的那样，是彻底的失望，破罐破摔；其中当有国家多事，匹夫有责，至杀身不顾的英雄主义。别妻一节，情感上一波三折、往而复返的描写，尤其感人。

四郊未宁静，垂老不得安。
子孙阵亡尽，焉用身独完[1]。
投杖出门去，同行为辛酸。
幸有牙齿存，所悲骨髓干[2]。
男儿既介胄[3]，长揖别上官。
老妻卧路啼，岁暮衣裳单。
孰知[4]是死别，且复伤其寒。

此去必不归,还闻劝加餐[5]。
土门壁甚坚,杏园度亦难。
势异邺城下,纵死时犹宽[6]。
人生有离合,岂择衰盛端[7]。
忆昔少壮日,迟回竟长叹。
万国尽征戍,烽火被[8]冈峦。
积尸草木腥,流血川原丹。
何乡为乐土? 安敢尚盘桓。
弃绝蓬室居,塌然[9]摧肺肝。

【注释】

〔1〕 子孙二句:此联是老人应征的直接动机,愤词。首四句痛怨交集。焉用,哪用。身,自身;自己。完,全也;活也。

〔2〕 幸有二句:要杀敌,就得活着,故曰"幸有";但当兵毕竟太老,故曰"所悲"。

〔3〕 男儿句:男儿,老人自称,与上文"投杖"合看,表现老人倔强的性格。介胄,犹甲胄,谓军服。陈贻焮《杜甫评传》:"神气活现,俨然一倔强老头! 可悯,亦复可敬。"

〔4〕 孰知:即"熟知"。明明知道。

〔5〕 加餐:《古诗十九首》:"弃捐勿复道,努力加餐饭。"写夫妻缱绻情深。

〔6〕 土门四句:四句为宽慰老妻语,也是全诗情感转折的支点。冯至《杜甫传》:"诉苦到极深切的时刻,一想到国家的灾难,便立即转变出振奋的声音。"土门,即土门口,为太行八陉之五。杏园,在河南汲县东南,都是当时控制河北的要地。《日知录》:"土门在井陉之东,杏园疲在卫州汲县,临河而守,以遇贼,使不得渡。"郭曾炘《读杜札记》、郑文《杜诗檠诂》皆认为当时形势危急,唐军专力守河阳,故土门、杏园当在其附近,而不应遥在获鹿、汲县。中国之大,地名

雷同,比比皆是。所言近是,待考。邺城下,指九节度使邺城下之溃败。

〔7〕 人生二句:此联意为:人生必然有离合,少壮者与衰老者都一样,岂能由自己选择(所以我们老夫妻也难免这次的生离死别)。端,此指盛与衰两端(两头)。

〔8〕 被:披。

〔9〕 塌然:颓丧貌。最后回笔写老人离老家时五内俱焚的痛楚,更合乎人情,更显出其投杖从军的难能可贵。

【语译】

王城的郊野还在战乱中,到老来还是不得安宁。子孙都因征战牺牲,我活着还有什么意思!扔下拐杖我毅然出门投军,一起走的人都为我酸楚动情。所幸还有几颗牙在,能吃能活就还能上阵;所悲的是年老骨干,战场上如何驰骋?哎!男子汉既然穿上战袍决不回头,揖别长官我昂首就走。只见老妻赶来相送,横卧路上哭成一团。不忍心看她寒风中还穿着单衣,明明知道这是死别却还牵挂她着凉。这一去呀必死无疑,扭头便走,耳旁响着她的哭啼,叮嘱我要吃饱饭保重身体……不由我停步宽慰她几句:我军土门壁垒很坚固,杏园敌军抢渡也困难。现在的形势不比邺城大溃退,就是会死也得等一段时间。人生本来就有生离与死别,不管你是青年还是老年。想起往日少壮时光,不禁徘徊又长叹。如今四面八方在征战,烽火狼烟遍冈峦。草野尸骨臭,川原血污染。哪里还会有乐土桃源?走吧,不再徘徊幻想。诀别老家破屋草房,叫人裂肺撕肝!

【研析】

梁启超《中国韵文里头所表现的情感》将此诗作为“回荡的表情法”一例,认为这“是一种极浓厚的情感蟠结在胸中,像春蚕抽丝一般,把他抽出来”。又说:“他最了解穷苦人们的心理。所以他的诗因他们触动情感的最多,有时替他们写情感,简直和本人自作一样。”《杜诗镜铨》引蒋弱六也认为:“通首心事,千回百折,似竟去又似难去。至‘土门’以下,一一想到,尤肖老人口吻。”这就是杜甫之为杜甫,他的悲天悯人并非站在道德高地向下俯视的同情,而是以我心置你腔中的生命共振。“无情未必真豪杰”,他虽然决然慷慨从军,但对老妻仍关爱有加:“老妻卧路啼,岁暮衣裳单。孰知是死别,且复伤其寒。此去必不归,还闻劝加餐。”从中透出老夫老妻相濡以沫、缱绻情深,诚如周凯所评:“哀恋极情,痛心酸鼻。”

无家别（五古）

【题解】

邓魁英、聂石樵《杜甫选集》云:“此诗托一邺城败溃回家又被征服役的士兵的自述,反映天宝之后的丧乱景象。战乱后,出征者已不存家属,故名‘无家别’。”

寂寞天宝后,园庐但蒿藜[1]。
我里百余家,世乱各东西。
存者无消息,死者为尘泥。
贱子[2]因阵败,归来寻旧蹊[3]。
久行见空巷,日瘦气惨凄[4]。
但对狐与狸,竖毛怒我啼[5]。
四邻何所有?一二老寡妻。
宿鸟恋本枝,安辞且穷栖。
方春独荷锄,日暮还灌畦。

县吏知我至，召令习鼓鞞[6]。
虽从本州役，内顾无所携[7]。
近行止一身，远去终转迷。
家乡既荡尽，远近理亦齐。
永痛长病母，五年委沟溪[8]。
生我不得力，终身两酸嘶[9]。
人生无家别，何以为蒸黎[10]！

【注释】

〔1〕 寂寞二句：天宝后，指天宝十四载安禄山造反以来。但，只是；仅仅。但蒿藜，意为家园什么都没了，只剩蒿草、灰菜之类的杂草。

〔2〕 贱子：无家者自称。

〔3〕 蹊：小路。

〔4〕 日瘦句：日光黯淡。《杜臆》："日安有肥瘦？创云'日瘦'，而惨凄宛然在目。"

〔5〕 怒我啼：对我凶狠地嚎叫。《杜臆》："狐啼而加一'竖毛怒我'，形状逼真。"

〔6〕 习鼓鞞：练习听从军中战鼓的指挥。古代军队往往以锣鼓声指挥进退，故以鼓鞞指代军训。

〔7〕 虽从二句：意为近行到底比远去为幸，而下面"家乡"一联，转思既已无家，又何喜远近？翻进一层作意。

〔8〕 沟溪：同"沟壑"。野死之处。

〔9〕 酸嘶：痛哭。

〔10〕 人生二句：蒸，众也。黎，黑也。蒸黎指老百姓。此句浦注："可作六篇总结，反其言以相质，直可云：何以为民上？"矛头已指向最高统治者。

【语译】

天宝战乱后,四海一萧条。满目是疮痍,家园剩蒿草。邻里百余家,逃亡四处漂。活的没消息,死的化为泥。敝人因败阵,捡命旧路归。故里断垣成空巷,日光无力色凄凄。只见狐与狸,竟敢对我咆哮毛如猬!四邻还剩谁?一个两个老寡妻。鸟儿尚且恋故树,我岂能抛弃这生我养我的家乡土!正逢春回独荷锄,种地灌园到日暮。哪知县里官吏得消息,急来召我回营演练听指挥。虽说服役在本州,家徒四壁莫回顾。近行一人无牵挂,远行毕竟觉生疏。转思家乡空荡荡,走近走远有啥不一样?最是痛心长年多病的老母,每思五年来抛尸荒野欲断肠!生儿不孝没能力,尘世黄泉两辛酸。为人在世无家别,这样的百姓怎么当!

【研析】

是篇可视为六篇的总结。《杜诗镜铨》引卢元昌曰:"先王以六族安万民,使民有室家之乐,今新安无丁,石壕遣妪,新婚怨旷,垂老诀绝,至战败逃归者亦不免焉。唐之百姓,几于靡有孑遗矣,其不亡也幸哉。"的确,《无家别》已将"三吏"、"三别"推上绝壁,忍无可忍。再进一步,便是东汉乐府《东门行》:"拔剑东门去,舍中儿母牵衣啼……吾去为迟,白发时下难久居!"当然,杜甫毕竟是士大夫,只能把笔尖停在:"人生无家别,何以为蒸黎?"然而此组杜诗主题的深化乃表现在对个体与群体利益之间矛盾关系的处理上。以《新安吏》为例,诗人既要揭露统治者惨无人道的拉夫政策,又要劝勉人们隐忍一切痛苦去支持救亡图存的战争,从而在客观上体现人民自我牺牲的爱国精神。但其中的矛盾是如此的不可调和,而强行调和不可调和的矛盾终于撕裂了诗人的肝肺,迸发出"眼枯即见骨,天地终无情"的呼天抢地式的大恸!整组"三吏"、"三别"都有如是矛盾张力所形成的"拱形结构",使读者千载之下犹能感受到诗人心灵负载的沉重。最细腻地体现这一情感的,当推《新婚别》。新婚之日竟成生离死别之时,诗人对战争残酷性的揭露不可谓不深刻。然而支持朝廷,将镇压叛乱的战争继续进行下去,在诗人看来又是正义的、必要的、义不容辞的,所以不能不忍心让新娘子说出“勿为新婚念,努力事戎行”的苦涩的话来。愈是顾全大局,愈是柔肠寸断,愈是催人泪下!如果不是以天下国家为己任而又与百姓同其呼吸,怎能如此深入地反映这种复杂矛盾的思想感情?可见与底层人民共患难促使杜甫在相当程度上超越了儒家仁学,将中国文化中固有的人文精神推向一个新的高度。

佳　人（五古）

【题解】

此诗黄鹤系于乾元二年(759)在秦州作。仇注认为是实有其人,故形容曲尽其情;《诗比兴笺》则以为全是寄托;黄生则云:“偶有此人,有此事,适切放臣之感,故作此诗。”此解最准确。在佳人身上,我们看到诗人自身的影子。萧涤非先生云:“我认为这首诗的写作过程和白居易的《琵琶行》差不多,只是杜甫没有明白说出‘同是天涯沦落人,相逢何必曾相识’而已。”

绝代[1]有佳人,幽居在空谷。
自云良家子,零落依草木[2]。
关中昔丧败[3],兄弟遭杀戮。
官高何足论,不得收骨肉[4]。
世情恶衰歇,万事随转烛[5]。
夫婿轻薄儿,新人美如玉[6]。

合昏[7]尚知时，鸳鸯不独宿。
但见新人笑，那闻旧人哭。
在山泉水清，出山泉水浊[8]。
侍婢卖珠回，牵萝补茅屋。
摘花不插发，采柏动盈掬[9]。
天寒翠袖薄，日暮倚修竹[10]。

【注释】

〔1〕　绝代：举世无双。

〔2〕　自云二句：二句说自己是出身清白有身份人家，流落村野。良家子，犹"正经人家"子弟。《史记·李将军列传》："而广(李广)以良家子从军击胡。"《索引》引如淳曰："非医、巫、商贾、百工也。"

〔3〕　关中句：关中，此指长安。丧败，指天宝十五载(756)六月，安禄山叛军陷长安。

〔4〕　收骨肉：收尸骨。

〔5〕　世情二句：慨叹人情冷暖，世态炎凉。转烛，《草堂诗笺》："转烛，言世态不常也。烛影随风转而无定。"

〔6〕　夫婿二句：轻薄儿，轻佻放荡之辈。新人，新娶的女人。

〔7〕　合昏：植物名，又名夜合，其花朝开夜合。

〔8〕　在山二句：黄生云："二句似喻非喻，最是乐府妙境。"暗示佳人宁在山守志。

〔9〕　摘花二句：上句言无心修饰，故摘而不插；下句写甘于清苦。柏味苦，以此为比。

〔10〕　天寒二句：仇注："杨亿诗'独自凭阑干，衣襟生暮寒'，本杜'天寒翠袖'句，而低昂自见。"陈贻焮《杜甫评传》认为杨诗去掉"翠袖"、"修竹"这些冷清孤寂的意象，显得单调，故不如杜。按，不必正面写佳人容貌，只写其心灵、风韵情境，佳人之端庄美丽自见。末二句尤其传神。

【语译】

有一位绝代佳人楚楚可怜,寂寞地居住在狭谷深山。自说是清白人家女子,流落在村野与草木相伴。关中那场大动乱,兄弟不幸被叛军杀完。官当再大又有何用?死了连尸骨都没人收殓!世态炎凉让人心寒,万事就好比风中摇曳不定的烛焰。夫婿轻佻,看到我娘家衰败,竟又娶了个美艳娇娘。合昏花朝开夜合,鸳鸯鸟儿成对成双。人连花鸟都不如呵,只见新人笑,不管旧人哭。泉水在山中是那么清冽,泉水出了山便会变浊。保贞节我坚守幽谷:家中拮据且变卖珠玉,与侍婢牵藤萝补我茅屋。山花何必摘来插鬓,苦柏叶倒要采满握。哦,天寒日暮,袖薄衣单,她久久地倚着翠竹,斜影儿落在地上是那么修长。

【研析】

这首诗可以说是叙事诗走向抒情化、意象化的典型之作。前十二句基本上是赋,后十二句更多的是比兴。这一虚化的处理,使读者从对佳人遭遇的关注,转向对佳人情感与气质的欣赏,终于凝成"天寒翠袖薄,日暮倚修竹"这样一个"乱世佳人"的凄美的形象,是那么柔弱却又刚强。

就比兴而言,这首诗也有别于《诗经》传统那种"索物以托情"、"触物以起情"的个别句子的比兴,也有别于《楚辞》那种"环譬托讽",以许多神话故事、香草美人聚合成一个象征世界;而是黄生所说的那样:"偶有此人,有此事,适切放臣之感,故作此诗。"所谓"放臣",就是被朝廷放逐不用之臣,杜甫乾元二年离开朝廷往秦州,正其时也,适遇此事,故作此诗。黄生又云:"后人无其事而拟作与有其事而题必明道其事,皆不足与言古乐府者也。"黄生的意思是:诗妙不在纪实,也不在虚构,乃在"适切相遇起情",是乐府叙事为主的写法,其比兴之效果全在引发读者的联想,存天机于灭没之间。换句话讲,"天寒翠袖薄,日暮倚修竹"的意象乃是"弃妇"与"放臣"相感应的产物,二者不离不即,在似与不似之间,不可看死,所以能取得"即之愈稀,味之无穷"的效果。

月夜忆舍弟（五律）

【题解】

杜甫有四弟:颖、观、丰、占。杜甫在秦州时,惟占相随。舍弟,对人称自己的弟弟。诗作于乾元二年(759)流寓秦州时。

戍鼓断人行,边秋一雁声[1]。
露从今夜白,月是故乡明[2]。
有弟皆分散,无家问死生。
寄书长不达,况乃未收兵。

【注释】

〔1〕戍鼓二句:戍鼓,戍楼所击禁鼓。戍鼓一击,人行即断。一雁,古人以"雁行"喻兄弟,"一雁"已含兄弟分散之意。

〔2〕露从二句:上句点明今日节令已至白露。《杜臆》:"只'一雁声'便是忆弟。对明月而忆弟,觉露增其白,但月不如故乡之明,忆在故乡兄弟故也,盖情异而景为之变也。"

【语译】

戍鼓鸣,断绝街上人行。边城秋夜,只听孤雁声声。节气到白露,露珠从此夜夜晶莹。何处无明月,明月还是家乡最清明。可叹老家已毁兄弟散,谁生谁死谁知情?寄信相问久难到,何况天下至今未收兵!

【研析】

“日月常见常新。”思念兄弟之情也是人之常情，正因其是人之常情，所以最容易引起普遍的共鸣，也是个“永恒的主题”。唐诗中就有许多思念兄弟的好诗，如王维“遥知兄弟登高处，遍插茱萸少一人”；韦应物“把酒看花想诸弟，杜陵寒食草青青”；白居易“想得家中夜深坐，还应说着远行人”。这些都是言人之所欲言的佳句，其共同点乃在他们都还有一个家，说的还都是一家子里的话。唯独老杜，可是“有弟皆分散，无家问死生”啊！连家这个聚焦点也散失了啊！它已融进战乱中的家家户户——“况乃未收兵”，他是从自家说到大家，这也是杜甫无时不在的极具个性的情志的自然流露，所以此诗写来似乎浅浅淡淡，却是情意广且深。同时，此诗在语言形式上也别具一格。“露从今夜白，月是故乡明”一联，萧涤非先生释云：“二句是上一下四句法，露、月二字应略顿。露无夜不白，但感在今夜，又适逢白露节，故曰‘露从今夜白’。月无处不明，但心在故乡，故曰‘月是故乡明’。尽管头上所见乃是秦州的月亮，却把月亮派给了故乡。”这种故意的“偏见”与上一下四奇崛的句法，不但造成“陌生化”的效果，而且将普遍情感个性化了。

梦李白二首（五古）

【题解】

此诗作于乾元二年（759）秋流寓秦州时。至德二载（757），李白因李璘事系浔阳狱，乾元元年（758）长流夜郎（在今贵州桐梓境），乾元二年二月至巫山遇赦还。但杜甫一直未能得到李白的消息，忧思成梦，乃作是诗。

其　一

死别已吞声,生别常恻恻[1]。
江南瘴疠地,逐客无消息[2]。
故人入我梦,明[3]我长相忆。
恐非平生魂[4],路远不可测。
魂来枫林青,魂返关塞黑[5]。
君今在罗网,何以有羽翼[6]?
落月满屋梁,犹疑照颜色[7]。
水深波浪阔,无使蛟龙得[8]。

【章旨】

首四句写致梦之因,中八句写梦中情况,末四句写梦后心事。

【注释】

〔1〕　恻恻:忧伤、悲痛貌。

〔2〕　江南二句:瘴疠地,湿热地区多流行瘟疫,此指李白流放途中的南方。逐客,被放逐者,指李白。

〔3〕　明:证明。

〔4〕　平生魂:生时之魂。与“江南瘴疠地”相应,杜甫担忧李白可能已死于狱中或道路。

〔5〕　魂来二句:写梦境如真如幻。江南多枫,故云“魂来枫林青”,寓《楚辞·招魂》“湛湛江水兮上有枫”之意;秦州多关塞,故云“魂返关塞黑”。青、黑,写夜间景色。《唐宋诗举要》引吴曰:“‘长相忆’下倒接‘恐非平生魂’二句,疑真疑幻之情,千古如生,再以‘魂来’、‘魂返’写其迷离之状,然后入‘君今’二句,缠绵切至,悱恻动人。”

〔6〕　君今二句:罗网,法网。应“逐客”。下句“羽翼”由此引申,惊喜李

何以脱祸飞来。

〔7〕 落月二句：此为名句，《唐诗选脉会通评林》引杨慎曰："'落月'二语，言梦中见之，而觉其犹在，即所谓'梦中魂魄犹言是，觉后精神尚未回'也。"妙在以觉后真景与梦中幻境相联系，情景相生，味愈出。

〔8〕 水深二句：再三叮嘱，暗示政治环境险恶。

【语译】

死别止于一恸，生离则时时让人挂怀。江南湿热，有那么多的瘟疫！被放逐的人呵，你挺得过吗？是生是死，消息全无……夜，淹没了思念。你也知道我对你苦苦的相思？所以老朋友，你特意乘着依稀的梦到来。这是你的生魂吗？要走那么长的路。江南多枫林，你来时穿过多少青青的枫树？秦州多关塞，归去，又将越过多少黑黝黝的烽火台？哦，你不是深陷罗网吗？你的双翅是打从哪儿得来？月色洒在屋脊上，一片虚白。梦中？梦外？月色里你不是还在？一路好走呵老朋友！小心江湖波涛汹涌，水深处有那要命的蛟龙！

其　二

浮云终日行，游子久不至[1]。
三夜频梦君，情亲见君意[2]。
告归常局促，苦道来不易。
江湖多风波，舟楫恐失坠。
出门搔白首，若负平生志。
冠盖满京华，斯人独顦顇[3]。
孰云网恢恢，将老身反累[4]。
千秋万岁名，寂寞身后事[5]。

【章旨】

此章以梦中李白为主,将自家情思化为对方情意,深为之悲。

【注释】

〔1〕 浮云二句:《古诗十九首》:"浮云蔽白日,游子不顾反。"又,李白诗:"浮云游子意,落日故人情。"浮云之飘荡与游子的浪迹相似,但如今只见浮云日至而游子不归。游子指李白。

〔2〕 三夜二句:因游子久不至,故三夜频梦之。不说自己思之切,反说君情亲,是杜甫常用手法。

〔3〕 冠盖二句:冠盖,冠服与车盖,指官僚。京华,京城。华,喻京城之壮丽。斯人,这个人,此指李白。顦顇,同"憔悴"。困顿萎靡状。《楚辞·渔父》形容屈原:"颜色憔悴,形容枯槁。"

〔4〕 孰云二句:孰云,谁说。网恢恢,《老子》:"天网恢恢,疏而不失。"天网,犹天理。恢恢,广大貌。

〔5〕 千秋二句:陶潜《饮酒》:"虽留身后名,一生亦枯槁。"此用其意。

【语译】

你不是说浮云就像那游子?可是浮云日至你却不见归来。连连三个晚上呵,频频梦见君,君竟如此情深!来去匆匆,为何老是这般局促?你皱着眉头说:"来得不容易呵,江湖多风波,乘舟真险恶!"搔着白头,走出门去,惆怅呵你壮志难酬!京城里满街是衣冠华盖的官僚,为什么憔悴枯槁的就单单你一个?谁说"天网恢恢,疏而不失"?天才如李白,将老反受害,天理何在,天理何在!虽说你有大名行将千秋不朽,可那毕竟是寂寞一生后的虚名!

【研析】

释梦大师弗洛伊德曾将梦比成拼图游戏,各种图像是互相叠加的,逻辑性被同时性所取代,形成所谓的"梦魂颠倒"。杜甫当然没读过弗洛伊德的理论，但他对梦的传神描写，倒是可以证实弗氏的话是有道理的。首先看第一首诗的结构，那种梦魂颠倒的写法，连注杜名家仇兆鳌也不理解。他将第十一、十二两句“君今在罗网，何以有羽翼”调到第七、八两句“恐非平生魂，路远不可测”之前，并加注云：“‘君今’二句，旧在‘关塞黑’之下，今从黄生本移在此处，于两段语气方顺。”先质疑其在罗网何以有翼，再疑其非生魂，逻辑上的确是“方顺”，但也就失去梦思之象。其实是仇氏误读了黄生的原意。黄生《杜诗说》云：“此诗以错叙成章。‘君今’二句，本在‘恐非’二句之上；‘落月’二句，本在‘魂来’二句之上。乍疑乍信，反复尽情。”云云。仇氏忽视了最关键的一句：“以错叙成章。”这里“本在”是“按说本来应该在”的意思，并非“杜诗原在”。《杜诗说》点校者徐定祥说得好：“此乃写梦境，忽疑忽真，实感和梦幻交织，极传恍惚无定之神，黄生评说之精神亦正在此。若拘于条分缕析，求之于理，则非梦矣，亦难见老杜怜念李白之深情。”不妨说，此诗自“故人”以下各联，都可独立，都可互置，表现的正是拼图式的“同时性”。仇氏的理顺，不但失去黄生评说之精神，也失去杜甫写梦思之传神。

说到写梦思之传神，“落月满屋梁，犹疑照颜色”、“出门搔白首，若负平生志”二句最工，那种梦里梦外疑似之间的感觉，结合自己的经验，读者自能得之。诚如弗洛伊德所说：“每一个梦都与做梦本人有关。”梦中形象隐藏着做梦者自己。天才李白不幸的遭遇，正是天才杜甫自己的不幸遭遇。

遣兴五首（五古）

【题解】

此组诗创作年代不详，黄鹤注编在乾元二年（759）秦州作，不知何所据而云然,姑仍其旧。杜甫有多组同题《遣兴五首》之作,各种版本五首之组合各不相同,今用仇注本。组诗咏嵇康、孔明、庞德公、陶潜、贺知章、孟浩然诸历史名人,有感而发,信手拈来,故曰"遣兴"。

其　一

蛰龙[1]三冬卧,老鹤[2]万里心。
昔时贤俊人,未遇犹视今[3]。
嵇康不得死,孔明有知音[4]。
又如陇坻松,用舍在所寻[5]。
大哉霜雪干,岁久为枯林。

【章旨】

仇注:"此诗见贤者在世,贵逢知己。后四章,皆发端于此。在六句分截。上言抱志欲伸,今古皆然。下言遭遇不同,荣辱遂异。"可以说此首是五首的总纲。

【注释】

〔1〕 蛰龙:冬眠之龙。《易》:"龙蛇之蛰,以存身也。"此暗喻下文的孔明。孔明人称"卧龙先生"。

〔2〕 老鹤:此暗喻下文的嵇康。《世说》:有人语王戎曰:"嵇延祖卓卓如野鹤之在鸡群。"答曰:"君未见其父耳。"其父即嵇康,故曰"老鹤"。

〔3〕 犹视今:《汉书·京房传》:"臣恐后之视今,犹今之视昔也。"此言俊贤抱志欲伸,今古一也。

〔4〕 嵇康二句:上句指嵇康因钟会之谗,死于非命;下句指孔明(诸葛亮)因徐庶之荐,受知于刘备。

〔5〕 又如二句:张华《鹪鹩赋》:"恋钟岱之林野,慕陇坻之高松。"陇坻,

即陇山。(按,秦州属陇右,旧注大概据此将此诗系于杜甫在秦州时作,但此为用典,不足为据。)用舍,《论语·述而》:"子谓颜渊曰:'用之则行,舍之则藏,唯我与尔有是夫。'"根据形势决定自己或出仕或隐居,是士大夫较普遍的处世原则。

【语译】

有时,飞龙也会蛰伏而冬眠;有时,老鹤也会向往万里云程。贤才不遇于时,不分古今。君不见俊逸如嵇康,而死于非命;睿智如孔明,却君臣际会得知音。又好比那陇山上的青松,是不是大材就看人家用与不用。大哉!那久经风霜的巨大树干,岁月久了还不一样归于腐朽!

其　二

昔者庞德公[1],未曾入州府。
襄阳耆旧间[2],处士节独苦。
岂无济时策,终竟畏罗罟[3]。
林茂鸟有归,水深鱼知聚[4]。
举家隐鹿门[5],刘表焉得取?

【章旨】

此首吟庞德公。仇注:"此言不能如孔明之救时,则当如庞公之高隐,上四叙述其事,下六推见其心。"

【注释】

〔1〕庞德公:《后汉书·逸民列传》:庞德公居岘山南,未尝入城府。荆州刺史刘表就候之,谓曰:"夫保全一身,孰若保全天下乎?"庞公笑曰:"鸿鹄巢于高林,暮而得所栖;鼋鼍穴于深渊之下,夕而得所宿。

夫趣舍行止,亦人之巢穴也,且各得其栖宿而已,天下非所保也。”表叹息而去。后遂携妻子,登鹿门山,采药不返。

〔2〕 襄阳句:襄阳,今湖北襄樊。耆旧,年老有声望的人。

〔3〕 岂无二句:济时策,救世的办法。罗罟,古代捕鱼鸟之具,此指陷害人的阴谋。

〔4〕 林茂二句:言庞德公以山林为归宿,即注〔1〕所引“鸿鹄巢于高林,暮而得所栖;鼋鼍穴于深渊之下,夕而得所宿”之意。《淮南子·说山训》:“水积则鱼聚,木茂而鸟集。”

〔5〕 鹿门:即鹿门山。《襄阳记》:“鹿门山,旧名苏岭山。建武中,襄阳侯习郁立神祠于山,刻二石鹿,夹神道口,俗因谓之鹿门庙。遂以庙名山也。”

【语译】

古时候有个庞德公,足迹从来没到过城市。在襄阳老辈有声望的人当中,就他守节最为清苦。并非他没有济世的才能,而是畏惧官场无处不在的罗网。啊,鸟儿也知道选择茂密的树林子栖息,鱼儿也会在深渊里聚集。走吧,庞德公举家迁入鹿门山隐居。想让他当官的刘表哟,你如何将他寻觅?

其　三

陶潜〔1〕避俗翁,未必能达道〔2〕。
观其著诗集,颇亦恨枯槁〔3〕。
达生〔4〕岂是足,默识〔5〕盖不早。
有子贤与愚,何其挂怀抱〔6〕。

【章旨】

此首专吟陶潜。仇注:“盖借陶集而翻其意,故为旷达以自遣耳,初非讥刺先贤也。”浦注:“嘲渊明,自嘲也。假一渊明为本身像赞。”

【注释】

〔1〕 陶潜：后人称为“古今隐逸诗人之宗”。《晋书》：陶潜，脱颖不羁，任真自得，为乡邻之所贵。为彭泽令。郡遣督邮至县，吏白应束带见之，潜叹曰：“吾不能为五斗米折腰，拳拳事乡里小儿耶。”解印去县，乃赋《归去来辞》。

〔2〕 达道：达，此处作动词，达道则意为通达事理。仇注引《墨子》：“未必达吾道。”

〔3〕 恨枯槁：陶潜《饮酒》诗：“虽留身后名，一生亦枯槁。”

〔4〕 达生：通达于性命之情，不受世事牵累。《庄子・列御寇》：“达生之情者傀。”注：“傀，大也。”

〔5〕 默识：存于心而不忘。

〔6〕 有子二句：陶有《责子》诗：“白发垂两鬓，肌肤不复实。虽有五男儿，总不好纸笔。”又《命子》诗云：“夙兴夜寐，愿尔斯才。尔之不才，亦已焉哉。”

【语译】

陶潜是个避俗的长者，可是连他也未必能参透大道理。不信你就读一读他写的诗集，不也在怨恨一生活得贫穷孤寂？人生不只为了不受世事牵累，可惜他并没有早一点认识这个道理。生儿贤慧或愚昧，瞧，他总是往心里去。

其　四

贺公雅吴语[1]，在位常清狂。
上疏乞骸骨，黄冠归故乡[2]。
爽气不可致[3]，斯人今则亡。
山阴[4]一茅宇，江海日凄凉[5]。

【章旨】

贺知章的清狂风流,及其能全身归乡过太平日子,都是杜甫在困境中所向往的事情,也是当时"不可致"者,尾联"山阴一茅宇,江海日凄凉"表达了这种惆怅的情绪。

【注释】

〔1〕 贺公句:贺公,指贺知章,盛唐名诗人。性旷达,自号"四明狂客",曾呼李白为"谪仙人",为"饮中八仙"之一。雅吴语,常说吴语。吴语,今江苏无锡、苏州一带方言。

〔2〕 上疏二句:天宝三载,贺知章上疏请度为道士,求还乡里,仍舍本乡宅为观。玄宗许之。

〔3〕 爽气句:《世说·简傲》:王子猷作桓车骑参军,桓谓王曰:"卿在府日久,比当相料理。"初不答,直高视,以手版拄颊云:"西山朝来,致有爽气耳。"为官不任事的清狂态度,是所谓"魏晋风度"。

〔4〕 山阴:越州,在会稽山北面,故名。贺知章是越州永兴(今浙江萧山)人。

〔5〕 江海句:仇注:"山阴西有浙江,东有曹娥江,两江近海,随潮出入,故有江海凄凉之句。"

【语译】

贺公知章操着吴语说话,当官时还是那么清狂。晚年上疏请求当道士,戴着黄冠他如愿回到故乡。西山朝来爽气不再有人欣赏,赏爽气的人呵已经消亡。山阴如今只剩一栋茅屋,江潮声里日见凄凉……

其　五

吾怜孟浩然[1],裋褐即长夜[2]。
赋诗何必多,往往凌鲍谢[3]。
清江空旧鱼,春雨余甘蔗[4]。

每望东南云，令人几悲吒[5]。

【章旨】

此首专写布衣诗人孟浩然，盛赞其诗。《杜臆》："浩然之穷，公亦似之，怜孟正以自怜也。"

【注释】

〔1〕 孟浩然：初名浩，后以字行。《旧唐书》："孟浩然，隐鹿门山，以诗自适。年四十来游京师，应进士不第，还襄阳……不达而卒。"王士源《孟浩然诗集序》称其"常贫"，"聚不盈甔室，虽屡空不给，自若也"。

〔2〕 裋褐句：谓孟浩然只有裋褐应对漫漫的长夜，暗示其穷困而死。赵次公注引范晔狱中题扇云："去白日之炤炤，即长夜之悠悠。"今排印本《南史》"即"作"袭"。裋褐，贫民所穿的一种粗布衣。即，就而近之。

〔3〕 凌鲍谢：凌，逼近。逼近南朝诗人鲍照、谢灵运。

〔4〕 清江二句：仇注："空、余二字，见物在人亡。"旧鱼，《襄阳耆旧传》："汉水中鳊鱼甚美，即槎头鳊。"孟浩然《岘山作》："试垂竹竿钓，果得查头鳊。"甘蔗，王士源《孟浩然诗集序》："灌园艺圃以全高。"举甘蔗示其艺圃也。

〔5〕 吒：慨叹。

【语译】

我最怜爱诗人孟浩然，穿着那身粗布衣，他走向长夜漫漫。赋诗何必太多，要的是经常有佳句能超越谢灵运或鲍照。清江呵，空有你旧时垂钓的槎头鳊；春雨呵，沥沥淅淅洒在你当年种下的甘蔗上。每当我望着东南方的云霞，一抹悲哀惆怅就会在我心中弥漫。

【研析】

此五首虽然是有感而发,信手拈来,但还是有其内在联系的。第一首如仇注所云:“此诗见贤者在世,贵逢知己。后四章,皆发端于此。”可谓之总序;第二首以庞德公为榜样,道不行则卷;第三首是关键,仇注解得透:“盖借陶集而翻其意,故为旷达以自遣耳,初非讥刺先贤也。”表明内心对出与处的矛盾;第四首的贺公不妨说是羡慕的对象,但“不可致”;第五首写孟浩然,与杜自身能诗、布衣、贫困情境最为相近,以悲吒作结。与《自京赴奉先县咏怀五百字》“以兹悟生理,独耻事干谒。兀兀遂至今,忍为尘埃没?终愧巢与由,未能易其节”同参,可体会杜甫“在野”后进退维谷的心态。

大凡矛盾复杂的心态最能体现人性的深度。陶之伟大就在其人格之真淳、不自欺。他的隐逸是以“孔颜之乐”式的安贫乐道为底子,与道家的委顺自然、释家的随缘任运虽有会通的一面,但毕竟有分别。陶之安贫乐道是付出沉重代价的。他在《与子俨等疏》中说:“僶俛辞世,使汝等幼而饥寒……抱兹苦心,良独内愧!”他所谓的“乐道”,只能是《咏贫士》所说的“贫富常交战,道胜无戚颜”,说到底是一种执着。用道、释的标准看,陶的确是“未必能达道”。王维已看到这一点,其《与魏居士书》云:“近有陶潜,不肯把板屈腰见督邮,解印绶弃官去,后贫,《乞食》诗云:‘叩门拙言辞。’是屡乞而多惭也。尝一见督邮,安食公田数顷,一惭之不忍,而终身惭乎!……君子以布仁施义、活国济人为适意,纵其道不行,亦无意为不适意也。苟身心相离,理事俱如,则何往而不适!”王维是以禅宗“身心相离”、“无自性”的观点发问的,济世不济世都“无可无不可”,而这与杜甫的“穷年忧黎元”恰恰针锋对麦芒。杜对陶的“未达道”,则是“操戈入室”,翻出陶的底牌:“有子贤与愚,何其挂怀抱。”亲子之情正是儒家人际关怀的伦理学之基点,如何能放弃?这也正是杜甫自家的底牌(关于这一点,我在本书导读中已有详论)。杜甫后来有一首《谒真谛寺禅师》云:“未能割妻子,卜宅近前峰。”他说不能近禅释的原因是“未能割妻子”，与陶之“何其挂怀抱”可相视而笑矣！当然，杜之正视现实，为理想百折不回的担当力，与陶也是有区别的。明了这一层，就不难读懂杜的自嘲，而从这五首诗中对诸隐者的品评看，“隐居”未必是老杜自己的最佳选择。事实上，是孔明而不是庞德公，于杜甫入蜀后日渐成为他仰慕的对象。至德年间所写的《送韦十六评事》有云：“伤哉文儒士，愤激驰林丘。”再明白不过地说出对隐居的看法了。这是一把打开心扉的钥匙。

天末怀李白（五律）

【题解】

此诗当与《梦李白二首》同为乾元二年（759）寓秦州之作。天末，犹天边。秦州地当边塞，故称。陆机：“佳人渺天末，游宦久不归。”李白流放夜郎，至巫山遇赦归，因关山阻隔，杜甫不知，乃作是诗。

凉风[1]起天末，君子意如何。
鸿雁几时到，江湖秋水多[2]。
文章憎命达，魑魅喜人过[3]。
应共冤魂语，投诗赠汨罗[4]。

【注释】

〔1〕凉风：北风。《尔雅·释天》：“北风谓之凉风。”

〔2〕鸿雁二句：言关于李白的消息全无。古称鱼雁传书，即在雁足上系书信，鲤鱼肚子里藏尺书。上句明说鸿雁，下句暗寓鲤鱼；《杜臆》：

“江湖水多，鲤不易得，使事脱化。”

〔3〕　文章二句：与“诗穷而益工”意近，言文章与命运二者不可兼善。《杜诗说》：“文与命仇意，而‘憎’字惊极。”的确，用“憎”字使李白之文学天才与其命运遭际之间的冲突更觉惊心动魄，它使人联想到法国诗人皮埃尔·勒韦迪的警句：“作品的价值是与诗人同他自身命运的剧烈冲突成比例的。”魑魅，山泽之鬼怪，捕人而食，故见有人经过则喜。李白流夜郎，经山泽之地，故云。《唐宋诗举要》引邵云：“一憎一喜，遂令文人无置身之地。”

〔4〕　应共二句：冤魂，指屈原。屈原忠而见逐，投汨罗江而死。汉代贾谊被贬长沙，过汨罗作文吊屈原。李白参加永王璘幕府被放，情似屈原，故设想其过汨罗当与屈原共语而投诗为赠。

【语译】

天边刮起了北风，君子呵你的感受如何？鸿雁几时能到？江湖浩淼鲤鱼难得。啊，有谁能为我传递你的消息！文才总被命运所憎恶，吃人的魑魅却喜欢有人经过。想必你会与屈原的冤魂共语，像贾谊那样同病相怜投诗文于汨罗。

【研析】

“文章憎命达”是一个很深刻的命题，能使人“下千古之泪”。在漫长的中国官僚宗法社会中，文章只是“雕虫小技”，只能充当帮闲的小角色。李白文章风采深受玄宗赏爱，唐人段成式《酉阳杂俎》云：“李白名播海内，玄宗于便殿召见，神气高朗，轩轩然若霞举，上不觉忘万乘之尊。因命纳履，白遂展足与高力士曰：‘去靴！’力士失势，遽为脱之。及出，上指白谓高力士曰：‘此人固穷相。’”可见玄宗之于大文豪，也只是“倡优畜之”耳。难怪司马相如为了表示自己也能“帮忙”，另备一篇《封禅书》，以见“真本领”。在“官本位”的社会中，文章之佳与荣华富贵的“命达”并不挂钩。反之，“作品的价值是与诗人同他自身命运的剧烈冲突成比例的”，真性情才是文章成功的条件，这也是李杜之为大诗人的根本。然而真性情恰好违背了官场的“游戏规则”，成了“命达”的障碍。诚如罗隐《谗书序》所说：“他人用是以为荣，而予用是以辱；他人用是以富贵，而予用是以困穷。苟如是，予之书乃自谗耳！”自谗，这才是“文章憎命达”之“憎”的确解。反过来说，穷愁潦倒逼使诗人了解底层社会，更深刻、真切地感受现实，所以古人也说是：“穷愁之音易好”，“病蚌成珠”，穷愁痛苦才能郁结为璀璨的艺术明珠。只要社会还是官僚宗法社会，“文章憎命达”就是“真理”。杜甫与李白性情相通，对李白的同情也是对天下古往今来英才的同情，对不公社会的指控。

遣兴五首（五古）

【题解】

旧编在乾元二年(759)秦州诗内，姑仍之。是时杜甫度陇羁旅，闲居中国事家事自身事交感，因多作杂诗，拉杂写以自遣，故曰遣兴。因所写皆从现实中感悟得来，且具象征意义，故《杜诗镜铨》曰：“信手拈来，自觉可歌可泣。”

其　一

朔风飘胡雁，惨淡带砂砾[1]。
长林何萧萧，秋草萋[2]更碧。
北里富薰天[3]，高楼夜吹笛。
焉知南邻客，九月犹絺绤[4]。

【章旨】

此章叹贫富之不均。上四深秋之景,下四炎凉之况。

【注释】

〔1〕 朔风二句:朔风,北风。胡雁,雁居塞北,古为胡地,故称。

〔2〕 萋:茂盛。《古诗十九首》:“回风动地起,秋草萋已绿。”

〔3〕 北里句:北里,唐皇城在城北,富贵之家多居之,故往往以“北里”指富贵之家,不必拘于长安。薰天,形容气焰之盛。

〔4〕 絺绤:葛布,其细者曰絺,粗者曰绤,皆为夏衣之布料。

【语译】

北风动地起,昏天黑地挟着乱沙碎石,一个劲地吹。塞外的雁儿身不由己,随风飘逸。高树疏林萧萧响,秋草萋萋寒更碧。北里呀北里,富贵人都在此聚居,气焰薰天地。他们白日寻欢作乐,夜里还在高楼吹笛;哪知南邻有客旅,九月风寒犹着夏时衣?

其　二

长陵锐头儿,出猎待明发[1]。
骍弓金爪镝,白马蹴微雪[2]。
未知所驰逐,但见暮光灭。
归来悬两狼,门户有旌节[3]。

【章旨】

忆长安豪势之家少年,尚武骄纵,徒以游猎为事。

【注释】

〔1〕 长陵二句:长陵,汉高祖陵墓,与惠帝安陵、景帝阳陵、武帝茂陵、昭帝平陵合称“五陵”,为唐时富豪之家的聚居所,在今陕西咸阳东

北。锐头儿,尖头的人。据说秦之武安君"小头而锐,断敢行也",后人作为典型的果决善战的武人形象。明发,将旦而光明始发,即天亮。

〔2〕 骍弓二句:骍弓,调整好的弓。《诗·角弓》:"骍骍角弓。"金爪镝,如金爪状的锐利箭镞。蹴,踏。

〔3〕 旌节:皇帝颁发给将帅的信物。旌以专赏,节以专杀。《杜诗说》:"末句有隐讽,言其恣意游猎,乃恃父兄贵势而然。"

【语译】

五陵那群尖头明目好武的纨绔,要出猎等待着天明。备好良弓利镞,白马蹴踏着薄薄的晨雪。不知他们在追逐什么,只觉弹指间暮色也已熄灭。马悬两狼归来,他家门前赫然竖着旌节。

其　三

漆有用而割,膏以明自煎。
兰摧白露下,桂折秋风前[1]。
府中罗旧尹,沙道尚依然[2]。
赫赫萧京兆,今为时所怜[3]。

【章旨】

此章借物托兴,慨趋炎附势之徒自招其害,萧京兆可为前车之鉴。

【注释】

〔1〕 漆有四句:借物托兴,喻势利小人终致摧折。《庄子·人间世》:"山木自寇也,膏火自煎也。桂可食故伐之,漆可用故割之。"《汉书·龚胜传》:"薰以香自烧,膏以明自销。"

〔2〕 府中二句:府,指丞相府。尹,指京兆尹,京师的最高长官。天宝年

间,丞相常将京兆尹收罗为私党,如萧炅便是李林甫的私党。沙道,《唐国史补》:"凡拜相,礼绝班行,府县载沙填路,自私第至子城东街,名曰'沙堤'。"于兢《大唐传》:"天宝三载,因京兆炅奏,于要路筑甬道,载沙实之,属于朝堂。"

〔3〕 赫赫二句:萧京兆,当指萧炅,天宝二年(743)为京兆尹,依附李林甫,后为杨国忠所排,贬汝阴太守。为时所怜,汉成帝时歌谣:"故为人所羡,今为人所怜。"

【语译】

事物总是自招其害,你看漆树有用才招来割取,膏油能照明便被点燃;幽兰香草为霜露所摧残,桂树也让秋风吹折。京兆尹总是成了宰相的私党,他们你来我去不断更换,只有拜相的沙道至今依然。就那赫赫有名的萧京兆,不也应了歌谣所唱:"故为人所羡,今为人所怜!"

其　四

猛虎凭其威,往往遭急缚[1]。
雷吼徒咆哮,枝撑[2]已在脚。
忽看皮寝[3]处,无复睛闪烁。
人有甚于斯,足以劝元恶。

【章旨】

此章以虎为喻,警示强梁作威福者没有好下场。

【注释】

〔1〕 猛虎二句:急缚,紧捆。《后汉书·吕布传》载:曹操缚吕布,布曰:"缚太急!"操曰:"缚虎不得不急。"钱注:"此诗盖指吉温之流。温尝云:'若遇知己,南山白额虎不足缚也。'故借以为喻。"吉温为唐

之酷吏,曾依附李林甫、萧炅,后死于狱中。见《唐书·酷吏传》。事虽近似,但吉温言欲缚虎,杜诗则言虎之被缚,所言是强梁者没好下场,不必泥于一人一事。

〔2〕 枝撑:指用来缚虎的木柱。

〔3〕 皮寝:虎皮被剥下作垫褥。

【语译】

猛虎总是恃威肆虐,却因此往往遭到紧紧的捆缚。到此时响雷般的咆哮也无济于事——它的脚已被绑在柱桩上。它的皮被剥下来当垫褥,它的眼睛不再闪烁着凶光。可是有些人的下场比这还糟,足以惩戒那些作虐的首恶!

其 五

朝逢富家葬,前后皆辉光。
共指亲戚大,缌麻百夫行[1]。
送者各有死,不须羡其强。
君看束练[2]去,亦得归山冈。

【章旨】

此章写富家送葬之盛,感慨贫富同为一死,又何足羡也,是对富贵者彻底的否定,以终前四章之义。

【注释】

〔1〕 共指二句:大,此指显贵。缌麻,丧服,用细麻布制成。百夫行,许多人排列成队。

〔2〕 束练:一作"束缚"。指简单裹束而葬。

【语译】

早上遇到富贵人家出殡,风风光光好大的排场。都指点着说送行的亲戚多是显贵,披麻戴孝的成群结队。不管相送的人是多是少是贫是贵,终归一样是个死字,又何必羡慕谁人强势?你看那些草草裹束下葬的人,不也一样同归山峦大地!

【研析】

《唐诗解》评此组诗云:“《遣兴》诗,章法简净,属词平直,不露才情,有建安风骨。”虽说是“属词平直”,却巧用典故,直中隐曲。举例说吧,其三之前四句:“漆有用而割,膏以明自煎。兰摧白露下,桂折秋风前”,就暗含好几个典故。一是《庄子·人间世》:“山木自寇也,膏火自煎也。桂可食故伐之,漆可用故割之。”二是《汉书·龚胜传》:“薰以香自烧,膏以明自销。”“桂折秋风”又与尾联“赫赫萧京兆,今为时所怜”合用了第三个典故,即《汉书·五行志》所载汉成帝时之歌谣:“邪径败良田,谗口乱善人。桂树华不实,黄爵(雀)巢其颠。故为人所羡,今为人所怜。”如此繁密复杂的用事,却如盐入水般不见痕迹,只见“平直”,不露才情,实在难得。诚如陈贻焮所说:“不知语之出处也能看懂,知有出处更觉生动。”读者诸君细品慢嚼自能得其味。

卷　三

秦州杂诗二十首（五律）

【题解】

秦州，今甘肃天水市。肃宗乾元二年（759）秋，杜甫终于下决心离开朝廷，来到秦州。《新唐书》本传：“关辅饥，辄弃官去，客秦州。”但这只是外因，内因则是对朝廷深深的失望。乾元二年可以说是杜甫一生中最颠沛流离的一年：“一年四行役”，春月由洛阳回华州，七月即弃官由华州翻越陇山往秦州，十月又携眷赴同谷，十二月一日再奔蜀川，可谓历尽艰辛。然而这一年又是杜甫创作的丰收之年，且不说往华州路上写下的震烁古今的“三吏”、“三别”，单在陇右不到半年时间就写下117首诗，题材丰富、形式多样，各具艺术个性。朱东润《杜甫叙论》对此期诗予以高度评价：“乾元二年是一座大关，在这年以前杜甫的诗还没有超过唐代其他的诗人，在这年以后，唐代的诗人便很少有超过杜甫的了。”本组诗二十首都是五律，是杜集中大型的组诗。

其　一

满目悲生事，因人作远游[1]。
迟回度陇怯，浩荡及关愁[2]。
水落鱼龙夜，山空鸟鼠秋[3]。

西征问烽火,心折此淹留[4]。

【章旨】

首章言至秦州之由,及回顾一路栖惶,又因忧吐蕃而只在此暂作栖托的心思。浦起龙认为:"二十首大概只是悲世、藏身两意。"则首章已囊括了两意,故李因笃曰:"题曰杂诗,则前后各不相谋。然此首实有笼罩全诗之意。"

【注释】

〔1〕 满目二句:生事,此指谋生之事。因为当时战火未熄且"关辅饥",百姓都不得安生,故曰"满目悲"。因人,附人;投靠人。浦注:"因人之人,或指侄佐。公之来此,以侄佐在东柯也。"但从杜甫到秦州后的住行看,似并无确定的举家可依附之人,杜佐只是当初拟想的人选之一。

〔2〕 迟回二句:陇,指陇山,亦名陇阪。《三秦记》:"陇阪九回,不知高几里,欲上者七日乃得越。"《陇头歌辞》云:"朝发欣城,暮宿陇头。寒不能语,卷舌入喉。"又云:"陇头流水,鸣声幽咽。遥望秦川,心肝断绝。"因度此山之难,故曰"怯"。浩荡,此言心事浩茫无边。关,指陇关,又名大震关,在今陕西陇县西之陇山下。《杜诗说》:"'迟回'贴'怯'字说,'浩荡'贴'愁'字说。"

〔3〕 水落二句:鱼龙,指鱼龙川,今名北河,源出陇县西北。鸟鼠,山名,传渭水水源所出,以鸟鼠同穴得名。黄生云:"五六本以鱼龙水、鸟鼠山叙所经之地,乃拆而用之,则鱼龙鸟鼠皆成活物,益见造句之妙,莫如杜公矣。"

〔4〕 西征二句:西征,时杜甫往西行。问烽火,指打听战事。当时秦州虽尚无战事,但吐蕃蠢蠢欲动的形势并不令人乐观,三字写出诗人当时忽忽未隐的心情,故有下句。心折,心惊;心伤。江淹《别赋》:"心折骨惊。"淹留,久留。

【语译】

生计荒年触处悲，远去他乡投靠谁？几回欲攀陇阪心中怯，到了陇关无边浩愁齐上眉。夜静鱼龙川浅鱼龙动，秋来鸟鼠山空鸟鼠且相随。西来一路且走且打听，只恐烽火忽相危。惊心忽忽自难隐，无奈此地作栖迟。

其　二

秦州城北寺，胜迹隗嚣宫[1]。
苔藓山门古，丹青[2]野殿空。
月明垂叶露，云逐渡溪风。
清渭无情极，愁时独向东[3]。

【章旨】

张溍称："此诗专赋一事，因城北寺见渭水而思归也。"初到便思归，更见出西行之无奈。

【注释】

〔1〕 秦州二句：城北寺，在今甘肃天水市秦州北山，俗称皇城。《秦州直隶州新志》："东北寿山上有古城遗迹，传为隗嚣宫，城后为北坪寺，即杜甫所云'秦州城北寺'者。"隗嚣，天水成纪人，王莽地皇四年（23）割据于陇右称帝，国号"复汉"，为东汉光武帝刘秀所攻灭。城北寺一作"山北寺"，旧注引《方舆胜览》：秦州麦积山之北，旧有隗嚣避暑宫。指此避暑宫为诗中之城北寺，非是。

〔2〕 丹青：此指寺中残存之壁画。

〔3〕 清渭二句：清渭，指渭水。源自甘肃渭源鸟鼠山，东经长安城北。城北寺所在之皇城山顶可俯视渭水。《蕫斋诗话》："情语能以转折为含蓄者，唯杜陵居胜，'清渭无情极，愁时独向东'……之类是也。"戴鸿森笺云："句中即景而言，渭水了不管人愁思，径自东向流

往长安,岂非‘无情’? 句外寓意而言,则‘无情’之渭水尚自东向流往长安,已心东悲之情,又何能自禁邪?”盖理性的东西不是冲喉而出,而是以暗喻感性化而后出之,则具诗歌含蓄之美。

【语译】

秦州城北北坪寺,风景绝佳本是隗嚣宫。苔痕斑驳更显山门古,壁画犹残荒殿却已空。月光照亮了叶尖上欲滴的露,片云袅袅好似在追逐着过溪的风。渭水清清最无情,独往长安径自东;了不管人正愁思,东望乡关茫茫歌哭中!

其　三

州图领同谷,驿道出流沙〔1〕。
降虏兼千帐,居人有万家〔2〕。
马骄珠汗落,胡舞白题斜〔3〕。
年少临洮子,西来亦自夸〔4〕。

【章旨】

总写秦州形势与风俗: 地当冲要,羌民杂处,俗近蕃风。杨伦云:“言习俗骄悍,居民亦然,尤见此邦可忧。”

【注释】

〔1〕 州图二句: 州图,秦州版图。《唐书·地理志》:“秦州都督府,督领天水、陇西、同谷三郡。”驿道,古时能通车马的国道。出,延伸。流沙,此指甘肃西北部的沙漠地带。《唐六典》:“陇右道东接秦州,西逾流沙。”写出秦州乃唐时通安西、北庭之要道。

〔2〕 降虏二句: 虏,与下文之胡,皆指当地杂居的非汉族人。帐,游牧民族居住的帐篷。《杜臆》:“降人兼千帐,而居人止万家,则虏多而民少矣;故‘马骄’、‘胡舞’,气势强盛。”

〔3〕 马骄二句：珠汗，傅玄《乘马赋》："流汗如朱。"珠，一作"朱"，则《郊祀歌》："太一况，天马下，沾赤汗，沫流赭。"赤汗即朱汗，传说大宛国有汗血马，汗从肩髆出，如血。白题，胡人戴的毡笠。

〔4〕 年少二句：临洮，唐县名，今属甘肃岷县。自夸，谓身为汉人的临洮少年，也以矫捷相夸尚，可见民风已深受外族影响。

【语译】

秦州版图领有南边的同谷，大道则延伸到西北的沙漠。秦州的居民只有万家，降人就有帐篷千座。胡马矫健奔驰珠汗落，胡儿斜戴毡笠舞婆娑。西来的临洮汉家子，也要自夸身手胡儿不能过。

其　四

鼓角缘边郡[1]，川原欲夜时。
秋听殷地发，风散入云悲[2]。
抱叶寒蝉静，归山独鸟迟[3]。
万方声一概，吾道竟何之[4]。

【章旨】

写在边地听鼓角，倍觉凄苦。本为避乱来，却鼓角声声仍无宁日，乃感慨无处安身。

【注释】

〔1〕 缘边郡：缘，因为，指鼓角声起是因为地处边郡。秦州当时为边疆之州郡，故云。或以"缘"乃沿、周边，谓鼓角沿着边郡而发，亦通；只是太周折，与尾联"万方声一概"也不一致。

〔2〕 秋听二句：上句写鼓。下句写号角，高入云天而其声悲凉。殷，雷声。雷声本在天，今却闻雷响在地，故曰"殷地发"，实指鼓声如雷动地。

〔3〕　抱叶二句：写夜景：寒蝉都已寂静，个别鸟儿还迟迟而归。

〔4〕　万方二句：上句谓处处都是鼓角之声。道，外在含义为道路之道，则诗人原以为秦州太平，今闻鼓角殷地，乃不知往何方为宜；内在含义则为道理之道，儒家文治之道，如仇注所引王洙曰："时方以武事为急，吾道将何所用之?"杜甫后来有云："此邦今尚武，何处且依仁?"足以明之。

【语译】

鼓角因边郡而起，旷野日之夕矣。秋天里忽闻雷从地发，原来是鼓声惊天动地。号角声更高入云天，哀哀地散播那莫名的悲凄。寒蝉抱着木叶不再吱声，还有一只迟归的鸟儿在昏暗中孤飞。处处响遍鼓角，我这个儒生还能往哪儿去?

其　五

南使宜天马[1]，由来万匹强。
浮云连阵没，秋草遍山长[2]。
闻说真龙种，仍残老骕骦[3]。
哀鸣思战斗，迥立向苍苍。

【章旨】

由陇右原产大批骏马而今只剩下老马，触起感慨。《读杜心解》称："只就马说，壮心自露。"

【注释】

〔1〕　南使句：南使，唐时牧马官，《旧唐书·职官志》："凡诸群牧，立南北东西四使以分统之。"又《新唐书·兵志》："其后突厥款塞，玄宗厚抚之，岁许朔方军西受降城为互市，以金帛市马，于河东、朔方、陇右牧之。"则此句谓南使所辖之陇右，适宜牧养良马。

〔2〕 浮云二句：谓马群被高深的秋草所淹没，与"风吹草低见牛羊"意境相反而相成。或引《西京杂记》，谓浮云为马名，汉文帝九匹良马之一。朱注："《通鉴》：是年者三月，九节度之师溃于邺城，战马万匹，惟存三千。此诗'浮云连阵没'，正其事也。"字词偶有相近便附会诗意，应属误导。浮云，形容马群之大且动。阵，本指军队的战斗行列，此处用指马群。没，被遮蔽。

〔3〕 闻说二句：龙种，指骏马。《魏书·吐谷浑传》载，以良牝马置青海湖内之小山，所孕驹皆骏异，号龙种。骕骦，骏马名。或以为此暗喻郭子仪，其实不必，诗中战马的形象自能感人。

【语译】

南使所辖的陇右适合良马生长，向来都有上万匹在此牧放。飞奔的马群像天上的浮云，一群群没入那遍野秋草的波浪。如今虽然风光不再，但听说真龙种还残存一匹老骕骦。它奋蹄扬鬃渴望着战斗，昂首嘶向天穹苍苍！

其　六

城上胡笳奏，山边汉节[1]归。
防河赴沧海，奉诏发金微[2]。
士苦形骸黑，林疏鸟兽稀。
那闻往来戍，恨解邺城围[3]。

【章旨】

诗人看到征兵使节从山边归来，联想到戍卒远涉之疲苦，追及邺城之败，可以看作是对当局的问责。

【注释】

〔1〕 汉节：汉使。此指唐往西北边疆征兵的使者。

〔2〕　防河二句：防河，防守河北，此指与河北叛军对抗。沧海，沧、景诸州皆古渤海郡地，黄河于此入海。金微，唐羁縻州有金微都督府隶安北都护府。

〔3〕　那闻二句：往来戍，西北边兵本自内地征发，如《兵车行》云："况复秦兵耐苦战，被驱不异犬与鸡。"今因邺城之溃又急召入防河，两头奔波，故云。下句《读杜心解》云："结句点清征兵之由，围不曰溃而曰解，讳之也。"恨，以邺城之败为"恨"，遗憾之极也。诗人对"只残邺城不日得"的形势本极乐观，希望能毕其功于一役，不料九节度使败于城下，致使战火绵延至今，故深以为恨。

【语译】

城上又吹起胡笳，原来是朝廷的使节从西北归来。诏书征调金微一带的边兵，让他们奔往河北战场直赴沧海。士卒疲于奔命个个土木形骸，疏林鸟兽少秋风哀哀。谁还受得了这样时西时东的两头征戍，怨要怨上回邺城决策不当所造成的溃败！

其　七

莽莽万重山[1]，孤城山谷间。
无风云出塞，不夜月临关[2]。
属国归何晚，楼兰斩未还[3]。
烟尘独长望，衰飒正摧颜[4]。

【章旨】

前四句写秦州景色，莽莽苍苍；后四句感怀时事，寄意深远。《唐宋诗醇》云："气调苍深。"

【注释】

〔1〕　莽莽句：《说诗晬语》："起手贵突兀。王右丞'风劲角弓鸣'，杜工

部‘莽莽万重山’、‘带甲满天地’，岑嘉州‘送客飞鸟外’等篇，直疑高山坠石，不知其来，令人惊绝。”

〔2〕 无风二句：写塞上风景奇异，景中含有边愁。沈德潜云：“起手壁立万仞。无风二句奇语，偶然写出。或以无风、不夜为地名，不但穿凿，亦令杜诗无味。”地面无风，但山多云生，高空气流，故常能出塞；西北边关昼长，且地势高迥，故月已临关尚未入夜。

〔3〕 属国二句：二句谓当时唐与吐蕃等外族的关系未能理顺。属国，苏武留匈奴十九年，回汉朝任典属国（外交官）。楼兰，西域国名，傅介子斩楼兰王头归汉。

〔4〕 摧颜：摧人衰老。

【语译】

莽莽苍苍万重山，一片孤城就在山谷间。无风云也常出塞，尚未入夜月已临边关。和蕃使者无消息，出征将士未见还。烟尘路旁久眺望，独立萧瑟秋风促衰颜。

其　八

闻道寻源使，从天此路回。
牵牛去几许[1]，宛马[2]至今来。
一望幽燕隔，何时郡国开[3]。
东征健儿尽，羌笛[4]暮吹哀。

【章旨】

仇注引赵汸曰：“因秦州为西域驿道，叹汉以一使穷河源，且通大宛，如此其易。今以天下之力，不能戡定幽燕，至今壮士几尽，一何难耶。是可哀也。”

【注释】

〔1〕　闻道三句：用张骞寻河源故事。《岁时记》："汉武帝令张骞寻河源，乘槎而去。"下句因秦州为西域驿道，乃设想张骞从天上返回或经此路。牵牛句，《博物志》称，传闻天河与海通，有人乘槎至牵牛渚遇牛郎、织女。后人乃将张骞寻河源事与此捏合为一，如《荆楚岁时记》称：张骞乘槎西行经月，至一处，见一女子织布，一丈夫牵马于河边饮水。杜甫沿用之。

〔2〕　宛马：西域良马。《汉书·张骞传》称张骞得大宛汗血马，称"天马"。

〔3〕　一望二句：幽燕，指幽州、蓟州一带，皆为古燕国地，故称幽燕。时为叛军史思明地盘，故曰"隔"。郡国开，指平定叛军，郡国复归。

〔4〕　羌笛：古羌族管乐器。

【语译】

听说汉代寻源使，打从秦州驿道天上回。不知银河相去几多里哟，但见大宛良马至今来。远者尚可通，近者却阻塞！回望幽燕隔豺虎，何时河山还我来？健儿全都东征去，羌笛日暮诉悲哀。

其　九

今日明人眼，临池好驿亭。
丛篁低地碧，高柳半天青。
稠叠多幽事，喧呼阅使星。
老夫如有此，不异在郊坰[1]。

【章旨】

偶见驿站，居然幽胜，惜乎不得家居。老杜渴求安定之意自在其中。

【注释】

〔1〕 郊坰：远郊。浦注："言今日始得此一处，居然胜地矣。其奈仍为骚扰之区何。若使我而有此，堪作幽人别墅。乃倥偬若是，岂不负此好景哉！"

【语译】

今日眼前一亮，池边驿亭真好！竹丛拂地碧绿，翠柳半空轻摇。幽景随处叠见，使臣忽来喧闹。老夫如拥此地，何异身处远郊？

其　十

云气接昆仑[1]，涔涔[2]塞雨繁。
羌童看渭水，使客向河源[3]。
烟火军中幕，牛羊岭上村。
所居秋草净，正闭小蓬门[4]。

【章旨】

枯寂中静观秦州雨景，却从沉寂中透出某种不稳定的因素。

【注释】

〔1〕 云气句：此句言雨势直接西蕃。昆仑，昆仑山在今甘肃酒泉西南。《黄河赋》："云气浩漫，远接昆仑。"

〔2〕 涔涔：雨水下流貌。

〔3〕 使客句：言使节不避泥泞西行，暗示形势的某种紧张。使客，使臣。河源，河源军，在鄯州，唐时陇右节度使所在地，今属青海西宁。

〔4〕 蓬门：柴草扎的简陋门扉，古人常以蓬门荜户称贫穷之家。

【语译】

蒙蒙云气接昆仑,涔涔秋雨塞上频。羌童喜看渭水涨,使节急向河源军。炊烟起处杂军幕,牛羊岭上知有村。秋草漫长居所净,正值寂寞闭柴门。

其十一

萧萧古塞冷,漠漠秋云低。
黄鹄翅垂雨,苍鹰饥啄泥。
蓟门谁自北,汉将独征西[1]。
不意书生耳,临衰厌鼓鞞[2]。

【章旨】

写雨景,黄鹄、苍鹰为比兴,引出对身随此世而艰辛的感慨。

【注释】

〔1〕 蓟门二句:蓟门,在今北京城西南,用指燕蓟敌占区。此言往昔只有遣将西征的分儿,哪有谁竟敢自蓟北汹汹席卷而来?汉将,唐人喜以汉喻唐,此借指唐盛时之将领。

〔2〕 临衰句:厌,通“猒”。饱也;足也。鞞,通“鼙”。鼓的一种。《杜律启蒙》:“书生之耳,本不欲闻鼓鼙,况以衰老之年,而且厌闻之乎?意凡三折。”

【语译】

秋风萧萧古塞冷,秋雨漠漠秋云低。已湿黄鹄垂双翅,长饥苍鹰也啄泥。如今叛军竟自蓟北入,往昔但闻汉将能征西。不料书生生双耳,临老饱听战鼓擂!

其十二

山头南郭寺[1]，水号北流泉[2]。
老树[3]空庭得，清渠一邑传。
秋花危石底，晚景卧钟边。
俯仰悲身世，溪风为飒然。

【章旨】

记闲游古寺，寺中秋景苍然，引起身世之悲。

【注释】

〔1〕南郭寺：位于今甘肃天水市城南郊之慧音山。《天水县志》：“南郭寺在县治东南慧音山凹，背负幽林而面临耤水，杜甫所谓‘山头南郭寺’者是也。”诗中之“老树”、“北流泉”尚存。

〔2〕北流泉：南郭寺内今存一石井，即“北流泉”，因泉水北流得名。《秦州直隶州新志》载：“唐杜甫所云‘山头南郭寺’者，有泉旱盈潦缩。”

〔3〕老树：南郭寺内有两古柏，支撑古柏一石碑，上刻有民国初之《新修天水南郭寺古柏围墙记》：“出天水县治之南，约行三四里，缘山而上，白云深处有古刹焉，曰南郭寺，又名妙胜院……而松柏苍翠，宫观参差，名胜之区此为最早，唐以前不复考矣。”

【语译】

山头便是南郭寺，寺中井称“北流泉”。为有老树空庭美，更看清渠一县穿。秋花竞出危石下，日脚已到卧钟边。废寺触目悲身世，溪风为我飒飒寒。

其十三

传道东柯谷[1],深藏数十家。
对门藤盖瓦,映竹水穿沙。
瘦地翻宜粟,阳坡可种瓜。
船人近相报,但恐失桃花[2]。

【章旨】

杜甫在秦州听说东柯村之胜,遂以想象之笔述其情景,表达隐居其村的意愿。

【注释】

〔1〕　东柯谷:在今甘肃天水市麦积区甘泉镇柳河村。

〔2〕　船人二句:用桃花源故事。陶渊明《桃花源记》称,有渔人偶逢桃花源,遂于村中盘桓数日。“既出,得其船,便扶向路,处处志之。及郡下,诣太守说如此。太守即遣人随其往,寻向所志,遂迷不复得路。”二句仿此意,谓东柯如桃源,虽近日船人(即上引“得其船”的渔人)来相报,犹恐失之。不必泥“船人”实有其人。或谓二句乃叮嘱船家近东柯时要预告,以免失去看桃花(源)的机会。但那样倒像是在写“路过”,与写“传道”不符合,不取。《读杜心解》:“家藏于谷,屋又藏于藤,水又藏于竹,而又宜粟宜瓜,直将桃源画出,故知落句有根。”

【语译】

听说东柯谷,深藏数十户人家。门对门青藤爬满屋瓦,水面映着竹影汩汩湿透岸沙。瘦地反而好种粟,向阳坡上也可以种瓜。近日有渔人来相报,赶紧前去莫迟疑,再失桃源空长嗟!

其十四

万古仇池[1]穴，潜通小有天[2]。
神鱼[3]人不见，福地[4]语真传。
近接西南境，长怀十九泉[5]。
何时一茅屋，送老白云边。

【章旨】

此组诗其二十云："读记忆仇池。"此即读记引起的想象之辞。《读杜心解》："因上避世桃源语，忽然想到仇池，乃空中楼阁，非实境也。"与上一首诗同样是反映杜甫当时隐居的想法。

【注释】

〔1〕 仇池：山名，在今甘肃西和南八十里处。《水经注》："仇池壁峭峙孤险，其高二十余里，羊肠蟠道，三十六回，山上丰水泉。"周朝仇傕隐居于此，故名仇池山。此山又是神仙家炼丹的洞天福地，也叫仇池穴。

〔2〕 小有天：仇池穴传说为伏羲观天象之所，洞顶有一石缝，据称，昼可观满天星斗，是所谓"小有天"。

〔3〕 神鱼：传说仇池有神鱼，食之者仙。

〔4〕 福地：道教称有三十六洞天，七十二福地，为神仙居所。

〔5〕 十九泉：即注〔1〕引《水经注》："山上丰水泉"。据说泉有九十九，此举其胜者。

【语译】

天荒地老仇池穴，暗洞石隙能窥天。神鱼如今已不见，神仙福地仍相传。近在秦州西南境，令人向往此山十九泉。何时能着一茅屋，养老就在白云边。

其十五

未暇泛沧海[1],悠悠兵马间。
塞门[2]风落木,客舍雨连山。
阮籍行多兴,庞公隐不还[3]。
东柯遂疏懒,休镊鬓毛斑[4]。

【章旨】

在秦州向往东柯谷,再言归隐东柯谷之意。

【注释】

〔1〕 泛沧海:《论语·公冶长》:"子曰:'道不行,乘桴浮于海。'"此翻用其意,谓兵马倥偬,无法顾及泛海。

〔2〕 塞门:闭门。

〔3〕 阮籍二句:阮籍乃魏晋名士,《世说新语》载:"阮籍常率意独驾,不由径路,车迹所穷,辄恸哭而反。"此只取其率意而行之意,用比自家闲居秦州常往四处游逛,行迹与阮相近。庞公,指东汉隐士庞德公,不仕,携妻子隐鹿门山。此句又羡庞公归隐。

〔4〕 东柯二句:杜甫是时有《示侄佐》、《佐还山后寄》诸诗,表示要在东柯谷归隐。其中有云:"旧谙疏懒叔,须汝故相携。"此"疏懒",用示狂狷的性格。遂,实现;了却。上句谓希望在东柯归隐,以了自由任性、不为吏事束缚的愿望。下句用左思《白发赋》:"星星白发,生于鬓垂。将拔将镊,好爵是縻。"谓拔除白发好求个美差。此反用其意,言既不准备出仕,干嘛要用镊子拔白发?《杜臆》:"阮兴已穷,庞隐可法。欲隐此不出仕矣。"

【语译】

道虽不行无暇浮海去,只为长年奔波兵马间。闭门不出听落叶,旅居偏逢雨连山。游同阮籍常率意,心羡庞公隐不还。且去东柯闲居任疏懒,何必镊除白发求当官?

其十六

东柯好崖谷,不与众峰群。
落日邀双鸟,晴天养片云[1]。
野人矜险绝,水竹会平分[2]。
采药吾将老,儿童未遣闻[3]。

【章旨】

此诗大概是杜甫到东柯谷作实地考察后,描绘下当时的印象,再次表示要归老东柯。

【注释】

〔1〕 落日二句:日暮鸟归,本是应有之事,着一"邀"字,则化无意为有情,倍觉生动。即景会心,与诗人应邀而来不期而合,是所谓"现量"。"养"字也妙,与"邀"相称,如许晴天只"养"片云,其自由自在的宽裕感也就是一种奢侈了。与杜甫当时对隐居的奢望大致相近。养,一作"卷",更觉天成。

〔2〕 野人二句:野人,山野之人,指当地人。矜,自夸。会,应当。《杜诗言志》云:"其地幽僻,野人所矜为险绝,不欲与凡俗相通者。我则适获于心,会当与之半分其水竹。"

〔3〕 采药二句:谓吾当如庞德公入山采药不归,但暂且不必让儿女辈知晓,他们是不会理解的。

【语译】

东柯崖谷美,众山难同伦。落日有情邀来双飞翼,晴天无际舒卷一片云。山野人呵莫矜险难到,咱可要来与你们平分水竹景色好。我将在此地采药归老,孩儿们暂且不必让他们知道。

其十七

边秋阴易久,不复辨晨光。
檐雨乱淋幔[1],山云低度墙。
鸬鹚[2]窥浅井,蚯蚓上深堂。
车马何萧索,门前百草长。

【章旨】

紧扣"久雨"写山居,以白描状物,贴切生动,不可移易。尾联透出寂寞心情。

【注释】

〔1〕 幔:帘幔。

〔2〕 鸬鹚:一种善潜水捕鱼的水鸟,俗称水老鸦、鱼鹰。

【语译】

边城山秋易逢淫雨,冥冥漠漠难辨晨光。檐下雨溜似凌乱的帘幔,沉沉的黑云低低地掠过短墙。鸬鹚窥探浅井中的游鱼,蚯蚓耐不住湿土竟爬向厅堂。来往的车马何等稀少,门前任他百草漫长。

其十八

地僻秋将尽,山高客未归。
塞云多断续,边日少光辉。
警急烽[1]常报,传闻檄[2]屡飞。
西戎外甥国,何得迕天威[3]。

【章旨】

写边城与吐蕃接战的紧张气氛。浦注:“一、二就谷中写,三、四引到边塞,五、六落到烽檄,七、八点明吐蕃。妙在逐层拓出。”

【注释】

〔1〕 烽:烽火。《史记·魏公子列传》:“西北境传举烽。”赵次公注引甘氏《天文占》曰:“虏至则举烽火十丈。如今井桔槔,火锤其头,若警备急,然火其头,放之权重,本低,则末仰见烽火也。”

〔2〕 檄:告急文书。

〔3〕 西戎二句:西戎指吐蕃。《唐书·吐蕃传》:“开元十年,赞普请和,上表曰:‘外甥是先皇帝旧宿亲,千岁万岁,外甥终不敢先违盟誓。’”迕,逆也。天威,皇帝之威严。

【语译】

边城地僻秋天已近,山高地迥我作客未归。塞上阴云断而复续,边地太阳明而复暗少光辉。这里是烽火常举,告急的羽檄常飞。西戎啊西戎,你自认是外甥国,怎敢来冒犯大唐天威!

其十九

凤林[1]戈未息,鱼海[2]路常难。
堠火云峰峻,悬军幕井干[3]。
风连西极[4]动,月过北庭[5]寒。
故老思飞将,何时议筑坛[6]。

【章旨】

此诗借秋景以慨时事,忧乱而思良将。

【注释】

〔1〕 凤林:唐代县名,属河州,县治在今甘肃临夏南。

〔2〕 鱼海:地名,在河州之西,今甘肃民勤东北。《新唐书·玄宗本纪》:天宝元年"河西节度使王倕克吐蕃渔海"。渔海,即鱼海。

〔3〕 堠火二句:堠火,即烽火。堠,同"候"。上句谓烽火之炽,其冒出的烽烟如云峰之高峻。悬军,深入敌后之军。幕井,《易》:"井收勿幕。"注:"井口曰收。"意为井口不必遮盖。浦注认为:"此借言军幕之井。"是。则下句谓孤军深入敌后又遇军营中水井已干,其危急如此。

〔4〕 西极:极西的地方,此指吐蕃。

〔5〕 北庭:北庭都护府,属陇右道,辖今新疆乌鲁木齐附近地区。

〔6〕 故老二句:飞将,匈奴称李广为"汉之飞将军"。仇注:"是年(郭)子仪召还,故望筑坛而任飞将。"则飞将当指郭子仪。陈贻焮《杜甫评传》则据《杜诗镜铨》所云"'飞将'旧指子仪,与上六句不洽,当指从前征吐蕃有功者",认为李嗣业事迹足以当之。谨录供读者辨识。筑坛,汉高祖筑坛拜韩信为大将军。

【语译】

凤林战事未平息,鱼海道路不畅通。烽烟翻出云峰峻,孤军深入却遇营中井枯水不供。风连西极万里动,月移北庭洒寒光。故老思念飞将军,何时筑坛拜将展雄风?

其二十

唐尧真自圣,野老复何知[1]。
晒药能无妇,应门幸有儿。
藏书闻禹穴,读记忆仇池[2]。
为报鸳行旧,鷦鷯在一枝[3]。

【章旨】

全诗多用反说法。仇注:“末章,慨世不见用而羁栖异地也。”此为二十首总结。

【注释】

〔1〕　唐尧二句:唐尧,指唐肃宗。自圣,天生圣明。仇注:“见说言不能入。”也就是说,直言、善言都听不进去了,与“禹拜谠言”相反。萧涤非先生注:“首二句仿佛是说:古人说‘后从谏则圣’,而你陛下却真是天生的圣帝,我这老匹夫又懂得什么呢!”下句以野老自称,王嗣奭曰:“有决绝长往之意矣!”

〔2〕　藏书二句:写秦州境内多可游之处,与上联皆以“野人”自得之乐回应肃宗对诗人的冷落。禹穴,相传为夏禹藏书之处。禹穴有多处,旧注多称在绍兴会稽山上。今人冯国瑞、李济阻经考证,分别著文认定在今甘肃永靖炳灵寺石窟中。仇池,见其十四首注〔1〕。

〔3〕　为报二句:鸳行旧,指同朝旧友。古人以鸳行、鹓行指称朝班。鹪鹩,一种小鸟。《庄子·逍遥游》:“鹪鹩巢于深林,不过一枝。”意为容易满足。

【语译】

当今皇上天生是圣明,我这野老又知甚!晒药哪能缺老伴,应门也还有孩儿们。藏书曾闻有禹穴,读记便忆仇池近。告诉同朝旧僚友:我是鹪鹩一枝足且剩。

【研析】

去两京而客秦州,是杜甫离开朝廷政治中心的决定性一步,从此不再回头。这是杜诗一大关节,陇右诗称得上是杜诗从思想到形式整体性转折之枢纽。从本质上看,杜甫此后虽未改变其“思朝廷”与“忧黎元”之初衷,但二者间的重心有较大之调整,其表现形式也有所改变。问题是,当年安禄山作乱前夕,“幼子饿已卒”的情况下,他在《自京赴奉先县咏怀五百字》中犹曰:“生逢尧舜君,不忍便永诀。当今廊庙具,构厦岂云缺?葵藿倾太阳,物性固莫夺!”安史乱作,唐肃宗即位灵武,诗人竟把家小撇在羌村,只身奔赴行在,不幸被俘。后经历千辛万苦,终于“麻鞋见天子,衣袖露两肘”(《述怀》)。即使肃宗厌恶他,让他回鄜州探亲,他在《北征》中犹“拜辞诣阙下,怵惕久未出。虽乏谏诤姿,恐君有遗失……挥涕恋行在,道途犹恍惚”。甚至被贬为华州司功参军,出城门犹三步一回头,恋恋不能去:“近侍归京邑,移官岂至尊。无才日衰老,驻马望千门!”(《至德二载,甫自京金光门出……》)如今何以仅为“无钱居帝里”就毅然决然而去,甚至后来唐代宗都召不回头?《秦州杂诗》其二十道出深刻的内在原因:“唐尧真自圣,野老复何知!”涤非师注:“古人说‘后从谏则圣’,而你陛下却真是天生的圣帝,我这老匹夫又懂得什么呢!”这当然是对肃宗的讽刺。仇注:“自圣,见谠言不能入,何知,见朝政不忍闻。”这才是老杜挈妻子离朝廷的内在原因。浦起龙《读杜提纲》称:“客秦州,作客之始。当日背乡西去,为东都被兵,家毁人散之故。河北一日未荡,东都一日不宁。晓此,后半部诗了了。”的确,秦州诗乃至整个陇右诗,对往昔的深刻反思,为我们窥见杜甫内心带根本性的变化打开一扇窗扉(下文相关章句我们将随时点醒),也为下半部杜诗预示其端倪,值得我们细读详说。

本组诗所感非一事,所作非一时,但诚如《唐宋诗醇》所评:“即事命意,触景成文,或系于国,或系于己,要以达其性情则一。”那么他所要达之性情又是什么呢?《杜诗镜铨》引张上若曰:“是诗二十首,首章叙来秦之由,其余皆至秦所见所闻也:或游览,或感怀,或即事;间有带慨河北处,亦由本地触发。大约在西言西,反复于吐蕃之骄横,使节之络绎,无能为朝廷效一筹者。结以唐尧自圣,无须野人,惟有以家事付之妇与儿,此身访道探奇,穷愁卒岁,寄语诸友,无复有立朝之望矣。公之志可知也。”此论可谓纲举目张,抓住杜甫忧国爱民却又无可奈何，只好寄意于“求田问舍”这一矛盾情结，将秦地所见所闻一以贯之，遂成波澜壮阔之景观。其中有两股情绪最纠结：一是对吐蕃威胁的忧虑，一是对东柯谷为中心的隐居所在的寻求或向往。前者用文史名家缪钺《杜甫》一书中的一段话可明之：“自安禄山乱起，唐朝将河西（甘肃黄河以西地区）陇右（甘肃陇山以西地区）的边防军都调去平内乱，吐蕃统治者乘机东进。当杜甫到秦州时，吐蕃的势力已经逼近洮州（甘肃临潭）、泯州（甘肃岷县），离秦州不远了。杜甫是富于爱国心的，他很忧虑这一件事，他的《秦州杂诗》中曾描绘出当时紧张不安的局面，‘警急烽常报，传闻檄屡飞’。在杜甫离开秦州后不久，七六三年（代宗广德元年），秦州果然被吐蕃占领。”至于后者，老杜自己的一联诗句也足以明之：“伤哉文儒士，愤激驰林丘。”（《送韦十六评事充同谷防御判官》）然而现实才是真正有力的推手，杜甫在秦州“鷦鷯在一枝”的最低愿景还是破灭。总体说来，陇右诗是杜甫对“安史之乱”以来现实进行深刻反思之起始，此后杜诗最多反思之作，不再是潼关时期那种以同步反映现实斗争的战地记者式的“报道”。

至于本组诗的艺术特色，《后村诗话》云：“若此二十篇，山川城郭之异，土地风气所宜，开卷一览，尽在是矣。网山《送蕲帅》云：‘杜陵诗卷是图经’，岂不信然！”“图经”这一特色在此后一路南行入蜀的创作中得到强化，这是后话了。

宿赞公房（五律）

【题解】

题下原注：“京中大云寺主，谪此安置。”具体安置地点，即杜甫与赞公相见的赞公房在何地，有多种揣测，较可能的地点或当在西枝村(今甘肃天水市麦积区甘泉镇元店村)。民国二十五年编纂的《天水县志》云:“西枝村,在县城东南六十五里,俗名元店。唐杜甫侄名佐,曾流寓旅于此。甫有《西枝村寻置草堂地夜宿赞公土室》诗。”此诗作于乾元二年(759)深秋。

杖锡[1]何来此,秋风已飒然。
雨荒深院菊,霜倒半池莲。
放逐宁违性,虚空不离禅[2]。
相逢成夜宿,陇月向人圆[3]。

【注释】

〔1〕 杖锡:执持锡杖。锡杖是僧人的法器,此指代僧人赞公。

〔2〕 放逐二句:称赞公之彻悟,随缘任化,不以迁谪动心。违性,违背佛性。虚空,赵次公注:“虚空字,指言世放逐之也在空寂之处。《庄子·徐无鬼》篇曰‘逃虚空者,闻人足音而喜’是已。夫有道之人,岂以放逐而遂改其性?况其空寂之处正亦是禅家所宜矣。”《杜臆》云:“性本虚空,视放逐犹幻影;本不违性,何至离禅?”

〔3〕 陇月句:写实景而暗用佛典,以示二人情好蔼然圆满。仇注引《华严经》:“如来于此四天下中,或名圆满月。”

【语译】

公为僧人何谪此?秋风飒飒引人思。雨,使一院菊花荒芜;霜,冻残荷叶半池。放逐岂能改变佛性?性本虚空禅定自持。相逢抵足同床语,恰是陇山月圆时。

【研析】

赞公,本为长安大云寺住持僧,身世无考,因何事被谪也无确考。《西枝村寻置草堂地夜宿赞公土室二首》朱注有云:“赞公不知以何事谪秦州。师古注：‘赞公与房琯游从，琯既得罪，赞公亦被谪。’此语未详所本，姑存其说，以俟博闻。”我们确切知道的只是他在长安大云寺时，已经与老杜有密切的交往，曾关照过杜甫，供饮食、送履巾，还很谈得来。杜甫《大云寺赞公房诗》称：“晤语契深心”，“近公如白雪，执热烦何有”，看来还颇能为老杜解忧呢！所以这次在秦州邂逅，真叫杜甫喜出望外。“放逐宁违性，虚空不离禅”，写赞公，同时也是自勉。尾联“相逢成夜宿，陇月向人圆”，正是燥热尽解境界。

杜甫受佛家影响其实是个不争的事实，不但是时代风气，也是“孔子救不得，如来救得”的战乱时期宗教的特殊作用使然。关于杜甫与佛教禅宗的关系，在这一方面研究甚深的陈允吉教授曾在《略辨杜甫的禅学信仰》一文中总结说：“杜甫生活在唐代中叶佛教发展鼎盛的时期，早年就受到佛教思想的薰染陶冶，而在开元天宝间盛行于中原京洛的北宗禅学，给予他的影响尤为显著……杜甫作为一个伟大的现实主义诗人，具有兼济天下的广阔胸怀，在国破家亡的艰危时世中，敢于直面惨淡的人生，终生坚持进步的理想，在他的世界观中，禅学思想的影响只是一个很次要的方面。”

东　楼（五律）

【题解】

乾元二年（759）在秦州作。东楼，秦州城东门城楼，为过秦州城西行必经之地。《通志》：“东楼跨府城上，形制尚古。”

万里流沙道[1]，西征过此门。
但[2]添新战骨，不返旧征魂。

楼角凌风迥[3],城阴带水昏。
传声看驿使[4],送节向河源[5]。

【注释】

〔1〕　流沙道:通往西北沙漠地带的驿道。

〔2〕　但:只。

〔3〕　迥:高耸。

〔4〕　驿使:经过驿之使者,即下句持节者。此句与《秦州杂诗》“喧呼阅使星”同意。

〔5〕　送节句:节,使臣所持之象征性符节,此指使臣。向河源,用汉使张骞寻河源事,此指出使吐蕃。当时唐与吐蕃关系紧张,故往彼和谈之使节频繁经此东楼,由此触起杜甫的忧虑。

【语译】

通向沙漠的驿道万里,征西的健儿都从这道门出去。一次西征铺一层新骨,却不见征人兮魂来归!楼角凌风高高翘起,夕照将城楼的暗影送入水底。驿站来使吆喝声起,又送走持节使臣西行急急。

【研析】

杜甫极善于捉住事物的特殊性,牵一发而动全身,使熟视无睹的平常之物能发聋振聩,乃至于触目惊心。秦州东楼称得上是大唐西边的国门,为东来西往者必经之地。经诗人的聚焦,从这个门洞中可窥见人们的命运,乃至国运,而且也可窥见诗人对当时秦州之形势与吐蕃日逼的国势无处不在的忧心。“但添新战骨,不返旧征魂。”可谓写尽古代征人的宿命,也是古代战争史的宿命。在结构上此篇也具特色,浦注:“通首先远而后近,故有阔势。先往事而后今事,益见可悲。盖言昔之去者无还矣;今去者又去,其谓之何!”

雨 晴（五律）

【题解】

乾元二年(759)在秦州作。

天际秋云薄，从西万里风。
今朝好晴景，久雨不妨农。
塞柳行疏翠，山梨结小红。
胡笳楼上发，一雁入高空[1]。

【注释】

〔1〕 胡笳二句：仇注："末二当分合看。笳遇晴而倍响，雁因晴而向空，此分说也。雁在塞外，习听笳发，而翔入空中，此合说也。"其实此联所谓"分合"之妙，乃在于能将诗中零碎的诗味提取出来，提升为"一片境"。

【语译】

天边飘着薄薄的秋云，西边吹送来万里秋风。今早好个雨后天晴，高原易泻水，虽是久雨也并不害稼伤农。塞上几行疏柳摇翠，原野数点山梨缀红。倚楼胡笳忽起，一雁突入高空。

【研析】

此诗写得空明，的是秦州特有的秋雨初晴景象。意象间有一种奇妙的和谐：薄薄的云，疏疏的柳，小小的红果；万里西风，楼上胡笳，高空孤雁。这一切都像一池明净而参差的水中影，在轻轻摇曳。

这不就是音乐的和声?而最后一句便是高八度的领唱。

寓　目（五律）

【题解】

乾元二年(759)在秦州作。

一县蒲萄[1]熟,秋山苜蓿[2]多。
关云常带雨,塞水不成河。
羌女轻烽燧,胡儿制骆驼。
自伤迟暮眼[3],丧乱饱经过。

【注释】

〔1〕 蒲萄:即葡萄,原产自西域。
〔2〕 苜蓿:一种原产自西域的牧草,也可用作绿肥。
〔3〕 迟暮眼:即所谓"老眼"。

【语译】

全县葡萄都熟了,正是秋山苜蓿最盛的时候。边关的云常携带雨,塞上的水难汇成河。羌族妇女不在乎烽火,胡人男儿能驯服骆驼。伤心哪,我已老眼昏花反应迟钝,只为丧乱看得太多。

【研析】

如果说上一首诗是以秋天景物组成和声,此诗则以异地风物为和弦，而尾联则以淡定的口吻写生涩的感受，有意打破和谐，追求一种情感上“拗”的效果，这正是杜甫当时追求安定而不可得的苦恼心绪之反映。

山　寺（五律）

【题解】

乾元二年（759）在秦州作。山寺，指秦州麦积山之瑞应寺。《杜工部草堂诗笺》引赵次公《秦州杂诗二十首》其十三注云：“《天水图经》载：陇城邑南，唐杜工部故居、工部侄佐草堂，（在）东柯谷之南，麦积山瑞应寺上。山形似积麦，佛龛刳石，阁道萦旋，上下千余尺。山下水纵横可涉。”

野寺残僧少，山园细路高。
麝香眠石竹，鹦鹉啄金桃[1]。
乱水通人过，悬崖置屋牢[2]。
上方[3]重阁晚，百里见秋毫。

【注释】

〔1〕 麝香二句：麝香，即香獐。一说小鸟名，陇蜀人谓之麝香鹩。石竹，多年生草本植物，约高三十公分。鹦鹉，《旧唐书·音乐志》：“鹦鹉秦陇尤多，亦不知重。”金桃，唐时康国所贡西域果品，此或借指当地所产山核桃之类。仇注引赵汸曰：“鹦鹉二句，本状寺之荒芜，以秦陇所产禽兽花木言之，语反精丽。”鹦鹉实指当地之物，麝香则是虚衬，不必坐实。

〔2〕 乱水二句：乱水，即《天水图经》所云：“山下水纵横可涉”。下句，

仇注引《玉堂闲话》:“麦积山梯空架险而上,其间千房万室,悬空镊虚。”现麦积山距地面数十公尺处仍存近二百间历代窟洞,为中国四大石窟之一。

〔3〕　上方:即佛寺。

【语译】

偌大的野寺剩没几个和尚,高高的山园要从仄径绕上。小香獐竟卧在石竹丛里,鹦鹉吵闹着啄食金桃。行人涉过凌乱的溪涧,悬崖上牢牢架着佛阁僧廊。登上寺里重叠的楼阁,能看到百里外的纤毫。

【研析】

“山寺即麦积山之瑞应寺”,有人认为并无确证。但无论如何,浦起龙称“山野荒墟中,废寺如画”,却是的评。为什么废寺会如画呢?当然中间两联(尤其是颔联)给我们强烈的画面感,使我们从“废”中看到美。王夫之《薑斋诗话》有云:“夫景以情合,初不相离,唯意所适。”也就是说,内情与外景是对应的。不过这种对应不一定是“一致”,所以又说:“以乐景写哀,以哀景写乐,一倍增其哀乐。”反衬更有力。“麝香眠石竹,鹦鹉啄金桃”一联则是以丽辞写废寺,同样取得反衬的效果。换一个角度看,余秋雨的散文《废墟》说:“废墟有一种形式美,把拔离大地的美转化为皈附大地的美。”废寺之妙,就在人工美正处于皈附自然美的过程中;而赵汸曰:“鹦鹉二句,本状寺之荒芜,以秦陇所产禽兽花木言之,语反精丽。”寺之荒芜被禽兽花木之美所取代,讲的不也同样是这个道理?

即　事（五律）

【题解】

乾元二年（759）八月后在秦州作。我们在上一卷《留花门》“公主歌黄鹄，君王指白日”注中已提到：“乾元元年七月，肃宗把幼女宁国公主嫁给回纥可汗，亲自送至咸阳磁门驿，公主泣辞说：‘国家事重，死且无恨。’肃宗洒涕而还。次年，回纥怀仁可汗死，公主拒绝按其俗殉葬，但也为之剺面而哭，因无子归唐。”而这首诗就是听说公主归来时写下的感慨。即事，就是写当下之事。

闻道花门破[1]，和亲[2]事却非。
人怜汉公主，生得渡河归。
秋思抛云髻，腰支胜宝衣[3]。
群凶犹索战[4]，回首意多违[5]。

【注释】

〔1〕 花门破：回纥战败。《唐书·回纥传》载：“乾元二年三月，回纥从子仪战于相州城下，不利，奔西京。”

〔2〕 和亲：汉族皇帝通过与其他民族首领联姻的方式（一般是嫁出同宗女），形成某种同盟关系，或避免之间的战争的政策，就叫和亲。杜甫认为这不是好办法。

〔3〕 人怜四句：即写公主的悲惨遭遇，塑造了公主哀哀动人的形象。汉公主，指唐肃宗第二女宁国公主。乾元元年始许回纥毗伽阙可汗以和亲，可汗死，欲以公主殉葬，公主以中国礼拒之，但也用回纥礼以刀割面大哭，终因无子于乾元二年八月归唐。抛云髻，头发散

乱。胜宝衣,不胜宝衣,形容腰肢之瘦弱无力。

〔4〕　群凶句:此指史思明叛军是年九月济河来犯,李光弼弃洛阳,守河阳拒之。

〔5〕　回首句:谓反思当初和亲,本为借兵平叛,如今却事与愿违。

【语译】

听说回纥邺城败,和亲失策事可哀。国人共怜唐公主,生渡黄河始归来。异邦秋思懒梳洗,瘦损腰身不胜衣。至今叛军犹来犯,回看和亲与愿违!

【研析】

"和亲"从本质上说,就是最高统治者以弱女子作政治交易。当然也有文成公主和蕃的成功例子,但大多数是只酿成悲剧而于事无补。先不去论它,只说这宁国公主,我看她就是个巾帼英雄!在磁门驿,公主泣辞说:"国家事重,死且无恨。"何等感人!文武将相士大夫又有几个说得出做得来?而在殉葬一事上,她以中国礼拒之,同时也用回纥礼以刀剺面大哭。这又是何等有理有节有智慧,又有几个持节使臣想得来办得到?杜甫在否定和亲的同时却又把浓重的同情倾注在这位可敬的公主身上,即使王安石的名作《明妃曲》,也缺少这种顾及民族大义与个体生存权利之"两边"的复杂而沉厚的情感。为省读者翻检之劳,兹附录王诗于后以供比照。

【附录】

明妃曲　王安石

明妃初出汉宫时,泪湿春风鬓脚垂。低徊顾影无颜色,尚得君王不自持。归来却怪丹青手,入眼平生几曾有?意态由来画不成,当时枉杀毛延寿。一去心知更不归,可怜着尽汉宫衣。寄声欲问塞南事，只有年年鸿雁飞。家人万里传消息，好在毡城莫相忆。君不见咫尺长门闭阿娇，人生失意无南北。

遣 怀（五律）

【题解】

乾元二年（759）在秦州作。遣怀，以诗排遣某些不愉快的心绪。

愁眼看霜露，寒城菊自花[1]。
天风随断柳，客泪堕清笳。
水净楼阴直，山昏塞日斜[2]。
夜来归鸟尽，啼杀后栖鸦[3]。

【注释】

〔1〕 菊自花：仇注引赵汸曰："天地间景物，非有所厚薄于人，惟人当适意时，则情与景会，而景物之美，若为我设。一有不慊，则景物与我漠不相干。故公诗多用一'自'字，如'寒城菊自花'、'故园花自发'、'风月自清夜'之类甚多。"

〔2〕 天风四句：句中因果关系按逻辑顺序应为：柳断因天风，客泪因闻笳，阴直因水净，山昏因日斜。则"天风随断柳"、"山昏塞日斜"二句的因果关系是颠倒的，这种有别于常规语言习惯的陌生化处理，造成某种形式美，所以《杜律启蒙》云："一逆一顺，一顺又一逆，极尽回环之妙。"

〔3〕 夜来二句：后归之鸦因无枝可栖而啼，即用曹操"绕树三匝，无枝可依"诗意，又暗寓于秦州卜居无地之叹。

【语译】

眯着悲愁的眼,我瞅着边城霜露中自开自落的菊。西风飞卷折下的柳枝,一声清笳让旅人双泪堕地。水面纹丝不动,水中楼影笔直呆立。日已西斜,塞上层峦抹上了岚气。夜幕落,鸟儿尽归。啼杀那迟来的鸦鹊哟,可怜它无枝可依!

【研析】

张志烈主编《杜诗全集》认为该诗"是一首借景抒怀的作品。有什么样的心怀须排遣,诗中没有明说,引起人们的纷纷猜测。赵汸说是寻置草堂未遂,托栖鸦而遣怀。《杜臆》更是句句比附。虽然均有一定道理,但似觉牵强。仇注说:'此边塞凄凉,触景伤怀,而借诗以遣之。句句是咏景,句句是言情,说到酸心渗骨处,读之令人欲涕。'这一见解平实中肯,可谓知杜之言。杜公胸怀天下,体恤民情,情系亲友,萍迹天涯,不顺心的事多矣,此可为人所知,而又不可一一坐实。即是抒情作品的共有特性"。所言甚是。

在艺术表现手法上,此诗也有特色:八句"句句是咏景,句句是言情"。如果说《秦州杂诗二十首》"所感非一事,所作非一时","即事命意,触景成文,或系于国,或系于己,要以达其性情则一",是一串珍珠项链;那么此诗便是一粒多面的小小水晶,由多个"面"折射出一团细缊的晶光。霜菊、断柳、楼影、斜日、栖鸦,诸种意象各各从不同角度共同营造出衰飒的秋意,而与心中排遣不开的莫名愁绪相映衬。

天　河（五律）

【题解】

乾元二年(759)秋月在秦州作。此期杜甫写下十几首以二字为题的咏物之作。可以组诗视之。

常时任显晦，秋至辄分明。
纵被微云掩，终能永夜清。
含星动双阙[1]，伴月照边城。
牛女[2]年年渡，何曾风浪生。

【注释】

〔1〕 含星句：双阙，宫门有双阙，用指朝廷。与《秋兴八首》“每依北斗望京华”同意，表示对朝廷的思念。

〔2〕 牛女：牛郎与织女。

【语译】

银河呵平时或明或暗，到了秋天总是亮亮晶晶。纵然偶被微云遮蔽，最后还是彻夜清明。你是长长流动的星带，那端缠绕着巍巍的宫阙，这端伴月垂照寂寂的边城。牛郎织女年年渡河相会，何曾有风浪阻停。

【研析】

写银河而不露题字，明净有味。颈联二句各用双动词，句中波澜，充满动感。“含”，掩卷如见众星粒粒晶莹，繁而不乱，融而不混。“动”、“伴”、“照”，一气而下如流水。妙写银河所绾系在边城、宫阙两端，心思自见。

如【题解】所说，此期杜甫写下一组咏物诗如《初月》、《促织》、《苦竹》、《除架》、《废畦》、《萤火》、《病马》等，有十几首之多，题材之多样，规模之大，皆前所未见；其中又大都为弱者、弃物，与此前咏物诗多写苍鹰、骢马之类壮美之物大异其趣，这些都是入秦州后的新取向,这预示其情志的转型,为后半部杜诗之嚆矢。

初　月（五律）

【题解】

乾元二年(759)在秦州作。初月,上弦月。详注〔1〕。

光细弦〔1〕岂上,影斜轮未安。
微升古塞外,已隐暮云端。
河汉不改色,关山空自寒〔2〕。
庭前有白露,暗满菊花团〔3〕。

【注释】

〔1〕　弦:半月之状,一边曲,一边直,如弓弦。农历初七、八称上弦,二十二、二十三称下弦。

〔2〕　河汉二句:河汉,即银河。《杜律启蒙》:"乐府有《关山月》曲,月为初月,故'关山空自寒'耳。然稍晦。"意思是:关、山、月三者的组合,已经是古人的"现成思路",是意象的"三结义",今因初月光细,似不相当,故曰"关山空自寒"。

〔3〕　团:通"漙"。露多貌。

【语译】

月眉不足称上弦,月轮只露小弯弯。刚刚探头出古塞,便又埋没暮云端。光弱难遮银河色,关山月暗空自寒。君看庭院降白露,暗里已凝菊花满。

【研析】

这是一首继承六朝传统的咏物诗，注重以形传神，未必有什么政治上的深意。首联用比喻写，“光细”是初月的特征，由此以“弦”为喻，而初八、九之月才称“上弦”，它是初五、六之初月，连上弦也不够格，故曰“弦岂上”。接着用曲喻手法，由弦进而说弦只是圆的一部分，所以未能成全圆的“月轮”，又由月轮联想到车轮，故曰“轮未安”。这种连续推进的联想丰富了比喻的趣味性。颔联正面写初月之短暂一现，颈联侧面写初月光细不能影响星空之明亮（月明则星稀），铺垫至尾联而传初月之神：“庭前有白露，暗满菊花团。”借露菊写出初月之“光细”，故曰“暗满”；不但写出露菊的形，也传出“细光”朦胧的神。《能改斋漫录》云：“谢惠连诗：‘团团满叶露’，谢玄晖‘犹沾余露团’，庾信《挹得胥台露》诗：‘惟有团阶露，承睫共沾衣’，杜诗所本也。”说的就是对六朝咏物诗的继承。当然，从以上分析看，由曲喻到层层渲染也是创新。

捣　衣（五律）

【题解】

乾元二年（759）在秦州作。捣衣，萧涤非先生注：“杨慎《丹铅录》：‘古人捣衣，两女子对立执一杵如舂米然，今易作卧杵。’按王建《捣衣曲》：‘月明庭中捣衣石，掩帷下堂来捣衣。妇姑相对神力生，双揎白腕调杵声。’则唐时捣衣仍为二人对立。但不必拘于二人。”

亦知戍不返，秋至拭清砧[1]。
已近苦寒月，况经长别心。
宁辞捣熨倦，一寄塞垣深[2]？

用尽闺中力：君听空外音[3]！

【注释】

〔1〕 亦知二句：起句与《垂老别》“孰知是死别，且复伤其寒”同其沉痛。安此一句于首，便觉通篇字字是至情。砧，捣衣石。

〔2〕 已近四句：《唐诗选脉会通评林》引周珽曰：“此诗因闻砧而托捣衣戍妇之辞，曰‘亦知’，曰‘已近’，曰‘况经’，曰‘宁辞’、‘一寄’，通篇俱用虚字播弄描写，何等宛转呜咽。”捣，捶打。

〔3〕 君听句：这一句化用王湾《捣衣》“风响传闻不到君”之意。

【语译】

明知你征戍难生还，秋来我还是把捣衣砧板扫。捣！捣！严寒逼近催人老。捣！捣！久经别离系心早。为寄塞上风烟远，敢辞捣熨日夜劳？闺中哪怕用尽力，响彻天外你又怎能听得到！

【研析】

有人说：站在死看生，对生倍加热爱。同理，站在死看爱，爱便有崇高感。“亦知戍不返，秋至拭清砧”，“孰知是死别，且复伤其寒”，爱得纯净，爱得沉重，爱得执着，爱得崇高。尾联“用尽闺中力：君听空外音”，连最后的一点慰藉也破灭了，情何以堪！梁启超称老杜为“情圣”，良有以也。

促　织（五律）

【题解】

乾元二年(759)秋，在秦州作。

促织[1]甚微细,哀音何动人。
草根吟不稳[2],床下意相亲[3]。
久客得[4]无泪?故妻难及晨[5]。
悲丝与急管,感激异天真[6]。

【注释】

〔1〕 促织:蟋蟀。
〔2〕 吟不稳:指其叫声时东时西不固定。
〔3〕 床下句:《诗·七月》:“十月蟋蟀入我床下。”
〔4〕 得:岂能。
〔5〕 故妻句:谓其难入眠,挨到天亮。故妻,弃妇或寡妇。
〔6〕 悲丝二句:丝管,泛指乐器。朱注:“丝管感人不如促织之甚,以声出天真故也。”

【语译】

蟋蟀虽然弱小,但它哀鸣又何其动人!它在草丛中忽东忽西地叫着,秋来还钻到床下与人亲近。久在客中闻之岂能不下泪?弃妇听此一夜难挨到天明。胡琴洞箫之类也能哀婉感激,但怎比得上它的叫声来得自然天真。

【研析】

《絸斋诗谈》:“《促织》咏物诸诗,妙在俱以人理待之,或爱惜,或怜之劝之,或戒之壮之。全付造化,一片婆心,绝作绝作!”又曰:“咏物诸作,皆以自己意思,体贴出物理情态,故题小而神全,局大而味长,此之谓作手。”的确,小小促织牵动的是一颗“民胞物与”的伟大的心!

除　架(五律)

【题解】

乾元二年(759)在秦州作。除架,拆除棚架。杨伦谓此诗有“自伤零落之意”。

束薪[1]已零落,瓠叶转萧疏。
幸结白花了,宁辞青蔓除。
秋虫声不去,暮雀意何如。
寒事今牢落,人生亦有初[2]。

【注释】

〔1〕束薪:本指捆绑好的木柴,此指搭架的竹木。

〔2〕寒事二句:牢落,寥落。下句言人生无不有盛衰,语出《诗·荡》:“靡不有初,鲜克有终。”谁都有个好开始,但很少能保持到最后啊!杨伦云:“只半句妙极含蓄。”

【语译】

竹木棚架已零散,水葫芦瓜儿叶全凋。所幸白花结瓜了,敢辞青青瓜蔓一旁撩?唯有秋虫还在叫,夕阳乌雀何事尚相邀?天寒物候草木自荒疏,人生盛衰忆当初。

【研析】

有些诗读起来好比喝淡茶,初觉无味,寻思之则渐有回甘,此诗是也。《杜诗镜铨》引王阮亭曰:“天涯逐客,落寞穷途,不觉触物寄慨,以为讥刺则非。"逐客看除架,难免感发其始盛终衰之慨,却不是有意要讽刺什么。诗人之眼,总能从平凡乃至人不屑一顾的事物中发现某种诗意。说到底还是诗人的主体性使然,故仇注引申涵光云:"杜公遇废弃之物,便说得性情相关,如《病马》、《除架》是也。"

废　畦（五律）

【题解】

乾元二年(759)在秦州作。废畦,荒芜的菜畦。

秋蔬拥霜露,岂敢惜凋残。
暮景数枝叶,天风吹汝寒。
绿沾泥滓尽,香与岁时阑。
生意春如昨,悲君白玉盘[1]。

【注释】

〔1〕 生意二句:浦注曰:"公诗云:'春日春盘细生菜',盖唐别有立春颁赐之典。"又笺曰:"回思玉盘春荐,曾几何时,而今零落如许,是可悲也。"检杜甫大历二年所作《立春》云:"春日春盘细生菜,忽忆两京全盛时。盘出高门行白玉,菜传纤手送春丝。"两相比较,诗意就显豁了:玉盘春菜喻昔日盛世,玉盘秋蔬喻今日衰世。

【语译】

秋之菜蔬经霜冻,岂敢自惜怨凋残。垂暮但剩几片叶,秋风瑟瑟吹更寒。泥浆玷污不见绿,香气也随岁暮完。春时生意犹昨日,如今白玉盘空为君叹。

【研析】

上几首诗接连多次出现“宁辞”、“岂敢”之类的辞句,借不同的人、事、物表达了当时诗人总是挥之不去的“无奈”的情绪。由此我们也许能体味到情志与意象之间那种微妙的若即若离的对应关系。“秋蔬拥霜露,岂敢惜凋残。”“秋蔬”而曰“岂敢”云云,显然是“以人理待之”,非喻人事而何?黄生曰:“古诗:‘委身玉盘中,历年冀见食。’此言‘悲君白玉盘’,委身知不再,歇后成句。”这“菜”颇有点“毛遂自荐”的意思。不过我看杜诗讲的是整个“废畦”,不应只荐自己一棵“菜”。如果“君”指君王,“畦”喻用人机制、贤路,则如今肃宗朝小人当道,诸贤如郭子仪、李泌、房琯乃至自己,尽在被排摈之列,贤路废塞,诸贤似“拥霜露”而凋残之“秋蔬”。菜畦既废,诸蔬凋残,玉盘遂空,所以“悲君白玉盘”也。此解是否曲解?还请读者诸君评判。

夕　烽(五律)

【题解】

乾元二年(759)在秦州作。夕烽,傍晚的烽火。

夕烽来不近,每日报平安。
塞上传光小,云边落点残〔1〕。
照秦通警急,过陇自艰难〔2〕。
闻道蓬莱殿,千门立马看〔3〕。

【注释】

〔1〕　塞上二句:传光小,仇注:“凡平安火止用一炬,故传光小而落

点残。”

〔2〕 照秦二句：秦，秦地，此指长安。陇，陇山。下句言陇山高大，传烽火自不易。浦注则认为是“致戒于守者”云：“唯边将‘照秦’知‘警’，则蕃兵‘过陇’斯‘难’，所谓‘将军且莫破愁颜’也。”亦通，但不如六句一气而下写烽火之传递为佳。

〔3〕 闻道二句：蓬莱殿，即唐当时的主殿大明宫。下句写朝廷对西线报警的高度关注，正是浦注所云：“乃从平安内看出警急。”

【语译】

傍晚的烽火从远处传来，每天还报着平安。一点亮光在塞上闪烁，递到云端更微火阑珊。它紧揪长安人的心哪，一站一站翻越陇阪真艰难！平安火呵平安火！听说大内蓬莱殿前，每到此刻便打开宫门千道，多少人正勒马瞩目看。

【研析】

此诗渲染气氛颇具特色：随着那点平安火的传递，由远而近，或落云边，或过陇阪，飘忽闪烁，牵系人心；结句忽然逆向迎去，朝廷上下屏气守候那点“平安火”的到来，其气氛之紧张竟与接到“报警火”无异，诚如浦起龙所云：“乃从平安内看出警急。”我们几乎也同时听到诗人提到嗓眼上那颗忐忑的心在怦然跳动。

秋　笛（五律）

【题解】

作于乾元二年(759)秋。

清商欲尽奏，奏苦血沾衣[1]。
他日伤心极，征人白骨归。
相逢恐恨过[2]，故作发声微。
不见秋云动，悲风稍稍飞[3]。

【注释】

〔1〕 清商二句：清商，五音之一，主肃杀。《礼记·月令》："（孟秋之月）其音商。"《三礼图》："商弦最清而独悲"。二句谓秋笛之音悲苦，不堪尽情奏之。《杜诗镜铨》引王右仲曰："起似尾后余意，而用作起句，语突而意倍惨。"

〔2〕 恨过：伤恨太过。

〔3〕 不见二句：《韩非子·十过》载：师旷奏《清征》之曲，"一奏之，有玄云从西北方起；再奏之，大风至"。此联上承"发声微"，故悲风只是"稍稍飞"耳。

【语译】

肃杀之音如欲尽情奏，只怕奏出悲苦血泪沾人衣！昔日曾听伤心曲，那是凄凉迎得征人白骨归。如今相逢只怕太怨恨，只作低声轻轻吹。悲风不摧秋云动，悲声且自稍稍飞。

【研析】

此诗结构颇奇特：不是泛泛咏笛，而是着意渲染其微吹之音。先用逆笔作势，说笛声悲苦，不堪尽情奏之，"征人白骨"尤令人骇目惊心，所以只发微声，虽不至悲风大作，但悲情已作矣。秋笛之悲一时托出。《读杜心解》乃云："笔笔凌空，著纸飞去。律体至此，超神入化。"正言其善渲染也。

日 暮（五律）

【题解】

乾元二年(759)秋,作于秦州。

日落风亦起,城头乌尾讹[1]。
黄云高未动,白水已兴波。
羌妇语还笑,胡儿行且歌。
将军别换马,夜出拥雕戈[2]。

【注释】

〔1〕 乌尾讹:讹,动。乌鸦的尾在摆动。《后汉书·五行志》:“桓帝时,童谣云:‘城上乌,尾毕逋。’”此写日暮时实景。

〔2〕 将军二句:别换马,言警报时闻,将军不敢懈怠,日暮犹换新坐骑继续巡边。换马不换人,乃见将军鞍马之劳,不得休息。雕戈,刻镂饰纹的武器。

【语译】

太阳下山,寒风随起。城头上栖满乌鸦,摆动着它的尾。高空的云不动,水面兴波散绮。牧归的胡儿走着唱着,传来帐篷中羌妇的笑语。巡边的汉将却紧张地换上坐骑,连夜出城还带着武器。

【研析】

此诗着力营造一种紧张气氛。仇注引《杜臆》云:“日落风起,云屯波撼,此虏将入寇之象,故羌妇笑而胡儿歌。羌胡,盖降夷也。

边将拥戈夜出，其惶急可知矣。”是为善读诗者。可与《夕烽》对读，老杜心事可知。

空　囊（五律）

【题解】

乾元二年(759)在秦州同谷时作。囊，钱袋。《杜诗镜铨》：“写穷况妙在诙谐潇洒。”

翠柏苦犹食，晨霞高可餐[1]。
世人共卤莽，吾道属艰难[2]。
不爨井晨冻，无衣床夜寒[3]。
囊空恐羞涩，留得一钱看[4]。

【注释】

〔1〕 翠柏二句：翠柏，《列仙传》：“赤松子好食柏实。”晨霞，即朝霞。司马相如《大人赋》：“呼吸沆瀣餐朝霞。”不说没饭吃，却说学仙人辟谷，自嘲口吻。

〔2〕 世人二句：此联意谓“众人贵苟得”，得过且过，自己则意在行兼济之道，故难免艰难过日。卤莽，草率；不郑重。

〔3〕 不爨二句：这两句实写空囊。上句写无食，下句写无衣。不爨句，即无米不必举火做饭，也不必打水，故井冻。爨，烧饭。床寒，无衣被可知。

〔4〕 囊空二句：羞涩，不好意思。看，看守。以幽默口吻写苦况，与起句呼应，诙谐中自有豪气。《韵府群玉》：“阮孚持一皂囊，游会稽。客问：‘囊中何物?’曰：‘但有一钱看囊，恐其羞涩。’”莫砺锋《杜甫诗

歌讲演录》指出：这是宋人假托苏轼之名所伪造的典故。

【语译】

再苦的翠柏我还是吃，朝霞虽高也想法弄来充饥饿。世人呵尽是草率贵苟得，我坚持原则直道而行日子难过。无米可炊自然不必打水也不必升火，没有衣没有被缩在床上一夜冻坐。空钱袋呵你莫羞涩，我还留有看守呢——铜钱一个！

【研析】

胡适之曾说过："杜甫很像是遗传得他祖父的滑稽风趣，故终身在穷困之中而意兴不衰颓，风味不干瘪。他的诗往往有'打油诗'的趣味：这句话不是诽谤他，正是指出他的特别风格。"这话似是而非。滑稽打油是浅薄，杜甫却是幽默，调侃而不失庄重，是"含泪的笑"。其所从来也不是什么"遗传"，是对生活抗争的强力精神，得自民间乐府谐趣的传统，是杜甫倔强性格的特殊表现形式。"世人共卤莽，吾道属艰难。"是浦注所说："以庄语见清操。"当与尾联合看。

病　马（五律）

【题解】

乾元二年(759)在秦州作。这也是一首有寄托的咏物诗。

乘尔亦已久，天寒关塞深。
尘中老尽力，岁晚病伤心[1]。
毛骨岂殊众？驯良犹至今。

物微意不浅,感动一沉吟。

【注释】

〔1〕 尘中二句:萧涤非注:“这两句句法,一句作三折。在风尘之中,而且老了,还在为我尽力;当岁晚天寒之时,况又有病,那得不使人为之伤心。”

【语译】

马儿呵你载我已很长时间,如今到了塞上冬寒暮气侵。风尘中你老了尽力了,也病了走到头了令人伤心!看你外表没什么特别,可你一直是那么驯良忠心。马之为物虽然卑微,但它对人的情分自深深。我为之感动,我为之沉吟。

【研析】

申涵光曰:“杜公每遇废弃之物,便说得性情相关,如《病马》、《除架》是也。”“性情相关”四字道出咏物之关键。萧先生注尾联说:“马之为物虽微,可是对人的情分倒很深厚,使我不禁为之感动而沉吟起来。沉吟二字感慨很深,有人不如马之叹。杜甫既受到统治者的弃斥,同时又很少得到人们的关怀和同情,这也是他为什么往往把犬马——特别是马看成知己朋友并感到它们所给予他的温暖的一个客观原因……其所以如此,是和他自己便是一个‘废弃之物’的身世密切相关的。”我在“导读”中也从另一个角度提到:杜甫“真善一体”的主体性形成其独特的“新感觉”,体现为独特的审美趣味而无往非新。与盛唐好丰腴的审美趣味不同,主张“书贵瘦硬方通神”,批评大画家韩幹画肥马是“忍使骅骝气凋丧”,而偏来写瘦马、病马;这就是杜甫感性中的社会性,社会性中的个性。一言以蔽之:“性情相关”也。

蕃　剑（五律）

【题解】

乾元二年(759)作于秦州。蕃剑,吐蕃所造之剑。

致此自僻远,又非珠玉装。
如何有奇怪,每夜吐光芒。
虎气必腾上,龙身宁久藏[1]。
风尘苦未息,持汝奉明王[2]。

【注释】

〔1〕 虎气二句:《吴越春秋》:"阖闾死,葬以扁诸之剑,金精上扬,为白虎据其上,号曰虎丘。"龙身,《豫章记》载:"吴未亡,恒有紫气见牛斗间。张华问雷孔章,孔章言宝物之精,在豫章丰城。遂以孔章为丰城令。至县,掘狱得二剑,其夕牛斗气不复见。孔章乃留其一,匣而进之。后,华遇害,此剑飞入襄城水中。孔章临亡,戒其子恒以剑自随。后,其子为建安从事。经浅濑,剑忽于腰间跃出,见二龙相随逝焉。"

〔2〕 明王:贤明的君王。

【语译】

此剑得自荒僻,又无珠玉为饰,为何会如此神奇:每夜吐出光芒熠熠?龙剑岂能久藏,其中自有虎气!剑呵剑,如今战火苦未息,安得持汝随明君杀敌!

【研析】

《读杜心解》:“借蕃剑聊一吐气,作作有芒。”的确,老杜虽离开朝廷,但心仍系之,借此剑将胸中卓厉之气一时吐出!其中“奉明王”从反面道出对肃宗的不屑。老杜的“奉”是有前提的。

铜　瓶(五律)

【题解】

乾元二年(759)在秦州作。铜瓶,此指宫中铜制汲水器。《杜诗说》:“以铜为瓶,而以金饰其上为蛟龙。此宫中之物,乱后散于民间,或有得其缺折之余者,故因所见而起兴。”

乱后碧井废,时清瑶殿深[1]。
铜瓶未失水,百丈有哀音[2]。
侧想美人[3]意,应悲寒甃沉。
蛟龙半缺落,犹得折黄金[4]。

【注释】

〔1〕乱后二句:时清,与“乱后”相对,指往昔清平时。首联便作工对,古人称为“偷春格”。此联利用对偶将今昔兴废和盘托出。洪迈《容斋三笔》云:“此篇盖见故宫井内汲者得铜瓶而作,然首句便说废井,则下文翻覆铺叙为难,而曲折宛转如是,他人毕一生模写不能到也。”

〔2〕铜瓶二句:想象当年铜瓶尚未沉入井中时宫人汲水的情景。未失水,指瓶尚未沉井中。百丈,指很长的汲绠,以见井之深。哀音,辘轳转动时发出低沉的声音。

〔3〕　美人：指宫女。

〔4〕　蛟龙二句：蛟龙，应指以蛟龙形象为饰物之瓶耳。折，当也；相当于；抵得上。此言虽“半缺落”其瓶耳，然其制作精美，犹抵得上黄金之价值。

【语译】

看战乱之后玉井废，想清平时节琼楼玉宇自深深。当初铜瓶尚汲水，长绠辘轳声低沉。失手绠断铜瓶落，谁知美人悲惜心？蛟龙瓶耳半缺落，估值犹能抵黄金。

【研析】

此诗历来选本不选，其实是一首运思巧妙的杜诗。从残缺的铜瓶之精美，见出当年宫中之奢华，意在忆盛世而悲时艰。残缺，往往为读者留下更广阔的想象空间，名塑“断臂的维纳斯”是也。《韩非子·解老》有云：“人希见生象也，而得死象之骨，案其图而以想其生也。”杜甫从一缺残之铜瓶中遥体人情，以揣以摩，活现了当年宫中某个生活片断，其中宫女一闪之身影已觉哀婉动人，使读者恻然有思。中唐诗人张籍有《楚妃怨》一首，恰好“补出”此片断。诗曰：“梧桐落叶黄金井，横架辘轳牵素绠。美人初起天未明，手拂银瓶秋水冷。”不止此也，这个缺残铜瓶还有另一层美学上的意义，那就是它无意间记录下的历史沧桑，成为附着在它身上的“社会美”。知否知否，诗人眼中“犹得折黄金”并非古董商眼中的“犹得折黄金”，未曾经历过战乱的人是估不出“太平”的价值的。

野　望（五律）

【题解】

乾元二年(759)秋在秦州作。

清秋望不极,迢递起层阴[1]。
远水兼[2]天净,孤城隐雾深。
叶稀风更落,山迥日初沉。
独鹤归何晚,昏鸦已满林[3]。

【注释】

〔1〕 清秋二句:望不极,望不到尽处。迢递,深远貌。层阴,层层阴云。

〔2〕 兼:连。

〔3〕 独鹤二句:与“夜来归鸟尽,啼杀后栖鸦”(《遣怀》)同意而进一层:贤路已为小人所占断。

【语译】

清秋极目望不清,远处层层云自阴。清波空旷连天净,孤城冥冥雾埋深。风吹残叶稀更落,山远岚升日初沉。孤鹤归飞来何晚?已是昏鸦栖满林!

【研析】

通篇情景两两对立,清秋与层阴并举,水天兼净与孤城隐雾并举,叶稀野旷与日沉山暝并举,独鹤与群鸦并举,清者弥清,浊者愈浊,其意自见。故《唐诗解》乃云:“此赋野望之景以成篇,无他托意而兴味自佳。”

佐还山后寄三首（五律,选一）

【题解】

乾元二年(759)秋在秦州作。杜佐,殿中侍御史杜暐之子,杜甫之族侄,仕履不详。《示侄佐》题下原注:“佐草堂在东柯谷。”还山,指杜佐回到东柯谷。杜甫此时可谓是“苟全性命于乱世”,此诗其一有云:“须汝故相携”,甚至有过到东柯村隐居的打算,所以杜佐对他很重要。

白露[1]黄粱熟,分张素有期[2]。
已应舂得细,颇觉寄来迟。
味岂同金菊,香宜配绿葵[3]。
老人他日爱,正想滑流匙[4]。

【注释】

〔1〕 白露:农历节气之一,在农历七月间。

〔2〕 分张句:意谓:分别时早有过(分饷的)约定。分张,分别。素,向来;早先。期,约。

〔3〕 味岂二句:状小米饭:其香味胜过黄菊,正宜以绿葵为菜就饭也。《诗·七月》:“七月烹葵及菽。”

〔4〕 老人二句:他日,以后;将来。点明后四句所写小米之炊,只是经验与想象之辞。滑流匙,此写小米粥传神。新米黏稠,故云。蒋弱六云:“只如白话,韵言化境。”

【语译】

白露时节黄粱熟,曾有期约许相分。估摸新米舂已细,赶紧寄来莫逡巡。新米香味过金菊,绿葵相配更绝伦!来日定是老夫之最爱,想见滑腻粥稠流入唇。

【研析】

这本是一首充满功利性质的求人送小米的“催货单”,却能给人予美感者,就在于能将填饱肚子的“吃饭”这一实实在在的日常生活经验,通过“想象”之手虚化、提升为一种独特的审美情感。杜甫弃官“因人作远游”,为的是士的尊严,守护的是自家的理想,但在秦州却孤立无助,甚至无立锥之地。《示侄佐》云:“多病秋风落,君来慰眼前。”侄儿微薄的物质救助不但成为其生存的支柱,且其中体现的亲情几乎成了他唯一的安慰。然而他对此只一句带过:“分张素有期”,从“期”字又生发出“期盼”,于是诗人将重点放在对新熟小米的向往之情上:“已应舂得细”一句,将经验化为想象,“颇觉”二字带出向往之情。以下四句则让意味回到感性,二者融而为一,在舌尖上品味生活,品味人伦,品味人生。于是乎极为平常的小米在诗人笔下遂焕发出诱人的色香味,超金菊而配绿葵。老人与粥,是如此和谐对应;“滑流匙”三字更将新米粥之形神摄出,也将老人向往之情托出。然则,区区一粥,竟成“老人他日爱”,岂不可悲?诗味在斯,诗味在斯!

从人觅小胡孙许寄（五律）

【题解】

乾元二年(759)在秦州作。胡孙,即猢狲,猴子。此诗句序,赵次公认为第四句当与第八句互易。详见【研析】。

人说南州路,山猿树树悬[1]。
举家闻若骇[2],为寄小如拳。
预哂愁胡[3]面,初调见马鞭[4]。
许求聪慧者,童稚捧应癫[5]。

【注释】

〔1〕 人说二句:南州路,或云指两粤为南州路,大概是认为那里才有可能"山猿树树悬";但清顺治《秦州志》载:"又二十里曰仙岭,其岭有仙坪,其平如掌,多猿猴、鹦鹉。"则南州路泛指秦州以南地区可也。

〔2〕 骇:《豫章黄先生别集》卷四《杜诗笺》云:"当作咳。禺属惟猿猴喜怒饮食常作咳。"

〔3〕 愁胡:指猢狲。傅玄《猨猴赋》:"扬眉蹙额,若愁若嗔;既似老公,又类胡儿,所谓愁胡也。"

〔4〕 初调句:旧注或引《齐民要术》:"常系猕猴于马坊,令马不畏,辟恶,消百病。"意谓以此猴驯马如见马鞭一样有效。如此则与上下文无关联,不如按字面直解:此猴初次调驯,只要用马鞭便可驯伏。言其不难驯养而供孩童玩乐也。

〔5〕 癫:欢极而雀跃。

【语译】

听人说城外某处南边,树树悬着山猿。全家人听了都觉得惊奇,孩子们抱着它该高兴得发癫!想见它那愁胡似的扬眉蹙额真可笑,调教它也只要稍稍用用马鞭。谢谢你答应我的请求,将寄来一只聪慧的猢狲小如拳。

【研析】

莫砺锋于宋人刘昌诗《芦蒲笔记》卷十检得赵傁(即赵次公)注云:"合移断章'童稚捧应癫'作第四句;却于'许求聪慧者'下云'为寄小如拳'。"调整后全诗如下:

人说南州路,山猿树树悬。
举家闻若骇,童稚捧应癫。
预哂愁胡面,初调见马鞭。
许求聪慧者,为寄小如拳。

莫砺锋认为:如此则颔联属对工整,末句以请求收尾,语气妥当,全诗布局也更为合理。即使没有版本依据,也是一种值得参考的意见。甚是。

寄彭州高三十五使君适、虢州岑二十七长史参三十韵（五排）

【题解】

题下原注:"时患疟病。"乾元二年(759)秋在秦州作。彭州,今四川彭州。高三十五,指高适(其排行第三十五)。使君,刺史。是年五月,高适拜彭州刺史。虢州,今河南灵宝。岑二十七,指岑参(其排行第二十七)。是年四月岑参署虢州长史。《杜诗镜铨》引李长蘅曰:"高岑伟人,兼公夙契(老朋友),故其诗浑雄沉着,冠绝古今。"是一首颇为著名的五言排律。

故人何寂寞[1],今我独凄凉。

老去才难尽[2],秋来兴甚长。
物情尤可见,辞客未能忘[3]。
海内知名士,云端各异方。
高岑殊缓步,沈鲍得同行[4]。
意惬关飞动,篇终接混茫[5]。
举天悲富骆,近代惜卢王[6]。
似尔官仍贵,前贤命可伤。
诸侯非弃掷,半刺已翱翔[7]。
诗好几时见,书成无信将[8]。

【章旨】

首段由怀故人唤起诗兴,宾主互用;又由赞高岑而道出自家诗法,终以惜前贤而励友人,参错变化,意气飞动。

【注释】

〔1〕何寂寞:仇注:“何尝寂寞也。”

〔2〕才难尽:《南史·江淹传》:“江淹晚节才思微退……为诗绝无美句,时人谓之‘才尽’。”此反用其意。

〔3〕物情二句:谓虽明知物情凉薄之理,仍对诗友耿耿不忘。物情,事理人情。辞客,即词客,诗人。此指高、岑。

〔4〕高岑二句:言高岑诗艺已平视沈鲍辈。殊缓步,纵舒自如状。沈鲍,六朝著名诗人沈约、鲍照。

〔5〕意惬二句:言高岑之诗文采风扬,诗意表达能尽兴,篇终而余韵无穷,似与天地相接浑然一气。事实上也是杜甫夫子自道。《沧浪诗话》称:“诗之极致有一,曰入神。”二句表达的正是“入神”的具体表现。浦注乃云:“识得‘意惬关飞动,篇终接混茫’二语,方许读杜。”金针度人,读者切莫放过。飞动,指作品神采飞扬,气韵生动。接

混茫,谓诗之气象雄浑,意象氤氲,元气淋漓。

〔6〕 举天二句:举天,举世;天下。富骆,富嘉谟与骆宾王。卢王,卢照邻与王勃。四人皆为初唐杰出的文人,皆不得善终。

〔7〕 诸侯二句:诸侯,指高适,刺史相当于古诸侯。半刺,指岑参。长史即州丞、别驾,唐高宗时改称长史。庾亮《答郭豫书》曰:“别驾旧与刺史别乘,其任居刺史之半。”岑参时任长史,故曰“半刺”。

〔8〕 信将:信,信使。将,送;传。

【语译】

老朋友们哪!你们或许并不寂寞,可我却孤单而凄凉。虽说江郎老去才已尽,秋来诗兴却常起。我固然参透世态炎凉明事理,但对诗友仍耿耿难忘情依依。你们都是当今海内名士,只是云山远隔各在一方。谁人不知高岑平视沈谢,可齐名并列?你们的诗是如此气势飞动思与境偕,篇终总是余韵无穷直与天地连接。哦,普天下的人都同情富骆卢王的不幸,而你们却能保持官运通达,更显得前贤的命运多么可悲。刺史似古诸侯不能说是不被重视,长史算半个刺史也称得上高升。心闲气定哪——几时才能再拜读到你们的好诗?我信已写好,奈何没人传递。

男儿行处是,客子斗身强[1]。
羁旅推贤圣,沉绵抵咎殃[2]。
三年犹疟疾,一鬼[3]不销亡。
隔日搜脂髓,增寒抱雪霜。
徒然潜隙地,有靦屡鲜妆[4]。
何太龙钟极,于今出处妨[5]。
无钱居帝里,尽室在边疆。
刘表虽遗恨,庞公至死藏[6]。
心微傍鱼鸟,肉瘦怯豺狼。

【章旨】

第二段写诗人自己的困境，感伤而不颓废，坚持士的自尊与出处的情操。

【注释】

〔1〕 男儿二句：谓男儿当四海为家，客中亦当使身体强健，以斗疾病（题下自注“时患疟病”）。《读杜心解》：“‘男儿’、‘客子’，提掇耸拔。本欲自说凄凉，偏能着此健笔。”男儿、客子皆自指。

〔2〕 羁旅二句：推贤圣，王弼《易注》：“仲尼为旅人，则国可知矣。”谓贤人不为当世所容。沉绵，上承“斗身强”，指疟病久不愈。抵咎殃，算得上是场灾祸。

〔3〕 一鬼：指疟疾。《后汉书·礼仪志》注引《汉旧仪》云：“颛顼氏有三子，生而亡去，为疫鬼。一居江水为疟鬼。”

〔4〕 徒然二句：写逃疟。朱注：俗云：“避疟鬼必伏于幽隙之地，不尔即画易容貌。”

〔5〕 何太二句：龙钟，衰老貌。出处，出仕与隐居。

〔6〕 刘表二句：杜甫以庞德公不附刘表自喻。

【语译】

好男儿当四海为家，出门在外全仗一副好身架。羁旅算得上圣贤之事，久病对我却是一场灾难！三年此疾在，疟鬼至今不销亡。每隔几天搜脂吸髓来一回，阵阵发冷胜似浸冰霜。逃疟僻处真徒劳，伪装改容也枉然。病体恹恹能干啥？无论隐居或当官。因为无钱不敢住长安，举家跋涉迁边疆。刘表招贤不来颇惆怅，庞公逃禄不出至死藏。幽心且乐观鱼鸟，无术无势最怕近官场。

陇草萧萧白，洮云片片黄[1]。
彭门剑阁外，虢略鼎湖旁[2]。
荆玉簪头冷，巴笺染翰光[3]。

乌麻蒸续晒，丹橘露应尝[4]。
岂异神仙宅，俱兼山水乡。
竹斋烧药灶，花屿读书床。
更得清新否，遥知对属忙[5]。
旧官宁改汉，淳俗本归唐[6]。
济世宜公等，安贫亦士常[7]。
蚩尤终戮辱，胡羯漫猖狂[8]。
会待妖氛静，论文暂裹粮[9]。

【章旨】

一支笔写三地情事，如浦注所云："巧借彼此地名，拢合作线。"既羡之，又勉之，终冀太平相聚。

【注释】

〔1〕 陇草二句：陇，陇阪。洮，洮水。二者皆近秦州。仇注："草白云黄，乃边塞萧条之象。"则二句写诗人所处之秦州秋色。

〔2〕 彭门二句：彭门，指彭州。《水经注》："李冰为蜀守，见氐道县有天彭山，两山相对，其形如阙，谓之天彭门。"剑阁，入川之要塞。虢略，即虢州治所弘农县。鼎湖，在虢州，相传黄帝于此铸鼎升天。

〔3〕 荆玉二句：荆玉，鼎湖南有荆山，出美玉。巴笺，东川所产之纸。《纸谱》："蜀笺纸尽用蔡伦法，有玉笺、贡余、经屑、表光之名。"染翰光，指用笔书写。

〔4〕 乌麻二句：左思《蜀都赋》："户有橘柚之园。"上句以中原所产之胡麻指代岑参所在之虢州，下句以蜀地所产之橘柚指代高适所在之彭州。乌麻即胡麻、芝麻，养生之物。《本草》："陶隐居曰：'胡麻当九蒸九曝，熬捣充饵，似乌者为良。'"丹橘，红橘。

〔5〕 更得二句：清新，指写诗。对属，诗的对仗。李因笃云："对属有二义：词欲其对，情欲其属也。若词对而情不属，虽工无益。"

〔6〕 旧官二句：上句言刺史原为汉代所设，下句言虢州有唐尧之遗风。《杜诗镜铨》："《诗传》：'成王封叔虞于唐，其俗有尧之遗风。'以虢州本晋地，故云。"

〔7〕 安贫句：此句诗人自谓。《列子》："贫者，士之常也。"

〔8〕 蚩尤二句：蚩尤，古部落首领，为黄帝所杀。此指安禄山。胡羯，指史思明，其时尚作乱。

〔9〕 裹粮：携粮远行。

【语译】

陇阪衰草萧萧白，洮水暮云朵朵黄。剑阁之外彭门山，虢州遥在鼎湖旁。鼎湖荆玉作簪似冰冷，彭州蜀笺书成墨鲜妍。中原芝麻九蒸曝，东川红橘带露尝。所居堪比神仙宅，两地都属山水乡。竹屋宜立炼丹灶，花洲且安读书床。近来可得清新句？遥知作诗对属忙。官称刺史本沿汉，虢地淳俗上承唐。达则兼济看公等，穷则独善我如常。贼酋终是受戮辱，犹有胡羯正猖狂！须等玉宇妖氛净，访君论文不怕路长带干粮！

【研析】

肃宗乾元二年（759）对杜诗创作而言是个颇奇特的年分。上半年杜甫写下"三吏"、"三别"等名篇，多缘事而发，形式自由的古体诗为其首选。这些诗皆以叙事为主线，直道其事，通过细节、对话、自白、视觉画面，追求一种连续的现场感。下半年却大写五律组诗，还有不少三十韵、五十韵的排律。这是另一种叙述方式，是以情志为内线，或叙事，或议论，或抒情，拉杂错综，重视的是即语绘状、切割画面、铺采摛文的赋法。

这种急速的转向耐人寻味。

大凡文体之通变,其内驱力源乎内容与形式之矛盾。杜甫乾元二年上半年正处于战乱中心的京洛间,目睹身受许多重大的历史事件,丰富不尽的直接经验在内心涌动,需要的正是古体诗这种自由而直捷的表现形式,一吐为快。而乾元二年下半年,甫"无钱居帝里,尽室在边疆",远离政治中心,较少接触军国大事,而异地风光、风俗,草民细事、索居孤独、身家性命,日渐成了诗要表达的主要对象,形式不得不变。此时接连写下一些寄人的排律,正是要寻求与新内容相适应的新形式。这是一个老杜至死方休的长期探索的体裁,有成有失,有誉有毁,说来话长。

这里只想谈谈本诗"跳脱"的叙述方式。这是杜甫将古体精神运于排律,借以打破排律惯常的板滞结构。杜、高、岑三人可谓是"文章有神交有道",此诗遂以论文为主线。《杜诗镜铨》云:"高、岑特以词客见怀,故只于结末略及世事,篇中带定言诗处,脉理一丝不走。"有了主线,叙事则用跳脱法,彼此错综,时此时彼时己,琐屑变幻,"一支笔写三家事"。以第三大段为例,"陇草萧萧白,洮云片片黄。彭门剑阁外,虢略鼎湖旁。荆玉簪头冷,巴笺染翰光。乌麻蒸续晒,丹橘露应尝",巧用地名与土产,三人天各一方可知,境遇不同可知;"济世宜公等,安贫亦士常。蚩尤终戮辱,胡羯漫猖狂",勉友、自叹、期盼、伤时,在排比中一时写出。诚如浦注所云:"宾主互用,笔如游龙。"

总而言之,排律句句对偶,一联两句自足回环,这种形式本是叙事流畅之障碍,老杜以跳脱之法,从此画面跳至彼画面,化静为动,化短为长,既保留铺采摛文之本色,又在空间剪接中得"蒙太奇"之效果,是相当成功的尝试。

寄岳州贾司马六丈巴州严八使君两阁老五十韵（五排）

【题解】

此诗作于乾元二年(759)。贾司马六丈,指排行第六的贾至,丈是尊称之。汝州刺史贾至于邺城下九节度师溃时,弃汝州奔襄邓,贬为岳州司马。严八使君,即排行第八的巴州刺史严武。《旧唐书·房琯传》载,乾元元年六月诏曰:"武可巴州刺史。"则严武是因为被皇帝视为"房琯之党"而贬为岳州刺史的。阁老,唐代中书省和门下省的官员互称阁老。严、贾二人与杜甫为同道,有很深的友谊。《杜诗镜铨》引李子德云:"叙事整赡,用意深苦,章法秩然,五十韵无一失所,如左(左丘明)、马(司马迁)大篇文字,精神到底,卓绝百代矣。"

衡岳猿啼里,巴州鸟道边[1]。
故人俱不利,谪宦两悠然。
开辟乾坤正,荣枯雨露偏[2]。
长沙才子远,钓濑客星悬[3]。

【章旨】

王阮亭称"双起健笔凌云,唱叹而入"。八句总挈大旨,"开辟"、"荣枯"二句为全篇关键。

【注释】

〔1〕 衡岳二句:衡岳,南岳衡山,用指贾至贬所岳州。巴州,治所在今

四川巴中。鸟道,鸟才可能度越的山路,形容入川道路之险峻难攀。

〔2〕 开辟二句:开辟,指官军收复两京,拨乱反正,犹开天辟地。荣枯句,喻恩宠处罚不公,是为贾、严抱屈而委婉言之。

〔3〕 长沙二句:上句以贾谊喻贾至。《汉书》:贾谊谪长沙王太傅。《西征赋》:"贾生洛阳之才子。"下句以严光喻严武。《后汉书·严光传》:严光与光武帝刘秀同学,共卧,太史奏客星犯帝座。严光后来归耕富春山,后人名其钓处为严陵濑。

【语译】

岳州四面哀猿啼,巴州欲度鸟飞疲。老友双双不顺利,一时贬谪各千里。恭逢中兴重开局,岂料赏罚无是非!长沙古有贾谊贬,严光垂钓在江湄。

忆昨趋行殿,殷忧捧御筵[1]。
讨胡愁李广,奉使待张骞[2]。
无复云台仗,虚修水战船[3]。
苍茫城七十,流落剑三千[4]。
画角吹秦晋,旄头俯涧瀍[5]。
小儒轻董卓,有识笑苻坚[6]。
浪作禽填海,那将血射天[7]。
万方思助顺,一鼓气无前。
阴散陈仓北,晴熏太白巅[8]。
乱麻尸积卫,破竹势临燕[9]。

【章旨】

此段写肃宗在凤翔转败为胜,士气大振的过程,为"开辟乾坤正”铺垫。

【注释】

〔1〕 忆昨二句：行殿，行宫，指肃宗在凤翔的临时住处。至德二载四月，杜甫曾从沦陷区间道奔赴凤翔。殷忧，深忧。下句谓任肃宗近侍左拾遗。

〔2〕 讨胡二句：李广，汉代名将，曾为匈奴所擒，以此指代哥舒翰潼关兵败被安禄山叛军所擒。张骞，以汉使张骞通西域喻唐使往回纥借兵。

〔3〕 无复二句：云台仗，指宫廷仪仗。庾信《哀江南赋》：“非无北阙之兵，犹有云台之仗。”虚修句，《西京杂记》：“武帝作昆明池以习水战，中有戈船楼船数百艘。”二句言长安陷落，守兵同虚设，玄宗西走。

〔4〕 苍茫二句：上句以燕将乐毅破齐七十余城，喻安史乱起，势如破竹。剑三千，《庄子》：“赵文王喜剑，剑客来者三千余人。”此指肃宗到灵武收溃散的唐军将士，准备再战。

〔5〕 画角二句：画角，有雕饰的军中号角。旄头，星名，即昴宿。古人以为旄头星亮，主有战争发生，此言唐军与安史叛军将决一死战。涧瀍，二水名，在洛阳附近。

〔6〕 小儒二句：小儒，东汉末袁绍，出身世家士族，但见识不高，故称“小儒”。即使是他，也敢于说：“天下健者，岂唯董公！”董卓是东汉末叛臣，苻坚是十六国时篡位的前秦皇帝，以二人喻安史叛将。二句谓唐方面士气大振，安史必败已成唐军共识。

〔7〕 浪作二句：浪，滥也。浪作，犹轻举妄动。禽填海，《山海经》：“赤帝之女溺死东海，化为鸟，名精卫，取西山木石填海。”那，“奈何”合音。那将，《史记·殷本纪》：“帝武乙无道，为偶人，谓之天神，与之搏，令人为行，天神不胜，乃僇辱之。为革囊盛血，仰而射之，命曰‘射天’。”二句借指安史不自量力作乱。

〔8〕 阴散二句：陈仓，古县名，唐时属凤翔府。太白，山名，在凤翔境内。

二句言肃宗朝廷驻凤翔,正气之所在。

〔9〕 乱麻二句:卫,卫州。乾元元年郭子仪大败安庆绪于卫州。燕,安史叛军老巢范阳,古属燕地。

【语译】

回想当年我亦投凤翔,如履薄冰左拾遗。平叛不力将帅愁,巴望借兵使者归。当年皇帝威仪不复在,形同虚设守军溃。叛贼势如破竹下,散兵游勇渐来归。号角秦晋大地再度吹,旄头星照两京战事起。士子已是轻敌酋,有识更笑叛军愚。逆贼妄动自找死,填海射天嗟何及!万方一心思助顺,扭转乾坤无不摧。阴霾已散陈仓北,阳光灿灿太白巍。敌尸如山积,剑指敌巢危。

法驾还双阙,王师下八川〔1〕。
此时沾奉引〔2〕,佳气拂周旋。
貔虎开金甲,麒麟受玉鞭〔3〕。
侍臣谙入仗,厩马解登仙〔4〕。
花动朱楼雪,城凝碧树烟。
衣冠心惨怆,故老泪潺湲。
哭庙悲风急,朝正霁景鲜〔5〕。
月分梁汉米,春给水衡钱〔6〕。
内蕊繁于缬,宫莎软胜绵〔7〕。
恩荣同拜手,出入最随肩。
晚著华堂醉,寒重绣被眠。
辔齐兼秉烛,书枉满怀笺〔8〕。

【章旨】

此段二十四句铺排皇帝回长安以后盛事,忆及与贾、严同官之乐。

【注释】

〔1〕 法驾二句：法驾，皇帝的车驾。双阙，指京城的皇宫。八川，关中有灞、浐、泾、渭、沣、滈、潦、沉八水，以此指代关中地区。

〔2〕 奉引：为皇帝前导引车，指当时杜甫为左拾遗。

〔3〕 貔虎二句：貔虎，猛兽，用指武士。麒麟，此指皇帝的骏马。

〔4〕 侍臣二句：谙入仗，熟悉进入仪仗队的行列。下句钱注：玄宗"教舞马百匹，衔杯上寿。禄山克长安，皆运载诣洛阳。收京后，当复旧也"。

〔5〕 哭庙二句：哭庙，《旧唐书》载，太庙为叛军所焚。玄宗还京，谒庙请罪。肃宗素服，向庙哭三日。朝正，古代诸侯和臣属在正月朝见天子。

〔6〕 月分二句：梁汉米，谢承《后汉书》："章帝分梁、汉储米给民。"水衡钱，《汉书》应劭注："水衡与少府，皆天子私藏。"此泛指国库所藏金帛。

〔7〕 内蕊二句：内蕊宫莎，宫内的花草。缬，有彩文的丝织品。

〔8〕 辔齐二句：并驾齐驱。秉烛，《古诗十九首》："何不秉烛游。"言连夜行乐。枉，屈尊。此谦称贾、严二公屈尊给我书信。

【语译】

天子凤辇入宫阙，王师乘胜下八川。我为拾遗备前驱，祥云缭绕佳气旋。武士金甲开道路，皇帝骏马还加鞭。侍臣谙熟入仪仗，皇家厩马会蹁跹。花动朱楼洒香雪，城缀碧树凝晓烟。感此百官心凄怆，故老迎驾泪涟涟。皇上太庙放悲声，雨过天晴好朝天。每月分到梁汉米，春来还赐国库钱。大内繁花胜织锦，宫苑莎草软于绵。群臣受恩齐罗拜，出入同僚相并肩。夜在华堂一起醉，寒叠绣被同床眠。并辔秉烛游至晚，怀揣二公赐书笺。

每觉升元辅[1],深期列大贤。
秉钧方咫尺,铩翮再联翩[2]。

【章旨】

中腰四句转折,言房琯事件后的形势,详言二人及己之遭遇。

【注释】

〔1〕 元辅:宰相。

〔2〕 秉钧二句:秉钧,执掌国政。铩翮,即铩羽,剪去翅膀的主羽。联翩,指贾、严二人一起被贬。

【语译】

二公才器当至相,深盼朝廷用大贤。执政只有一步遥,岂料二位一起遭贬迁!

禁掖朋从改,微班性命全[1]。
青蒲[2]甘受戮,白发竟谁怜?
弟子贫原宪,诸生老伏虔[3]。
师资谦未达,乡党敬何先[4]?
旧好肠堪断,新愁眼欲穿。
翠干危栈竹,红腻小湖莲[5]。
贾笔论孤愤,严诗赋几篇[6]?
定知深意苦,莫使众人传。
贝锦无停织,朱丝有断弦[7]。
浦鸥防碎首,霜鹘不空拳[8]。
地僻昏炎瘴,山稠隘石泉。
且将棋度日,应用酒为年[9]。

【章旨】

此段先言当时自己的处境，进而对二公提出告诫，张溍《读书堂杜诗注解》："意极真，语又浑。至其忠告处，皆远害全身要道。此岂寻常投赠？"

【注释】

〔1〕 禁掖二句：上句言贾、严被贬后，自己在朝廷中的同伴也改换了。微班，指地位卑微的自己。

〔2〕 青蒲：青色的蒲团。《汉书·史丹传》：元帝欲易太子，史丹直入卧内，伏青蒲上泣谏止。此用其事指言自己曾冒死救房琯。

〔3〕 弟子二句：原宪，孔子的弟子，字子思，安贫乐道。伏虔，误与服虔相混淆，当作伏胜，又称伏生，故秦博士。汉文帝求能治《尚书》者，伏生已年九十余，不能行，使晁错往受之，故曰"老伏虔〔胜〕"。《日知录》卷二十七："古人经史，皆是写本。久客四方，未必能携。一时用事之误，自所不免，后人不必曲为之讳。子美《寄岳州贾司马六丈巴州严八使君》诗曰：'弟子贫原宪，诸生老伏虔'，本用济南伏生事，伏生，名胜，非虔。"此以二人自比穷困潦倒，但仍以儒生自居。

〔4〕 师资二句：谦言己不敢以师自居，但乡里仍敬重之。以上八句言当时自己的状况。

〔5〕 翠干二句：翠干，言铺设栈道之竹排已枯干变脆，故危之，借言严武在蜀之处境。腻，厌也。此言湖莲也已红透而令人生厌，借言贾至在岳州处境。

〔6〕 贾笔二句：笔，文章，与诗相对而言。孤愤，韩非囚秦，著《说难》、《孤愤》。此言其文中有牢骚。此二句互文，即指严、贾皆有诗文，而难免都发些牢骚，故下文有"防碎首"之劝。不必泥于贾只作文，严唯赋诗。

〔7〕 贝锦二句：贝锦句，言罗织也，喻罗织罪状。朱丝，鲍照诗："直如朱丝绳。"下句谓直而易断也。

〔8〕　浦鸥二句：浦鸥，水边的沙鸥，喻严、贾二公。霜鹘，喻酷吏谗臣。不空拳，此谓进谗者期于必中。《杜诗镜铨》引周甸曰："鹘拳坚处，大如弹丸。鸠鸽中其拳，随空中堕。"鹘能拳击，恐属附会，实暗用典耳。《义鹘》亦云："巨颡拆老拳。"宋人王得臣认为典出《石勒传》。《晋书·石勒传》：石勒谓李阳曰："孤往日厌卿老拳，卿亦饱孤毒手。""贾笔"以下六句是对友人的忠告，《读杜心解》："谆谆以诗文之祸为诫。世故不深者不能言，交情不笃者亦不肯言。"

〔9〕　且将二句：赵次公注："既戒之以勿使所作诗传播，恐因掇祸，而炎瘴之地，乱山之间，复何为哉？以棋酒为事而已。"

【语译】

从此朝中换同事，卑位只保性命全。尽职伏谏甘冒死，至今白发有谁怜？孔门弟子原宪贫，伏生至老布衣焉。未达不敢称师资，乡里何为敬在先？二公远谪我肠断，新来愁绪望眼穿。枯竹铺栈蜀道危，岳州厌看小湖莲。君文或有论孤愤，君诗近来赋几篇？深知二公衷心苦，诗文慎莫众人传。罗织罪名未停机，直言从来祸相连。江边沙鸥防头碎，须知鹰隼搏击逃脱难！岳州地僻多瘴气，巴州乱山多细泉。劝君无事且下棋，愁时不妨酒度年。

典郡终微眇，治中实弃捐[1]。
安排求傲吏，比兴展归田[2]。
去去才难得，苍苍理又玄。
古人称逝矣，吾道卜终焉[3]。
陇外翻投迹，渔阳复控弦[4]。
笑为妻子累，甘与岁时迁。
亲故行稀少，兵戈动接联。
他乡饶梦寐，失侣自迍邅[5]。

多病加淹泊，长吟阻静便[6]。
如公尽雄俊，志在必腾骞[7]。

【章旨】

末段先揣摩二公心事，并为之叹息；继言己之困穷，终则忧时而勉二公待时奋起，一气吹激。

【注释】

〔1〕 典郡二句：典郡，掌一郡之事，指严武为刺史。治中，《通典》："治中，旧州职也……开皇三年，改治中为司马。武德初，复为治中。高宗即位，改诸州治中并为司马。"此指贾至贬岳州为司马。二句谓用二公为刺史、司马，以其才器言之，官太小，等同废弃也。

〔2〕 安排二句：《庄子·大宗师》："安排而去化，乃入于寥天一。"郭象注："安于推移，而与化俱去，故乃入于寂寥，而与天为一也。"傲吏，庄子为漆园吏，楚庄王使往聘，庄子持钓竿不顾，世称"傲吏"。比兴句，言以诗托兴，展示其归田之情志耳。二句仇注："安心而受外吏，托兴而念归田，则一官不足恋矣。"

〔3〕 古人二句：《汉书·楚元王传》：楚元王礼敬穆生，常为设醴。及王戊即位，忘设醴，穆生退曰，可以逝矣，不去，楚人将钳我于市。卜，预计。终焉，止于此。二句谓古有不合则去之人，预计我济世之道也只能到此为止了。杜甫不幸而言中，此后就不再有入朝为官的机会了。

〔4〕 陇外二句：陇外，即陇右，此指自己寓居的秦州。渔阳，即范阳，安史叛军的巢穴。控弦，张弓，此指史思明叛军复反。

〔5〕 迍邅：处境艰难。

〔6〕 静便：清静自适。

〔7〕 如公二句：一作"公如尽忧患，何事有陶甄？"腾骞，飞黄腾达。赵次公曰："此言二公不久当复用也。一作云'公如尽忧患，何事有陶甄？'句法费力，非是。然不应押两'骞'字。"

【语译】

贬为刺史终归官卑微,司马更是形同被废弃。安于迁谪成傲吏,诗托比兴且寄归田意。人才难得被排挤,天理难知玄奥极。古人穆生知进退,吾道看来止于此。弃官投陇西,叛乱仍不息。自笑身为家庭累,甘心随时作推移。亲人故友日见少,兵戈频仍连不已,他乡多客梦,举步维艰失朋侣。多病久滞留,悲吟少闲趣。岂如二公皆才俊,志坚腾飞必有期!

【研析】

此诗背后暗藏着一大政治事件。钱谦益《读杜二笺》曰:“此诗云‘秉钧方咫尺,铩羽再联翩’,知至与公及武后先贬官也。按十五载八月,玄宗幸普安郡,下诏制置天下(指分封诸王事),此诏实出至(贾至)手。此事房琯建议而至当制。贺兰(进明)之谮已入,至安能一日容于朝廷?琯将贬而至先出守,其坐琯党明矣。至父子演纶,受知于玄宗,肃宗深忌蜀郡旧臣,其再贬岳州,虽坐小法,亦以此故也。‘每觉升元辅,深期列大贤。’盖琯等用事,则必引用至、武,故其贬也,亦联翩而去。贝锦以下,虽移官州郡,而以忧讥畏谗相戒,未能一日安枕也。公送至出守诗:‘西掖梧桐树’,不胜迁谪之感。太白亦云:‘圣主恩深汉文帝,怜君不遣到长沙。’可以互见。”知道这一层,对杜甫与贾、严之间的同道之谊,及谆谆告诫,会有更深切的理解。

寄李十二白二十韵（五排）

【题解】

乾元二年(759)在秦州作。或云当作于上元元年(760)定居成都后,待考。仇注引王嗣奭曰:“此诗分明为李白作传,其生平履历备矣。白才高而狂,人或疑其乏保身之哲,公故为之剖白……总不欲使才人含冤千载耳。”

昔年有狂客,号尔谪仙人[1]。
笔落惊风雨,诗成泣鬼神。
声名从此大,汩没[2]一朝伸。
文彩承殊渥[3],流传必绝伦。
龙舟移棹晚,兽锦夺袍新[4]。
白日来深殿,青云满后尘[5]。
乞归优诏许,遇我宿心亲。
未负幽栖志,兼全宠辱身[6]。
剧谈怜野逸,嗜酒见天真。
醉舞梁园夜,行歌泗水春[7]。
才高心不展,道屈善无邻[8]。
处士祢衡俊,诸生原宪贫[9]。
稻粱求未足,薏苡谤何频[10]。
五岭[11]炎蒸地,三危[12]放逐臣。
几年遭鹏鸟,独泣向麒麟[13]。
苏武元还汉,黄公岂事秦[14]。
楚筵辞醴日,梁狱上书辰[15]。
已用当时法,谁将此义陈。
老吟秋月下,病起暮江滨[16]。
莫怪恩波隔,乘槎与问津[17]。

【注释】

〔1〕 昔年二句：狂客，指贺知章，盛唐诗人，自号“四明狂客”。谪仙人，李白《忆贺监诗序》：“太子宾客贺公，于紫极宫一见，呼余为谪仙人。”又，孟启《本事诗》：“白自蜀至京师，贺监知章闻其名，首访之。请所为文，白出《蜀道难》示之，称叹数四，号为谪仙人。”

〔2〕 汩没：埋没。

〔3〕 殊渥：超常的恩泽。

〔4〕 龙舟二句：龙舟，范传正《李白新墓碑》：玄宗泛白莲池，召公作序。时公已被酒翰苑中，命高力士扶以登舟。兽锦，绣有兽形的锦袍。《唐书》：武后令从臣赋诗，东方虬先成，赐以锦袍。宋之问继进诗，尤工，于是夺袍赐之。

〔5〕 白日二句：白日，形容李白的神采奕奕。青云句，《史记・伯夷列传》：“闾巷之人，欲砥行立名者，非附青云之士，恶能声施于后世哉？”此指文士之追随者如后尘之常满。

〔6〕 兼全句：谓李白能宠辱不惊，全身而退。

〔7〕 醉舞二句：二句追述天宝三载李杜同游事。梁园，即梁苑、兔园，汉梁孝王所建，常聚文士于此。泗水，《家语》：“孔子行歌于泗水之上。”

〔8〕 道屈句：《论语》：“德不孤，必有邻。”此言道穷，故善而无邻。

〔9〕 处士二句：祢衡，后汉处士，英才卓荦，此喻李白。原宪，孔子弟子，不辞贫贱，亦喻李白。

〔10〕 薏苡句：《后汉书・马援传》：马援征交趾，载薏苡种归，人谤之，以为明珠。喻李白受谤事。

〔11〕 五岭：《广州记》：大庾、始安、临贺、桂阳、揭阳为五岭。

〔12〕 三危：《括地志》：“二危山在沙州敦煌县东南二十里，山有三峰，故曰三危。”五岭、三危指代李白流放地夜郎。

〔13〕 几年二句：遭鵩鸟，鵩似鸮，古人以为不祥鸟。汉代贾谊贬长沙，有鵩入舍，乃作《鵩鸟赋》自伤悼。下句用孔子作《春秋》止于“西狩获麟”事，伤李白道穷。

〔14〕 苏武二句：二句为李白陷永王璘事辩冤，认为李白虽从永王，并无变节。苏武使匈奴，囚于北海，不失汉节，十九年乃归。黄公，指夏黄公，商山四皓之一，隐士，义不仕秦。

〔15〕 楚筵二句：上句以穆生辞醴事喻李白辞官放还。《汉书·楚元王传》载：穆生不嗜酒，楚元王为设醴。至元王孙王戊即位，忘设，穆生谢病而去。下句用邹阳狱中上书事喻李白之含冤。仇注：汉邹阳见怒于梁王，下狱，遂从狱中上书。太白《书怀》诗“半夜水军来，寻阳满旌旃。空名适自误，迫胁上楼船。徒赐五百金，弃之若浮烟。辞官不受爵，翻谪夜郎天”，与此诗相发明。

〔16〕 老吟二句：杜甫自写为李白悲慨不能已。或云江滨即锦水之滨，时杜甫已定居成都草堂。

〔17〕 莫怪二句：有“天意高难问”之意，言将如传说中乘槎上天河般上天为李白讨个公道。

【语译】

四明狂客贺知章，称你“谪仙”连击掌。笔夹风雨落如电，诗成鬼神泣夜半。声名从此日中天，往昔阴霾一朝散。文采绝伦传久远，君主恩赐常超常。天子召来龙舟晚，新诗又夺锦袍还。光彩照人入深殿，从者如云尽衣冠。赐金放还了心愿，东都一见如故披胆肝。不负往昔幽栖志，宠辱皆忘身亦全。共赏疏放侃侃谈，痛饮之间天真见。泗水春，行歌遍，梁园醉舞夜开宴。才高自是心不展，道穷此身唯独善。君不见祢衡才俊终处士，诸生清贫有原宪。谋生尚未饱空腹，薏苡之谤何频仍？五岭三危炎蒸地，从来多有放逐臣。几年频遭鹏鸟侵，欲如孔子泣麒麟！苏武牧羊犹存汉，黄公皓首岂事秦？穆生失醴辞归日，却成邹阳狱中辩诬辰。当时已用三尺法，谁肯翻案把冤伸？老病为君起徘徊，秋江月下一沉吟。莫怪皇恩远隔君门深，愿乘仙槎一问津！

【研析】

这首排律不算长,区区二百字耳。然而,《唐诗别裁》却说是:“太白一生,具见于此。”之所以能如是,一在取材功夫,二在叙事的独特方式。

先说其取材。李白传奇的一生,我曾用“醉”与“梦”二字概括言之。“醉”是李白布衣傲骨的体现,他想兼济又要独善,想当官却又以“不屈己,不干人”为原则,这种近乎自己与自己过不去的行为准则,使之毕生在“出”与“处”两间徘徊,使生命一直处于“酒神精神”式的“痛苦与狂喜交织的颠狂状态”(请参看拙作《李白歌诗的悲剧精神》,《文学遗产》1994年第4期,收入本《文集》第六册)。而“盛唐梦”则是李白“不屈己,不干人”,一心要与帝王建立“非师则友”关系的心理依据。现实与理想强烈对撞成就了几于空前绝后的李白诗。事实上杜甫该诗正是抓住李白现实与理想相较劲的几件重大事件,疏而不漏、淋漓尽致地上演了李白一生的悲喜剧。

再说其叙事方式。该诗以大量用典取代了场景、事件、细节、对话的描述。尤其是“醉舞”以下,几乎句句用典。固然,对普通读者它无疑造成了隔膜,防波堤似地减弱了诗情的冲击力。然而,对熟悉典故的读者(在古代这是一般士人所必备的素质)而言,却极大地扩张了诗的空间,增进了联想的趣味。陈寅恪曾在《读哀江南赋》中十分精切地指出这种叙述方式是:“用古典以述今事。古事今情,虽不同物,若于异中求同,同中见异,融会异同,混合古今,别造一同异俱冥,今古合流之幻觉,兹实文章之绝诣,而作者之能事也。”将一段历史往事浓缩在一个词组中,只要用这一词组,乃至一提当事者的人名或发生地点,就能勾起联想,一串相关事件则随之浮现,以少总多,可谓是“袖里乾坤”。而联想所造成的“古事今情”,就好比古铜器上斑驳的铜锈,是历史沧桑的“附加值”,所造成的“今古合流之幻觉”更是难得的美学效果。以“龙舟移棹晚,兽锦夺袍新”一联为例,李白受玄宗眷顾的多少美好回忆以及传说,任由你联想翩翩。

单其中“龙舟”二字,既可联想到范传正《李白新墓碑》“玄宗泛白莲池,召公作序。时公已被酒翰苑中,命高力士扶以登舟”云云;也可联想到杜甫《饮中八仙歌》“天子呼来不上船,自称臣是酒中仙”云云;还可能联想到其他传说;它还可以勾起对大唐盛世敬重文士风气的美好回忆。再如“苏武元还汉,黄公岂事秦。楚筵辞醴日,梁狱上书辰”四句,连用四个典故,从不同角度表明李白从永王璘的心迹,将“已用当时法”的案子翻了过来,言难言之事(其中“楚筵辞醴日,梁狱上书辰”一联尤见委婉而含悲愤:穆生失醴辞归日,却成邹阳狱中辩诬辰!忠而见责,正与李白自己于事后所作“徒赐五百金,弃之若浮烟。辞官不受爵,翻滴夜郎天”云云不谋而合);且苏武含辛茹苦不失汉节、夏黄公不肯事秦而后辅立汉太子、穆生的自尊求去、邹阳狱中不屈且自辩等事迹,又于“融会异同”之中为李白从璘事着上积极的色彩,同时也融进杜甫对李白的一片真情。庾信赋中以古典叙今情的叙事方法,在杜甫诗中得以发扬光大。

两当县吴十侍御江上宅（五古）

【题解】

乾元二年(759)作。两当县,在今甘肃徽县。吴十侍御,即吴郁。吴郁曾与杜甫同在凤翔肃宗行在共事,因直言被谪。江上宅,谓吴郁故宅临嘉陵江。杜甫是否到过两当?如有,又是从何地出发往两当?注家颇有争议。一曰:自秦州往同谷,再经两当入蜀;一曰:自秦州到两当,再到同谷,从同谷入蜀;一曰:诗人根本没去过两当县,只是遥想之词耳。从诗中“行迈心多违,出门无与适”一联看,分明是访后口吻,应该到过吴宅才是,末一种说法似未妥。其他两种说法也存在路途遥远的问题(据熟悉当地情况的学人说,从秦州到两当要走四百里以上,由栗亭往两当来回也得走三百四十多里)。杜甫何时、如何往两当县的?问题尚难定论。今姑仍《杜诗镜铨》之次序,排在《发秦州》之前。

寒城朝烟淡,山谷落叶赤。
阴风千里来,吹汝江上宅[1]。
鹍鸡号枉渚,日色傍阡陌[2]。
借问持斧翁,几年长沙客[3]。
哀哀失木狖,矫矫避弓翮[4]。
亦知故乡乐,未敢思夙昔。
昔在凤翔都,共通金闺籍[5]。
天子犹蒙尘,东郊暗长戟[6]。
兵家忌间谍,此辈常接迹。
台中领举劾,君必慎剖析[7]。
不忍杀无辜,所以分白黑。
上官权许与,失意见迁斥[8]。
仲尼甘旅人,向子识损益[9]。
朝廷非不知,闭口休叹息[10]。
余时忝诤臣,丹陛实咫尺[11]。
相看受狼狈,至死难塞责[12]。
行迈心多违,出门无与适[13]。
于公负明义,惆怅头更白。

【注释】

〔1〕 寒城四句:写两当吴宅景色。

〔2〕　鹍鸡二句：鹍鸡，似鹤，黄白色。《楚辞·九辨》："鹍鸡啁哳而悲鸣。"枉渚，在今甘肃两当西坡乡。《两当县志》："琵琶洲在县南三十里，其地洲渚迂回，人迹罕至，亦名'枉渚'，杜甫'鹍鸡号枉渚'即此。"阡陌，田间小路。南北为阡，东西为陌。

〔3〕　借问二句：持斧翁，指御史吴郁。《汉书·王䜣传》载：武帝末年，"绣衣御史暴胜之，使持斧逐捕盗贼"。后人遂以"持斧"称御史。长沙客，汉文帝时，贾谊遭谗毁贬为长沙王太傅，用比吴郁。

〔4〕　哀哀二句：借离开树木的猿、躲避弓箭的鸟喻吴郁被谪后的栖栖惶惶。狖，长尾猿。翮，鸟翼，代指鸟。

〔5〕　昔在二句：凤翔都，唐肃宗至德二载行在凤翔（今陕西凤翔），即以凤翔为临时的朝廷所在地，故称"凤翔都"。金闺籍，名籍署于金马门，以此出入宫廷。共通金闺籍，指同朝为官。

〔6〕　天子二句：上句言皇帝尚在流亡中，下句言凤翔以东的西京长安与东京洛阳正在血战。

〔7〕　兵家四句：接迹，即继踵，不断地来。台，御史台。领举劾，负责弹劾。兵家以下八句，浦注："详述其得罪之由。当时军兴戒严，凡关津隘口，多有以平民迹类间谍而罹祸者，吴竟以辨冤招尤也。"

〔8〕　上官二句：言长官虽然当面姑且表示同意（吴郁的意见），但心存忌恨，吴郁因此终于被贬谪。朱鹤龄注此两句云："时必有贼间中伤朝臣，吴为分剖是非，以此失执政意，虽权许与而终斥之，但其事无考。"权，苟且；暂且。许与，许可。

〔9〕　仲尼二句：仲尼，即孔子。旅人，旅行者，指孔子周游列国，颠沛流离。向子，向长，东汉名士。《后汉书·逸民传》载：向子读《易》至"损"、"益"卦，喟然叹曰："吾已知富不如贫，贵不如贱，但未知死何如生耳！"

〔10〕　朝廷二句：仇注："朝廷心知而不及问，则迁斥之后，又何须叹息？"

〔11〕　余时二句：余，我。忝，谦词，愧于。诤臣，谏官，时杜甫为左拾遗。丹陛，宫殿台阶漆为红色，借指朝廷。

〔12〕　相看二句：二句言眼看着吴郁受冤而不能救，成终生的内疚。狼

狈,窘迫状。塞责,此为补过之意。

〔13〕 行迈二句:写心绪烦乱。行迈,《诗·黍离》:“行迈靡靡,中心摇摇。”无与适,不知要往哪儿走。

【语译】

晨岚淡烟罩城寒,山谷落叶赤如丹。阴凉的秋风横千里,吹到你临江老宅声更干。听那鹍鸡悲啼,徘徊在田间小路夕阳残。昔日持斧的御史今迁客,借问长沙谪居已几年?好比离树猿猴哀哀叫,飞蹿的小鸟避弹丸。谁人不懂回乡乐?往事莫提伤心肝。当年凤翔朝廷曾共事,金马门内同为官。于时天子正蒙难,东郊城外战犹酣。兵家最忌是间谍,何况此辈来联翩。御史台负弹劾责,君慎剖析怕有冤。岂可杀无辜,黑白不容颠!上司表面虽称善,意见相左遭贬迁。孔子传道甘流离,向子富贵视如烟。可叹皇上无是非,事已至此休长叹。我在当时充谏官,陛下相去咫尺间。相看狼狈不能救,此疚至死心不安!出得门来心绪乱,欲往何处终惘然。明义有负公,惆怅两鬓斑。

【研析】

这首诗可看成是《秦州杂诗》其二十“唐尧真自圣”句的“补充说明”。仇注:“自圣,见谠言不能入;何知,见朝政不忍闻。”涤非师注:“古人说‘后从谏则圣’,而你陛下却真是天生的圣帝。”可见杜甫离开朝廷最主要原因是认定肃宗皇帝已听不进批评意见,刚愎自用,吴御史蒙冤便是一例。以下十六句是事件始末:“兵家忌间谍,此辈常接迹。台中领举劾,君必慎剖析。不忍杀无辜,所以分白黑。上官权许与,失意见迁斥。仲尼甘旅人,向子识损益。朝廷非不知,闭口休叹息。余时忝诤臣,丹陛实咫尺。相看受狼狈,至死难塞责。”在当时敌我混杂、间谍四至的情况下,吴御史慎剖析、分黑白无疑是负责任的、正确的。然而草菅人命的“上官”却当面一套、背后一套,要贬斥吴君。“朝廷非不知”,却不愿主持正义(《杜诗镜铨》谓:“况迁斥非人主意,又何怨乎?”显然是为肃宗开脱,曲解了原意)。朝廷上下昏庸一气如此,谏臣又如何尽职?杜甫不久前才因谏房琯事被斥,此时只好眼睁睁地看着吴君蒙冤被贬不敢言,留下了终生的内疚。杜甫之“真性情”,就在于不掩饰过失,能反省。这与他对“干谒”终生愧悔,至晚年还耿耿于怀,是一致的(请参看上文《奉赠韦左丞丈二十二韵》之研析)。二者都是杜甫严于自律的典型事例。杜甫如果真的不辞数百里之遥,特意到两当访吴宅,我辈虽难以想象,却符合古人重道义之交的真性情。

发秦州(五古)

【题解】

题下旧注:“乾元二年(759),自秦州赴同谷县纪行十二首。”(以下所选《送远》一首虽是发秦州后作,但为五律,诗体与内容均与组诗不类,不在此十二首之数。)此为第一首,有“序诗”的意味。诗言“十月交”,知从秦州出发是在这年十月。唐时同谷,在今甘肃成县。

我衰更懒拙,生事不自谋[1]。
无食问乐土,无衣思南州[2]。
汉源十月交,天气凉如秋。
草木未黄落,况闻山水幽[3]。
栗亭名更嘉[4],下有良田畴。
充肠多薯蓣,崖蜜亦易求[5]。

密竹复冬笋,清池可方舟[6]。
虽伤旅寓远,庶遂平生游。
此邦俯要冲[7],实恐人事稠。
应接非本性,登临未销忧。
溪谷无异石,塞田始微收。
岂复慰老夫,惘然难久留。
日色隐孤戍[8],鸟啼满城头。
中宵驱车去,饮马寒塘流。
磊落[9]星月高,苍茫云雾浮。
大哉乾坤内,吾道长悠悠[10]。

【注释】

〔1〕 我衰二句:此二句也是大实话,古代士大夫大多专注读书求仕,往往缺乏其他的谋生手段。生事,衣食之事。

〔2〕 无食二句:问,寻求。乐土,《诗·硕鼠》:"适彼乐土。"乐土指百姓能安居乐业的地方。南州,此指同谷,同谷在秦州之南。南方气暖,因无衣故思往南方地区。

〔3〕 汉源四句:写同谷气暖。汉源,同谷邻县。萧先生注:"'闻'字紧要。下面八句也是根据传闻来写的。杜甫此时尚未至同谷。"

〔4〕 栗亭句:栗亭,唐属同谷县,即今甘肃徽县栗川乡。今存遗迹有杜公祠、杜公钓台等。名更嘉,因栗可食,对"无食问乐土"的杜甫说来,自然是嘉名。

〔5〕 充肠二句:薯蓣,俗名山药。崖蜜,一名石蜜,野蜂在山崖所酿之蜜。

〔6〕 方舟:两舟并行。此指泛舟。

〔7〕 此邦句:此邦,指秦州。要冲,要道或要塞。

〔8〕 日色句:日色以下八句才是写发秦州时实景。孤戍,犹孤城。

〔9〕　磊落：错落分明。

〔10〕　大哉二句：吾道，双关语，既指征途，又暗喻追求理想之路。可与前《空囊》诗"吾道属艰难"互参。《杜诗镜铨》："言以乾坤之大，无容身之所，长此奔驰，未知何日方得休息耳。"

【语译】

我到老来更笨拙懒散，谋生无计生活困难。没得吃且去找个乐土新甸，没得穿便往南边的同谷避寒。汉源县已是孟冬十月，却凉爽一似秋天。草木尚未摇落变黄，山水听说也蛮清幽可羡。栗亭地名起得好，下有良田一大片。充饥山药多，石蜜采方便。又有茂密的竹林出冬笋，陂池宽能荡方舟。虽说道路漫漫怕行走，就算遂了平生之愿爱远游。再说秦州临要道，迎来送往多应酬。生性本就怕应接，登高未能销我愁。溪谷之间少奇石，塞上瘠田总薄收。老夫疲惫之心怎宽慰？对此迷惘难久留。渐看暮色隐孤树，难耐鸦噪满城头。半夜赶车便上路，寒塘饮马波光流。星月错落高天上，下有苍茫云雾浮。天地真大呀，我要走的路没个尽头！

【研析】

老杜终于告别了他西行的首站——秦州。他在这里住了三个月，留下九十五首诗。三个月里，他对秦州的感情是复杂的，有变化的。刚从关中平原来到这边塞高地，他感到新奇。他颇为兴奋地写下许多面目一新的感受。他赞叹这里的山水："莽莽万重山"、"云气接昆仑"、"无风云出塞"、"远水兼天净"、"秋花危石底"、"麝香眠石竹"、"东柯好崖谷"等等。他还曾热衷于求田问舍，准备终老此地，这从《寄赞上人》诗中对老朋友所说"一昨陪锡杖，卜邻南山幽……茅屋买兼土，斯焉心所求。近闻西枝西，有谷杉漆稠。亭午颇和暖，石田又足收……柴荆具茗茶，径路通林丘。与子成二老，来往亦风流"云云，便可看出是真心实意。然而，随着经济上接济乏人,日见困顿,且由于当时形势是吐蕃逼近,唐军又已大量抽调本地壮丁东征,使此地守备空虚,不能不使诗人感到紧张。这种情绪在上文所选如《秦州杂诗》、《夕烽》等诗中已触目可见。面对这一胡汉杂居、华夷异俗的多元并存的文化区域,“降虏兼千帐,居人有万家”,“羌女轻烽燧,胡儿制骆驼”,他心里更是忽忽不安:“此邦今尚武,何处可依仁?”他对秦州的感觉转向了,只要将上举诗中景物与当下写的“溪谷无异石,塞田始微收。岂复慰老夫,惘然难久留”云云对看,就不难觉察。在《法镜寺》中,他明白无误地说出心中最大的担忧:“身危适他州。”诗人的直觉是准确的,才过两年,吐蕃就攻陷秦州、成州。

送　远（五律）

【题解】

乾元二年(759)冬离开秦州时所作。所谓“送远”是送人远行,其实是自个儿送自个儿。浦注:“不言所送,盖自送也。知公已发秦州。玩下四,当是就道后作。上四,从道中追写起身之情事,感慨悲歌。五六,乃眼前身历之景。”则第二句“君”字乃杜甫自谓。杜甫有《官定后戏赠》一诗,也是自赠自的。该诗不在《发秦州》等组诗十二首之数。

带甲[1]满天地,胡为[2]君远行!
亲朋尽一哭,鞍马去孤城[3]。
草木岁月晚,关河霜雪清[4]。
别离已昨日,因见古人情[5]。

【注释】

〔1〕　带甲：披甲的士兵。

〔2〕　胡为：犹何为。

〔3〕　鞍马句：写离开秦州情景。

〔4〕　草木二句：此为拗句：上句五字全是仄声，下句"雪"字外其他四字全平。黄生评此句云："接联更作一幅关河送别图，顿觉班马悲鸣，风云变色，使人设身其地，亦自惨然销魂矣。"

〔5〕　别离二句：是说别离已成过去，至此方知古人所以殷殷惜别的心情。仇注："方当别离，又成昨日，古人于此，每难为情，我何为独不然乎？十字之中，凄折无限。"

【语译】

到处都是披坚执锐的兵，你干吗还要远行？亲朋相送一声哭，马儿踽踽离孤城。草木摇落岁已暮，关河一片霜雪清。别离已成昨日事，始知古人惜别情。

【研析】

这一首虽是小诗，却写来气爽声沉，历来为人所清赏，康有为就曾手书"草木岁月晚，关河霜雪清"联，或当赏其矫健沉雄。而《唐诗品汇》引刘云："如画出塞图矣。"《唐诗归》云："响与气浑。"《杜诗镜铨》引王西樵云："感慨悲壮，不减'萧萧易水'之句。"亦各有得，足见杜诗的丰富性。

送人从军（五律）

【题解】

乾元二年（759）冬，作于秦州。原注："时有吐蕃之役。"

弱水应无地，阳关已近天[1]。
今君度沙碛，累月断人烟。
好武宁论命，封侯不计年[2]。
马寒防失道，雪没锦鞍鞯。

【注释】

〔1〕 弱水二句：弱水，《寰宇记》："弱水，东自删丹县界，流入张掖县北二十三里。今甘肃张掖河。"阳关，《汉书·西域传》："厄以玉门，阳关。"孟康注："二关皆在敦煌西界。"近天，岑参诗："走马西来欲到天。"我国西部地势高旷，故云。二句写将远征至天涯海角。《读杜心解》："若将上两联倒转，便平坦。如此起势，分外突兀。"

〔2〕 好武二句：宁论命，岂顾惜生命。不计年，不论迟速。

【语译】

弱水已是地尽头，阳关去天只抬手。君今远征度沙漠，累月难见有人口。尚武男儿岂顾命，管他哪年才封侯！寒天冻地慎迷路，大雪已积锦鞍厚。

【研析】

初读似与盛唐边塞诗相类，细品则别有一番滋味。将"好武宁论命，封侯不计年"置于前后六句的惨淡中，则诚如浦起龙所说："既悲之，复壮之，又叮咛之，恩谊备至。"乃见老杜情感色阶丰富之本色。

赤　谷（五古）

【题解】

乾元二年(759)十月在秦州往同谷途中作。赤谷,距秦州西南七里,即今甘肃天水市秦州区西南的暖河湾河谷。谷之两崖呈红色,故名。这是组诗的第二首。此后十首皆属此组诗。

天寒霜雪繁,游子有所之[1]。
岂但岁月暮,重来未有期[2]。
晨发赤谷亭,险艰方自兹[3]。
乱石无改辙,我车已载脂[4]。
山深苦多风,落日童稚饥。
悄然村墟迥,烟火何由追[5]。
贫病转零落,故乡不可思。
常恐死道路,永为高人嗤[6]。

【注释】

〔1〕 有所之:有要去的地方,此指同谷县。

〔2〕 岂但二句:岁月暮,本指年底,但《发秦州》刚说是“十月交”,远非年底。盖杜甫言岁暮,有时只是指一年过半耳。《避地》云:“避地岁时晚”,《得舍弟消息二首》云:“忧端且岁时”,都是同一情况。

〔3〕 晨发二句:晨发,《发秦州》云“中宵驱车去”,大概至赤谷亭稍事休息,天明才重新出发。方自兹,从这里开始。

〔4〕 乱石二句:无改辙,不能改道。载脂,给车轴上油。

〔5〕　悄然二句：迥，远也。烟火，此指饭食。

〔6〕　常恐二句：高人，指隐士。嗤，嗤笑。《杜臆》："故乡之乱未息，故不可思，言永无归期也。公弃官而去，意欲寻一隐居，如庞德公之鹿门以终其身，而竟不可得，恐死道路，为高人所嗤。"

【语译】

天寒莫道多霜雪，游子还得赶路程。惆怅岂只岁月逝，重来无期亦伤情。清晨赤谷亭前重上路，艰险征途始初登。乱石铺谷无选择，车轴上油任崎岖！山深谷长苦多风，日暮孩子腹已饥。四顾寂然村庄远，何处觅食捻断髭。如今弃官贫病无依靠，家乡战火连连不敢思。只怕流离道上死，永为高人笑我痴。

【研析】

第一天上路便显出艰难。《发秦州》云"中宵驱车去"，至此又云"晨发赤谷亭"，下文又云"落日童稚饥"；不太长的路走了一整天，则一家子拖儿带女的，前途之险艰可预料矣！难怪浦起龙会说："'险艰自兹'一语，直将各首（指本组诗）通盘提起。"杜甫组诗针线之细密，于斯可见。

铁堂峡（五古）

【题解】

乾元二年（759）在秦州往同谷途中作。由赤谷南行，进入铁堂峡。铁堂峡位于今甘肃天水市秦州区西南的天水镇东五里，距天水市八十里。《明一统志・陕西统部・巩昌府》："铁堂峡，在秦州天水废县东五里。峡有石笋青翠，长者至丈余，小者可为砺（磨刀石）。

唐杜甫诗‘峡形藏堂隍，壁色立积铁’，谓此。”此峡谷口狭窄，峡中宽敞如堂室，峡壁成铁青色，故称铁堂峡，其名至今沿用。

山风吹游子，缥缈[1]乘险绝。
硖形藏堂隍，壁色立积铁[2]。
径摩穹苍蟠，石与厚地裂[3]。
修纤无垠竹，嵌空太始雪[4]。
威迟[5]哀壑底，徒旅惨不悦。
水寒长冰横，我马骨正折。
生涯抵弧矢[6]，盗贼殊未灭。
飘蓬逾三年，回首肝肺热[7]。

【注释】

〔1〕缥缈：此指衣衫飞动貌。邵子湘云：“起语亦尔缥缈。”意为这一开头给人飘逸的感觉。

〔2〕硖形二句：硖，通“峡”。堂隍，大堂。积铁，一作“精铁”。

〔3〕径摩二句：摩穹苍，迫近苍天。下句形容峡之险峻如同大地裂开的一条缝。

〔4〕修纤二句：修纤，细长。无垠，无边无际。太始，犹云太古。下句言远处高山上长年未融的积雪，银白一痕，就像是镶嵌在蓝天上。旧注：“嵌空，玲珑貌。”于“太始雪”无义，不取。

〔5〕威迟：迂回曲折。

〔6〕生涯句：生涯，有限的生命。《庄子》：“吾生也有涯。”抵弧矢，赵次公注：“抵者，逢抵之抵。抵弧矢，遭用兵之时也。”

〔7〕飘蓬二句：飘蓬，《商君书》：“夫飞蓬遇飘风而行千里。”逾三年，自至德二载(757)放还鄜州，到乾元二年(759)发秦州，已过了三个年头。这三个年头，诗人都在漂泊之中。肝肺热，形容内心焦虑。

【语译】

山风吹我扬衣袖，游子登高临绝壁。峡内一似藏大堂，崖色好比精铁立。小路摩天蟠曲上，石谷地裂成此隙。竹海无边长直细，山嵌蓝天古雪迹。风号谷底曲折行，一家子单独赶路更惨戚。涧水彻寒横长冰，我马涉之骨欲折。不幸生遭兵燹际，叛乱至今犹未息。蓬飞他乡逾三年，不堪回首焚肝肺！

【研析】

《瓯北诗话》称杜诗“有题中未必有此之义，而冥心刻骨，奇险至十二三分者”，乃举此诗“径摩穹苍蟠，石与厚地裂”句为例。其实此诗句句逼入奇险之境，给人一种压抑感，而这种感觉是声律与内容之互动的结果。以颔联“硖形藏堂隍，壁色立积铁”为例，上句“硖”字外，连四字平声；下句五字皆入声，造成拗峭之感。而颈联“径摩穹苍蟠，石与厚地裂”之句式也复相似，下句虽然未能五字皆入声，却也是五字皆仄。仇注云：“入蜀诸章，用仄韵居多，盖逢险峭之境，写愁苦之词，自不能为平缓之调也。”甚是。

盐　井（五古）

【题解】

乾元二年（759）在秦州往同谷途中作。《元和郡县志》：“山南道成州长道县：盐井在县东三十里，水与岸齐，盐极甘美，食之破气。盐官故城，在县东三十里，在嶓冢西四十里，相承营煮，味与海盐同。”其地在今甘肃礼县东三十里之盐官镇。唐时共有盐井六百四十处，此其一。

卤中草木白，青者官盐烟[1]。
官作既有程[2]，煮盐烟在川。
汲井岁榾榾，出车日连连[3]。
自公斗三百，转致斛六千[4]。
君子慎止足，小人苦喧阗[5]。
我何良叹嗟？物理固自然[6]。

【注释】

〔1〕　卤中二句：谓草木受卤地之气，故凋枯而呈白色；其青色者，是煮盐之烟气。卤，西方之咸地曰卤，东方谓之斥。

〔2〕　官作句：作，作坊。程，期限；定量。

〔3〕　汲井二句：汲井，从盐井中汲取盐水。榾榾，用力貌。连连，不断貌。

〔4〕　自公二句：自公，定自官价。转致，商贩转卖。斛，十斗为一斛。盐税是中唐朝廷重要收入，《新唐书·食货志》称："至大历末，（盐利）六百余万缗，天下之赋，盐利居半。宫闱服御、军饟、百官禄俸，皆仰给焉。"

〔5〕　君子二句：君子，指官家。止足，犹知足，指不与小民争利。小人，此指盐商。喧阗，嘈杂嚷嚷，指争价吵闹。两句则所谓"君子喻于义，小人喻于利"。

〔6〕　我何二句：良，甚；深。物理，事物固有之法则。下句言君子、小人不同的义利取向是事物固有的、自然不变的法则。

【语译】

咸地草木枯且白，唯有煮盐冒青烟。官坊煮盐限期有定量，煮盐烟起漫山川。一年到头井底汲盐使尽力，运盐车子日相连。官家定价斗三百，转手一石卖六千！君子喻义要知足，奸商争利吵翻天。我又何必长叹息？人各有性难改变。

【研析】

仇注:"'自公',谓官价。'转致',谓商贩。斗钱三百,石至六千,倍获其息也。'君子',讥'自公'。'小人',指'转致'。物情争利,不足嗟叹,亦慨时之语。""转致"二字是关键。何以转手之间便可获十倍之利? 故诗人委婉地劝说"君子"要知足,不可像那些无奸不商的小人。但他也知道现实中舍义取利是那些人的本性,只好"良叹嗟"了。邓魁英、聂石樵《杜甫选集》说得对:"诗旨在揭露官商勾结,剥削人民。此种社会问题的题材,杜甫以前未尝入诗,实是他对诗歌领域的新开拓。"宋人柳永有《煮海歌》,细写盐民之苦难,其取材不无受此诗之影响。

寒　硖（五古）

【题解】

乾元二年(759)在秦州往同谷途中作。寒硖,一作"寒峡"。即今甘肃西和长道乡通向漾水河谷的祁家峡,又名大晚家峡。明代陈继儒称:"此与《铁堂》、《青阳》二篇,幽奥古远,多象外异想,悲风泣雨,入蜀人不堪多读。"

行迈日悄悄,山谷势多端[1]。
云门转绝岸,积阻霾天寒[2]。
寒峡不可渡:我实衣裳单;
况当仲冬交[3],泝沿增波澜[4]。
野人寻烟语,行子傍水餐[5]。
此生免荷殳,未敢辞路难[6]。

【注释】

〔1〕 行迈二句：行迈，远行。日悄悄，整天忧心忡忡。《诗·柏舟》："忧心悄悄。"多端，变化莫测。

〔2〕 云门二句：云门，即峡口。绝岸，陡峭的崖岸。积阻，指重山。谢朓《和萧中庶直石头》："九河亘积岨。"霾，阴霾，大气中悬浮大量烟尘所造成的混浊现象，这里当动词用。霾天寒，山谷里充满森寒。

〔3〕 仲冬交：接近农历十一月。

〔4〕 泝沿句：泝，即溯。沿，缘水而下。泝沿，谓沿水逆流而上。仲冬风急，所以"增波澜"。以上三句写"不可渡"。

〔5〕 野人二句：野人，山野之人。寻烟语，蔡梦弼云："谓寻火烟，乃得野人与之语，则知路少行人也。"行子，行旅之人，此自指。

〔6〕 此生二句：与《自京赴奉先县咏怀五百字》"生常免租税，名不隶征伐"意同。殳，兵器。

【语译】

远行终日忧心忡忡，山形谷势变化无穷。进入谷口便崖岸陡起，重山障阻峡底寒气浊浓。寒峡不可渡，我实在是衣裳单薄经不起冻。何况时已逼仲冬，沿水逆流更顶风。想找个问话的却连炊烟也不见，赶路的人呵只好在水边就餐。唉！咱毕竟当官免征战，如今怎敢埋怨行路难？

【研析】

仇注对此诗之串讲很好，先读一读："首记峡中势险而气寒。云门乍转，却逢绝岸，积阻之处，又霾天寒，此所谓势多端也。单衣仲冬，冲寒而度峡，旅人之困如此……末叹峡行之艰苦。寻烟傍水，皆荒山阒寂之象。路难犹胜荷殳，此自解语，实自伤语。"仇注所谓"路难犹胜荷殳，此自解语，实自伤语"，虽然有一定的道理，但如陈贻焮所指出："仍应看到此老自身难保尚能念及戍卒之苦的一片好心。"

再者,诗人过寒峡恰逢仲冬之交,于是便有对其"峡"之"寒"的深刻体会。"我实衣裳单"一句,吴瞻泰云:"一'实'字,哀诉如闻。'听猿实下三声泪',亦妙在'实'字。"就其内在的意义讲,这"实"就是实际的体验,决非泛泛。所以末句虽然与《自京赴奉先县咏怀五百字》"生常免租税,名不隶征伐"意同,但一月映万川,同一思想在不同的情景中自有其不可取代的个性,仍能感人至深。

法镜寺（五古）

【题解】

乾元二年(759)在秦州往同谷途中作。聂大受主编《诗圣陇右行吟》称:"法镜寺在甘肃西和县石堡村,是座颇具规模的石窟寺,约创建于北朝初期。原址在村中三佛崖前,南、北两崖共有三十一座石窟,现存雕像十三尊。寺庙因被洪水冲毁,后迁至寺庙背后的五台山上。原址还有雕像遗存。"

身危适他州,勉强终劳苦。
神伤山行深,愁破崖寺古。
婵娟碧鲜净,萧摵寒箨聚[1]。
回回山根水,冉冉松上雨[2]。
泄云蒙清晨,初日翳复吐[3]。
朱甍半光炯,户牖粲可数[4]。
拄策忘前期,出萝已亭午[5]。
冥冥子规叫,微径不复取[6]。

【注释】

〔1〕　婵娟二句：二句写竹：竹子入冬犹碧绿婀娜，而竹笋脱落的壳则已枯黄。婵娟，形容形态美好。萧摵，草木黄落貌。箨，竹笋外壳。

〔2〕　回回二句：回回，迂回貌。冉冉，柔弱貌。

〔3〕　泄云二句：二句写阴转晴的天气。泄云，犹出云。翳，遮掩。

〔4〕　朱甍二句：二句写阳光下寺内建筑的景色。甍，屋脊。炯，明亮。牖，窗。粲，鲜明。

〔5〕　拄策二句：拄策，拄杖。前期，前面要赶的路程。萝，藤萝。亭午，正午。

〔6〕　冥冥二句：冥冥，高远貌。子规，即杜鹃鸟，啼声凄苦，又名催归。此鸟多在春天啼叫，仲冬似不闻。此处应是作比兴式的气氛渲染。下句言要赶路所以不敢再走小路搜奇观胜。

【语译】

因为感到处境危险，所以我迁往其他州府。虽不情愿，也得任劳忍苦。跋涉深山正无精打采，忽见古寺破愁鼓舞。篁竹娟娟碧绿又鲜净，冬笋纷纷脱壳满地枯。山脚流水蜿蜒曲，松针雨珠垂楚楚。天边泄出的云雾遮清晨，初升的朝阳云中吐。屋脊向日半边红，窗户畅开明可数。拄杖缓步忘旅程，穿过藤萝才知已正午。远处杜鹃催归长短啼，莫恋小径通幽快赶路。

【研析】

《杜臆》评曰："山行而神伤，寺古而愁破。极穷苦中一见胜地，不顾程期，不取捷径，是此老胸中无宿物，于境遇外，别有一副心肠，搜冥而构奇也。"在大自然中修复自己的心灵创伤，正是杜甫健全人性的体现。中国人讲"天人合一"，其实是一种"人的自然化"。所谓"胸中无宿物"，就是跳出逆境，暂时舍去利害关系，投身大自然，"以物观物"，"于境遇外"安顿心灵，汲取力量，获得再生。这也是老杜屡蹶屡起、永不言败的一个奥秘。

青阳峡（五古）

【题解】

乾元二年(759)在秦州往同谷途中作。青阳峡，即青羊峡，以峭壁有石穴似青羊得名，在今甘肃西和东南五十里。

塞外苦厌山，南行道弥恶。
冈峦相经亘[1]，云水气参错。
林迥硖角来[2]，天窄壁面削。
溪西五里石，奋怒向我落[3]。
仰看日车侧，俯恐坤轴弱[4]。
魑魅啸有风，霜霰浩漠漠[5]。
昨忆踰陇阪，高秋视吴岳[6]。
东笑莲华卑，北知崆峒薄[7]。
超然侔壮观，已谓殷寥廓[8]。
突兀犹趁人，及兹叹冥寞[9]。

【注释】

〔1〕 经亘：纵横。

〔2〕 林迥句：迥，一作“回”。硖，峡也。人在行走时有错觉：近的景物倒退，远者则似随我而行。此句写出这种感觉。

〔3〕 溪西二句：写石的危侧，倾斜欲落。《杜臆》：“‘林回硖角来’，‘石

(奋)怒向我落',一经公笔,顽石俱活。"

〔4〕　仰看二句:上句言山高忧日车碰撞而倾覆,下句言巨石沉重,怕地轴也承受不了。日车,古代神话云:日神乘坐六龙拉的车,由羲和驾御。侧,倾斜。坤轴,地轴。

〔5〕　魑魅二句:魑魅,山泽之鬼怪。霰,水气凝成的冰晶微粒。

〔6〕　昨忆二句:陇阪,即杜甫来秦州时翻越的陇山。吴岳,吴山,在今宝鸡市北,唐肃宗至德二载改称西岳。

〔7〕　东笑二句:莲华,指华山之莲花峰。卑,低小。崆峒,唐时有三崆峒,此或指吴岳北面原州之崆峒。薄,轻微单薄。

〔8〕　超然二句:侔,相等。殷,仇注:"上声,一作隐。"其义难通。《杜诗镜铨》注:"殷,当也。"又云:"殷寥廓,犹云其高极天。"则二句的意思是:吴岳超然众峰已极见壮观,以为已经顶天立地难寻其匹。

〔9〕　突兀二句:二句意为:到此忽见青阳峡之高峻突兀,遂疑是吴岳逐人而来,这才惊叹造化之冥寞难测。趁,追逐。冥寞,幽险难测。

【语译】

塞外已厌山太多,往南更是地形恶。冈峦地脉互纵横,云气水气相渗透。近处树林行渐退,远处峡角迎面迫。斧削崖壁直,顿觉天地仄。溪西五里皆危石,好似奋怒向我落。仰看日车忧倾覆,俯视地轴恐压折。山泽鬼怪啸成风,霜霰弥漫广蒙漠。忽忆当初越陇阪,秋清远眺见吴岳。东笑莲华峰卑小,北轻崆峒山单薄。吴岳超然已壮观,顶天立地远且阔。到此突兀见峡壁,疑是吴岳逐人始惊愕,乃叹造化冥寞不可测!

【研析】

杜诗总是在追求对事物描述的个性化、感觉化。此行同是写山写石,写峡写谷,一路写来却各具面目。这一首最大特点是:描写有很强的主观性,抓住此峡"隘而险"的特征,任想象驰骋,可谓是"神用象通"。不但"溪西五里石,奋怒向我落"直以主观取代客观,如王嗣奭所称:“一经公笔,顽石俱活”;而且后八句“视通万里”,借吴岳衬托青阳峡之突兀,“仰看日车侧,俯恐坤轴弱”、“东笑莲华卑,北知崆峒薄”云云,极尽夸张之能事,比肩李太白矣!老杜风格之多样化,不愧是“集大成”者也。《寒厅诗话》引俞犀月曰:“少陵五言古诗《发秦州》至《凤凰台》,《发同谷县》至《成都府》;各十二首,争奇竞秀,极沉郁顿挫之致。各首变化,绝无蹊径雷同,极得画家浓淡相间之法。”信非虚誉。

龙门镇（五古）

【题解】

乾元二年(759)在秦州往同谷途中作。龙门镇,由龙门寺而得名。乾隆六年《成县新志》云:“龙门镇,西和县西七十里。杜工部诗‘石门雪云隘,古镇峰峦集’即此,后改成府城集。”或云杜子美所云之龙门镇,为今西和县之坦途关,待考。

细泉兼轻冰[1],沮洳[2]栈道湿。
不辞辛苦行,迫此短景[3]急。
石门雪云隘[4],古镇峰峦集。
旌竿[5]暮惨淡,风水白刃涩[6]。
胡马屯成皋,防虞此何及[7]。
嗟尔远戍人,山寒夜中泣[8]。

【注释】

〔1〕 轻冰:薄冰。

〔2〕 沮洳：低洼泥泞之地。

〔3〕 短景：景，日光。短景指冬天日短。

〔4〕 石门句：谓龙门因雨雪而显得狭窄。石门，即龙门。龙门镇处高山间，形势如门。

〔5〕 旌竿：戍军之旗。

〔6〕 白刃涩：兵刃因风寒而显得钝涩。

〔7〕 胡马二句：成皋，地名，即今河南荥阳西北汜水镇。史载：乾元二年史思明攻占洛阳，据成皋。龙门镇远距成皋，故与防患叛军无涉，或讽部署不当，徒劳百姓而已。

〔8〕 嗟尔二句：萧涤非先生说："观'夜'字，杜甫是在龙门镇上住宿的，但他分明没有睡着。戍卒在哭泣，诗人在嗟叹。"

【语译】

细泉流呵杂薄冰，低洼泥泞栈道湿。不辞辛苦远迁徙，冬天日短赶路急。龙门雨雪显狭隘，古镇峰峦似凑集。军旗惨淡暮色里，风寒兵刃也钝涩。叛军已据成皋地，此镇戍兵鞭长也莫及！可叹尔等远戍人，山中夜寒潜哭泣。

【研析】

此诗较无特色，但仍体现杜甫一贯的仁者之心。《杜诗镜铨》引黄淳耀曰："时东京为思明所据，秦成间密迩关辅，故龙门有兵镇守。然旌竿惨淡，白刃钝涩，既无以壮我军容，况此地又与成皋远不相及，则亦徒劳吾民而已。"所言亦是。

石　龛（五古）

【题解】

乾元二年(759)在秦州往同谷途中作。石龛，犹石室，凿崖壁而成，内供仙佛，其时途中常有之，不必确指。

熊罴[1]咆我东，虎豹号我西。
我后鬼长啸，我前狨[2]又啼。
天寒昏无日，山远道路迷。
驱车石龛下，仲冬见虹霓。
伐竹者谁子？悲歌上云梯。
“为官采美箭，五岁供梁齐。”
苦云“直簳尽，无以充提携[3]。”
奈何渔阳骑，飒飒惊蒸黎[4]！

【注释】

〔1〕罴：熊的一种，体形较大。

〔2〕狨：猿类，尾作金色，俗称金线猴。

〔3〕为官四句：是伐竹者的答词。采美箭，准确地讲是采做美箭的细竹竿，以劲直者为美。梁齐，指河南、山东一带。其时唐与叛军作战多在此地区。苦云，极口称说。簳，一种适宜做箭的小竹。充提携，应征用。

〔4〕奈何二句：渔阳骑，安禄山所部皆渔阳突骑，此泛指叛军。飒飒，本风声，这里形容军声。蒸黎，老百姓。

【语译】

我的东边熊罴在咆哮,我的西面虎豹在低嚎。身后山鬼作长啸,身前狨猴又啼叫。天寒昏昏不见日,山重水复迷道路。驱车直抵石龛下,仲冬却见虹霓出。忽有悲歌上云梯,谁家子弟来伐竹?听他极言来申诉:"五年采竹应官征,齐梁打仗催箭速。可怜大地直簳尽,苦搜孑遗难充数。"无奈叛军仍嚣张,风声鹤唳百姓苦!

【研析】

这首诗是我们所熟悉的"三吏"、"三别"的风格,采用对话的形式叙事,反映民间疾苦。《杜臆》云:"起来数语,全是写其道途危苦颠沛之怀,非赋石龛也。即伐竹者亦以悲歌当泣。"是。值得一提的是此诗开头句式,仇注云:"魏武帝《苦寒行》:'熊罴对我蹲,虎豹夹路啼。'此句意所本。刘琨《扶风歌》:'麋鹿游我前,猿猴戏我侧。'此句法所本。《楚辞·九思》:'将升兮高山,上有兮猿猴;将入兮深谷,下有兮虺蛇。左见兮鸣鵙,右睹兮呼枭。'此东西前后叠句所本。"其实不必泥于出处,主要还是实地感受,杜甫只是善于汲纳众家之长为我所用耳。

积草岭（五古）

【题解】

乾元二年(759)在秦州往同谷途中作。仇注谓:"原注:同谷界。"则积草岭在同谷县界,具体地点待考。

连峰积长阴,白日递隐见[1]。
飕飕林响交,惨惨石状变。

山分积草岭,路异鸣水县[2]。
旅泊吾道穷[3],衰年岁时倦。
卜居尚百里,休驾投诸彦[4]。
邑有佳主人,情如已会面。
来书语绝妙,远客惊深眷[5]。
食蕨不愿余,茅茨眼中见[6]。

【注释】

〔1〕 连峰二句:谓众山连日阴天,太阳时隐时现。

〔2〕 山分二句:山分,仇注引蔡梦弼曰:“从此岭分路,东则同谷,西则鸣水。”路异,歧路。鸣水县,在今陕西略阳西。《旧唐书·地理志》:“鸣水县属兴州,本汉沮县地,隋为鸣水县。”

〔3〕 吾道穷:与《秦州杂诗》“万方声一概,吾道竟何之”、《空囊》“世人共卤莽,吾道属艰难”、《发秦州》“大哉乾坤内,吾道长悠悠”同一意思,是该时期杜甫对自己的抱负未能实现而常发的慨叹。

〔4〕 卜居二句:卜居,《楚辞》有《卜居》篇,旧传为屈原所作,后人用指择地而居。此指目的地同谷县。休驾,暂时的休息。彦,士的美称,此指所要投靠的士子。

〔5〕 深眷:眷顾;器重。

〔6〕 食蕨二句:蕨,蕨薇,一种野菜。《史记·伯夷列传》:“伯夷、叔齐隐于首阳山,采薇而食。”不愿余,左思《咏史》诗云:“饮河期满腹,贵足不愿余。”茅茨,此指茅屋。

【语译】

连峰屯云久阴天,白日昏昏时隐现。林风飕飕作交响,石色惨淡石形变。积草岭分东西道,歧路是往鸣水县。旅居秦州无出路,年老岁暮更厌倦。此去卜居同谷尚百里,投靠诸贤暂休息。县里幸有好主人,神交如晤似知己。来信句句都妙极,远客深受眷顾担不起。对此虽吃野菜心亦足，安居的茅屋仿佛在眼里。

【研析】

“邑有佳主人”的“佳主人”是谁？“诸彦”又是谁？旧注多以为“佳主人”指同谷县宰，“诸彦”则指投宿之家（或云即《乾元中寓居同谷县作歌七首》中之“山中儒生”）。然而“邑有佳主人”并非“邑之佳主人”，断言此人必是县宰，无据。从后来杜甫一家子在同谷衣食无着，男呻女吟，几皆馁死的惨状看，如果“佳主人”真是县宰，有权有势的他要帮助解决点问题并不是件难事，而竟既邀之又弃之，实属不必要，也太不合情理。看来这位主人只是当地一名有点地位的士绅而已。故施可斋《读杜诗说》质之曰：“而此所谓佳主人者，竟不一顾，想是狡情薄分一流，慕公之名而寄书，假为语妙，以尽世情，初不料公信它，竟挈妻子舍秦州而来也。”社会上的确有这种人：话说得十足热情，一旦你真的信了，需要他来“热情”一下，他便“瞻之在前，忽焉在后”，飘然而去了。话说回来，“来书语绝妙，远客惊深眷”，信里似乎只是极口称许老杜，乃至让“远客”受宠若惊，似乎并没说到要邀他来此卜居。“初不料公信它，竟挈妻子舍秦州而来也。”可斋的推理是颇到位的。虽然“佳主人”现已不可考，但杜甫当时的窘境倒是于斯可见。《秦州杂诗二十首》劈面便道：“满目悲生事，因人作远游。”所“因”何人？事实证明他并没有明确可“因”之人。那么一大家子，连亲侄儿杜佐也承受不了，何况这回的“佳主人”尚未谋面。杜甫西行的主因是“关辅饥”，是“唐尧真自圣”，并非有人预约他到秦州来。这回也一样，是“身危适他州”，有没有“佳主人”他都要走，走一步算一步。此后去蜀、离夔、下湘，都是如此。目标既定，勇往直前，不计后果。这就是杜甫，不可以常人度之。

泥功山（五古）

【题解】

乾元二年(759)在同谷作。泥功山,在今甘肃成县西北四十里。《成县新志》:"泥功山,县西北三十里,上有古刹,峰峦突兀,高插云霄。"《杜诗镜铨》云:"记地之作,朴老如古乐府。"

朝行青泥上,暮在青泥中。
泥泞非一时,版筑劳人功[1]。
不畏道途永,乃将汩没同[2]。
白马为铁骊[3],小儿成老翁。
哀猿透却坠,死鹿力所穷[4]。
寄语北来人,后来莫匆匆。

【注释】

〔1〕 版筑句:版筑,此指土木营造之事。因道路泥泞,故须人用木版夹土夯实。

〔2〕 不畏二句:道途永,远也。乃将,犹只怕。汩没,埋没。

〔3〕 铁骊:黑马。

〔4〕 哀猿二句:承"汩没",写猿、鹿陷泥浆中之惨况。透,跳出泥浆。坠,指猿猴跳出泥浆却又坠落回去。

【语译】

早上在黑泥巴中跋涉,傍晚了还跋涉在黑泥巴中。道路泥泞已非一日，常要夹版夯实费人功。怕的不是路途远，只怕深陷便与活埋同！白马溅泥成黑马，小孩溅泥成老翁。猿猴哀叫着跳出泥浆又坠回，山鹿挣扎到死力已穷。北方来客听我言：要过此山莫匆匆。

【研析】

《杜臆》："古云：成州有八景楼，泥功山与凤凰台居其二。公诗止言其泞，不言其胜，何也？"《緄斋诗谈》恰好回答了这个问题："发秦州诸诗，道路之苦皆客情，莫作写景看。"以"客情"为主，有时甚至不怎么写景（如《石龛》并不赋石龛），这是杜甫山水诗与二谢、王维山水诗之间最明显的区别，也是我们看这组山水诗应有的视角。

凤凰台（五古）

【题解】

乾元二年（759）冬在同谷作。台在同谷县（今甘肃成县）东南七里飞龙峡口的凤凰山。山腰有高台，传说汉时有凤凰栖息其上。此诗主旨，卢元昌说是为肃宗惑于张良娣，残害诸子而作，附会史实，未免将杜甫怀抱囚于一家一姓。浦注："是诗想入非非，要只是凤台本地风光，亦只是老杜平生血性，不惜此身颠沛，但期国运中兴，刳心沥血，兴会淋漓。"《十八家诗钞》也引张廉卿云："孤怀伟抱，忽尔喷溢，成此奇境。"这首诗的确是大文章！诚如萧先生《杜甫研究》所指出："一部杜诗，便是杜甫'我能剖心血……一洗苍生忧'的实践。"

亭亭凤凰台，北对西康州[1]。
西伯今寂寞，凤声亦悠悠[2]。

山峻路绝踪,石林气高浮[3]。
安得万丈梯,为君上上头?
恐有无母雏,饥寒日啾啾[4]。
我能剖心出,饮啄慰孤[5]愁。
心以当竹实,炯然忘外求[6]。
血以当醴泉,岂徒比清流[7]?
所重王者瑞,敢辞微命休?
坐看彩翮长,举意八极周[8]。
自天衔瑞图,飞下十二楼[9]。
图以奉至尊,凤以垂鸿猷[10]。
再光中兴业,一洗苍生忧。
深衷正为此,群盗何淹留[11]?

【注释】

〔1〕　亭亭二句:亭亭,耸立貌。西康州,即同谷县,今甘肃成县。

〔2〕　西伯二句:西伯,周文王。传说文王时凤鸣岐山。寂寞,谓死去。亦悠悠,也听不见了。浦注:"西伯二句为一篇命脉。兹台非岐山鸣处,公特因台名想到凤声,因凤声想到西伯,先将注想太平之意,于此逗出。"

〔3〕　山峻二句:原注:"山峻,人不至高顶。"陈贻焮云:"这注很有意思,可帮助我们理解是什么触发了老杜的诗思……勾引起君门九重、忠悃无由上达的慨叹。"石林,笔者目睹凤凰台山麓至山顶,有成片石笋状的石峰林立。

〔4〕　恐有二句:啾啾,鸟鸣声。汉乐府《陇西行》:"凤凰鸣啾啾,一母将九刍。"恐有二字,领起下文,全是想象之辞。

〔5〕　孤:指无母雏。

〔6〕　心以二句:竹实,即竹米。《庄子·秋水》:"夫鹓雏(凤凰类)……

非练实不食，非醴泉不饮。”传说凤凰非竹实不食，今以心为竹实，故不必寻求于外。忘，一作“无”。

〔7〕 血以二句：醴泉，甘泉。传说凤凰非醴泉不饮。岂徒比，意为心血胜过醴泉。清流，此指醴泉。

〔8〕 坐看二句：坐看，犹行看或立见，意谓不久。彩翮，彩色的羽翼。举意，犹言放怀。八极周，周游八方。

〔9〕 自天二句：瑞图，《春秋元命苞》：“黄帝游玄扈、洛水之上……凤皇衔图置帝前。”十二楼，传说昆仑山有玉楼十二，为仙人所居。

〔10〕 垂鸿猷：垂盛德于后世。

〔11〕 深衷二句：我之甘剖心血，深意实在为国为民。群盗，指安史余孽。何淹留，怪群盗久未灭。末句讽刺当时诸将。《杜臆》：“篇末两句可汰。”的确，这两句的内容已包含在“再光中兴业，一洗苍生忧”之中，可删去以免重复，且以“再光”一联收住更大气。

【语译】

凤凰台呵高高耸立，北面正对着西康州。周文王早已没人提起，凤凰也遥遥离去声悠悠。高台险峻无道路，石峰如林岚气浮。哪能找到万丈梯，让我直达最上头？台上怕有无母小凤雏，饥寒交迫整天叫啾啾。我愿剖心血，以供饮啄慰凤愁。我心且以充竹米，朗然何必外寻求？我血也可代醴泉，又岂醴泉所能俦？若为王国护祥瑞，怎敢辞避此命休！愿见凤凰展彩翼，放飞八方任周游。从天衔下祥瑞图，来从昆仑十二楼。瑞图献皇帝，凤之盛德垂千秋。再广我唐中兴业，一洗天下苍生忧。深意就在为国与为民，安史余孽何故尚残留？

【研析】

我们在前选《秦州杂诗二十首》的【研析】中已指出：“陇右诗是杜甫对‘安史之乱’以来现实进行深刻反思之起始，此后杜诗最多反思之作。”其反思的一个重点是：国乱尚武，文治乃废。国乱尚武本无可厚非,问题是尚武而弃儒术不用,“诗书遂墙壁,奴仆且旌旄”(《避地》),于是文治既废,道德沦丧,群小趁机“攀龙附凤势莫当,天下尽化为侯王”(《洗兵马》),乱上添乱。杜甫客秦州以后,对这个问题作了深刻的反思:“万方声一概,吾道竟何之!”(《秦州杂诗》之四)“此邦今尚武,何处且依仁?”(《寄张十二山人彪三十韵》)杜甫认为大乱更需要文治相辅,使百姓安定下来才是根本大计。关于这一点,《秦州见敕目薛璩毕曜迁官》诗中有明确的表述:

上将盈边鄙,元勋溢鼎铭。仰思调玉烛,谁定握青萍?

“盈”、“溢”不无讽刺意味。盖遍地上将元勋,何以烽火未停?仇注云:“欲调玉烛,青萍谁属?言当专任李郭,以致太平。”所注未达一间。《尔雅·释天》:“四时调和谓之玉烛。”调和阴阳是宰相、诸文臣的职责,则“调玉烛”与“握青萍”并列,文武当并用也。后来在梓州所作《有感五首》强化了这一主张:“莫取金汤固,长令宇宙新。不过行俭德,盗贼本王臣!”《送陵州路使君赴任》又云:“战伐乾坤破,疮痍府库贫。众僚宜洁白,万役但平均!”这些就是“调玉烛”的具体内容。老杜思考的结果是:只有让百姓安定,支持朝廷,才能平息战乱。其“思朝廷”的出发点仍是“忧黎元”,而燮理阴阳的“儒术”才是治乱的根本。杜甫在秦州所作的这一重要反思,集中反映在《凤凰台》这首诗中。浦起龙说得对:“西伯二句为一篇命脉。兹台非岐山鸣处,公特因台名想到凤声,因凤声想到西伯,先将注想太平之意,于此逗出。”杜甫写凤凰,是为了引出周文王。周文王,是儒家行“王道”(即礼治文化)的象征性人物。《论语·子罕》:“子曰:‘文王既没,文不在兹乎?’”孔子以周文王之后的文化载体自许,杜甫则以“奉儒”自许。剜心沥血护持凤凰,也就是护持儒学,护持文治思想,护持天下太平,护持自己的理想。然而,从“凤凰台”联想到“凤鸣岐山”,周室中兴,这还不算奇特。奇特的是:他想象中的凤凰并非给人们马上带来祥瑞与太平的凤凰,而是一只嗷嗷待哺的小鸟:“恐有无母雏,饥寒日啾啾。”要让它带来祥瑞首先必须养活它,哺育它。杜甫不是坐等太平天赐,而是要以心血亲自哺育出太平:“我能剖心出,饮啄慰孤愁。心以当竹实,炯然忘外求。血以当醴泉,岂徒比清流?所重王者瑞,敢辞微命休?”这不就是鲁迅所说的“我以我血荐轩辕”吗?不就是《离骚》所云“长太息以掩涕兮,哀民生之多艰……亦余心之所善兮,虽九死其犹未悔”吗?在凤雏的意象中,无疑凝结着中华民族精英的文化基因。它与前期所作《奉赠韦左丞丈二十二韵》中“致君尧舜上,再使风俗淳”的理想是相承的,不过重心已从“致君”移向“致太平”,“再光中兴业”不再是仅为一家一姓,而是为百姓“一洗苍生忧”。他开始把希望更多地寄托在士子百姓一边,“炯然忘外求”,而不是把希望只押在“致君”上。

杜甫是认真的。他居然“计划外”地在凤凰台下临时找了个村子住下,成为陈贻焮《杜甫评传》所说的凤雏的“供养人”。他实践了“血以当醴泉”的誓言,在困顿中写下令人刻骨铭心的“同谷七歌”便是最好的说明。它与入蜀后的名篇《茅屋为秋风所破歌》遥相呼应。直至诗人逝世前一年,在漂泊途中,诗人又写下《朱凤行》,再次坚申其誓言:“愿分竹实及蝼蚁,尽使鸱枭相怒号!”

读《凤凰台》,我心有戚戚焉。

乾元中寓居同谷县作歌七首（七古）

【题解】

乾元二年(759)农历十一月在同谷作。同谷,成州同谷县,即今甘肃成县。杜甫在离开同谷入蜀路上所作《木皮岭》云:“首路栗亭西,尚想凤凰村。"此"凤凰村",当在万丈潭北之凤凰台下,是老杜在同谷之最后寓居地,"同谷七歌"即作于此。由于《积草岭》中述及的"佳主人"并未接待,生计无着,杜甫一家几陷绝境,遂长歌当哭,写下这组呼天抢地的七古长句。《读杜心解》称此组诗:"亦是乐府遗音,兼取《九歌》、《四愁》、《十八拍》诸调,而变化出之,遂成杜氏创体。"

其　一

有客有客字子美[1],白头乱发垂过耳。
岁拾橡栗随狙公[2],天寒日暮山谷里。
中原无书归不得,手脚冻皴[3]皮肉死。
呜呼一歌兮歌已哀,悲风为我从天来!

【章旨】

这是杜甫一生中最苦的一段时日,像这七首所写的,真是到了"惨绝人寰"的境地。首章自述形容衰飒,呼出"哀"、"悲"二字,以下诸歌不多言悲哀而声声悲哀矣。在结构上,七首相同,首二句点出主题,中四句叙事,末二句感叹。

【注释】

〔1〕 有客句:有客,杜甫是寓居,故自称有客。子美,杜甫的字。

〔2〕 岁拾句:岁,此指岁暮。橡栗,即橡子,荒年可充饥。狙,猕猴。狙公,养猴人。

〔3〕 皴:皮肤因受冻而坼裂。

【语译】

过客过客字子美,白发散乱漫耳垂。岁暮且随狙公拾橡子,天寒日落还在山谷里。手脚冻裂皮肉死，家乡音讯断绝不得归。呜呼开口一唱声哀哀，悲风飒飒为我从天来！

其 二

长镵[1]长镵白木柄，我生托子[2]以为命！
黄独[3]无苗山雪盛，短衣数挽不掩胫。
此时与子空归来，男呻女吟四壁静[4]。
呜呼二歌兮歌始放，闾里为我色惆怅！

【章旨】

第二首写雪中掘黄独无所获，家小饥寒卧病，苦况贴身入骨。

【注释】

〔1〕 镵：锄铲一类的农具。

〔2〕 子：此称呼长镵。因要靠此镵掘黄独为生，性命交关，所以叫得亲切。

〔3〕 黄独：薯蓣科植物。蔡梦弼注："黄独俗谓之土芋，根惟一颗而色黄，故谓之黄独。饥岁土人掘食以充粮食。江西谓之土卵。"

〔4〕 男呻句：静，《读杜心解》云："呻吟则盈耳嘈嘈矣，却下一'静'字，愈妙。"因为这个"静"字只是心理上的死寂，并非物理上的无声，犹"鸟鸣山更幽"，是以实托虚。萧先生注："空室之中，除单调的呻吟声外，别无所有，别无所闻。愈呻吟，就愈觉得静悄悄的。"叶嘉莹也说："'呻吟'不也是声音吗？可他为什么说'四壁静'？是除了饥饿的呻吟外没有一个人说一句话——既没有话说，也没有力气说话了。"

【语译】

长铲长铲白木的柄，这回全仗你救命！雪大黄独无踪影，短衣再拉也遮不到胫。扛着长铲空手回,忽听四壁唯有男呻女吟心似灰！呜呼再唱放悲声,邻居为我惆怅也动情。

其　三

有弟有弟在远方,三人[1]各瘦何人强?
生别辗转[2]不相见,胡尘暗天道路长。
东飞驾鹅后鹙鸧[3],安得送我置汝旁!
呜呼三歌兮歌三发,汝归何处收兄骨?

【章旨】

第三首写思念远方的弟弟,天各一方,音信杳茫,情真意切。

【注释】

〔1〕 三人:杜甫有四弟:颖、观、丰、占。赵次公注:"此谓三弟者,颖、丰、观也。一弟占,随子美。"

〔2〕 辗转:到处流转。

〔3〕 东飞句:驾鹅,野鹅,似雁而大。鹙,即秃鹙。鸧,鹤类,毛苍色。

【语译】

有弟有弟在远方,三个弟弟都瘦没有一个强。各自流浪难一见,只为相隔路远叛军正嚣张。东飞的驾鹅呀后随的鹙与鸧,真想乘上它们飞到你们身旁。呜呼悲歌第三唱,诸弟归时兄骨知是葬何乡?

其　四

有妹有妹在钟离[1],良人早殁诸孤痴[2]。
长淮浪高蛟龙怒[3],十年不见来何时?

扁舟欲往箭满眼，杳杳南国多旌旗[4]。
呜呼四歌兮歌四奏，林猿为我啼清昼！

【章旨】

第四首写怀念寡居的妹妹。此诗与思弟不同，连及诸孤，更切女子形态，悱恻如闻哀弦。

【注释】

〔1〕 钟离：今安徽凤阳。

〔2〕 良人句：良人，丈夫。杜甫有妹嫁韦氏，丧夫寡居。诸孤痴，几个孤儿都还稚小无知。

〔3〕 长淮句：钟离在淮水南。蛟龙怒，形容水路艰险。

〔4〕 扁舟二句：极言兵乱。箭满眼，形容战事剧烈。浦起龙云："'满眼'上箭著一'箭'字，隽绝。"杳杳，深远貌。南国，犹南方，指江汉一带。

【语译】

有妹呀有妹在钟离，夫君早丧留下无知几孤儿。淮水流长蛟龙恶，十年未见见何时？欲乘扁舟前往箭乱飞，遥远的南方到处晃军旗。呜呼悲歌起兮第四唱，林中哀猿为我白昼啼。

其 五

四山多风溪水急，寒雨飒飒枯树湿。
黄蒿古城[1]云不开，白狐跳梁[2]黄狐立。
我生何为在穷谷？中夜[3]起坐万感集！
呜呼五歌兮歌正长，魂招不来归故乡[4]！

【章旨】

第五首仍写同谷而忽然变调,写得山昏水恶,雨寒狐立,魂惊欲散,以此表现万感交集之意绪。

【注释】

〔1〕 黄蒿古城:蔡梦弼云:"同谷,汉属武都郡,唐天宝元年更名同谷,其城皆生黄蒿,故云古城。"

〔2〕 跳梁:犹跳跃。

〔3〕 中夜:半夜。

〔4〕 魂招句:仇注:"招魂句有两说:《杜臆》谓:魂离形体,不能招来,使之同归故乡。此顺解也;胡夏客谓:身在他乡而魂归故乡,反若招之不来者。此倒句也。依后说,翻古出新,语尤奇警。"

【语译】

四面山风奔湍急,冻雨淋透枯树湿。云埋古城生黄蒿,白狐窜来黄狐立。命运为何抛我在穷谷?夜半起坐万感竞纠集!呜呼长歌当哭第五唱,魂返故乡不附体!

其　六

南有龙兮在山湫〔1〕,古木巃嵸枝相樛〔2〕。
木叶黄落龙正蛰,蝮蛇东来水上游。
我行怪此安敢出,拔剑欲斩且复休〔3〕。
呜呼六歌兮歌思迟,溪壑为我回春姿〔4〕!

【章旨】

第六首因潜龙蝮蛇起兴,慨叹时事,并表达对太平的渴望。

【注释】

〔1〕 山湫：此指同谷万丈潭，《方舆胜览》载："万丈潭在同谷县……相传有龙自潭飞出。"

〔2〕 古木句：巃嵸，高峻貌。樛，枝桠纠结貌。

〔3〕 木叶四句：蛰，藏伏，一般指爬虫类的冬眠。蝮蛇，一种响尾蛇科的毒蛇。这句是说冬天蛇也应冬眠不出，而今蝮蛇竟敢出游于龙湫，未免可怪。此四句应有所指，历来众说纷纭，莫衷一是。《读杜心解》注云："'龙在山湫'，君当厄运也。'枝樛'、'龙蛰'，干戈森扰也。'蝮蛇东来'，史孽（史思明叛军）寇逼也。'我安敢出'，所以远避也。'欲斩且休'，力不能殄也。"录供参考。

〔4〕 呜呼二句：迟，舒缓。回春姿，大地回春，此谓渴望太平。

【语译】

南边有潭潭有龙，古木高耸枝交攻。黄叶纷落龙冬蛰，竟有蝮蛇东来游水中。我行见此怪异不敢出，拔剑欲斩力难从。呜呼六唱声舒缓，大地为我回春风！

其　七

男儿生不成名身已老，三年饥走荒山道[1]。
长安卿相多少年，富贵应须致身早[2]。
山中儒生旧相识，但话宿昔伤怀抱。
呜呼七歌兮悄终曲，仰视皇天白日速[3]！

【章旨】

第七首与首章相呼应，对社会不公充满愤激。《杜臆》："歌声既穷，而日晚暮矣。"

【注释】

〔1〕 三年句：从至德二载(757)至乾元二年(759)，为三年。其间诗人投凤翔、贬华州、逾陇阪、徙同谷，历尽苦难。

〔2〕 长安二句：肃宗朝李辅国等排斥老臣，多援新进，杜甫对此是有意见的。《行次昭陵》称太宗时“朝廷半老儒”，后来在《为阆州王使君进论巴蜀安危表》中也主张“在近择亲贤，加以醇厚明哲之老为之师傅，则万无覆败之迹”云云。故此二句与《秋兴八首》“同学少年多不贱，五陵衣马自轻肥”同含讥刺。

〔3〕 仰视句：白日速，光阴快速地流逝。仇注云：“首尾两章，俱结到‘天’，盖穷则呼天之意耳。”

【语译】

男儿功业未就身已老，三年饥肠辘辘奔走荒山道。君看长安新进卿相多年少，富贵自当取及早。深山旧识亦儒生，话说当年尽潦倒。呜呼七唱已是声气尽，日暮途穷仰天啸！

【研析】

此七歌顿挫淋漓，历来评价甚高。《唐诗品汇》引李荐《师友记闻》云：“太白《远别离》、《蜀道难》，与子美《寓居同谷七歌》，《风》、《骚》之极致，不在屈原之下也。”文天祥则于国亡家破之际，仿杜此作，堪称国殇。仇注附有文天祥之仿作，今依例也引为附录，以见影响。

当然，也会有异议。鉴赏力颇高的宋道学家朱熹，对此七歌可谓有褒有贬。其《跋杜工部同谷七歌》云：“杜陵此歌，豪宕奇崛，诗流少及之者。顾其卒章叹老嗟卑，则志亦陋矣，人可以不闻道哉！”末章是不是有“叹老嗟卑”？有。问题是杜甫这首诗的“叹老嗟卑”是否“志亦陋矣”？同为宋人的张戒，也认为子美有“长安卿相多少年”之羡，也有自伤，但他认为：“读者遗其言而求其所以言，三复玩味,则子美之情见矣。”(《岁寒堂诗话》)是的,诗就是要反复涵泳,“而求其所以言”。“老”与“卑”是主题词,也是杜甫当时的实际情况。老,包括衰病,包括《发秦州》所谓“我衰更懒拙,生事不自谋”。卑,不但指没官当,地位低,还包括“没话语权”,面对错事、不平事也无可奈何,“拔剑欲斩且复休”是也。所以“男儿生不成名身已老”不能孤立地看,要与“三年饥走荒山道”合看,与“长安卿相多少年,富贵应须致身早。山中儒生旧相识,但话宿昔伤怀抱”合看,与前六首合看,乃至与前半部杜诗一片看。这样求其所以言,就可能别有会心。如“山中”二句的“儒生”,浦起龙谓杜甫晚年《长沙送李十一衔》云“与子避地西康州”,西康州即同谷,李衔即此诗“旧相识”的儒生。是也。不过这里的儒生或不止李衔一人,此“儒生”与上联的“少年卿相”是相对应的,当与杜甫天宝年间在长安所作《奉赠韦左丞丈二十二韵》“纨袴不饿死,儒冠多误身”有关联。在长安以儒术求仕不成,是个普遍性问题,应是杜与儒生“话宿昔”的内容,也是“叹老嗟卑”的主因。回头再读“长安卿相”二句,就不难意识到此二句与《秋兴八首》“同学少年多不贱,五陵衣马自轻肥”同含讥刺。其志何陋之有?清人施鸿保《读杜诗说》驳朱子曰:“今按朱子此说,盖以君子居易行法言也;然人诚如杜陵之才之学,许身稷契,欲置君于唐虞,而使之终老不遇,既卑且贫,至于饥寒流落,白首无依,如此七章所述,则感慨亦自不免……朱子特未遭此境耳。”“居易行法言”便是“站着说话不腰疼”,虽高明如朱子也难免。隔岸观火还发议论,足为迂论者戒。

【附录】

同谷歌体　文天祥(仿杜甫作)

有妻有妻出糟糠,自少结发不下堂。乱离中道逢虎狼,凤飞翩翩失其凰。将雏一二去何方,岂料国破家亦亡。不忍舍君罗襦裳,天长地久终茫茫,牛女夜夜遥相望。呜呼一歌兮歌正长,悲风北来起彷徨。

有妹有妹家流离,良人去后携诸儿。北风吹沙塞草凄,穷猿惨淡将安归?去年哭母南海湄,三男一女同歔欷。惟汝不在割我肌,汝家零落母不知,母知岂有瞑目时。呜呼再歌兮歌孔悲,鹡鸰在原我何为。

有女有女婉清扬,大者学帖临钟王,小者读字声琅琅。朔风吹衣白日黄,一双白璧委道旁。雁儿啄啄秋无粱,随母北首谁人将?呜呼三歌兮歌愈伤,非为儿女泪淋浪。

有子有子风骨殊,释氏抱送徐卿雏,四月八日摩尼珠。榴花犀钱落绣襦,兰汤百沸香似酥,欻随飞电飘泥涂。汝兄十三骑鲸鱼,汝今知在三岁无。呜呼四歌兮歌以吁,灯前老我明月孤。

有妾有妾今何如?大者手将玉蟾蜍,次者亲抱汗血驹。晨妆靓服临西湖,英英雁落飘璚琚,风花飞坠鸟呜呼,金茎沆瀣浮污渠。天摧地裂龙凤殂,美人尘土何代无。呜呼五歌兮歌郁纡,为尔逆风立斯须。

我生我生何不辰?孤根不识桃李春。天寒日短重愁人,北风随我铁马尘。初怜骨肉钟奇祸,而今骨肉相怜我。当在北兮婴我怀,我死谁当收我骸?人生百年何丑好,黄粱得丧俱草草。呜呼六歌兮勿复道,出门一笑天地老。

万丈潭（五古）

【题解】

题下原注:“同谷县作。”即乾元二年(759)冬在同谷作。万丈潭,在今成县东南七里的飞龙峡内,古称万丈潭,传说有龙自潭出,今称龙潭。《杜诗镜铨》引杨德周曰:“刻画之中,元气浑沦;窈冥之内,光怪迸发。”

青溪合冥寞,神物有显晦[1]。
龙依积水蟠,窟压万丈内[2]。
局步凌垠堮,侧身下烟霭[3]。
前临洪涛宽,却立苍石大[4]。
山色一径尽,崖绝两壁对。
削成根虚无,倒影垂淡瀩[5]。
黑如湾澴[6]底,清见光炯碎[7]。
孤云到来深,飞鸟不在外。
高萝成帷幄,寒木垒旌旆[8]。
远川曲通流,嵌窦潜泄濑[9]。
造幽[10]无人境,发兴自我辈。
告归遗恨多,将老斯游最[11]。
闭藏修鳞[12]蛰,出入巨石碍。
何事炎天过,快意风雨会[13]。

【注释】

〔1〕 青溪二句:青溪,即东河,至此飞流成瀑入潭中。冥寞,幽深貌。神物,指龙。显晦,时隐时现。

〔2〕 龙依二句:积水,指深渊。《荀子·劝学》:“积水成渊,蛟龙生焉。”蟠,盘曲貌。压,上承“积水”,言龙窟被压进厚重的积水下。开头四句以神龙渲染一种神秘感,故王嗣奭称其“有大力量”。

〔3〕 局步二句:局步,促步;局促的小步。垠堮,崖端;山顶。侧身,身子

倾侧下俯。烟霭，岚气。

〔4〕 前临二句：云下山后前临入潭之急流，只好后退到大石边站立，极言山脚潭边窄狭无立足之地。洪涛，王嗣奭谓指嘉陵江，恐非是。却，后退。

〔5〕 削成二句：上句谓山陡如削，而山脚因烟霭遮盖似悬于虚空。淡灏，水光荡漾。

〔6〕 澴：旋流。

〔7〕 光炯碎：波光粼粼。

〔8〕 高萝二句：上句言藤萝交织如屋形大帐，下句言寒风中摇曳的树木如竖起的旗帜。帷幄，屋形大帐。垒，立。康协《终南行》："枫丹杉碧，垒旌立旆。"

〔9〕 嵌窦句：此句谓石缝嵌着洞穴，水从此暗中泄出。窦，洞穴。濑，石上急流。

〔10〕 造幽：犹探幽。造，前往。

〔11〕 告归二句：告归，指弃官华州。斯游最，这一次游兴最高。

〔12〕 修鳞：此指长龙。

〔13〕 何事二句：过，此指重游。下句设想炎天龙腾，作风云际会。

【语译】

东河汇入深潭里，神龙一见岂容易！积水成渊龙蟠屈，龙窟压在万丈底。促步惴惴上崖端，倾身下山穿岚气。前临无地洪流宽又急，退倚巨石苍然侧足立。山险小路断，两岸对绝壁。山如削成悬空虚，倒插崒影漾波诡。水色碧黑旋涡深，粼粼波光清且碎。潭中孤云来如沉，飞鸟落影滞不去。岸边藤萝成幔帐，寒风动树竖摇旗。远处河道曲相通，石根洞穴暗流逸。探幽访胜无人境，发兴先登我辈力。自从弃官恨事多，将老唯有此游最惬意。遗憾蛰龙冬藏闭，巨石障阻自悒悒。何当炎暑得重游，快哉眼见此龙劈石腾飞挟风雨！

【研析】

到过万丈潭然后读此诗的人，都要惊叹杜甫非凡的想象力。不过杜之神思毕竟与李白有别，他是句句扣紧实地奇景，却又句句匪夷所思。蒋弱六云："字句章法，一一神奇。发秦州后诗，此首尤见搏虎全力。"这就是说，杜甫的天马行空是与功力相关的，如皎然《诗式·取境》所说："夫不入虎穴，焉得虎子？取境之时，须至难、至险，始见奇句。成篇之后，观其气貌，有似等闲，不思而得。"杜甫此诗是开中唐后风气的。陈贻焮先生讲得好："诗人将叙述和抒情、现实和想象、山川神异传说和社会政治感叹，一一巧妙地结合起来，并层次分明而又浑然一体地完成了这一佳什的创作。我国山水诗开山祖谢灵运之作，写景、说理往往断为二橛，了不相关。相形之下，这诗在艺术表现上无疑已达到了大气磅礴、运传自如、出神入化的境界了。"（《杜甫评传》中卷）

发同谷县（五古）

【题解】

题下原注："乾元二年十二月一日自陇右赴剑南纪行。"赴剑南，指赴成都。唐时成都属剑南道。这组赴蜀的纪行诗十二首，《杜诗话》称："大山水诗须有大气概，方能俯仰八方，吐纳千古。少陵《发同谷县》十二首较《秦州》诗更为刻划精诣。"

贤有不黔突，圣有不暖席[1]。
况我饥愚人，焉能尚安宅[2]？
始来兹山中，休驾[3]喜地僻。
奈何迫物累，一岁四行役[4]！
忡忡去绝境，杳杳更远适。

停骖龙潭云,回首虎崖石[5]。
临岐别数子,握手泪再滴。
交情无旧深[6],穷老多惨戚。
平生懒拙意,偶值栖遁迹[7]。
去住与愿违,仰惭林间翮[8]。

【注释】

〔1〕 贤有二句:谓圣贤也不能安居。班固《答宾戏》云:“孔席不暖,墨突不黔。”贤指墨翟,圣指孔丘。黔,黑。突,烟囱。不黔突,言墨子在家,连烟囱都来不及熏黑就又匆匆离去。席,指座席。不暖席,言孔子连座席都未坐暖就走了。

〔2〕 安宅:安居。

〔3〕 休驾:暂住。

〔4〕 奈何二句:物累,指衣食之累。下句指乾元二年诗人自洛阳回华州,又由华州来秦州,复由秦州至同谷,而今又赴成都,故云“四行役”。

〔5〕 虎崖石:俗称子美崖,在同谷县西。《成县新志》称虎崖在县南五里之仙人龛。

〔6〕 交情句:萧先生注:“杜甫和同谷的人们原是萍水相逢的新交,但他们的情谊却如此深厚,所以说‘交情无旧深’,犹言交情不旧而深。是赞叹语,也是铭感语。”

〔7〕 偶值句:言偶尔遇到可隐居的地方。

〔8〕 去住二句:承上句,谓虽有机会隐居,却因衣食无着不得不离开,事与愿违,有愧林中自由来去的鸟儿。翮,羽翅,指代鸟。

【语译】

贤如墨翟不能安心吃顿饭,圣如孔子坐不暖席常奔走。何况穷愁潦倒愚似我,想要安居乐业怎能够!刚到此山中,爱它地僻愿作卜居谋。奈何吃饭成问题,可叹今年四迁徙。忧心忡忡离开与世隔绝地，前路茫茫拖儿带女又远去。停车踟蹰龙潭云，回眸难舍虎崖壁。岐路挥别相送人，握手无语泪再滴。交往虽新情如旧，穷老死别最惨戚！平生懒拙性，恰遇隐居邑。事与愿违难留此，仰头愧对林间鸟儿任鼓翼。

【研析】

杜甫在同谷，住了不超过一个月的时间，因为没饭吃，只好再次出发，直下蜀川。不过这次与发秦州时的情感有所不同，他对同谷还是留恋的。发秦州与发同谷县这两组诗，宋人林亦之《送蕲师》称之为："杜陵诗卷是图经。""图经"二字非常贴切。《苕溪渔隐丛话》引《少陵诗总目》云："两纪行诗，发秦州至凤凰台，发同谷县至成都府，合二十四首，皆以经行为先后，无复差舛。昔韩子苍尝论此诗笔力变化，当与太史公诸赞方驾。"的确，将纪行诗与山水诗合而为一，使数千里山川在人目中，是这两组诗最大的特色。其中成功的关键之一是善用组诗这一形式。莫砺锋如是说："蜀道山川，自古闻名遐迩。从张载的《剑阁铭》到李白的《蜀道难》，无数骚人墨客咏叹过它的险峻雄壮。但是那些作品往往未能展示它的全貌，因为它确实不是一篇诗文的篇幅所能包涵的。只有当杜甫找到了组诗这种方式，极大地扩展了诗的容量之后，才有可能对蜀道山川的全貌进行描绘……很难想象，除了这种组诗的方式之外，还有什么别的诗歌形式能够描摹出千里蜀道的全部雄姿。"是为不刊之论。

木皮岭（五古）

【题解】

乾元二年(759)冬作。木皮岭，今甘肃成县东南二十里，徽县栗川乡境内。《徽县志》:“木皮岭,西南三十里,一名柳树崖。”因山上遍布木兰花掌(又名辛夷树),其皮可入中药,故名。

首路栗亭西,尚想凤凰村[1]。
季冬携童稚,辛苦赴蜀门[2]。
南登木皮岭,艰险不易论。
汗流被我体,祁寒为之暄[3]。
远岫争辅佐,千岩自崩奔[4]。
始知五岳外,别有他山尊。
仰干塞大明,俯入裂厚坤[5]。
再闻虎豹斗,屡局风水昏[6]。
高有废阁道[7],摧折如短辕。
下有冬青林,石上走长根。
西崖特秀发[8],焕若灵芝繁。
润聚金碧气,清无沙土痕。
忆观昆仑图,目击悬圃[9]存。
对此欲何适,默伤垂老魂。

【注释】

〔1〕 首路二句:首,向也。首路,路的取向,此言起程向栗亭之西。栗亭,唐时属同谷县,在今成县城东五十里,即今徽县栗川乡。今存有关杜甫的遗迹有:杜公祠、杜公钓台。凤凰村,今无考,陈贻焮认为当在凤凰台下万丈潭北,为杜甫寄寓处。

〔2〕 季冬二句:季冬,冬季的最后一个月,即农历十二月。蜀门,即剑门关。一说徽县西南七十里的虞关,地势险绝,史称蜀门,是入蜀之捷径。下文所选《水会渡》即在虞关下。

〔3〕　祁寒句：祁寒，严寒。暄，暖和。

〔4〕　远岫二句：形容木皮岭之高峻突兀，远山为它拱卫，众峰对之崩倒。

〔5〕　仰干二句：上句言山高蔽日。坤，地也。下句言山深植于大地，好似要撑裂它。干，犯也。一作"看"。大明，太阳。

〔6〕　屡局句：此句谓屡屡为风险而深感局促不安。局，局促。

〔7〕　阁道：栈道。

〔8〕　西崖句：西崖，《徽县志》："地坝山，西南六十里，突兀高峰，云烟万迭，是为西南屏障。杜甫诗'西崖特秀发'是也。"秀发，秀美焕发。

〔9〕　悬圃：即玄圃。《神仙传》："昆仑一名玄圃。"

【语译】

起程且向栗亭西，心里惦念凤凰村。寒冬腊月携儿女，辛苦赶路赴剑门。南登木皮岭，艰险非所闻。汗流浃我背，严寒竟热身。远山争拱卫，连峰势如崩。才知五岳外，还有他山亦称尊。仰看遮天又蔽日，俯视插地厚土分。常听虎豹斗，屡对疾风飞湍欲眩昏。高处废栈道，败如短辕尚残存。下有冬青树成林，石上蜿蜒伸长根。西边崖壁最亮丽，似有丛生灵芝秀彩自氤氲。其温润也似聚金碧气，其清空也朗朗自绝尘。忆昔曾观昆仑图，今则目击仙山真。对此不忍去，伤心垂老羁旅欲断魂！

【研析】

此诗可以说是上一首诗"去住与愿违"情感的深化、具体化。明代的江盈科曾称赞杜诗是"春蚕结茧，随物肖形"，妙极！杜甫的写实并非摄影式的酷似，也不是大写意山水式的所谓"神似"，而是"春蚕结茧"式的"随物肖形"。他是把自创的带着浓郁情感的意象，蚕茧也似地附着在客观的描写对象上，处于似与不似之间。木皮岭哲理味之崇高，西崖带仙气之秀丽，是从诗人不愿离去而又不得不离去的眼中看出,所谓"兴象"是也。我们不但在读画,也在读心。

白沙渡（五古）

【题解】

乾元二年(759)冬作。此白沙渡非剑州之白沙渡,乃位于今甘肃徽县西南四十里之小河厂附近。《徽县志》:"白水江,西南五十里。自下店子西,两川合流,经木皮岭、地坝诸山左麓,绕出大河堡,又折东南,流达白水峡曰白水江。又迂回而东十五里,乃与嘉陵江合而南流。"据聂大受主编《诗圣陇右行吟》称:白水江"上游山脉多花岗岩、石英岩,分化颗粒流入峡谷,故而形成了杜甫诗中所说'水清石礧礧,沙白滩漫漫'的特有景观"。其地果然风景如画。

畏途随长江,渡口下绝岸。
差池上舟楫,杳窕入云汉[1]。
天寒荒野外,日暮中流半。
我马向北嘶,山猿饮相唤。
水清石礧礧[2],沙白滩漫漫。
迥然洗愁辛,多病一疏散[3]。
高壁抵嵚崟[4],洪涛越凌乱[5]。
临风独回首,揽辔复三叹[6]。

【注释】

〔1〕 差池二句:差池,先后不齐。杳窕,深远貌。云汉,天河。

〔2〕 礧礧：分明貌。礧，同“累”。汉乐府《艳歌行》：“水清石自见，石见何累累。”

〔3〕 迥然二句：迥然，远貌。此指忧愁远去。仇注：“对境爽心，故觉愁洗而病散。”

〔4〕 嵚崟：高峻貌。

〔5〕 凌乱：此状起伏的波涛。

〔6〕 临风二句：二句朱注云：“言水清沙白风景可娱，及已渡回首，见高壁洪涛之可畏，故为之三叹也。”揽辔，勒住马缰。

【语译】

可怕的征途呵沿着长江，到渡口呵要直下断岸。先后参差总算上了船，波浪起伏恍若送我上云端。身在荒野感天寒，日暮舟到江心晚。马儿北来向北嘶，山猿饮水相招唤。水清江底石分明，沙白滩平水漫漫。洗却愁苦心顿宽，疲病一时都消散。岸上高崖顶绝壁，江中洪涛逐波澜。临风勒马独回首，险山恶浪再三叹。

【研析】

《杜诗镜铨》引张上若云：“一渡分作三层写，法密心细。”分哪三层？没说。但从心理变化上我看大略可分两层：一是杜甫山路走怕了，视为畏途，所以上船便舒了一口气。于是虽然野旷天寒鼓棹中流，他还是饶有兴味地注意到一些风景的细节：马鸣猿啸，水清沙白。于是一路的忧愁与一身疲病，顿时烟消云散。二是上了岸回头看洪涛峭岸，又不免有些害怕，且瞻望前程，“畏途”依然，自然要临风三叹了。这就再次印证了杜甫山水纪行诗是“心画”的特征。

水会渡（五古）

【题解】

乾元二年(759)冬作。水会渡,位于徽县西南七十里虞关下之嘉陵江边。上一首写的是白天的渡口,这一首写的则是夜里的渡口,皆惨淡经营,各具个性。

山行有常程[1],中夜尚未安。
微月[2]没已久,崖倾路何难。
大江[3]动我前,汹若溟渤[4]宽。
篙师[5]暗理楫,歌笑轻波澜。
霜浓木石滑,风急手足寒。
入舟已千忧,陟巘仍万盘[6]。
回眺积水外,始知众星干[7]。
远游令人瘦,衰疾惭加餐[8]。

【注释】

〔1〕山行句:荒山中赶路,野旷人稀,往往要考虑到何时何地投宿的问题,不可随意行止,故曰:"有常程。"

〔2〕微月:新月。

〔3〕大江:此指嘉陵江。

〔4〕溟渤:指大海。

〔5〕篙师:船老大;船夫。

〔6〕陟巘句:陟巘,登山。万盘,旧注咸以为指山路千回万转;但古人认

为杜诗“字字不闲”，如果“万盘”是指山路，则与上下文无干系，显得突兀扞格，“仍”字也无着落。细观上下文，“仍”者，当从上句“已”字来，则谓上船之千忧并未散去，登山时仍然是惊恐万端盘于胸中，故有下联“回眺”云云。其意脉深藏连贯如此。

〔7〕　回眺二句：仇注：“水外星干，岸上回视也。曹孟德《碣石观海》诗：‘星汉粲烂，若出其里。’此俯视水中之星；杜诗：‘回眺积水外，始知众星干。’此仰观水外之星。又陆放翁诗：‘水浸一天星’，与‘水外众星干’参看更明。”

〔8〕　惭加餐：本应努力加餐饭，却因衰病未能，故曰“惭”。

【语译】

山中路程有计算，任是半夜不得安。新月早西沉，崖壁倾斜真难攀。大江晃！眼前忽现海般宽。船夫暗里行舟惯，长歌自在笑波澜。霜浓上岸石阶滑，风急更觉手足寒。下船时已千种忧，登山之后恐惧仍在胸中万回旋。回头眺望浪拍天，始嗔众星何以干？远行辛苦令人瘦，惭愧衰病难加餐。

【研析】

《文心雕龙·物色》云：“写气图貌，既随物以宛转；属采附声，亦与心而徘徊。”虽然这是一个双向建构的过程，但力度并非总是均衡。杜甫此诗兴象之创构，其特点恰好就在于同化强于顺化，“与心徘徊”的力度要大于“随物宛转”。他是自内观外，通过内心看世界，物皆着我之颜色焉。画面被心理化。“大江动我前”，《唐诗归》钟惺云：“动字灵警。”深夜江面模糊，只能感觉到其汹动。何江不动？此“动”字主要是写出此时此刻“我”最特殊的感觉。“回眺积水外，始知众星干。”历来评论多以为下此“干”字险。众星如何有干湿？但经历了“入舟已千忧”的惊险之后，有此奇特的感受是可以理解的：当时以为一切都浸在波涛中，而今抵岸回看，乃嗔怪何以众星没在急流轰浪中被打湿，其惝恍之情如画。故《唐诗归》钟惺曰:“险，想却真。”此“真”者，心理上之真也，非众星之真也。对杜甫的“写实”，我们是不是应当有一个全新的理解?

飞仙阁（五古）

【题解】

乾元二年(759)冬作。在今陕西略阳东三十里飞仙岭上。《重修广元县志稿》称:“飞仙岭二里许，有阁巍然，三面绝壁，俯临关门，有飞起之势，所谓飞仙阁也。”此地崇山峻岭，阁道遗址至今犹存。《唐诗归》钟惺曰:“极细画手。”此诗的确如一幅工笔山水。

土门山行窄，微径缘秋毫〔1〕。
栈云阑干峻，梯石结构牢〔2〕。
万壑欹疏林，积阴带奔涛〔3〕。
寒日外淡泊，长风中怒号〔4〕。
歇鞍在地底，始觉所历高。
往来杂坐卧，人马同疲劳〔5〕。
浮生有定分〔6〕，饥饱岂可逃?
叹息谓妻子，我何随汝曹〔7〕?

【注释】

〔1〕 土门二句:此言山路缘山而上，一似秋毫之细，既见路之仄，又见山之巨。土门，未详。或泛指以土垒门者。秋毫，鸟兽秋天新长之细毛。

〔2〕　栈云二句：仇注："高栈连云，外设阑干，垒石成梯，坚于结构，言阁之险而固也。"

〔3〕　万壑二句：上句谓山中沟谷纵横，而林树斜倚之。积阴，山岚阴气。《读杜心解》："奔涛，即疏林之欹势。身度林壑之上，俯瞰阴林摆动，如涛奔也。"

〔4〕　寒日二句：淡泊，恬静貌。《读杜心解》："外淡泊，内阴而光在远也。中怒号，度狭而声愈猛也。"冬日于薄云中只显其轮廓，光线不强，故有"淡泊"之感；山谷中空，故长风怒号而出。

〔5〕　往来二句：仇注引王嗣奭云："解鞍坐卧，人马俱疲，盖险与远俱有之。"

〔6〕　浮生句：浮生，人生。《庄子·刻意》："其生若浮，其死若休。"定分，命定也。

〔7〕　叹息二句：杨伦注："言若非衣食计，亦何至来此地也。"其实此句当与《自京赴奉先县咏怀五百字》"谁能久不顾，庶往共饥渴"互参，联系上文"浮生有定分"，既是"命定"，与妻儿共甘苦自无怨悔意也。萧涤非先生认为此句是"出之以幽默诙谐"（详见下文所选《石柜阁》之【研析】）。读者思之自得。

【语译】

经过土门路变窄，细径缘山似秋毫。高栈连云阑干护，垒石为梯结构牢。疏落丛树斜倚壑，山岚如带林如涛。冬日淡光透轻云，山谷中空长风号。解鞍歇息在地底，仰视方觉过处高。随地错杂任坐卧，人呀马呀都疲劳。人生本是有定数，或饥或饱焉能逃？一声长叹对妻子，我与尔等共饥饱！

【研析】

学者或拈出"细"字言杜之诗艺，读此便知为读杜有得之言。起头两句连用"窄"、"微"、"秋毫"，给人"镂刻"的深刻印象。接着于高栈连云的远景中却又细笔描画出阑干、梯石，泼墨似的众壑纵横而又斜密地点出丛林。从用字造句到全局精心经营布置,无不在大背景下体现一个“细”字。“往来杂坐卧,人马同疲劳”二句,更是大幅山水图中所点缀之人物,顿使山水生色。然而这种“细”,绝无细碎之弊,恰好是以此细缈反衬出崇山巨壑,浑然而成磅礴之大气。仇注云:“蜀道山水奇绝,若作寻常登临览胜语,亦犹人耳,少陵搜奇抉奥,峭刻生新,各首自辟境界。”各首能各具面目,当得力于细心体物,使之各具细节耳。

五　盘(五古)

【题解】

乾元二年(759)冬作。五盘,五盘关在五盘岭上,川陕交界处,距今四川广元城北一百四十里。或曰栈道盘曲有五重,故名。

五盘虽云险,山色佳有余。
仰凌栈道细,俯映江木疏。
地僻无网罟,水清反多鱼。
好鸟不妄飞,野人半巢居[1]。
喜见淳朴俗,坦然心神舒。
东郊尚格斗,巨猾何时除[2]?
故乡有弟妹,流落随丘墟。
成都万事好,岂若归吾庐。

【注释】

〔1〕　地僻四句:写此地尚处于半原始状态,故无网罟而好鸟不惊,水清

本少鱼,但因无人捕捉乃反多鱼,当地人仍半巢居于树。网罟,捕鱼鸟的罗网。巢居,远古之人构木为巢而居。

〔2〕　东郊二句:东郊,此指东都洛阳。史载,乾元二年十月,史思明攻河阳。巨猾,罪大恶极者。此指史思明。

【语译】

五盘岭虽然险峻,景色却叫人着迷。凌峰仰上栈道细,俯江倒映树影疏。此地偏僻无网罟,所以水清反多鱼。美丽的鸟儿不惊飞,土人半数仍巢居。乐见风俗真淳朴,令人神情舒畅无忧虑。遥知洛阳犹苦战,元凶巨恶何时除?家乡流落存弟妹,如今何处依丘墟?成都即使万事好,怎如归去守吾庐!

【研析】

这首是写入蜀栈道所见。吴农祥云:"《飞仙》至《石柜》,皆写栈道之危:一壁山,一壁水,栈乃驾空而行者也。曰'栈云阑干峻,梯石结构牢',曰'仰凌栈道细,俯映江木疏',曰'危途中萦盘,仰望垂线缕',曰'石柜曾波上,临虚荡高壁';正看侧看,前瞻后顾,图画所不及。合太白《蜀道难》读之,则王阳三畏(峻坂)在目睫矣。"同中见异,是杜之好身手。

龙门阁（五古）

【题解】

乾元二年(759)冬作。龙门阁在利州绵谷县龙门山,即今四川广元东北。龙门山一名葱岭山,上有石穴如门,俗称龙门。

清江下龙门，绝壁无尺土[1]。
长风驾高浪，浩浩自太古。
危途中萦盘，仰望垂线缕[2]。
滑石欹谁凿，浮梁袅相拄[3]。
目眩陨杂花，头风吹过雨[4]。
百年[5]不敢料，一坠那得取。
饱闻经瞿塘，足见度大庾。
终身历艰险，恐惧从此数[6]。

【注释】

〔1〕 绝壁句：无尺土，言栈道悬空。《方舆胜览》："他阁道虽险，然山在腰亦微有径，可以增置阁道。惟此阁石壁斗立，虚凿石窍，架木其上，比他处极险。"

〔2〕 危途二句：萦盘，萦绕盘旋。垂线缕，形容阁道之细窄且长。

〔3〕 滑石二句：言谁人在滑溜的石壁之上斜凿洞窍架梁木，以支撑起浮桥般的悬空栈道。浮梁，本指浮桥，此指悬空之栈道。袅，上浮貌。拄，支撑。

〔4〕 目眩二句：形容见险使人头晕目眩，而有天花乱坠、满眼星雨之幻象。赵次公注："目之昏眩，如见杂花之陨；头或生风，如过雨之吹。皆言其地险绝而然也。"故有下文生命难料之忧。头风，一种头痛病。此处坐实"风"字，双关出"吹"来，是修辞上的曲喻。

〔5〕 百年：指人之生命。

〔6〕 饱闻四句：瞿塘，长江三峡之一，在今重庆奉节以东。大庾，大庾岭，在今江西西南面。二处皆险绝。徐仁甫《杜诗注解商榷》云："'饱闻'与'足见'互文，'见'犹'闻'也。"仇注引《杜臆》："瞿唐、大庾之险，未曾亲历，今涉此危途，则恐惧当从此数起也。上文目眩头风，正是恐惧之状。"然则杜甫举二地以言人生之路还有许多艰险在等着他，故末句乃云：此处只是恐惧之始耳。

【语译】

清江一气下龙门,石壁泥土半点无。长风驾浪似驱马,自古浩荡长奔驰。五盘可畏栈道旋,仰看垂天一线粗。平滑崖壁谁开凿?撑起栈道似桥浮。久视目眩天花坠,头晕星雨风乱舞。人之生死谁能料?失足万丈难寻骨。饱听舍命过瞿塘,人言大庾如谈虎。屈指平生所履险,亲历这回恐怖才算数!

【研析】

此诗捉住"惟此阁石壁斗立,虚凿石窍,架木其上,比他处极险"(《方舆胜览》)之特点,极写上仰云天,下俯激流,栈道晃如浮桥的险境,将自己头为之晕、目为之眩的体验传达给读者,使人有现场感。

石柜阁 (五古)

【题解】

乾元二年(759)冬作。石柜阁,在今四川广元城北十里。《重修广元县志稿》:"县北十里,千佛崖南首,石壁峭刻,秦汉架为栈。唐韦抗乃凿石成道,立阁如柜,因以为关。"

季冬日已长,山晚半天赤。
蜀道多早花,江间饶奇石。
石柜曾[1]波上,临虚荡高壁[2]。
清晖回群鸥,暝色带远客[3]。
羁栖负幽意,感叹向绝迹[4]。

信甘孱懦婴,不独冻馁迫[5]。
优游谢康乐,放浪陶彭泽。
吾衰未自由,谢尔性所适[6]。

【注释】

〔1〕 曾:同"层"。

〔2〕 临虚句:言临水故反光荡漾,映在高壁之上。

〔3〕 清晖二句:暝色,暮色。《杜臆》云:"风致奕奕动人。二句五平五仄作对,偶然得之亦奇。"

〔4〕 羁栖二句:谓羁旅之中过此如鸟之暂栖,辜负幽景,故对之感叹不已。

〔5〕 信甘二句:信,任凭;听任。甘,甘心;甘愿。婴,绕也。此指拖累。

〔6〕 优游四句:言我虽然羡慕陶、谢任性而适性的田园生活,但我衰病且甘于家小拖累,不得自由,实在是不如你们的潇洒啊!优游,闲暇自得貌。谢康乐,南朝诗人谢灵运,袭封康乐公,故称。放浪,放荡不羁。陶彭泽,东晋诗人陶渊明曾为彭泽县令,故称。谢,逊谢。

【语译】

十二月白昼已拉长,山中晚霞半天赤。蜀道冬温花开早,江上奇石多如积。石柜倒影落层波,波光动碧映高壁。沐浴清晖群鸥回,暮色引领远方客。疲于逆旅少栖息,可叹空对此幽僻——辜负寻幽意!甘于妻儿孱懦有拖累,非但冻馁交相逼。游荡不羁谢康乐,放浪形骸陶彭泽。适性而作愧不如,有心无力难展翼!

【研析】

"羁栖负幽意,感叹向绝迹。信甘孱懦婴,不独冻馁迫。"仇注:"羁栖绝迹,有负幽意,实以身弱,不能搜奇,非但迫于饥寒也。"他注多从之。不过从上下文看,"实以身弱"云云,似未稳妥,谨献疑如下:"信甘"句,谓甘心于被孱懦所拖累(见注〔5〕)。如果以"孱懦"

指杜甫自身的病弱，则“信甘”何解？故此“孱懦”当指家中弱者如妻儿等。如是，则二句言幽居不得，主要是甘受妻儿拖累，不只是迫于冻馁。此即下文所称“吾衰未自由，谢尔性所适”者也。性所适者，任性而行。我因甘婴家小之累，自然是“未自由”了，故不得任性而行。甘婴与任性是对立的，不可忽略。再者，当与《木皮岭》“季冬携童稚，辛苦赴蜀门”，《飞仙阁》“叹息谓妻子，我何随汝曹”，以及后来所作《谒真谛寺禅师》“未能割妻子，卜宅近前峰”同参，进而整体回顾杜甫一生，他最割舍不下妻儿，所以总是“庶往共饥渴”（《自京赴奉先县咏怀五百字》），“甘受杂乱聒”（《北征》），而无怨无悔。萧先生《杜甫研究》有一段话说得最透彻：“穷困潦倒中，诗人惟一的安慰，就是夫妻之爱和父子之爱，这在诗中我们常常可以看到。有时出之以幽默诙谐，如《飞仙阁》：‘叹息谓妻子，我何随汝曹？’有时出之以轻松愉快，如《进艇》：‘昼引老妻乘小艇，晴看稚子浴晴江。’……有时又出之以深沉哀婉，如《入宅》：‘只应与儿子，飘转任浮生。’”以大观小，则“信甘孱懦婴”当作如是解，诸君以为如何？

桔柏渡（五古）

【题解】

乾元二年（759）冬作。桔柏渡，又作吉柏渡，在今四川广元南八十里嘉陵江畔。时渡口架有竹索桥，诗即写此。

青冥[1]寒江渡，驾竹为长桥。
竿湿烟漠漠，江永[2]风萧萧。
连笮动嫋娜[3]，征衣飒飘飖。

急流鸨鹢[4]散,绝岸鼋鼍[5]骄。
西辕自兹异,东逝不可要[6]。
高通荆门路[7],阔会沧海潮。
孤光隐顾眄[8],游子怅寂寥。
无以洗心胸,前登但山椒[9]。

【注释】

〔1〕 青冥:幽远貌。

〔2〕 江永:江水源远流长。

〔3〕 连笮句:笮,竹索。《梁益记》:"笮桥,连竹为之,亦名绳桥。"嫋娜,也作"袅娜"。摇晃貌。

〔4〕 鸨鹢:水鸟名。鸨似雁而大,鹢善飞,羽苍白色。

〔5〕 鼋鼍:鼋,大鳖,俗名癞头鼋。鼍,鳄类,俗名猪婆龙。

〔6〕 西辕二句:言车朝西行,水往东流,不能相邀同行。西辕,车往西走。要,同"邀"。

〔7〕 高通句:高,指水位高。荆门,即荆门山,在湖北宜都西北之长江南岸,与北岸虎牙山对峙如门。如果杜甫从四川水路回乡,当经此门。

〔8〕 孤光句:言夜之微光中无所见。孤光,微光。

〔9〕 无以二句:谓过此桥则转入山路,不再有江水为伴可一洗胸中忧郁。山椒,山顶。谢灵运《从游京口北固应诏诗》云:"税銮登山椒。"

【语译】

茫茫淼淼的寒江渡口呵,架起竹子作长桥。水湿竹竿雾蒙蒙,江水长流风萧萧。竹索长绳袅袅动,江风飒飒衣飘飘。流急水鸟散,断岸鳄鳖骄。过此车向西,东流伴难邀。高浪通荆门,水阔汇海潮。夜里微光空顾眄,游子失伴怅寂寥。江水澄心惜不再,前途崎岖且登高。

【研析】

旅途中老杜对水是颇有好感的,《白沙渡》云:“水清石礧礧,沙白滩漫漫。迥然洗愁辛,多病一疏散。”几天沿嘉陵江下来,和江水更是结下不解之缘。然而写桥是为了写水,写水还是为了写情——东流水向荆门山,是回乡的路。浦起龙《读杜提纲》认为杜甫自离洛阳后总“望其扫除祸本,为还乡作计”、“口口只想出峡”、“口口只想北还”云云,不为无见。

剑　门(五古)

【题解】

乾元二年(759)冬作。剑门,嘉庆《一统志》:“大剑山在保宁府(府治在今四川阆中)剑州(今剑阁县)北二十五里,蜀所恃为外户。其山峭壁中断,两崖相嵚,如门之辟,如剑之植,故又名剑门山。”悬崖有栈道三十里,自古为关中入蜀必经之道。诗意在提醒朝廷,注意镇蜀人选,并减轻剥削,以防割据。与李白《蜀道难》“所守或非亲,化为狼与豺”同旨。陈式《杜意》:“此惊心剑门之作也。起八句极言剑门为天下之险……又想到英雄之并吞割据,起而凭险,万一有此,势必可进而不可出,归期永断。是此一时惊心剑门之情也。”

惟[1]天有设险,剑门天下壮。
连山抱西南,石角皆北向[2]。
两崖崇墉倚,刻画城郭状[3]。

一夫怒临关,百万未可傍[4]。
珠玉走中原,岷峨气凄怆[5]。
三皇五帝前,鸡犬各相放[6]。
后王尚柔远,职贡道已丧[7]。
至今英雄人[8],高视见霸王;
并吞与割据,极力不相让。
吾将罪真宰,意欲铲叠嶂[9]!
恐此复偶然[10],临风默惆怅。

【注释】

〔1〕 惟:发语词。

〔2〕 连山二句:言地势显然有利于地方割据。西南,指蜀地。北向,指向中原。

〔3〕 两崖二句:言两崖高耸如城墙,且纹理刻画如城郭状。崇墉,高大的城墙。

〔4〕 一夫二句:《岁寒堂诗话》:"余尝闻之王大卿俣曰:'一夫怒'乃可,若不怒,虽临关何益也?"甚是。与《潼关吏》"百万化为鱼"对读,便见下得此"怒"字好。

〔5〕 珠玉二句:以下十二句发议论。珠玉二句,上句言蜀地珠宝日输中原。《韩诗外传》:"夫珠出于江海,玉出于山,无足而至者,犹(由)主君好之也。"此"走"之义。下句言蜀民穷困,以致山川因失去精华而气色凄怆。言下之意,是劝皇帝不要诛求太甚,以免生乱激变。岷峨,岷山与峨眉山。

〔6〕 三皇二句:谓上古时代,四川未通中原,人们不分彼此,鸡犬乱放,相安无事。潘岳《西征赋》:"浑鸡犬而乱放,各识家而竟入。"此句寓有老子"邻国相望,鸡犬之声相闻,民各安其俗"(《史记·货殖列传序》)的意思。三皇,指燧人、伏羲、神农。五帝,指黄帝、颛顼、帝喾、尧、舜。

〔7〕　后王二句：后王，指夏、商、周及以后的帝王。柔远，对边远地区采取怀柔政策。这里其实是“无能”的委婉说法。职贡，诸侯向中央述职纳贡。

〔8〕　英雄人：此指地方割据者。

〔9〕　吾将二句：真宰，老天爷；造物主。罪真宰，谴责天公，因天公不该造此险要，有利于割据。叠嶂，即“抱西南”的群山。意欲铲之，因为它有利于割据。西晋张载《剑阁铭》：“一夫荷戟，万夫趑趄。形胜之地，非亲勿居。”

〔10〕　复偶然：重复发生（割据）。

【语译】

造化设下险阻，剑门最为雄壮。群山联袂抱西南，石角齐齐对北方。两崖高耸似城墙，纹理刻画城郭状。一个好汉怒把关，百万人马避锋芒。蜀中珠玉输中原，岷峨从此色凄凉。忆昔三皇五帝前，鸡犬相闻不相妨。后来帝王“怀柔”何堂皇，诸侯述职纳贡规矩丧。至今何人是英雄？高视阔步称霸王！你并我吞争割据，头破血流不相让。呵呵，我责天公设此险，恨不一气铲叠嶂！只恐前朝割据今又见，临风无语独惆怅。

【研析】

该诗在这组山水纪行诗中别树一帜——有大段的议论。然而此议论是与剑门之特殊地貌相应的。其妙处就在于：前八句对剑门形势之描绘不可或缺，它与后半首之议论如形影之关系，无此山之“形”则不能有此议论之“影”。诚如《岘佣说诗》所云：“《剑门》诗，议论雄阔。然惟剑门则可。盖其地古今厄塞，英雄所必争，故有此感慨。若寻常关隘，即作此大议论，反不称矣。此理不可不知。”

鹿头山（五古）

【题解】

乾元二年(759)冬作。鹿头山,在今四川德阳北三十里,临锦江,山有鹿头关,乃汉之绵竹关。《新唐书·高崇文传》:“鹿头山南距成都百五十里,扼二川之要。”是通往成都的最后一道屏障。

鹿头何亭亭,是日[1]慰饥渴。
连山西南断,俯见千里豁。
游子出京华,剑门不可越。
及兹阻险尽,始喜原野阔。
殊方昔三分,霸气曾间发[2]。
天下今一家,云端失双阙[3]。
悠然想扬马[4],继起名硉兀[5]。
有文令人伤,何处埋尔骨。
纡余脂膏地,惨淡豪侠窟[6]。
杖钺非老臣,宣风岂专达[7]?
冀公[8]柱石[9]姿,论道邦国活。
斯人[10]亦何幸,公镇逾岁月。

【注释】

〔1〕 是日:这一天。

〔2〕 殊方二句:殊方,远离中原的地方。此指蜀地。三分,即蜀、魏、吴

的三国时代。霸气,即上一首所谓“高视见霸王”,指割据者。间发,时有发生。

〔3〕 失双阙:双阙指代(割据者的)宫殿。失双阙,用指割据已平息。

〔4〕 扬马:扬雄、司马相如。皆蜀人。

〔5〕 继起句:言司马相如与扬雄相继成为杰出的文人。硉兀,突出。

〔6〕 纡余二句:纡余,辽远貌。脂膏地,富裕地区。惨淡,形容其不振。豪侠窟,豪富侠客聚居地。《华阳国志·蜀志》:“始皇克定六国,辄徙其豪侠于蜀,资我丰土。家有盐铜之利,户专山川之材,居给人足,以富相尚。”

〔7〕 杖钺二句:言蜀中非用老臣坐镇则不足以行教化。杖钺,统帅军队。天子遣大臣出师,假借黄钺以重其权威。

〔8〕 冀公:裴冕至德二载封冀国公,乾元二年六月拜成都尹,充剑南西川节度使。

〔9〕 柱石:国之柱石,是担当国家重任的人,恭维语。

〔10〕 斯人:指此地人,蜀人。

【语译】

鹿头山,立亭亭,今日才慰饥渴身。连绵群山至此断,俯瞰大地千里平。自从游子离京华,直至剑门逾嶙峋。到了这里险阻尽,才见原野开阔最喜人!往昔三国此偏僻,也曾霸气一时尊。天下如今大一统,王霸宫阙已不存。遥想扬雄与相如,先后高名谁比伦!口颂美文令人悲,于今何处寻君坟?这片福地仍是肥流油,这窟豪侠窝呵却已渐不振。上达民情宣风教,怎能不用杖钺旧大臣?须知裴冀公乃柱国姿,论道经邦能使天下春。裴公镇蜀亦多时,蜀人真幸运!

【研析】

历尽艰辛,终于看到成都平原。老杜舒了一口气,读者随着也舒一口气。他追思蜀国历史、蜀地先贤,拉杂写来,实在没有上一首的精彩。后面几句恭维话自然是不着边际,其实裴某是个平庸之辈,还巴结当权的宦官李辅国,总之历史评价不高。杜甫这回到成都,估摸也想投靠这个人,所以先说点好话。穷困中的老杜不能免俗,说项依刘,不应苛责。李长祥评此诗云:"自秦州至此,山川之奇险已尽,诗之奇险亦尽,乃发为和平之音,使读者至此,别一世界,情移于境,不可强也。"说得倒也还平实在理。

成都府（五古）

【题解】

乾元二年(759)冬十二月刚到成都时所作。从此杜甫便开始了他"漂泊西南天地间"的生活。

翳翳桑榆日[1],照我征衣裳。
我行山川异,忽在天一方。
但逢新人民,未卜见故乡。
大江东流去,游子日月长[2]。
曾城填华屋,季冬树木苍。
喧然名都会,吹箫间笙簧[3]。
信美无与适,侧身望川梁[4]。
鸟雀夜各归,中原杳茫茫。
初月出不高,众星尚争光。
自古有羁旅,我何苦哀伤!

【注释】

〔1〕 翳翳句：翳翳，朦胧貌。桑榆日，即夕阳。《太平御览·天部·日上》引《淮南子》："日西垂，景在树端，谓之桑榆。"

〔2〕 大江二句：是说此后游子生涯像长流的大江，还长着呢。大江，此指岷江。日月长，犹岁月长。

〔3〕 曾城四句：写大都市成都的繁华，在当时有"扬一益二"（益州即成都）的说法。曾城，犹重城。当时成都有大城、少城、州城三层，都建满华屋豪宅。季冬，腊月寒冬。间，夹杂着。

〔4〕 信美二句：寓无所依靠之意。信美，的确是美。适，往也；归也。无与适，没有可去的地方。王粲《登楼赋》："虽信美而非吾土兮，曾何足以少留。"川梁，指桥。

【语译】

落照树影正迷离，一抹余晖在旅衣。我行山川风景异，天涯远方忽在兹。只逢陌生人，故乡能否归？大江东去流日夜，游子如斯岁月移。三重城中豪宅满，腊月寒冬树青翠。名都市井如鼎沸，笙簧箫管夹杂吹。川流难渡尚有桥，美则美矣何所依？乌鹊入夜各归巢，故乡遥遥茫无绪。月牙出时尚低垂，众星兀自争光辉。自古难免有羁栖，我何苦来独伤悲！

【研析】

仇注引朱鹤龄曰："此诗语意，多本阮公《咏怀》。'翳翳桑榆日，照我征衣裳'，即阮之'灼灼西颓日，余光照我衣'也；'侧身望川梁'，即阮之'登高望九州'也；'乌雀夜各归，中原杳茫茫'，即阮之'飞鸟相随翔，旷野莽茫茫'也；'自古有羁旅，我何苦哀伤'，又翻阮之'羁旅无俦匹，俯仰怀哀伤'以自广也。'初月出不高，众星尚争光'，则本子建《赠徐幹》诗'圆景光未满，众星粲以繁。'公云：'熟精《文选》理。'于此益信。"字字有出处，句句有来头，是自宋以来注杜的老毛病。其实“熟精《文选》理”之“熟”,不是死记,而是通过熟能生巧,将古人的审美经验与创作经验内化了,遇到眼前景、心中事要表达,就能自然而然地用上。我们读杜甫这首诗,字字句句都指向杜甫当下自个儿的情志,与古人何干?至于用字、修辞、句式之类,相似性则有之,但也如盐入水,融入有机之整体矣!老杜至成都,艰苦的历程告一段落。新的苦难与辉煌在等着他。

卷　四

卜　居（七律）

【题解】

卜居，选择定居处。《楚辞》有《卜居》诗，题即源于此。杜甫于乾元二年（759）年底到成都，先是寄居成都西郊的草堂寺，次年上元元年（760）春，在友人资助下筑室于草堂寺外三里处的浣花溪畔，即著名的成都杜甫草堂，总算是有了个自己的家。自唐至今，草堂历代均有修葺、扩建，现为全国重点文物保护单位，为世人所共仰。

浣花流水水西头，主人为卜林塘幽。
已知出郭[1]少尘事，更有澄江销客愁。
无数蜻蜓齐上下，一双鸂鶒对沉浮[2]。
东行万里堪乘兴，须向山阴上小舟[3]。

【注释】

〔1〕郭：城的周边加筑的一道墙，即外城。

〔2〕无数二句：鸂鶒，水鸟名，又叫紫鸳鸯。齐上下，写蜻蜓之飞入神。对沉浮，写物情，更写出诗人与物俱适之情。

〔3〕东行二句：尾联化用二典故。万里，浣花溪东有万里桥。《华阳国

志》:蜀使费祎聘吴,孔明送之,祎叹曰:“万里之行,始于此矣。”草堂在万里桥西,故云。又,《世说新语》载,王子猷居山阴,雪夜乘舟访戴安道,造门而返。人问其故,曰:“吾本乘兴而行,兴尽而返,何必见戴?”黄生云:“因居近万里桥,故即所见以寓兴,堪可也。言有时乘兴便可东行万里,直上小舟而向山阴矣。”从中透露出杜甫虽居蜀而终将东游的素志。

【语译】

就在浣花溪水的西边上游,当地的主人为我选下林塘幽静的居处。那儿远离市井的尘嚣,更有澄澈的江水可以消除游子的乡愁。看那江面上有无数的蜻蜓齐上齐下,一对鸂鶒相伴着或沉或浮。从这里乘兴下船便可东行万里直抵吴越,在云蒸霞蔚美不胜收的山阴道上重游。

【研析】

可怜的老杜,经过“一年四行役”的折腾之后,终于找到一个歇脚处了。诗的前三句写出杜甫艰难备尝始得一安身之处的适意,末句又从万里桥生情,一泻万里,境界为之一宽。可叹的是,在生命最后这十一年(760—770),他始终没有实现重游吴越的愿望,而是漂泊西南天地间,天才大诗人贫病交加,最后死在洞庭湖一条船上。可这十一年却又为我们留下一千零七十二首诗,占现存杜诗百分之七十三强,极大地丰富了中国文学宝藏。

到成都后,杜诗翻开新的一页,叙情诗唱了主角。

蜀　相（七律）

【题解】

上元元年（760）春，杜甫居成都，游武侯祠时所作。蜀相，即三国时蜀汉刘备的丞相诸葛亮。《唐宋诗醇》云："此为谒祠之作，前半用笔甚淡，五、六写出孔明身份，七、八转折而下，当时后世，悲感并到，正意注重后半。"

丞相祠堂何处寻，锦官城外柏森森[1]。
映阶碧草自春色，隔叶黄鹂空好音[2]。
三顾频烦天下计，两朝开济老臣心[3]。
出师未捷身先死，长使英雄泪满襟[4]。

【注释】

〔1〕 丞相二句：丞相祠堂，即武侯祠，在成都南郊，晋人所建。现存殿宇为清代重建，并于刘备昭烈庙。锦官城，故址在成都市南，蜀汉时管理织锦之官驻此，后以锦官城称成都。《唐诗贯珠》："'森森'二字有精神。"

〔2〕 映阶二句：此联写祠内实景，但"自"、"空"二字有意味。旧注："介甫（王安石）云：'映阶、隔叶一联，非止咏孔明，而托意其中。'"《杜诗解》："碧草春色，黄鹂好音，入一'自'字、'空'字，便凄清之极。"春光花鸟依旧，而英雄已矣，寄托无限感怆之意。

〔3〕 三顾二句：三顾，诸葛亮《出师表》："三顾臣于草庐之中。"天下计，指《隆中对》所言之东连孙权、北抗曹操、西取刘璋的基本国策。两朝开济，指孔明佐刘备（先主）开基创业，又佐刘禅（后主）济美守

成。《唐诗别裁》:“檃括武侯生平,激昂痛快。”

〔4〕出师二句:上句指诸葛亮多次出师伐魏,病死军中,匡复汉室之志终未实现。杜甫身当乱世,报国无门,故于此有强烈的感应。《杜诗解》称:“当日有未了之事,在今日长留一未了之计,未了之心。”下联“长使”二字正写出这种历史的感应。如《宋史·宗泽传》载,抗金名将宗泽病危吟此联,三呼“过河”而薨。即诗人孤忿之深,其诗感染力之强可见。此诗押“侵”韵,笔者曾亲聆黄典诚教授以闽南方言吟诵,森、音、心、襟皆闭口音,更觉潜气内转,荡气回肠。

【语译】

武侯祠哟在何方?走出城来就在森森翠柏深处藏。阶前春草空自碧,叶底黄鹂好谁听?当初先主三顾茅庐问大计,开创蜀国两朝基业费尽老臣心!可怜匡复汉室壮志未酬身先死,长使千古英雄为之泪满襟。

【研析】

纪昀称此诗“前四句疏疏洒洒,后四句忽变沉郁”,正是这种现实空间向历史空间的转换,使诸葛孔明这一历史人物具有强烈的现实感。事实上杜诗的孔明意象,是其对皇帝为首的朝廷从期待到失望,再到新的期待、新的失望的循环过程中,逐渐调整自己理想使之更接近现实的产物。细读此诗,句句贴切蜀相而其意不专在蜀相事迹,而在乎孔明与刘备间的“君臣相得”。如果说李白的个性突出地体现了社会化的人对自然的回归,那么杜甫的个性则深刻地体现了人性内在的矛盾并力图解决之。萧涤非先生曾指出:“杜甫入蜀以后,思想上有一个很突出的变化,那就是他不再‘自比稷与契’,而向往于诸葛亮。”为什么?我想原因就在于杜甫在肃宗朝短暂的任职,使他痛感到朝廷的黑暗(尤其痛感于“唐尧真自圣”,我们在上一卷已多处讲到这个问题),“思朝廷”与“忧黎元”难以两全。在苦苦思索中,他捉住孔明这一历史意象,幻想有一个孔明与刘备之间那种“君臣相得”(其实这也只是个历史叙述中的虚构,且不深究它)的政治环境,得到“明君”充分的信任,放手济世。于是乎人格独立与得志行道,“思朝廷”与“忧黎元”在孔明这一意象中得到统一。当然这种“统一”只能是一种相互制约的张力。借用浦起龙的话讲:“晓此,后半部诗了了。”

王十五司马弟出郭相访兼遗营草堂赀（五律）

【题解】

此诗作于上元元年(760)春初营草堂时。司马,郡守的佐官,辅郡守治地方军政。王司马不知其名字,乃杜甫之表弟,排行十五。赀,通“资”,资金。杜甫营草堂靠众人资助,王十五为其中一人。

客里何迁次?江边正寂寥[1]。
肯来寻一老[2],愁破是今朝。
忧我营茅栋,携钱过野桥。
他乡惟表弟,还往莫辞遥。

【注释】

〔1〕客里二句:迁次,移居。何迁次,移向何处居住。杜甫初至成都,寓居城西浣花溪畔的草堂寺,《酬高使君相赠》乃云:“古寺僧牢落,空房客寓居。故人供禄米,邻舍与园蔬。”寄居寺庙终不是个办法,但又能移向何处去?他很想有一个自己的家,苦乏资金,是为“江边正寂寥”。恰好王司马送赀来,故有下文“愁破”云云。

〔2〕　一老：一个野老，杜甫自称。

【语译】

异乡客里无定居，江边无计正独愁。今朝忧愁忽打破，居然有人访老丑。携来银两过野桥，助我造屋为我谋。他乡亲人唯表弟，还望柴扉常来扣。

【研析】

以日常生活入诗，是杜甫入蜀后题材的一大变化，莫砺锋以“平凡事物的美学升华”概括成都草堂时期杜诗特点，是很准确的。如此诗所记，只不过是一笔“人情债”，但我们从中感受到的是一种人际间美好的温情。在“人情世界”的中国，人间情味本身就是美。

凭韦少府班觅松树子栽（七绝）

【题解】

这也是营草堂时所作诗。当时，诗人以诗为书信，向亲友乞得许多松、桃、竹之类的树种，种在草堂四周美化环境，此为其中一首。凭，请托。少府，唐人称县尉为少府。韦少府班，即涪江县尉韦班。

落落出群非榉柳[1]，青青不朽岂杨梅。
欲存老盖千年意，为觅霜根数寸栽[2]。

【注释】

〔1〕　落落句：落落，高耸貌。榉柳，落叶乔木。
〔2〕　欲存二句：老盖，指松的树冠。《酉阳杂俎》：“松千岁方质平偃

盖。”霜根，指松树栽，因松耐寒，故称。

【语译】

枝干挺拔但不是落叶的榉柳，青青不凋却又不是低矮的杨梅。我想要的是那千年树冠如华盖的苍松，特地向您要几棵几寸高而能经霜历雪的小松栽。

【研析】

仇注说：“不露一‘松’字，却句句切松。”从数寸的“霜根”联想到千年后的幢幢“老盖”；从孔子“岁寒然后知松柏之后凋”的比德，联想到诗人本人倔强崇高的人格，真所谓“课虚无以责有，叩寂寞而求音”（《文赋》），留给人以无限遐思。事实上杜甫本人对松的爱好的确有比德的意思，名联如“新松恨不高千尺，恶竹应须斩万竿”，爱憎分明。而后在梓州写下《寄题江外草堂》又满怀深情地提到这些小松树：“事迹无固必，幽贞愧双全。尚念四小松，蔓草易拘缠。霜骨不甚长，永为邻里怜。”回草堂后又马上写下《四松》诗：“会看根不拔，莫计枝凋伤。幽色幸秀发，疏柯亦昂藏……览物纹衰谢，及兹慰凄凉。清风为我起，洒面若微霜。足以送老姿，聊待偃盖张。我生无根带，配尔亦茫茫！”这已经脱离了比德，诚如《唐诗归》所说：“待此四松竟是一相厚老友。”情之所钟，我便是松，松便是我！霜根、霜骨，既为小松塑像，也为诗人自己塑像。

杜甫写绝句，是入蜀以后才多起来的。筹建草堂时，他以诗代笺向友人乞求各种东西，如《凭何十一少府邕觅桤木》、《从韦二明府续处觅绵竹》、《又于韦处乞大邑瓷碗》等。金启华《杜甫诗论丛》称其：“写来庄谐兼施，风趣盎然，诚所谓不减晋人杂帖。”良是。

堂　成（五律）

【题解】

堂成，草堂落成。或云在上元元年(760)暮春。闻一多《少陵先生年谱会笺》曾据杜诗考明草堂之规模、结构、方位等。大略说来，草堂规模约一亩，“亭台随高下，敞豁当晴川”，视野颇开阔。其方位则背城郭，在西郊碧鸡坊石笋街外，万里桥南，百花潭北，浣花溪西，北望西岭。又据《寄江外草堂》云：“经营上元始，断手宝应年。”上元元年(760)至宝应元年(762)，首尾三年。旧注多依黄鹤将此诗编在上元元年，初成粗就便急着写“堂成”诗(现在农村常有人家盖房子，才盖一半就搬进去住，往往要好久以后才全盖完)，对当时喜能立锥安宅的杜甫来说，是可能的。不过真正全部完工，还在宝应元年。何义门云：“此诗句句是初成语。”

背郭堂成荫白茅，缘江路熟俯青郊[1]。
桤林碍日吟风叶，笼竹和烟滴露梢[2]。
暂止飞乌将[3]数子，频来语燕定新巢。
旁人错比扬雄宅，懒惰无心作《解嘲》[4]。

【注释】

〔1〕背郭二句：背郭，负郭；背靠城郭。近郊也。荫，覆盖。白茅，一种茅草，又称丝茅草，花丝状，银白色。路熟，与“堂成”对举。熟，反复也，指经反复践踏，已出现一条路。青郊，东方的绿野。《读杜札记》：“草堂在西郭，故曰‘俯青郊’。小谢诗：‘结轸青郊路。’李善

注引《周礼》:‘东方谓之青。’”

〔2〕　桤林二句:桤,一种落叶乔木。碍日,指树荫蔽日。笼竹,又称慈竹、罗浮竹。

〔3〕　将:携也。

〔4〕　旁人二句:扬雄,东汉文豪,其故居“草玄堂”在成都。扬雄曾闭门著书,为人所嘲,遂作《解嘲》。杜甫草堂虽然亦在成都,但无心学扬雄作(解嘲),故曰“错比”,其中有甘于寂寥的意思。

【语译】

靠近城郭的白茅草堂已经落成,缘着浣花溪水早踏出一条路来通向东面的绿野。慈竹含烟高梢滴着垂珠露,遮天蔽日的桤树林舞弄着吟风叶。乌鹊带着几只雏鸟来暂栖,呢喃的燕子商量着定居在寒舍。旁人错把草堂比作扬雄居,我心自足哪会去写什么《解嘲》也。

【研析】

回想当初杜甫在陇右,求一立锥之地而不可得;如今得众人相助,或为选地,或赠果树,或送瓷碗,或资银两,草堂已初成,其乐可知。此亦其不作《解嘲》发牢骚的原因。其中“暂止飞乌将数子,频来语燕定新巢”二句尤其有意味。《闻鹤轩初盛唐近体读本》评曰:“写堂成不作正说,只将‘乌止’、‘燕来’借衬形容,更是径别。”没错,这是第一层意思;还有第二层意思,如《鹤林玉露》所云:“‘暂止飞乌将数子,频来语燕定新巢。’盖因乌飞燕语,而喜己之携雏卜居,其乐与之相似;此比也,亦兴也。”读罢,我们也真为有个寄身之屋的诗人高兴。

为　农（五律）

【题解】

此诗作于上元元年(760)初夏。

锦里烟尘外[1],江村八九家。
圆荷浮小叶,细麦落轻花。
卜宅从兹老,为农去国赊[2]。
远惭勾漏令,不得问丹砂[3]。

【注释】

〔1〕　锦里句:锦里,即指成都。成都号称“锦官城”,故曰锦里。烟尘,古人多用作战火的代名词。这时遍地干戈,唯成都尚无战事,故曰烟尘外。

〔2〕　去国赊:赊,远也。去国,指离开长安。杜甫始终不能忘怀国事,即此可见。

〔3〕　远惭二句:勾漏令,指晋葛洪。《晋书·葛洪传》载,洪年老欲炼丹以求长寿,闻交趾出丹砂,因求为勾漏令,帝以洪资高,不许。洪曰:非欲为荣,以有丹耳。帝从之。杜甫到边远地区是“为农”,并非有意求仙,所以说“惭”,隐含不得已之意。丹砂,即朱砂,古人用以炼丹。

【语译】

锦官城啊有幸远离战火,江村疏疏落落才八九家。荷塘浮着小小的圆叶,麦浪摇落那轻细的花儿。我终于找到一处归老的地方,在远离朝廷的异乡务农种庄稼。惭愧呵我不是自求勾漏令的葛洪，怎有那福分求仙炼丹砂。

【研析】

这首诗也可以算是田园诗，但与陶渊明、王摩诘（维）的手法有所差别。就像读者熟悉的说法：陶以心托物，其意象有很强的概括性，如写鸟，往往不辨何鸟，只是其意念的具象化，语言更是质朴无华而饱含意蕴。至如唐代田园诗高手王维，所描写之自然景物就细多了。试读其《春园即事》："宿雨乘轻屐，春寒著弊袍。开畦分白水，间柳发红桃。草际成棋局，林端举桔槔。还持鹿皮几，日暮隐蓬蒿。"分明是色彩鲜丽而线条清晰的一幅画。是的，王维田园诗创构的生活场景总是极力追摹自然生机活泼的细节，却又融入无机心、得自在的情感背景，在美的画面中呈露其自得的风神。杜甫此诗则话语的生活化与意蕴的丰富似陶，意象的画面化与细节的巧妙安排似王，颇得二家之长。然而少陵更注重景与情之互相感发："江村八九家"是与"锦里烟尘外"血脉相连的——因其远离战乱，所以"八九家"之小村子不觉其荒凉，但觉其祥和幽清。继之颈联观物之细，能从平常事物中感受其美，则又托出诗人平静自足的情绪。由此又引发出虽远离家乡也甘老于兹的感慨。而最后二句又拉回来露出毕竟不能、也不愿脱离现世间的真我，又与王维分道扬镳矣。颔联写景与整首诗关系是如此血肉一体，这也许正是杜甫田园诗写景物之特色。

宾　至（七律）

【题解】

上元元年（760）居成都时作。宾，宾客；贵客。从"再拜"、"车马”看,来的大概是位达官贵人。与下一首《客至》对读,待客之热情存在明显的温差。

幽栖地僻经过少,老病人扶再拜难。
岂有文章惊海内,漫劳车马驻江干[1]。
竟日淹留佳客坐,百年粗粝腐儒餐[2]。
不嫌野外无供给,乘兴还来看药栏[3]。

【注释】

〔1〕 江干:江边。

〔2〕 竟日二句:竟日,整天。淹留,久留。上句写无话可谈却又保持着礼貌的客气。百年,终生。粗粝,粗糙的食品。腐儒,迂腐无用的儒生,杜甫常用来自称,自嘲中寓牢骚。

〔3〕 不嫌二句:萧涤非先生注:“末二句也含不满之意。无供给,没有美酒佳肴来款待。药栏,花药之栏槛。看药栏,意即看花。一方面杜甫不欲以能文自居,另一方面这位客人也不是文章知己,所以只请他来看看花。”

【语译】

我栖之所太幽僻,客人很少经此地。老病要人扶,难于再拜真失礼。哪有文章惊海内,尊客所言太过誉,枉劳江边停车骑。佳客整日来坐对,勿怪寒士平生相待唯粗粝。所幸不嫌野外无供给,乘兴还请药栏看花卉。

【研析】

叶嘉莹教授认为此期杜甫七律的风格特点是“一种脱略疏放的意致”,此诗可为代表。该诗通篇宾主对叙,如仇注所云:“直叙情事而不及于景,此七律独创之体,不拘唐人成格矣。”就内容而言,叶教授分析道:“首句‘幽栖地僻’既本无意于宾之访,次句‘老病人扶’自亦无怪其礼之疏,而于此疏懒之致中,却偏偏用了‘经过’‘再拜’等谨严的客套字样,写得狂而不率,情致极佳。次联‘岂有文章惊海内,漫劳车马驻江干’二句,‘文章’与‘车马’及‘海内’与‘江干’之对句,用字颇端谨,而‘岂有’与‘漫劳’二字之口吻,则又极为疏放自然。‘文章’一句似谦退之语,而隐然亦可见文章之有声价,‘车马’一句似推敬之言,而隐然亦见车马之无足羡。至于颈联‘竟日淹留佳客坐,百年粗粝腐儒餐’以‘淹留’对‘粗粝’,字面便极脱略。佳客自无妨为竟日之留,而腐儒则唯有粗粝之供,一片疏放真率之情,写得极自然可喜。”(《杜甫〈秋兴八首〉集说·代序》)末句则如萧涤非先生所云:“一方面杜甫不欲以能文自居,另一方面这位客人也不是文章知己,所以只请他来看看花。”整首诗的确是有疏放脱略之特点。

客 至(七律)

【题解】

题下自注:“喜崔明府相遇〔过〕。”唐人称县令为“明府”。仇注引邵氏注:“公母崔氏。明府,其舅氏也。此是草堂既成后春景。黄鹤编在上元二年(761)。”

舍南舍北皆春水,但见群鸥日日来〔1〕。
花径不曾缘客扫,蓬门今始为君开〔2〕。
盘飧市远无兼味,樽酒家贫只旧醅〔3〕。
肯与邻翁相对饮?隔篱呼取尽余杯〔4〕。

【注释】

〔1〕 舍南二句:《唐诗摘钞》:“经时无客过,日日有鸥来。语中虽见寂寞,意内愈形高旷。前半见空谷足音之喜,后半见贫家真率之趣。”

〔2〕 花径二句:流水对。黄生云:“花径不曾缘客扫,今始缘君扫;蓬门不曾为客开,今始为君开。上下两意交互成对。”佳客不至今日至,一句到题,喜意溢乎纸上。

〔3〕 盘飧二句:飧,熟食。兼味,指两种以上的菜肴。醅,酒之未漉者。唐人好新酒,以旧醅待客,故示歉意。

〔4〕 肯与二句:肯,这里是征求的语气,意即:尊客(县令)您肯与田父野老同饮一杯吗?

【语译】

屋前屋后都漫着春水,只见群鸥天天飞来。平日无客任落花满径,柴门今天专为您开。远离市集抱歉盘中只是单样菜,家贫惭愧酒也只有味薄的旧醅。明府肯否与邻居野老同一乐,叫来隔着篱笆墙尽此杯?

【研析】

首联说地僻少客,但只写春水群鸥便显得高旷自得;颔联写迎客,有陶渊明“清晨闻叩门,倒裳往自开”之趣;颈联为招待不周致歉意,则见极力张罗;尾联用商量的口吻请贵客与村人同乐,更得真率之趣。全首流转如弹丸,《初白庵诗评》称:“自始至末,蝉联不断,七律至此,有掉臂游行之乐。”《闻鹤轩初盛唐近体读本》也说得是:“落句作致,在着‘隔篱呼取’字。”正是村野气象。

狂　夫（七律）

【题解】

此诗作于上元元年(760)夏。

万里桥西一草堂，百花潭水即沧浪[1]。
风含翠筱娟娟净，雨裛红蕖冉冉香[2]。
厚禄故人书断绝，恒饥稚子色凄凉[3]。
欲填沟壑唯疏放，自笑狂夫老更狂[4]。

【注释】

〔1〕 百花句：此句谓百花潭上之草堂便是我的归隐处也。百花潭，就是浣花溪。沧浪，《孟子·离娄》引孺子歌曰："沧浪之水清兮，可以濯我缨。"沧浪为水清貌。《楚辞·渔父》中渔父歌《沧浪歌》劝屈原归隐自全，后以"沧浪"指归隐处。

〔2〕 风含二句：筱，细竹枝。娟娟，美好貌。裛，沾湿。蕖，荷花。冉冉，渐至状。曹植《美女篇》："柔条纷冉冉。"《鹤林玉露》："上句风中有雨，下句雨中有风，谓之互体。"

〔3〕 厚禄二句：萧先生认为此联每句各有四层意。上句：既是故人，又做大官，却连信也没有，则新交可知；下句：饥而曰恒，乃及幼子，至于形于颜色，则全家可知。这些都是吃了狂放的亏。

〔4〕 欲填二句：填沟壑，指死亡。疏放，疏于礼节，放浪不拘检。杜甫以疏放对抗逆境，难怪《杜诗镜铨》要说："读末二句，见此老倔强犹昔！"

【语译】

万里桥西边一座小小的草堂,清清的百花潭呵就是我隐居的地方。风里雨里翠竹轻摆着明净的枝条,湿漉漉的红荷散出阵阵清香。高薪的大官熟人不再来信,老挨饿的小儿女们脸色怎能不凄凉?就是要饿死了我也依然不拘检,自己也觉得好笑呵狂夫到老更疏狂!

【研析】

欲填沟壑而竟有雅兴留连雨荷风竹,此老真铁骨"童"心。事实上少陵的幽默感往往就出现在艰难时刻,如前选《北征》:"海图坼波涛,旧绣移曲折","移时施朱铅,狼藉画眉阔"。《空囊》:"囊空恐羞涩,留得一钱看。"正是这种自我消解郁闷的机制使杜甫人性不为现实所扭曲,得以保持其健全;反过来,又以其健全使自己在现实的巨大压力下具担荷力。而此诗则更深刻地揭示其抗拒异化的深层结构——"真"与"狂"之弹力结构。子曰:"不得中行而与之,必也狂狷乎!狂者进取,狷者有所不为也。"(《论语·子路》)这是儒者在"道不行"情况下不得已的选择。在逆境中积极进取或消极抵抗总比不死不活的"乡愿"好!"狂"在特殊的历史环境中,是"士"捍卫个体尊严的一种武器。日本学者宇野直人曾统计过从《诗经》到鱼玄机的诗中出现的"狂"字的使用频率,其中李白现存997首出现27次,杜甫现存1450首出现26次(此首则直接以"狂夫"命题),可见"狂"对两位伟大诗人之重要性。老杜卓尔不群处就在乎他无论处逆处顺,一直是在人伦秩序中捍卫着个体人格之尊严,取嵇康、阮籍之狂狷而不流于诞,取陶潜质性自然而不避现实,以其真性情为"独化",担荷着生命之重。老杜之狂,苏东坡称之为"清狂",这就接触到"人的自然化"问题,即诗中自然景物与陶冶性情之关系。我们将在本卷所选《江畔独步寻花七绝句》之【研析】中另作详析。

又,仇注引杨升庵谓:"诗中叠字最难下,唯少陵用之独工。今按七律中,有用之句首者,如'娟娟戏蝶过闲幔,片片轻鸥下急湍','短短桃花临水岸,轻轻柳絮点人衣','青青竹笋迎船出,白白江鱼入馔来',是也。有用之句尾者,如'信宿渔人还泛泛,清秋燕子故飞飞','小院回廊春寂寂,浴凫飞鹭晚悠悠','客子入门月皎皎,谁家捣练风凄凄',是也。有用之上腰者,'宫草霏霏承委佩,炉烟细细驻游丝','江天漠漠鸟双去,风雨时时龙一吟','云石荧荧高叶晚,风江飒飒乱帆秋','山木苍苍落日曛,竹竿袅袅细泉分',是也。有用之下腰者,如'穿花蛱蝶深深见,点水蜻蜓款款飞','风含翠篠娟娟净,雨裛红蕖冉冉香','无边落木萧萧下,不尽长江滚滚来','碧窗宿雾蒙蒙湿,朱拱浮云细细轻',是也。声谐义恰,句句带仙灵之气,真不可及矣。"的确,用叠字摹声摹状是杜甫的绝活,因其逼真见意,能渲染气氛,所以往往下此两字则句、篇之精神皆出。

田　舍(五律)

【题解】

此诗作于上元元年(760)初夏居成都草堂时。

田舍[1]清江曲,柴门古道旁。
草深迷市井[2],地僻懒衣裳[3]。
榉柳枝枝弱,枇杷树树香[4]。
鸬鹚西日照,晒翅满鱼梁[5]。

【注释】

〔1〕 田舍:此指草堂。

〔2〕 迷市井:仇注引《风俗通》云:"古者二十五亩为一井,因为市交易,故称市井。"唐时有一些散见于渡口村侧、城郭近郊的非正式集市,称草市、圩市。诗中"市井"当属此类。因在郊野乡村,草木丛生,市井掩映其间,故曰"迷"。

〔3〕 懒衣裳:懒得着装打扮。

〔4〕 榉柳二句:榉柳,一种类似柳的树,又名柜柳、枫杨。树树,一作"对对",突现的是果实,似更佳。

〔5〕 鸬鹚二句:鸬鹚,即鱼鹰。鱼梁,用以捕鱼的堤堰,留缺口以笱承之,鱼随流入笱,则捕获之。莫砺锋《杜甫评传》称:"尾联是唐代田园诗中少见的佳句",王、孟诸人从未写过这种"充满泥土气息的诗句"。

【语译】

一湾清清的浣花水环绕草堂,我家的柴门哟就在古道边上。圩市在深草中迷失,住在僻远的乡村懒得着装打扮。榉柳枝枝婀娜是多么柔弱,一对对枇杷果子散发出阵阵的清香。夕阳下鸬鹚站满堤堰,悠悠然晒着自己的翅膀。

【研析】

《读杜心解》云:"叙意在前,缀景在后,倒格见致。"其实这种结构不纯是什么技巧上着意翻新,而是达情的需要;其诗美也不在什么"倒格",而在畅情。还是陈贻焮先生《杜甫评传》说得好:"这首诗的好处在于捕捉住了一个个鲜明的感官印象,而情趣即在其中了。"也就是说,杜甫于后半首只让饱满且清新的意象凸出,自己野居的情趣不必说也已经逗露。

江 村（七律）

【题解】

此诗作于上元元年(760)夏居成都草堂时,一种合家怡然自足的情调较为少见,故黄生云:“杜律不难于老健,而难于轻松。”仇注乃云:“盖多年匍匐,至此始得少休也。”

清江一曲抱村流,长夏江村事事幽[1]:
自去自来堂上燕,相亲相近水中鸥[2];
老妻画纸为棋局,稚子敲针作钓钩[3]。
但有故人供禄米,微躯此外更何求[4]?

【注释】

〔1〕 清江二句:写出草堂落成后杜甫的一段轻松心情。“事事幽”为下面四句张本。《唐诗选脉会通评林》引周敬曰:“最爱其不琢不磨,自由自在,随景布词,遂成《江村》一幅妙画。”

〔2〕 自去二句:燕则来去自在,鸥则与人相近无猜,衬出主人的直率无机心,且以鸟的和谐自得,兴起下句家人相处之和融。

〔3〕 老妻二句:《杜工部草堂诗话》引《萤雪丛说》云:“以老对稚,以其妻对其子,如此之亲切,又是闺门之事,宜与智者道。”与上联合读,一片和融之象;又《进艇》:“昼引老妻乘小艇,晴看稚子浴清江”,意境相似,当属写实。

〔4〕 但有二句:意为:我只须些少生活必需品,此外别无所求。注意,这里指的是物质需求,至于济世活民、比兴风雅的理想,杜甫毕其一生追求是无穷无尽的。禄米,相当于现在的“薪水”、“工资”。杜

甫在草堂时常接受一些有禄米的当官朋友的接济,这里也隐隐透出一点不能自立的忧虑,可与"厚禄故人书断绝"同参。微躯,贱躯,杜甫自称。

【语译】

清江水弯起臂膀环抱江村,长长的夏日里事事都那么可意悠闲。你看那堂上的燕子自来自去,水中的鸥鸟又是那么相亲相怜。老妻认真在纸上画着棋局,小儿敲着针儿一心要做枚钓钩玩。只要还有老熟人愿提供些许钱粮,卑贱的我此外还有什么挂牵?

【研析】

"老妻画纸为棋局,稚子敲针作钓钩",此联诚为萧闲即事之笔,颇见生趣。但此联也招来不少非议,斥为"琐碎近俗",是"千家诗声口"(申涵光语),"杜诗之极劣者"(许印芳语),"工部颓唐之作"(纪昀语)。开"由雅入俗"的宋诗风是真,"极劣"、"颓唐"则不然。《小清华园诗谈》云:"昔人谓狮子搏象用全力,搏兔亦用全力。余以为杜诗亦然。故有时似浅而实不浅,似淡而实不淡,似粗而实不粗,似易而实不易,此境最难,然其秘诀只在'深入浅出'四字耳。"是。无论雅俗,关键还在有提炼,出意象。如画棋局、敲钓钩在当时都是新意象,而新意象的产生则往往带来鲜活的趣味。此诗之妙,正在能将生活琐碎之事出情入诗,或者说是能从生活琐碎之事中提取出诗意来。

野　老(七律)

【题解】

此诗作于上元元年(760)秋居成都草堂时。王夫之《唐诗评选》评云："境语蕴藉，波势平远。"

野老[1]篱前江岸回，柴门不正逐江开[2]。
渔人网集澄潭下，贾客船随返照来[3]。
长路关心悲剑阁，片云何意傍琴台[4]？
王师未报收东郡，城阙秋生画角哀[5]。

【注释】

〔1〕 野老：杜甫自称。

〔2〕 柴门句：草堂坐北朝南，而柴门则顺浣花溪向东开，故曰"不正逐江开"。

〔3〕 渔人二句：下，指下网。澄潭，即百花潭。贾客，估客；商人。前选《田舍》云："草深迷市井"，则草堂附近为草市，故有贾客往来，《绝句》"门泊东吴万里船"是也。"船随返照"，则倍觉画面的光线强烈，色彩鲜明。

〔4〕 长路二句：长路，指归乡的漫漫长途。剑阁，杜甫来时必经之地。片云，杜甫自喻。琴台，《玉垒记》载，司马相如琴台在浣花溪北。此句言滞留蜀地不得还乡。黄生云："剑阁乃由蜀入京之道，因盗贼未宁，归途有梗，故作歇后云：长路关心，悲剑阁之难越；片云何意，傍琴台而不归。"此联承上贾客船来引起乡愁，又牵出下联两京战事。《读杜心解》："临江晚望而成。始望而得野趣，久望而动愁肠也。"下四句正是晚望勾出的漂泊感。

〔5〕 王师二句：东郡，指东京及周围诸郡，其时尚在叛军手中。画角，军中所用的一种有彩绘的吹奏乐器，如同现在的军号。城阙，指两京。宋本尾句下有旧注云："南京同两都，得云'城阙'也。"此注当非杜甫自注，此时成都并无战事，画角乃从"王师"想象出。

【语译】

野老茅舍的篱笆哟，沿着江岸曲折迂回。柴门歪歪斜斜哟，顺着浣花水向东面开。渔舟聚在澄清的百花潭下网哟,生意人的船只随着夕阳返照来。关心还乡路哟悲剑阁之迢迢,孤云何事徘徊不归哟老傍着琴台?王师至今尚未收复东都诸郡,京城秋来依旧听那画角哀哀!

【研析】

自入陇右以后,杜甫常强调其在野身份。此诗虽是以首二字为题,但从关心国家命运的内容看,"野老"二字颇能表达其矛盾无奈的心情。此诗还透出老杜即使是已有草堂安身还是心系洛阳老家的信息。至成都之初,不有云乎:"成都万事好,岂若归吾庐!""背井离乡"一直是古老农业国人民铭心之痛,正是这种内驱力促成老杜去蜀、离夔、下湖湘,思归乡之情老而弥笃。

遣　兴（五律）

【题解】

作于上元元年(760)秋。遣兴,此指借诗以自排遣当下涌起的情绪。

干戈犹未定,弟妹各何之[1]。
拭泪沾襟血,梳头满面丝[2]。
地卑荒野大,天远暮江迟[3]。
衰疾那能久,应无见汝时[4]。

【注释】

〔1〕 各何之:各奔何方。

〔2〕　丝：指白发。

〔3〕　地卑二句：地卑，成都平原四远皆山，故觉其地势低下。迟，指水流之平缓，这是原野平旷的特殊感觉。二句与弟妹分散呼应，写出诗人的孤独感。《唐宋诗醇》："悲慨之言，又极沉雄。"

〔4〕　衰疾二句：久，久于人世。汝，兼指弟妹。此自伤语。

【语译】

战火未平息，弟妹各奔何处去？衣巾拭泪见啼血，梳头满脸白丝垂。荒野空旷觉地低，天远暮色江流滞。老病漂泊命难久，料无与尔相见时。

【研析】

《唐诗归》钟惺云："极婉极细，只是一真。"应当说是杜诗善于将真情具象化为感人的细节。《瀛奎律髓汇评》引许印芳云："前半固是平常，五、六写景不著一情思字，而孤危愁苦之意含蓄不尽。结语尤为沉痛。此等诗老杜外更无二手。"这话说得不是很到位。比兴总是要在赋的基础上感发出来才是，前四句白描将情意具象化为细节如见，尤其是"满面丝"的意象，极具悲凉之意，诚如《读杜心解》所揭示："伤离叹老，一诗之干。以三、四作转枢；'沾襟血'申上句'弟妹何之'之惨，'满脸丝'起下'衰疾那久'之悲。"婉、细、真具足，怎能说是"平常"？"地卑荒野大，天远暮江迟"固然写来沉雄含蓄，但其特殊之情感是从上四句得来，单独提出，也只是写景阔大，未必内涵深厚。解诗重兴轻赋也是一病。

戏题画山水图歌（七古）

【题解】

题下原注:“王宰画。宰,丹青绝伦。”唐人朱景玄《唐朝名画录》载:“王宰家于西蜀,贞元中韦令公以客礼待之。画山水树石出于象外,故杜员外赠歌云:‘十日画一松(原文如此),五日画一石。能事不受相促迫,王宰始肯留真迹。’……又于兴善寺宅画四时屏风,若移造化风候云物、八节四时于一座之内,妙之至极也。故山水、松石,并可跻于妙上品。”此诗旧编在上元元年(760),从之。

十日画一水,五日画一石。
能事不受相促迫[1],王宰始肯留真迹。
壮哉昆仑方壶[2]图,挂君高堂之素壁。
巴陵洞庭日本东,赤岸水与银河通,
中有云气随飞龙[3]。
舟人渔子入浦溆[4],山木尽亚[5]洪涛风。
尤工远势古莫比,咫尺应须论万里。
焉得并州快剪刀,剪取吴松半江水[6]。

【注释】

〔1〕 能事句:艺事只有从容不迫,才能充分体现画家的主体性。于此见杜甫对艺术规律认识之深刻。

〔2〕 昆仑方壶:传说神仙所居,在东海。

〔3〕 巴陵三句:极言王宰之画山水,咫尺有万里之势:山是仙山,水则

由巴陵山下之洞庭湖东连赤岸、日本国，上接银河，其间云随龙飞，浩淼迷蒙。赤岸，地名。枚乘《七发》："凌赤岸，篲扶桑。"李善注："似在远方。"或云与传说中的扶桑相近。

〔4〕 浦溆：水边。

〔5〕 亚：通"压"。低伏。

〔6〕 焉得二句：并州，今山西太原，时此地以剪刀著名。吴松，即吴淞江，黄浦江支流。仇注："公少游吴越，故对画而思及松江。"张志烈主编《杜诗全集》谓："末二句借用晋代索靖故事：索靖看见名画家顾恺之的画，十分赞赏，说：'我恨没带并州快剪刀来，剪松江半幅练纹归去。'"又，李贺《罗浮山人与葛篇》："欲剪湘中一尺天，吴娥莫道吴刀涩。"韩愈、李贺颇学杜诗"奇"的一面。

【语译】

十天画一道水，五日画一块石。只有耐心等候任从容，王宰才肯留下墨迹气韵自生动。壮哉！好一幅昆仑方壶图，高挂在你的大厅白壁之正中。巴陵山，洞庭湖，水连赤岸日本东，浩淼直与银河通，上下云气随飞龙。舟师渔父靠岸边，惊看掀涛压树画生风。咫尺丹青万里势，古来此技王宰应最工。噫！恨不带并州快剪刀，剪取一段吴越山水置囊中。

【研析】

六朝人题画，形同咏物。至唐以诗咏画，始别开生面，诗心画意相得弥彰。王渔洋《蚕尾集》乃云："杜子美始创为画松、画马、画鹰诸大篇，搜奇抉奥，笔补造化……子美创始之功伟矣。"就兹篇而言，捉住"咫尺万里"驰想，化静为动，波涌龙飞，摄入浑茫。其细节则写狂风暴至，渔人舟子避之恐不及，涉想成趣，笔墨遂成气韵、意境。且其首四句言画理，亦极见精彩，故清代大画家恽南田发挥道："十日一水，五日一石。造化之理，至静至深。即此静深，岂潦草点墨可竟。""静深"二字,便是四句精髓,亦是子美高明处。

题壁画马歌（七古）

【题解】

题下原注:"韦偃画。"朱景玄《唐朝名画录》载:"韦偃京兆(长安)人,寓居于蜀,以善画山水、竹树、人物等,思高格逸。闲居尝以越笔点簇鞍马人物、山水云烟,千变万态,或腾或倚,或龁或饮,或惊或止,或走或起,或翘或跂,其小者或头一点,或尾一抹……可居妙上品。"旧编在上元元年(760)居成都草堂时。唐人好在墙壁上作画或题诗,这里的壁,当是草堂的墙壁。

韦侯别我有所适,知我怜君画无敌[1]。
戏拈秃笔扫骅骝,欻见骐驎出东壁[2]。
一匹龁草一匹嘶,坐看千里当霜蹄[3]。
时危安得真致此?与人同生亦同死[4]!

【注释】

〔1〕　韦侯二句:韦侯,即韦偃。侯,尊称。别我,向我告别。有所适,要去某地。怜,爱。韦偃知杜甫爱他的画,故一来告别,二来作画留迹。

〔2〕　戏拈二句:骅骝、骐驎皆指良马。欻,忽然。萧先生注:"这句是加一倍写法。孔子说'工欲善其事,必先利其器',现在韦偃画千里马却只用秃笔。说'戏拈',写韦造诣之高。画来全不费力,只如游戏。"

〔3〕　一匹二句:龁,嚼。坐看,犹眼看。当,对也。这句谓千里之遥,将

要眼看就消失在霜蹄之下。可与"所向无空阔"（《房兵曹胡马》）一句互参。《庄子·马蹄》："马蹄可以践霜雪。"故谓马蹄为霜蹄。

〔4〕 时危二句：见骏马而思战斗，是少陵本色。可与"真堪托死生"（《房兵曹胡马》）互参。

【语译】

韦侯远行来别我，知我最爱其画世无敌。戏拈秃笔一挥就，刹时骏马出东壁。一匹吃草一匹嘶，立看千里蹄下失。当此乱世哪得此？能与我辈共生死！

【研析】

中唐画论家朱景玄亲见韦偃所画群马图，称其"千变万态，或腾或倚，或龁或饮，或惊或止，或走或起，或翘或跂，其小者或头一点，或尾一抹"云云，与此诗对读，乃见写实，亦见杜诗与韦画之交融。然而杜诗并不止于此，他更重视"兴"，由画马想到真马，又由真马发兴及于时局与人。所以浦起龙曰："结句，见公本色。"今人论中国画，极口称赞庄子精神，却往往忽略了儒家对画中"兴"与"气骨"之影响，惜哉！

戏为双松图歌（七古）

【题解】

题下旧注："韦偃。"《唐朝名画录》载其"画高僧、松石、鞍马、人物，可居妙上品"。此诗旧编在上元元年（760），从之。

天下几人画古松，毕宏[1]已老韦偃少。
绝笔长风起纤末，满堂动色嗟神妙[2]。
两株惨裂苔藓皮，屈铁交错回高枝[3]。
白摧朽骨龙虎死，黑入太阴雷雨垂[4]。
松根胡僧憩寂寞，庞眉皓首无住著[5]。
偏袒右肩露双脚，叶里松子僧前落[6]。
韦侯韦侯数相见，我有一匹好东绢[7]，
重之不减锦绣段。
已令拂拭光凌乱，请公放笔为直干。

【注释】

〔1〕 毕宏：《封氏闻见记》载：毕宏，天宝中御史，善画古松。《唐朝名画录》称其“攻松石，时称绝妙。置于能品上”。张彦远《历代名画记》载：“毕宏，大历二年为给事中，画松石于左省厅壁，好事者皆诗咏之。改京兆少尹，为左庶子。树石擅名于代，树木改步变古自宏始也。”

〔2〕 绝笔二句：绝笔，画毕停笔。纤末，笔毫之端。或云“纤末”即“木末”，指树梢，误。动色，人为之动容。

〔3〕 屈铁句：屈铁，赭黑色的树枝如屈曲之铁筋，形容松枝画得拗折有力。回，盘绕状。现代大画家黄宾虹论画有云：“用笔以万毫齐力为准。笔笔皆从毫尖扫出，用中锋屈铁之力，由疏而密。”以此悟入上四句，易得画意。

〔4〕 白摧二句：二句上写其笔，下写其墨，笔墨兼备，则气韵自然生动。太阴，阴气之极盛者。二句朱注：“皮裂，故干之剥蚀如龙虎骨朽；枝回，故气之阴森如雷雨下垂。”这里恐怕还涉及韦氏的笔墨技巧。《唐朝名画录》载其“山以墨斡，水以手擦，曲尽其妙”。则韦偃是很大胆地用水墨新法画松石的。白摧，正是形容其用燥笔飞白，笔力

劲健。黑入，则言其水墨淋漓，如雷雨并作。

〔5〕 庞眉句：庞眉皓首，形容画中胡僧宽眉毛，白发苍苍。无住著，《楞严经》："名无住行，名无著行。"此言高僧超脱不执着。

〔6〕 偏袒二句：偏袒右肩，佛教徒以袒右肩表示对佛的恭敬。袒，露出肉体。《杜诗镜铨》引蒋云："写入定僧宛然。"

〔7〕 韦侯二句：数，屡次；频繁。东绢，四川盐亭出产的素绢，或称鹅溪绢。

【语译】

天下有几人古松画得好？毕宏老矣韦偃正年少。笔停长风出毫端，满场观者动容叹神妙。青苔老皮惨深裂，高枝盘错似屈铁。飞白劲笔龙虎骨，墨韵森森雷雨垂。有个胡僧寂寞倚松根，粗眉白发自超脱。右肩肉袒露双脚，叶里松果跟前落。韦侯韦侯常相见，熟人说话恕直言：我有一匹鹅溪绢，珍藏不下锦绣段。已去滑腻光凌乱，请公为我放笔更画新松作直干！

【研析】

《杜臆》："起来二句极宽静，而忽接以'绝笔长风起纤末'，何等笔力！至于描写双松止四句，而冥思玄构，幽事深情，更无剩语。后入'胡僧'，窅冥灵超，更有神气。"甚是。但《杜臆》又以为东绢长二丈，如何能"放笔为直干"？是"所以戏之"；此则不然。盖杜诗有云："新松恨不高千尺，恶竹应须斩万竿。""放笔为直干"正是杜甫所追求的刚健的审美趣味。杜甫于马反对画肥马，于书法倡"瘦硬通神"，画松既欣赏其惨裂屈曲、饱含沧桑，又要求其"放笔为直干"。不同流俗如此，也是杜甫正直人格在审美意识上之体现。

南　邻（七律）

【题解】

诗当作于上元元年(760)在草堂时。杜甫有《过南邻朱山人水亭》,则杜甫草堂南面住的是位姓朱的隐士。诗写与邻居串门,竟日淹留,关系融洽。

锦里先生乌角巾[1],园收芋粟不全贫。
惯看宾客儿童喜,得食阶除鸟雀驯[2]。
秋水才深四五尺,野航恰受两三人[3]。
白沙翠竹江村暮,相对柴门月色新。

【注释】

〔1〕锦里句: 锦里先生,指南邻朱山人。因其在"锦官城"隐居,故自称"锦里先生"。乌角巾,隐士常戴之黑色有棱角的头巾。

〔2〕惯看二句: 阶除,台阶。黄生云:"三见儿童,化其好客。四见鸟雀,与为忘机。三句尤深,盖富翁好客不难,贫士好客为难,贫士家人不厌客为尤难。非平日喜客之诚,浃入家人心髓,何以有此?"意思是说: 从儿童和鸟雀可看出主人平常时的好客厚生之道。

〔3〕秋水二句:《杜臆》:"'野航'乃乡村过渡小船,所谓'一苇杭之'者,故'恰受两三人';作'野艇'者非。"此联与下联四句写告别主人回家,疏落而饶意趣。

【语译】

锦里先生好戴乌角巾,园中还有芋粟不算是赤贫。惯迎客人儿童脸带笑,常喂鸟雀阶前不畏生。门前秋水才深四五尺,渡船虽小恰能承受两三人。别时沙白竹翠江村暮,对过柴门便是我家月初临。

【研析】

老杜笔底,寻常的人际关系也有浓郁的诗意,百写不厌,炙之愈出。这不但因其真性情,还与他善用形式表情达意有很大关系。《杜诗镜铨》引申涵光云:"今人作七律,堆砌排耦,全无生气,而矫之者又单弱无体裁。读杜诸律,可悟不整为整之妙。"不整为整,就是要自然天成又不落于散漫,不烦绳削而自合七律之规矩。《网师园唐诗笺》所云"落笔似不经意,而拈来俱成眼前天趣"是也。如"锦里"与"乌角巾"并列,现成却又色彩相映成趣;"秋水才深四五尺,野航恰受两三人"一联,天然成对,而"才深"、"恰受",铢两相称,"受"字尤与小船儿的承载量切合,极见其工,却不费力。《杜工部草堂诗话》乃引《萤雪丛说》曰:"老杜诗词,酷爱下'受'字,盖自得之妙。"下字之细,源于平时观察之细,锻成独具个性的字符,是所谓"冰冻三尺,非一日之寒"者也。再回看全篇,层次分明,诚如《唐诗摘钞》所说:"前段叙事,语简而意深;后段写景,语妙而意浅。盖前面将主人作人行径,逸韵高情,一一写出,却只是四句;后面不过只写一'别'字,却也是四句,深浅繁简之间,便是一篇极有章法古文也。"果然是"不整为整",好一首七律。

恨 别(七律)

【题解】

上元元年(760)夏,成都作。《杜诗镜铨》引邵氏评此诗云:"格老气苍,律家上乘。”

洛城一别四千里,胡骑长驱五六年[1]。
草木变衰行剑外,兵戈阻绝老江边[2]。
思家步月清宵立,忆弟看云白日眠[3]。
闻道河阳近乘胜,司徒急为破幽燕[4]!

【注释】

〔1〕 洛城二句:洛城,即东都洛阳。首二句领起恨别。“四千里”言其远,“五六年”言其久。

〔2〕 草木二句:剑外,剑门之外,指蜀地。变衰,指杜甫乾元二年冬由剑门入蜀,其时草木已衰谢。下句言因战事使其滞留锦江之畔。

〔3〕 思家二句:此为名联。忆弟看云,陶渊明《停云》诗序:“停云,思亲友也。”停云思亲成为古人的现成思路,如《野客丛谈》:“梁暄不归,弟璟每望东南白云,惨然久之。”《杜臆》:“宵立昼眠,起居舛戾(不正常、颠倒错乱),恨极故然。”同时还写出其无聊、无奈之情绪,故《义门读书记》乃云:“‘清宵立’、‘白日眠’,兼写出老态来。”是。

〔4〕 闻道二句:河阳,今河南孟州。近乘胜,《通鉴》载:“上元元年三月光弼破安太清于怀州,夏四月破史思明于河阳西渚。”司徒,指李光弼。幽燕,指叛军老巢河北一带。杜甫力主直捣幽燕,彻底平息叛乱。

【语译】

故乡洛阳一别四千里,叛军作乱已经五六年。当初冬来走剑外,如今因乱老江边。想家踏月半夜里,念弟望云日昏睡。听说官军近日河阳连连胜,李帅快快直捣叛军老巢去!

【研析】

《唐诗别裁》评颈联云："若说如何思，如何忆，情事易尽，步月、看云，有不言神伤之妙。"心理形象不可言说，如果直写"如何思，如何忆"易流于概念化。"夫象者，出意者也"（王弼语），所以要用"步月"、"看云"的"象"来"出意"，这是所谓"言其用而不言其名"的手法，也就是萧涤非先生所说："通过日常生活细节来表达思家忆弟的深情，极具体，极深刻。"从行为窥见内心，不做直接详尽的心理描写，是中国文学中极宝贵而富有特色的表情方式，杜诗为典型。就全诗而言，诚如萧涤非先生释题所说："由于叛乱未定，以至长别家园，故热望祖国早日复兴。句句不说恨，却句句都是恨。"起句老苍，是历尽沧桑语。其沉痛直贯全诗，是浦起龙所谓"公之长别故乡，由东都再乱故也"，乱乃恨别之根苗也。以下行剑外、老江边、步月看云，无不由此起情。至情气郁结之极，尾联忽然放开："闻道河阳近乘胜，司徒急为破幽燕！"一吐而尽，"急"字反衬出"恨"之深，故"句句不说恨，却句句都是恨"矣！

建都十二韵（五排）

【题解】

诗作于上元元年（760）冬，时居成都草堂。史载：至德二载（757）以成都为南京，凤翔为西京，长安为中京。上元元年（760），唐肃宗从吕諲议，改置荆州为南都，革南京为蜀郡，是为"建都"。杜甫此诗为之痛愤。

苍生未苏息，胡马半乾坤。
议在云台上，谁扶黄屋尊[1]。

建都分魏阙，下诏辟荆门[2]。
恐失东人望，其如西极存[3]？
时危当雪耻，计大岂轻论。
虽倚三阶正，终愁万国翻[4]。
牵裾恨不死，漏网辱殊恩[5]。
永负汉庭哭，遥怜湘水魂[6]。
穷冬客江剑[7]，随事有田园。
风断青蒲节，霜埋翠竹根[8]。
衣冠空穰穰，关辅久昏昏[9]。
愿枉长安日，光辉照北原[10]。

【注释】

〔1〕 议在二句：谓朝中大臣有话语权，却不为国家皇朝之根本着想，也就是下文指出的雪耻大计，只斤斤于建都之议，昏庸透顶。云台，东汉朝廷议事之处，指代朝廷。黄屋，帝王以黄缯为车盖，指代帝王。

〔2〕 建都二句：上句言为建都而分建宫殿，下句言皇帝下诏置荆州为南都。建都，指置南都事。魏阙，宫门外巍峨的阙门，指代宫殿。荆门，即荆州。

〔3〕 恐失二句：意谓：你们建都无非是为了安慰荆州人，但又怎比得上长安存在的重要？言外之意是：当前最要紧的是稳固关中，倾力平叛，而不是汲汲于建都。东人，指荆州人。西极，指长安，长安称西京，故云西极。

〔4〕 时危四句：轻论，轻易议定。言建都事大，不是轻易就可以议定的。从表面上看，“计大”是指建都之事，实际上“时危当雪耻”才是杜甫心目中的重中之重！三阶，星象，即上台、中台、下台六星。三阶正，则三阶平。《汉书·东方朔传》注引《黄帝泰阶六符经》曰：“泰

阶者,天之三阶也。上阶为天子,中阶为诸侯公卿大夫,下阶为士庶人……阶平则阴阳和,风雨时,社稷神祇咸获其宜,天下大安,是为太平。”万国,泛指全国各地。这四句是全诗核心。“计大”、“三阶正”只是让皇帝下台阶的门面话,“时危当雪耻”、“终愁万国翻”才是杜甫一贯的主张与对建都失大计的忧虑。

〔5〕 牵裾二句:牵裾,指冒死进谏。《魏书·辛毗传》:辛毗谏移民,“帝不答,起入内,毗随而牵其裾”。借喻杜甫为右拾遗时,冒死疏救房琯事。下句言肃宗贬杜甫为华州司功,免死。

〔6〕 永负二句:谓愧未能效法屈原与贾谊。负,辜负。汉庭哭,《汉书·贾谊传》:贾谊上疏汉文帝,有“可为痛哭者一,可为流涕者二”云云,后贬死于长沙。湘水魂,屈原自投于湘江支流之汨罗江。

〔7〕 江剑:锦江与剑外(蜀地)。

〔8〕 风断二句:自喻被摧折凋零如此。青蒲节,意似有双关。《汉书·史丹传》颜师古注引应劭曰:“以青规地曰青蒲,自非皇后不得至此。”用指皇帝内庭。任昉《天监三年策秀才文》:“日伏青蒲,罕能切直。”杜甫《壮游》:“斯时伏青蒲,廷诤守御床。”即以“风断青蒲节”喻谏房琯事,颇切合。青蒲,即蒲草,水生植物。

〔9〕 衣冠二句:衣冠指朝官们。穰穰,众多。关辅,扶风、冯翊、京兆为三辅。此指京城地区。昏昏,指时局萎靡不振。

〔10〕 愿枉二句:期盼皇帝将关注建都之心,转向河北,救民于水火。枉,回转。一作“驻”。长安日,喻指皇帝。北原,指河北地区,时为叛军所据。

【语译】

可怜天下苍生伤恸尚未平复,叛军胡骑还在到处横行;高高在庙堂上的衮衮诸公,却在大发建都的议论,又有谁来真心扶佐皇尊?大臣们忙着规划新都魏阙,促成天子下诏另辟南都荆门。一心只怕那荆州众人怨望,可这又怎比得上稳固关中京城要紧?艰危时大计莫过平叛雪耻,建都之事要切切三思而行。虽说朝廷是名正言顺苟得“太平”，终归乱象堪忧四海尚沸腾。想当初我也曾冒死谏自恨不死，如漏网鱼有辱皇上殊恩。至今愧对贾谊、屈原耿耿忠魂！再也没有如此机会了，那年冬我远离朝廷旅居剑外，在这锦江畔聊事躬耕，好比是风吹断青蒲之节，霜埋葬了翠竹之根。朝臣们还在众口嚣嚣空发议论，难怪关中政局久久萎靡不振。呜呼！愿我皇像太阳一般破开云雾，把光辉照向河北敌占区那芸芸众生！

【研析】

此为典型的“以议论为诗”，故浦起龙《读杜心解》认为“可作一篇谏止南都疏读”。然而少陵毕竟是“知诗之为诗”者，其议论仍带情以行，这才是有益的经验。诗以“苍生未苏息”起情，如针引线，将关心民病之“线”贯穿全篇。诗并不注重建都利弊之论析，只是紧紧围绕着“时危当雪耻”的大计说事：斥大臣之昏庸，期君王之觉悟，恨自己之无可奈何，所有出发点都在“苍生”二字。期期然活画出一位忠君爱国仁民的老诗人形象，笔笔见血，岂谏疏可比哉！

村　夜（五律）

【题解】

诗当作于上元元年(760)冬，居草堂时。

萧萧风色暮，江头人不行。
村舂[1]雨外急，邻火夜深明。
胡羯[2]何多难，渔樵[3]寄此生。
中原有兄弟，万里正含情。

【注释】

〔1〕 村舂：村里传出的舂米声。

〔2〕 胡羯：指安史叛军。

〔3〕 渔樵：打鱼砍柴，借指为农。

【语译】

暮色风萧萧，江畔没人走。雨中传来村人舂米声声急，邻居有事彻夜明灯火。自从安史乱起灾难多，聊托此生渔樵过。中原亦有亲兄弟，万里之外含情正思我。

【研析】

风雨夜灯，村舂邻火，枨触忧思融于景色之中；客愁与思亲之情，也浑然一体，不觉其律诗的形式。就好比小小的一粒橄榄，含久滋味渐出。

和裴迪登新津寺寄王侍郎（五律）

【题解】

题下原注："王时牧蜀。"王指名诗人王维之弟王缙，善文辞，后为唐代宗的宰相，时当与高适交接蜀州（今四川崇州）刺史，故以其宪部侍郎之旧衔称之（用陈贻焮、邓绍基说）。裴迪，诗人，与王维兄弟亲善。新津寺，在蜀州东南七十里之新津县。诗当作于上元元年（760）秋末。

何恨倚山木？吟诗秋叶黄。
蝉声集古寺，鸟影度寒塘。

风物悲游子,登临忆侍郎[1]。
老夫贪佛日[2],随意宿僧房。

【注释】

〔1〕 风物二句:风物,此指景物。侍郎,指王缙。

〔2〕 老夫句:佛日,喻佛法广大如日之普照。贪佛日,谓贪恋此地净土,故有下句留宿云云。

【语译】

诗人呵,你何以靠着山中树木紧锁愁眉?因为秋叶黄落呵我正发兴成诗。古寺里蝉声四起,飞鸟的影子掠过水池。风景萧瑟使人悲,登高思念王侍郎呵未相随。老夫我贪恋这佛家净地,今晚随意在此僧房一睡。

【研析】

因为是即兴唱和,大概难免要与裴迪原作(已佚)趋同,内容上没多少新意。但造句写景还是颇有意味的,使人不禁想起《红楼梦》第七十六回凹晶馆联诗时,史湘云联句云:“寒塘度鹤影”,虽是从杜诗脱出,却也使才女林黛玉“又叫好,又跺脚”的。

和裴迪登蜀州东亭送客逢早梅见寄（七律）

【题解】

此诗当作于上元二年(761)初春成都草堂。时裴迪为蜀州(今四川崇州)刺史之幕僚,写诗赠杜,此为杜之和诗。查慎行称此诗云:“看老手赋物,何曾屑屑求工?通体是风神骨力,举此压卷,难乎为继矣。”评价之高，令人刮目。

东阁官梅动诗兴，还如何逊在扬州[1]。
此时对雪遥相忆，送客逢春可自由[2]。
幸不折来伤岁暮，若为看去乱乡愁[3]。
江边一树垂垂[4]发，朝夕催人自白头。

【注释】

〔1〕 东阁二句：东阁，即题中之蜀州东亭。官梅，官府所植之梅。何逊，梁朝诗人，钱注谓逊曾在扬州为建安王记室，有《咏早梅》诗。裴迪时为王缙幕僚，故以比何逊。

〔2〕 此时二句：对雪，何逊《咏早梅》：“衔霜当路发，映雪拟寒开。”此用其意，当属写景。一说：梅花白，故以雪喻之。下句“逢春”，一作“逢花”，“春”同样是指梅花。亦通。可，犹称意。此句言送客看花，自由自在，称心如意。

〔3〕 幸不二句：此句言所幸未折梅枝相赠，免我晚年增愁也。大概裴迪诗中有未能寄赠之语。岁暮，晚年老景。若为，那堪。

〔4〕 垂垂：渐渐。

【语译】

梅花引发诗兴在东亭，你呀就好比是何逊在扬州低吟。梅花映雪承蒙遥想起故人，送客看梅我真企羡你自由称心！幸而不曾折一枝梅花相寄送，免我晚年看花触动乡愁泪涔涔。眼前江边呵一树梅花也渐开，那堪朝夕相对催人白发侵。

【研析】

虽然这不是文学史上第一首咏梅诗，但也是较早的一首。与六朝人的咏物诗不同，老杜不是把全副精神用在梅花上，而是把梅花作为沟通裴、杜情怀之中介,两头绾系。故《诗筏》云:“作诗必句句着题,失之远矣。子瞻所谓‘赋诗必此诗,定非知诗人’。如咏梅花诗,林逋诸人,句句从香色摹拟,犹恐未切……杜子美但云‘幸不折来伤岁暮,若为看去乱乡愁’而已,全不粘住梅花,然非梅花莫敢当也。”不从香色摹拟,只从看梅起兴。诗之前四句写裴送客逢春之得意,反衬出后四句自家看梅伤春之愁绪,春冬之交唯破寒的早梅可发此兴,故曰“非梅花莫敢当也”,于此写出梅花独特之情调来,是为“兴象”,为“神骨玉映”。

再进一层看,全诗句句扣紧梅花这一意象写,诚如《杜诗说》所指出:“此诗直而突曲,朴而突秀。其暗映早梅,曲折如意,往复尽情。”说到曲折尽情,仇注解得好:“玩第三联语气,必裴诗有不及折赠之句,故答云幸不折来,免伤岁暮。若使一看,益动乡愁矣。既而又自叹曰:此间江梅渐发,亦觉催人头白。盖当衰老之年,触处皆足伤情也。”先说怕折梅花触愁,故曰“幸不折来”;接着又说眼前自家江畔梅花已渐发矣,想躲也躲不了,难免还是要“朝夕催人”,真是婉曲之意层层渲染叠加,故能尽情而深厚。

再就其语言结构上看,《瀛奎律髓》乃云:“此诗脱去体贴,于不甚对偶之中,寓无穷婉曲之意,惟陈后山得其法。”《杜诗镜铨》也引吴东岩云:“用意曲折飞舞,自是生龙活虎,不受排偶拘束,然亦开宋人门庭。”的确,此诗少工对,多用虚字(如“可”、“幸不”、“若为”等),所以显得文气连贯而灵动,质朴乃能“生龙活虎”,这对宋人产生很大的影响。

奉酬李都督表丈早春作（五律）

【题解】

此诗当作于上元二年(761)春,居成都草堂时。奉酬,酬唱、奉和。都督，州郡军事长官。表丈，表叔伯。

力疾[1]坐清晓，来诗悲早春。
转添愁伴客[2]，更觉老随人。
红入桃花嫩，青归柳叶新。
望乡应未已，四海尚风尘。

【注释】

〔1〕 力疾：扶病强起。

〔2〕 转添句：转，反而。客，诗人自指。

【语译】

清晨扶病强起坐，展读来诗悲早春。读罢反增愁缠我，更觉老病影随身。桃花孕红初绽放，春回柳叶青复青。望乡望乡望不断，只为四海仍风尘！

【研析】

现在我们该谈谈"炼字"了，因为此诗颈联"红入桃花嫩，青归柳叶新"，是诗话中常被用来作为炼字的典型。中国诗往往讲究精炼，其中五律更被刘昭禹《郡阁闲谈》称为："四十个贤人（指五律共四十个字），著一屠沽儿（市井俗人，用指诗中不当的字）不得。"有些关键字用得不当，的确会影响全句乃至全诗的意味。反之，用得精当，便会使全句乃至全诗的意味更醒豁，更健举，更隽永，好比一对灵动有神的眼睛之于脸面，故又称之为"诗眼"。杨载《诗法家数》乃云："诗要炼字，字者眼也。如老杜诗：'飞星过水白，落月动檐虚'，炼中间一字；'地坼江帆隐，天清木叶闻'，炼末后一字；'红入桃花嫩，青归柳叶新'，炼第二字。非炼'归'、'入'字，则是儿童诗。”红对青，桃花对柳叶，不就是童蒙学做对子么？但著一“入”字，著一“归”字，则耐人品味——仿佛是春天女神亲手将红色输入花苞，又将绿色还给了柳叶，于是那“春回大地”的意味可掬。

还有一种意见要辨析。胡应麟《诗薮》谓：“盛唐句浑涵，如两汉之诗，不可以一字求；至老杜而后，句中有奇字为眼，才有此句法，便不浑涵。昔人谓石之有眼，为砚之一病。余亦谓句中有眼，为诗之一病。”汉魏诗如《古诗十九首》、曹、陶诸人之诗，的确是浑涵不可以字句摘者。他们以直觉的认知去感受并发露生活的意义本身，为后人所难及。然而由简单趋于复杂是事物发展的必然，正是由于社会的复杂化，又促成写诗技巧的进步——人们必须从复杂的感受中提取出醇厚的意味，并以明快简易的语词表达之。宋人苏东坡对陶渊明“悠然见南山”与“悠然望南山”之辨析，便是后人审美意识细腻化对前人诗艺所作出的新反应。事实上作为明代人的胡应麟也意识到这一点，他在《诗薮》中还说：“老杜字法之化者，如‘吴楚东南坼，乾坤日夜浮’，‘碧知湖外草，红见海东云’，‘坼’‘浮’‘知’‘见’四字，皆盛唐所无也，然读者但见其闳大并不觉其新奇。又如‘孤嶂秦碑在，荒城鲁殿余’，‘古墙犹竹色，虚阁自松声’，〔‘在’‘余’‘犹’‘自’〕四字意极精深，词极易简，前人思虑不及，后学沾溉无穷，真化工不可为矣！”合胡氏两说，则顾及浑涵与精切两端，工而能化，方为上乘。也就是说，“眼”要放在脸面上，才谈得上生动不生动，“倾国须通体，谁来独赏眉”？“红入”、“青归”必须融入早春的大语境中，如盐着水，才显得有意味。再推及全诗：读早春诗而“转添愁伴客，更觉老随人”，为何“转”？因为其时触目“红入桃花嫩，青归柳叶新”的实景，春来得愈耀眼，就愈能激起诗人的伤春叹老之情绪。盖“更觉老随人”无异站在死看生，越发觉得生命之宝贵也。由此又牵出思亲怀乡一段情来，倍感乱世之可忧可恨！炼字乃能牵一发而动全身，炼字者于此不可不察。

遣意二首（五律）

【题解】

作于上元二年(761)春，居草堂时。遣意，王嗣奭云："意有不快，则借目前之景物以遣之。"浦起龙评云："二诗轻圆明秀，在集中另为一格。"

其 一

啭枝黄鸟近，泛渚白鸥轻[1]。
一径野花落，孤村春水生。
衰年催酿黍，细雨更移橙[2]。
渐喜交游绝，幽居不用名[3]。

【章旨】

随着镜头的移动，映出村野一派春光，又合拢成幽居的适意。

【注释】

〔1〕 啭枝二句：啭枝，指树枝上鸟在啼鸣。黄鸟，黄鹂。泛渚，在水中沙洲畔浮游。

〔2〕 衰年二句：酿黍，以糯米酿酒。崔豹《古今注》："稻之黏者为黍。"移橙，移植橙树苗。

〔3〕 渐喜二句：交游绝，与人交往断绝。下句言既已隐居，自然是隐姓埋名，不再需要使用名字了。

【语译】

枝上婉啭的黄鹂与人近,远处沙洲白鸥浮水似云轻。野花片片落满径,孤村漫漫春水生。老来无事催着要酿米酒,趁着细雨赶紧移柑橙。我渐渐喜欢上这无友无朋的日子,独自逍遥何须再使用姓名?

其　二

檐影微微落,津流脉脉斜[1]。
野船明细火,宿雁聚圆沙[2]。
云掩初弦月[3],香传小树花。
邻人有美酒,稚子夜能赊[4]。

【章旨】

此写夜景,月色迷离中以动见静。末句同样收拢来,赊酒既见其兴致,也见其有所欲排遣者。

【注释】

〔1〕 檐影二句:微微落,一点一点渐渐下落。津流,渡口流水。脉脉斜,缓缓流,似含情之脉脉。斜,指水由高向低流。

〔2〕 野船二句:细火,微弱的火光。圆沙,呈圆形的小沙洲。

〔3〕 初弦月:半月曰弦。农历初八、初九,月缺上半,称上弦、初弦。

〔4〕 赊:欠账取货。

【语译】

屋檐夕影渐垂落,渡口的水哟含情缓缓流。郊野闪烁着船家微弱的灯光,夜宿的雁儿围聚在圆圆的沙洲。微云掩映着上弦的月儿,晚风中传送着小树的花香。邻人家藏有美酒,我的小儿夜里仍能赊来几盅。

【研析】

《杜臆》引《杜通》云："世有大可忧者，众人不忧，唯君子忧之；然世有可适意者，众人不知所适，唯君子独取之。如'一径野花落，孤村春水生'、'云掩初弦月，香传小树花'，此景趣谁不见之？而取之以适者，君子也。"所谓君子，也就是士大夫。中国士大夫往往以出、处为自我调节机制，顺境则出仕济世，逆境则隐居独善。其中隐居独处还有其归化自然陶冶性情的意义。这两首诗题曰"遣意"，正是陶冶性情之意，好比是井底微澜，被社会边缘化的寂寞在大自然的陶冶中得以排遣。是的，人在大自然中独处，心理的伤口易得到愈合。第二首写夜尤其能体现这一点。从诗里我们看到诗人沉浸于夜色的静谧之中，尽情地欣赏自然之美。"香传小树花"一句见炼意功夫：夜里看不见小树有花，只从流香中识得，即姚崇《夜渡江》云"闻香暗识莲"意也（见陈贻焮《杜甫评传》）；然非沉浸其中，又岂易识来？尾后一联云"邻人有美酒，稚子夜能赊"，最得一时忘情之真趣，穷日子的艰辛暂被抛在脑后。"诗可以兴"，信然。

漫成二首（五律）

【题解】

作于上元二年（761）春，居草堂时。王嗣奭云："二诗格调疏散，非经营结构而成，故云'漫成'。"

其　一

野日荒荒白，春流泯泯清[1]。

渚蒲[2]随地有，村径逐门成。
只作披衣惯，常从漉酒生[3]。
眼前无俗物，多病也身轻[4]。

【章旨】

仇注："首章，对景怡情，有超然避俗之想。"

【注释】

〔1〕 野日二句：二句言原野春阳于迷雾中不甚分明，而春水漫流甚清澈，状其地其时春景如此。其中用叠字"荒荒"、"泯泯"，有效地增强了诗的表现力，历来为评论者所称许。荒荒，暗淡迷茫貌。泯泯，清澈貌。

〔2〕 渚蒲：渚，水边之地。蒲，菖蒲，一种生于水边的草。

〔3〕 只作二句：两句用陶渊明自况。仇注："披衣习惯，言疏放已久，漉酒为生，见醉乡可乐。"披衣，陶渊明诗："相思则披衣，言笑无已时。"从，仿效。漉酒，滤酒。《宋书·陶潜传》："郡将候潜，值其酒熟，取头上葛巾漉酒，毕，还复着之。"言其疏放如此。

〔4〕 眼前二句：俗物，《世说新语》：嵇、阮、山涛在竹林酣饮，王戎后往，阮曰："俗物已复来败人意。"

【语译】

郊野春日在雾中白光泛泛，浣花溪春水涌动清澈漫漫。水边蒲草随处可见，村中小路伸向各家门前。疏懒惯老是披着衣裳，串门饮新酒打发日子。只要眼前没有那些追逐名利的俗物，我就是带病也觉得浑身舒服。

其　二

江皋已仲春[1]，花下复清晨。

仰面贪看鸟，回头错应人。
读书难字过，对酒满壶倾[2]。
近识峨眉老[3]，知余懒是真。

【章旨】

这一首诗侧重表现内心活动，末句“知余懒是真”托出二诗主旨。

【注释】

〔1〕江皋句：江皋，江边高地。仲春，农历二月。

〔2〕读书二句：谓读书时放过那些难读之字，不作考索；而饮酒则反是，必求其尽。陶潜《五柳先生传》：“闲静少言，不慕荣利。好读书，不求甚解；每有会意，便欣然忘食。性嗜酒，家贫不能常得，亲旧知其如此，或置酒招之。造饮辄尽，期在必醉。”二句用其意。“不求甚解”只是强调读书不钻牛角尖，但求会意，也是“不慕荣利”的一种表现。

〔3〕峨眉老：篇末旧注：“东山隐者，又作陈山。”大概是杜甫新近结识的一位隐者，用“峨眉老”表示其不凡。盖峨眉山又称大光明山，是道教“第七洞天”、佛教普贤菩萨道场，隐居此山自然身价加倍了。

【语译】

江岸二月天，花下又清晨。只为仰面贪看飞鸟易出神，回头才知错答了人。读书不求甚解放难字，唯有对酒定教满壶尽。最近结识隐者峨眉老，知我疏懒本是真性情。

【研析】

疏懒在现实生活中不是什么好德性，但在诗文中却往往成了标榜不受羁束、存其天性的行为模式。其典型者不但有我国嵇康的

《与山巨源绝交书》,连举“七不堪”、“二不可”自证疏懒;国外也有普希金喜写自己的疏懒,乃至在《我的墓志铭》中称:“这儿埋葬着普希金,他和年轻的缪斯,爱情与懒惰,共同消磨了愉快的一生。”文学创作中的疏懒之所以有美感,就在于它暗示了背后那蔑视、反抗世俗规矩的个性。“眼前无俗物”、“知余懒是真”二句道出个中真谛。

杜甫二诗之妙,还在于针线的细密,写“懒”具体生动。总体上说,是以心理、景物的内外感应写“懒”。第二章仇笺:“前章上四句,说花溪外景。此章上四句,说草堂内景。前章披衣漉酒,乐在身闲。此章读书对酒,乐在心得。末云‘懒是真’;总不欲与俗物为缘。”是的,白日荒荒,春水泯泯,蒲草随处滋长,连小路也因来往自然踏出,景物是那么独化浑成;披衣漉酒,看鸟读书,行为是如此写意忘机。尤其是“仰面贪看鸟,回头错应人”二句,写“出神”之状可掬,可与陶潜“采菊东篱下,悠然见南山”媲美。而“读书难字过”用典更是有味无痕。《读杜心解》云:“‘难字过’,正见懒趣。”“懒趣”二字,道出化腐朽为神奇的奥妙。厌俗物,轻名利,追求精神上的独立自由,才是老杜的真性情之所在。故《杜臆》引赵汸云:“公诗中屡言懒,非真懒也,平日抱经济之具,百不一试,而废弃于岷山旅寓之间,与田夫野老共一日之乐,岂本心哉?况又有俗子溷之,其懒宜矣。”斯言得之。

春夜喜雨（五律）

【题解】

作于上元二年(761)春,居草堂时。全诗围绕着一个“喜”字来写,是《读杜心解》所谓“喜意都从罅缝里迸透”者。

好雨知时节，当春乃发生[1]。
随风潜入夜，润物细无声[2]。
野径云俱黑，江船火独明[3]。
晓看红湿处，花重锦官城[4]。

【注释】

〔1〕 发生：应时而降。《庄子》："春气发而百草生。"

〔2〕 随风二句：属流水对，实写"好雨"。仇注："雨骤风狂，亦足损物。曰潜、曰细，写得脉脉绵绵，于造化发生之机，最为密切。"萧先生注："因雨细而不骤，才能润物。细雨之来，不为人所觉察，故曰潜入夜。'润物细无声'，写出好雨的灵魂。"

〔3〕 火独明：更衬出"云俱黑"，写雨意之浓入神。

〔4〕 晓看二句：此为诗人对明日雨后情景的想象语。花重，即张谓"柳枝经雨重"之"重"。花因雨湿而重，恰到好处，不至陨落。锦官城，即成都。

【语译】

好雨应时降哟，正当百草生而春气动。细雨潜入夜色中，无声却行润物功。乌云压路雨意浓，只有船家的灯火几点光明送。破晓且看四处淋漓红，那是锦官城的花儿经雨湿且重。

【研析】

李文炜《杜律通解》云："小雨应期而发生，则知时节之当然矣，宁不谓之好雨乎？其随风也，知当昼则妨夫耕作，而潜入夜焉；其润物也，知过暴则伤其性情，而细无声焉，是其能因风以泽物，而不爽乎时，不违乎节矣，何喜如之？然而无声之雨，何以知其细能润物也？待晓看锦官城之花，垂垂而湿，较不雨尤加重焉，而不见其飘残，此雨之所以好，此雨之所以可喜也。"说得活透。对一个靠天吃饭的古代农业国而言,有时一场及时雨就关系到国计民生,我们的诗人能不点点滴滴在心头?从通首那絮絮自语的语调中,我们能不感受到诗人的喜悦之情?难怪浦起龙要说:"喜意都从罅缝里迸透。"

诗与哲学,好比山坡的正背,总是在山脊处交汇。这首诗中也透出一种理趣:"好雨知时节","润物细无声"。这种哲理无须解说,只求细心去感悟——此理生活中在在都有。

春水生二绝（七绝）

【题解】

作于上元二年(761)春二月,居草堂时。《杜诗镜铨》引孙季昭云:"子美善以方言谚语点化入诗,正不伤雅,如此类甚多。"

其　一

二月六夜春水生,门前小滩浑[1]欲平。
鸬鹚鸂鶒莫漫喜,吾与汝曹俱眼明[2]。

【章旨】

浣花溪春天常涨水,"舍南舍北皆春水"(《客至》)。此写见景生情,末句与鸟儿对话,颇具童心。

【注释】

〔1〕 浑:简直;几乎。

〔2〕 鸬鹚二句:鸬鹚,即鱼鹰。鸂鶒,又名紫鸳鸯,一种水鸟。漫喜,空欢喜。汝曹,尔等;你们。二句浦注:"言莫便独夸得意,吾亦不输与汝曹也。"

【语译】

桃花汛,二月初六春水生。门前看,小滩几乎被淹平。鸬鹚鸂鶒且莫自高兴,好景色我和你们一样看得清!

其 二

一夜水高二尺强,数日不可更禁当[1]。
南市津头有船卖,无钱即买系篱旁[2]!

【章旨】

此首写连日水涨而生忧,因起欲买船防备之心。用方言俗语点化入诗,特觉生动欲活。

【注释】

〔1〕 一夜二句:二尺强,二尺多。更禁当,抵挡不起。

〔2〕 南市二句:津头,渡口。末句感叹无钱买船防水灾。

【语译】

一夜水涨二尺多,几天下来可奈何!南市渡口有船卖,要是有钱买来篱旁拴一个。

【研析】

历来对杜甫的绝句评价不甚高,即使是为之回护的沈德潜,在《唐诗别裁集·凡例》中也只是说:"唐人诗无论大家名家,不能诸体兼善,如少陵绝句,少唱叹之音。"用盛唐的标准看兴许如此。不过也有看出些道道来的,如李重华《贞一斋诗说》认为:"杜老七绝,欲与诸家分道扬镳,故尔别开异径,独其情怀,最得诗人雅趣。"今人程千帆先生在为《唐人七绝诗浅释》所作的引言中,对此分析道:"杜甫七绝如《江南逢李龟年》、《赠花卿》等篇,声调情韵,和王、李诸家的区别是不大的,可见他并不是没有能力写出那样的作品来,但由于追求艺术上的独创性,确实在这方面有意和另外一些诗人立异,而其成绩也很可观。如在题材方面,他创造了《戏为六绝句》这种论诗的体裁。在篇章结构方面,他运用古人写杂诗的方法创作了《漫兴》、《解闷》等组诗。在格律方面,不但时时突破当时已经固定的律化绝句的音节,采用当时民歌的声调;而且有的时候,还爱押仄韵,故意仿效唐以前的古歌谣。李重华能够看出杜甫在七绝方面有意'别开异径',是有见解的,但认为这种作品为'最得诗人雅趣',则未免有些过分了。"分析全面公允,足资参考。至于"最得诗人雅趣",李氏则说反了,应是"由雅入俗"。《藏海诗话》云:"老杜诗云:'一夜水高二尺强,数日不可更禁当。南市津头有船卖,无钱即买系篱旁。'与《竹枝词》相似,盖即俗为雅。"此论近之。俗,通俗之俗。老杜打开一条中唐至北宋的大道,形成文坛趋势。我在《中晚唐文坛大势》一文中有详论(此文收入本《文集》第六册),此不赘。因此,杜甫"别开异径"具有"子美集开诗世界"的意义,不容小觑。以大观小,这两首小诗也应从其以俗语入诗成趣方面着眼。李东阳《麓堂诗话》云:"杜子美《漫兴》诸绝句,有古竹枝意,跌宕奇古,超出诗人蹊径。"李氏点出此诗与民间竹枝词之关系,可谓中的。我在本书前言中说到杜诗充满乐府精神,此亦一例证。下文我们还会就这一问题从不同角度再作具体分析。

江上值水如海势聊短述(七律)

【题解】

作于上元二年(761)春。聊,姑且。春汛如潮,老杜有兴写长诗,却苦于老去乏佳句,姑且作此短篇,故曰"聊短述"。纪昀曾批评此诗不称题,许印芳发挥其说云:"诗于江水如海,全未着笔。五、六虽说水却是常语,不称'如海'之势,故晓岚(纪昀字)贬之。"其实题意说的正是无佳句形容此海势,这才只作短述;如何"不称题"? 还是同为《瀛奎律髓汇评》所引的查慎行说的近理:"此篇借题以寓作诗之法。"即借未写海势表现其不轻易着笔的认真态度,与"语不惊人死不休"的艺术追求。

为人性僻耽[1]佳句,语不惊人死不休!
老去诗篇浑漫与,春来花鸟莫深愁[2]。
新添水槛供垂钓,故著浮槎替入舟[3]。
焉得思如陶谢手,令渠述作与同游[4]!

【注释】

〔1〕 耽:嗜好。

〔2〕 老去二句:浑,简直。漫与,随意付与。二句赵注曰:"耽佳句而语惊人,言其平昔如此。今老矣,所为诗则'谩与'而已,无复有意于惊人也,故寄语花鸟无用深愁耳。"萧先生注:"这话不能死看,杜老年作诗也并不轻率,不过由于功夫深了,他自己觉得有点近于随意罢了。"莫深愁,萧先生注:"愁,属花鸟说。诗人形容刻划,就是花鸟也要愁怕,是调笑花鸟之辞。韩愈《赠贾岛》诗:'孟郊死葬北邙山,从此风云得暂闲。'又姜白石赠杨万里诗:'年年花月无闲处,处处江山怕见君。'(《送朝天集归诚斋时在金陵》)可以互参。"

〔3〕 新添二句:水槛,水亭的栏杆。故著,昔日置办下的。槎,木筏。

〔4〕 焉得二句:意为让陶谢来作诗,我则陪同游览。陶谢,陶渊明与谢灵运,都是南朝的大诗人。渠,他们。

【语译】

我这个人哪,天生就是醉心于写出好诗句。出语要是不能让人震住,我是死也不肯停笔。老来写诗已不如过去,简直是随意付与;春天的花鸟啊,你们再不必怕我穷形毕貌苦相逼。新添置的水边围栏只供垂钓,昔日编成的木筏可替代船楫。啊,怎能找到陶谢似的诗伯,让他们对景同游挥毫惬我意!

【研析】

天才型的李白作诗举重若轻,“一喷便是半个盛唐”,自然为人们所景仰企羡。然而美是多元的,以功力为诗之美也是无可替代的,就看读者的品味如何耳。何况欣赏一件艺术品与看赛跑并不是一回事,不必按秒表以写得快为佳。杜甫“语不惊人死不休”,精益求精的精神正是其成功之要诀,与天才其实是相通的,李白不也有“铁杵磨成针”的传说吗?

对此诗叶嘉莹教授别有新解,撮其要于下,供参考:此诗从诗题开始,就表现了杜甫一种脱略疏放的意致,于“江上值水如海势”之下,轻轻只用“聊短述”三字,非其不能写,只是不欲逞才刻意为之耳,故妙。开端二句“为人性僻耽佳句,语不惊人死不休”,乃写前时为人,为次联“老去诗篇浑漫与,春来花鸟莫深愁”作反衬。四句乃云:当年必求语出惊人,是少年盛气光景;而今老去,意兴萧疏,江水势如海亦不复动心。写出杜甫其时一片疏放之情,乃与“聊短述”相映照。此诗充分表现了杜甫此一阶段的内容与格律两方面的疏放脱略的境界。成善楷教授则以为:陶诗冲和闲淡,谢诗刻画精工,故老杜篇末备致向往,盖感于只管“语不惊人死不休”易流于刻意做作,而只管“浑漫与”又易流于平易轻靡,正欲合陶谢追求一种新诗风。二说颇富启迪,录供参考。

水槛遣心二首（五律）

【题解】

作于上元二年(761)春。槛,栏杆。水槛,指草堂水亭。题谓凭栏眺望以自排遣。

其 一

去郭轩楹敞[1],无村眺望赊[2]。
澄江平少岸[3],幽树晚多花。
细雨鱼儿出,微风燕子斜。
城中十万户,此地两三家。

【章旨】

仇注:“八句排对,各含遣心。”即从远离闹市的角度写出郊居野趣,及诗人贴近自然的清心。

【注释】

〔1〕 去郭句:此句谓水亭因远在郊野,所以显得很开阔明敞。去郭,远离城郭。轩楹,轩乃堂前之栏,楹乃堂前之柱;此指草堂水亭。

〔2〕 赊:远。

〔3〕 平少岸:因水涨与岸平,故岸看去比平时“少”。

【语译】

郊外水亭明敞,远眺无村遮蔽。暮春花繁树暗,澄江水涨岸低。

细雨鱼儿浮起,微风燕子斜飞。城中十万人家繁华,岂如清旷三家村里。

其　二

蜀天常夜雨,江槛已朝晴。
叶润林塘密,衣干枕席清。
不堪只老病,何得尚浮名[1]。
浅把涓涓酒,深凭[2]送此生。

【章旨】

由远眺转近观,由雨景勾起悲凉。

【注释】

〔1〕 不堪二句:上句言难于忍受衰老与疾病;下句言怎会去崇尚、追求浮名呢?尚,一作"向"。此句以下情绪由清旷转入悲怆。伤心毕竟难遣,恰如清代人写的《醋葫芦》所云:"几番上高楼将曲槛凭,不承望愁先在楼上等!"

〔2〕 深凭:全仗;深靠。

【语译】

蜀地春天常夜雨,朝来江槛已放晴。水塘林密叶犹湿,枕席清爽衣裳干。难忍老病挥不去,哪有心情顾浮名。低斟浅酌酒不断,全仗此君送此生!

【研析】

诗不但要观其大略,还要注重细节,于细微处见精神正是杜甫的一手绝活。《石林诗话》云:"诗语固忌用巧太过,然缘情体物,自有天然工妙,虽巧而不见刻削之痕。老杜'细雨鱼儿出,微风燕子斜’，此十字殆无一字虚设。雨细着水面为沤，鱼常上浮而淰，若大雨则伏而不出矣。燕体轻弱，风猛则不能胜，唯微风乃受以为势，故又有‘轻燕受风斜’之语……然读之浑然，全似未尝用力，此所以不碍其气格超胜。”在草堂较为平静的日子里，杜甫颇关注些小凡物，如：“仰蜂黏落蕊，行蚁上枯梨”，“芹泥随燕觜，花蕊上蜂须”，观察入微，但都不如“细雨鱼儿出，微风燕子斜”，的确是“读之浑然”。难怪《岘斋诗谈》会说：“‘澄江平少岸，幽树晚多花。细雨鱼儿出，微风燕子斜。’此白描写生手。彼云杜诗粗莽者，知其未曾细读也。”但是我仍要补充说：“细雨”一联之妙，还在乎与第一首诗整体清旷气象相融合，故虽小而大；于是乃知细节与整体相互建构之关系。

后　游（五律）

【题解】

上元二年（761）春，杜甫曾至新津县游修觉寺，有《游修觉寺》诗。此为重游所作。

寺忆曾游处，桥怜再渡时。
江山如有待，花柳更无私[1]。
野润烟光薄，沙暄日色迟[2]。
客愁全为减，舍此复何之？

【注释】

〔1〕　江山二句：言江山花柳如等待人去欣赏，细思便得大自然无私的道理。目击道存，所以刘辰翁认为：“必如此，可言气象。”如有待，好

像在等待(我再度来游)。

〔2〕 野润二句：此联写暮色极细腻：原野湿润,故蒸发出薄薄一层烟岚;暮色迟留,故沙地尚暖。下句为倒装句。暄,暖和。

【语译】

重来修觉寺,忆起曾游处。漫步过此桥,爱它今再渡。江山多娇如待我,花柳随缘无偏私。原野滋润烟岚轻,沙地温暖日下迟。异乡异客愁为减,难舍此地立踟躇。

【研析】

《说诗晬语》云:“杜诗‘江山如有待,花柳更无私’,‘水深鱼极乐,林茂鸟知归’,‘水流心不竞,云在意俱迟’,俱入理趣。邵子则云:‘一阳初动处,万物未生时’,以理语成诗矣。”杜诗的理趣与邵雍的理语的区别,就在于一是赋物明理,心物两契;一是取譬于近,言理而无趣。“江山”一联的理趣正是包藏于大自然的“气象”之中,是仇注所谓:“盖与造化相流通矣!”钱锺书《谈艺录》说得透彻:“鸟语花香即秉天地浩然之气;而天地浩然之气,亦流露于花香鸟语之中。此所谓例概也。”理趣即诗意,浑然互涵不可分。是以《唐诗归》钟惺曰:“‘无私’二字解不得,有至理。”讲的就是这种直觉认识。如果硬要抽绎出个“理”来,那就是：客观不因主观意志而转移,万物皆自然而然。只是情感色彩被抽干,句子便显得干巴巴、硬邦邦的,还有什么诗意?

春　水(五律)

【题解】

上元二年(761)春作。

三月桃花浪[1],江流复旧痕。
朝来没沙尾,碧色动柴门[2]。
接缕垂芳饵,连筒灌小园[3]。
已添无数鸟,争浴故相喧[4]。

【注释】

〔1〕 桃花浪:春汛时正值桃花开,故称桃花水。

〔2〕 朝来二句:沙尾,沙洲露出水面的顶端。碧色,用指江水。下句言柴门倒影在水中摇曳。也可以解读为波光在柴门上晃动。

〔3〕 接缕二句:言水满之乐。接,犹续。接缕,连续的钓鱼线。连筒,《杜臆》云:"余在蜀,见水车连缀竹筒于转轮上,以溉田园。"

〔4〕 已添二句:写众鸟争浴的喧闹,遂使画面声色并作,故《杜诗镜铨》引李因笃曰:"结语俊宕,添毫妙手。"(传说顾恺之画裴楷,于颊上添三根毫毛而生气顿出。)

【语译】

三月里来桃花水,江涨又到旧时痕。晨起沙洲已没顶,碧波潋滟映柴门。续丝垂钓沉鱼饵,缀筒水车灌小园。更添飞来无数鸟,争浴嘎嘎复叫喧。

【研析】

唐诗善用画面说话,如"妖童宝马铁连钱,娼妇盘龙金屈膝","山下孤烟远树,天边独树高原","鸡声茅店月,人迹板桥霜",画面的连续便是诗中语法。这些当然是极端的例子,却也表明画面语言在唐代已发展到极致。许多事物是可以感受到的,但是其个别性却是很难用词语的概念加以精确表达,所以古人说是"尽意莫若象",诗正是要用这"象"来尽意,所以才会出现这种"卡通"式的画面语。我们读这首诗,不也是从逐一出现的活泼泼画面中感受到春天的气息吗？而诗人当下其乐也融融的愉悦情感不就在其中了吗？

江　亭（五律）

【题解】

上元二年(761)春作。

坦腹[1]江亭暖，长吟野望时。
水流心不竞，云在意俱迟[2]。
寂寂春将晚，欣欣物自私[3]。
故林归未得，排闷强裁诗。

【注释】

〔1〕 坦腹：露腹，无拘束状。

〔2〕 水流二句：此联历来称为"理趣"名句。钱锺书的解释是："吾心不竞，故随云水以流迟；而云水流迟，亦得吾心之不竞。此所谓凝合也。"

〔3〕 寂寂二句：物自私，仇注："按此章云'欣欣物自私'，有物各得所之意，前诗云'花柳更无私'，有与物同春之意。"二章合看，无论"自私"、"无私"，都指向万物的"独化"，不与人事。此章则透出万物各得其所而己身却在物外的孤独感。《瀛奎律髓汇评》引纪昀曰："春已寂寂，则有岁时迟暮之慨；物各欣欣，即有我独失所之悲，所以感念滋深，裁诗排闷耳。"从玄言式的超拔中回归现实，是杜甫之所以为杜甫的特质。

【语译】

江亭日暖坦胸腹，郊野眺望长吟时。水流缓缓心亦静，云行迟迟意如斯。春已寂寥时将暮，欣欣万物各自私。虽有故乡归不得，为排郁闷强作诗。

【研析】

《杜工部草堂诗话》引张子韶《心传录》曰："陶渊明辞云：'云无心而出岫，鸟倦飞而知还。'杜子美云：'水流心不竞，云在意俱迟。'若渊明与子美相易其语，则识者往往以谓子美不及渊明矣。观其云'云无心'，'鸟倦飞'，则可知其本意；至于水流而心不竞，云在而意俱迟，则与物初无间断，气更浑沦，难轻议也。"文人强分高下的习气实在不怎样。如果要这么挑剔的活，"心不竞"、"意俱迟"不也一样"可知其本意"吗？倒是"欣欣物自私"、"花柳更无私"颇能"船过水无痕"地达到举物即写心的效果。只要能做到言理而有趣，各有各的美感，又何必强分高下？

独　酌（五律）

【题解】

上元二年（761）春作。独酌，题示独饮独开怀也。全诗由此展开，故《杜臆》云："首二句见幽闲自适之趣。三、四，根'步履（屧）'句来，纪深林所见，此物之适也，五、六，根'开樽'句来，独酌而自怡，此闲居之适也。"

步屧[1]深林晚，开樽独酌迟[2]。
仰蜂黏落蕊，行蚁上枯梨[3]。

薄劣惭真隐，幽偏得自怡[4]。
本无轩冕意，不是傲当时[5]。

【注释】

〔1〕 步屧：漫步。

〔2〕 迟：此指慢慢喝酒。

〔3〕 仰蜂二句：蕊，蕊是花心，此指花粉；下选《徐步》"花蕊上蜂须"句，"花蕊"一作"蕊粉"可证。上句谓山蜂倒爬在花心上，粘上花粉；与"花蕊上蜂须"意同。蕊，一作"絮"。《艇斋诗话》："老杜写物之工，皆出于目见。如'花妥莺捎蝶，溪喧獭趁鱼'，'芹泥随燕嘴(觜)，花粉(蕊)上蜂须'，'仰蜂黏落絮，行蚁上枯梨'……非目见安能造此等语？"

〔4〕 薄劣二句：薄劣，才疏学浅，诗人自称，自谦中有愤懑。《杜臆》引《杜诗通》曰："凡古之真隐，抱济世之才者也；若我薄劣，不过幽偏自怡而已。"

〔5〕 本无二句：与上联合读，谓"真隐"们往往是"假隐自名，以诡禄仕"(《新唐书・隐逸传》)的名士，我本无求官之意，所以只在此僻处自怡而已，哪里是傲于当世。轩冕，轩车冕服，此指高官厚禄。

【语译】

在深林里久久漫步，独自一人慢慢饮酒开怀。闲看蜂儿仰面花心粘花粉，蚂蚁一行直上枯梨来。无才如我愧对"真隐士"，僻处幽居只自怡。本来就无求官愿，岂敢奇货自居傲当世！

【研析】

人于悠闲之时才会关注到琐细的事物，"人闲桂花落"、"细数落花因坐久"之类是也。《懒真子》云："古人吟诗，绝不草草，至于命题，各有深意。老杜《独酌》诗云：'步屧深林晚，开樽独酌迟。仰蜂黏落絮，行蚁上枯梨。'……且独酌则无献酬也，徐步则非奔走也，以故蜂蚁之类，细微之物，皆得见之……舅氏曰：'《东山》之诗，盖尝言之："伊威在室，蠨蛸在户。町疃鹿场，熠耀宵行。"此物寻常亦有之，但人独居闲时，乃见之耳。杜诗之源出于此。'"是的，杜甫"仰蜂黏落蕊，行蚁上枯梨"二句正是要以此独居闲时所见寻常之细物，表达其幽偏自怡的题旨。如果只是孤立地解读这两句，便会认作贾岛式的僻细，难免有纪昀"小巧似姚武功，不为杜之佳处"之讥。

徐　步（五律）

【题解】

上元二年(761)春作。

整履步青芜，荒庭日欲晡[1]。
芹泥随燕觜，花蕊上蜂须[2]。
把酒从衣湿，吟诗信[3]杖扶。
敢论才见忌，实有醉如愚。

【注释】

〔1〕 整履二句：整履，穿鞋。青芜，青草。晡，日趋下时，约下午三至五点时分。

〔2〕 芹泥二句：芹泥，泛指田园中的湿泥，燕子往往以此筑巢。觜，通"嘴"。此指鸟喙。花蕊，一作"蕊粉"。

〔3〕 信：随意。

【语译】

穿好鞋子踏草地,荒芜的庭院日午时。燕子嘴上衔湿泥,蕊粉粘满蜂儿须。吟诗信步扶竹杖,持酒徐行任沾衣。不敢说是才高被人忌,实在是糊涂常醉里。

【研析】

此题与上一首之题旨、题材、结构、意象皆相近,好比"一鱼两吃",可视为杜甫对同一意指多种表达手段的探索,二诗又可互训。比较而言,上一首《独酌》写得更含蓄些,末句"本无轩冕意,不是傲当时"也更有力度。

江畔独步寻花七绝句(七绝)

【题解】

这七首一组的绝句,写于上元二年(761)春,居成都草堂时。或云当于宝应元年(762)作,时已安居,且是年李光弼克许州,吐蕃请和,朝廷形势相对平稳,诗人这才有心情作此颇为浪漫的组诗。录以备考。黄生云:"诸绝中,多入方言,益知其仿竹枝(民歌)。"就结构言,此组绝句属"连章体",的确是"首尾衔接,一气贯珠",意脉清晰可循。《杜诗胥钞》云:"《江畔独步寻花》,命题最佳,诗更有致。似喧而实静,似放而实微,似顽丑而实纤丽。"可为读此组诗之指南。

其一

江上被花恼不彻,无处告诉只颠狂[1]。
走觅南邻爱酒伴,经旬出饮独空床[2]。

【章旨】

仇注:“首章乃寻花独步之由。《杜臆》:‘颠狂二字,乃七绝之纲。不逢酒伴,故独步花前耳’”。

【注释】

〔1〕 江上二句:江上,指江边。恼,苦恼;气人。此为反语,爱之甚乃曰“恼恨”。杜诗:“韦曲花无赖,家家恼杀人!”不彻,不尽。《杜诗镜铨》引蒋云:“着一‘恼’字,寻花痴景,不描自出。”颠狂,情意迷乱。

〔2〕 走觅二句:旬,一旬十天。题下原注:“斛斯融,吾酒徒。”

【语译】

江花撩人惹人恼,无处诉说情迷乱。跑去南邻找酒伴,出饮已久剩空床。

其 二

稠花乱蕊畏江滨,行步欹危实怕春[1]。
诗酒尚堪驱使在,未须料理白头人[2]。

【章旨】

写寻花至江滨。对花曰“畏”,对春曰“怕”,对诗酒曰“驱使”,对白头人曰“料理”,词语的反常用法活画出个倔老头儿。

【注释】

〔1〕 稠花二句:二句谓因花繁盛而“畏”至江滨;非“畏江滨”也,“实怕春”耳;非“怕”春也,因春色撩人而自伤其老也,与“欢娱恨白头”同意。畏,一作“裹”,言花满两岸如夹裹,与“稠花乱蕊”相应,亦佳。

〔2〕 诗酒二句:或云“在”乃唐人口语,可作“得”字解。其实不必舍近就远,此“在”与“国破山河在”之“在”同,用其本义:存也。于此有

强调其自信的作用,言吾身犹在,堪作诗酒之驱使,毋烦他人照料也。料理,照料;关照。白头人,诗人自称。两句具不服老的精神,故刘须溪乃云:"每颂数过,可歌可舞,能使人老复少。"

【语译】

花繁畏到江之畔,蹒跚老人怕伤春。身存尚得拼诗酒,毋烦关照白头人。

其　三

江深竹静两三家,多事[1]红花映白花。
报答春光知有处,应须美酒送生涯。

【章旨】

写其独步江滨所见,及思以饮酒报答春光。

【注释】

〔1〕多事:指花不必要地挑引情绪,与"被花恼"同一机杼。《杜臆》:"红花白花,人不屑道,而添上'多事',便奇。"

【语译】

江水深,竹林静,三家两户共江春。红花白花真多事,相映撩人开纷纷。我知一处可报春:酒家痛饮送余生。

其　四

东望少城花满烟,百花高楼更可怜[1]。
谁能载酒开金盏,唤取佳人舞绣筵。

【章旨】

此为眺望少城，驰想高楼宴饮之词。上承首章招饮无人，所以望楼兴叹。

【注释】

〔1〕 东望二句：少城，即小城。《元和郡县志》："少城在成都县西南一里。"少城为秦时张仪所筑，今仍存地名，有少城公园。花满烟，《杜臆》："变烟花为花满烟，化腐为新。"可怜，可爱。

【语译】

东望少城烟花开，花拥高楼更可爱。谁能载酒召我饮？华筵歌舞佳人来。

其　五

黄师塔前江水东，春光懒困倚微风[1]。
桃花一簇开无主，可爱深红爱浅红[2]。

【章旨】

此寻花行至黄师塔前之作，从人的感受中传春光之神。

【注释】

〔1〕 黄师二句：黄师，姓黄的和尚。塔，此指葬和尚之塔。倚，靠也，此作沉醉其中解。《杜臆》曰："'春光懒困倚微风'，似不可解，而于'恼'、'怕'之外，别有领略，妙甚。"指出此句与"恼"、"怕"一样是反常用法，只能意会。其意为：春光让人又懒散、又困倦，我于是沉醉在微风中。萧先生认为"倚"是"倚杖"，言其于微风中倚仗小憩也。

〔2〕 桃花二句：开无主，言此桃花开在园林之外，故可任人观赏。仇注

引朱注:“叠用‘爱’字,言爱深红乎? 抑爱浅红乎? 有令人应接不暇意。”即谓深红、浅红皆可爱,爱都爱不过来。

【语译】

黄师塔前水向东,沉醉春风懒倦中。无主桃花开一簇,已爱深红更浅红。

其　六

黄四娘家花满蹊[1],千朵万朵压枝低。
留连戏蝶时时舞,自在娇莺恰恰啼[2]。

【章旨】

寻花至人家,与上一首“一簇开无主”者异,故极写其繁盛之趣。

【注释】

〔1〕 黄四娘句:黄四娘,姓黄而排行第四的妇女。蹊,小路。

〔2〕 留连二句:此联对属工整,其中用了双声对,声调特别和谐婉转。恰恰啼,或以为“恰恰”为象声词,形容莺啼之声。史炳《杜诗琐证》则以为:恰,用心。恰恰啼,用心啼也。而宋人赵次公注云:“恰恰字,如王无功(绩)之言‘恰恰来’也。”王绩《春日》诗:“年光恰恰来,满瓮营春酒。”萧涤非先生进而释之:所谓恰恰来,即正好来。春光可贵,不宜错过,故欲多酿酒。按“恰恰”乃唐人口语,此一口语,宋仍沿用。黄山谷《同孙不愚过昆阳》诗:“田园恰恰值春忙,驱马悠悠昆水阳。”此“恰恰”应解作正好,更无可疑。杜此诗题为“独步寻花”,蝶时时舞,而莺则非时时啼;今独步来时,莺鸟正好叫唤起来,有似迎客,故特觉可喜耳。

【语译】

黄四娘家路欲迷,繁花万朵压枝低。随处戏蝶翩翩舞,恰逢娇莺一声啼。

其　七

不是爱花即肯死[1]，只恐花尽老相催。
繁枝容易纷纷落，嫩蕊商量细细开[2]。

【章旨】

末首总结惜花之意：悲老惜少。每篇都写寻花、惜花，但章法、手法各各不同。

【注释】

〔1〕 不是句：此句口吻颇幽默，杜另有诗云："山鸟山花吾友于"，视花鸟不啻兄弟，正出于他的"民胞物与"的真性情。肯，一作"索"，一作"欲"。言并非爱花就不要命了。

〔2〕 繁枝二句：此联上、下句有因果关系：因其繁花容易落，故望嫩蕊细细开也。蕊，一作"叶"。嫩蕊，含苞待放的花骨突。仇注："繁枝易落，过时者将谢；嫩蕊细开，方来者有待。亦寓悲老惜少之意。"萧先生云："商量二字生动，一似花真解语。"

【语译】

不是爱花爱到不要命，只怕春光易逝老相催。繁花盛极终会纷纷落，新苞可否次第慢慢开？

【研析】

性格复杂情感丰富的苏东坡称得上是杜子美的知音，他早就看出杜甫健全人格之端倪。他一方面在《王定国诗集叙》中指出："古今诗人众矣，而杜子美为首，岂非以其流落饥寒，终身不用，而一饭未尝忘君也欤？"另一方面又欣赏其"清狂"不合时宜。《书子美黄四娘诗》云:“子美诗云:‘黄四娘家花满蹊,千朵万朵压枝低。留连戏蝶时时舞,自在娇莺恰恰啼。’东坡云:此诗虽不甚佳,可以见子美清狂野逸之态,故仆喜书之。”他深深理解子美之清狂正是对儒学之执着,故《书子美屏迹诗》又以打趣的口吻说:“‘用拙存吾道,幽居近物情。桑麻深雨露,燕雀半生成。(下略,原诗见本卷所选《屏迹三首》)’子瞻云:‘此东坡居士之诗也。’或者曰:‘此杜子美《屏迹》诗也,居士安得窃之?’居士曰:……今考其诗,字字皆居士实录,是则居士诗也,子美安得禁吾有哉!”打趣中有严肃的议题。的确,“用拙存吾道,幽居近物情”具有普遍性,大凡以儒学为底子的士大夫总是能从退避中自舔伤口,恢复元气,从回归大自然(“近物情”)中走出困境,获得心态新的平衡。他们好比气球,你将它捺到水底,手一松,球随即跃出水面,并未屈服。苏东坡本人就是典型,所以他能体会到杜甫清狂的意义。如果我们将杜甫成都草堂时期的“闲适诗”如《江村》、《漫兴》、《遣意》、《漫成》等等成片读去,并与前期在两京忍辱负重、在朝廷无可奈何时所作诗相比较,就会发现此际的杜甫清狂与率真融为一体,人与人之间、人与自然之间,春水花径、田父野老,相处十分融洽。前期正如杜甫自己说的:“驱驰丧我真”;反之,草堂暂时的安定则有助于残损的身心得以修复,真性情得以提升,使其诗作更多地指向自己的内心世界,咀嚼人生经验,进行深刻的反思,“民胞物与”中“物我与也”的一面得以深化,而其人格也因之展现出一种自由之精神。难怪《旧唐书》本传会说:“甫于成都浣花里种竹植树,结庐枕江,纵酒啸咏,与田夫野老相狎荡,无拘检。”草堂时期杜甫的“闲适”有其陶冶性情的积极意义,不可等闲视之。至于此组诗以方言口语入诗,诚如黄生所说,是向民歌如“竹枝词”学习的结果。这也是杜甫后期诗歌艺术探索的方向,容下一组诗之【研析】续论之。

绝句漫兴九首（七绝）

【题解】

上元二年(761)春至初夏作。《杜臆》:“兴之所到,率然而成,故云‘漫兴’。”这一组绝句与上选七绝句同样是向“竹枝词”学习的成功之作,有浓郁的民歌味。萧先生注:“杜甫对绝句往往纵笔所之,不甚留意。但正因为如此,所以他的绝句别有一种天然标格和风趣。”绝句向来被认作是唐人所偏长独至,杜之绝句可谓是百花园中一奇葩,读此可知。

其 一

眼见客愁愁不醒,无赖春色到江亭[1]:
即遣花开深造次,便教莺语太丁宁[2]!

【章旨】

《杜臆》:“客愁二字,乃九首之纲。”以“骂春”衬客愁之百无聊赖,别开生面。

【注释】

〔1〕 眼见二句:《杜诗解》:“眼,春之眼也。眼见客愁,可应暂避。今全然不顾,客自愁,春自到,毫无半分相为之意,则无赖之至也。”这组诗往往将春天拟人化,而这一句则是诗人的“自我分离”。德国学人莫芝宜佳《〈管锥编〉与杜甫新解》云:“诗的第一句,诗人与春天调换了位置,为的是用春天的眼睛从外面审视自己。”又云:“‘愁不醒’,使人想到‘醉不醒’。”其造语的确有奇趣。

〔2〕　即遣二句:"指责"春光让花开得太鲁莽,且使莺啼扰人太甚。全诗与《江畔独步寻花七绝句》之"花恼"、"怕春"用意相似,颇得民歌风趣之情调。造次,仓卒;匆忙。太丁宁,厌其烦絮。元曲有云:"无情杜宇闲淘气,头直上耳根底,声声聒得人心碎。你怎知、我这里,愁无际。"可互参。

【语译】

春光见我愁不醒,便遣春色耍赖到江亭:安排百花撩人仓卒开,指使啼莺烦人叫不停!

其　二

手种桃李非无主,野老[1]墙低还是家。
恰似春风相欺得,夜来吹折数枝花[2]。

【章旨】

仇注:"此章借春风以寄其牢骚。"前一组七绝写的是外出独步寻花,这一组则是在自家及周边看花。

【注释】

〔1〕　野老:诗人自称。

〔2〕　恰似二句:言春风吹折花,似是有意欺人;仍是"春色无赖"。《杜臆》以为"吹折花枝"与下首"点污琴书"、"接虫打人"都是有所指,是"远客孤居,一时遭遇,多有不可人意者",则又太过敏了。还是黄生评得好:"意喜之而语故怨之,口角趣绝。"相,音悉,仄声。仇注引陆放翁(游)云:"白乐天用'相'字,多作入声,如'为问长安月,如何不相离'是也。此诗亦当从入声读。"此处"相"字表示单方面发出的施为,是对"我"的。即春风欺我。用法与《古诗为焦仲卿妻作》"及时相遣归"、王昌龄《芙蓉楼送辛渐》"洛阳亲友如相问"

之“相”字的用法同。得,语助词。

【语译】

桃李亲手种,不是无主花。野老墙头低,也是一个家!春风欺人甚,夜来吹折数枝斜。

其 三

孰知茅斋绝低小,江上燕子故来频[1]。
衔泥点污琴书内,更接飞虫打着人[2]。

【章旨】

此章借燕子寓感慨,以白描状物尤为传神。

【注释】

〔1〕 孰知二句:言燕子虽熟知茅屋非常低小,偏要来此筑巢。孰知,即熟知,唐时俗语,指燕子说。茅斋,即草堂。故,故意。

〔2〕 衔泥二句:接,迎也。打着人,指燕子捕飞虫时低飞,其翅扑打到人。写燕子低飞捕虫入神。黄生云:“亦假喜为嗔之辞。”

【语译】

明知我茅屋非常矮,江上燕子偏常来。筑巢衔泥泥时落,点污书籍和琴台。更有捕虫低飞急,翅羽扑面令人骇。

其 四

二月已破[1]三月来,渐老逢春能几回?
莫思身外无穷事,且尽生前有限杯[2]!

【章旨】

写春光易逝,引发暮年慨叹。

【注释】

〔1〕 破:突过,此指由二月忽至三月,言时光易逝。

〔2〕 莫思二句:《世说新语·任诞》载张翰曰:"使我有身后名,不如即时一杯酒。"王嗣奭云:"亦无可奈何而自宽之词。"

【语译】

突破二月进三月,渐老春光还能看几回?身外万事甭去想,且来喝光生前有限这几杯!

其　五

肠断江春欲尽头,杖藜徐步立芳洲〔1〕。
颠狂柳絮随风舞,轻薄桃花逐水流〔2〕。

【章旨】

江春欲尽,托物讽人,写出心中烦苦。

【注释】

〔1〕 肠断二句:江春,一作"春江",非。杖藜,拄着拐杖。芳洲,芳草之洲。此指江畔草地。

〔2〕 颠狂二句:柳絮轻,随风起舞,故曰"颠狂";桃花落,随波逐流,故曰"轻薄";二句为慨世语。仇注曰:"颠狂轻薄,是借人比物,亦是托物讽人,盖年老兴阑,不耐春事也。"

【语译】

江春将尽痛断肠,拄杖慢行来立芳洲上。冷眼颠狂柳絮随风舞,可叹桃花轻薄逐波浪。

其 六

懒慢无堪不出村,呼儿日在掩柴门[1]。
苍苔浊酒林中静,碧水春风野外昏[2]。

【章旨】

此首写己之懒慢,闭门自得其乐。

【注释】

〔1〕 懒慢二句:懒慢,懒散简慢。无堪,不堪。赵次公注:"懒慢而无所堪任,所以不出村,乃嵇康性疏懒而有七不堪是也。"嵇康《与山巨源绝交书》自称"情意傲散,简与礼相背,懒与慢相成";又称有"七不堪",所举都是些不堪礼教束缚的行为。杜以"懒慢无堪"概括其意,以言自家现状。日在,犹云日日。

〔2〕 昏:昏暗,指春阴幽深。宋苏舜钦有"春阴垂野草青青"句,即此意境。

【语译】

吾性懒散且简慢,不堪应酬不出村,呼儿日日掩柴门。独酌最爱林中静,石台座有苍苔痕,碧水春风野垂阴。

其 七

糁径杨花铺白毡,点溪荷叶叠青钱[1]。
竹根稚子无人见,沙上凫[2]雏傍母眠。

【章旨】

此首细写园中景如画,别无寓意。

【注释】

〔1〕 糁径二句：糁，杂也，以此形容落花错杂之小路。青钱，铜钱。

〔2〕 凫：野鸭子。

【语译】

杨花杂乱地铺在小路如白色的地毡，荷花点缀小溪又好比那重叠的铜钱。竹根下的春笋没人看见，沙上的小野鸭依偎在母鸭傍睡眠。

其　八

舍西柔桑叶可拈，江畔细麦复纤纤[1]。
人生几何春已夏，不放香醪[2]如蜜甜。

【章旨】

此章写初夏田园里桑青麦秀，乃得农桑之乐。

【注释】

〔1〕 纤纤：状麦穗之秀。

〔2〕 香醪：秀醇的美酒。

【语译】

农舍西角的桑叶嫩可采，江边地里的麦穗已细长。人生几何转眼春入夏，我岂肯放过香甜的美酒不品尝！

其　九

隔户杨柳弱嫋嫋[1]，恰似十五女儿腰。
谁谓朝来不作意[2]，狂风挽断最长条。

【章旨】

《读杜心解》:“此与‘手种桃李’章不同,乃‘好物不坚牢’之意,盖以自况也。”黄生云:“此首是竹枝本色。”此组诗受蜀地民歌竹枝词的影响,写得活泼风趣。特别是假喜为嗔的口吻,最得民歌神韵。

【注释】

〔1〕 嫋嫋:纤长柔美貌。鲍照《在江陵叹年伤老》:“翾翾燕弄风,嫋嫋柳垂腰。”

〔2〕 作意:留意。

【语译】

户外风摆杨柳枝嫋嫋,恰似十五六岁的女孩腰。谁说今朝老天是不留意,分明是用狂风挽断那最长条!

【研析】

杜甫的绝句现存约一百多首,绝大部分写于居成都后,分量不可谓不重,且历来评价众说纷纭,这里总的说一说,提个醒。

仇注引申涵光曰:“绝句,以浑圆一气、言外悠然为正。王龙标其当行也;太白亦有失之轻者,然超轶绝尘,千古独步。惟杜诗别是一种,能重而不能轻,有鄙俚者,有板涩者,有散漫潦倒者,虽老放不可一世,终是别派,不可效也。李空同处处摹之,可谓学古之过。‘恰似春风相欺得,夜来吹折数枝花’,语尚轻便。‘莫思身外无穷事,且尽生前有限杯’,似今小说演义中语。‘糁径杨花铺白毡’,则俚甚矣。”从诗的“大传统”看去,申氏所指摘不为无据,诚是“别派”,但以此贬杜之绝句则大误!古人往往“继承”有余而创新不足,对“小传统”(主要是民间“俗”的传统)取蔑视的态度。事实上变风、变雅比雅、颂更具活力,是文学史前进的内驱力。从这一角度看去,杜于绝句之创新(“别派”)应大力肯定。金启华《杜甫诗论丛》总结杜甫绝句的四项特色，颇有见地，兹摘其大要于下，以飨读者诸君：

首先，杜之绝句联篇多，单篇少。盖绝句短小，反映事物快，像速写与摄影之抓拍，但容量有限，遇大事、复杂事，则须以组诗表达。上文所选《江畔独步寻花七绝句》、《绝句漫兴九首》，及下文所选《承闻河北诸道节度入朝欢喜口号绝句十二首》、《戏为六绝句》、《夔州歌十绝句》等皆是。这些组诗都写来首尾衔接，一气贯珠，迭唱不衰。至于手法，多激切直率，赋笔居多，也有微婉含蓄之章，夹用比兴。

其次，除常调外，多拗体，以免平板，音调更为丰富。如本组诗其二："手种桃李非无主，野老墙低还是家。恰似春风相（音悉，仄声）欺得，夜来吹折数枝花。"此平起式第一句第二字应为平声，却用了仄声；第二句第五字应仄而平，第三句第六字应仄而平，构成了拗体。至如《夔州歌十绝句》之"中巴之东巴东山"，全用平声，读来几乎每字一顿，便觉顿挫峭拔。这就是杜甫创新处。

再次，其绝句是直切与蕴藉两种手法都具备，风格之多，也构成一种特色。如《赠花卿》"锦城丝管日纷纷"一首，蕴藉得很，婉而多讽，连一向以贬杜为能事的杨慎也在《升庵诗话》中说："公之绝句百余首，此为之冠。"如果将《江南逢李龟年》"岐王宅里寻常见，崔九堂前几度闻。正是江南好风景，落花时节又逢君"，与李白《越中览古》"越王勾践破吴归，义士还家尽锦衣。宫女如花满春殿，只今惟有鹧鸪飞"，王昌龄《浣纱女》"钱塘江畔是谁家？江上女儿全胜花。吴王在时不得出，今日公然来浣纱"作一比较，则有并驾齐驱处，亦有分道扬镳处。〔今按：金氏于异同未及详言，黄子云《野鸿诗的》一段话可作补充：绝句"龙标（指王昌龄）、供奉（指李白）擅场一时，美则美矣，微嫌有窠臼……往往至第三句意欲取新，作一势唱起，末或顺流泻下，或回波倒卷。初诵时殊觉醒目，三遍后便同嚼蜡。浣花（指杜甫）深悉此弊，一扫而新之；既不以意胜，直以风韵动人，洋洋乎愈歌愈妙。如《寻花》也，有曰：'诗酒尚堪驱使在，未须料理白头人。’又曰：‘桃花一簇开无主，可爱深红爱浅红。’”所谓“第三句意欲取新，作一势唱起”者，是说首二句不妨平铺直叙，至第三句则使转有力，如上引李之“宫女如花满春殿”一句，将昔日繁盛推至巅峰，为的是在第四句猛跌入今之荒凉，是为蓄势。王作第三句亦同，“吴王在时不得出”，说尽当时越王搜尽美女献吴事，猛转入“今日公然来浣纱”，颠覆了昔日的情境。这种跌宕功夫，唐人绝句在在都有，一旦成为模式，就有必要加以陌生化，杜甫绝句的“别派”是已。杜与深婉轻灵的传统写法不同，不以“第三句作转”的模式写绝句，如上举“桃花一簇开无主，可爱深红爱浅红”，两句如流水不可断，写出爱花心性来，“直以风韵动人”耳。〕

最后，杜之绝句在造句、遣词、着色方面也具特色。其中如用多对偶句，却能写来流畅自然。如《绝句漫兴九首》之六：“懒慢无堪不出村，呼儿日在掩柴门。苍苔浊酒林中静，碧水春风野外昏。”后联对偶，但整体仍流利自然，读来音调铿锵。至如《绝句四首》之三：“两个黄鹂鸣翠柳，一行白鹭上青天。窗含西岭千秋雪，门泊东吴万里船。”一句一意，却色彩鲜明，音节跳动，一气呵成。金启华尤其着重指出：杜甫绝句创作学习了当地民歌，这是他超出诗人蹊径的关键。萧涤非先生有云：“总的说来，杜甫绝句的艺术特色，在于它既保持了民歌自然、朴实、通俗、清新的本色，又体现了诗人独具匠心的大胆创造。自然美、心灵美与艺术美相结合，形成了别具一格的天然风趣。”至于杜甫绝句中引入“重、大、拙”以及所谓“俗”的风格诸问题，下文我们还要论及。这里只想引胡适《白话文学史》一段话以点醒杜甫此类小诗的特色：“凡好的小诗都是如此：都只是抓住自然界或人生的一个小小的片段，最单一又最精彩的一小片段。老杜到了晚年，风格老辣透了，故他作这种小诗时，造语又自然，又突兀，总要使他那个印象逼人而来，不可逃避。他控告春风擅入他家吹折数枝花；他嘲笑邻家杨柳有意和春风调戏，被狂风挽断了她的最长条；他看见沙头的鸬鹚，硬猜是旧相识，便同他订约，要他一日来一百回;他看见狂风翻了钓鱼船,偏要说是风把花片吹过去,把船撞翻了！这样顽皮无赖的诙谐风趣便使他的小诗自成一格,看上去好像最不经意,其实是他老人家最不可及的风格。"

进　艇（七律）

【题解】

上元二年(761)夏作于成都草堂。进艇,即划小船。

南京久客耕南亩,北望伤神坐北窗[1]。
昼引老妻乘小艇,晴看稚子浴清江。
俱飞蛱蝶元相逐,并蒂芙蓉本自双[2]。
茗饮蔗浆携所有,瓷罂无谢玉为缸[3]。

【注释】

〔1〕南京二句:南京,指成都,唐玄宗入蜀以成都府为南京,上元元年(760)罢南京。萧先生注:"诗作于初罢不久,为了与下句作对,故仍以南京代成都。杜甫并未躬耕南亩,但在草堂也从事种树、种药、刈草等劳动。"北望,北望中原。因朝廷和故乡都在北方,故云。按,南京、南亩对北望、北窗,南、北字叠用,老杜喜用之,如"旧日重阳日,传杯不放杯"、"即从巴峡穿巫峡"、"桃花细逐杨花落"是也。但也有人认为"村气"。只要用得合适,不滥用,则能对映成趣,何村气之有?

〔2〕昼引四句:赋而兼比。元,原本。元相逐、本自双,亦见夫妇聚处合乎天性自然。芙蓉,即荷花。

〔3〕茗饮二句:茗饮,茶水。蔗浆,甘蔗汁。上句谓自携茶水、蔗浆这些家中现有之物出游。罂,小口大肚罐,盛茶浆之器。无谢,萧先生

注:“犹不愧或不让。是说比之富贵人家所用玉缸并无逊色。”

【语译】

客居久在南京耕南亩,黯然神伤北望坐北窗。白日带上老妻坐小艇,晴天闲看幼子嬉水在清江。蝴蝶双飞是本性,芙蓉并蒂自成双。农家茶水糖浆瓷罐装,此乐岂减富家玉为缸!

【研析】

明代陆时雍《唐诗镜》评此诗云:“善自遣者。老杜尝云:‘老去诗篇浑漫兴。’篇中得此居多。古人善于托言,唐人长于漫兴。”陆氏的意思是:古人作诗讲究“比德”(譬如说《关雎》是“以色喻于礼”、“乐而不淫”、“后妃之德也”,等等),而唐人是“长于漫兴”的,只是触物起兴而成诗。杜甫“老去诗篇浑漫兴”,在草堂期间写下的许多诗便是一时间的感动兴发,是用来遣愁去闷的,与古人的“托言”不同。古人作诗是否都是用来“比德”,自当别论;但说杜甫漫兴诗是用来“自遣”,则大致不错。以本诗为例,“昼引老妻乘小艇,晴看稚子浴清江”与“俱飞蛱蝶元相逐,并蒂芙蓉本自双”形成对等关系,都是自然而然合乎本性者。于是乎人的行为与自然形式取得同构反应,从中感悟到人性与自然本性的同一(天人合一),于是产生美感。这也是杜甫能在长期逆境中陶冶性情自我修复,不致被击倒,保持人性健全的一个重要原因。与陆氏同为明代人的何景明(大复)则没这么通达,他在《明月篇序》中说:“夫诗本性情之发者也,其切而易见者,莫如夫妇之间。是以‘三百篇’首乎雎鸠,六义首乎风。而汉魏作者,义关君臣、朋友,辞必托诸夫妇,以宣郁达情焉,其旨远矣!由是观之,子美之诗,博涉世故,出于夫妇者常少,至兼雅颂,而风人之义或缺,此其调反在四子(指初唐之王、杨、卢、骆)之下与?”何氏只是用“比德”的旧眼光看杜诗,所以不满。杜甫的确对以夫妇比“君臣之义”不感兴趣,但他写伉俪情笃以“宣郁达情”,则比比皆是。《韵语阳秋》就曾指出:“老杜《北征》诗云:‘经年至茅屋,妻子衣百结……平生所娇儿,颜色白胜雪。见耶背面啼,垢腻脚不袜。’方是时杜方脱身于万死一生之地,得见妻儿,其情如是。洎至秦州,则有:‘晒药能无妇,应门亦有儿。’至成都,则有‘老妻忧坐痹,幼女问头风’之句。观其情悰,已非《北征》时比也。诗则曰:‘昼引老妻乘小艇,晴看稚子浴清江’……其优游愉悦之情,见于嬉游之间,则又异于在秦、益时矣。”老杜在不同境况下写出夫妇共患难、同甘苦的人伦之美、人性之美,跳出“比德”、“义关君臣”的圈缋,正是杜诗一大贡献。

寄杜位（七律）

【题解】

杜位乃杜甫之族弟,宰相李林甫的女婿。李林甫死,亲党多贬斥,位遂流放岭南新州(今广东新兴)。诗作于上元二年(761)秋,时在青城县。

近闻宽法[1]离新州,想见怀归尚百忧。
逐客虽皆万里去,悲君已是十年流[2]。
干戈况复尘随眼,鬓发还应雪满头。
玉垒题书心绪乱,何时更得曲江游[3]?

【注释】

〔1〕 宽法:依法从宽处理,此指上元二年九月大赦。杜位后来移任江陵,为行军司马。

〔2〕 逐客二句：谓虽然放逐之人都要长流万里，但更可悲的是你被流放的时间长达十个年头。杜位天宝十一载（752）被流放，至上元二年（761）遇赦，计十年。逐客，被放逐的罪臣。

〔3〕 玉垒二句：玉垒，玉垒山在青城县（今四川都江堰市）西北，杜甫时在青城，作此诗。曲江，即长安曲江池，为风景名胜之地。题下原注："位京中宅近西曲江，诗尾有述。"即杜位在长安曲江有宅，杜甫困守长安时曾有《杜位宅守岁》之作。题书，指赋此诗。

【语译】

近来听说你遇赦离新州，想必是思归心烦煎百忧。逐臣虽说都贬万里外，可悲的是你一去十春秋。何况至今干戈犹满眼，应是鬓发如雪白了头。我在玉垒寄诗心绪乱，何时再到曲江作同游？

【研析】

七律历来被认作是各种诗体中最精美者，而对偶的工整、众多画面的切割，又易流于板滞。入蜀后杜甫生活较安定，开始大量写七律，且变工丽为脱略，运古入律，克服了这些束缚，此诗便是成功的例证。首联"近闻"与"想见"，颔联"虽皆"与"已是"，颈联"况复"与"还应"，都形成上下关联流水也似的关系；且在意脉上如《杜诗镜铨》所评："中四一句一转，玩通首全用虚写，具见缠绵怆恻。"也就是说，句法上一句一转，情感上却反复缠绵，感同身受地想象对方的窘境，一气流注，所以读来朗朗上口，遂使人不觉其格律之严。

送韩十四江东觐省（七律）

【题解】

旧编在上元二年（761），姑从之。觐省，省视父母。十四，是韩的排行。玩末句,韩十四当是杜甫之同乡。

兵戈不见老莱衣,叹息人间万事非[1]!
我已无家寻弟妹,君今何处访庭闱[2]?
黄牛峡静滩声转,白马江寒树影稀[3]。
此别还须各努力,故乡犹恐未同归[4]。

【注释】

〔1〕 兵戈二句:《艺文类聚》引《列女传》:"老莱子孝养二亲,行年七十,婴儿自娱,着五色彩衣。"意思是老莱子为尽孝,七十岁了还像娇儿一样戏于亲侧。韩十四是去寻访父母的,故用老莱子故事。首二句感慨甚深,既表扬了韩十四在战乱中犹能思尽孝道,又对国事日非忧心忡忡。这种家国之忧的情绪喷薄而出,笼罩全诗,如古人所称:首联破题"欲如狂风卷浪,势欲滔天"。

〔2〕 我已二句:是愁人对愁人,意尤沉痛。颔联是流水对。无家,指在洛阳故乡已无家室,弟妹四散。庭闱,父母所居,即指父母。

〔3〕 黄牛二句:黄牛峡,长江一峡,在今湖北宜昌西。《水经·江水注》:"江水又东,径黄牛山,下有滩,名曰黄牛滩,南岸重岭叠起,最外高崖间有石,色如人负刀牵牛,人黑牛黄,成就分明,既人迹所绝,莫得究焉。此岩既高,加以江湍纡回,虽途径信宿,犹望见此物,故行者谣曰:'朝发黄牛,暮宿黄牛。三朝三暮,黄牛如故。'"韩十四赴江东,此为必经之路,"滩声转"正含《水经注》"江湍纡回"之意。白马江,属长江水系,在今四川崇庆东北。杜甫当于此地送韩十四。《杜诗镜铨》引朱瀚曰:"滩声树影二句,在韩是一片归思,在杜是一片离情。气韵淋漓,满纸犹湿。"

〔4〕 此别二句:各努力,各自努力为归乡之计。前分后合,尽相濡以沫之意。

【语译】

战乱膝下谁承欢？人间万事尽可叹！我今无家兄弟散，君往何处父母得团圆？远行纡回人迹少，三朝三暮黄牛滩。白马江畔离别意，唯觉树影稀疏江水寒。此别各自须努力，故乡同归怕已难！

【研析】

此诗七言八句，起承转合，一气旋转，极沉郁顿挫之致。起句逆入，似从半天跌落，猛触起乱离心绪，开篇便响；颔联以己作衬，以韩为主，彼此夹发为流水对；颈联与颔联上下相生，以景写情，峡静滩转以见访庭闱之难，江寒树稀更觉无家之凄凉；结句“各”字双收，兜转合写，多少期盼，意自苍茫。纪昀称之：“纯以气胜而复极沉郁顿挫，不比莽莽直行。”所评良是。

楠树为风雨所拔叹（七古）

【题解】

上元二年（761）在成都时所作。楠树，则《尔雅》所称之梅柟，似杏实酸。草堂前有大楠树，杜甫深爱此楠树，目击楠树与风搏斗，卒为所拔，因作此叹。“叹”本是曲调的一种，如“歌”、“行”、“吟”之类，这里兼具表情作用。浦注：“泪痕血点，人树兼悲。”

倚江楠树草堂前，故老相传二百年。
诛茅卜居总为此，五月仿佛闻寒蝉[1]。
东南飘风动地至，江翻石走流云气。
干排雷雨犹力争，根断泉源岂天意[2]！

沧波老树性所爱，浦上童童一青盖。
野客频留惧雪霜，行人不过听竽籁[3]。
虎倒龙颠委榛棘，泪痕血点垂胸臆。
我有新诗何处吟？草堂自此无颜色[4]！

【注释】

〔1〕　倚江四句：起四句追叙楠树未拔之前，对此树之钟爱。故老，当地有经验之老者。诛茅卜居，剪除茅草，营建草堂。总为此，全都为了这棵楠树。五月句，言楠树茂叶簌簌，五月就仿佛听到秋天寒蝉的鸣叫。仇注："五月寒蝉，是咏树，不是咏蝉。"

〔2〕　东南四句：正面描写楠树与狂风搏斗，终为旋风所拔，颇似诗人倔强的个性。浦注："犹力争，壮其节也。岂天意，非其罪也。"飘风，旋风；暴风。《诗·卷阿》："飘风自南。"传皆训飘风为回风，即旋风。

〔3〕　沧波四句：写拔后回思沉痛之情，两句切自己写，两句写一般人。浦上，水边。童童，茂盛貌。青盖，青色伞盖。野客，指过往行人。竽籁，笙箫之类乐器。萧先生注："树大荫浓，可避雪霜，故野老频留树下；树高迎风，如吹笙竽，故行人低回倾听，不忍即过。见得楠树，人所共爱。"

〔4〕　虎倒四句：末四句深致哀悼。虎倒龙颠，写老楠僵仆之状，虽偃仆不改其雄姿也。杜有《病柏》诗云："偃蹙龙虎姿。"委，委弃。浦注："虎倒龙颠，英雄末路，泪痕血点，人树兼悲。无颜色，收应老辣。叹楠耶，自叹耶？"

【语译】

草堂楠树靠江边，乡里老人传说已经二百年。辟荒筑居只为爱此树，五月风叶簌簌似寒蝉。不料东南旋风动地来，翻江走石云徘徊。苍干虬枝奋起斗雷雨，无奈九泉根断天亦哀！我与老树性相近，沧江浦上亭亭一树青。过往行人频留树下避霜雪，驻足且听风叶吹竽笙。如今虎倒龙僵弃荆棘，泪痕血点满胸襟。我有新诗何处吟？草堂生气忽消沉。

【研析】

杜甫还有一首《高楠》诗："楠树色冥冥，江边一盖青。近根开药圃，接叶制茅亭。落景阴犹合，微风韵可听。寻常绝醉困，卧此片时醒。"按，柟、楠都是"枬"的俗字，所以高柟就是高楠，写的都是草堂前水边的同一棵大树。《高楠》写的是楠树未拔前景象，与这一首合读互参，可感受到杜甫平日里对此楠树爱之深，不觉以人视之，忽遇其颠覆，自然是十分伤心。有人把此诗说成是比严武之死，这就不符合实际了。

茅屋为秋风所破歌（七古）

【题解】

上元二年(761)秋作于成都草堂。《唐诗镜》："子美七言古诗气大力厚，故多局面可观。"的确，这首诗喷薄而出，且感情深厚，如决黄河，最能体现杜甫的仁者之心，在艺术上也有特色。北宋大政治家王安石《杜甫画像》诗云："吾观少陵诗，谓与元气侔：力能排天斡九地，壮颜毅色不可求……惜哉命之穷，颠倒不见收，青衫老更斥，饿走半九州，瘦妻僵前子仆后，攘攘盗贼森戈矛。吟哦当此时，不废朝廷忧，常愿天子圣，大臣各伊周。宁令吾庐独破受冻死，不忍四海赤子寒飕飕。伤屯悼屈止一身，嗟时之人我所羞。所以见公画，再拜涕泗流，惟公之心古亦少，愿起公死从之游！"能从大量杜诗中拈出此诗力唱，可谓只眼独具。

八月秋高风怒号，卷我屋上三重茅。
茅飞渡江洒江郊，高者挂罥[1]长林梢，
下者飘转沉塘坳[2]。
南村群童欺我老无力，忍能对面为盗贼[3]。
公然抱茅入竹去，唇焦口燥呼不得。
归来倚杖自叹息。
俄顷[4]风定云墨色，秋天漠漠向[5]昏黑。
布衾多年冷似铁，娇儿恶卧踏里裂[6]。
床头屋漏无干处，雨脚如麻[7]未断绝。
自经丧乱少睡眠，长夜沾湿何由彻[8]?
安得广厦千万间，大庇天下寒士俱欢颜，
风雨不动安如山。
呜呼！何时眼前突兀[9]见此屋?
吾庐独破受冻死亦足!

【注释】

〔1〕 罥：缠绕。

〔2〕 塘坳：低洼积水处。

〔3〕 南村二句：忍，忍心。能，犹"恁"，如此。此句谓：居然会如此忍心当面为贼。这是气话，可见这些茅草对大雨即至的老屋有多重要，看下文可知。同时，这些"南村群童"与"老无力"的主人公也形成对比，更觉栩栩如生。

〔4〕 俄顷：片刻。

〔5〕 向：犹"近"。

〔6〕 布衾二句：布衾，布被。恶卧，睡得不老实，乱蹬踢。

〔7〕 如麻：言雨点之密。

〔8〕　自经二句：萧先生注："丧乱，指'安史之乱'。自七五五年到七六一年的这几年间，杜甫的确是经历了千辛万苦的。他的少睡，和逃难漂泊有关，所谓'征途乃侵星'，和年老多病也有关，所谓'气衰甘少寐'。但主要是由于他的关心国事。比如他做官时是'不寝听金钥'，弃官后是'不眠忧战伐'。彻，彻晓。何由彻，是说怎样才能挨到天亮呢。痛苦的时间总是觉得特别长的。"

〔9〕　突兀：高耸貌。

【语译】

八月本是秋气高，谁料狂风忽咆哮，卷走屋上三重茅。茅草飘洒过江边，高的缠挂大树梢，低的旋落沉浮水塘坳。南村那群顽童欺我老无力，居然忍心当面做贼盗。公然大摇大摆抱着茅草入竹林，害得我追着喊着唇焦口又燥。回得屋来可奈何，拄杖自叹把头摇。片刻风停雨又到，冥冥漠漠转昏黑。布被多年又冷又硬一似铁，怎禁娇儿睡不稳来乱蹬裂。屋漏床头全打湿，点点滴滴整宿不肯歇。自从战乱以来少睡好，湿漉漉的又如何挨过此长夜？哦，怎得千间楼房万座屋，天下寒士尽受庇护笑开颜，风雨不动稳如山。呜呼！何日蓦地此屋眼前现？那时纵使我屋独破冻死也甘愿！

【研析】

这首诗最突出的是诗中焕发出来的那种崇高感。康德曾指出，在理性的道德律令与感性个体的利益相冲突的情况下，道德理性便会显示出其超越自己的一种人格力量而无比崇高。【题解】中所引王安石诗，表述的就是杜诗中这种出自人格力量与伦理风范的崇高感。当然，也有人对这种舍己为人的崇高感表示极不理解。如申凫盟语云："'安得广厦千万间'，发此大愿力，便是措大想头。"《唐诗援》引之，并按曰："此语最妙，他人定谓是老杜比稷、契处矣。"在这些人看来，杜甫此时穷愁潦倒，自顾不暇，还会想到"安得广厦千万间,大庇天下寒士俱欢颜”,无非是穷措大的空想,算什么“自比稷与契”?申凫盟们无意中歪打正着地道出了杜甫“自比稷与契”的独特之处。自比稷契、致君尧舜,本是“士”的普遍追求,杜甫在《奉赠韦左丞丈二十二韵》提出这一理想;其时,他选择的是出仕辅君致治之路,与众人并无大差别。然而仕途不断碰壁,而战乱又将其卷进社会底层,亲历身受的社会现实使之痛感到“致君尧舜上”与“穷年忧黎元”之间的距离。作于“安史之乱”前夕的《自京赴奉先县咏怀五百字》已露端倪:诗的前半诉说纡徐纠结的情感,“葵藿倾太阳”的本性使其与朝廷“不忍便永诀”,而后半部分展示“彤庭所分帛,本自寒女出。鞭挞其夫家,聚敛贡城阙”的现状又使之不能不意识到向朝廷靠拢的错误,“独耻事干谒”。正是这两种情感的纠结,“以志定言”,凭借杜甫深厚的文学修养与文字天才,写出沉郁顿挫的杰作。在“安史之乱”中所作的“三吏”、“三别”,其中对战乱中无助百姓之同情,与对朝廷之体谅、维护,对制造乱象的叛军之敌忾,多股复杂情感的纠结激荡,不但形成沉郁顿挫的文气,更促成杜甫“上感九庙焚,下悯万民疮”(《壮游》)的道德情怀,而且愈来愈多地倾注于后者。经过社会底层生活的历练,可以说,杜甫“致君尧舜”的理想内涵更丰富了,具有更多个性化的东西,有着质的变化。至《茅屋为秋风所破歌》,其不可及处就在已达成超越个体利害的道德情感,在穷愁潦倒自救不暇的境况中发大愿力,求“大庇天下寒士俱欢颜”,乃至不惜“吾庐独破受冻死”。白居易也有两首仿作,即前期的《新制布裘》与后期的《新制绫袄成感而有作》。前者云:“安得万里裘,盖裹周四垠!稳暖皆如我,天下无寒人。”后者云:“宴安往往欢侵夜,卧稳昏昏睡到明。百姓多寒无可救,一身独暖亦何情。心中为念农桑苦,耳里如闻饥冻声。争得大裘长万丈,与君都盖洛阳城!”从少壮到老年,从布裘到绫袄,白氏不改初衷地关心百姓,虽然是“推身利以利人”,即以不损害自己的利益为前提,但应当说已是难能可贵了。然则老杜是“宁苦身以利人”,白、杜在不同情境下分别发出的呻吟与呐喊，哪个更具冲击力还容置辩吗？明代王嗣奭《杜臆》曾一针见血地指出："人多疑'自许稷契'之语，不知稷契元无他奇，只是己溺己饥之念而已！"然而要实践这种"元（原）无他奇"的己溺己饥，又谈何容易！即使放在现代社会，又有几人能做到？

然而，一首感人至深的好诗单有崇高的道德内涵是远远不够的，还必须有其高明的艺术手段。此诗极善铺垫，可分成三层来说。"八月秋高风怒号"至"归来倚杖自叹息"十句，此为第一层，写茅屋为秋风所破。狂风忽至，卷我屋上茅草，造成伤害；顽童抱茅而去，又造成第二重伤害。"归来倚杖自叹息"诚如浦起龙所评："单句缩住，黯然。"陈贻焮还指出："前五句每句押韵，押的都是平声韵，这就使得接连不断的韵脚产生急剧的节奏，有助于加强诗中紧张的气氛，而'号'、'茅'、'郊'、'梢'、'坳'这些韵脚，读起来又仿佛令人感到秋风怒号，萧瑟满耳，就像身临其境一样。"在这种氛围下，读者转进第二层"俄顷风定云墨色"至"长夜沾湿何由彻"八句：细写雨漏衾裂，彻夜难眠。娇儿恶卧，细节生动，苦况如见；"自经丧乱少睡眠"一句，带出平日心事，也点出长夜苦思，是为"蓄势"，终于决堤式地暴发出第三层"安得广厦千万间"五句之大愿景。全诗波澜叠起，如《十八家诗钞》所誉："沉雄壮阔，奇繁变化，此老独擅。"

最后，作为一个新的参照系，我想介绍一位外国学人的一种感受。德国莫芝宜佳《〈管锥编〉与杜甫新解》第二章对此诗解曰："给人以新鲜之感的是那种毫无迎合他人之嫌的自我表现。屈原把自己比喻为肮脏世界中唯一一棵纯洁的香草，就是李白也喜欢摆出英雄姿态。而在《茅屋为秋风所破歌》中却相反，在开头那个骂人的可笑老人与结尾那个心系天下的老人之间存在着一个很大的矛盾……见到别人的苦难便忘掉自己的困厄艰危正表现了失意官吏母题的一种变化。这种变化在杜甫之前的中国诗歌中尚未出现。最令西方读者惊异的或许正是自我同情与同情他人之间那种不同寻常的关联。恰恰是诗人特有的自我表现成了坦诚面对世人苦难的前提。”我想,西方人比较难理解的大概是:中国人对“我”的定位,并不是从人际关系中孤立出来,反而是强调“我”存在于人际,只有“一人心,乃一国之心”才是真我、大我。莫芝宜佳无意中道出此诗写的正是诗人由小我走向真我、大我的过程。

石笋行（七古）

【题解】

石笋,指成都西门外的两根石柱。《华阳国志·蜀志》:“蜀有五丁力士,能移山,举万钧。每王薨,辄立大石,长三丈,重千钧,为墓志,今石笋是也。”石笋至南宋已破损,今不复存。仇注编在上元二年(761)。

君不见益州[1]城西门,陌上石笋双高蹲[2]。
古来相传是海眼[3],苔藓蚀尽波涛痕。
雨多往往得瑟瑟,此事恍惚难明论[4]。
恐是昔时卿相墓,立石为表[5]今仍存。
惜哉俗态好蒙蔽,亦如小臣媚至尊。
政化错迕失大体,坐看倾危受厚恩[6]。
嗟尔石笋擅虚名,后来未识犹骏奔[7]。
安得壮士掷天外,使人不疑见本根[8]。

【注释】

〔1〕　益州:成都汉代为益州治所。

〔2〕 陌上句：陌，田间小路。石笋，《分门集注杜工部诗》注云："在衙西门之外大街中，二株双蹲，一南一北。此笋长一丈六尺，围极于九尺五寸；南笋长一丈三尺，围极于一丈二尺。"

〔3〕 海眼：即泉眼，古人谓与海相通。

〔4〕 雨多二句：瑟瑟，碧珠。唐人段成式《酉阳杂俎·贬误》："蜀石笋街，夏中大雨，往往得杂色小珠，俗谓地当海眼，莫知其故。蜀僧惠嶷曰：'前史说蜀少城饰以金壁珠翠，桓温恶其大侈，焚之；合在此。今拾得小珠，的有孔者，得非是乎？'"赵清献《蜀都故事》亦曰：石笋之地为大秦寺遗址，寺以珍珠翠碧为帘。寺毁，每大雨，人多于此拾得珠碧。可见"海眼"的传说乃臆造。

〔5〕 表：标识，古人立石于墓前为表记。

〔6〕 惜哉四句：四句借石笋之讹传而人们真假不辨，讽喻朝政错乱，是非不明。小臣，《碧溪诗话》："小臣非小官也，凡事君不以道，虽官尊位崇，不害为小臣耳。"即"小臣"如"小人"之义。坐看，徒然视之，不为设法。

〔7〕 嗟尔二句：谓后人争先恐后慕名而来，观看此"海眼"。擅，据有。骏奔，急走。

〔8〕 本根：底细。

【语译】

君不见成都城门西，一对石笋路旁高高踞。古来相传石笋本为镇海眼，苔痕斑驳蚀尽往日波涛迹。多雨之时往往拾珠碧，难明就里传说自离奇。以理推之怕是前朝卿相墓，立此石柱至今为表记。可怜世俗之人好奇受蒙蔽，好比奸臣巧言令色惑皇帝。政教因此错乱失大体，受恩诸臣漠然视之任倾危！可叹可恨此石据虚名，后人犹自争先恐后竞来睇。哪得壮士将此双石掷天外，使人不再迷惑知底细！

【研析】

此诗借世俗人好奇易受蒙蔽一事,讽喻朝廷上下昏庸,政教失大体,表达诗人对国事的忧心。虽是传统常见“比”的写法,却因其能将传说写得恍惚迷离而又细节鲜明生动(如“古来相传是海眼,苔藓蚀尽波涛痕”、“雨多往往得瑟瑟,此事恍惚难明论”),故给人一种美的感受。这只要将此诗与注中所引《酉阳杂俎·贬误》、《蜀都故事》对读,便知其妙。美的意象之创构,诗的活力在焉。

百忧集行（七古）

【题解】

王筠诗:“百忧俱集断人肠。”题用其意。据诗中“已五十”一语,可断为上元二年(761)所作。固然杜甫于草堂时期生活相对较安定,但毕竟寄人篱下,苦乐由人,老病相随;与少年时代对比,不由百忧俱集耳。

忆年十五心尚孩[1],健如黄犊走复来。
庭前八月梨枣熟,一日上树能千回。
即今倏忽已五十,坐卧只多少行立。
强将笑语供主人[2],悲见生涯百忧集。
入门依旧四壁空,老妻睹我颜色同[3]。
痴儿不知父子礼,叫怒索饭啼门东[4]。

【注释】

〔1〕 心尚孩:仍是孩子气。

〔2〕 强将句：供，奉应。萧先生注："强将笑语，犹强为笑语，杜甫作客依人，故有此说不出的苦处。真是：'声中有泪，泪下无声。'主人，泛指所有曾向之求援的人。"傅庚生《杜诗析疑》："要注意'强将'二字。诗人是一位骨鲠之士，正为他抵死不肯'笑语供主人'，才不能移升迁发迹，也才把偶尔随顺着那些在位的人说上违心的一言半语，便已觉得有损于自己的人格，是莫大的耻辱。"

〔3〕 入门二句：依旧，言苦况并未因"强将笑语供主人"而有所改变，二字沉痛。颜色同，仇住：各带忧色。

〔4〕 痴儿二句：上句《杜诗镜铨》云："亦带诙谐。"诙谐中有生不能养，愧为人父的自嘲。门东，《漫叟诗话》："庖厨之门在东。"古时住房讲究方位，厨房门口一般是朝东。成善楷《杜诗笺记》四句有别解云："依旧"指出门时四壁已空，求人无助，归来乃依旧四壁空。老妻懂事理，故体谅丈夫难处，颜色和顺。同，和也。而下一联则写痴儿见父什么也没带回来，乃哭闹。诗人写妻子、写痴儿，各尽其态。两相衬托，妻之和顺尤其令人沉重揪心。亦善。

【语译】

当年十五童心在，健如黄犊跑去又跑来。八月院里梨枣熟，一天爬树能千回。忽觉如今已五十，多卧少行体已衰。依人作客强笑语，悲此生涯百忧集。回家依旧徒四壁，老妻看我脸色同愁眉。偏是痴儿不懂父子礼，厨房哭闹索饭急！

【研析】

不必讳言，古来寒士不事生产不从商，所以谋生手段少，没官当只好去依附人（明清时文人没官当还可以在当清客之外选择去当塾师，自食其力，唐时好像还没有这种惯例）。此诗写尽诗人在草堂时的尴尬。当时"故人供禄米"与"厚禄故人书断绝"的情况交替出现，所以饱一顿饥一顿是常态。"强将笑语供主人"如《杜臆》所云："写作客之苦刻骨，身历始知。"此等处最见老杜真性情。

戏作花卿歌（七古）

【题解】

花卿，指花惊定，曾平定段子璋叛乱的将军。此诗当作于上元二年(761)。仇注："上元二年四月，梓州刺史段子璋反，袭东川节度使李奂于绵州，自称梁王，改元黄龙，以绵州为黄龙府，置百官。五月，成都尹崔光远率将花惊定攻拔绵州，斩子璋。《高适传》：西川牙将花惊定，恃勇，既诛子璋，大掠东蜀。天子怒光远不能戢军，乃罢之。"

成都猛将有花卿[1]，学语小儿知姓名。
用如快鹘风火生，见贼惟多身始轻[2]。
绵州副使着柘黄[3]，我卿扫除即日平。
子璋髑髅血模糊，手提掷还崔大夫[4]。
李侯[5]重有此节度，人道我卿绝世无。
既称绝世无，天子何不唤取守京都[6]？

【注释】

〔1〕卿：古人对男子的美称。

〔2〕用如二句：鹘，又名隼，猛禽。快鹘，言其快捷迅猛。风火生，《南史·曹景宗传》："我昔在乡里，骑快马如龙，箭如饿鸱叫，平泽中逐獐，渴饮其血，饥食其脯，觉耳后生风，鼻头出火。"盖以曹景宗比花惊定之蛮勇。下句言花惊定大敌当前战愈勇。《后汉书·光武帝纪》："刘将军平生见小敌怯，今见大敌勇。"

〔3〕 绵州句：绵州副使即段子璋，时以梓州刺史兼绵州副使。着柘黄，穿用柘木汁染成黄色的服装。隋唐以后帝王专用黄色服饰，以此谓段子璋称王僭越。

〔4〕 子璋二句：二句写出一介武夫剽悍的形象，凛然有生气。髑髅，指死者的头。崔大夫，指成都尹崔光远。

〔5〕 李侯：指东川节度使李奂。

〔6〕 既称二句：此即题中所称之“戏作”，有调侃意味。杜甫初闻平段子璋之捷报，盛传花氏之勇，或未及知其掠东川，故有此戏言，亦心仍在两京之表现。

【语译】

成都出了个猛将花惊定，连那学语的小儿也能呼其名。烈如风火矫如隼，大敌当前勇更生。绵州副使僭越穿黄衣，将军马到擒来一扫平。手提子璋人头血模糊，帐前掷还崔大夫！李奂这才重当节度使，都说将军神勇世上无。既称世上无，天子何不叫来守东都？

【研析】

或质疑花惊定虽然勇能平叛，但大掠东川罪莫大焉，所以推测诗中有讽刺。然而说实在的，文本中很难看出有什么讥刺。诗写的是诗人“当下”的事与情，我们不应把它当作《资治通鉴》“盖棺定论”式的史论来读。这首诗呢，写的应是喜闻捷报一时的感触，重点在表现扫平叛乱的勇将花惊定的神勇。就此而言，花惊定风风火火矫捷剽悍的个性是刻画得栩栩如生，十分成功的。结尾的戏言也可看出老杜仍心在两京，平叛才是他当下最大的心愿。

赠花卿（七绝）

【题解】

或作于肃宗上元二年(761)花惊定家宴席之上。古人以此为杜甫七绝代表作之一。仇兆鳌云:"风华流丽,顿挫抑扬,虽太白、少伯(王昌龄),无以过之。"

锦城丝管日纷纷,半入江风半入云[1]。
此曲只应天上有[2],人间能得几回闻。

【注释】

〔1〕 锦城二句:锦城,即成都。沈祖棻《唐人七绝诗浅释》:"将丝管之声,分为两半,一半入风,一半入云,事实上无此可能,故两个'半入',不可呆看,只是极言其无所不在而已,而风云又作为下文'天上'的伏线。"

〔2〕 天上有:指此曲应是皇家梨园旧曲,如今流入民间者。黄生云:"予谓当时梨园弟子,沉落人间者不少,如《寄郑李百韵诗》:'南内开元曲,当时弟子传。'自注云:'柏中丞筵,闻梨园弟子李仙奴歌。'所云天上有者,亦即此类。"

【语译】

锦城日日歌舞升平,丝管之声或入江风或入云。这些曲调啊本在皇宫大内里,人间能得几回亲耳听?

【研析】

《杜诗镜铨》引杨升庵云:“花卿在蜀颇僭用天子礼乐,子美作此讥之。”《古唐诗合解》亦云:“人间不惟不敢作,而且不能闻。其得闻者,有几回乎?若锦城丝管,惟日纷纷,则得闻天上曲者,殆无数回矣。所以深讽花卿之僭妄也。”僭越是死罪,段子璋着柘黄,正是花惊定平叛之由,杜甫岂能含蓄讥讽了事,且以“花卿”(上一首更用“我卿”)称之?其实唐人好音乐,宫中有新曲,王公贵族间往往流播。杜甫后来有《江南逢李龟年》诗自称“岐王宅里寻常见,崔九堂前几度闻”可证。盖李龟年为玄宗“特承顾遇”的红歌手,盛时尚且“寻常见”,“安史之乱”后梨园子弟流落人间就更不必说了。听宫乐与“着柘黄”毕竟不是一回事。此诗婉有所讽,也应是指向当时普遍存在的将帅官僚们的奢侈生活,赋中见兴。“锦城丝管日纷纷”,已明摆着非花氏一家也。一边是醉生梦死,一边是水深火热,正是杜甫平生所痛心者。《网师园唐诗笺》乃云:“不必果有讽刺,而含蕴无尽。”

病 橘(五古)

【题解】

上元二年(761)杜甫在草堂因看到一些枯病的树木,触景生情,写下《病柏》、《病橘》、《枯椶》、《枯柟》一组诗,以比社会病象,这是其中一首,用刺朝廷征取四方贡物扰民之弊。

群橘少生意,虽多亦奚为〔1〕?
惜哉结实小,酸涩如棠梨〔2〕。
剖之尽蠹虫,采掇爽所宜〔3〕。

纷然不适口,岂止存其皮[4]?
萧萧半死叶,未忍别故枝。
玄冬[5]霜雪积,况乃回风吹!
尝闻蓬莱殿,罗列潇湘姿[6]。
此物岁不稔,玉食失光辉[7]。
寇盗尚凭陵,当君减膳时[8]。
汝病是天意,吾愁罪有司[9]。
忆昔南海使,奔腾献荔支:
百马死山谷,到今耆旧悲[10]。

【注释】

〔1〕 亦奚为:又有什么用。

〔2〕 棠梨:俗称野梨,味酸涩。

〔3〕 爽所宜:采摘失时。爽,失。表面上是说采摘失时,其实是指于此受灾时征敛,实在是不适宜。

〔4〕 纷然二句:谓病橘大多不能吃,还要征敛,难道只是要它的皮。(橘皮可入药。)

〔5〕 玄冬:玄,黑色。古人以黑色配北方,又以北方配冬,故称玄冬。

〔6〕 尝闻二句:蓬莱殿,长安有蓬莱宫,即原大明宫,是当时唐皇帝主要的办事地点。《太真外传》:“开元末,江陵进乳柑橘,上(玄宗)以十枝种于蓬莱宫。”潇湘,即湖南湘江,以产橘著称。潇湘姿,指橘。鲍照诗:“橘生潇湘侧。”

〔7〕 此物二句:稔,熟也。玉食,美食。下句谓皇帝的御馔因缺少佳橘而显得不够味。

〔8〕 寇盗二句:凭陵,犹侵凌。下句谓皇帝在安史乱未平时应减膳,以示忧虑,不应求美味,以口腹残民。

〔9〕 汝病二句:汝,指橘。有司,指地方官吏。

〔10〕 忆昔四句：荔支，即今之水果荔枝。耆旧，父老。《唐国史补》："杨妃（即杨贵妃）生于蜀，好食荔枝，南海所生，尤胜蜀者，故每岁飞驰以进。"《天宝遗事》云："贵妃嗜荔枝，当时涪州致贡，以马递驰载，七日七夜至京。人马多毙于路，百姓苦之。"四句从贡橘联想到贡荔枝，是对最高统治者以口腹残民的控诉。《杜诗言志》评曰："不观当日承平之世，徒以荔枝之献，致南海之滨，万马奔腾，死于凶谷间者，至今耆旧犹传为悲痛也。况当此兵戎之后耶？何为视其病而莫之恤也！"此事后来杜牧《过华清宫绝句》写得更含蓄些："一骑红尘妃子笑，无人知是荔枝来！"遂成名句。

【语译】

橘林既无生气，虽多又有何用？可惜结实太小，况且酸涩比棠梨味重。采摘已非其时，剖开都是蠹虫。都不能吃还得征敛，难道要用橘皮进贡？可怜病橘依依，不忍离别那半死的枝叶。严冬霜雪堆积，何况旋风凛冽。听说大内蓬莱宝殿，御馔常有佳橘罗列。此物今岁歉收，玉食想必有所失色。世艰寇盗横行，皇上也该减膳以示体贴。橘啊橘，你病真是天意。我只怕上头怪罪有关官吏，最后还得百姓兜底！当年南海使者，奔命为送荔枝。百马累死山谷，至今父老提起犹悲！

【研析】

《杜诗言志》曰："此借病橘以喻穷黎之不足任征徭，所当急为轸恤也。"杜甫直接地用"比"的手法抨击朝廷之不公，力度比以往更大。

美学家朱光潜认为："创造的定义就是：平常的旧材料之不平常的新综合。"枯椶、病橘是人们熟视无睹的东西，诛求严酷也是当时常见的社会病象。然而杜甫一旦将这些"平常的旧材料"进行"不平常的新综合"，便焕发出新意。病橘犹被采摘，与农家歉收还横遭征敛;这两件看似两不相干的事类,因杜甫的类比联想而巧妙结合,取得神用象通、物比情合的效果。问题还在于这种类比联想是颇具个性化的联想,是老杜主体情志所产生的"新感觉"所特有的(参看导读)。没有形象的思想只是抽象的概念,形象化的思想则获得生命力。也可以说"比"是通向诗意的桥梁。所以属于"丑"的枯病之木,因老杜"善"的情思之浸润而获得"美"。

枯　棕(五古)

【题解】

上元二年(761)作于成都草堂。《杜臆》:"因军而剥棕。既悲棕之枯,因枯棕而念剥民同之,因悲民之困。盖朝廷取民,大类剥棕:取之有节则生;既剥且割,则枯死矣!"

蜀门多棕榈,高者十八九[1]。
其皮割剥甚,虽众亦易朽。
徒布如云叶,青青岁寒后[2]。
交横集斧斤,凋丧先蒲柳[3]。
伤时苦军乏[4],一物官尽取。
嗟尔江汉人,生成复何有[5]?
有同枯棕木,使我沉叹久。
死者即已休,生者何自守[6]?
啾啾黄雀啅,侧见寒蓬走[7]。
念尔形影干,摧残没藜莠[8]。

【注释】

〔1〕 蜀门二句：蜀门，犹蜀中、蜀地。椶榈，即棕榈，常绿乔木，叶鞘裹有棕毛，浸水不烂，可制绳、帚、刷、棕衣等，故为人所割剥。十八九，十有八九，意为蜀中高树多为棕榈。

〔2〕 徒布二句：上句谓空长有如云般美茂之叶，承上联被割剥枯死而言。棕榈有叶无枝，经冬不凋，状如蒲葵，其阔大者可制扇子，也是割剥的对象。下句化用《论语・子罕》："岁寒，然后知松柏之后凋也。"是说棕榈和松柏一样经冬不凋。

〔3〕 交横二句：此二句与上联对应，言本是叶茂冬青，奈何横遭割剥，竟先蒲柳而凋矣。斤，砍刀。蒲柳，即水杨，秋天零落最早，以喻弱质早衰。《晋书・顾悦之传》："（顾）对曰：'松柏之姿，经霜犹茂；蒲柳常质，望秋先零。'"

〔4〕 军乏：军用缺乏。

〔5〕 嗟尔二句：嗟，感叹。江汉，指岷江与嘉陵江，以代蜀地。生成，自然生的与人工养育的。此承"一物官尽取"而言。

〔6〕 何自守：靠凭什么生存。

〔7〕 啾啾二句：啾啾，群雀噪声。啅，众口貌。蓬，蓬草，秋后枯断，遇风飞旋，又叫飞蓬。

〔8〕 念尔二句：形影干，谓枯棕的形象，故与一旁的寒蓬连类言之，背景凄凉。没，掩没。藜，俗称灰菜。莠，狗尾草。藜莠泛指野草。

【语译】

蜀地棕榈数它多，高树十有八九都一伙。其皮可用遭剥割，剥过头就死了虽多又奈何！空长如云茂密叶，冬寒青青仍婆娑；一旦刀砍斧劈横收获，反比蒲柳早零落。哀哉乱世匮军需，稍有一物能用官家都拿走！可叹你呀江汉人，一扫而空贫如裸，一似那枯棕，使我久久叹息双眉锁。死的已死了，活的又靠啥子来过活？黄雀树上叫啾啾，一旁风卷飞蓬过。可怜枯棕形影干且瘦，渐被狗尾巴草所埋没。

【研析】

早在《诗经》中就有咏物之作,如《鸱鸮》便是。《楚辞》也有篇《橘颂》。然而总的为数不多,所以《文选》还是将咏物诗归在“杂诗”类。至南朝齐竟陵王时,他周围的一群文人如沈约、王融等,才开始大量写咏物诗。其吟咏的对象有梧桐、兔丝、镜台、竹火笼,甚至领边绣、履之类,纯属文字游戏,乃至近乎无聊。其风格与当时流行的宫体诗如出一辙。然而就技巧方面讲,咏物诗追求“巧构形似之言”,“驱词逐貌”,促进语言的画面化,却是积累了许多宝贵的经验。而初、盛唐人又加入言志的内容,如骆宾王的《在狱咏蝉》,已做到宛转附物、怊怅切情的地步。但真正以大量成功之作振起咏物诗,使之建军立旗自成一体,当自杜甫始。

关键就在咏物诗不能老停留在“巧构形似之言”,如沈德潜《南国唱和诗序》所说:“诗之真者在性情。”咏物还是为了咏性情。咏物诗走上抒情的大道,杜甫是有力地推了一把。王国维《屈子文学之精神》云:“诗歌之题目,皆以描写自己深邃之感情为之素地,而始得以于特别之境遇中,用特别之眼观之。”杜之咏物,正是以其关心民病的深邃之情,于“安史之乱”的特别境遇中抒写出自己独特的“新感觉”。用他自己的诗句讲,就是:“物微意不浅,感动一沉吟。”(《病马》)你看这首《枯椶》,起八句写其枯,突出了棕榈在蜀之多、之盛,但因其能制多种用具,反招来无情的割剥,“交横集斧斤”,结果反而是“凋丧先蒲柳”。杜甫马上联想到蜀中百姓。其《为阆州王使君进论巴蜀安危表》曰:“惟独剑南,自用兵以来,税敛则殷,部领不绝,琼林诸库,仰给最多。是蜀之土地膏腴,物产繁富,足以供王命也。近者,贱臣恶子,颇有乱常,巴蜀之人,横被烦费……伏惟明主裁之,敕天下征收赦文,减省军用外,诸色杂赋名目,伏愿省之又省之,剑南诸州,亦困而复振矣。”两相比较,杜甫嗟叹枯棕的良苦用心就再明白不过了。

所　思（七律）

【题解】

黄鹤注编在上元二年（761），姑从之。

苦忆荆州醉司马，谪官樽酒定常开[1]。
九江日落醒何处？一柱观头眠几回[2]。
可怜怀抱向人尽，欲问平安无使来[3]。
故凭锦水将双泪，好过瞿唐滟滪堆[4]。

【注释】

〔1〕苦忆二句：荆州司马，宋本原注："崔吏部漪。"仇注引蔡梦弼曰："崔漪，盖自吏部而谪荆州司马也。"荆州，即江陵府，今湖北荆州。仇注："苦忆二字，直贯通章。"

〔2〕九江二句：写"醉司马"颠狂落拓之情状，"苦忆"则在其中矣。九江，此指湖北荆州地区众多河流。一柱观，在今湖北松滋东。《方舆胜览》：宋临川王义庆镇江陵，于罗公洲立观，因规模宏大而惟一柱，因此得名。

〔3〕可怜二句：仇注引《杜臆》："五六，彼此互言，更见两情遥企。"可怜句，怜崔司马也，想是崔司马满腹牢骚却无人可诉。欲问句，言诗人因苦忆而欲问崔氏之平安，亦无使可托。一句己方，一句对方，是杜甫怀人诗常用的句法。

〔4〕故凭二句：瞿唐峡，即瞿塘峡，在夔州，过峡则可达荆州。峡口江心有滟滪石，长约四十公尺，宽约十五公尺，江涨则没入水中，水枯则露水面，高可达二十公尺，船航危之。古谚云："滟滪大如马，瞿塘

不可下。滟滪大如象,瞿唐不可上。"《杜诗镜铨》:"二句即太白诗'我寄愁心与明月,随风直到夜郎西'意。"心寄明月且能随风而达,泪双点能凭江水而过滟滪,二者都要比鲤鱼传书更奇妙。

【语译】

苦苦相忆啊,荆州那位醉司马。谪官郁郁哝,想必总是自饮自开怀。九江日落时你酒醒何处?一柱观前你又醉卧过几回?可怜你满腔话儿向谁说?我要问你个平安也无信使来。只好凭借锦江水啊,送上我一双相思泪。泪滴儿好生去哟,小心瞿塘峡那个可怕的滟滪堆!

【研析】

仇注引王嗣奭云:"此诗'观头'借对'日落',五六接上失严,此不缚于律,所谓不绳削而自合也。"按常规,五、六句应按仄仄平平平仄仄,平平仄仄仄平平来写,而诗人却仍用上联平仄写,所以失严。但这种率意,与内容的率真却颇相符。《诗源辨体》举此诗为例云:"以歌行入律,是为大变。"《唐宋诗醇》亦称:"如此诗可谓古直悲凉矣,其性情真至,自然流露,又在法会之外。"不为律缚是为了表达更率真,如果我们从内在的意脉上去把握该诗,就不难体会。故《昭昧詹言》称:"此诗妙极,全用虚写,而以'苦忆'及第六句'无使'为线索。结句更妙,势似直下,而情事曲折无穷。"读杜七律不觉拘束者,正在于此。

不　见(五律)

【题解】

题下原注:"近无李白消息。"这是现存杜甫怀念李白的最后一首诗，当作于肃宗上元二年（761）。次年，李白卒于当涂。

不见李生久，佯狂真可哀[1]。
世人皆欲杀，吾意独怜才。
敏捷诗千首，飘零酒一杯[2]。
匡山读书处，头白好归来[3]。

【注释】

〔1〕不见二句：李生，指诗人李白。佯狂，诈为狂人。

〔2〕敏捷二句：飘零，犹漂泊。757年李白坐永王事，系浔阳狱，758年长流夜郎，759年行至巫山，遇赦得释，此后三年，漂泊于浔阳、金陵、宣城、历阳等地。张上若云："二句可括太白一生，品题甚确。"

〔3〕匡山二句：匡山，即彰明县南之大匡山，在今四川江油。郭知达《九家集注杜诗》卷二十四引杜田《杜诗补遗》云："白厥先避仇客居蜀之彰明，太白生焉。彰明有大、小匡山，白读书于大匡山，有读书台尚存。其宅在清廉乡，后废为僧坊，号陇西院，盖以太白得名。院有太白像，唐绵州刺史高忱及崔令钦记。所谓匡山，乃彰明之大匡山，非匡庐也。"下句用《楚辞·招魂》"魂兮归来，反故居些"之意。

【语译】

久矣，不见李白！装疯佯狂，真是悲哀。疾恨你的人啊，皆欲杀之而后快。唯独我啊，偏偏爱怜你的天才。诗思敏捷一挥千首，羁旅漂泊相伴却只有酒一杯。头已白兮，何不归来？故乡匡山哟，有你的读书台！

【研析】

说来话长。李、杜自天宝四载（745）山东别后，至今已有十六个年头，杜甫经常怀念起这位兄长似的天才诗人。安史乱作，唐玄宗逃入蜀中,并于至德元载(756)制太子李亨为天下兵马元帅(时李亨已在灵武即皇帝位,蜀中犹未知也),诸王领各路节度使。诸王中只有永王璘赴镇。时李白入永王幕府,并因肃宗平永王之叛而受牵连,系浔阳狱;乾元元年,乃长流夜郎,并于途中遇赦归,流落浔阳、金陵、宣城等地。杜甫可能只道听途说李白的一些情况,心中十分牵挂,遂以“不见”为题,写下此诗。《唐宋诗醇》称此诗真朴,“若自胸臆流出,所谓文生于情,不求工而自至”。

野　望（七律）

【题解】

此诗旧编在上元二年(761),时严武尚未镇蜀。纪晓岚评云:“此首沉郁。”

西山白雪三城戍,南浦清江万里桥〔1〕。
海内风尘诸弟隔,天涯涕泪一身遥〔2〕。
惟将迟暮供多病,未有涓埃答圣朝〔3〕。
跨马出郊时极目,不堪人事日萧条〔4〕。

【注释】

〔1〕西山二句:西山,在成都西,一名雷岭。三城,即松、维、堡三城。三城界于吐蕃,是边防要塞,常见于杜诗。戍,边防驻军营垒。南浦,南面的江边,即杜甫野望处。万里桥,在成都市南锦江上。《瀛奎律髓汇评》引许印芳曰:“起句排对,杜律多此。”

〔2〕海内二句:上句言战乱使兄弟分离,下句言孤苦一身远在天涯。仇注:“临桥而望三城,近虑吐蕃;天涯而望海内,远愁河北也。”录供

参考。

〔3〕 惟将二句：迟暮，指晚年。涓埃，如细流与尘埃，言微末不足道也。二句谓痛惜此身只是“供多病”，而不能“答圣朝”。“供”字写出多少无奈。《初白庵诗评》云：“中二联用力多在虚字。”上六句触目感伤，言简意透。

〔4〕 跨马二句：《杜诗解意》云：“不堪人事萧条，欲忘忧，反添忧也。时国步多艰，虽有天命，亦由人事，故结句郑重言之。”

【语译】

城南锦江万里桥边站哟，眺望西山白雪皑皑，那里有面对吐蕃的三城驻军。诸弟天各一方哟乱世隔风尘，孤苦伶丁流落天涯我孑然一身。暮年的日子都耗在多病上，哪有些微的贡献来报答朝廷！跨马郊外放眼望哟：人事日见萧条更伤心。

【研析】

《瀛奎律髓》云：“此格律高耸，意气悲壮。唐人无能及之者。”此诗的确是对仗工整（前三联皆用工对），用意深沉。诚如刘熙载《艺概》所指出：“律诗声谐语俪，故往往易工而难化。能求之章法，不惟于字句争长，则体虽近而气脉入古矣。”盖对偶在严密的对应中造成一联的意义互足，是一个完整的独立单位，而联与联之间则有所隔膜，搞不好就全诗枝枝节节意脉不畅。所以刘氏又说：“律诗要处处打得通，又要处处跳得起。草蛇灰线，生龙活虎，两般能事，当一手兼之。”杜甫长句之妙，就在于其立意能高屋建瓴，气足力大，势不可当，故读来通畅无碍且字字皆响。此诗正是以声谐语俪造成高耸的句法，又以深切的思家之情、诚挚的忧国之忧为意脉打通全诗。《唐诗贯珠》称：“五、六承四而下，结出野望，自有一种大方浑融之气。”也就是说，“天涯涕泪一身遥”是与“惟将迟暮供多病，未有涓埃答圣朝”相联系的，个人安危与家国安危是一体的，而这些都是野望中触景生情沛然而出的。而这种忧虑在第一句“西山白雪三城戍”中便已隐伏,而与结句“不堪人事日萧条”相呼应,国事、家事、过去事、未来事都堪忧。于是乎各句之间互相沟通,形式与内容浑然一体,“自有一种大方浑融之气”,《唐诗贯珠》所评良是。

得广州张判官叔卿书使还以诗代意（五律）

【题解】

张叔卿上元中(760—761 年)为岭南节度判官。则诗当作于上元二年(761)。题意为:张判官在广州托人致书杜甫,杜又以诗代书托来人带回作答。

乡关胡骑远,宇宙蜀城偏[1]。
忽得炎州信,遥从月峡传[2]。
云深骠骑幕,夜隔孝廉船[3]。
却寄双愁眼,相思泪点悬[4]。

【注释】

〔1〕 乡关二句:乡关,故乡。言故乡因安史叛军占领而遥不可及。远,一作“满”。下句极言蜀地处于天涯偏远之所。

〔2〕 忽得二句:炎州,南方炎热之地,此指广州。月峡,即明月峡,在今重庆巴南。峡首南岸壁高四十丈,其壁有圆孔,形若满月,因以为名。下句言来信是由广州经明月峡送来的。

〔3〕 云深二句:骠骑幕,将军幕府。此指张叔卿为节度判官。孝廉船,《世说新语·文学》载:晋张凭举孝廉,自负其才,乘船访丹阳尹刘惔,清谈终日。明日,惔令人寻张孝廉船,召与同载,并邀其同访大

将军司马昱,被任命为太常博士,官至御史中丞。杜甫以此喻张叔卿因才能得知遇。

〔4〕 却寄二句:却寄,(以诗)还寄。《杜诗镜铨》:"言无物可寄,惟有泪点,具见情深。双愁眼亦兼缩起处遭乱远客意,不独离情也。"

【语译】

胡骑纵横家乡远,蜀地偏在天涯边。忽得广州一封信,横穿月峡千里传。云深不见将军幕,遥夜难近孝廉船。还将愁眼双双寄,上面犹有思君泪点悬!

【研析】

李白诗云:"我寄愁心与明月,随君直到夜郎西。"(《闻王昌龄左迁龙标尉遥有此寄》)寄愁心已奇,且寄此心与明月,让明月载之一路随友人西行,更奇!杜甫此诗云:"却寄双愁眼,相思泪点悬。"寄愁眼与人已奇,且寄悬泪点之眼,更奇!明月似能随人而行,故推及寄愁心于月,则可乘明月而伴友人直到夜郎西矣;既寄双愁眼,则连带双眼所悬之泪点也一并寄去。如此将虚拟的比喻坐实,添眉加目,效果自然加倍奇特。李、杜于此等处当相视而笑。

赠别何邕（五律）

【题解】

诗当作于肃宗宝应元年(762)春,于成都。何邕,时为利州绵谷县尉,将赴长安。杜甫建草堂期间有《凭何十一少府邕觅桤木栽》诗一首。

生死论交地，何由见一人[1]？
悲君随燕雀，薄宦[2]走风尘。
绵谷元通汉，沱江不向秦[3]。
五陵[4]花满眼，传语故乡春。

【注释】

〔1〕 生死二句：生死论交，《史记·汲郑列传赞》："始翟公为廷尉，宾客阗门；及废，门外可设雀罗。翟公复为廷尉，宾客欲往，翟公乃大署其门曰：'一死一生，乃知交情。一贫一富，乃知交态。一贵一贱，交情乃见。'"

〔2〕 薄宦：小官。

〔3〕 绵谷二句：上句指何邕北归，下句言己滞留。绵谷，即今四川广元。绵谷之潜水上合于沔阳之汉水，顺此水北上可归长安，故曰"元通汉"。元，原。沱江，长江之支流，南经成都。因其南流，不得北向长安，故曰"不向秦"。秦，长安所在的秦川。

〔4〕 五陵：长安城北有长陵、安陵、阳陵、茂陵、平陵。以此指代长安。

【语译】

一生一死论交情，关键之时何曾来一人？叹君位卑如燕雀，默默奔走逐风尘。所幸绵谷有水北通汉，我惜沱江南流不向秦！长安五陵想必花满眼，烦将思归之情诉与故乡春。

【研析】

古时交通不便，远离有似死别，何况是在战乱中。将送别友人放在这样一种特殊的语境下来写，首联便能震慑人心。悲君也是自悲。何氏无论如何还是个小官，还有回朝的机会，反衬自己漂泊他乡无依而归乡无期的深愁。末句《杜诗镜铨》引顾宸曰："不曰传语乡人，而曰传语故乡春，非惟风物关心，亦见人情恶薄同调，寂寥故国之思，亦托之无情花鸟而已。"从首联对世态炎凉的深沉慨叹看，顾氏的理解不无道理。

花　鸭（五律）

【题解】

此为《江头五咏》之五。这是一组咏物自喻的诗。旧注曰“花鸭,戒多言也”,其实是借花鸭以抒愤懑,对直言见斥的不平。组诗或当作于宝应元年(762)。

花鸭无泥滓,阶前每缓行[1]。
羽毛知独立,黑白太分明[2]。
不觉群心妒,休牵俗眼惊[3]。
稻粱沾汝在,作意莫先鸣[4]。

【注释】

〔1〕花鸭二句:上句以花鸭身上无泥污,喻自己之洁身自好;下句写花鸭行动迟缓,所谓“鹅行鸭步”,得其形神,以喻自己之从容自得。

〔2〕羽毛二句:独立,言花鸭黑白分明与众禽殊。所谓黑白分明,也就是是非分明,善恶分明,喻自己的品德。

〔3〕不觉二句:谓不引发群鸭的妒心,也不要引起众鸭的惊异。仇注:“群心众眼,指诸鸭言。然惟独立,故群心妒;惟分明,故众眼惊。”成善楷《杜诗笺记》认为:觉、牵互文见意。觉,发也。牵,引也。

〔4〕稻粱二句:稻粱,喻禄位。作意,留意。先鸣,喻直言。沾,沾丐,此为得到喂养。在,成善楷云:用同“矣”,语末助词。二句意为如果考虑到禄位,你就别直言了。此二句含嘲讽与感慨。《新唐书·李林甫传》:“林甫居相位凡十九年,固宠市权,蔽欺天子耳目,谏官皆

持禄养资，无敢正言者。补阙杜琎再上疏言政事，斥为下邽令，因以语动其余曰：'明主在上，群臣将顺不暇，亦何所论？君等独不见立仗马乎？终日无声，而饫三品刍豆。一鸣，则黜之矣。后虽欲不鸣，得乎？'由是谏争路绝。"杜甫自己曾因直言谏肃宗几罹杀身之祸，故尔感受特深。

【语译】

花鸭不染泥污中，阶前慢行每从容。羽毛鲜明黑白清，独立不与众禽同。休引群心妒，莫使众鸭惊。稻谷喂了你，小心别先鸣！

【研析】

这也是一首咏物诗，全用"比"法：句句写花鸭，却又句句贴切诗人自身的性格与经历。末四句当活看。旧注以为"戒多言"，未达一间。盖其中隐含诗人自己痛苦的经验——为疏救房琯触犯皇帝的"逆鳞"，差点丧命。然而并不意味着从此杜甫不敢"先鸣"，就在他被贬不久，即写下"三吏"、"三别"，便足以证明。而且在写下《花鸭》诗后不久，又在送别严武的诗中勉励他："公若登台辅，临危莫爱身！"可见"稻粱沾汝在，作意莫先鸣"意不在"戒多言"，其中有弦外音，正如萧先生所指出："讽刺特深。"

畏　人（五律）

【题解】

此诗作于杜甫居成都草堂的第三个年头，即宝应元年(762)。曹丕《杂诗》："客子常畏人。"这首诗即以此为题，写羁旅之寂寥。

早花随处发，春鸟异方啼。
万里清江上，三年落日低[1]。
畏人成小筑，褊性合幽栖[2]。
门径从榛草，无心走马蹄[3]。

【注释】

〔1〕 万里二句：清江，指浣花溪，东入长江，故称万里。三年，杜甫上元元年始营建草堂，“断手宝应年”，头尾三年。

〔2〕 畏人二句：畏人，畏避世俗人事。小筑，小屋。褊性，性格褊狭。合，适合。

〔3〕 门径二句：门径，一作“径没”。走马蹄，一作“待马蹄”。马蹄，指代车马来客。

【语译】

春来随处有花发，他邦也有鸟儿啼。清江万里看日落，思乡三年每依依。客子畏人筑小屋，褊躁的性子宜隐居。且任门前小道草丛乱，无心等待尊客听马蹄。

【研析】

是诗写退隐之志，我想这是真心的。是时，与杜甫世交的严武权令两川都节制，曾赠诗杜甫：“莫倚善题《鹦鹉赋》，何须不着鵕鸃冠。”（《寄题杜二锦江野亭》）所谓“鵕鸃冠”，是用山鸡羽毛装饰的一种官帽。《汉书》云：孝惠时，郎侍中皆冠鵕鸃。这里泛指当官，盖严武有劝杜出仕之意。但杜甫《奉酬严公寄题野亭之作》答以：“奉引滥骑沙苑马，幽栖真钓锦江鱼。”自称不能滥充官吏，真心隐居，婉言谢绝了。下选《屏迹三首》与本诗同样是明志之作，容后再议。这里想提请注意的是：诗中氛围的描写与归隐心情的一致性。诗从春来花鸟随处可见，触起思乡之情。“万里清江上，三年落日低”一联,写三年来日日看落日直到“依山尽”,其孤寂心情不言而喻。由此转入“畏人成小筑,褊性合幽栖”,大有“躲进小楼成一统”之概,“合”字又有寓蜀的多少无奈。而末尾“门径从榛草,无心走马蹄”一联,强化了这种情绪,老杜对时势的失望不难想见矣!唐诗最讲究情与景的和谐交融,此诗亦一范例。

屏迹三首（五律二首、五古一首）

【题解】

此组诗当与上一首同作于宝应元年(762)。屏迹,隐居绝迹。前二首为五律,后一首为五古,且情绪也较愤激。不过三首都写退隐之志,仍当视为组诗。

其　一

用拙存吾道,幽居近物情[1]。
桑麻深雨露,燕雀半生成[2]。
村鼓时时急,渔舟个个轻[3]。
杖藜从白首,心迹喜双清[4]。

【章旨】

从全诗看,杜之“屏迹”是对官场与市井而言,对农村生活与大自然反而是更亲近。首联是组诗之纲领。

【注释】

〔1〕 用拙二句:用拙,不显露长处,即题目“屏迹”之用意。近物情,了解

自然之情理。仇注:"拙者心静,故能存道;幽者身暇,故近物情。"

〔2〕 半生成:《杜诗镜铨》:"一半方生,一半已成也。"《杜臆》:"半生成,谓生者已成,成者又生。半字最佳。"盖此承上联之"近物情",乃谓万物生生不息。

〔3〕 村鼓二句:村鼓报时而曰"急",渔舟泛江而曰"轻"(轻快),渲染出农忙气氛。其中用叠字增促节奏,且用俗字"个个",与农村气氛也相宜,较王摩诘"竹喧归浣女,莲动下渔舟",风味自别。

〔4〕 杖藜二句:藜,一年生之草本植物,茎坚老者可为拄杖。杖藜,拄着藜杖。从,任从。心迹,心灵与行为。此句谓从心灵到行为都清净无俗气。

【语译】

我用拙朴来维护我的信念,幽居使我与自然更亲。桑麻在雨露中繁盛,燕雀生息不停。村鼓报时声声促急,渔舟泛溪个个轻盈。任凭头白我拄杖其中,心情与行事内外清净。

其 二

晚起家何事,无营地转幽[1]。
竹光团[2]野色,舍影漾江流。
失学从儿懒,长贫任妇愁。
百年浑得醉,一月不梳头[3]。

【章旨】

全诗故作旷达语:怀才不遇无所事事,反曰"地转幽";从儿失学任妇长愁,却道似嵇康有"魏晋风度"。聊自解耳。

【注释】

〔1〕 晚起二句:言迟起床是因为家里没什么事可干,而不事经营反而使

居处显得清幽。无营,不事经营。

〔2〕 团:凝聚。一作“围”。

〔3〕 百年二句:百年,人的一生。浑,皆。二句谓一辈子只求在醉中过却,懒散到一个月也不梳一回头。嵇康《与山巨源绝交书》:“性复疏懒,筋驽肉缓,头面常一月十五日不洗。”后人以此为放达。

【语译】

无事睡起日迟迟,不事经营居处幽。光凝翠竹聚野色,茅舍倒影逐江流。小儿失学随他懒,老妻常贫任伊愁。人生百年长得醉,一月愣是不梳头。

其　三

衰颜甘屏迹,幽事供高卧。
鸟下竹根行,龟开萍叶过。
年荒酒价乏,日并园蔬课[1]。
犹酌甘泉歌,歌长击樽破[2]。

【章旨】

诗中幽事依旧而幽情不再。“年荒”、“日并”,国事家事事事堪忧。尾联终于爆出“歌长击樽破”的一股不平之气。

【注释】

〔1〕 年荒二句:年荒,年成不好。宝应元年蜀地苦旱,杜甫有《说旱》一文述其事(见附录)。酒价乏,即乏酒价,缺少付酒价之钱。课,税收,这里引申为索求。《杜工部诗集辑注》引赵次公曰:“并课园蔬,卖之以充酤值也。”意为日并卖菜的钱去买酒。历来旧注多用赵说,而郑文《杜诗檠诂》驳之,认为老杜并非菜农,课园蔬只是自给。“日并”当为“并日”。《礼记》:“儒有并日而食。”即两天只吃一天

的量。为与“年荒”对偶，故颠倒词序，而意思亦相对应，所谓“瓜菜半年粮”，老杜因年之荒，以至并日而食，课园蔬以自给耳。郑说良是。

〔2〕 犹酌二句：上句承“乏酒价”，言无酒则以泉水充之；下句赵次公谓“暗用王大将军酒后击缺唾壶事”。《世说新语·豪爽》：“王处仲每酒后辄咏‘老骥伏枥，志在千里。烈士暮年，壮心不已’，以如意打唾壶，壶口尽缺。”此句的确有牢骚在其中。

【语译】

老丑自甘绝迹，高卧无事幽居。鸟下竹根行走，萍开闲见游龟。年荒酒贵难沽，两天只吃三顿菜蔬。悠然以泉代酒，长歌击破杯壶！

【研析】

第一首写得浑融，每一行诗都透出生命的清纯与愉悦，“桑麻深雨露，燕雀半生成。村鼓时时急，渔舟个个轻”的画面极富感染力。而首联“用拙存吾道，幽居近物情”，以隽永的诗语道出了回归自然的乐趣，它不但是该组诗的纲领，而且道出为中国文化哲学所塑造的士人人格的一个重要方面，具有永久的普遍意义。我们没有丝毫的理由怀疑诗人隐居的真诚。然而，作为儒学坚定的信仰者，杜甫的退隐与陶渊明、王维的退隐并不一致。其最大的差异在于：杜甫在退隐中仍系心国计民生，内心还是涌动着某些不平之气。第三首读者一诵自明，毋庸讲；第二首也是话中有话，“故作放达”也是一种不平。“晚起家何事，无营地转幽。”一个“转”字，透出一点消息。表面上是说无事可干更好，其实是对一种无奈的自嘲。后解四句：“失学从儿懒，长贫任妇愁。百年浑得醉，一月不梳头”；也当作如是观。唐代禅宗盛行，讲究“透彻之悟”，所以陶渊明的旷达还往往被视为不够彻底。王维《与魏居士书》批评陶“不肯把板屈腰见督邮”，是不懂“身心相离，理事俱如”的表现。而杜甫在《遣兴五首》

中有云:“陶潜避俗翁,未必能达道……有子贤与愚,何其挂怀抱?”(见本书卷三)对陶似乎也有微词。仇注:“盖借陶集而翻其意,故为旷达以自遣耳,初非讥刺先贤也。”仇注说得对,这是“故为放达”之语。为了借“翻其意”来表示子之贤愚也不挂怀的“达道”,偏说“从儿懒”、“任妇愁”。自嘲自遣是“无可奈何”之解药。杜甫似乎对嵇康更认可些:“百年浑得醉,一月不梳头”,用的是与嵇康相关的典故。在现实生活中,“一月不梳头”是令人厌恶的,但文学总是善于将某些事件从现实中游离出来,重新诠释,使之成为某种情感的符号。嵇康在他著名的《与山巨源绝交书》中,赋与“性复疏懒,筋驽肉缓,头面常一月十五日不洗”以新的意义,用以表达对世俗“礼教”秩序与规则的反叛。疏懒,从此成为一种放达的象征。杜诗仍用其意,不必坐实。至第三首,杜甫终于回到“年荒酒价乏,日并园蔬课”的现实(参看【附录】),唱出与“心迹双清”截然相反的激越之音——“歌长击樽破!”其用典的隐语便是“烈士暮年,壮心不已”。于是乎显露出杜甫田园诗的本色。

【附录】

说　旱

原注:初中丞严公节制剑南日,奉此说。

朱注:宝应元年作。

《周礼·司巫》:“若国大旱,则率巫而舞雩。”《传》曰:“龙见而雩。”谓建巳之月,苍龙宿之体,昏见东方,万物待雨盛大,故祭天远为百谷祈膏雨也。今蜀自十月不雨,抵建卯非雩之时,奈久旱何?得非狱吏只知禁系,不知疏决,怨气积,冤气盛,亦能致旱?是何川泽之干也,尘雾之塞也,行路皆菜色也,田家其愁痛也?自中丞下车之初,军郡之政,罢弊之俗,已下手开济矣;百事冗长者,又已革削矣。独狱囚未闻处分，岂次第未到，为狱无滥系者乎？谷者，百姓之本，百役是出，况冬麦黄枯，春种不入，公诚能暂辍诸务，亲问囚徒，除合死者之外，下笔尽放，使囹圄一空，必甘雨大降。但怨气消，则和气应矣。躬自疏决，请以两县及府系为始，管内东西两川各遣一使，兼委刺史县令，对巡使同疏决，如两县及府等囚例处分，众人之望也，随时之义也。昔贞观中，岁大旱，文皇帝亲临长安、万年二赤县决狱，膏雨滂足。即岳镇方面岁荒札，皆连帅大臣之务也，不可忽。凡今征求无名数，又耆老合侍者、两川侍丁，得异常丁乎？不殊常丁赋敛，是老男及老女死日短促也。国有养老，公遽遣吏存问其疾苦，亦和气合应之义也，时雨可降之征也。愚以为至仁之人，常以正道应物，天道远，去人不远。

少年行（七绝）

【题解】

旧编在宝应元年（762）。杨伦评此诗曰："略似太白。"

马上谁家白面郎，临阶下马坐人床[1]。
不通姓氏粗豪甚，指点银瓶[2]索酒尝。

【注释】

〔1〕 床：胡床，亦称交椅，是当时人常用的折叠式坐具。

〔2〕 银瓶：此指装酒的器皿。

【语译】

嗨！这是哪家白面阔少？进院直到阶前下马，径自上堂便坐胡床。太粗野却自以为豪爽,连个姓氏也不通报。你看他指着银瓶叫道:快倒酒来尝尝!

【研析】

仇注引胡夏客曰:“此盖贵介子弟,恃其家世,而恣情放荡者。既非才流,又非侠士,徒供少陵诗料,留千古一噱耳。”仇注曰:“此摹少年意气,色色逼真。下马坐床,指瓶索酒,有旁若无人之状,其写生之妙,尤在‘不通姓氏’一句。”的确,老杜寥寥数语,便活脱脱勾勒出一个没教养的阔少的嘴脸,其白描功夫不但在写作技巧娴熟,还在乎观察之深细,摄出贵介公子目空一切的神态来,是所谓“颊上三毫”。(传说晋时大画家顾恺之为裴楷画像,颊上加三毫毛,神气顿出。)

奉酬严公寄题野亭之作（七律）

【题解】

诗作于宝应元年(762)。时严武以御史中丞兼成都尹。杜与严武是世交,又是政治上的同道,严武来成都任职对杜甫多有关照,二人之关系非同一般,所以有关严武的杜诗都写得率真。初,严武有《寄题杜二锦江野亭》诗云:“莫倚善题《鹦鹉赋》,何须不着鵔鸃冠。”(原诗见【附录】)其意为召杜甫出仕,此为酬答诗。

拾遗曾奏数行书,懒性从来水竹居[1]。
奉引滥骑沙苑马,幽栖真钓锦江鱼[2]。
谢安不倦登临费,阮籍焉知礼法疏[3]。
枉沐旌麾出城府,草茅无径欲教锄[4]。

【注释】

〔1〕　拾遗二句：拾遗，至德二载（757）四月，杜甫逃出沦陷区投奔肃宗，被任命为左拾遗。数行书，指杜甫在左拾遗任上曾经上疏救房琯事。水竹居，临水傍竹之厝，借指隐居。

〔2〕　奉引二句：谓曾充近臣，却真心退隐，以此婉谢严武出仕之请。奉引，为皇帝导引车驾，此为拾遗职事。沙苑马，唐曾在沙苑（陕西大荔南）置牧监养马。滥骑，谦语，自称滥充朝官。

〔3〕　谢安二句：谢安为东晋大臣，于东山营田园别墅，与子弟游赏屡费百金。此以谢安比喻严武。阮籍，魏晋时著名文人，蔑视礼教，与司马集团不合作，为"竹林七贤"之一。杜以此自喻。

〔4〕　枉沐二句：枉沐，谦语，自称枉自受惠。旌麾，帅旗。时严武兼剑南节度使，故以此指代严武。下句谓幽居草野，门前连路都没有，所以要赶紧锄草辟径，以示欢迎。

【语译】

也曾当拾遗奏过几行书，如今呀性懒散只爱临水居傍竹。也曾骑官马导引风辇滥充数，如今呀垂钓锦江真知足。君好比谢安游山水不吝破费，莫嫌我似阮籍礼法疏忽。枉大驾屈尊出城府，蓬荜荒芜自当令人扫除。

【研析】

自从杜甫看透朝廷腐败决然西行以来，虽然仍系心国计民生，但实在是无心出仕，哪怕是深交如严武，也一时难以劝回。把握住杜甫此间的在野心态，才能更好地理解此期的诗心。

【附录】

寄题杜二锦江野亭　严武

漫向江头把钓竿，懒眠沙草爱风湍。

莫倚善题《鹦鹉赋》，何须不着鵕䴊冠。
腹中书籍幽时晒，肘后医方静处看。
兴发会能驰骏马，终当直到使君滩。

遭田父泥饮美严中丞（七古）

【题解】

诗作于宝应元年(762)春。遭，遇也，不期而遇。田父，老农。泥，去声，缠着不放的意思。泥饮，执意强留饮酒。严中丞，严武，时为御史中丞兼成都尹。美严中丞，是说田父赞美严武，美作动词用。从这首诗可以清楚地看出杜甫对劳动者的关爱无间，是《旧唐书》所载"与田夫野老相狎荡，无拘检"者，诗中塑造了文学史上罕见的劳动者豪爽天真的形象。对诗中的"美严中丞"，应看作是对严武行善政的勉励。

步屧随春风，村村自花柳[1]。
田翁逼社日，邀我尝春酒[2]。
酒酣夸新尹："畜眼未见有！"[3]
回头指大男："渠是弓弩手。
名在飞骑籍，长番岁时久[4]。
前日放营农，辛苦救衰朽[5]。
差科死则已，誓不举家走[6]！
今年大作社，拾遗能住否[7]？"
叫妇开大瓶，盆中为吾取[8]。

感此气扬扬，须知风化首[9]。
语多虽杂乱，说尹终在口。
朝来偶然出，自卯将及酉[10]。
久客惜人情，如何拒邻叟？
高声索果栗，欲起时被肘[11]。
指挥过无礼，未觉村野丑[12]。
月出遮我留，仍嗔问升斗[13]。

【注释】

〔1〕 步屧二句：屧，草鞋。是说穿着草鞋信步去玩春景。即下文所谓“偶然出”。自花柳，村村各自有花红柳绿的景色。

〔2〕 田翁二句：逼，逼近。社日，农家祭祀土地神祈丰收的节日。社日有二：春社、秋社。这是春社，在春分前后。春酒，春社日所备之酒。

〔3〕 酒酣二句：新尹，严武是去年十二月做的成都尹，新上任，所以说新尹。畜，同“蓄”。畜眼，犹老眼。下句是说长眼睛以来从未见过这样的好官。先极口赞美一句，下说明事实。

〔4〕 回头四句：大男，大儿子。渠，他。弓弩手，是说被征兵当弓箭手。《通典》卷一四八：“中军四千人，内取战兵二千八百人。战兵内，弩手四百人，弓手四百人。”飞骑，军名，《新唐书·兵志》：“择材勇者为番头，颇习弩射，又有羽林军飞骑，亦习弩。”长番，是说得长远当兵，没有轮番更换。四句是老农向诗人介绍大儿子的情况。

〔5〕 前日二句：放营农，放归使从事农耕生产。衰朽，即衰老，田翁自谓。这句是倒装句法。顺说即“救衰老辛苦”。是年春旱，杜甫作《说旱》文奉严武，其中有云：“国有养老，公遽遣吏存问其疾苦，亦和气合应之义也，时雨可降之征也。愚以为至仁之人，常以正道应物，天道远，去人不远。”大概严武采纳了他的意见，让兵丁回乡救灾。

〔6〕 差科二句：田翁表示感激，欲以死相报，无论发生什么情况都不会举家迁逃。差科，指一切徭役赋税。

〔7〕 今年二句：大作社，是说社日要大大地热闹一番。拾遗，杜甫曾做左拾遗，所以田父便这样称他一声，以示尊敬。

〔8〕 取：斟取酒。

〔9〕 感此二句：这两句是杜甫的评断；也是写此诗的主旨所在。风化首，是说为政的首要任务在于爱民。田父的意气扬扬，不避差科，就是因为他的儿子被放回营农。

〔10〕 自卯句：上午五点到七点为卯时，下午五点到七点为酉时。此句谓来了一整天。

〔11〕 被肘：肘，作动词用。是说屡次要起身告辞，屡次被他拖住。

〔12〕 指挥二句：指挥，指手划脚。二字很形象，也很幽默。村野，犹鄙野，相当于现在说的"老粗"。杜甫爱的是真诚，恶的是"机巧"("所历厌机巧")，故不觉其为"丑"。《唐书》本传称杜在成都草堂，"与田父野老相狎荡，无拘检"。这就是明证。

〔13〕 月出二句：遮，遮拦，就是拦住不让走。嗔，嗔怪，就是生气。田父意在尽醉，所以当杜甫想回家时便生气地问：你今天才喝了几多酒？意思是说你尚未尽兴。

【语译】

漫步随春风，村村有花柳。田父道是社日近，邀我他家尝社酒。酒到微醺夸新尹，说是如此好官所见未曾有。回头指着大儿男："他是军中弓弩手，名册登在飞骑军，当兵至今岁月久。前些日子放归来务农，耕种辛苦救老朽。感恩愿为徭役赋税死，誓不举家逃离此。今年春社要大热闹，拾遗能否住几日？"兴起叫妇开大瓶，为我瓦盆斟满酒。感此豪情意气扬，须知爱民才是教化首！酒后话多虽杂乱，赞美新尹不停口。今朝偶尔到乡间，不意整天难回走。长年流落惜人情，怎好拒绝热心如此叟？田父还在高声叫人备果栗，我想走时屡屡被掣肘。莫说他动手动脚似无礼，真诚动人怎会觉得村野丑？月亮出来还要拦住我，怪我尚未尽兴喝几多？

【研析】

是年春旱，杜甫作《说旱》文奉严武，有云："国有养老，公遽遣吏存问其疾苦，亦和气合应之义也，时雨可降之征也。愚以为至仁之人，常以正道应物，天道远，去人不远。"这与诗中"前日放营农，辛苦救衰朽"、"感此气扬扬，须知风化首"云云的情景是一致的。无论严武是否采纳了杜甫的建议，这一回老杜乐老农之所乐，对严武的称赞是出自公心的。然而更值得关注的是，诗中成功地塑造了一个劳动者豪迈的形象。古代文人也有欣赏这首诗的，如《杜臆》曰："妙在写出村人口角，朴野气象如画。"《杜诗详注》引刘会孟曰："此等语，并声音笑貌，仿佛尽之。"又引郝敬曰："此诗情景意象，妙解入神……野老留客，与田家朴直之致，无不生活。昔人称其为诗史，正使班（固）、马（司马迁）记事，未必如此亲切。千百世下，读者无不绝倒。"评价不可谓不高，但大致所赏者在言语之生动耳。如果我们将此诗与前选《少年行》"马上谁家白面郎，临阶下马坐人床。不通姓氏粗豪甚，指点银瓶索酒尝"对读，则貌似文雅的阔少"白面郎"粗鄙之甚，而看似"指挥无礼"的泥腿子老农却豪迈甚而不觉其"村野丑"。老杜之爱憎分明矣。言为心声，岂止是技巧也哉！如果只从语言技巧着眼，难免一叶障目，各是所好。如施补华《岘佣说诗》云："《遭田父泥饮美严中丞》一首，前辈多赏之，然此诗实有村气，真则可，村则不可。"问题不在乎老杜是否"村夫子"，问题乃在"村夫子"就不如"白面郎"？价值取向是已。

三绝句（七绝）

【题解】

诗作于宝应元年(762)春。杨慎《杜诗选》:"楸树三绝句,格调既高,风致又韵,真可一空唐人。"杨氏大概是就其创新而言的。

其　一

楸树馨香倚钓矶,斩新[1]花蕊未应飞。
不如醉里风吹尽,可忍[2]醒时雨打稀。

【章旨】

花新放不应落而落,且眼巴巴看着它落,于心何忍!一片护花痴情。

【注释】

〔1〕　斩新:极新。也作"崭新",唐人方言。

〔2〕　可忍:哪忍,不忍的意思。

【语译】

楸树花香倚钓台,花蕊初开便即落。要落也得醉时落,怎忍醒时眼看雨打来!

其　二

门外鸬鹚去不来,沙头忽见眼相猜[1]。

自今已后知人意，一日须来一百回。

【章旨】

写自己无机心，能与鸟和谐相处。

【注释】

〔1〕眼相猜：因与鸬鹚别久，故有些生分而猜疑。《列子·黄帝》：有人从沤鸟（即鸥鸟）游，至者百数。其父曰："吾闻沤鸟从汝游，汝取来，吾玩之。"明日之海上，沤鸟舞而不下。此暗用其典故。

【语译】

门外鱼鹰久不来，沙洲忽见还相猜。今后既然知我意，一日要来一百回！

其　三

无数春笋满林生，柴门密掩断人行。
会须上番看成竹，客至从嗔不出迎[1]。

【章旨】

写专心守护新竹而忽视来客。

【注释】

〔1〕会须二句：谓爱竹之甚，至不顾客嗔。会须，犹应须，当时口语。上番，邓魁英等《杜甫选集》认为：上番即头批的意思。元稹《答姨兄胡灵之见寄五十韵》："柳爱凌寒软，梅怜上番惊。"梅花为一年首批开放之花。杜甫看的是春笋头批成竹者。从嗔，随他嗔怪。

【语译】

无数春笋满园生，柴门紧闭没人行。应护头批笋成竹，任从来客怪不迎。

【研析】

这三首写诗人与大自然的亲和关系，“物我与也”。宋杨万里诸人之绝句似乎继承了这一路子。陈衍《石遗室诗话》称：“宋诗人工于七言绝句而能不袭用唐人旧调者，以放翁、诚斋、后村为最：大抵浅意深一层说，直意曲一层说，正意反一层、侧一层说。”落花常见，却反写一笔花蕊崭新不应落，且侧写醉看落花犹可，醒时何堪；鸟儿不猜是老话题，则曲一层写久不见而有猜意，进而言既相知即“一日须来一百回”；“看竹不问主人”是魏晋风度，今翻转来写看竹不问客嗔是物我两忘。诚斋诸人路数，杜诗已见端倪。杜诗开宋人千门万户，非虚语也。

戏为六绝句（七绝）

【题解】

此诗或以为作于上元二年(761)，或以为作于宝应元年(762)。这一组诗开创了颇具特色的“论诗诗”，继踵者不绝如缕。如南宋戴复古《论诗十绝》，金朝王若虚《论诗诗》、元好问《论诗绝句三十首》，此后蔚然成风，遂成为文评中一奇观。论诗本是很严肃的事，为什么说是“戏为”呢？有诸多解释，郭绍虞《杜甫戏为六绝句集解》综合云：“其谓为寓言自况者，以为嫌于自许故曰戏。其谓为告诫后生者，以为语多讽刺故曰戏。其以为自述论诗宗旨者，则又以为诗忌议论故曰戏。实则上述诸说皆有可通。”此组诗总体说来是针对当时文坛“好古者遗近，务华者去实”的风气而作，故赵次公云：“公虽谓之‘戏’，而中有刀尺矣。”史炳《杜诗琐证》认为：“前三章警戒后生不可轻视庾、王数公，盖其文体虽不及汉、魏之高古，然非才美学富，莫之能为……后三章则公不欲以数公自限，而超然出群，由汉、魏，屈、宋，以几于《风》、《雅》，亦即以勉励后生。”这组诗可视为杜甫一生学诗蕲向所在，也是之所以能“集大成”的重要原因。

其　一

庾信文章老更成，凌云健笔意纵横[1]。
今人嗤点流传赋，不觉前贤畏后生[2]。

【章旨】

举庾信以概六朝之前贤，反对以讥评的态度全盘否定该时代的创作。末句即诗题“戏”字的意思，反言见意。

【注释】

〔1〕 庾信二句：庾信为南朝诗人，入北周后诗风由绮靡清新转悲壮苍凉，即杜甫《咏怀古迹五首》所称：“庾信平生最萧瑟，暮年诗赋动江关。”此句的“文章”，包括诗、赋，不必拘泥字面看死。老更成，老而弥健。赵注：“文章而老更成，则历练之多为无敌矣。故公诗又曰‘波澜独老成’也。”凌云，喻其笔势超拔。意纵横，即所谓“横逆不可挡”者。杨慎《丹铅总录》称：庾信“绮艳清新，人皆知之；而其老成，独子美发其妙”。杜诗与庾赋，在沉郁顿挫的风格上有神似之处，故能相知如此。

〔2〕 今人二句：嗤点，讥评。流传赋，指庾信广为流传的名作如《哀江南赋》等。下句杜甫有意用调侃的语气批评那些自以为是的后生，《古今论诗绝句》称：“‘不觉’者，愤词也，非逊词也。”后生，指那些妄为嗤点的浅学之徒，即下一首所指“轻薄为文”的人。

【语译】

庾信诗赋晚年更是波澜老成,笔势超逸意态恣生。今人对传世之作竟妄加讥评,前贤能不怕后生?

其　二

王杨卢骆当时体,轻薄为文哂未休[1]。
尔曹身与名俱灭,不废江河万古流[2]。

【章旨】

此诗言四子为文,乃当时典型的风格,不应讥笑,四子之成就将万古流传。此首可与下文“转益多师是汝师”互训。

【注释】

〔1〕 王杨二句:王勃、杨炯、卢照邻、骆宾王,是“初唐四杰”。当时体,那个时代之风格。杜甫认为一代有一代的诗体,《偶题》乃云:“后贤兼旧制,历代各清规。”《读书堂杜诗注解》:“‘当时体’三字,文章各代别有体裁,不得执一而论。轻薄为文,即‘今人’所作文也。”不过杜甫对四子之评价还是有分寸的,不贬抑,但也有所保留,从“当时体”三字中可体会出来(与下一首“劣于汉魏近《风》《骚》”合读)。哂未休,不停地冷笑。

〔2〕 尔曹二句:尔曹,你们这些人。指讥笑的人们。不废,犹不害、不伤。江河,喻四杰。是说无损于四杰的万古流传。《东泉诗话》:“子美于古人,多所推尊。只特苏、李、曹、刘为所仰服,即阴、何、鲍、庾亦极口赞扬。下至王、杨、卢、骆,似可少贬焉,犹因江河万古。此子美所以转益多师,集其大成,后世学者所当效也。”

【语译】

王杨卢骆的文体是那个时代的风格,轻薄后生竟然作文冷笑不休！你们这些家伙难免身名俱灭，无伤四杰声誉像江河万古长流。

其　三

纵使卢王操翰墨，劣于汉魏近《风》《骚》[1]。
龙文虎脊皆君驭，历块过都见尔曹[2]。

【章旨】

郭绍虞笺云："前首重在辩护四子，故谓为'当时体'，此首重在指斥后生，故又云：'历块过都见尔曹。'一于辩护之中，兼含指斥之意；一于指斥之余，仍兼辩护之辞。合两诗而统观之，则意自显矣。"

【注释】

〔1〕 纵使二句：卢王，即四杰，限于格律字数，举卢王概杨骆。劣于，二字读断。汉魏近《风》《骚》，五字连读。是说纵使四杰的作品，不及汉魏之接近《国风》和《楚骚》，但也有可取之处，不可一概抹杀。而此意则由下文补足，四句须一气读。

〔2〕 龙文二句：龙文、虎脊，都是毛色斑斓的名马，比喻四杰文采华美。这句承上，言四杰之作，虽不及汉魏，但仍不失为良马。君，指君王。言四杰如君王所御之良马，其创作驾轻就熟，驱遣华美词藻如天马行空。历块过都，王褒《圣主得贤臣颂》："纵骋驰骛，忽如影靡；过都越国，蹶如历块。"言马之神骏，驰过城邦，只如轻越块土而已。与"尔曹"对比，以喻才分高下。萧先生注："这里比喻创作实践。意思是说你们哂笑四杰，何不写写看，恐怕那时你们就要感到自己不济事了。"

【语译】

纵然四杰之创作，尚不及汉魏之近于《国风》与《楚骚》；但其驱遣华美词藻如天马行空,驰骋城邦只如轻越块土,汝等后生相形见绌矣!

其　四

才力应难跨数公,凡今谁是出群雄[1]?
或看翡翠兰苕上,未掣鲸鱼碧海中[2]!

【章旨】

此首谓时人但以纤巧见长,怅叹当时缺乏笔力千钧气骨厚重之作。

【注释】

〔1〕 才力二句:跨,超过。数公,即上面提到的庾信、四杰诸人。凡今,所有的今人(实际上只是指"后生"们)。

〔2〕 或看二句:《岁寒堂读杜》:"兰苕,香草;翡翠,小鸟;言小巧如珍禽在芳草之上,不能创大观也。"掣,牵引。杜甫推崇的是雄浑阔大的艺术风格,是植根于"盛唐气象"的审美理想。其中有"夫子自道"的意味。

【语译】

当今文坛谁最出众?才力恐难超越庾、王数公。间有纤秾或如翠鸟戏兰苕,哪有磅礴能御鲸鱼碧海涛中!

其　五

不薄今人爱古人,清词丽句必为邻[1]。
窃攀屈宋宜方驾,恐与齐梁作后尘[2]。

【章旨】

此章指示论诗宗旨在不分今古，总以清丽为主，不废齐、梁却不步其后尘。

【注释】

〔1〕 不薄二句：今人、古人，《读杜心解》："统言今人，则齐、梁而下，四杰而外，皆是；统言古人，则汉、魏以上，《风》、《骚》以还，皆是。"针对当时文坛"好古者遗近，务华者去实"的风气，杜甫主张古今并重，对清词丽句亦不可不学习。必为邻，离不开或少不了；因为诗毕竟是精美的语言。

〔2〕 窃攀二句：窃攀，私心想追攀。屈宋，屈原与宋玉。方驾，并驾齐驱。他曾称赞高适："方驾曹刘不啻过。"《杜诗论文》："接上言，既不必薄今人，不可不爱古人也。清词丽句，极力模仿，与为比肩；而所云清丽者，必拟屈、宋，但不可过为纤艳，入手齐、梁耳。"邓魁英、聂石樵《杜甫选集》注："两句言流俗之辈虽欲追攀屈、宋，与之并驾齐驱，但志大才庸，恐仅能为齐、梁后尘。言外之意，如仇兆鳌云：'知古人未易摹仿，则知数公（庾、四杰）未可蔑视矣。'"这里体现了杜甫较为辩证的文学史观念：一方面指出"清词丽句"之于文学，不可或无，今人、古人都有贡献，也是他不废齐、梁之原因；另一方面指出向上一路，宜以汉、魏乃至屈、宋为典范，方不至连齐、梁都不如。作后尘，谓反而望齐、梁之后尘而不及。

【语译】

我爱古人不轻今，但有清词丽句必亲近。欲学屈宋须到位，学乎皮毛得乎下，反逊齐梁望其尘！

其　六

未及前贤更勿疑，递相祖述复先谁〔1〕？
别裁伪体亲《风》《雅》，转益多师是汝师〔2〕！

【章旨】

此首示人以学诗之法：前二句戒勿妄加嗤点前贤，后二句勉后人去伪存真，学乎其上，转益多师。

【注释】

〔1〕 未及二句：上句警告轻薄辈要有自知之明，"未及前贤"是学习传统应有的谦虚态度。下句言传统是先后相承的，所谓"历代各清规"，又岂能割断历史妄加扬抑呢。递，接续。祖述，承前人而有所述作。先，作动词用，谓推崇。

〔2〕 别裁二句：别，甄别；审察区分。裁，裁汰。伪体，没有真性情的作品。风雅，《诗经》的十五《国风》和《大雅》、《小雅》，以此代表有真性情的作品，其称赞陈子昂则曰："有才继《骚》、《雅》，哲匠不比肩。"下句言不论古今，都要多方面学习，获取教益，他们都是你的老师。这也是杜甫自己的写照。元稹《唐检校工部员外郎杜君墓系铭序》称杜"上薄《风》、《骚》，下该沈、宋，言夺苏、李，气夺曹、刘，掩颜、谢之孤高，杂徐、庾之流丽"，可概其"转益多师"的大要。萧涤非先生注："末二句真是语重心长。杜甫个人的成功和他对后来文学的巨大影响，跟他这种善于批判的吸收祖国文学遗产的态度有密切关系。概括地说：'别裁伪体亲《风》、《雅》'，主要表明他在诗的思想内容上的主张，而'转益多师是汝师'，则主要表明他对于诗的艺术形式的看法。前者是思想内容问题，而后者则是关于表现的手法问题，可以博采旁通。杜诗在思想内容方面被称为'诗史'，在艺术风格方面又被称为'集大成'，是和他这种全面的观点分不开的。"

【语译】

比不上前贤是当然的事，传统前后相承岂可排坐次？去伪存真亲《风》、《雅》，多方获益皆可师。

【研析】

这组诗可以说是杜甫诗论的精髓。周祖譔先生《隋唐五代文论选》杜甫条称:“其论诗,主张兼收并蓄,博采众长,既重视《风》、《骚》传统,又不鄙薄齐、梁诗人之清词丽句、凌云健笔。其评价作家,亦能注意从当时历史条件出发。于诗风,反对纤弱小巧风格,提倡能‘掣鲸鱼碧海’之壮阔意境及‘沉郁’特点。所论较罕偏颇之病。”言简意赅,《戏为六绝句》主旨殆尽矣。对待文学遗产的问题,至今仍是个引人关注的问题,尤其是对六朝文学的评价最为辩证,值得后人三思。金启华《杜甫诗论丛》说:“杜甫对六朝诗歌的意见,和李白最为不同。李白鄙薄六朝,杜甫则推崇它。他对自己勉励,是‘永怀江左逸’(《偶题》)。勉励儿子,是要‘精熟文选理’(《宗武生日》)。至于以六朝诗人来赞美他同时代诗人的就更多了。譬如他称美马卿,称‘潘、陆应同调’(《暮春江陵逢马大卿公恩命追赴阙下》)。赞美许十一,是‘陶、谢不枝梧’(《夜听许十一诵诗爱而有作》),赞美李白,是‘李侯有佳句,往往似阴铿’(《与李十二白同寻范十隐居》)……至于自己对六朝诗人的称美,是‘焉得思如陶、谢手’(《江上值水如海势聊短述》),是‘孰知二谢将能事,颇学阴、何苦用心’(《解闷十二首》)。这样的推崇六朝诗人,实在是‘恐与齐梁作后尘’(《戏为六绝句》之五)啊。杜甫是想学习六朝,再跨越六朝哪。”所言近是。然而李白(还有陈子昂)处于诗风大变时代的节点上,诚如闻一多《类书与诗》所称:初唐那五十年“说是唐的头,倒不如说是六朝的尾”。要切断这条长尾巴,不能不把话说得斩绝些。事实上无论陈子昂,无论李太白,对建安文学是肯定的,尤其李白对六朝优秀作家如大小谢、鲍照的认真学习,也是明摆着的。我们不可据字面便认为李白“鄙薄六朝”,李、杜论诗观点是对立的,这也才合乎杜甫“当时体”、“历代各清规”的原意。

这组诗对后代的影响是深远的,杨松年教授的专著《杜甫〈戏为六绝句〉研究》有相当系统的论述,可参考。当然,作为“论诗诗”,这种形式的局限也是明显的,它往往只能点到辄止,不能全面展开。如杜甫对汉乐府的学习是下大功夫的,成绩也是最突出的,却只能在《风》、《雅》的旗帜下被带过,未做论述,这不能不说是个不小的遗憾。

野人送朱樱（七律）

【题解】

野人,田野之人,指当地农家。朱樱,红樱桃。此诗当作于宝应元年(762)居成都时,因当地百姓送樱桃而勾起当年在朝的回忆,感兴出于自然,直书目前所见,平易委曲,终篇遒丽。《杜诗镜铨》评云:“托兴深远,格力矫健,此为咏物上乘。”

西蜀樱桃也自红,野人相赠满筠笼[1]。
数回细写愁仍破,万颗匀圆讶许同[2]。
忆昨赐沾门下省,退朝擎出大明宫[3]。
金盘玉箸无消息,此日尝新任转蓬[4]。

【注释】

〔1〕 西蜀二句:也自红,是逗起回忆之关键。唐人李绰《岁时记》载:“四月一日,内园进樱桃,寝园荐讫,颁赐百官,各有差。”杜甫心目中所见,是朝廷礼仪中的樱桃,眼前西蜀樱桃虽也时至而红,却已无颁赐之功用,其所自来,只是野人所赠而已。“也自”二字感慨系之,故《杜诗解》云:“言樱桃之色之红,我岂不知?然不过知之于宫中宣赐耳……若西蜀樱桃之红,我乃今日始见,则岂非因野人之赠哉。”筠笼,竹篮。

〔2〕　数回二句：细写，小心倾倒。此句言樱桃之细皮嫩肉，尽管已是小心倾倒，仍然担心会有破损。讶许同，惊讶于樱桃千颗万颗竟然会粒粒都匀圆得如此相似。

〔3〕　忆昨二句：沾，通“沾”，沾光的沾。谦语，言因在门下省任拾遗，故沾光蒙赐樱桃。门下省，在宣政殿东。杜甫曾任左拾遗，就属门下省。擎，捧也。大明宫，有含元、宣政、紫宸诸殿，是朝廷主要的政治活动中心。朝，借为“朝夕”之“朝”，故与“昨”对，是为借对。

〔4〕　金盘二句：箸，筷子。金盘玉箸，借代朝廷、皇帝。无消息，暗示肃宗已驾崩。尝新，指品尝新出的樱桃。今昔对比，无限惆怅。其中有“每食不忘君”的意味。这种忠君思想与感情在封建士大夫中并不少见。

【语译】

西蜀的樱桃哟时至也自红，农家相赠哟满满一筐笼。几回腾移小心翼翼怕挤破，千颗万颗如此匀圆惊相同。想当年门下省沾光蒙恩赐，下朝手捧樱桃退出大明宫。如今肃宗皇帝杳然无消息，我漂泊异乡独自尝新惆怅中。

【研析】

请捉住“细”字。《昭昧詹言》：“前半细则极其工细，后发大议论则极其壮阔。”这种写法使人联想到齐白石工笔加大写意的画风——没有细入毫发的工笔虫翼，剩下的便只是粗枝大叶。然而杜诗之妙不仅在“比”，更在“兴”：以小见大，且以大观小。拟于心而方于貌的诗中樱桃，其匀圆细嫩到愁其一擦便破，一方面给人鲜嫩的美感，另一方面也给人易受伤害的伤感。而二者恰好与杜甫酸甜兼有的回忆相拍合，是为“比喻之两边”。《唐宋诗举要》引吴曰：“肖物精微，得未曾有。杜公天才豪迈，复能细心熨贴如此。”因其精微熨贴，才能“毫发无遗憾”，得物之神；因其得物之神，才能“飞动摧霹雳”,感发心中浩荡之至情。正是该兴象所具有的特质,使同一樱桃、两样情绪自然过渡而不留痕迹。“美人细意熨贴平。”于此,我们对杜诗之“细”,别有会心矣。

大麦行（七古）

【题解】

唐肃宗宝应元年(762),党项羌攻梁州,吐蕃陷成、渭等州。时唐军腹背受敌,疲于奔命,故麦熟为羌胡所抢收而失保护。诗用代言体为士兵言情(见注〔3〕)。

大麦干枯小麦黄,妇女行泣夫走藏。
东至集壁西梁洋,问谁腰镰胡与羌[1]!
岂无蜀兵三千人? 部领[2]辛苦江山长。
安得如鸟有羽翅,托身白云还故乡[3]?

【注释】

〔1〕 东至二句:集、壁、梁、洋,四个州名,唐属山南西道,以示党项羌来抢收的范围宽广。腰镰,腰插镰刀。下句萧先生注:“这一句中,自具问答,上四字问,下三字作答,句法实本后汉桓帝时童谣:‘小麦青青大麦枯,谁当获者妇与姑。’”

〔2〕 部领:带兵的将领。

〔3〕 安得二句:《读杜心解》云:“《大麦行》,大麦谣也。曷言乎谣也?代为遣调者之言也。梁州之民,被寇流亡,诸羌因粮于野,客兵难与争锋,思去而归耳。刺寇横,伤兵疲,言外无穷恺切。仇氏误认托身归乡为自欲避之,了无意味。且公在蜀中,与梁州风马牛不

相及。”

【语译】

大麦干,小麦黄;收获季节该农忙,却见妇女泣逃丈夫藏。东起集州与壁州,西至州郡梁与洋;敢问腰插镰刀是谁人?答道胡羌来抢粮!不是蜀兵有三千?辛苦带兵难顾江山千里长。唉!怎能如鸟插翅飞?飞入白云回故乡!

【研析】

说杜甫是老百姓的代言人,一点也不过分。且不说诗中那己饥己溺的深情,单那学汉代民间歌谣问答口吻毕肖,也可以看出诗人与百姓几于无间了。汉桓帝时歌谣云:“小麦青青大麦枯,谁当获者妇与姑,丈夫何在西击胡。吏置马,君具车,请为诸君鼓咙胡!”而此时的唐帝国比乾元年间写“三吏”、“三别”时更虚弱了,杜甫据实借蜀兵之口道出“安得如鸟有羽翅,托身白云还故乡”,不再一味鼓励“努力事戎行”,是很人性化的!这是无奈中的选择,也是对无能的朝廷不再寄以希望的痛苦表白。诗中连续的问答增添了现场感与紧张的气氛。

奉送严公入朝十韵（五排）

【题解】

严公,指严武。肃宗上元二年(761)十二月,严武为成都尹。次年,即宝应元年(762),玄宗和肃宗相继驾崩,代宗李豫继位。七月,代宗召武还,充二圣山陵桥道使。于是杜甫亲送至绵州奉济驿才分手,并再三赠诗送别。此为赠诗之一。《义门读书记》称其“句句筋两,字字精神”,的确皆是诗人肺腑之言。

鼎湖瞻望远,象阙宪章新[1]。
四海犹多难,中原忆旧臣[2]。
与时安反侧,自昔有经纶[3]。
感激张天步,从容静塞尘[4]。
南图回羽翮,北极捧星辰[5]。
漏鼓还思昼,宫莺罢啭春[6]。
空留玉帐术,愁杀锦城人[7]。
阁道通丹地,江潭隐白蘋[8]。
此生那老蜀,不死会归秦[9]。
公若登台辅,临危莫爱身[10]!

【注释】

〔1〕 鼎湖二句:鼎湖,《汉书·郊祀志》:“黄帝采首山铜铸鼎于荆山下,鼎既成,龙有垂胡髯下迎,后世因名其处曰鼎湖。”以此暗示玄宗与肃宗去世。瞻望远,因诗人处蜀地,距长安遥远,故云。象阙,宫门外之望楼,指代朝廷。宪章,法制,意谓新君代宗即位。

〔2〕 四海二句:上句言海内战火未息,下句言朝廷仍需旧臣辅佐。旧臣,萧先生注:“严武在玄宗时已为侍御史,肃宗时又为京兆少尹兼御史中丞(时年三十二),所以称为旧臣。”

〔3〕 与时二句:与时,顺应时势。反侧,反复颠倒,此指叛贰之人。《诗·何人斯》:“作此好歌,以极反侧。”安反侧,指严武曾从肃宗在灵武靖乱。经纶,用治丝喻治国之才。《易·屯》:“君子以经纶。”

〔4〕 感激二句:感激,感动奋发。张天步,振起国运。静塞尘,此指严武能安边镇蜀。

〔5〕 南图二句:南图,即图南。《庄子·逍遥游》:“夫鹏九万里而图

南。”此指严武南来镇蜀。回羽翮，指严武回朝任职。北极，北极星。《论语》：“为政以德，譬如北辰，居其所，而众星拱之。”星辰，北极五星，其一曰北辰，是天之最尊星，故古人多以喻朝廷或皇帝。此句言严武将回朝廷辅佐皇帝。

〔6〕 漏鼓二句：此二句则据自己以往的经验，设想严武回朝后兢兢业业之情景，为最后一句做铺垫。漏，古代报时器。漏鼓，报漏刻之鼓。还思昼，等待天明。下句言严武七月回朝，宫中春季已过，不闻莺鸟啼啭。杜甫曾在《春宿左省》中形容等待上朝情景云：“不寝听金钥，因风想玉珂。明朝有封事，数问夜如何。”

〔7〕 空留二句：玉帐，指军帐，主将所居。玉帐术，用兵之术。《新唐书·艺文志》载李靖有《玉帐经》一卷。严武去蜀，故云空留。锦城人，成都人，此泛指蜀中百姓。

〔8〕 阁道二句：上句言严武回朝，下句言自己仍滞蜀中。阁道，犹栈道。丹地，以丹漆涂地，指朝廷。江潭，锦江、百花潭，指成都草堂。白蘋，一种水草，俗称田字草，喻诗人自己，与“丹地”对举，一贱一贵。

〔9〕 此生二句：谓自己无论如何也要挣扎回长安。流水对。那，岂。会，定。秦指长安。

〔10〕 公若二句：公，指严武。台辅，三公宰相之位。此二句以道义相勉。仇注：“法言忠告，令人肃然。夫奉送府主，谁敢作此语，亦谁肯作此语！子美真古人也。”

【语译】

黄帝升天的鼎湖只能遥遥瞻望，巍巍宫廷正颁下新典章。海内依然多祸难，中原正思老臣起担纲。顺应时势安反叛，您自昔于此有才干。在蜀从容能安边，在朝感发国运张！大鹏南飞今回翅，众星拱卫共尊王。待上早朝听漏鼓，宫中春过莺已藏。蜀中空留用兵计，成都百姓愁断肠！栈道绵绵通帝殿，白蘋仍漂百花潭。此身岂能蜀地老？不死还得回长安。公若荣登宰相位，临危杀身要敢前！

【研析】

人世间有一种友情,是以道义相许的,在国家危难之际,能相期以死节,被称为节义之士,汉末李固、杜乔辈是也。这种人应被视为中国文化中之亮点、之脊梁。唐君毅《中国文化之精神价值》称:“当人道、国家、民族、文化存亡绝续之秋,人命悬于呼吸之际,则豪杰、侠义之行,皆将无以自见于世,而唯有气节之士,愿与人道、国家、民族、文化共存亡绝续之命。”这种当无可奈何之时而欲以身随道之往而往的精神足可洗涤乾坤!如果说李白能写出侠义之士的豪气,则杜甫善写此节义之士的正气,相许以道义,相期以死节,此诗不啻一首正气歌。

虽然,严武在道德修养上未必能与杜甫齐肩,但在当时当地,已是极难得之可造之才,所以老杜总是寄之以希望,砥砺之以道义。《新唐书》本传云杜甫性傲,多次冒犯严武,武欲杀之;实在是太不理解杜与严的这份“君子之交”了!萧涤非先生的一条注值得玩味:“末二句是赠诗主旨。送大将还朝,而预祝其‘见危授命’,在他人必不敢,亦不能,以杜甫本身即一‘济时肯杀身’之人也。观此,知遭田父泥饮之美严武(按,见本卷前选《遭田父泥饮美严中丞》),用意亦在诱导,非阿谀以谋求一己之私利。”可谓得其诗心。以此反观全诗,则意脉清晰。首四句“鼎湖瞻望远,象阙宪章新。四海犹多难,中原忆旧臣”,二帝崩而新君立,国难当前便有“天降大任于斯人”的大期待。以下十句反复肯定严武以往的政绩,正是为了诱导其更立新功。以下“阁道通丹地,江潭隐白蘋。此生那老蜀,不死会归秦”四句,诚如《义门读书记》所说:“亦欲入朝,不徒送公也。”是表示愿回长安生死与共,于是推出全诗主旨:“公若登台辅,临危莫爱身!”是真性情便有浓烈的诗意。

又观打鱼歌（七古）

【题解】

宝应元年(762)七月,杜甫亲送严武赴朝至绵州,因剑南兵马使徐知道反,成都乱,道阻不得归,遂滞留绵州。此为陪绵州刺史杜济在绵州东津观渔所作,因前有《观打鱼歌》,故此首题曰“又”。

苍江渔子清晨集,设网提纲取鱼急[1]。
能者操舟疾若风,撑突波涛挺叉入。
小鱼脱漏不可记,半死半生犹戢戢。
大鱼伤损皆垂头,屈强泥沙有时立[2]。
东津观鱼已再来,主人罢鲙还倾杯[3]。
日暮蛟龙改窟穴,山根鳣鲔随云雷[4]。
干戈格斗尚未已,凤凰麒麟[5]安在哉?
吾徒胡为纵此乐,暴殄天物圣所哀[6]。

【注释】

〔1〕苍江二句:写渔人齐集江边捕鱼的情景。苍江,指涪江。提纲,提起网上的大绳,所谓纲举目张。

〔2〕小鱼四句:写鱼被捕杀之惨状,仇注乃云:“从竭泽而渔处,写出惨酷可怜之状,具见爱物仁心。”戢戢,鱼张口呼吸的样子。屈强,即倔强。

〔3〕东津二句:承前《观打鱼歌》有打鱼作鲙欢宴的场景,故曰“再来”、“罢鲙”云云。

〔4〕　日暮二句:极写水中群鱼逃生。山根,此指山脚水中。鳣,鲟鳇鱼,长可达两三丈。鲔,亦大鱼,长者丈余。随云雷,随蛟龙(逃去)。所谓"云从龙",故以云雷指代蛟龙。

〔5〕　凤凰麒麟:皆传说中的吉祥之物,象征太平。

〔6〕　吾徒二句:无所爱惜曰暴殄。暴殄天物,就是任意残害大自然的万物。《书·武成》:"今商王受无道,暴殄天物。"圣所哀,谓圣人反对这种滥杀的行为。

【语译】

涪江渔夫清晨聚,下网举网急捉鱼。高手驾舟疾如风,刺破碧涛鱼又入水底。小鱼虽然逃脱不知数,已是半生半死张口嘘。大鱼伤重皆垂头,有些倔强仍立泥沙里。东津观渔者又来,主人宴鲙劝酒犹未已。日暮蛟龙迁窟去,鳣鲔随之走云雷。唉!天下干戈格斗尚未息,太平之世不可期。我辈何以有心纵此乐?须知暴殄天物圣人哀所为!

【研析】

《礼·王制》:"田不以礼,曰暴天物。"古人反对赶尽杀绝,所以主张"网开一面"、"不杀胎"、"不合围",今天看来便是与大自然长期共存的智慧。而儒家将这种智慧转化为道德要求,谓之怜悯心,"民胞物与"之仁心。杜甫诗中体现的就是这种仁心。"小鱼脱漏不可记,半死半生犹戢戢。大鱼伤损皆垂头,屈强泥沙有时立。"栩栩如生的描写,使人深受感染而生不忍之心;而"干戈格斗尚未已,凤凰麒麟安在哉",又使人联想到当时百姓在官兵与叛军的夹击中,犹小鱼之"半死半生犹戢戢"的苦况;很好地传达了诗人悲天悯人的情感。

题玄武禅师屋壁（五律）

【题解】

宝应元年(762)杜甫由绵州到梓州,并迎至家属。客旅游踪曾到过梓州所辖玄武县之玄武山寺庙,作此诗。

何年顾虎头,满壁画瀛洲[1]。
赤日石林气,青天江海流[2]。
锡飞常近鹤,杯度不惊鸥[3]。
似得庐山路,真随惠远游[4]。

【注释】

〔1〕何年二句:顾虎头,东晋大画家顾恺之,小字虎头,无锡人。顾氏曾在瓦棺寺作维摩诘壁画,杜甫二十岁时游金陵见此画,印象深刻,遂以此形容玄武禅师屋壁之画,非名手如顾者不能,未必此画即顾氏所作。瀛洲,海上三仙山之一,仙人居之。一作"沧洲",滨水之地。皆指画中山水。

〔2〕赤日二句:红日、青天、山水,言壁上所画形象,句格雄丽。

〔3〕锡飞二句:二句大概因画中有鹤有鸥,因而转而赞及禅师,增加壁画的动感与神秘感。《诗薮》称其"用事入化"。上句仇注引《高僧传》:"舒州潜山最奇绝,而山麓尤胜。志公与白鹤道人欲之,同白武帝。帝俾各以物识其地,得者居之。道人以鹤,志公以锡。已而鹤先飞去,至麓将止,忽闻空中锡飞声,志公之锡,遂卓于山麓。道人不怿,然以前言不可食,遂各于所识筑室焉。"下句《高僧传》载南朝有奇僧能乘木杯渡水,无假风棹,轻疾如飞。

〔4〕 似得二句：仇注："惠远住庐山，一时名人如刘遗民、雷次宗辈，并弃世遗荣，依远游止。沈氏曰：陶渊明与惠远游，从结白莲社，公盖以陶自比也。""似得"二字化画为境，由画及禅师，再及自身远游之思，婉转写来，如真如幻。

【语译】

顾虎头，何年来？画下一壁仙人台。赤日石林生紫气，青天大江东入海。锡杖黄鹤争先后，惯见木杯渡人鸥不猜。见画似入庐山路，身随惠远共徘徊。

【研析】

老杜题画，最关注其"气韵生动"，所以总是将画中形象写得活脱脱地逼真，"舟人渔子入浦溆，山木尽亚洪涛风"、"褒公鄂公毛发动，英姿飒爽犹酣战"之类是也。而此诗之妙，还在于借着这个"逼真"，干脆"当真"，让自己从画中的山径直入庐山而"真随惠远游"了。清代画家王鉴《染香庵跋画》称："则知形影无定法，真假无滞趣，惟在妙悟人得之。"的确，艺术创构之虚幻空间与现实存在的物理空间，在诗人心中往往是可以随脚出入的。

客　夜（五律）

【题解】

宝应元年(762)所作。七月，杜甫送严武还朝，一直送到绵州奉济驿，适徐知道在成都作乱，回家不得，只好转避梓州。诗作于是时。

客睡何曾著，秋天不肯明[1]。
入帘残月影，高枕远江声[2]。
计拙无衣食，途穷仗友生[3]。
老妻书数纸，应悉未归情[4]。

【注释】

〔1〕 客睡二句：著，犹“睡着”。不肯明，不说失眠人偏觉夜长，却说是秋夜“不肯明”，倍觉难熬。李益诗：“似将海水添宫漏，共滴长门一夜长。”同为此类感觉。

〔2〕 入帘二句：仇注引洪仲注云：“高枕对入帘，谓江声高于枕上，此以实字作活字用。”萧先生注：“高字属江声，不属枕，不能理解为‘高枕无忧’的高枕。但说是‘江声高于枕上’，却仍费解。私意以为：江声本来自远方，但枕上卧而听之，一似高高出于头上，故曰‘高枕’。因夜静，故闻远江之声亦高。”

〔3〕 仗友生：靠朋友。

〔4〕 老妻二句：书数纸，指妻子来信不短，催其回家。或云指写给老妻的信，亦通。下句承五、六二句，语气婉转，犹言“情况如此，你也知道”。是夫妻间口吻。参看上卷所选《百忧集行》：“入门依旧四壁空，老妻睹我颜色同。”

【语译】

客心忽忽如何睡？秋夜耿耿不肯放天明！月入帘帏唯残影，远来江涛高悬枕上声。无衣无食施无计，途穷只好靠友朋。老妻催归来长信，困蹇如此谅知情。

【研析】

首句写尽不眠人的心理。颔联将无边心事化入不眠人眼耳之感觉中，既实且虚。残月江声，恍惚如幻。颈联兜出心事，计拙途穷,如何能睡？末尾以不必答作答,老夫妻相濡以沫之情满纸。

唐人善将生命聚焦于一点,浓得化不开,得骚体之美;宋人则喜以理性之辉光照亮生命的露滴,能自解脱,故以陶潜为高。杜虽开宋人门户,毕竟还是唐人。

客　亭（五律）

【题解】

与上首同时作于宝应元年(762)秋。亭,古时指人停聚之处所,如邮亭、驿亭。此指客居之宅。刘禹锡《陋室铭》:“西蜀子云亭”,即以亭代宅。

秋窗犹曙色,落木更天风[1]。
日出寒山外,江流宿雾中[2]。
圣朝无弃物,老病已成翁[3]。
多少残生[4]事,飘零任转蓬[5]。

【注释】

〔1〕 秋窗二句:谓天还蒙蒙亮,风就来摧残落叶了。傅庚生《杜诗析疑》称:“‘落木更天风’,正是用风吹落叶的秋景,形容流离颠沛的残生。此诗义兼比兴,写景之句,同时也是抒情之句。”

〔2〕 日出二句:宿雾,晨雾。因由昨夜至今,故曰宿。王维诗云:“江流天地外,山色有无中。”清旷之景,向外扩散,故缥缈引想象;此句则山围雾裹,所谓“寒日出雾迟”,故日出、江流皆有挣脱感,具生命的力度。

〔3〕 圣朝二句:谓碰着这种“圣朝”,还有什么话可说？了然语。《唐诗

选脉会通评林》引徐中行曰:"说到无聊,只得如此放下。"又引周敬曰:"'圣朝无弃物',比之'不才明主弃'远矣,浑厚中含自伤。非悲非怨,故自苦心巧舌。"近是。

〔4〕 残生:犹余生。

〔5〕 转蓬:言人之飘零无定如蓬草随风飘转。

【语译】

秋窗还只是透出熹微的曙色,从天而降的秋风已开始摧残落叶。初日挣出寒山的重围,江水破雾而流带走残夜。圣明的天朝岂有遗贤?自怪老病衰颜生命已枯竭。余生能有几多事?就让它蓬草飘转随风灭!

【研析】

有一种误解,以为话说得含蕴不露,就是"怨而不怒"。不少论者说"圣朝无弃物,老病已成翁",比起孟浩然的"不才明主弃,多病故人疏"要平和无火气。如赵次公注曰:"此盖公不怨天、不尤人之意,与孟浩然'不才明主弃,多病故人疏'之语有间矣。"《瀛奎律髓汇评》也引纪昀的话说:"浑厚之至,是为诗人之笔。"又说:"感慨不难,难于浑厚不激耳。入他人手,多少愤愤不平语!"然而,如果结合"多少残生事,飘零任转蓬"二句读,则明白这是站在灰心绝望边缘上的了然之言。欲哭无泪难道不比放声长啼更悲怆?

其实唐人总是用兴象说话,不可言说的复杂的情感往往用兴象包孕。什么"两句言景,两句言情",情景相生,冯舒乃曰:"看杜诗何拘情景!""秋窗犹曙色,落木更天风。日出寒山外,江流宿雾中。"尽管天未明而摧木之风已起,但日仍冲寒而出,江还破雾而来。这就是生命的力度。后四句的无奈中应染上前四句的情感色彩。也就是说,语境帮我们感觉到老杜在绝望与无奈中仍然跃动着充满生命力的悲愤。这就是为什么读杜甫的悲情诗并无衰颓的感觉的原因。

秋　尽（七律）

【题解】

宝应元年(762)深秋,客梓州时作。

秋尽东行且未回,茅斋寄在少城隈[1]。
篱边老却陶潜菊,江上徒逢袁绍杯[2]。
雪岭独看西日落,剑门犹阻北人来[3]。
不辞万里长为客,怀抱何时得好开[4]。

【注释】

〔1〕秋尽二句:东行,指客寓梓州,州在成都东偏北。茅斋,指成都草堂。虽然尚不得回成都,但总是要回去,故草堂曰“寄”。少城,在成都大城之西。隈,角落。

〔2〕篱边二句:陶潜菊,陶潜《饮酒》:“采菊东篱下。”江,涪江。袁绍杯,《后汉书·袁绍传》载袁绍总兵冀州,大会宾客,郑玄后至,延上座,饮酒一斛。此喻诗人参加梓州官府宴会。徒,徒然;没多少意思。因不能回草堂饮酒,故曰“江上徒逢”。同年,杜甫有《寄高适》诗云:“定知相见日,浪漫倒芳樽。”回草堂与故友痛饮,才是老杜所欲。

〔3〕雪岭二句:雪岭,即“窗含西岭千秋雪”之西岭,在成都西。下句,徐知道起兵反叛,派兵往北断剑门通道,欲阻断朝廷北来之援军,故云。

〔4〕不辞二句:谓当初不辞万里来此避乱,不意战乱不止,且蜀地亦乱,如此长为客,何日心境得舒耶。《唐宋诗举要》引吴曰:“本作客不

得意之辞，乃云‘不辞’，千回百折而出之者也。”误读。应于“不辞万里”读断。盖云自长安不辞万里来蜀耳。

【语译】

草堂且寄大城西，人在东途秋尽不得归。陶潜不在篱边菊花老，袁绍召饮江上虚与委蛇。独看西岭日西落，剑门叛军犹阻官军驰。辗转万里来此长为客，太平无望何时能展眉？

【研析】

《瀛奎律髓汇评》引纪昀评曰：“前四语殊平平，后四句自极沉郁顿挫之致。‘袁绍杯’不切‘秋尽’。”这种割裂为上下解的方式实在是不适合于用来评杜律。杜甫自宝应元年秋七月送严武至绵州，因徐知道之乱不得返成都，辗转绵、梓间。至秋尽，还是看不到转机，草堂回不得，颇心灰意懒。《杜臆》首句解得透彻：“‘东行未回’，谓到梓未还成都；而‘且’字极有含蓄。盖公无日不思还京，故云秋已尽矣，东行且未得回，何况故乡！”“秋尽”，是触兴处，故题用此首句二字，真揪心处乃在“茅斋寄在少城隈”之“寄”字，言有“家”回不得——深一层说，事实上连这个“家”也只是客寓，故乡更回不得，这人生也只是“如寄”！“篱边老却陶潜菊，江上徒逢袁绍杯。”上句以陶自拟：我不在草堂，篱边之菊白开了！因陶潜名句“采菊东篱下”出自《饮酒》诗，故又引出下句，言今日虽也在梓州陪“袁绍”者流饮酒，却属无聊，（哪比得上与严武等故友“浪漫倒芳樽”！）更勾起成都草堂“故园”之思，遂转入下四句。由此看来，不惟前四句诗思跳跃并不“平平”，“袁绍杯”也仍紧扣秋之情景，岂不切题？且因为酒既不能解忧，遂越过草堂由思“故园”而思及“故乡”，直连下四句，一气不可割断。如果“平平”只是指句法，那就更不对头了。“篱边”一联造语甚奇特，什么叫“陶潜菊”？什么叫“袁绍杯”？萧涤非先生指出：这是实词虚用，名词作形容词用。以之为解,则菊是陶潜东篱之菊,隐喻草堂乃老杜隐居处;杯是袁绍召饮之杯,则梓州涪江上之饮,乃官府权贵召饮者,偶与应对而已。这种组词法在杜诗中并不仅见:“山简马”、“庾公楼”、“鹦鹉粒”、“凤凰枝”、“啼猿树”等,皆相类似。或古今时空交错,或虚实相生如幻,称得上是老杜的“独门功夫”。

陈拾遗故宅（五古）

【题解】

拾遗,官名。武则天时置左、右拾遗,掌供奉讽谏。陈子昂,世称陈拾遗。梓州射洪人,少任侠,年十八始发愤读书,二十四岁举进士,后拜右拾遗,以父老归侍,为县令段简陷害,死狱中。子昂为初唐诗歌革新之先驱,反对“彩丽竞繁,而兴寄都绝”的齐梁诗风,倡“风雅”、“兴寄”,对盛唐诗有深巨的影响,故韩愈说:“国朝盛文章,子昂始高蹈。”故宅,故居。子昂故居在射洪县东七里武东山下。此诗为宝应元年(762)杜甫寄寓梓州时,往访子昂故居之作。

拾遗平昔居,大屋尚修椽[1]。
悠扬[2]荒山日,惨淡故园烟。
位下曷足伤[3]?所贵者圣贤。
有才继《骚》《雅》,哲匠不比肩[4]。
公生扬马[5]后,名与日月悬。
同游英俊人,多秉辅佐权。
彦昭超玉价,郭振起通泉[6]。
到今素壁滑,洒翰银钩连[7]。

盛事会一时，此堂岂千年。
终古立忠义，《感遇》有遗篇[8]。

【注释】

〔1〕 修椽：修，长也。椽，承托屋顶的木料，方形曰桷，圆形曰椽。

〔2〕 悠扬：落日貌，犹言落日迟迟。

〔3〕 位下句：位下，指陈子昂职位低下。拾遗从八品上。曷，何，疑问词。

〔4〕 有才二句：骚雅，《离骚》与《大雅》、《小雅》，用指诗歌的优良传统。哲匠，贤明有才艺之人，或用称文人。不比肩，比不上。

〔5〕 扬马：指汉代大文豪扬雄与司马相如。二人皆蜀人。

〔6〕 同游四句：秉，秉持；掌握。言陈子昂的友人大多任高官，如赵彦昭、郭振，都是同中书门下三品。超玉价，一作“赵玉价”，言其贵重如玉之价值连城。起通泉，郭振十八岁举进士，任通泉尉，后进封代国公。

〔7〕 到今二句：素壁，白壁。翰，翰墨，此指壁上的题字。银钩，昔人以“铁笔银钩”形容字写得好，有骨力。《碑目》载，子昂故宅有赵彦昭、郭振题壁。

〔8〕 盛事四句：言感事只在一时，故屋也不能长存千年，唯子昂所作《感遇三十八首》，作为表露忠义真性情的经典将长久流传。

【语译】

这是陈拾遗的故居，大屋长椽完好尚如昔。荒山野岭落日迟，老宅园林烟岚凄。官小位卑又何妨？品德高尚最可贵。才高能继《骚》与《雅》，贤智文人也不敢比。您虽生在文豪扬雄、相如后，名字却一样如日月高悬在天际。与您同辈朋友皆英俊，大多已是朝廷重臣掌权力。赵彦昭身价超过连城璧，郭振通泉尉起家直至国公贵。至今白壁平滑尚留题，铁笔银钩气淋漓。啊，盛事毕竟只一时，此堂千载难免为废墟。只有您的忠义成典范,《感遇》遗篇有光辉!

【研析】

从杜甫对唐诗旗手陈子昂崇高的评价中,可领会到杜甫所继承的创作路数,那就是继承并发扬《诗经》与屈原的传统,反对萎靡的诗风。在手法上此诗则以实衬虚,诚如《杜臆》所云:“会止一时,堂不千年,独《感遇》之遗篇尚存,此立言而垂不朽者也。”

谒文公上方（五古）

【题解】

宝应元年(762),杜甫在梓州射洪县拜谒僧文公,有此作。上方,佛寺。

野寺隐乔木,山僧高下[1]居。
石门日色异,绛气横扶疏[2]。
窈窕入风磴,长萝纷卷舒[3]。
庭前猛虎卧[4],遂得文公庐。
俯视万家邑,烟尘对阶除[5]。
吾师雨花外,不下十年余[6]。
长者自布金,禅龛只晏如[7]。
大珠脱玷翳,白月当空虚[8]。
甫也南北人,芜蔓少耘锄[9]。
久遭诗酒污,何事忝簪裾[10]。

王侯与蝼蚁，同尽随丘墟。
愿闻第一义，回向心地初[11]。
金篦刮眼膜，价重百车渠[12]。
无生有汲引，兹理傥吹嘘[13]。

【注释】

〔1〕高下：言院舍依山势高下错落。

〔2〕石门二句：石门，山门。绛气，红色的霞光。扶疏，纷披的树木。

〔3〕窈窕二句：窈窕，深邃貌。风磴，凌风的石梯。卷舒，此谓风动藤萝貌。

〔4〕猛虎卧：《高僧传》：释惠远居庐山西林寺，屋中常有虎，人畏之，辄驱令上山，人去后还每驯伏。借喻文公法力神通广大。

〔5〕俯视二句：万家邑，指梓州城。烟尘，炊烟；人烟。阶除，台阶。下句谓阶前遥对梓州人家。

〔6〕吾师二句：谓文公于此地讲法不下山，已十多年了。雨花，佛教称佛讲法至玄妙精微处，天则降曼陀罗花雨；后来亦用于赞高僧讲法。《续高僧传》云：释法云讲《法华经》，忽花如飞雪，满空而下，延于堂内，升空不坠。

〔7〕长者二句：承上联，谓文公虽安然平居，不下山十多年，却能使布施者自至。长者，指给孤独长者。《贤愚经》谓豪商给孤独长者买园，只陀太子施树，共建精舍献释迦牟尼。布金，给孤独长者欲买只陀太子之园建精舍，太子戏言布金遍地乃卖。长者乃倾家布金，遂得地立精舍。禅龛，佛龛。晏如，安然。

〔8〕大珠二句：二句谓文公禅境明圆如珠之无瑕，月之当空。脱玷翳，言珠之光洁无瑕疵与尘蔽。白月，《楞严经》：白月则光，黑月则暗。空虚，天空。

〔9〕甫也二句：自谦缺乏修养。南北人，《礼记・檀弓》："孔子曰：'今丘也，东西南北之人也。'"此自谓乃漂泊不定之人。芜蔓，指心性

荒秽。

〔10〕 忝簪裾:忝,谦语,谓有辱于所称。簪裾,官宦之服饰。此言也曾当过官(左拾遗)。

〔11〕 愿闻二句:言愿闻佛教真谛,回复到空无之初心。第一义,《大乘义章》:"第一义者,亦名真谛。第一是其显胜之目,所以名义。"心地,犹心田。佛教谓心如大地滋生万物,随缘生一切法。而心地之初,本空无一物。

〔12〕 金篦二句:金篦,即金錍,印度眼科工具,以金为之,两头圆滑,中细似杵,长四五寸,用以涂眼药。《涅槃经》:"如目盲人为治目故,造诣良医,是时良医即以金篦决其眼膜。"此喻以佛理去心中之蔽障。车渠,玉石之类。

〔13〕 无生二句:言佛学既有此导引之功,或许当宣扬之。杜甫主儒学,故言及宣扬佛法似有所保留。未敢言必,尚俟高明。无生,佛教谓万物的实体无生无灭,以此指佛学。汲引,引导。傥,或许。吹嘘,宣扬。

【语译】

野寺树丛隐没,僧舍高下错落。山门日有异色,树木纷披霞光一抹。石梯风劲入幽远,长条舒卷多藤萝。穿过庭前虎横卧,便进文公居所。俯视城里万户人家,阶前正对人间烟火。吾师高座雨花外,十几年未曾下山来。安然端居对佛龛,布施自至法自在。禅境如月当空照,禅心如珠无尘埃。甫也长年漂泊苦不定,心性芜杂少剪裁。久遭诗酒染成习,惭愧又曾当官来。贵如王侯贱如蚁,一样死去一丘埋!悟此愿闻真谛义,回向天真心如孩。得此金篦去障蔽,其价高于车渠百千倍。佛学导我无生理,宣扬此理或许也应该。

【研析】

此诗写杜甫思想的另一个侧面,苏轼颇赏其"王侯与蝼蚁,同尽随丘墟。愿闻第一义,回向心地初"。认为读此"乃知子美诗外尚有事在也”(《东坡题跋》)。大概是赏其入世而能得佛道之超脱。《杜臆》表示不同意:“王侯与蚁同尽,不过袭《庄》、《列》语;‘愿闻第一义’亦禅门常谈。东坡以此四句卜其得道,此窥公之浅者。余读公诗,见道语不一而足,而公亦不自知也,非以学佛得之。平生饥饿穷愁,无所不有,天若有意锻炼之;而动心忍性,天机自露,如铁之以百练而成钢,所存者铁之筋也,千年不磨矣。”《杜臆》的见解十分高明。的确,杜甫看得透、看得破,并非从佛道中来,而是从苦难中悟出。譬如“王侯与蚁同尽”,是身陷长安亲见皇室子孙遭叛军屠杀而痛感者,一读《哀王孙》便知。不过杜甫向往即世而能出世的佛法,也是实情,不但“三教并用”本是唐人风气,而杜甫在人生漂泊途中,也亟须某种精神上的借慰。

通泉县署屋壁后薛少保画鹤(五古)

【题解】

宝应元年(762)冬,杜甫由射洪县再往通泉县所作。通泉县在梓州东南一百三十里处,东临涪江。县署,县衙。薛少保,即薛稷,字嗣通,官至太子少保,故称。《唐书》有传。唐张彦远《历代名画记》载:“稷尤善花鸟人物杂画,画鹤知名,屏风六扇鹤样自稷始。”

薛公十一鹤,皆写青田[1]真。
画色久欲尽,苍然犹出尘[2]。
低昂各有意,磊落如长人[3]。
佳此志气远,岂惟粉墨新?
万里不以力,群游森会神[4]。

威迟白凤态，非是仓庚邻[5]。
高堂未倾覆，幸得慰嘉宾。
曝露墙壁外，终嗟风雨频。
赤霄有真骨，耻饮洿池津[6]。
冥冥任所往，脱略谁能驯[7]。

【注释】

〔1〕 青田：山名，在今浙江青田西北。《永嘉郡记》："沐溪野去青田九里，此中有双白鹤，年年生子，长大便去，只余父母一双在耳。精匀可爱，多云神仙所养。"

〔2〕 画色二句：谓画久已褪色，但逸笔苍老，犹见其绝俗雅致。出尘，绝俗。

〔3〕 磊落句：磊落，英奇貌。长人，高个子，形容鹤瘦高的样子。

〔4〕 万里二句：言所画群鹤之飘逸，皆生气勃勃，顾盼有神。不以力，言鹤翔不费力也。森会，众盛貌。

〔5〕 威迟二句：威迟，曲折绵延。白凤，神鸟，一说即鹔鹴。仓庚，即黄莺。

〔6〕 赤霄二句：赤霄，布满红霞的天空。真骨，指真鹤。洿，通"污"。津，此指水也。

〔7〕 冥冥二句：冥冥，天空。脱略，无拘束。结尾四句因嗟叹壁画暴露将坏，联想真鹤能翱翔高天，亦自寓意。

【语译】

薛公所画十一鹤，只只都是青田仙鹤身。画久颜色褪欲尽，犹能逸笔老苍绝俗尘。群鹤或俯或昂神态异，风度翩翩都似伟士绅。志气高远真佳画，岂止笔意墨韵俱新颖？一举万里不费力，比翼翱翔顾盼皆有神。上下盘桓似白凤，哪肯与仓庚之流杂为群！所幸署屋高堂未倾覆，此画尚得留赏慰嘉宾。终是暴露在外壁，可叹风雨频相侵。赤霄更有真鹤在，耻饮泥塘污水浑。青冥浩荡任飞翔，无拘无束谁能驯！

【研析】

杜甫题画之妙，往往在于善化空间艺术为时间艺术，使静止之物呈动态。此诗亦然，写群鹤顾盼欲活。进一层看，薛公画鹤灵妙如此，却暴露于外壁，为风雨所侵蚀，杜公于此发兴，浮想联翩。朱注乃云："本咏画鹤，以真鹤结之，犹之咏画鹰而及真鹰，咏画鹘而及真鹘，咏画马而及真马也。公诗格往往如是。"朱注道出杜甫题画诗的一般规律是由画之逼真返回现实之真，尚未作具体分析；仇注则云："此从画壁生慨。壁经风雨，在画鹤终当灭迹。然看赤霄冥举，即真鹤有时遁形。""从画壁生慨"道出此诗独特处在由鹤及壁，叹画寄于壁，自不能久，遂羡真鹤之自由自在，颇近诗心；从全诗意脉看，前十二句写画鹤，注重鹤的高洁远志有君子风度，此为画鹤与真鹤共同处；而"赤霄有真骨，耻饮洿池津"二句为转折处，不可忽视。盖画鹤寄诸县署屋壁，不得自由，虽"耻饮洿池津"亦无由"破壁"离去，且将与壁终灭，故有下联羡真鹤之"冥冥任所往，脱略谁能驯"云。再进一层联系杜甫半辈子寄人篱下的境况，则兼自寓意者，正在此"寄"字，谓终究不愿寄人篱下耳。尤其此时流寓梓州，生活无着，返乡无望，见画泫然，能无羡真骨之翱青冥乎！意味多层，可谓炙之而味愈出。